KB191103

일러두기

* 단행본, 잡지, 음악 앨범은 『 』, 개별 문학작품, 논문, 기사는 「 」, 노래, 그림, 전시, 공연,
  영화, 미디어 프로그램, 신문은 〈 〉로 표기했습니다.
* 추천도서의 서지정보는 저자가 읽은 책의 판본을 기준으로 표시했으며, 일본어 번역본을
  판본으로 삼은 경우 한국어판의 서지정보를 '추천도서 목록'(704~739쪽)에 수록했습니다.

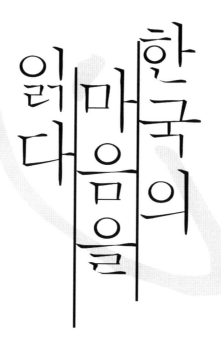

한국의 마음을 읽다

노마 히데키
백영서 외 엮음
박재이 옮김

독개비

2014년에 『한국의 지(知)를 읽다』, 2021년에 『한국의 미(美)를 읽
다』가 쿠온(CUON) 출판사에서 출간되었다. 이 책 『한국의 마음
(心)을 읽다』까지 더해지면 이른바 '진선미' 삼부작이 된다. 앞선 두
권은 각각 위즈덤하우스, 연립서가에서 한국어판이 출간되었다. 이
책의 일본어판은 쿠온 출판사에서, 그리고 한국어판은 독개비 출
판사에서 출간된다. 출판계에서도 보기 드물게 한국과 일본에서
동시 출간된다.

『한국의 지를 읽다』 이후 10년이 지났다. 그동안 일본어권에서
한국어나 한글, 그리고 한국 문학을 비롯한 한국 문화의 위상은
완전히 달라졌다. 『한국의 지를 읽다』가 출간될 때만 해도 '한국'이
라는 말과 '지'라는 말이 표지에 공존하는 책은 거의 없었다. 놀랍
게도, 그리고 슬프게도, 그것에 관해 책이 없다는 말은 곧 그 언어
권에는 사실상 존재하지 않는다는 것과 다름없다. 다시 말해 일본
어권에서는 사실상 한국어권의 '지'나 '미'는 논의 대상이 아니었

을 뿐 아니라, 심지어 상대할 대상조차 아니었다.

한글을 접하기는 했어도 그것이 품고 있는 '이(理)'나 '미(美)'에는 지식인조차 거의 관심이 없었다. 하지만 일본어권에서 한국 문학이 뜨거운 주목을 받았고, K-POP이나 한국 드라마, 한국 영화 등 한국 문화가 전 세계적으로 활약함에 따라 한국어권이 지닌, 혹은 한국에서 시작된 지, 미, 심을 이제는 수많은 사람이 공유하게 되었다. '히라가나 같은 거겠거니' 했던 한글도, 지식인이나 독서가들 사이에서는 '왠지 심오해 보이는 문자' 정도의 이미지는 갖게 된 듯하다.

쇼비니즘적인, 혹은 식민제국주의적인 모습도 소멸하기는커녕 전 세계적인 규모로 확산하는 듯한 오늘날, 일본어권에서 한국의 지와 미, 심을 찾고, 생각하고, 공유하는 일은, 설사 미미한 움직임이라 해도 희망이다. 그리고 그것을 한국어권에서도 함께해주신다면 더욱 큰 희망일 것이다. 그러한 희망이 희망으로 존재하려면, 그리고 우리의 삶을 풍요롭게 만들려면, 반드시 책이 필요하다.

이 책 『한국의 마음(心)을 읽다』에는 이렇듯 122분이 모여주셨다. 그리고 300권 이상의 책에 대해 적어주셨다. 읽어보면 알겠지만 실로 다양한 책들이다. 독자 여러분이 함께해주신다면 엮은이로서는 더없이 기쁠 것이다. 이 책을 위해 힘을 보태주신 분들, 이 책을 읽어주신 여러분께 깊은 '마음'을 전하며, 진심으로 감사드린다.

엮은이 노마 히데키·백영서

5

2부 일본에서 전하는 이들

1부

한국에서
이전한
이들는

강영숙 姜英淑

소설가

『서울 자가에 대기업 다니는 김 부장 이야기』(1~3편)

송희구 | 서삼독 | 2021

『돌봄과 작업: 나를 잃지 않고 엄마가 되려는 여자들』(전2권)

정서경 외 | 돌고래 | 2023

『차녀 힙합: 집밖의 세계를 일구는 둘째의 탄생』

이진송 | 문학동네 | 2022

1998년 서울신문 신춘문예에 단편소설 「8월의 식사」가 당선되어 작품활동을 시작했으며 소설집 『흔들리다』, 『날마다 축제』, 『아령 하는 밤』, 『빨강 속의 검정에 대하여』, 『회색문헌』, 『두고 온 것』, 장편소설 『리나』, 『라이팅 클럽』, 『슬프고 유쾌한 텔레토비 소녀』, 『부림지구 벙커X』, 『분지의 두 여자』를 펴냈다. 한국일보문학상, 백신애문학상, 김유정문학상, 이효석문학상, 가톨릭문학상을 수상했다.

회사원, 엄마, K차녀의 세계

지하철을 타고 어딘가로 이동할 때, 고개를 숙이고 핸드폰을 들여다보는 앞사람을 보면서 혼자 생각하곤 한다. 저 사람은 고민이 뭘까. 뭐가 제일 힘들까. 지금 뭘 읽고 있는 걸까. 그러다 이내 나 자신에게로 생각이 돌아오기는 하지만 그래도 늘 궁금하다. 아침이 되어 하루를 시작할 때는 그래도 희망을 가지지만 오후가 되면 주름지고 잘 펴지지 않는 마음으로 집으로 돌아간다. 각자의 마음은 다르지만 우리는 이렇게 동시대를 살고 있다.

『서울 자가에 대기업 다니는 김 부장 이야기』(1~3편)

언젠가부터 전업작가나 전문 필자가 아니라 회사에 다니는 일반인들이 쓰는 글이 대세가 된 한국의 출판 시장. 이 책의 저자는 기업체 12년차 과장으로, 출근하기 전 새벽에 일어나 한 시간씩 쓴 글로 책을 냈다. 정말 부지런한 저자라고 생각한다. 내가 강의하는 소설창작워크숍에서 수강생들이 이 책을 여러 번 추천해 읽게 되었는데, 사실 나에게 그리 큰 도움이 되는 책은 아니었다. 하지만 평균적인 직장인들의 마음을 잘 대변해주는 책이라고 생각한다. 우리가 흔히 오피스물이라고 부르는, 회사를 배경으로 한 소설들이 많이 나오는 것도 회사원이 많기 때문이 아닐까. 정말 회사원이 많다. 힘든 회사 생활을 하면서 조직문화에 적응하고, 가정을 꾸리고, 노후를 걱정하고, 적은 월급이나마 부동산과 주식에 투자해 실패 없이 나름의 부를 이루려고 노력하는 사람들. 현실은 암담하지만 오늘날 평균적인 직장인의 마음이 이 책에 있다. 점심시간이면 밥 한 끼를 먹기 위해 끝없이 밀려 나오는 회사원들, 식사 후 다디단 음료를 하나씩 들고 로또를 사러 가는 김 부장, 송 과장, 정 대리, 권 사원은 어떤 마음으로 하루를 보내는 걸까.

『돌봄과 작업: 나를 잃지 않고 엄마가 되려는 여자들』(전2권)

임신과 출산을 대단한 일이라고 말할 생각은 없지만, 창작자이면서 돌봄 노동을 수행해본 사람은 이 일이 살면서 겪는 어떤 일보다 무척 어려운 축에 속한다는 것을 알 수 있다. 나는 나를 낳고 키워준 우리 엄마의 도움으로 아이들을 키웠는데, 결국 엄마의 등골을 뺀 꼴이 되고 말았다. 요즘은 그렇게 한 것을 많이 후회하고 있다. 왜 엄마를 착취했는지, 왜 엄마의 시간을 담보로 내 아이들을 키웠는지 너무너무 후회하고 있다. 여성에게 돌봄 노동은 늘 큰 이슈였고, 해결하기 어려운 문제였다. 여성은, 일을 하든 하지 않든, 엄마와 자기 자신 사이에서 언제나 딜레마를 느껴야 했고 이중구속 상태에 있었다. 아이 엄마이자 다양한 분야에서 일하는 여성이 죄의식을 느끼지 않으면서 작업을 할 수 있는 시스템과 환경은 언제쯤 만들어질까. 저출산 시대이기 때문에 이 여성들이 대단하다고 생각한다. 돌봄과 작업의 균형, 그 어려운 일을 하는 다양한 배경의 여성들의 시각을 확인할 수 있는 소중한 기획이다.

『차녀 힙합: 집밖의 세계를 일구는 둘째의 탄생』

일본 작가 시노다 세츠코의 『장녀들』을 읽으면 딸이라고, 비혼이라고 부모 돌봄 노동으로 전진 배치되는 장녀를 만날 수 있다. 초고령사회 일본은 물론 한국도 예외는 아니어서 비슷한 상황이 벌어지고 있다. 심지어 미혼의 딸은 낮에는 회사에서, 회사 일이 끝난 후에는 집에서 아픈 부모를 모신다. 인간적으로 아픈 엄마를, 아픈 아버지를 모른 척할 수는 없지만 장녀들에게 내려진 가혹한 무게가 아닐 수 없다. 그렇다면 차녀는 어떤가? 이 책은 둘째라고, 딸이라고 가족 내에서 여기저기 치이고 소외당하고 주변으로 밀려나는 차녀들의 이야기를 다루었다. 저자는 '차녀성'이라는 개념으로 이들이 성장기에 받았던 모든 서러움의 뿌리를 분석한다. 이 책을 읽으면, 억울하면 일찍 태어나지 그랬냐는 식의 말은 감히 하지 못한다. 추천사 중에 'K-차녀의 등장'이란 표현이 아주 적절하다고 생각하는데, 우리가 지나온 시간 중 바로잡았어야 할 지점의 아우성을 잘 포착한 저작이다.

강윤정 姜侖廷　　　　　　　　　　　　문학편집자

『새 마음으로』
이슬아 | 헤엄출판사 | 2021

『너라는 생활』
김혜진 | 문학동네 | 2020

유튜브 채널 〈편집자K〉 운영자. 문학동네에서 국내소설과 산문집, 시집을 만들고 있다. 『문학책 만드는 법』, 『우리는 나란히 앉아서 각자의 책을 읽는다』(공저)를 썼다.

책 제목은 시대를 반영한다. 실용서나 자기계발서처럼 쓸모가 또렷한 책은 물론 문학서 또한 그렇다. 시대정신을 공유하고 있기 때문이다.(작가가 이 시대 사람이 아니라도 또한 그렇다. 그 작품을 발견해 출판하기로 마음먹은 편집자가 시대정신을 공유하고 있을 것이므로.) 지난 3년, 책 제목 가운데 유독 눈에 들어오는 단어가 있었으니, 바로 '마음'이다. 한 일간지에서는 '~하는 마음'이라는 특정 형식의 책 제목의 유행에 집중해 기사를 냈을 정도다.("이 단어만 붙이면 책 제목이 됩니다. 마법의 단어 '마음'"/2022년 11월 30일, 〈조선일보〉) 기사에 언급된 『묘사하는 마음』, 『여성, 경찰하는 마음』, 『주식하는 마음』을 비롯해 『퇴근길의 마음』, 『마음이 하는 일』, 『가난해지지 않는 마음』, 『밀레니얼의 마음』 등이 연이어 떠오른다. 책으로 한 시절을 기억하는 나 같은 사람에게 지난 팬데믹은 '마음'을 품은 많은 책들로 기록될 것이다. 그 시절 우리에게는 들여다보고 챙겨야 할 마음이 참 많았다고.

『새 마음으로』

헌 마음도 빈 마음도 아닌 새 마음으로

이슬아 작가의 인터뷰집 『새 마음으로』는 그 가운데 특별히 인상에 남은 책이다. '마음'이 들어간 여타 책 제목이 '입장'이나 '상태'의 뉘앙스가 강하다면 이 경우는 달랐다. '마음'에 어떤 일의 방식이나 수단을 나타내는 격조사 '으로'가 붙었다. 게다가 '새' 마음으로라니, 헌 마음과 새 마음이 있고 그것으로 무언가를 도모할 수 있다니. 이 제목을 처음 봤을 때 받은 상쾌한 충격을 잊을 수 없다. 이슬아 작가만큼 책 제목을 잘 짓는 작가도 드물다. 첫 작업물인 『일간 이슬아』부터 『심신 단련』, 『깨끗한 존경』, 『끝내주는 인생』 등 매번 쉽고 익숙한 말의 조합으로 신선한 감각을 불러일으키는 것은 그의 큰 무기다.

『새 마음으로』는 부제 그대로 '이웃 어른 인터뷰' 모음집이다. 작가는 응급실 청소 노동자, 농업인, 아파트 청소 노동자, 인쇄소 기장과 경리, 옷 수선집 사장과 이야기 나누었다. 모두 한 가지 일을 오래 해온 중장년으로 '이웃 어른'이라는, 역시 이제는 잘 쓰이지 않아 애틋함이 느껴지는 표현과 잘 어울리는 사람들이다.

"일 얘기를 이렇게 쭉 한 거는 처음이에요. 얘기를 하니까 행복하네." 자기 삶과 일에 대해 말하는 게 익숙하지 않은 '이웃 어른'들은 책으로 묶여 나올 가치가 있는 삶의 반경을 넓힌 사려 깊은 인터뷰어 앞에서 조금씩 마음을 열었다.

이순덕 : 내가 부모를 일찍 여의고 남의 손에서 커서 그래요. 평생 외롭고 아주 그냥 고달팠잖아요. 사랑도 못 받고요. 어려서부터 생각했어요. 나는 성장해서 돈을 벌면 꼭 나보다 더 힘든 사람을 도와야지 하고요. 마음을 그냥 그렇게 먹었어요.

응급실 청소 노동자로 27년간 일해온 이순덕은 독거노인에게 봉사를 다닌 지 20년이 넘었다. 신산했던 그의 삶이 성실하고 꾸준한 사랑의 마음으로 이어진 것이다. 이슬아가 덧붙인 말처럼 "사는 게 너무 고달팠어요"와 "그래서 더 힘든 사람을 생각했어요", 이 두 문장이 나란히 이어지는 게 "기적처럼 느껴진다."

> **윤인숙** : 감정이 올라올 때도 있지만 빨리빨리 잊어버리려고 해. 스트레스를 안고 꿍해 있으면 나 자신이 너무 상해버리잖아. 새 마음을 먹는 거지. 자꾸자꾸 새 마음으로 하는 거야.

이 책에 실린 인터뷰는 우리가 서로의 노동으로 연결돼 있다는 것을 보여주는 대화들이기도 하다. 이슬아 작가가 자기 입으로 들어온 표고버섯 한 송이를 되감기하듯 따라가 만난 농업인 윤인숙. '새 마음을 먹으며 산다'는 그의 말은 고된 일과 삶을 향한 산뜻한 지침이 된다.

'이웃 어른'들의 연령대가 다양하다 보니 한국 현대사의 풍경이 자연스레 드러나는 것은 이 책의 큰 매력 중 하나다. 한국전쟁 후 산에 새소리도 나지 않던 황폐한 시절의 이야기부터 여성은 교육은 고사하고 시집보내 '하나 줄여야 하는 입'이었던 때, '하꼬방'에서 몸을 누이고 한 달에 한두 번 쉬며 숯다리미를 들고 '시다'로 보낸 세월까지. 타인의 삶과 일을 "구체적으로 존경하기 위해, 구체적으로 감사하기 위해" 이슬아 작가가 그려내고자 한 세계는 예상보다 다채롭고 다층적이고 놀라운 것이 되었다.

삶은 그 자체로 복합적으로 아름답고 찬란한 것임을 이 책은 보여준다. 이웃 어른과 이슬아 작가, 그리고 이 책을 읽는 독자는 저마다 다른 시대와 세대에 속해 있을 것이다. 시간의 연속성 위에서 내 몫을 다하며 살아가고 있을 것이다. "헌 마음도 빈 마음도 아닌 새 마음으로".

『너라는 생활』

계급 · 젠더 · 주거

『새 마음으로』가 위에서 아래로, 과거에서 현재로 흐르고 스민 마음을 보여준다면, '지금, 여기'의 삶과 그것을 살아가는 사람들의 마음을 고스란히 되비추는 책도 한 권 소개하고 싶다. 『딸에 대하여』로 잘 알려진 소설가 김혜진의 소설집 『너라는 생활』이다.

김혜진 작가는 2012년 등단한 이후 주류에서 소외된 이들의 삶, 혐오와 배제의 폭력성을 정면으로 다뤄왔다. 그가 그간 내세운 인물의 면면을 한번 살펴보자. 중앙역을 삶의 마지막 공간으로 삼은 노숙인 남녀, 생활과 생업, '일다운 일'에 대한 물음을 품은 청년 세대, 권고사직을 강요받는 통신회사 설치기사, 재개발 이후 빈부격차로 양분된 지역사회 속에서 살아가는 사람들…. 이렇듯 김혜진 작가는 페미니즘과 퀴어 이슈로 대표되는 최근 오륙 년 사이

한국문학의 트렌드에서 조금 비켜나 그 이슈들을 포함하되 세대와 시대의 문제, 구체적으로는 노동과 주거의 문제를 보다 핵심에 두고 쓴다.

그러므로 책 제목이 너라는 '삶'이 아니라 너라는 '생활'이어야 하는 이유가 짐작될 것이다. 신자유주의와 팬데믹 시대, 청년 자살률 세계 1위에 저출생 문제와 주거 및 고용 불안 등 한국사회의 특징적인 면면이 김혜진 작품 속에서 '나-너'라는 가장 본질적이면서 내밀한 관계 안에서 구체적이고 물리적인 '생활'의 모습으로 드러난다.

『너라는 생활』 수록작 여덟 편은 모두 '너'를 바라보고, 궁금해하고, 소중히 여기고, 귀찮아하고, 버거워하는 '나'의 이야기를 담고 있다. '너'는 "길고양이를 끔찍이 생각하는 사람"인 동시에 "낡고 오래된 것들은 말끔히 부수어야 한다고 믿는 사람"(「3구역 1구역」)이다. 또 '너'는 "어떤 취급을 당하는지도 모르고, 화를 낼 줄도 모르는" 사람(「너라는 생활」)이라 '나-너'의 '생활'은 또 한동안 '나'가 전적으로 꾸려가야 할 것이다. 또 '너'는 "이런 일들이 불필요한 오해를 불러오고 그것이 걷잡을 수 없이 커지고 결국엔 우리를 자꾸만 더 멀고 낯선 동네로 밀어넣는다는 생각은 못하는 것 같다."(「동네 사람」) 사랑과 연대처럼 반짝이는 가치로 관계 맺는 '나-너' 사이에도 격차는 있다. 때로는 감정의 크기 차이로, 월급의 차이로, 사는 곳의 차이로, 미래를 얼마나 불안해하느냐의 차이로 말이다.

무엇보다 이 모든 것을 지켜보는 '나'라는 제한된 시야에 주목하고 싶다. '나'는 '너'에 대해서는 절대 다 짐작할 수 없고, 독자 역시 정보가 한정된 채 작품을 읽어갈 수밖에 없다. 외려 그 한계가 소설의 핍진성을 끌어올린다. "그러니까 그 밤에 내가 실감한 건 너와의 간극이었고 격차였다. 그러나 네가 그런 사람이 아니었다면 우리는 어떻게 우리가 될 수 있었을까." 이때부터 독자는 '너'를 가리키는 손가락의 주인인 '나'에 집중하고, 그 '나'라는 거울에 스스로를 비추어보게 된다. 요컨대 『너라는 생활』은 '너'에 대해 말함으로써 집요하게 '나'에 대해 말하는 소설들이다.

지금 이 시대 한국사회의 구성원으로 산다는 것은 어떤 걸까. 시민이자 개인으로 살아가는 우리에게는 배음처럼 깔린 피로감과 절망감이 있다. 동시에 '너'를 이해하기를 멈추지 않으려 하는, 서로의 삶을 바라보고 지켜내고자 하는 의지 또한 있다. 때로 성공하고 때로 실패하는 그 시도들이 끊임없이 교차하며 그려낼 마음의 지도가 여기 있다. 실제 세계와의 오차가 거의 나지 않는 이슬아와 김혜진의 정밀한 이 지도들은 '한국의 마음을 읽는' 가장 좋은 지표가 되어줄 거라 믿는다.

강태웅 姜泰雄　　　　일본 영상·문화 연구자

『헌책방 기담 수집가』

윤성근 | 프시케의 숲 | 2021

『어느 책 수선가의 기록』

재영 책수선 | 위즈덤하우스 | 2021

『계엄(戒嚴)』

요모타 이누히코(四方田犬彦) | 한정림 옮김 | 정은문고 | 2024

『미토 코몬 만유고(水戸黃門「漫遊」考)』

김문경(金文京) | 講談社 | 2012

광운대학교 동북아문화산업학부 교수. 서울대학교 동양사학과에서 학사를, 히토츠바시 대학교 사회학연구과에서 석사를, 도쿄대학교 총합문화연구과 표상문화론에서 박사학위를 받았다. 일본문화, 일본영상문화론을 연구하고 있다. 저서로는 『이만큼 가까운 일본』, 『싸우는 미술: 아시아 태평양전쟁과 일본미술』(공저), 『일본대중문화론』(공저), 『제국의 교차로에서 탈제국을 꿈꾸다』(공저), 『대만을 보는 눈』(공저), 『전후 일본의 보수와 표상』(공저), 『물과 아시아의 미』(공저) 등이 있고, 역서로는 『일본영화의 래디컬한 의지』, 『복안의 영상』, 『화장(化粧)의 일본사』 등이 있다.

『헌책방 기담 수집가』
『어느 책 수선가의 기록』

　『헌책방 기담 수집가』의 제목만으로는 옛날 책을 뒤져 기담을 모으는 사람 이야기 같지만, 이 책은 실제 사연을 바탕으로 한다. 저자는 헌책방을 운영하는 사람이다. 그에게는 때때로 절판된 책을 찾아달라는 손님들이 찾아온다. 첫사랑에 고민하며 읽었던 시절의 책을 찾는 사람도 있고, 뇌출혈로 쓰러진 동생의 원고를 완성시키기 위해 철학책을 찾으러 온 사람도 있다. 그는 철학 공부 따위 왜 하냐고 혼내며 동생이 읽어보라고 준 책을 찢어버렸던 과거를 토로한다. 사연 중에는 진짜 기담도 들어가 있다. 자신이 친구 집에서 오래전에 훔친 책을 그 친구에게 돌려주고 싶어 하는 의뢰인도 나타나고, 무서운 이야기를 담은 책을 구하던 손님이 소리소문없이 사라지고 그가 남긴 숫자에는 666이 들어가 있다든지 말이다.

　손님들이 찾는 책 중에는 요즘에도 판을 달리하여 계속 판매되는 것도 많다. 하지만 그들이 원하는 것은 책 내용이 아니다. 그 시절 출판된 그 표지에, 그 활자의 책인 것이다. 20~30년이 훌쩍 넘는 인생이 그 책들에는 담겨 있다. 줄줄이 이어지는 사연을 통하여 한국인의 사랑에 대한 생각, 사회에 대한 생각, 추억을 되새기는 방법, 인생에 대한 깊은 사색을 이 책은 새로운 시점으로 독자에게 전달한다.

『헌책방 기담 수집가』는『어느 책 수선가의 기록』과 같이 읽으면 좋다. 어릴 적부터 읽은 동화책, 요리책, 일기장, 성경, 옥편 등 오랜 세월 자신의 옆에서 시간을 같이해온 책들을 수선해서 간직하고 싶은 이들이 수선가의 공방에 찾아온다. 적지 않은 돈을 들여 책을 수선하려는 손님들은 그만큼의 깊은 사연을 가지고 있다. 이 책에는 각각의 의뢰에 얽힌 사연과 더불어 수선 전과 수선 후의 책 사진이 들어가 있어, 독자에게 감동을 증폭시킨다. 이 책은 일본어로도 번역되어 있다.(『書籍修繕という仕事: 刻まれた記憶、思い出、物語の守り手として生きる』, 原書房, 2022)

『계엄』

스카치테이프로 이어진 사각의 종이들이 이 책의 표지다. 자세히 살펴보면 서울의 옛 지도임을 알 수 있다. 저자가 1979년 서울 체류 시에 실제로 사용한 지도다. 지금은 한 해에 1,000만 명이 넘는 사람이 한국과 일본을 오가고 있지만, 1979년 한국인은 외국 여행이 금지된 상태였고, 일본인은 한국 여행에 비자가 필요한 시대였다. 한국은 일본인에게 그리고 전 세계적으로도 미지의 나라였다. 그런 시절 대학을 갓 졸업한 주인공이 우연한 계기로 서울의 한 대학에 일본어 강사로 오게 된다.

이 책은 저자인 요모타 이누히코의 실제 체험을 바탕으로 한다. 그의 눈을 통해 당시 한국의 모습, 그리고 한국인의 다양한 면이 투영된다. 고층건물 건축 제한 때문에 높은 건물이 별로 없던 서울의 풍경, 하숙집 주인 가족과 일본어를 배우는 학생들과의 대화, 그러한 대화를 통하여 한국인의 일본에 대한 인식, 그리고 저자가 느끼는 한국인에 대한 감정 등이 드러난다. 일본의 대학 동기들은 유럽에 가서 자유를 만끽하는 데 반하여, 저자는 정반대로 군사독재 때문에 통제사회인 한국에 와서 일본에서 오는 편지는 모두 개봉되고, 일본에서 보낸 서적들의 내용까지 검열당하는 생활을 체험한다. 정치 이야기를 입에 담지 않으려는 학생들이 대부분이지만, 몇몇 학생은 속내를 드러내고 그에게 접근한다. 그런 학생들과 저자는 이곳저곳 돌아다니며 한국사회와 문화를 접해나간다. 그러던 어느 날 올 것이 온다. 중앙정보부(KCIA)가 보낸 차가 대학에서 그를 기다리고 있는 것이다. 저자는 왜 중앙정보부에 불려가게 되었을까? 여기서부터는 앞으로 이 책을 손에 들 독자를 위해 남겨두자.

사실 이 소설은 너무나도 강하게 나에게 다가왔다. 소설에는 주인공이 일본어를 가르치는 대학 이름이 수정되어 등장하지만, 묘사된 풍경만으로도 그 대학이 어느 곳임을 특정하기 어렵지 않다. 지금도 그 대학 주변에 살고 있기도 하고, 그가 묘사하는 풍경이 바로 내 어린 시절의 것들이기 때문에, 이 책은 나에게 엄청난 노스탤지어를 불러일으켰다. 한일 관계의 원풍경(元風景)이라고 할 수 있는 이 시대의 묘사를 통하여, 일본인이 바라본 한국인의 원심(原心)을 알아볼 수 있는 책이라 할 수 있다.

『미토 코몽 만유고』

마지막으로 소개할 책은 『미토 코몽 만유고』다. 한국의 마음을 소개하는 책과 『미토 코몽 만유고』는 거리가 꽤 있지 않나 하는 반론이 어디선가 들리는 듯하지만 조금만 기다려주기 바란다. 잘 알려져 있듯이 미토 코몽은 에도 시대에 서민 복장을 하고 전국을 돌며, 백성들의 고충을 들어주고, 악정을 일삼는 관료들을 혼내주는 정의의 캐릭터다. 미토 코몽의 모델이 된 미토 번주(水戸藩主) 도쿠가와 미츠쿠니(徳川光圀)는 전국을 돌아다닌 적도 없고 다른 지역의 관료들을 혼내줄 권한도 없었지만 말이다.

저자는 중국과 한국에서 미토 코몽 이야기와 유사한 이야기를 찾아 나선다. 중국에는 송나라 때 관료 포증(包拯)을 주인공으로 하는 일련의 이야기군이 있다. 포증은 '개작두를 대령하라'라는 대사로 유명한 타이완 드라마 〈판관 포청천〉으로 한국에 잘 알려진 인물이다. 이야기 속의 포청천은 신분을 숨긴 채 시찰을 다녔고, 그의 주변에는 무예가 뛰어난 사람이 호위를 했다. 포청천의 이야기가 무협물로 연결되는 것이 중국적 특징이라면, 한국의 경우는 로맨스물과 연결된다. 그것이 한국을 대표하는 이야기인 『춘향전』이다.

일본과는 달리 실제 지방관료의 악정을 단속할 수 있는 권한이 주어진 어사(御史)는 중국과 한국에는 존재했다. 그들이 '암행(暗行)'하며 돌아다녔기에 암행어사라 불리기도 한다. 저자에 따르면

『옥당춘(玉堂春)』 같은 작품처럼 중국에도 기생의 억울함을 풀어주고 그 기생과 연을 맺는 어사 이야기는 존재하고, 이는 포청천 이야기에서 영향받았다. 하지만 『옥당춘』은 한국처럼 국민 이야기로 떠받들어지지는 않는다. 재벌남과 옥탑방녀 같은 현대에도 신분이나 가문, 재산 차이를 둘러싸고 벌어지는 로맨스를 좋아하는 한국의 특징이 『춘향전』 선호에 드러났을 것이다.

이 책은 미토 코몽에서 『춘향전』을 이어주며, 한중일은 물론 동서고금의 이야기를 비교해나간다. 일본어는 물론, 한국어와 중국어를 자유자재로 구사하는 저자만이 해낼 수 있는 지적 '만유(漫遊)'에 독자분도 동참해보길 바란다.

강현식 姜賢植

심리학자

『한국인의 심리학』

최상진 | 학지사 | 2011

『한국인의 심리상담 이야기: 현실역동상담의 이론과 실제』

장성숙, 노기현 | 학지사 | 2010

『심리학으로 보는 조선왕조실록』

강현식 | 살림출판사 | 2008

누구나 다가갈 수 있는 심리학의 준말인 '누다심'이라는 필명으로 활동하는 심리학 칼럼니스트이자, 서울에서 심리상담센터를 운영하는 상담사다. 심리학 칼럼니스트로는 필명처럼 사람들이 제대로 된 심리학을 더욱 쉽고 재미있게 이해할 수 있도록 다양한 주제로 글쓰기를 하고 있으며, 상담사로는 대인관계 훈련과 마음 건강을 목표로 하는 집단상담을 주로 운영하고 있다. 대표 저서로는 『한번 읽으면 절대로 잊지 않는 심리학 공부』, 『그동안 나는 너무 많이 참아왔다』, 『내 마음에는 낯선 사람이 산다』, 『욕 좀 먹고 살아도 괜찮습니다』, 『왜 상처받은 기억은 사라지지 않을까』, 『심리학의 역설』 등이 있다.

『한국인의 심리학』

대학에서 심리학 공부를 할 때 적지 않게 놀랐다. 심리학에서 다루는 거의 모든 이론이 서양에서 나왔다는 사실 때문이다. 우리나라 학계의 서양 사대주의야 어제오늘의 일이 아니기에 그냥 넘길 수도 있지만, 한편으로는 자연을 연구하는 학문이 아니라 인간의 마음을 연구하는 심리학도 그렇다는 사실이 쉽게 납득되지 않았다. 물론 인간의 마음이 동서양과 고금을 막론하고 공통된 점이 있음을 부인하지 않는다. 그러나 분명히 서양인과 동양인의 마음과 행동이 다르고, 또 같은 동양이라 해도 나라마다 분명한 차이점이 있음은 자명한 사실이 아닌가!

이런 의문을 가지고 계속 공부하는 가운데, 문화에 따른 심리적 차이를 연구하는 문화심리학이라는 하위 분야가 있음을 알게 되었다. 그리고 특히 한국인의 고유한 마음을 연구한 국내 심리학자도 몇몇 있으며, 선구자가 중앙대학교 심리학과 교수로 재직하셨던 최상진 선생님이라는 사실도 알게 되었다.

최상진 선생님은 미국 하와이주립대학교에서 박사학위를 취득하시고 국내에 돌아와 학생들을 가르치시면서 본격적으로 한국인의 심리를 연구하셨다. 대표적인 연구 주제가 정(情), 한(恨), 우리성(weness), 체면(體面), 눈치(nunchi) 등이다. 이 책은 한국인의 독특한 정서를 심리학적으로 어떻게 이해할 수 있는지 잘 보여준다.

『한국인의 심리상담 이야기: 현실역동상담의 이론과 실제』

　문화심리학자는 서양과 동양의 문화를 크게 개인주의와 집단주의로 구분한다. 개인주의는 전체보다는 개인이, 집단주의는 개인보다는 전체가 우선시된다. 개인주의 문화인 서양에서는 보통의 경우 사람들이 일상에서 서로의 어려움을 공유하지 않는다.

　미국으로 교환학생을 갔다가 돌아온 후배한테 들은 일화다. 교환학생 기간 중 친해진 현지인 룸메이트에게 밤에 시간을 내어줄 수 있냐고 물었다고 한다. 그 학생은 무슨 일이냐고 물었고, 후배는 자신이 요즘 겪는 어려움에 대해 고민상담을 원한다고 말했단다. 그 학생은 후배에게 자신은 바쁘다면서, 차라리 학교 상담센터를 찾아가보라고 대답했단다. 내 후배는 예상치 못한 단호한 거절에 당황했다고 한다. 처음에는 자신을 싫어해서 저러나 싶었지만, 시간이 갈수록 이는 문화의 차이라는 것을 알게 되었다고 했다.

　만약 우리나라라면 어땠을까? 친구가 고민상담을 하고 싶으니 밤에 시간을 내어달라고 하면, 대부분은 지금 들어야 할 수업을 포기하면서라도 당장 친구의 고민을 들어주려고 했을 것이다. 말로만 위로할 뿐 아니라 밥이나 술이든 뭐라도 사주면서 말이다.

　이런 면에서 심리상담은 분명히 서양 문화에 어울린다. 우리나라 사람은 전문가를 찾아가서 자신의 고민을 이야기하기보다는 서로가 서로에게 상담자 역할을 해주지 않는가. 만약 우리나라 사람이 자신의 고민과 어려움을 친구가 아니라 어떤 전문가에게 털어놓는다면, 기대하는 것은 경청과 공감이 아니라 문제를 해결할 수 있는 구체적인 방법일 것이다. 그러나 서양의 문화를 기반으로 하는 정통 심리상담에서는 상담자가 내담자의 문제에 해결책을 제시하지 못하게 한다. 해결책을 제시하면 내담자가 상담자에게 의존할 수 있다는 논리고, 이것은 내담자의 자율성을 해치기 때문이란다.

언제부터 우리나라의 정서가 의존이 아니라 독립이고, 관계가 아니라 자율이란 말인가! 나는 심리상담을 배울수록 깊은 고민에 빠졌다. 그런데 이런 고민은 비단 나만의 것이 아니었다. 미국 오하이오주립대학교에서 박사학위를 취득하시고 국내로 돌아와 심리상담을 하신 장성숙 선생님 역시 오래전에 같은 고민을 하셨고, 결국 한국인의 심리적 특성을 살린 상담법을 고안하셨다. 이른바 현실역동상담이다. 프로이트의 정신분석 이론을 기반으로 하는 치료를 정신역동상담이라고 하는데, 장성숙 선생님은 한국인에게 중요한 것은 현실이라면서 문제해결 중심의 상담을 실시하고 계셨다.

학부생일 때 장성숙 선생님의 수업을 들었는데, 한 학기 내내 무릎을 치며 공감했다. 기존의 상담 수업에서는 가시지 않던 답답함이 해소되었고, 한국문화에 걸맞은 상담이 가능함을 알게 되었다. 장성숙 선생님은 상담자가 어른으로서 기능해야 한다고 강하게 주장하면서, 상담자는 마음의 문제만이 아니라 현실의 문제를 외면해서는 안 된다고 강조하셨다. 이 책은 장성숙 선생님의 상담기법인 현실역동상담의 이론적인 틀을 소개할 뿐 아니라, 구체적인 사례까지 나와 한국인의 심리에 맞는 상담기법을 쉽게 이해할 수 있다.

『심리학으로 보는 조선왕조실록』

심리학자이자 심리학 칼럼니스트로 활동하면서 책을 여러 권 출간했다. 책을 출간할 때마다 내가 할 수 있는 최대한의 노력을 하지만, 그중에서도 가장 애를 많이 쓴 것이 바로 이 책이다. 그도 그럴 것이 비전공자가 역사, 그것도 조선의 역사를 소재로 삼는다는 것 자체가 대단한 모험이기 때문이다. 조선은 어떤 시기보다 역사학자는 물론 일반인까지 가장 관심을 많이 받는 시대다. 연구 결과도 많고, 논란도 많을 수밖에 없다. 불필요한 오해 소지를 줄이고, 역사적인 내용에서 허점을 남기지 않기 위해 정말 많은 책으로 조선 역사를 공부하며 집필했다.

이 책은 조선왕실에서 벌어진 역사적 사건을 심리학자의 눈으로 재해석한 것이다. 권력을 둘러싼 아버지와 아들의 갈등, 중전과 후궁의 암투, 형제의 갈등, 원수를 갚기 위한 복수, 아무리 노력해도 인정받지 못하는 마음 등 한국의 직전 왕조인 조선왕실의 이야기에서 마음을 읽어낸다.

어떤 이들은 왕실에서 벌어진 일이라고 하니 과연 일상을 살아가는 보통 사람들의 마음을 잘 담아낼 수 있을까 생각한다. 그러나 조선왕실의 이야기는 영화와 드라마, 연극과 뮤지컬, 소설과 다큐멘터리로 재생산되면서 대중에게 뜨거운 사랑을 받고 있다. 이것은 왕실 사람들의 마음이 지금 이 시대를 살고 있는 보통 사람들의 마음과 크게 다르지 않음을 증명하는 것이라 생각한다.

이 책을 읽는 사람은 순수하게 역사적 사실에 관심이 있어서라기보다는, 그 안에 들어 있는 마음에 관심이 있으리라 생각한다. 나 역시 이 책을 쓸 때 그런 기대를 하고 썼다. 비록 조선왕실의 이야기를 기반으로 글을 썼지만, 책을 읽고 난 후에는 오늘을 살아가는 나와 너, 우리의 마음이 더 잘 보이기를 바라는 마음으로 말이다.

공선옥孔善玉

『김약국의 딸들』
박경리 | 나남 | 1993

『우리들의 하느님』
권정생 | 녹색평론사 | 1996

1963년 전남 곡성 출생. 1991년 계간 『창작과 비평』 지에 중편 〈씨앗불〉 발표하며 등단했다. 장편 『오지리에 두고온 서른살』, 『시절들』, 『붉은 포대기』, 『수수밭으로 오세요』, 『유랑가족』, 『영란』, 『내가 가장 예뻤을 때』, 『그 노래는 어디서 왔을까』, 소설집 『피어라 수선화』, 『멋진 한세상』, 『명랑한 밤길』, 『은주의 영화』, 산문집 『마흔에 길을 나서다』, 『행복한 만찬』, 『자운영꽃밭에서 나는 울었네』 등이 있다. 신동엽창작기금, 만해문학상 등을 받았다.

그들을 알지 못하면, 한국의 마음을 알지 못하리

『김약국의 딸들』

어떤 사람이 외국으로 이민 갈 때 짐 속에 기어코 챙겨간 책 한 권이 박경리의 『김약국의 딸들』이라고 한다. 나 같아도 그랬을 것 같다. 이 소설은 소설이기도 하지만 사실 소설 속 시대(구한말과 일제강점기)와 공간(통영을 중심으로 한 경상남도 해안지역)에 관한 극사실적인 보고서이기도 하다. 손에 잡힐 듯 구체적인 공간 속에서 그 시간을 살아낸 사람들에 관한 이토록 '사무친' 보고서적 소설을 이민 짐 속에 챙겨간다는 것은, 한국을, 한국에서의 시간을 챙겨간다는 의미일 것이다. 그 공간과 그 시간 속에서 자신이 살면서 보았던 하늘과 땅과 산과 강, 아침과 낮과 저녁과 밤들을 버리지 않고 가져간다는 뜻일 것이다. 그 하늘과 땅과 산과 강의 빛깔, 냄새, 소리들을, 그 아침과 낮과 저녁과 밤들의 결과 촉감과 정서들을 잃어버리지 않겠다는 비장함일 수도 있겠다. 정서를 다른 말로 하면 마음일 것이다.

한국의 정서, 한국의 마음을, 이토록 세밀하게, 이토록 아름답게 구현해낸 소설은 낯선 공간과 시간 속으로 들어가는 사람에겐 일종의 부적이나 보약 같은 것이 아닐까. 돌아갈 집이, 고향이, 가족과 일가가 있는 사람은 그가 아무리 천지사방을 떠돌며 풍찬노숙을 한다 해도 낯선 공간에 기죽지 않을 수 있고 험난한 시간 속에

맥없이 휩쓸리지 않을 수 있다. 문학, 그리고 소설이 이렇듯 마음의 고향이 될 수도 있다. 그리고 『김약국의 딸들』은 마음의 고향으로서의 역할을 충분히 해내고도 남는 작품이다. 또한 이 소설은 박경리의 대작 『토지』가 나올 수 있었던 배경이 되는 작품이 아닐까. 『김약국의 딸들』이 쓰여지지 않았다면 『토지』의 광대무변한 세계가, 그 산천이, 그 사람들이 그토록 생생하게 이 세상에 나오기는 어려웠으리라는 생각이 든다. 그런 점에서 『토지』를 읽기 전에 먼저 『김약국의 딸들』을 읽기를 권한다.

『우리들의 하느님』

권정생의 저작을 읽는다는 것은, 내겐 왠지 엄마의 낡은 '지지미' 셔츠에 코를 박는 느낌이다.

1970년대 한국의 농촌은 내게 전통적 생활 형태와 산업화 시대의 생활 형태가 절묘하게 교차되는 풍경이 곳곳에서 자연스럽게, 혹은 충돌하면서 보여지던 시기였다.

엄마의 지지미 셔츠도 그런 풍경 속의 의복이다. 직물의 변천사를 말하자면, 그때까지도 엄마는 어려서부터 해오던 일을 했다. 대마를 길러서 베어서 삼굿에 쪄서, 껍질을 벗겨내서 잿물에 담그고, 빨아 말려서, 실을 잣아서, 물레에 실을 감아서, 실을 날아서, 물을 들여서 베틀에 올려서 삼베를 짜는 일이라든가, 누에씨를 받아서, 뽕을 먹여 누에를 길러서, 고치를 따서, 고치를 삶아서, 비단실을 내서, 명주를 짜는 일이라든가, 미영을 심어서, 열매를 따서, 씨를 발라내서, 북에 넣어 실을 뽑아서, 무명을 짜는 일 같은 것을 엄마는 그때까지도 다 했다. 엄마는 그렇게 짜낸 삼베라든가, 모시라든가, 명주라든가, 무명천을 장에 내다 팔아서 지지미 옷을 사왔던 것이다. 엄마가 사온 그 화학 천은 삼베라든가 명주라든가 무명처럼 쉽게 찢어지거나 닳지 않는 직물이라 했다. 아무리 그래도 나는 엄마가 애써서 짠 그 천들을 팔아서 사온 '찢어지거나 닳아지지 않는' 그 지지미 옷이 왠지 슬펐다.

권정생의 소설이라든가, 산문을 읽으면 나는 왜 그런지는 몰라도 항상 엄마가 밤새워 짠 '나이'라거나 '베'라고 부르던 그 천연 직물을 팔아서 사가지고 온 지지미 옷 생각이 난다. 그 생각이 나면서 말로는 설명하기 어려운 '코끝이 아리는' 증세를 느낀다. 권정생이라는 인물은, 그 인물의 저작물에서는 늘 그렇게 '코끝이 아리는' 정서가 배어 있다. 그리고 그 또한 한국의 마음일 터이다. "겨울이면 아랫목에 생쥐가 이불 속에 들어와 함께 잤다"는 권정생을 알지 못하면 한국의 어떤 한 '마음' 또한 알지 못하리.

권영필 權寧弼   미술사학자

『무량수전의 배흘림 기둥에 기대서서』

최순우 | 학고재 | 2021(초판 1994)

『흙 속에 저 바람 속에』

이어령 | 문학사상사 | 2008(초판 1963)

『티베트인·한국인의 사유방법(チベット人·韓國人の思惟方法)』(中村元選集, 第4卷)

나카무라 하지메(中村元) | 春秋社 | 1993

전 한국예술종합학교 교수(정년). 서울대학교 미학 전공(석사), 국립중앙박물관에서 한국미술사 수학, 파리III 대학에서 중앙아시아 미술사, 쾰른대학에서 동양미술사를 전공(철학박사)했으며, 영남대 교수, 고려대 교수, 상지대 초빙교수로 재직했다. AMI 아시아 뮤지엄 연구소 대표, 한국미술사학회 회장, 중앙아시아학회 회장을 역임했다. 고려대학교 학술상, 월간미술 대상, 우현 고유섭상을 수상했으며, 일본미학회 정회원(1987)이다. 『예술에서 정신적인 것에 대하여』(역서, W. 칸딘스키 원저), 『에카르트의 조선미술사』(역서, A. 에카르트 원저), 『한국의 미를 다시 읽는다』(공저), 『미적 상상력과 미술사학』, 『문명의 충돌과 미술의 화해』, 『실크로드의 에토스』 등을 펴냈다.

『무량수전의 배흘림 기둥에 기대서서』

한 민족이 지니고 있는 '마음'은 다양한 각도에서 표출된다. 그것은 문학작품에 드러나기도 하고, 때로는 미술에서 나타나기도 한다. 미술사가 최순우(1916~1984)는 한국 고미술의 특성을 일컬어 한국인의 '마음씨의 자취'라고 칭했다.

나는 대학에서 미학을 전공하고, 한국미술을 공부하러 국립박물관의 최순우 선생 문하에 들어갈 기회를 가졌다. 그때 여러 경험 중에 한두 가지가 지금까지도 잊히지 않는다. 그분은 외국에서 손님이 오면, 저녁식사 자리에 으레 말석의 젊은 직원까지 초청해 소개하고, 그가 무슨 일에 관심이 있는지 그 손님에게 알리기도 한다. 남을 배려하고 특히 젊은이를 아끼는 이러한 마음씨가 우리 주변에서 볼 수 있는 보편적인 사례에 속하는지는 알 수 없지만, 하나의 특성임은 분명하다. 최순우가 내세운 우리 민족의 '마음'은 그가 일생 동안 집필한 한국미술품에 대한 미학적 평가와 때로는 비판에서 부각된다. 그가 남긴 『무량수전의 배흘림 기둥에 기대서서』는 작품과 작품을 완상하는 감상자의 마음을 밀착시켜 우리 자신의 마음이 어떤 방향으로 열려 있었는지를 알게 한다. 그가 내세운 작품들을 직접 소개하며 우리 심성의 특징을 구명해보자.

백자용무늬 항아리 : 이 그릇을 쓰는 사람들의 마음이 모두 함께 천하태평이었으니 한국 민족은 필시 멋을 만들고 즐길 줄 아는 복받은 족속이

라고 생각해보게 된다.(483쪽)

백자 달항아리 : 형언하기 힘든 부정형의 원이 그려주는 무심한 아름다움을 모르고서는 한국미의 본바탕을 체득했다고 말할 수 없을 것이다. 백자항아리들에 표현된 원의 어진 맛은 그 흰 바탕색과 어울려 너무나 욕심이 없고 너무나 순정적이어서 마치 인간이 지닌 가식 없는 어진 마음의 본바탕을 보는 듯한 느낌이다.(484쪽)

더욱이 이 대목에서 우리의 심금을 울리는 표현은 '무심한'이다. '무심'의 사전적 정의는 '세속적인 욕망이나 가치판단에서 벗어난 마음의 상태'인데, 그런 경지를 우리가 매양 유지하며 산다고는 할 수 없으되 우리에게는 그런 도가적인 심성이 때로 발현됨을 부인할 수 없을 것이다.

백자 구름용무늬 항아리 : 조선시대의 청화백자나 철화백자 항아리에 그려진 용 그림 중에는 자유와 활력과 치기가 한데 곁들여져서 일종의 마음 개운한 해학의 아름다움을 이루어주는 예가 적지 않다. 어쨌든 두렵고 영검스러운 용을 마구 주물러서 이렇게 버러지처럼 마주 바라보게 한 조선 도공의 구수한 심성이 한층 고맙다고 해야 옳을지도 모른다.(502쪽)

'개운한 마음', '구수한 심성'의 특징이 우리의 일상적인 마음의 표현이 아니겠는가 생각되기도 한다.

창덕궁 낙선재 : 하늘을 향해 두 처마 끝을 사뿐히 들었지만 날아갈 듯한 경쾌도 아니요 조잡한 듯하면서도 온아한 미덕과 질소한 기능과 구조가 이 지붕 밑에 한국 사람들의 담담한 마음씨를 담기에 참으로 격이 맞다.(20쪽)

이 건축의 '조잡한 듯하면서도 온아한' 구조적 특징은 마치 헤겔의 '정·반·합'의 이념적 질서가 결론짓는 합일의 미학을 드러낸다는 느낌이다.

『흙 속에 저 바람 속에』

문학평론가로 알려진 이어령(1934~2022)은 약관의 나이에 발표한 『흙 속에 저 바람 속에』 서문에서 "말은 수학이 아니다. 한자에서 온 말에 우리 토속어를 붙여 말하는 것 자체가 한국말의 특성이요, 한국인의 마음이라는 것을 나는 여러 글에서 언급한 적이 있다"(8쪽)고 하며, 또 그 책의 부제를 '한국 최초의 한국인론'이라고도 했다. 우리가 알고자 하는 '한국인의 마음'을 주제로 쓴 책이다. 앞에서 최순우 선생이 한국 미술품에서 한국인의 마음을 드러내고자 했다면, 이어령 선생은 문학작품뿐 아니라 일상 속의 수필적 경험에서 그 특징을 밝히고자 한 것이다. 특히 한국과 외국의 생활문화를 상호 비교하는 관점에서 풀어낸 것이다.

1988년 올림픽을 한일이 공동주관하며 성공적으로 마무리했음은 우리 모두 잘 아는 사실이다. 대회의 오프닝 세리머니 때의 일이다. 개회식 순서가 시작되기 바로 전, 운동장 한 모퉁이에서 어린이가 굴렁쇠를 굴리며 대회장 중심부로 진입하는 의외의 광경에 모두 어리둥절했던 기억이 난다. 이어령의 작품이다. 동화적인 순수성이 고귀한 스포츠 정신을 기리게 하며, 어린이를 통해 우리 민족의 참마음을 표출하려는 의지를 세계인에게 보여주고자 한 것이 아니겠는가.

그가 『흙 속에 저 바람 속에』에서 내세운 한국인의 마음은 매우 순수했으며, 때로는 순정적이기조차 하다.

한복을 지킨 사람들 : 범람하는 외세의 물결 속에서도 마지막 울타리를 지킬 줄 아는 이 민족의 슬기를 아무도 부정할 수 없을 것이다. 겉으로 보면 이(異)민족의 세력에 100퍼센트 동화하는 것 같으면서도, 기실 한국 역사의 그 어두운 저류에 흐르고 있는 것은 그 누구의 것도 아닌 이 나라의 마음이었던 것이다.(101쪽) 오늘의 한복을 만든 것은 한국의 그 흙이나 바람이었다.(102쪽)

한국의 흙이나 바람처럼 변하지 않는 자연 요소에 빗대어 우리 민족의 성품을 드러낸 것이다.

기침은 은근한 노크 : 은근한 교통. 이것이 저 내부의 풍경이 보일락말락 하는 '돌담'의 반개방성에서 엿볼 수 있는 한국인의 마음이다. 반은 열고, 반은 닫아둔다. 갓 결혼한 새며느리가 있는 건넌방 문 앞에서 군 기침소리를 내는 시아버지의 그 마음, 그것은 저녁 호수의 빛깔처럼 은은한 데가 있다.(74쪽)

여기에서 갑자기, '은근과 끈기'가 우리 민족성의 긍정적 측면이라고 주장(조윤제)한 사례가 떠오르기도 한다.

한국의 숭늉 맛 : 이렇게 숭늉이나 막걸리에는 다 같이 '무성격 속의 성격'이라는 아이러니가 있는 것이다. 맛이 있다면 '맛 없는 맛'이라고 부를 수밖에 없는 역설적인 미각이다. 평생을 수수하게 살아갈 수밖에 없었던 은자(隱者)의 마음이다.(94쪽)
'투명하지 않은 것은 프랑스적이 아니다'라는 말이 있으나 우리의 경우에 있어서는 그와 반대로 '탁하지 아니한 것'은 한국이 아닌 것이다.(95쪽)

맑지 않은 면이 우리 정서에 있다고는 할 수 있으나, 전적으로 맑지 않다는 주장은 감당하기 어려울 것 같다.

『티베트인 · 한국인의 사유방법』

한국의 미학자와 미술사가, 일본의 미학자와 인문학자가 의기투합하여 1992년 '한일학생미학회'를 창립했다. 특히 대학원생들의 미학적, 문화적 연구 관점을 중요한 이슈로 관찰하고자 했다. 매년 한국과 일본에서 여러 행사가 열렸는데, 한국에서는 영남대, 이화여대, 고려대, 한국예술종합학교 등이 주관하고, 일본에서는 히로시마대학과 고베여학원대학이 주관했다. 양국 학자들이 모여 발표하고, 양국의 미학적 연구 특성을 서로 검토하고, 발표논집을 발간했다. 문화탐방 또한 중요하여 박물관, 사찰 유적지 등을 순방했다.

일본에서는 하마시타 마사히로(濱下昌宏, 고베여학원대학) 교수가 대표 운영위원이었는데, 그분이 14회(2008) 논집에서 미학 이외에 학회의 지향 이슈에 대해 다음과 같이 서술했다. "일본과 한국: 역사, 국민성, 문화; 역사·기억('cultural memory')·미래에의 건설적 관계의 가능성; 유사성·유사성 속에서의 차이성 등."(5쪽)

이와 같은 관점 속에 양국의 국민성 문제가 대두됨은 필요충분조건으로 이해된다.

그런데 하마시타 교수가 내게(한국 측 운영위원) 선물한 책 중에 나카무라 하지메(中村元, 1912~1999)의 『티베트인·한국인의 사유방법』이 있다. 필자가 보기엔 사실상 '사유'와 종교, 마음은 종횡으로 연결돼 있는 것이다. 한편 외국인의 관점에서 한국인의 마음을 통찰한다는 것은 의미가 깊다고 할 수 있다. 왜냐하면 객관성이 어느 정도 담보되기 때문이다.

불교학자인 나카무라 하지메는 한국인이 특히 가족관계를 중시하는 점에 주목한다. "한국인은 함께 산다는 것을 이상으로 여깁니다. 남녀의 애정표현에도 '함께 살자!'라고 합니다."(245~246쪽) 그는 또한 한국학자 이우성의 견해(『한국의 歷史像』, 平凡社, 1987)를 인용하면서 한국인의 심성을 밝히고자 했다. "금일 한국인의 의식 구조 속에는 성리학의 요소가 많은 비중을 차지하고 있습니다. 한국 국민은 성리학을 토대로 한 유교적 의식이 상대적으로 짙게 남아있습니다. 여기에는 장점과 단점이 있습니다. 예를 들면, 1. 명분이 실리에 앞선다. 2. 권위주의에 대한 복종을 상급자에 대한 도리로 분별하고 있다. 3. 내세관이 없고, 현실에 집착함이 강하다. 4. 절조관념이 강해서 부당한 타협을 바라지 않는다. 5. 전통을 중시하고, 자존심이 높다. 등. 이런 것들이 모두 곧바로 유교로부터 온 것으로 단정지을 수는 없지만, 적어도 한국인의 의식구조를 말할 경우 유교를 떠나서 생각할 수 없다고 말할 수 있겠습니다."(이우성, 264~265쪽)

이에 대해 하지메는 "이상과 같이 지적된 역사적 배경을 고려하면서, 다시 한번 현재의 한국 불교 실천의 방법을 재검토하자"라고 하여 한국인의 의식성을 다시금 불교적으로 해석하려는 의지를 내비치고 있음을 본다.

권재일 權在一

국어학자

1. 『우리말 존중의 근본뜻』

최현배 | 정음사 | 1953

(『외솔 최현배 전집 19』로 다시 펴냄 연세대학교 출판문화원 | 2012)

2. 『우리 말글에 쏟은 정성과 노력: 주시경과 그 후계 학자들』

리의도 | 박이정 | 2022

3. 『말로써 행복을』

권재일 | 박이정 | 2023

1953년 한국 영주 출생. 서울대학교 언어학과에서 문학박사 학위를 받고, 서울대학교 인문대학 언어학과 교수를 거쳐 현재는 서울대학교 명예교수 겸 한글학회 이사장이다. 주로 일반언어학을 바탕으로 한국어 문법과 문법변천사에 대한 연구를 수행하고 있다. 또한 알타이언어 현지조사에 참여했으며, 남북언어 표준화를 비롯한 언어정책 연구에도 관심을 기울였다. 그동안 서울대학교 인문학연구원장, 남북공동의 겨레말큰사전 편찬위원장, 대한민국 국립국어원장, 한글학회 회장 등을 역임했다. 주요 저서로는 『한국어 문법론』, 『한국어 문법사』, 『남북 언어의 문법 표준화』, 『언어학사강의』, 『세계 언어의 이모저모』 등이 있다.

49

말은 마음의 꽃이다

인류 역사는 문화와 더불어 시작되었으며, 인류 사회의 발전은 곧 문화의 발전이다. 그런데 이러한 문화를 지탱해주는 가장 중요한 요소는 언어다. 인류 사회는 의사소통의 도구인 언어를 통해 경험과 지혜를 쌓아 결과적으로 문화를 형성한다. 따라서 언어는 인류 문화를 발전시키는 원동력이라 할 수 있다. 또한 언어는 이를 사용하는 사람들의 정신세계(=마음)를 형성해왔다. 이렇듯 언어에는 문화가 반영되어 있고, 그 언어를 사용하는 사람들의 마음을 형성해왔으니, 가히 언어는 마음의 꽃이라 할 만하다.

이제 앞에서 소개한 저서에 나타난 언어와 마음의 긴밀한 관계에 대한 선각자들의 생각을 살펴보자. 이들 선각자들은 한국어를 지키고 국민들이 더 나은 언어생활을 할 수 있도록 온 정성을 쏟았다. 이들의 정성은 우리 겨레의 참다운 삶을 가꾸는 마음을 줄기차게 펼쳤다.

주시경

주시경 선생(1876~1914)은 서른여덟 짧은 생을 살았다. 그는 나라의 힘과 겨레 정신의 근본적인 바탕이 되는 말과 글을 연구하고, 널리 펴고, 가르치는 일에 온 힘을 다했다. 주시경 선생은 우리말은 우리 겨레의 정신과 문화의 뿌리이며, 말과 마음, 말과 나라는 밀접한 관계가 있다고 주장했다. 말은 그것을 쓰는 사람들의 마음을 좌우하는 힘이 있어서, 같은 말을 쓰는 사람들은 비슷한 마음(=정신세계)을 지닌다고 했다. "말은 사람과 사람의 뜻을 통하는 것이라. 한 말을 쓰는 사람과 사람끼리는 그 뜻을 통하여 살기를 서로 도와줌으로 그 사람들이 절로 한 덩이가 되고, 그 덩이가 점점 늘어 큰 덩이를 이루나니, 사람의 제일 큰 덩이는 나라라. 그러하므로 말은 나라를 이루는 것인데, 말이 오르면 나라도 오르고, 말이 내리면 나라도 내리나니라. 이러하므로 나라마다 그 말을 힘쓰지 아니할 수 없는 바니라. 글은 말을 담는 그릇이니 이지러짐이 없고 자리를 반듯하게 잡아 굳게 선 뒤에야 그 말을 잘 지키나니라. 글은 또한 말을 닦는 기계니 기계를 먼저 닦은 뒤에야 말이 잘 닦아지나니라. 그 말과 그 글은 그 나라에 요긴함을 이루 다 말할 수가 없으나, 다스리지 아니하고 묵히면 덧거칠어지어 나라도 점점 내리어 가나니라." (앞의 저서 2, 3에서 인용)

최현배

최현배 선생(1894~1970)은 나라 잃은 어려운 시대에 주시경 선생의 뜻을 이어받아, 우리말과 우리글을 연구하는 것은 우리 겨레문화를 지키는 것이고, 겨레문화를 지키는 것은 바로 나라를 되찾고, 겨레를 지켜나가는 길이라 생각했다. 이렇듯 최현배 선생은 우리말을 연구하는 기틀을 마련하고, 이를 바탕으로 우리말을 지키고 가구는 일을 한평생 실천해온 우리나라를 대표하는 국어학자, 국어 운동가다.

그의 대표적인 저서 『우리 말본』 머리말에서 "한 겨레의 문화 창조의 활동은, 그 말로써 들어가며, 그 말로써 하여 가며, 그 말로써 남기나니: 이제 우리말은, 줄잡아도 반만년 동안 역사의 흐름에서, 우리의 창조적 활동의 말미암던 길이오, 연장이오, 또 그 성과의 축적의 끼침이다."라고 말했다. 또한 저서 『우리말 존중의 근본 뜻』에서 "말은 정신의 표현이요, 자유의 산물이다. 말은 자유 정신의 창조이다. 말은 다만 창조로 성립되는 것일 뿐만 아니라, 사랑을 창조하며, 슬기를 창조하며, 생활을 창조하는 것이다. 그러므로 말은 자유 정신 창조의 결과인 동시에, 또 자유 정신 발현의 원인이요, 수단이다."라고 하여, 말과 마음의 관계를 분명하게 밝혔다. (앞의 저서 1, 2, 3에서 인용)

정태진

정태진 선생(1903~1952)은 일제강점기에 일본의 우리말 말살 정책에 항거하여 우리말을 지키면서 교육했다. 특히 조선어학회에서 국어사전 편찬에 온 힘을 기울였다. 마침내 1947년 한글날에 『조선말 큰사전』 첫째 권을 세상에 내어놓았으니, 이것은 민족문화사에서 획기적인 업적이다. 정태진 선생은 말, 마음, 문화에 대해 다음과 같이 말했다. "언어가 아니면 우리의 문화를 무엇에 담으며,

언어가 아니면 우리의 마음은 무엇으로 나타내랴? 언어가 그릇일
찐대 우리는 이 그릇을 더욱더욱 아름답게 든든하게 만들어야 될
것이며, 언어가 거울일찐대 우리는 이 거울을 더욱더욱 맑고 깨끗
하게 닦아야 될 것이 아니랴?"

"만일 우리 인류에게 언어라는 아름다운 보배가 없었던들 오늘
날 우리 인류가 가장 자랑하는 모든 문화는 움도 싹도 터보지 못
하였을 것이다. 언어가 없는 곳에 국가가 어디 있으며, 언어가 없는
곳에 역사가 어디 있으며, 언어가 없는 곳에 교육이 어디 있으랴?
우리의 국가, 우리의 역사, 우리의 교육은 오직 우리의 언어를 통
하여 처음으로 그 존재를 나타내고, 그 가치를 드러내게 되는 것이
다." (앞의 저서 2, 3에서 인용)

김선기

김선기 선생(1907~1992)은 일제강점기에는 조선어학회에서 우리
말을 연구하며, 광복 이후에는 서울대학교에서 언어학을 교육하면
서 말과 겨레의 관계, 말과 생각의 관련을 중시하는 언어관을 정립
했다. "말은 유한 세계와 무한 세계 사이에 다리를 놓는 무지개와
같다. 끝없이 이 깊은 누리로 우리를 이끌고 가는 힘이 있고, 모든
문화를 창조하는 틀이요, 문화를 담아 두는 그릇이라, 사람이 가지
고 있는 모든 보화 가운데 가장 귀중한 것이다."

"생각은 나의 세계요, 행동은 남의 세계인데, 말은 생각과 행동,

달리 말하면 나와 너를 다리 놓는 무지개이다. 말은 나와 너 사이의 다리라 하였거니와 나와 네가 이루는 우리의 산물이다. 우리가 없이 말은 없다. 그러므로 말 자체가 우리의 생각의 모습을 작정하는 중요한 구실을 한다. 원래 생각은 마음의 활동이요, 마음은 나의 세계이므로, 내 속의 생각은 나밖에 알 도리가 없다. 그러나 생각과 말의 관계는 떼려 해야 뗄 수 없고 끊으려 해야 끊을 수 없다." (앞의 저서 2에서 인용)

허웅

허웅 선생(1918~2004)의 우리말 연구는 겨레문화를 잇고 가꾸는 데서 시작했다. 우리말이 우리 겨레의 정신과 문화의 뿌리라는 생각은 허웅 선생 학문의 바탕이 되었으며, 평생을 일관되게 지닌 학문 태도였다. 그러한 면에서 허웅 선생은 탁월한 학문 업적을 남긴 국어학자이자, 우리 겨레문화와 정신을 꿋꿋하게 지킨 국어 운동의 실천가다.

그의 저서 『언어학개론』에서 "언어는 단순히 의사소통의 도구에 그치는 것이 아니다. 언어를 통하여 인류 사회는 서로 협동하여 문화를 발전시켜왔다. 인류는 동시적 협동뿐만 아니라 계기적 협동이 가능하여 한 사람이 습득한 지식이나 경험을 다른 사람에게, 그리고 다음 세대에 전수하는 능력을 가졌다. 이러한 계기적 협동이 가능한 것은 오로지 인류가 말을 할 수 있기 때문이다."라고 언어의 가치를 밝혔다. 한 겨레의 말은 그 겨레의 창조적인 정신 활동으로 말미암아 만들어졌고 다듬어져가는, 정신의 가장 거대한 소산일 뿐 아니라, 이 일은 또한 겨레의 고유한 정신세계(=마음)를 형성하는 데 다른 어떠한 요인보다도 더 큰 영향력을 발휘하는 것임을 강조했다. (앞의 저서 3에서 인용)

김건숙 金建淑

『바느질하는 여자』
김숨 | 문학과지성사 | 2015

『현의 노래』
김훈 | 문학동네 | 2012

읽고 쓰는 사람, 그림책활동가, 숲해설가이다. 책, 나무, 책방을 사랑한다. 그림책과 숲 책을 중심으로 한 공간 '안녕숲'을 꾸려 그림책과 숲 관련 프로그램을 기획하고 강의한다. 지은 책으로는 『책 사랑꾼 이색 서점에서 무얼 보았나?』(교보문고 오늘의책 선정), 『책 사랑꾼 그림책에서 무얼 보았나?』, 『비로소 나를 만나다』, 『붉은토끼풀이 내게로 왔다』가 있다.

'지금'을 살다

『바느질하는 여자』

쉼이 간절할 때 책장의 표지들을 훑다가 꺼낸 것이 김숨의 『바느질하는 여자』였다. 학창시절 자수, 뜨개질, 바느질 등의 실기 수업을 좋아하지 않았다. 솜씨가 없어 언니가 대신 해준 것으로 점수를 받기도 했다. 그런데 나이 들수록 손으로 만든 물건들에 많이 끌린다. 거기에는 고유한 질감이 있고 만든 이의 숨결이 살아 있다. 가만히 보고 있노라면 만난 적도 없는 만든 이의 손과 마음이 그려지기도 한다. 그러한 점들에서 해방감을 느끼는지도 모른다. 그래서 그때에도 『바느질하는 여자』를 무심코 골랐을 것이다.

몸과 마음을 바람처럼 풀어놓고 싶었던 기대와는 달리 책 속으로 들어갈수록 주인공의 누비바늘이 나를 꿰어서 곧게 세우는 것 같았다. 호흡마저 정제되었다.

등장인물들의 삶과 시대상이 먹물처럼 무겁고 어둡다. 산업화 물결에도 전통 바느질을 고집스럽게 붙들고 있는 주인공의 삶과 누비바느질, 그리고 인물들의 심리를 섬세하고 뛰어나게 묘사해서 630페이지나 되는 분량이 많다고 여겨지지 않았다. '한국인의 마음'이란 키워드에서 가장 먼저 떠올린 책이다.

첫 문장이 "어머니가 딸들을 서쪽 방으로 부른 것은 오후 느지막이였다"이다. '서쪽'과 '오후 느지막이'에서 복선이 읽혔다. '어머니' 수덕이 한복 골목을 나와 두 딸을 데리고 들어온 '우물집' 역시 소설의 분위기를 이끄는 중요 단어다. 스스로를 서쪽 방에 가두고 바느질에 매달려 살아가는 수덕의 삶이 우물의 삶이었다. 어둡고 깊은 우물에서 물을 길어 올리듯 수덕은 서쪽 방에서 한 땀 한 땀 누벼서 옷을 완성한다. 걸리는 시간이 짧게는 3~4개월, 길게는 1년이었다. 작업할 때에는 바늘땀 하나에 온 정신을 쏟았다. 수덕은 몸이 무너지고 정신이 혼미해질 때까지도 바늘을 놓지 않았다.

"똑같은 바늘땀들의 반복을 통해 아름다움에 도달하지. 자기 수양과 인내, 극기에 가까운 절제를 통해 최상의 아름다움에 도달하는 게 우리 전통 누비야. 다른 나라에도 없는 우리나라에만 있는 고유한 침선법이지."(409쪽)

누비바느질은 가장 단순하고도 가장 어려운 바느질법이다. 숨 막히도록 엄격하고 느린 기법이어서 자기 수양과 인내, 절제를 통해 완성된다는 표현도 나왔을 터이다. 수덕이 사용한 옷감은 광목, 무명, 명주다. 거기에 감이나 쪽, 오배자 같은 자연물로 물들인 뒤 다듬이질하고, 올을 튕겨 누빌 선을 표시하고, 치수를 재어 도안 뜨고, 마름질하고, 실에 초를 입혀 앞뒤 맞춘 천과 천 사이에 목화솜이나 누에고치, 또는 종이 같은 충전재를 넣은 뒤 바느질을 한다. 복잡하고 많은 정성을 들여야 하는 준비과정도 마음 수양이고 수행이 아닐 수 없다.

누비바느질 정신이 자기 수양과 수행이라면, 그것은 조선의 선비 정신과도 닿아 있다. 선비들이 추구한 것이 끊임없는 자기 수양이었다. 글을 읽고, 시를 쓰고, 그림을 그리고, 백자를 사랑한 것도 욕심을 줄이고 마음을 다스리기 위한 행위였다. 수덕의 마음에서 그런 조선의 선비 정신을 보았다.

『바느질하는 여자』를 처음 읽을 때엔 누비바느질이 전하는 철학적인 면에 집중됐다면, 두 번째 읽을 때는 다른 면에 몰입됐다. 코로나시기에 자연을 가까이하면서 숲 공부를 한 덕분인지 전에는 보지 못한 다채로운 자연의 세계를 만날 수 있었다. "저고리 깃을 부추 씨 정도 내려서 굴릴게요"란 문장에서 한참을 머물렀는데 자연을 사랑하고 가까이하는 수덕의 삶을 읽을 수 있었다. 소설에선 이처럼 숫자 대신 곡식이나 씨앗, 열매, 나뭇잎을 치수 단위로 사용하고 나무, 꽃, 계절이 계속해서 등장한다. 수덕이 딸들에게 글을 가르칠 때에도 이름 다음으로 자연 이름을 익히게 한다. 시간이나 빛깔 등도 다채로운 자연물로 말하고 있다. 예를 들면 다음과 같다.

"오른쪽 눈썹 위 작두콩처럼
애기오줌색, 우물가이끼색, 폐병쟁이입술색, 꼬막털색, 뭉게구름그림자색, 잉어부리색, 소뼈우린색, 오리기름색, 저수지물색
새벽은 세상 모든 눈동자가 익은 밤송이처럼 열리는 시간이야."

자연을 귀히 여기고, 자연을 섬기고, 자연에게서 삶을 배웠던 조

상들의 순한 마음이 소설 곳곳에 녹아 있다. 이것은 작가의 마음 속에 그 '한국인의 마음'이 아로새겨져 있기 때문일 것이다. 『바느 질하는 여자』는 '한국인의 마음'이란 창으로 볼 때 여러 시선으로 읽을 수 있는 소설이지만 지면상 짧게 언급했다. 김숨은 이 작품을 쓰기 위해 공방에서 누비바느질을 배웠다고 한다. 어쩌면 어린 시 절부터 몸에 체득되었을 자연에 대한 넓은 지식 위에 바느질 체험 이 더해져 작품을 돋보이게 했을지도 모른다. 누비바느질 하듯 한 자 한 자 써서 2,200자로 완성한 이 소설은 흡사 누비마고자 같다. 마음의 깃을 여미게 하는 소설이다.

『현의 노래』

김훈의 글은 단문으로 유명하다. 작가는 군더더기 없는 문체와 명료한 문장을 구사하려고 법전을 많이 읽었다고 한다. 한국의 지 식인 가운데 한 명인 고(故)이어령 교수는 그를 '어휘의 달인'이라 했다. 작가가 기자로 활동할 때의 한 동료기자가 한 말처럼 김훈의 글에는 현장을 뛰어다니며 흘린 땀방울이 배어 있다. 그 스스로도 자신의 생애에서 확인할 수 없는 단어는 사용하지 않는다고 한다. 이런 점들이 작가의 글에 독특하고 강한 힘을 부여해준다고 생각 한다. 어떤 대상을 눈이 아프도록 바라보고, 잠든 것에도 '귀를 기 울이고 또 기울여서 그것들이 작가의 몸과 혈관을 타고 돌다가 가 슴과 손끝에서 눈부시게 탄생하는 것이리라. 그의 글을 읽다 보면 거듭 감탄하게 된다. 그래서 작가의 책이 출간됐다 하면 소설이든 에세이든 무조건 사고 본다.

『현의 노래』는 국립국악원에 있는 악기박물관 진열장 속의 악기들을 10여 개월간 눈이 아프도록 들여다본 작가가 불러낸 우륵의 이야기다. 우륵은 가야의 궁정악사다. 가야는 소국들이 모여 있는 고대 국가연맹체로서 질 좋은 철이 많이 나와 여러 나라와 교역을 했지만 고구려, 백제, 신라인 삼국과는 달리 역사적 기록이 많이 남아 있지 않다. 음악을 통해 불안정한 사회를 하나로 통합하려던 가실왕의 명으로 우륵은 가야금을 만들고 12곡을 작곡한 인물이다.

소설은 가실왕의 죽음으로 시작한다. 가야가 더욱 힘이 약해지고 신라에 의해 무너질 날이 가까워졌을 무렵 우륵은 신라에 망명한다. 우륵은 진흥왕의 극진한 대우를 받으며 자신의 수명이 다할 때까지 신라에서 음악인의 삶을 살아간다.

"금이 갖추어지면 여러 고을의 소리를 따로따로 갖추어라. 고을마다 말이 다르고 산천과 비바람이 다르다고 들었다. 그러니 어찌 세상의 소리를 하나로 가지런히 할 수 있겠느냐. 고을마다 고을의 소리로 살아가게 하여라."(94쪽)

왕이 우륵에게 건넨 말이다. 가실왕은 고을마다 산천과 바람이 다르다는 것을 강조한다. 우륵은 고을들을 찾아다니면서 그곳에서 느끼고 들은 소리들을 챙겨서 가야금에 담았다. 우륵이 가야금을 뜯을 때 소리가 크게 굽이치고 낭떠러지로 곤두박질쳤다면 그 고을의 모습이 그러했기 때문이다. 여러 갈래가 휘몰아치면서 부딪히고 깨어지고, 부딪히는 소리들이 쏟아져 내렸다가 다시 가지런한 가락으로 잡히고, 가파르게 치솟아서 급한 물살을 이루다가 다시 잘게 갈라져서 흩어지는 것도 우륵이 그 고을들에서 보고 들은 것들이다. 그것들을 자신의 마음에 담았다가 가야금으로 뜯었다. 고을들의 바람과 물소리와 산천의 모습이 가야금에서 제각각 다르게 태어났지만 하나로 가지런히 모아졌다. 고을을 둘러싸고 있는 자연이 고을 사람들과 하나로 이어지고 그것이 사람들의 마음에 들어앉아 삶으로 다시 태어나는 것이다. 사람들이 무리 지어 사는 마을을 '동네'라 하는데 '같은 물을 먹는다'는 의미를 갖고 있다. 같은 물을 먹고, 같은 물소리, 바람소리를 듣고 같은 햇살을 받으며 산 사람들의 마음결은 서로 닮아 있을 터이다.

칼이 아니라 음악을 통해 나라를 하나로 묶으려고 했던 가실왕, 고을의 자연을 가야금에 담아 예술로 승화시킨 우륵의 모습에서 한국인의 삶과 심성이 자연에서 비롯되었음을 알 수 있다. 우륵이 적국에서 마음을 달랠 수 있었던 것도 가야금으로 고국의 자연을 불러올 수 있었기 때문이다. 크거나 화려하지는 않지만 고을의 소박한 자연이 그를 감싸 안아주었을 것이다. 먼 곳을 응시하며 가만가만 현을 뜯는 수염이 긴 노인이 그려진다.

『바느질하는 여자』의 수덕은 아기가 태어나서 가장 먼저 입는 배냇저고리도, 죽은 뒤에 입는 수의도 짓지 않았다. 자신에게 찾아오는 이들의 누비옷만을 지었다. 『현의 노래』 우륵은 '소리는 살아 있는 자의 것'이라는 신념이 있었다. 그래서 가야금을 가지고 신라로 갔으며 죽음 직전엔 몸처럼 여기던 가야금을 신라에 넘겨주었다. 두 주인공 모두 지난 과거에도 연연해하지 않고, 미래에 대한 막연한 환상도 갖지 않는다. 어떤 집착이나 소유욕도 보이지 않았다. 다만 '지금'을 살아갈 뿐이었다. 그것은 자연을 스승으로, 친구로, 가족으로 여기며 자신의 삶 속에 깊이 들여놓았기 때문일 것이다. 자연은 현재를 살아가는 대표적 존재다.

현대 도시인들 마음속에는 무엇이 자리하고 있고 어떤 시공간을 지나고 있을까? 이런 문학작품들을 자연 대체물로 삼아 잃어버린 마음을 찾아보는 것은 어떨까?

김경화 金暻和　　　　미디어 인류학자

『사람, 장소, 환대』

김현경 | 문학과지성사 | 2015

『마음의 말: 정동의 사회적 삶』

김예란 | 컬처룩 | 2020

1971년 통일되기 이전 서독 본에서 태어나 서울에서 자랐다. 서울대학교 인류학과를 졸업한 뒤, 종이 신문, 포털 사이트 등 복수의 미디어 현장에서 일했다. 일본 도쿄대학교 대학원 학제정보학부에서 석사, 박사 학위를 받았고, 도쿄대, 간다외국어대학 등에서 교편을 잡았다. 한국과 일본을 오가며 인터넷 문화에 대해 연구하며, 한국어, 일본어, 영어로 글을 쓴다. 우리말 저서로 『세상을 바꾼 미디어』(2013), 『21세기 데모론』(2018, 공저), 『모든 것은 인터넷에서 시작되었다』(2020), 『같은 일본 다른 일본』(2022) 등이 있고, 일본어 저서로 『휴대전화의 문화인류학(ケータイの文化人類学)』(CUON, 2014), 『이대남과 개딸: 한일 인류학자가 한국을 말하다(二代男と改革娘: 日韓の人類学者が韓国を語ってみた)』(晧星社, 2024, 공저) 등이 있다.

마음은 숨어 있다. 마음은 움직인다. 마음은 원래 그런 것이다. 그렇기 때문에 누군가의 마음을 이해하는 것은 어렵다. 실은 스스로의 마음을 들여다보는 것조차 쉽지 않은 일이다. 마음을 다스리는 것은 성자(聖者)들에게도 지난한 과제였지 않은가? 그러다 보니, 마음에 대해 깊이 있게 고찰한 사회과학적인 연구는 흔치 않다. 객관적인 고찰의 대상으로 삼기에는 마음이라는 것이 너무 주관적이고 유동적이기 때문이다. 이런 어려움에도 불구하고, 마음과 사회의 관계에 대해 깊이 있게 사유한 두 권의 사회과학 서적을 소개한다.

『사람, 장소, 환대』

인류학에서는 일반적으로 한 사회에서 오랜 시간에 걸쳐 형성되고 합의된 공통의 생활 양식을 문화라고 정의한다. 전통적인 의례나 관습 등 화려하게 스스로를 드러내는 문화도 있지만, 추상적인 관념이나 정신세계 속에 숨어 있어서 좀처럼 드러나지 않는 문화도 있다.

이 책은 사람, 장소, 환대라는 키워드를 통해 문화 속에 숨겨진 마음에 대해 인류학적으로 고찰한다. 마음이 늘 긍정적이고 너그러운 것은 아니다. 좋아하고 다정하게 포용하는 마음도 있지만, 싫어하고 혐오하며 거절하는 마음도 있다. 그리고 이 다양한 마음의 스펙트럼은 고스란히 상호작용과 사회적 질서에 반영되어 있다. 타인을 이해하고 존중하는 마음은 환대, 우정, 인정 등으로 나타나지만, 누군가를 거부하고 경멸하는 마음은 모욕, 낙인, 차별 등으로 나타나는 것이다. 저자의 예리한 문체는 마치 우리의 아름답거나 추악한 마음의 스펙트럼을 가만히 들여다보는 듯하다. 그리고 그 마음이 우리 사회의 일상생활과 질서의 구조에 어떻게 반영되어 있는지 담담하게 기술한다.

『마음의 말: 정동의 사회적 삶』

우리는 보통 말로 마음을 표현할 수 있다고 믿는다. 하지만 항상 흔들리고 변하기 쉬운 마음과, 명백하고 고정되어 있는 말 사이에는 항상 틈이 있다. 말은 마음을 그대로 비추는 거울 같은 것이 아니라, 스스로의 마음을 굳게 다잡기 위해 써 내려가는 일기장이나 러브레터처럼 취약한 종이 쪽지와도 같다.

이 책은 마음과 말로 만들어진 사회에 대한 사유를 담고 있다. 문화연구자인 저자는 신체의 느낌과 움직이는 마음을 뜻하는 정동(情動)이라는 개념을 주축으로 삼고 있다. 섬세한 사적 고찰과 현학적인 질문 사이를 끊임없이 오가며, 말이 어떻게 마음을 구체화하고, 세계를 움직이는 힘으로 작용하는지 기술한다. 저자에 따르면, 정동은 사회를 움직이는 변인이자 취약함의 근원이며, 진실을 드러내거나 혹은 숨기는 욕망이기도 하다. 또, 행복, 사랑, 진실과 같은 찬란한 개념들 역시 정동의 역동적인 작용 속에서 생성되고,

변화하는 삶의 단편이다. 결국 세계는 우리의 마음이 무방비로 드러난 말의 현장에 불과한 것이다.

두 저자와는 각각 사적으로 다소 친분이 있다. 하지만 그 때문에 그들의 책을 집어든 것은 아니다. 멀리서 혹은 지근거리에서 글쓴이의 삶에 대해 알 기회가 있었다는 것은 고마운 일이다. 덕분에 잔잔하고 힘 있는 글 뒤에 그들의 다정하고 신실한 마음이 있었다는 것을 알 수 있었다. 두 책 모두 사상가나 철학적인 개념을 빈번하게 인용한다. 모두에게 읽기 쉬운 글은 아닐지도 모른다. 하지만, 저자들이 고찰하는 개념들은 결국 우리 마음의 한 모습이다. 한 문장 한 문장을 읽어가다 보면, 타인에 대한 우리의 마음, 그리고 마음들이 모이고 모여서 만들어진 우리 사회에 대한 성찰을 경험할 수 있으리라 생각한다.

김연수 金衍洙 소설가

『양화소록(養花小錄)』

강희안 | 이종목 역해 | 아카넷 | 2012

30년 가까이 글을 쓰면서 『이토록 평범한 미래』, 『너무나 많은 여름이』, 『일곱 해의 마지막』, 『시절일기』, 『밤은 노래한다』, 『파도가 바다의 일이라면』, 『세계의 끝 여자친구』, 『사월의 미, 칠월의 솔』 등 장편, 단편, 에세이 등에 걸쳐 많은 책을 펴냈다.

『양화소록』

세상을 등지고 꽃을 들여다보는 마음

꽃을 자세히 들여다보게 된 것은 최근의 일이다. 길을 걷다가도 담장 너머로 고개를 내민, 혹은 밖에 내놓은 화분의 꽃을 보면 저절로 걸음이 멈춰진다. 에머슨의 말로 기억하는데, "꽃은 대지의 웃음이다"라는 말이 있다. 뜻밖의 폭소를 터뜨리는 사람들을 볼 때처럼, 한데 모여서 핀 꽃을 보는 마음에는 통쾌함마저 든다. 혼란스럽고 부조리하며 때로 끔찍하기까지 한, 이런 세상에 이토록 밝고 맑은 존재라니. 대지의 웃음이라는 표현은 참으로 절묘하다.

그래서 꽃을 들여다보는 마음은 소중하다. 그건 얼마든지 세상의 악과 부조리를 들여다볼 수 있음에도 불구하고 애써 밝고 맑은 쪽으로 고개를 돌리려는 마음을 뜻하니까. 악과 부조리를 외면하는 건 현실을 부정하는 게 아니냐고 꾸짖는 사람도 있으리라. 그런 이는 마음이 강한 사람이리라. 보통의 마음에게는 현실의 악과 부조리를 제대로 상대하기 위해서라도 한가롭게 꽃을 들여다보는 시간이 필요하다. 내가 조선의 책 중에서 『양화소록(養花小錄)』을 발견하고 안도한 이유도 거기에 있다. 『양화소록』을 쓴 강희안은 조선 세종 때 사람이다. 이 책에는 당시까지 전해온 꽃 키우는 법이 잘 정리돼 있다. 꽃을 빨리 피우게 하는 방법, 화분을 배열하는 법 등 재미있는 얘기들이 많다.

서문에 보면, "1449년 8월 한가한 직책에 임명된 뒤, 아침저녁 부모님께 안부를 여쭙는 일을 제외하고는 꽃을 기르는 것을 일과로 삼았다"라는 구절이 나온다. 그가 살았던 시대를 자세히 살펴보지 않아도 정치에 몸담은 그의 주변에 수많은 사건들이 벌어졌음을 짐작할 수 있다. 가장 잘 알려진 것은 1453년에 벌어진 계유정난이다. 수양대군이 조카인 단종을 죽이고 왕의 자리에 오르면서 생긴 정변인데, 이에 반대한 많은 선비들이 죽임을 당했다. 강희안 역시 후에 단종을 복위하려는 일에 연루돼 고초를 겪었다고 전해진다.

강희안은 시, 글씨, 그림에 모두 출중한 재능을 가졌다. 그의 대표적인 그림은 〈고사관수도(高士觀水圖)〉다. 그림에는 덩굴과 깎아지른 듯한 절벽을 배경으로 바위에 기대어 엎드린 자세로 물을 바라보는 선비의 모습이 그려져 있다. 덩굴과 절벽은 악과 부조리로 가득한 세상을 뜻하리라. 그런 세상을 등지고 그림 속 선비가 바라보는 것은 물이다. 이 얼마나 훌륭한 외면인가. 물은 때로 더러워지지만, 시간이 지나 모든 게 가라앉으면 더러운 건 물이 아니었다는 게 밝혀진다. 그러므로 물을 보는 일은 다만 물을 보는 일만이 아니다. 외면하는 일이 외면하는 것만은 아니듯이.

마찬가지로 『양화소록』에 당대의 정치적 격변에 대한 언급은 전혀 나오지 않는다. 이 책의 주인공은 노송, 만년송, 국화, 매화, 난초, 석류꽃, 치자꽃, 귤 등이다. 그중 난초에 대해 적은 글의 한 구절을 읽으면 팍팍한 현실에 지친 가난한 마음에도 따뜻한 빛이 드리워지는 듯하다.

"초봄에 꽃이 피거든 등불을 밝히고 책상 위에 올려놓으면 잎 그림자가
벽에 도장처럼 찍힌다. 아름다워 즐길 만하다. 독서하는 여가에 졸음을
쫓을 수 있다. 설창이 그린 〈구완춘융도(九畹春融圖)〉를 쌓아두지는 못하
였다 하더라도 적막함을 없앨 수 있다."

설창(雪窓)은 중국 원나라 때의 승려 화가다. 당시에 그가 그린
난초 그림이 유행했다고 한다. 그래서 다들 그림을 구하려고 할 때,
그는 난초를 키우면 그 그림자를 그림처럼 드리우고 바라볼 수 있
다고 말한다. 이런 태도야말로 세상을 등지고 물을 바라보는 선비
의 마음 그 자체다. 권력과 돈이 모든 것을 결정하는 사회에서 선
비는 권력과 돈이 누리지 못하는 유유자적한 마음의 평화를 자연
에서 찾는 것이다.

『양화소록』을 읽는 마음도 그와 크게 다르지 않다. 흔히 조선의
정치인이라면 당쟁과 사화만을, 권모술수만을 떠올리게 마련인데
이런 책이 후대까지 남아 조금은 안심이다. 바깥에서는 정의가 뒤
집히고 신의가 짓밟히고 있는데 책의 갈피 안에는 대지의 웃음뿐
이다. 이 책의 첫 글은 아우 강희맹의 서문이다. 그래서 책의 첫 문
장은 다음과 같다.

"천지의 온화한 기운이 만물을 생성한다.(天地氤氳化生萬物)"

'천지의 온화한 기운'…… 형의 아들인 어린 왕을 죽이고 권력을 빼앗은 이를 왕이라고 불러야만 하는 현실에서 애써 눈을 돌리고 이 책을 펼쳤을 때 마주하게 되는 '천지인온', 이 네 글자는 너무나 밝고 맑아서 슬프기까지 했을 듯하다.

『양화소록』을 두고 '꽃나라의 뛰어난 역사책'이라며 높게 평가한 18세기 사람인 김이만(金履萬)은 밝은 창가에서 종일 이 책을 필사했다고 썼다. 밝은 창가에서 종일 이 책을 필사하는 사람의 마음도 어쩐지 알 것 같다.

김용휘 金容暉　　　　　　　　　동학연구자, 철학자

『하늘과 순수와 상상』
정진홍 | 강 | 1997

『나락 한 알 속의 우주』
장일순 | 녹색평론사 | 1997

『흰 그늘의 길』
김지하 | 학고재 | 2003

대구대학교 자유전공학부 교수. 동학(東學)을 중심으로 새로운 시대의 철학, 문명 전환의 길을 모색하고 있다. 저서로는 『우리 학문으로서의 동학』, 『최제우의 철학』, 『손병희의 철학』, 『최제우, 용천검을 들다』, 『개벽의 사상, 종교공부』(공저) 등이 있다.

하늘을 모신 삶

평생 한국 종교학을 연구해 온 정진홍 교수에 의하면, 우리 민족은 예로부터 하늘을 모신 삶을 살았다고 한다. 하늘은 우리에게 무한이고 신비이고 초월이고 신성인 것이며, 하늘 경험을 통해 우리의 유한이 무한에 가닿고 우리의 일상이 신비를 품게 되고, 조건 지어진 삶이 그 울을 깨뜨리게 되며 얼룩진 삶이 맑게 된다고 한다. 그러나 조선조에 이르러 하늘 경험은 성리학의 영향으로 극도로 쇠퇴하였다고 한다.

그것을 다시 살려낸 것이 최제우의 동학(東學)이었다. 특히 동학의 시천주(侍天主), '하늘님 모심'은 우리 민족의 잃어버린 하늘에 대한 경외심을 되살려낸 것이라고 평가할 수 있다. 동학의 주문은 불교에 빼앗기고 유교에 눌리고 민속 무습에 떨어진 하늘경험의 정서를 되살려내는 격발(擊發)이었으며, '여느 사람들'의 의식의 깊은 바닥에 잊혀진 채, 그러나 생생하게 살아 있던 신의 출현이라고, 동학을 그렇게 일컬을 수 있다고 한다.

여기서 '하늘'은 저 창공만을 의미하는 것은 아니다. 도덕의 원천이자 생명의 근원이며, 신비와 신성함으로 가득 찬 에너지의 장(場)이다. 따라서 하늘을 모신다는 것은 뭇생명을 공경하는 생명존중의 삶이며, 보이지 않는 생명 질서를 체득하여, 이 땅에서 도(道)와 덕(德)을 추구하는 삶을 의미한다. 이것이 고조선 이래 홍익인간(弘益人間), 제세이화(濟世理化)를 추구한 한국인의 심성이었으며, 이것이 구한말 동학의 '시천주(侍天主)', 즉 '하늘님 모심' 사상으로 꽃피워졌던 것이다.

모심과 살림

우리 민족의 '하늘을 모신 삶'이, 조선 말기의 대내외적 고난 속에서 활짝 꽃 핀 것이 바로 동학이라고 할 수 있다. 그리고 동학의 핵심을 꿰뚫는 개념이 바로 '시천주(侍天主)', 하늘님 모심이다. 한평생 가톨릭 신자였지만, 동학의 해월 선생을 가장 존경했다던 장일순은 동학의 핵심이 시천주(侍天主)에 있음을 간파하고 '모심'에 바탕한 생명운동을 주창한다.

"천지자연의 원칙대로 그 돌아감을 깨닫고 이해하면서 그것에 맞춰서 생활에 동참하는 것, 그 속에서 일을 처리해 나갈 때 그때 자기의 본의든 본의가 아니든 시(侍, 모심)의 틀 속에서 생활해 나가게 됩니다. 생명운동이란 전체를 모시고 가는 하나의 생활 태도가 아닌가 저는 그렇게 생각해 봅니다. 그러니까 이 구석을 봐도 시(侍)고 저 구석을 봐도 시고 시 아닌 것이 없지요. 전부가 시지요."

장일순은 '모심'을 '섬김'으로 해석하면서 이를 생명운동의 기본 태도로 삼고 있다. 본래 수운 최제우가 깨달아 내놓은 '시천주'의 의미는 "모든 사람이 하늘님을 모시고 있다는 것"으로, 여기서 '모심'은 '내재'의 의미가 강했다. 이런 하늘님의 내재성의 자각은 인간 존재에 대한 새로운 이해를 가져왔다. 즉 모든 사람은 그 신분에 관계없이 거룩한 한울님을 모신 존엄하고 평등한 존재이라는 자각이었다. 이는 자연스럽게 모든 사람들, 나아가 모든 생명들을 차별 없이 한울님으로 모시고 공경하는 삶의 가르침으로 나아갔다. 따라서 '모심'은 중의적 함의를 가지게 되었다. 본래 '모심'은 '내재(內在)'의 개념이 강하였지만, 실천적 의미로는 '섬김'의 의미를 내포하게 된 것이다.

장일순은 돈을 모시지 말고 생명을 모시고, 쇠붙레를 섬기지 말고 흙을 섬기며, 눈에 보이는 겉껍데기를 모시지 말고 그 속에 들어있는 알짜로 값진 것을 모시고 섬길 때만이 마침내 새로운 누리가 열릴 수 있다고 했다. 또 이러한 시천주의 모심에 바탕해야 진정한 화해는 물론, 모든 갈등의 해결이 가능할 것이라고 하였다. 이에 장일순은 '모심'에 바탕한 적극적인 생명살림을 주장했다. '모심'이 하늘과 땅, 돌, 풀과 벌레 모두를 모시고 사는 태도라면, 이 모심의 자세를 가지고 생명의 질서에 맞는 새로운 생활양식을 창조해가는 것이 '살림'이다. 그가 '한살림'을 설립하는 데 앞장선 것도 바로 이러한 이유였다.

이처럼 장일순은 동학의 '모심'을 생명사상으로 재해석함으로써 오늘날의 대안적 삶의 양식으로 되살려냈다. 그는 동학의 '모심'으로 인간과 하늘, 사람과 자연이 동귀일체(同歸一體)되는 사회를 만들 수 있으며, 인류와 지구촌을 살릴 수 있다고 했다. 그리고 이러한 동학의 정신에 바탕해서 모든 종교가 자기의 울타리를 내리고, 이 지구촌의 평화와 공존을 위한 노력을 같이 경주해야 한다고 역설하기도 했다.

흰 그늘의 길

'모심'이 한국인의 종교적 심상이라면, 한국인의 미학적 심상은 '흰 그늘'이라고 할 수 있다. 그동안 한국인의 정서를 한(恨), 신명(神明) 등으로 조명해왔지만, 이를 '흰 그늘'이라는 미학적 개념으로 정립한 이가 김지하다. 그는 1960년대 서울대 미학과를 다니면서 민족민중예술, 민족미학을 고민했으며, 한때 「황토길」, 「오적」 등을 발표하면서 시인으로서 1970년대 반유신독재 투쟁에 앞장서기도 했다. 하지만 1980년대부터 생명사상과 생명운동가로 전환했으며, 이 '흰 그늘'의 개념을 통해 그동안 분열된 자의식과 본인의 정체성을 통합하면서, 그동안 고민해 온 미학과 동학의 생명론을 연결했다.

그런데 이 '흰 그늘'은 곧바로 나온 것이 아니라, 1990년대 중반부터 '그늘'이라는 미의식에 주목하면서 이것을 발전시킨 개념이라는 것을 알 수 있다.

"침침하기도 하고 환하기도 한 미묘하고 우울한 의식의 흐름, 신산고초와 피나는 수련에 의해서만 얻어진다는 판소리의 가장 중요한 미학적 요체요, 깊은 한(恨)의 움직임이며 창조 원리의 핵심 추동력인 그늘, 바로 그 그늘이 삶과 텍스트를 연결시키는 복합적 매개 기능이며, 상상력과 현실 인식을 매개하고 주관과 객관을 매개하며 내용과 형식을 매개합니다. (…) 이 그늘이야말로 바로 예술과 상상력의 기본적 창조력입니다."

'그늘'이야말로 판소리를 비롯한 한민족의 예술과 상상력의 근원이요 미학적 요체라는 것이다. 이것이 없는 예술은 그야말로 형식미, 외형적 아름다움일 뿐이다. 이 '그늘'이 결국 삶의 신산고초와 한(恨)을 샘물처럼 길러내는 것이며, 삶의 내면적 아름다움을 웅숭깊게 하는 핵심인 것이다. 여기에 비해, '흰빛'은 신성한 초월이요 평화이며 광명이다. 그것은 또 우리 민족의 빛이니 '붉'이요 '훈'이요 '불함(不咸)'이다. '흰'은 어두컴컴하고 서로 대립되는 그늘 안에 숨어 있는 성스럽고 거룩한, 일상과는 전혀 다른 새 차원을 의미한다.

'그늘'이 민족예술, 민족미학의 핵심 원리이긴 하지만, 그 자체로는 창조적인 새 차원을 열지 못한다. 아픔, 상처, 모순, 이중성, 한(恨)을 품되 거기에 머물지 않고 그것을 더 높은 차원의 성스러움으로 승화시킬 때, 비로소 모든 사람, 모든 만물을 품어내고 거룩하게 살려낼 수 있는 천심(天心), 곧 '모심'의 마음이 될 수 있다는 것이다. 이 '흰'을 통해 그늘진 마음이 뭇 생명을 살려내는 '모심'의 마음으로 승화되는 것이다. 그래서 '흰'이 없으면 '그늘'은 새 차원을 열지 못한다.

따라서 김지하는 '흰 그늘의 미학'이야말로 한민족 미학의 핵심 원리이면서 동시에 보편적인 생명학의 원형이라고 강조한다. 자신의 민족민중문예 미학은 물론 어둠의 세력에 대한 직접적인 저항에서, 어둠의 세력까지 순치시켜 포괄하는 모심과 살림의 세계에 대한 시적 역정을 '흰 그늘'이라는 감각적 표상으로 규명하는 것이다.

김형수 金炯洙   시인, 소설가, 평론가

『김소월 시집(원본)』

김소월 | 김용직 주해 | 깊은 샘 | 2007

『김대중 옥중서신』

김대중 | 청사 | 1984

『김지하 사상기행 1』

김지하 | 실천문학 | 1999

시집 『가끔 이렇게 허깨비를 본다』, 장편소설 『나의 트로트 시대』, 『조드 – 가난한 성자들 1, 2』, 소설집 『이발소에 두고 온 시』, 평론집 『흩어진 중심』 등과 『문익환 평전』, 『소태산 평전』, 『김남주 평전』을 출간했으며, 작가수업 시리즈 『삶은 언제 예술이 되는가』, 『삶은 어떻게 예술이 되는가』, 『작가는 무엇으로 사는가』로 큰 반향을 얻었다.

조선의 창호지에 눈물을 그릴 수 있다면

『김소월 시집(원본)』

미국 학자가 쓴 『블루스 커밍스의 한국현대사』(창비)는 '평등'의 가치보다 '미덕'의 가치를 숭상하는, 그래서 순전히 '미덕'에 의해 정의되는 세상을 구축한 '한국적 현대'의 거점을 다음과 같이 설정한다.

"유교·불교·토착 관념이 혼합된 세계관이 천 년에 걸쳐 한국인 됨이 무엇을 의미하는지 정의해 왔지만, 우리 시대에 와서는 순식간에 사라져 버리고 말았을 따름이다. 하지만 여전히 한국 사람들의 사고 속에는 이 세계의 파편이 잔존하며, 그것은 어째서 많은 한국 사람들이 그들 식으로 행동하며 어떻게 근대적 삶에 자신들을 적응시켜 왔는지를 설명해 준다."

역시, 이방인의 눈에 띄었던 바지만, 그는 한국 사람들이 '내 생각에'라고 말할 때 '머리'가 아니라 '가슴'을 가리키는 점에 주목한다. 그러니까 한국인은 '주관'이 거처하는 장소를 '두뇌'가 아니라 '마음'에 둔다는 말이다.

내게 이 '마음'의 만화경을 가르친 교과서는 김소월의 시였다.

비가 온다

오누나

오는 비는

올지라도 한 닷새 왔으면 좋지

여드레 스무 날엔

온다고 하고

초하루 삭망이면 간다고 했지

가도 가도 왕십리 비가 오네

　김소월 「왕십리」의 화자는 하염없이 내리는 벌판의 비를 바라보고 있다. '온다/오누나/오는/올지라도/왔으면' 하는 어미 변화가 만들어내는 건 모두 시적 화자의 심리적 움직임이다. 청승맞은 비가 오더라도 한 닷새 왔으면 좋겠다고 말하는 이유는 '여드레 스무날엔 온다' 하고, '초하루 삭망이면 간다' 하는 사람 때문인데, 여기에 무슨 약속이나 근거가 있어서 하는 말은 아니다. 금방 왔다가 가고 마는 '님'을 비가 오래오래 붙들었으면 좋겠다고 바라는 것이니, 이 '오고 감'은 오직 '마음'이 일으키는 '사건'이다.

　김소월은 하늘과 바람이 숨 쉬는 소리가 귀에 닿을 때마다 대지의 오장육부가 꿈틀대는 걸 느끼는 사람 같다.

　눈들이 비단안개에 둘리울 때

그때는 차마 잊지 못할 때러라

만나서 울던 때도 그런 날이요

그리워 미친 날도 그런 때러라

눈들이 비단안개에 둘리울 때

그때는 홀 목숨은 못살 때러라

눈 풀리는 가지에 당치마 귀로

젊은 계집 목매고 달릴 때러라

    이 시 「비단안개」의 '눈'은 하늘에서 내리는 '눈(雪)'이 아니라 싹이 움틀 때 나오는 '눈(芽)'이다. 비단안개란 이른 봄에 수풀들 사이로 피어오르는 포근한 안개를 가리킨다. 메마른 가지에서 싹이 움틀 때 봄기운을 머금은 안개는 대지의 만 생명을 들어 올린다. 그 지체의 하나인 인간도 준동할 수밖에 없으니, 이를 주도하는 것은 존재의 바탕을 이루는 '마음'이다. 하지만 마음이란 좀처럼 건사하기 어려운 것이라서 사무치게 그리운 이를 만나서 울기도 하고, 그럴 수 없을 때는 그리워 미치기도 한다. 그래서 겨우내 고립을 견디던 '젊은 계집'이 눈 풀리는 가지에 목을 매는 일조차 생기는 것이다. 인용 시 뒷부분에, 첫사랑도 그런 날 이루어지고 '영 이별'도 그런 속에서 빚어진다는 말이 나온다.

    김소월의 시는 대부분 대지와 인간이 마음으로 연결되어 자연과 마찰하는 지점에서 벌어지는 미신·직관·계시·통찰력·광기·지혜·자유 따위의 생명 현상을 노래한다.

『김대중 옥중서신』

한국인이 '마음'을 중시하는 현상은 가끔 합리성의 결여를 증명하는 항목으로 꼽히곤 했다. 이는 뒤집으면 진정성의 범람을 나타내는 증상이 된다. 가령, "조선의 창호지에 눈물을 그릴 수 있다면"이라는 표현은 박봉우의 시에 나오는 구절인데, 이는 조선의 진정을 그리고 싶다는 말이다. 옛사람들이 벽에 문을 낼 때 창호지를 사용하는 까닭도 생명의 주역을 '마음'에 두었던 데 있다. 창호지는 시각을 가리지만 외부의 기척을 차단하지 않는다. 햇빛, 달빛, 바람 따위가 들락거려서 '문풍지 우는 소리'를 귀에 달고 살지라도 마당에 나타난 물체를 눈으로 보지 않고 마음으로 느끼는 쪽을 택한다. 가족이나 가까운 사람이 오가는 것도 문을 열지 않고 오감으로 본다. '인식'보다도 '느낌'을 중시하는 사람들의 특성이다.

인간의 마음이 객관 세계를 '인지하는 기관'이 아니라 삶의 태도를 '지탱하는' 내연 장치라면, 여기에 윤활 작용하는 발명품인 술은 마음의 억압을 벗기는 일을 한다. 그래서 술은 존재의 밝음과 어둠, 기쁨과 슬픔에 개입하여 짓눌린 기억을 살아나게 하고, 마음의 명암을 또렷하게 만들며, 본심을 감추지 못하게 한다. 공동체 문화에도 영향을 미쳐서, 여럿이 마시면 행복하게 만들고, 무서운 적 앞에서도 심장을 달구게 하며, 쓰러진 사람을 일으켜 노래 부르게도 한다. 그러나 약속을 어긋나게 하고, 자기가 한 말을 못 지키게 하며, 중요한 비밀을 털어놓거나 못된 마음이 들게도 한다. 그래서 판단력이 흐려지고, 드러내지 말아야 할 버릇을 드러내며, 맑은 마음을 더럽히거나 친구와 헤어지게도 하는 것이다.

한국 현대사는 구성원 개인에게 시련과 역경이 가득 찬 시공을 제공했다. 그 속에서 인간 하나하나는 생의 안정이 보장되지 않는 만큼 마음의 평정을 유지할 수 없는 세월을 살았다. 삶의 시간은 한편으로 학습의 시간이기도 하지만, 극한의 시련은 인간성 자체를 파괴하기도 한다. 그때 육체가 만신창이가 되더라도 정신은 망가지지 않게 만드는 것은 마음이다. 그렇다면 한국인은 자아의 수렁을 벗어나서 시비선악을 사유하는 '심리적 물체'를 어떻게 다루는가? 그에 관해 중요한 사례를 제공하는 책이 『김대중 옥중서신』이다.

"이기심과 탐욕은 가장 큰 죄악이다. 이기심은 자기를 우상화하고 탐욕은 탐욕의 대상을 우상화한다."

이런 아포리즘이 책상 위에서 떠오를 때와 불타는 세계의 한복판에서 탄생할 때는 다르다. 정치인 김대중은 군사 정권으로부터 모진 박해를 받았다. 그의 정치적 일생은 납치, 살해위협, 연금, 구속 등으로 점철되다가 급기야 '김대중 내란음모 사건'이라는 누명을 쓰고 군사쿠데타 세력에게 사형선고를 받기까지 한다. 바로 이 같은 현실, 인간의 마음이 수용할 수 없는 세상의 작동 방식, 가령 악한 자가 심판하고 선한 자가 징벌을 받는 아수라를 겪으면서 존재의 '항심(恒心)'을 지키는 일은 너무나 어렵다. 그를 극복하느라 김대중은 교도소에서 한 달에 오직 한 번만 허락되는 봉함엽서 앞뒷면에 원고지 몇십 장 분량의 내용을 빽빽이 썼다. 그 29통의 편지를 엮어 출간한 책이 『김대중 옥중서신』이다. 부제로 달린 '민족의 한을 안고'는 이 책의 행간에 가득 찬, 연옥을 빠져나갈 뜻밖의 비상구로서 '구원'을 찾는 타이틀이라 해도 될 것이다.

"고난의 시절에 행복한 날을 기다리며 참아 나가라는 것은 잘못이다. 행복한 날은 오지 않을 수도 있고 오더라도 그간은 불행해야 한다. 우리는 고난의 시절 그 자체를 행복한 날로 만들어야 한다. 그러기 위해서는 인생을 무엇이 되느냐보다 어떻게 사느냐에 목표를 두어야 한다."

김대중은 옥중에서 방대한 독서와 사색을 투여하여 억울한 마음을 수습하고, 그 자리에서 역사적 수난의 한가운데 놓인 한국인의 마음을 심층적으로 사유한다. 인간은 역경을 겪으며 어떻게 부서지고 또 단련되면서 변화하는지, 연민 경건 따위는 어디에서 생기는지 고민한 끝에, 앞에서 블루스 커밍스가 언급한 '주관'의 장소를 발견한다.

"양심은 우리 마음의 가장 은밀한 골방이며, 우리가 하느님과 단독으로 대하는 지성소입니다."

이것이 그가 '행동하는 양심'이라는 실존의 척도를 얻는 장면이다.

『김지하 사상기행 1』

인간의 대지는 '마음들'의 백가쟁명이 기록되고 발굴되는 퇴적
층이기도 하다. 그 지층 탐사에서 주목할 명품은 영혼의 엔지니어
들과 당대 민중이 공명하여 만들어낸 토착 종교일 것이다. 『김지하
사상기행 1』은 한국적 심성이 '마음가짐'의 차원을 넘어서 사상 전
선을 만들어내는 불타는 '구도의 연대기'를 보여준다.

1984년 겨울 40대에 이른 김지하와 이문구가 소설가 송기원, 소
리꾼 임진택, 영화감독 장선우, 스님 원경과 함께 봉고차를 타고 한
국사의 수렁 속에서 구원의 사상이 흘러나오는 흔적을 찾아서 길
을 떠난다. 백제의 멸망을 아직도 지우지 않는 도읍 부여를 거쳐
망이 망소이가 궐기했던 금강 일대, 동학 농민군이 숨져간 공주 우
금치, 민족신앙과 신흥종교의 본산 계룡산, 후천개벽의 혈처 모악
산, 5·18 정신을 낳은 무등산 등. 이들의 경로는 주로 절망적인 어
둠 속에서 고투를 벌였던 당대 예언자들이 몸부림쳤던 벽촌이라
할 수 있다. 도중에 풍수학자 최창조, 판소리 전문가 천이두, 작가
송기숙, 황석영 등과 조우하면서 난상토론을 하듯이 세계 지배 문
명의 생명 경시가 생태계 파괴, 빈부 격차 심화, 인간의 내부 분열,

자기 생의 총체와 자기 활동과의 괴리를 빚는 양상을 성토하는 과
정에서 '조선의 마음'이 대지의 숨결과 합치됐던 순간들을 주목한
다. 민중 스스로 자신을 해방할 수 있는 사상으로서 정감록·미륵
·동학·증산 등은 한국의 마음을 움직이는 구원 사상을 '다시 개
벽' '후천개벽'이라 부른다.

　바로 이 개벽이라는 독자적 사상 체계를 만들어낸 '동학'의 실체
를 역사 교과서는 '서학'에 대응하는 개념으로 설명하지만, 사실은
'동' 자가 '동녘 동'이 아니라 '족속 또는 무리로서의 동'이라는 주
장도 있다. '동족'과 '이족'이 합쳐져서 조상이 된 '동이족'의 사상
이라는 해석이다. 그러니까 이는 '중화'를 위시한 아시아 사상이 아
니라 '생명을 살리기를 좋아하고 죽이기를 싫어하는 민족'(산해경),
'밝음과 광명과 빛과 생명을 찾아서 동으로 온 족속들'의 '마음 사
상'이라는 말이다. 이는 역사적 사건으로서의 동학농민혁명이 지나
간 뒤에도 해월, 증산, 소태산의 정신사에 계승되며, 훗날까지 근대
서구 문명에 내포된 '대지를 겨냥한 폭력성'을 극복할 '문명 대안
사상'으로 장일순의 '한살림 운동', 김지하의 '생명 운동'까지 연장
되는데, 그 공통점은 세상의 변화를 '사회제도의 개혁만'이 아니라
'생멸'의 바다 위에서 흔들리는 존재의 심연에서 꾀한다는 점이다.

　나는 언젠가 『소태산 평전』을 쓰면서 '폭력은 현실 안으로의 도
피요 신비주의는 현실 바깥으로의 도피'라는 개념을 사용하여 소
태산의 '마음 사상'에 주목한 적이 있다. '개벽'이란 인간 행위의 본
체를 '생각(이성)'이 아니라 '마음(영성)'에 두고 출현한 낱말이다. 최

시형은 '도를 닦는 일이 마음 닦기에서 시작'한다고 보았고, 강증산은 '말은 마음의 외침이고 행실은 마음의 자취'라고 했으며, 소태산은 '마음 난리는 모든 난리의 근원인 동시에 제일 큰 난리'라고 했다. 오늘의 제자들이 그에 천착하여 마음공부 체계를 구축하는 모습도 한국적 풍경이 아닌가 한다.

나리카와 아야成川彩 작가

『춘향전』

신현수 | 보리 | 2021

『신기수와 조선통신사의 시대(辛基秀 朝鮮通信使に掛ける夢)』

우에노 도시히코(上野敏彦) | 明石書店 | 2018

『생에 감사해』

김혜자 | 수오서재 | 2022

한국에 사는 문화계 작가. 일본 오사카에서 태어나 고치에서 자랐다. 고베대학교 재학 중 두 차례 서울로 유학을 왔고 그때 한국 영화의 매력에 빠져들었다. 〈아사히신문〉 기자로 9년간 문화를 중심으로 취재하고 퇴사 후 2017년부터 서울 동국대학교 대학원에서 유학했다. 한국 영화를 공부하면서 〈교도통신〉, 〈AERA〉, 〈중앙일보〉(한국) 등 한일 양국의 다양한 매체에 글을 기고하고 있으며, 2020년부터 KBS WORLD Radio의 일본어 프로그램 〈현해탄에 뜨는 무지개(玄海灘に立つ虹)〉에서 한국의 책과 영화를 소개하고 있다. 한국에서는 『어디에 있든 나는 나답게』(생각의창, 2020), 일본에서는 『현지발 한국영화 · 드라마의 왜?(現地発 韓国映画 · ドラマのなぜ?)』(筑摩書房, 2023)를 출간했다.

『춘향전』

한국에서 가장 유명한 러브스토리 하면 『춘향전』이다. 민중의 입에서 입으로 전해진 설화가 전통 예능인 판소리가 되고, 소설, 영화, 드라마, 연극 등 다양한 작품이 되어 널리 친숙해졌다. 개인적으로는 임권택 감독의 영화 『춘향전』(2000)으로 처음 알았다.

주인공 춘향은 기생의 딸로, 양반의 아들인 몽룡과의 신분을 뛰어넘은 사랑을 그리고 있다.

춘향과 몽룡은 남원의 광한루에서 만났다. 춘향이 그네를 타는 모습을 본 몽룡이 첫눈에 반한다. 화려한 한복을 휘날리며 바람을 가르며 그네를 타는 모습은 영화 『춘향전』에서도 환상적인 장면이었다. 나도 남원을 방문했을 때 광한루에 갔는데 조선시대로 타임슬립한 듯한 아름다운 정원이 펼쳐졌다.

몽룡은 부친이 승진하자 한양으로 가게 되어 춘향과 이별한다. 하지만 남원에 새로 부임한 고약한 변사또가 춘향에게 집요하게 집착하고, 꿈쩍도 하지 않고 거절한 춘향은 옥에 갇히게 된다. 한편 몽룡은 과거에 급제하여 남원으로 돌아오고, 변사또를 벌 주고 춘향과 정식으로 결혼한다는, 이른바 '신데렐라 스토리'다. #MeToo 이후 조금 변했지만 그 이전 한국 드라마의 왕도 패턴 중 하나가 재벌가 자제와 평범한 집안 딸의 사랑을 그린 '신데렐라 러브스토리'였던 것도 이해가 간다.

한편, 광한루 근처 '춘향관'에서 본 전시 중에 1882년 〈오사카 아사히신문〉 기사가 있다. '계림정화(鷄林情話)춘향전'이라는 연재다. 관심이 가서 찾아보니 소설가 나카라이 도스이(半井桃水)가 『춘향전』을 번역한 것이다. 쓰시마 출신인 나카라이는 아버지의 일 때문에 소년기를 부산에서 지냈고 훗날 〈아사히신문〉 기자로 부산에 주재했다. 나카라이가 어떻게 『춘향전』을 만나고 연재에 이르렀는지도 짐작할 수 있는 대목이다.

『신기수와 조선통신사의 시대』

2017년 '조선통신사에 관한 기록'이 '세계기록유산'에 등록되었다. 한일의 역사라고 하면, 식민지 지배와 전쟁을 둘러싼 불행한 역사가 주목받기 쉽지만, 에도시대에 12회에 걸쳐 조선에서 일본으로 파견된 외교사절단 '조선통신사'는 양국의 우호적인 교류이며, 그것에 빛을 비춘 한 사람으로서 신기수의 공적이 크다.

『신기수와 조선통신사의 시대』는 저널리스트인 우에노 도시히코(上野敏彦)의 면밀한 취재로 신기수(1931~2002)의 생애를 따라가는 책이다. 신기수는 교토에서 태어난 재일 한국인이다. 본명으로 학교에 다니던 딸이 괴롭힘을 당했다는 일화를 보면 조선통신사를 통해 재일한국인과 조국에 대한 이미지가 개선되기를 바랐을 것이다.

기록영화 『에도시대의 조선통신사(江戸時代の朝鮮通信使)』(1979)를 만드는 과정만으로도 신기수를 필두로 수많은 재일한국인과 일본인이 관여했다는 사실을 엿볼 수 있다. 이 영화는 〈아사히신문〉의 사설에서 소개되는 등, 조선통신사를 일반인에게 널리 알린다는 면에서 큰 역할을 했다. 도요토미 히데요시의 조선 침략 후, 일본과 조선의 관계 회복을 위해 온 힘을 다한 역사와, 식민지 지배나 전쟁으로 상처받은 양국 관계를 다시 호전시키려는 전후의 노력이 겹쳐 보인다. 그 집대성이 세계기록유산 등록이며, 이 성과를 앞으로도 양국에서 소중히 키워나가길 바란다.

『생에 감사해』

최근 본 한국 드라마 중 '가장 많이 운 드라마'는 〈눈이 부시게〉(2019)와 〈우리들의 블루스〉(2022)다. 두 작품 모두 배우 김혜자가 출연한다. 봉준호 감독의 영화 〈마더〉(2009)에서 보인 광기 어린 어머니 연기도 압권이지만, 〈눈이 부시게〉와 〈우리들의 블루스〉에서 보인 섬세한 표정에는 연기를 뛰어넘은 김혜자의 진정한 사랑이 보이는 듯했다.

『생에 감사해』는 1941년 출생, 80대인 현재(2023)도 현역으로 활동을 계속하는 명배우 김혜자의 자서전이다. 유치원 시절부터 무대에 섰다고 하니 그녀의 삶 자체가 온전히 연기로 채워졌다는 이야기다.

극장을 쉴 새 없이 다니던, 영화를 너무 좋아하던 소녀 혜자는 대학생 때 정식으로 데뷔했다. 사람을 사귀는 것은 약간 서툰 편이라, 촬영이 끝나면 곧바로 귀가하여 책 속에 파묻혀 지냈다고 한다. '일단 책을 읽으라'는 것이 아버지의 가르침이었다. 풍부한 감성은 수많은 영화와 책을 접한 결과였다.

〈우리들의 블루스〉 마지막 회에서 김혜자를 봤을 때 영화 〈어느 가족〉의 키키 기린을 떠올렸다. '아, 마지막까지 모든 것을 보여주는구나…' 하고. 각각 죽음 직전의 모습을 연기했다. 신기하게도 김혜자 자신도 키키 기린의 유작이 된 〈일일시호일〉을 극장에서 보고 같은 느낌을 받았다고 한다. "키키 기린도 나도 그 역이 완전히 된 순간, 인생의 허무나 고통, 슬픔, 잡념을 잊을 수 있었어요. 그리고 그 순간, 무엇에도 물들지 않은 순수한 나 자신이 되어, 다른 어떤 때보다 행복했습니다"라고 말한다. 완전히 그 역할이 되었을 때가 오히려 정말로 살아 있는 순간인 것이다.

도다 이쿠코 戸田郁子

작가, 번역가

『남한산성』
김훈 | 학고재 | 2007

『괭이부리말 아이들』
김중미 | 창비 | 2001

『동주의 시절』
류은규, 도다 이쿠코(戸田郁子) | 토향 | 2022

인천 개항장에서 지은 지 백 년 된 일본식 목조주택을 개축하여 인천 관동갤러리를 운영 중이다. 1983년 서울로 어학연수를 떠나 고려대학교 사학과에서 한국 근대사를 공부했다. 이후 인연을 맺은 사진작가 류은규와 함께 중국 동북의 조선족을 취재했다. 30년간 수집한 5만여 장의 사진으로 생활사 다큐멘터리 '간도사진관 시리즈'를 펴내고 있다. 저서로는 『동주의 시절』, 『기억의 기록』(이상 간도사진관 시리즈, 도서출판 토향), 『중국 조선족을 살다 구만주의 기억(中国朝鮮族を生きる 旧満洲の記憶)』(岩波書店), 번역서로는 『흑산(黑山)』(김훈, CUON) 등 다수가 있다. 〈아사히신문 Globe〉의 '서울의 서점에서'에 한국의 베스트셀러를 소개하는 칼럼을 10년째 집필 중이다.

『남한산성』

한국에서 가장 책을 읽지 않는 사람은 중장년층 남성이라고 한다. 일상을 지키기 위해 문학은 뒷전이라나. 김훈은 그 계층에게 책을 읽게 하는 몇 안 되는 작가로 알려져 있다.

『남한산성』은 400여 년 전 조선의 제16대 왕인 인조 때 명나라를 멸망시킨 청나라가 조선에 쳐들어온 '병자호란'을 그린 역사소설이다.

명나라를 숭배하는 조선왕조는 오랑캐인 청나라를 따를 마음이 없다. 압도적인 병력으로 조선을 위협하는 청나라. 왕과 가신들이 틀어박힌 남한산성에는 병력도 식량도 한정되어 있다. 인조의 가신들은 신음하며 서로의 주장을 왕 앞에서 겨루게 한다. 모두가 굴욕감에 몸을 떨면서도 이 부조리를 타파할 힘은 없다.

결국 인조는 청나라 황제 홍타이지 앞에 무릎을 꿇고 세자를 비롯한 수십만 명이 청나라에 포로로 끌려갔고, 그중 절반 이상이 긴 여정에서 목숨을 잃었다고 한다. 김훈은 강연에서 중학생 때 들은 이 이야기를 '언젠가 꼭 써야지'라고 마음속으로 다짐했다고 말했다.

"내 소설은 항상 약육강식이라는 거대한 주제를 바탕으로 한다. 나는 나의 고통과 한계를 솔직하게 쓰고 있다. 사랑이나 낭만에 대해서는 쓰지 않는다."

대한민국 정부가 수립된 해에 태어나 세계 최빈국이라 불리던 시절에 어린 시절을 보냈고, 고도 경제성장기에 어른이 되었다. 국유지를 불법 점유했다는 이유로 '불량주택'이 철거되는 모습을 매일같이 목격했다. 그것은 김훈에게 '회복할 수 없는 타격, 이해할 수 없는 사회'와도 같았다. 그 트라우마가 『칼의 노래』와 『남한산성』으로 이어졌다고 한다. 약육강식의 굴레 속에서 부조리한 역사는 늘 반복된다.

'말을 아껴라. 말을 아껴라. 살을 붙이지 마라. 무미건조한 글을 써라.'를 철칙으로 삼는 김훈은 그 건조한 문체로 등장인물의 심리를 독자에게 들이댄다. 그것은 수다스럽고 감상적인 문장보다 더 깊게 가슴에 와닿고 오래도록 남는다. 마음을 그리는 연금술사 같은 김훈의 소설에 나는 늘 취한다.

『괭이부리말 아이들』

한국에 산 지 30년이 넘은 내가 종착지로 선택한 마을이 인천이다. 조선 말기에 개항되어 근대 문물이 유입된 이 도시에는 지금도 역사의 흔적이 많이 남아 있다. 이 마을을 배경으로 한 소설이 있다면 나는 반드시 읽는다. 소설을 통해 지나간 시대를 알고, 이곳에 사는 사람들의 마음을 알고 싶기 때문이다.

몇 년 전 『괭이부리말 아이들』을 읽고 그 배경이 된 곳을 몇 번이나 걸었다. 동수가 일하던 공장, 아이들이 빈 깡통을 팔아 번 지

폐를 쥐고 아기 옷을 찾아 헤매던 시장 등 20년 전 묘사된 풍경이 지금도 남아 있다.

최근 김중미 작가를 만나 지금도 구원의 손길을 기다리는 아이들이 이곳에 있다는 사실을 알게 됐다. 김중미 씨 등은 서울올림픽 이전부터 이 마을에 살면서 아이들의 공부와 식사 등을 돌봐주고 있다.

민주화운동의 열기가 뜨거웠던 1980년대, 대학생들은 도시 빈민가에 들어가 부모와 학교에서 소외된 아이들을 지원하는 활동을 했다. 그것이 지금까지 끊이지 않고 이어져왔다니….

이것은 실화일까. 지금도 계속되는 가난, 부모에게 버림받고, 사회에서 버림받아 얼어붙은 아이들의 마음, 그것을 녹이는 뜨거운 마음이 이 소설에 있다. 그리고 작가는 지금도 변함없이 그 자리에 있다.

『동주의 시절』

한국에서 '국민시인'으로 불리는 윤동주. 「서시」를 비롯해 청아한 시는 사후 80년 가까이 지난 지금도 국경을 넘어 사랑받고 있다.

일본 유학 중 치안유지법 위반으로 체포되어 후쿠오카 형무소에서 비극적인 죽음을 맞이한 시인의 생애에 대해서는 책뿐만 아니라 영화와 연극 등으로도 많이 전해져왔다. 그러나 시인이 보낸 고향의 이야기는 그다지 주목받지 못한 부분이다.

암울한 시대에 시인의 마음은 어떻게 길러졌을까. 윤동주의 마음속 근원을 추적하기 위해서는 시인의 성장 환경과 시대적 배경까지 살펴보아야 한다. 더불어 사후에 시집이 출간되기까지 동생들의 분투, 고향에 남겨진 가족들의 아픔과 현지에서의 시인 예우에 대해서도 생각해보고자 『동주의 시절』을 엮었다.

　　한국인 사진작가 류은규와 나는 한중 수교 직후인 1993년부터 중국 동북지방을 돌며 중국 조선족을 취재하면서 옛 사진을 수집해왔다. 『동주의 시절』에서는 시인이 고향에서 쓴 동시를 중심으로 시인과 동시대를 살았던 사람들의 기념사진 등을 망라했고, 조선족 이민의 역사와 간도 사람들의 삶도 소개했다.

　　나는 왜 윤동주 시인에 집착하고 중국 조선족을 고집하는가. 그것은 나 자신이 틈새에 사는 사람이기 때문일 것이다. 조선과 중국, 일본의 틈새에 있던 윤동주의 마음에는 어떤 갈등이 있었을까, 나는 상상해본다.

　　요즘 사람들이 시인의 '국적 문제'를 운운하는 것을 보고 나는 서늘한 생각이 든다. 2022년 8월 한국에서는 윤동주의 호적상 주소가 대한민국 독립기념관으로 기재되었다. 시인의 고향 연변에서는 윤 시인을 '중국 조선족 애국 시인'이라고 주장한다. 죽어간 시인의 영혼을 현세의 경계로 다시 끌어들이려는 어리석음을 어찌하랴.

류현국 劉賢國 활자학자

『한글 활자의 탄생 1820~1945』
류현국 | 홍시 | 2015

『한글 활자의 은하계 1945~2010』
류현국 | 윤디자인그룹 | 2017

일본 국립대학법인 쓰쿠바기술대학교 교수와 부속도서관장으로 재직하고 있다. 33년 전에 도일하여 '근현대 한글 활자 인쇄사', '명조체 자형 변천사', '코리아 금속활자인쇄 문화사' 등을 연구해왔다. 현재는 한국활자인쇄사에서 경시되어온 '북한 조선어 활자사와 산업미술 · 디자인문화', '러시아 디아스포라 고려인, 중국 조선족, 재일 조선인 · 한국인' 등의 한글 타이포그래피 자료 발굴로 실상을 복원하여 누락된 역사적 기록을 재정리하는 연구에 주력하고 있다. 그외 국내외 활동으로 국제학술지 『네이처(Nature)』관련 HSSC 편집위원, 한국국사편찬위원회 자료조사위원 등으로 활동하고 있다.

『한글 활자의 탄생 1820~1945』

한글은 여러 시각에서 바라볼 수 있다. 예전에는 한글로 쓰인 자료를 보고 한국어를 연구하는 한국어학이나 한글로 쓰인 문학 작품을 연구하는 한국문학이 주류를 이루었다. 이제는 그 범위가 더 확장되어 컴퓨터에서 한글을 구현하기 위한 한글 공학이나 한글의 선과 점, 원을 통해 아름다움을 표현하려는 한글 서예나 한글 디자인, 한글 문헌을 연구하는 한글 문헌학 등 매우 다양한 각도에서 한글을 바라보면서 연구하는 것이 오늘날 한글 연구의 현실이다. 이러한 다양한 시각에서 한글을 연구한 업적들은 놀라울 정도로 높은 수준에 있다.

그러나 근대 시기의 한글 납활자 생성과 그 발달 과정에 대해서는 아직 이렇다 할 연구 업적이 없다. 납활자 이전의 금속활자나 목활자, 도활자 등에 대해서는 한국서지학계에서 깊이 있게 연구해온 것과는 사뭇 다른 양상이다. 아마도 한글 납활자의 초기 자료들이 국내보다는 외국에 더 많이 소장되어 있기 때문이라 생각한다.

이 책은 한글 납활자에 대해서 전면적으로 정밀하게 고찰했을 뿐만 아니라 실증적으로 증명하여 기술하고 설명한 최초의 업적이라고 생각한다. 그래서 이 책을 통하여 한글 활자에 대하여 수많은 새로운 사실을 알게 되었고 그것들이 어떻게 발전해가는지 흥미를 갖게 되면서 이 책에서 손을 놓을 수가 없었다. 아마 한글 활

자에 관심을 가진 누구나 저와 같은 마음으로 읽게 될 것이다. (홍
윤표 교수님의 추천서 인용)

『한글 활자의 은하계 1945~2010』

　19세기 이후 현대로 연결되는 길목에서 한글 활자의 개발과 전
파가 한국의 근대화를 열었다고 해도 과언이 아니다. 그러나 활자가
담당하는 큰 역할을 인식하고 있는 사람은 너무나도 적다. 그것은
물이나 공기처럼 가까이 있고, 어떤 의문을 갖지 않을 정도로 자연
스러운 존재이기 때문일지 모른다. 활자의 개발과 전파는 유럽에서
동양학을 원류로 기독교 선교에 목숨을 건 선교사들과 한국의 지
식인들, 이름 없는 장인들의 피나는 노력으로 이루어진 것이다.

　『한글 활자의 은하계』는 류현국 교수가 지난 21년 동안 연구한
한글 활자 연구 결과물이다. 한글 기계화의 시작, 한글 가로쓰기·
가로짜기 활자체의 원형과 원류 자료 발굴로 복원하고 있으며, 한
글 타자기 개발의 역사적 변천을 정리하고, 여러 가지 타자기의 특
징과 활자체의 특징을 분류했다. 특히 미답의 경지에 있던 가로쓰
기 한글 활자와 그 디자인 및 한글 기계화 출판문화의 역사를 새
롭게 개척하고, 근현대 지식의 가교 역할을 한 한글 활자의 변천과
정을 실증적 증거자료와 함께 증명했다. 근현대 지식을 전파한 한
글 활자, 『한글 활자의 은하계』에서 출판문화사의 위대한 여정을
만날 수 있을 것이다. 이 책이 한글을 사랑하고 활자의 역사에 관

심 있는 많은 분과 공유되기를 바란다. 이 책은 활자의 역사와 타이포그래피를 동등한 가치로 파악해 개발된 활자와 그것이 짜여진 조판을 함께 논하고 있다. 이 전개는 동아시아 활자사 연구 최초의 시도로 특필되어도 좋다. (고미야마 히로시 님의 추천서 인용)

박승주 朴承柱

일문학자

『그 많던 싱아는 누가 다 먹었을까』

박완서 | 웅진지식하우스 | 2021(초판 1992)

『시인 유종인과 함께 하는 조선의 그림과 마음의 앙상블』

유종인 | 나남 | 2017

1969년생. 나고야대학교 대학원 국제언어문화연구과(일본언어문화 전공)에서 문학박사학
위를 취득했으며, 영남대학교 외래강사다. '대구하루'(한일 교류 거점 공간) 대표, 대구경북
학연구센터 '대구읽기' 대표로 활동하고 있다. 공역서로 모리사키 가즈에의 『경주는 어
머니가 부르는 소리』, 『경상북도 근대공보지 경북 1』, 『경상북도 근대공보지 경북 2』 등
이 있다.

『그 많던 싱아는 누가 다 먹었을까』

박완서(1931~2011)는 '한국문학의 어머니'라 불릴 만큼 한국문학사에서 중요한 위치를 차지하는 작가다. 그녀는 1970년 마흔 살의 나이에 등단하여 80여 편의 단편과 15편의 장편을 남겼는데, 전쟁의 비극이나 중산층의 삶, 여성문제 등을 소재로 한 작품이 많다. 박완서의 작품은 베스트셀러가 된 것이 많은데 이번에 소개하는 책이 가장 대표적이다. 1992년 출간된 이래 30년이 넘도록 스테디셀러인 이 책은 중학교 교과서에도 실릴 만큼 한국문학을 대표하는 필독서다. 이 소설은 그녀의 유년 시절부터 대학 시절까지를 다룬 것으로 소설 형식이기는 하나 작가 스스로 "순전히 기억력에만 의지해서 써보았다."고 할 만큼 자서전에 가까운 내용이다.

소설의 시대적 배경은 일제강점기부터 6·25 전쟁 초기까지로, 한국사에서는 이념적으로 가장 변화가 많았던 시기다. 이 작품을 읽으면 당시의 시대적 변화가 주인공 가족의 삶에 어떤 영향을 끼치는지 생생하게 느낄 수 있다. 6·25 전쟁 발발 이후의 시대적 이슈와 이념적 갈등 속에서 주인공 가족이 겪는 고통과 갈등을 심리적으로 섬세하게 묘사하는 이 작품은 역사적 사건을 단순히 사실적인 기록으로만 전달하는 것이 아니라 인간의 감정과 삶의 복잡함을 깊이 있게 다루고 있다. 분단국가인 한국은 지금도 여전히 이념적 갈등을 겪고 있는데 이 작품은 그러한 사회적 갈등이 어떻게 시작되었는지 잘 이해할 수 있게 해준다. 이 소설의 마지막 장면에는 주인공이 혼돈의 시대를 목도한 자신에게는 역사의 증언자로서의 책무가 있다고 깨닫는 내용이 나온다. 그리고 그 깨달음을 통해 주인공이 언젠가는 작가가 될 것이라 예감하며 소설이 끝이 난다. 박완서에게 펜을 들게 하는 힘이 무엇인지 알게 해주는 장면이다. 그런 의미에서 이 책은 격동의 한국 현대사와 작가의 개인사를 동시에 이해할 수 있게 해준다.

덧붙여 개인적인 소회를 이야기하자면, 이 책을 읽으면 어린 시절 어머니가 들려주시던 이야기가 떠오른다. 작가와 비슷한 연배인 우리 어머니도 한국전쟁 때 겪은 이야기를 종종 들려주신 적이 있다. 그래서일까 이 책은 우리네 부모님들이 살았던 시대가 머릿속에 그려져 더 애틋하고 몰입감이 있다. 1940~50년대 한국사회의 단면과 격랑의 시대를 살아온 한국인들의 마음을 엿보고 싶은 독자들에게 일독을 권하고 싶다.

『시인 유종인과 함께 하는 조선의 그림과 마음의 앙상블』

유종인은 미술평론 부문에서도 수상 경력이 있는 중견 작가다. 2017년에 간행된 이 책은 조선시대 화가들의 그림을 소개한 미술평론서다. 책의 첫머리에서 저자는 이 책의 의도를 다음과 같이 소개한다.

"조선의 그림은 다양하고 다감하며 그윽하며 치열하다. 조선의 여러 그림을 놓고 어떤 생각이나 느낌이 일었다면, 그것은 본인의 생각이기에 앞서 그 그림의 역량이다. 그 역량을 내 마음에 조금이나마 번져보는 것이 이 책의 소박한 의도이다. 이는 여행과도 같다."

저자의 말처럼 이 책은 일반적인 미술 사조나 기법 등을 나열한 것이 아니라 시인 특유의 유려한 필치로 조선시대 미술을 은유적이고 감성적인 관점에서 풀어내고 있다. 조선 미술에 담긴 감정과 철학, 예술가들의 마음을 열다섯 가지 관점으로 나눠 해설하고 있어 독자들에게 다채로운 시각을 선사한다. 이 책에서는 총 80여 점에 가까운 조선시대 그림을 분석하는데 미술에 대한 지식보다는 그림을 감상하고 즐기는 방법에 초점이 맞춰져 있다. 마치 미술 전람회에서 도슨트의 해설을 듣듯이 저자의 문학적인 표현력으로 묘사된 조선시대 그림과 화가들의 이야기는 독자를 새로운 예술의 세계로 인도해준다. 조선시대 화가들의 그림 속에 담긴 예술혼과 그 마음을 자신만의 방식으로 읽어내고 감상하는 작가의 시각이 신선한 책이다. 조선의 마음에 관심이 있는 분들께 일독을 권하고 싶다.

박영택 朴榮澤

미술평론가

『빗살무늬 토기의 비밀』

김찬곤 | 뒤란 | 2021

『삼국시대 손잡이잔의 아름다움』

박영택 | 아트북스 | 2022

『석굴암을 꽃피우다』

손봉출 | 홀리데이북스 | 2023

1963년 서울에서 태어났다. 성균관대학교 대학원에서 미술사를 전공했으며, 현재 경기대학교 파인아트 학부 교수로 재직 중이고, 전시기획자 및 미술평론가로 활동하고 있다. 한국 근현대미술을 대상으로 비평 활동을 하고 있으며 동시에 한국 고미술품을 수집, 연구하고 있다. 아트코리아방송 미술평론 부문을 수상했다(2025). 저서로는 『삼국시대 손잡이잔의 아름다움』, 『민화의 맛』, 『한국현대미술의 지형도』, 『앤티크수집미학』, 『오직, 그림』 등 24권과 그 외 공저 6권, 다수의 논문이 있다.

한국인이 만든 일상의 기물 내지 미술 작품에 깃든 한국인의 마음과 심성, 기질과 특성을 온전히 헤아려볼 만한 것을 소개하는 데 도움이 될 만한 책 중 최근 2~3년 사이에 출간된 몇 권을 선정해보았다. 한국의 신석기시대, 신라시대와 가야시대 유물을 대상으로 집필한 책들인데 기존 미술사의 행간에서 접할 수 없는 신선하고 파격적이며 흥미로운 내용을 담고 있어 소개한다. 이 책들의 공통점은 저자들이 몸소 유물들을 오랜 시간 답사, 수집, 관찰, 연구한 결과라는 점이다. 더불어 이 저자들은 주류 미술사학자가 아니다. 이 점이 기존의 책, 논문 위주의 연구 혹은 제한된 유물의 경험이 갖는 한계와는 너무 다른 결과물을 낳았다고 본다. 더구나 이미 익히 알려져 있거나 상식적인 사실에서 벗어나 엄밀한 고증과 오랜 시간 동안의 연구성과에 힘입어 창의적이고 새로운 해석을 설득력 있게 내세우며 한국 고대사, 나아가 한국 고대유물들을 또 다른 시각으로 바라보게 하는 힘을 갖고 있는 책들이다. 더구나 그 유물 안에 깃든 한국인의 정서적 특성과 미의식, 그리고 한국인들이 세계와 사물을 보고 이해하는 마음의 결을 은밀히 추적하고 있다. 이 책들이 분명 한국미술, 나아가 한국 고대문화와 유물 그리고 한국인의 마음과 정서의 특성을 이해하는 데 폭넓은 안목을 갖게 해줄 것이다.

『빗살무늬 토기의 비밀』

이 책은 한국미술의 기원이라 할 수 있는 한반도 신석기 미술 빗살무늬 토기의 디자인과 패턴에 깃든 세계관을 풀어내고자 시도한 내용을 담은 것으로 상당한 양의 글로 채워져 있다. 풍부한 도판과 함께 매우 설득력 있는 논리로 막연한 추상미술 혹은 단순한 장식적 도상에 머문다고 보았던 빗살무늬토기의 무늬, 패턴이 실은 그 당시 사람들의 우주관, 세계관을 반영하는 불가피한 필요성에서 나온 문양으로 이는 하늘, 구름, 비를 상형한 것이란 주장이다. 세계 신석기인들은 대체로 그릇에 구름과 비 패턴을 그렸는데 한국에서 출토된 빗살무늬 토기에는 구름의 기원까지 담아냈다는 점이 다르다. 그리고 하늘 속 물은 천문을 통해 구름으로 내려오고 이 구름에서 비가 내리고 세상 만물을 깨우는 것이다. 이런 상징이 한국에서 발견된 암사동 빗살무늬토기 표면에 그대로 새겨져 있다. 그리고 이린 디자인과 패턴은 한국만이 유일하게 일관되다. 이 책은 방대한 자료를 바탕으로 세계 신석기 미술과의 비교를 통해 이를 추적한다. 따라서 한국 빗살무늬토기 문양을 단순히 추상 문양이나 장식적 패턴에 불과하다고 말해서는 곤란하다는 것이다. 당시 그릇을 만든 이들이 지닌 우주관, 세계관을 표현하는 매우 구체적인 그림으로 보아야 한다는 것이다.

『삼국시대 손잡이잔의 아름다움』

이 책은 미술비평가인 저자가 한국의 가야시대와 신라시대, 약 4세기에서 6세기에 걸쳐 제작된 손잡이잔의 조형적 아름다움에 대해 이를 마치 하나의 조각품처럼 다루어 비평적으로 기술한 책이다. 저자는 한국현대미술 평론가이자 동시에 한국 고미술 수집가이기도 하다. 그는 가야시대와 신라시대에 제작된 손잡이잔만 300여 점 이상 수집했고 이중 가장 뛰어난 것 75점을 선별해서 컬러 도판과 함께 그 하나하나에 대해 조형적인 아름다움을 섬세하게 기술한 글을 수록했다. 800~1,100도의 온도로 가마에서 구워진 이 손잡이잔은 도기로서 가야와 신라에서만 발견되는 상당히 특이한 잔, 컵이다. 오늘날의 머그와 커피잔과 매우 흡사하며 그보다 더 세련되고 감각적인 디자인과 형태미, 매혹적인 색감을 간직하고 있다. 이 도기 잔은 그리스-로마 문화의 영향을 받은 것으로 4~6세기에만 제작되고 이후 사라진다. 이 잔들은 주로 부장용품으로 사용되었다. 죽은 이의 무덤에 함께 놓여 사후의 삶을 죽은 이와 동행했을 것이며 고갈되지 않는 음식물과 식료료를 제공하는 역할을 부여받았을 것이다. 보통 한 무덤에 수십 개에서 수백 개씩 부장하기에 양이 많고 그만큼 다양한 기형과 문양이 깃들어 있으며 이를 통해 고대인들의 삶과 문화를 엿볼 수 있는 풍부한 매개가 되는 동시에 한국미의 특성을 살피는 데도 더없이 매력적인 유물이 바로 손잡이잔이다. 그리고 이 잔들은 당시 돌무지덧널무덤이라는 특이한 무덤 형태 때문에 거의 완벽한 상태로 1,500여 년의 시간을 살아남을 수 있었다. 선사시대 빗살무늬토기에서 가야와 신라의 손잡이잔, 그리고 이후 조선시대 질그릇으로 이어지는 한국인의 미의식에는 소박하고 담백한 조형미와 자유분방함이 스며들어 있다. 한국 미술문화의 기원을 이해하는 데 가장 핵심적인 가야와 신라의 손잡이잔은 한국미의 원초적인 형태와 미감의 전통을 온전히 보존하고 있는 거의 유일한 영역이다.

『석굴암을 꽃피우다』

한국 문화유산에 담긴 비밀을 찾아나서고 연구하는 이 연구자는 현재 초등학교 교사다. 그는 틈나는 대로 답사를 떠나고 주의 깊게 관찰하고 연구하고 상상력을 동원하면서 한국 석굴암에 대한 조형적 비밀을 풀어내고 있다. 기존 미술사학자들이 해내지 못하는 일을 뛰어넘고 있다. 한국 최고의 문화유산인 석굴암은 일제강점기에 발견된 이후 보수, 개축되면서 본래의 모습을 망실했다. 저자는 석굴암의 원형을 추적하면서 그것이 본래 왜 만들어졌는지, 어느 불교 교리에 입각해 조성되었는지, 석굴암 내부 구조물들의 원상태는 어떠했는지 등을 세밀하게 살핀다. 이를 위해 중국, 인도의 석굴을 찾아 비교하기도 하고 석굴암을 수시로 답사하면서 의문을 하나씩 풀어나가는 여정이 대단히 흥미진진하다.

"신라 경덕왕은 부모의 극락왕생을 위하여 석불사(석굴암)를 짓는다. 공사의 총감독은 김대성이다. 장소는 영취산이라 여기는 토함산 중턱으로 해가 뜨는 동해가 내려다보이고 석굴을 떠받칠 단단한 암반이 자리하며 부처님께 공양할 샘물이 흐르는 곳에 터를 정한다. 그리고선 『묘법연화경』을 사경하듯이 무덤 같은 석굴 속에 재현한다. 금강역사부터 제자들까지 안상문이 새겨진 받침돌로 떠받들고 서열에 따라 완벽하게 좌우대칭으로 둘러 세워 부처의 위신력과 수기가 이어지는 장면을 연출한다. (…) 일출과 함께 백호와 두광이 반짝이며 석굴을 밝히고 키운다. 항마촉지인을 한 석가모니불이 무량의처삼매에 들어가니 하늘에서 꽃비가 내리고 백호에선 광명이 뿜어져 나와 동방으로 일만 팔천 세계를 비춘다. 그리하여 온 세상을 청정과 광명이 가득한 불국토로 만든다."

석굴암 공간이 지닌 조형적 비밀이자 한국인이 지니고 있는 미적 정서의 특성이다.

박주연 朴柱姸 서점 운영자

『몽실 언니』

권정생 | 창비 | 2012(초판 1984)

『전태일평전』

조영래 | 아름다운전태일 | 2020(초판 1983)

『어딘가에는 살고 싶은 바다, 섬마을이 있다』

윤미숙 | 남해의봄날 | 2023

인문서점 '여행자의 책' 운영자. 대구에서 태어나 머무르고 있다. 학생으로 사는 것이 퍽 체질에 맞아 20대가 다 가도록 학교만 다녔다. 역사와 문학, 예술과 저항, 사람을 사귀는 일까지 그곳에서 배웠다. 학교에 일자리도 있음을 알아채고 30대가 끝날 때까지 직장으로 삼았다. 십 년 동안 번 돈으로 서점을 차렸다. 책에 도움받은 일이 많아 조금씩 은혜를 갚느라 함께 사는 중이다. 사랑하는 일에는 늘 서툴렀기에 급기야 "마음을 읽을 줄 모른다"는 평을 들었다. 아, 마음은 '읽는 것'이었구나. 다만 해석할 수 없는 문자로 이루어진 모양이다. 지금 내 실력으로는 어려우니, 읽을 수 있는 책부터 마저 읽고 언젠가는 마음마저 한번 읽어볼 작정이다.

『몽실언니』

같이 살자는 마음, 권정생 작가님께

작가님, 평안하신지요. 서점에 앉아 가만히 불러봅니다. 이제 아픔은 다 사라졌겠지요. 그곳은 어떤 곳인가요? 한참 떠올리다 보면 야윈 몸의 작가님은 점점 체력을 회복해 이윽고 당신 유언장에 나오는 그 '건강한 남자'가 됩니다. 아가씨와 연애도 '벌벌 떨지 않고 잘할' 그 사내 말이지요. 사실, 작가님이 쓰신 유언장은 그 어느 문학작품보다도 묵직한 것이었습니다. 어떻게 죽을 것인가 밝힌다는 것은 결국 어떻게 살아왔는지 고백하는 일임을 느낍니다.

곁에 있는 누구나 같이 잘 살기를 바랐던 작가님은 시 「밭 한 떼기」에서 '이 세상 모든 것은 모두의 것'이라는 말씀을 해주셨죠. 그러니 지금 계신 그곳에서도 온 세상 모두와 더불어 살며 동화를 쓰고 계실 듯합니다. 거기에는 강아지똥 덕분에 노란 꽃망울을 터뜨린 민들레, 작가님 집 마당에 같이 살던 백구 뺑덕이, 비좁은 방 안에서 자꾸만 발을 깨물던 생쥐가 함께 있으리라 짐작됩니다. 무엇보다도 삼십년지기 편지 친구인 이오덕 선생님이 바로 곁에서 말벗이 되리라 생각하면 비로소 마음이 놓입니다. 일직교회 문간방에서 다섯 평짜리 흙집 단칸방으로 거처를 옮긴 뒤 이오덕 선생님에게 보낸 편지글이 자주 생각납니다. "이사 온 집이 참 좋습니다. 따뜻하고, 조용하고 그리고 마음대로 외로울 수 있고, 아플 수 있고, 생각에 젖을 수 있어요."

　그러고 보면 작가님은 늘 아프고 외로운 것들에 눈길을 주셨습니다. 정몽실 언니도 그런 이들 중 하나였지요. 얼마 전에는 이웃의 학부모님들이 우리 서점에 오셔서 시간 가는 줄 모르고 권정생 문학 읽기에 빠졌더랍니다. 그날 우리는 『몽실 언니』를 소리 내 읽고 소리 내 울었습니다. 그러고는 몽실이를 더는 이렇게 둘 수 없다며 저마다 어른이 된 몽실이를 상상하기 시작했습니다. 어떤 이는 산전수전 겪은 몽실이가 특유의 공감 능력을 바탕으로 상담사로 성장하는 이야기를, 다른 이는 '절름발이 찜발이'라고 놀림당하던 몽실이가 수술에 성공한 뒤 스스로 외과 의사가 되는 이야기를 들려주었습니다. 지금도 주위에서 몽실이가 발견되기에 우리는 『몽실 언니』를 다시 읽고, 다시 쓰기까지 합니다.

　그리고 몽실이와 작가님은 얼마나 닮았나 더듬어봅니다. 우선, 몸소 겪은 두 번의 전쟁이 닮았습니다. '짐승 같은 나쁜 사람들이 일으켜놓은 전쟁으로 억울하게 죽어간' 이들을 얼마나 보셨을까요. 먹고살기 위해 어릴 때부터 온갖 일을 다 했다는 점도, 몸이 성치 않았다는 점도 닮았습니다. 그리고 그 모든 일들을 원망하지 않았다는 점도 같습니다. 도리어 세상의 불행이 왜 생겨나는지 그 연원을 생각한다는 점에서 몽실이와 작가님은 같은 사람입니다. 1984년 『몽실 언니』 초판본 서문에 쓰신 "몽실은 아주 조그만 불행도, 그 뒤에 아주 큰 원인이 있다고 생각합니다"라는 구절은 그래서 더욱 애정이 가는 대목입니다.

정생(正生)이라는 이름 그대로 한평생 바르게 사는 일밖에 못 했던 작가님은 새어머니에게 질문하는 몽실이의 입을 빌려서 묻습니다. "인생이란 게 뭐예요?" 아마도 작가님이 평생 마음 아파하며 던졌을 물음이리라 생각합니다. 일생에 걸쳐 아이들을 그토록 좋아한 작가님을 생각하다 과연 어린이 권정생은 어떠했을까 찾아보았습니다. 작가님이 태어나 자란 도쿄 시부야 빈민가 뒷골목 풍경을 그려봅니다. 거리 청소부인 아버지가 따로 팔려고 쌓아둔 낡은 책더미 사이에서 『이솝이야기』, 『행복한 왕자』 같은 동화책을 보며 홀로 글을 익혔다고 하지요. 조금 자라서는 헌책방에서 『젊은 베르테르의 슬픔』, 『죄와 벌』, 『레미제라블』을 사 읽고 책 포장지에다 글을 썼다고 하니 참 숙연해집니다.

지금 살아 계시면 우리 서점에 모셔 와서 좋아하는 책 실컷 읽으시도록 해드리면 좋겠습니다. 이곳 서점 책장 맨 위 칸에다 작가님 책들만 잔뜩 모아놓은 풍경도 자랑스럽게 보여드리고 싶습니다. 서점에 앉아서 가장 많이 하는 일은 오지 않는 사람을 그리워하는 일입니다. 그 사람은 손님일 때도 있고, 한동안 못 본 친구일 때도 있으며, 글로만 만나본 작가인 경우도 있습니다. 영혼이 있다면, 언제 한번 들러주시겠어요? 늘 기다리고 있습니다.

『전태일평전』

벗이 되려는 마음, 조영래 변호사께

서점을 열면서 맨 먼저 한 일은 '대구 사람' 코너와 '아무도 사 가지 않을 책' 코너를 만든 일이었습니다. 그 두 곳에 당신 책이 있습니다, 하하. 정확하게는 당신의 1주기를 맞아 펴낸 추모집 『진실을 영원히 감옥에 가두어 둘 수는 없습니다』인데 정말로 아무도 사 가지 않았기에 한 번씩 저만 읽고 또 읽는 중입니다.

이 책에는 당신께서 그간 발표한 칼럼과 변론문, 사적인 일기와 편지가 담겨 있습니다. 그중에도 아들 일평이에게 쓴 엽서글은 읽을 때마다 뭉클해집니다. 작고 평범한 것들의 소중함과 아름다움을 사랑하는 당신의 면모는 어느 글에서나 배어 나옵니다. 그러다 두 장을 넘기면 나오는 시 「노동자의 불꽃, 아아 전태일」은 첫 행부터 긴장됩니다. "저 처절한 불길을 보라 저기서 노동자의 아픔이 탄다 저기서 노동자의 오랜 억압과 죽음이 탄다…"

평화 시장 앞 길거리에서 노동 환경을 위해 분신 항거한 열사에게 바친 이 길고 깊은 시는 돌연 두 사람을 동무로 맺어주었습니다. 일생 한 번도 만나지 않은 이들도 친구가 될 수 있고, 동지가 되어 살아간다는 사실 또한 이 글을 통해 알게 됩니다.

당신이 『전태일평전』을 쓴 것은 단순히 고향 사람이어서는 아닐 테지만, 저는 두 분이 대구 사람인 것이 무척 자랑스럽습니다. 내가 사는 도시에 대한 애증으로 몸부림치면서도 대구 사람을 만나면 이처럼 덜컥 좋아하고 맙니다. 당신에게 고향 대구는 어떤 곳이었을까요. 당신이 태어나 초등학교에 다니던 도시 대구는 아직도 당신 이름 부르기를 주저합니다. 하물며 그 시절에 쓴 『전태일평전』은 인쇄소도 출판사도 구하기 어려웠을 것입니다. 일본어판으로 먼저 나온 뒤에야 돌베개에서 펴낸 이 책의 당시 제목은 '어느 청년 노동자의 삶과 죽음'이니 전태일의 삶은 이로써 복원될 수 있었습니다. 어느 시인의 말처럼 "같은 책을 읽었다는 것은 사람들 사이를 이어주는 중요한 끈"이 되므로 『전태일평전』을 읽은 수많은 이들은 이때부터 단단히 연결되었습니다.

6년간의 수배 생활로 숨어 지내며, 은신처를 열 곳이나 옮겨 다니던 그 시기에도 당신은 보일러 기사 자격증을 따는 등 갖은 기술을 배워 노동자로서 삶을 이어나갔습니다. 저는 당신이 전태일의 '대학생 친구'가 되어주어서 고맙습니다. 언제나 마음이 아픈 쪽으로 기울던 당신의 생애는 항상 어려운 사람, 힘없는 사람 곁에 머물게 했지만, 이는 사회적 약자에 대한 관심이기보다 사람을 향한 가슴 깊은 존중이었음을 알 수 있습니다. 당신은 그저 인간에 대한 애정과 배려를 잃지 않았을 뿐인데 그것이 여러 차례 세상을 바꾸기도 했습니다.

작은 목소리에 귀 기울이는 일, 당신은 그 일을 평생 놓지 않았기에 생전에 한 번도 만난 적 없는 전태일의 목소리마저 경청할 수 있었다는 생각이 듭니다. 『전태일평전』에는 이런 구절이 나옵니다.

"우리는 전태일에게서 가장 인간적일 때 가장 진보적이 된다는 명제를 배우게 된다." 인간에 대한 따뜻한 사랑을 간직하는 것이 다름 아닌 정의임을 당신, 그리고 당신의 친구 전태일은 충실하게 증명해주었습니다.

당신을 만나본 이들은 친절한 휴머니스트라고도 하고 다정다감한 로맨티스트라고도 표현합니다. 글을 통해서만 당신을 만난 저로서는 예민하면서도 문학적인 법조인이라는 인상을 받았습니다. 핵심을 관통하면서도 심금을 울리는 표현이 누군가를 돕고 보호하는 데 쓰일 수 있다는 점이 감사할 따름입니다. 안타까운 것은 당신이 가버린 오늘날에도 여전히 '청년 노동자'들은 '삶과 죽음' 앞에서 외면당한다는 사실입니다. 해고노동자 김진숙은 복직되기까지 일생을 다 써버려야 했고, 하청 노동자들의 비극은 다음 비극에 덮이고 맙니다. '평화를 갈구한다면 정의를 가꾸어라'는 국제노동기구의 외침은 우리 곁에서만 유독 멈춥니다.

그저, 수수한 와이셔츠 차림에 헝클어진 머리로 나타나는 당신이 더욱 그리운 요즘입니다.

『어딘가에는 살고 싶은 바다, 섬마을이 있다』

안아주고픈 마음, 윤미숙 선생님께

선생님께 편지를 쓰려니 어쩐지 쑥스럽습니다. 다행히도 이 책은 내년에야 출간된다고 하니 느리게 가는 우체통이라 생각하며 다 쓰고 나서는 잊어먹을 작정입니다, 큭.

얼마 전 누군가에게 선생님을 소개하려는데 제가 좀 횡설수설했는지, 곁에서 듣던 동료가 끼어들었습니다. "통영 동피랑 마을 기획자, 신안 순례자의 섬을 만든 이"라고 하면 다 아는데 왜 그렇게 딴 얘기만 하냐는 것이었습니다. 줄곧 선생님을 동경해왔다면서 객관적인 설명도 못 하다니, 다시 선생님의 첫 책을 읽어나가던 그때로 돌아가봐야겠습니다. 이 사람 저 사람을 데리고 종종 통영을 찾던 저는 어느 해 예기치 못한 소식을 접했습니다. '동피랑 주역 부당해고'라는 뉴스는 한동안 사회적 이슈였고 저 또한 그 기사에 맞닥뜨렸습니다. 불의를 보면 꾹 참을 수는 있어도 잊지 못하는 탓에 내내 그 생각만 했습니다.

바로 그 와중에 선생님의 책 『춤추는 마을 만들기』가 출간되었습니다. 맨 처음 몇 장만으로도 충분히 매료되는 글이었습니다. 그 책을 펼치면 아직 마을 일에 서투른 저자가 등장합니다. 그때만 해도 작은 갈등에 가슴 졸이던 활동가였습니다. 그토록 흔들리면서도 나침반의 바늘 끝처럼 그 방향을 가리키며 가는 사람이었습니

121

다. 보고 싶었습니다. 작가와의 만남에 모시던 날, 저는 독자에서 팬으로 이름표를 바꾸었습니다. 선생님을 그저 힘주어 지지하고 열렬히 응원하는 것만이 그 시절 저의 일이었습니다. 마주치는 이들을 붙잡고 책에 나오는 연대도, 강구안까지 이야기했더니 마치 제가 마을 만들기 팀원으로 일한 것처럼 흡족해지기도 했습니다.

어느 날 학생들에게 선생님 이야기를 들려주었을 때 한 친구의 대답이 놀라웠습니다. 이 사람이 외롭지 않도록 언젠가 본인도 마을 일을 해야겠다는 내용이었습니다. 선생님의 뒤를 따르는 저 자신을 상상해본 것도 그 무렵부터였나 봅니다. 허나, 일하시는 모습을 직접 보면서는 제가 할 수 없는 영역임을 곧 깨달았습니다. 마을 일이란 지식과 기술이 아니라, 바로 마음이 하는 일임을 느낀 까닭입니다. 내 마음을 모조리 내어놓아야만 주민의 마음을 약간이나마 얻는 일, 그네들의 마음을 어루만지다가 자기 마음이 다치기도 하는 일임을 지켜보아야 했습니다. 그리하여 『어딘가에는 살고 싶은 바다, 섬마을이 있다』의 저자는 앞의 책에서보다 훨씬 유능해 보이지만, 그 능력이란 다름 아닌 '상처받을 수 있는 능력'인지도 모릅니다.

이번 책을 읽는 동안 궁금했습니다. 글쓴이는 왜 계속해서 섬으로 가는 것일까. 이렇게까지 고단함을 견디는 이유는 무엇일까. 정성을 쏟은 만큼 눈물은 또 얼마나 쏟았을까. 저자는 어쩌다 단순한 마을 꾸미기가 아니라 마을 살리기에 몰두하게 되었을까. 섬마을의 외부인이 아니라 가장 깊숙한 내부자가 된 글쓴이는 한 마을의 가장 아름답고 독보적인 점을 발견해 온전히 그 마을로 만들고 있었습니다. 어느덧 아픈 일에 공감하고, 악한 일에 분노하며, 선한 일에 선뜻 나설 수 있는 첫 번째 주민이 되어버렸습니다.

당일치기로 섬을 휙 둘러보는 것을 두고 선생님은 '애인을 만나서 한번 안지도 않고 헤어지는 것'에 비유하곤 합니다. "꼭 하룻밤 섬의 품 안에 폭 안겨서 자봐야 한다"는 말씀은 선생님 스스로에게 건네는 말이었습니다. 틈만 나면 마을로 들어간 선생님은 손길에 마음을 담고 발길에 마음을 싣는 사람 같았습니다. 끊임없이 주민들에게 안부를 묻는 일은 결국 그들을 안아주는 일이었습니다. 배를 타고 섬마을에 "갈 때마다 마음이 설레고" 나올 때면 "이상하게 서러운 곳"이라 표현한 것이 조금은 이해가 됩니다. 마지막 페이지까지 읽고 가슴이 벅찼던 것은 흠모하던 사람의 글이어서만은 아니었습니다. 내내 어떤 희망 같은 것을 보았다면 맞는 표현일까요. 저는 백 년이 지나도 섬은 여전히 가난할 거라는 생각을 했었습니다. 그런데 글을 읽고 나니 어쩌면 섬은 우리가 살아갈 대안이 될 수도 있겠다는 생각이 듭니다. 섬마을에 관한 글이 그들의 이야기가 아니라 바로 우리의 이야기임을 알면서부터 다정한 섬살이는 이미 시작되었습니다.

백민석 白旻石

『힐튼호텔 옆 쪽방촌 이야기』

홈리스행동 생애사 기록팀 | 후마니타스 | 2021

『알지 못하는 아이의 죽음』

은유 | 임진실 사진 | 돌베개 | 2019

『사람, 장소, 환대』

김현경 | 문학과지성사 | 2015

단편집 『허끝의 남자』, 『수림』, 『버스킹!』, 장편소설 『공포의 세기』, 『교양과 광기의 일기』,
『해피 아포칼립스!』, 『플라스틱 맨』, 에세이 『러시아의 시민들』, 『이해할 수 없는 아름다
움』, 『과거는 어째서 자꾸 돌아오는가』 등이 있다.

한국은 지금 조용한 혁명 중

한국인의 마음은 더는 하나가 아니다. 과거 어느 시점에는 '한국인의 마음은 이렇다'라고 한두 줄로 정리할 수 있었을지 몰라도 지금은 아니다. 최근 영국의 한 정책연구소에서 진행한 설문조사에서 '열심히 일하면 결국 더 잘살게 된다'에 동의한 한국인 응답자의 비율은 겨우 16%라고 한다.(《매일경제》, 김혜진 기자, 2023. 9. 7.) 조사 대상국 18개국 가운데 꼴찌였다. 한국에서 떵떵거리고 살려면 부자인 부모에게서 태어나거나, 서울대 연고대 같은 일류대학을 나와 학벌을 거머쥐거나, 무슨 수를 쓰든 서울 강남에 아파트나 빌딩을 한 채 마련하면 된다. 한국에서 과거에 양반과 상놈을 차별하던 신분제도는 급격한 계급 불평등, 빈부격차의 가파른 기울기를 타고 다시금 부활하고 있다. 정부 안에서조차 "국민 5천만이 모두 주권자로서 권력을 행사한다면 대한민국은 무정부 상태로 갈 수밖에 없다"(김영호 통일부 장관, 국회 대정부질문, 2023. 9. 5.)라는 발언이 나오고 있다. 주권은 일류대학을 나온 부자들에게나 있고, 국가를 운영하는 것도 그들 특권층이 알아서 하겠으니 나머지는 참견 말라는 것이다.

한국이 대놓고 신분을 가르고 약자를 차별하는 사회가 됐으니, 이 새로운 신분 질서를 거스를 힘이 없는 약자들의 삶이 어떻게 피폐해질지는 어렵지 않게 짐작할 수 있다. 그래서인지 대표적인 사회 약자인 빈민과 노동자의 현실을 알리려는 시도들이 이어지고 있다. 서울의 대표적인 빈민가인 쪽방촌에 사는 사람들의 이야기를 담은『힐튼호텔 옆 쪽방촌 이야기』나, 실습 기회를 준다는 명분으로 착취당하다 산업재해로 목숨을 잃게 되는 실업계 고등학생들의 이야기인『알지 못하는 아이의 죽음』같은 책이 나와 주목을 받았다. 한편 지식인 사회에서도 한국사회의 시대를 역행하는 흐름을 이론적으로 분석한『사람, 장소, 환대』가 나와 독자들의 사랑을 받았다.

이 책들은 공통되게, 특권층과 사회적 약자로 양분된 새로운 신분사회의 도래를 알리고 있다.『힐튼호텔 옆 쪽방촌 이야기』에서 빈민들은 한국이 약자에게 얼마나 무자비한 사회인지 삶을 통해 증언한다. 정신병원은 빈민들이 정부에서 받는 기초 생활 수급비를 빼먹기 위해 강제로 입원시키고, 교회는 빈민들을 수용한 다음 수급비를 헌금 명목으로 뜯어내고, 장애인 수용시설에서는 보호해준다는 명목으로 수급비를 통장째 가져가버린다. 겨우 쪽방촌에 거처를 마련해도 이번엔 쪽방촌 집주인에게 착취당한다. "한 평 남짓 쪽방의 월세 27만 원"은 (부촌의 상징인) "타워팰리스의 평당 월세보다"(316쪽) 비싸다.

『알지 못하는 아이의 죽음』은 학생 신분으로 공장에 실습을 나갔다가 산업재해로 사망한 고등학생들의 이야기다. 한국의 자살률이 수십 년째 OECD 국가 중 1위를 하는 것처럼, 한국의 산재 사망률 역시 "경제협력개발기구(OECD) 회원국 중에서 2006년과 2011년을 제외하고 23년간 '1위'를 기록하"(29쪽)고 있다. 계급 불평등이 강화될수록 "일을 해도 먹고살기 어려운 '노동 빈곤층'이 갈수록 많아지고"(27쪽) 이에 빈곤층 청소년들은 일찍부터 노동에 뛰어들었다가 산재를 당한다. 한 사망자의 가족은 "아이들에게 노동인권 교육을 일부러 시키지 않는다고 생각해요. 순진하고 멍청하게 개처럼 일하길, 무식하길 바라는 거예요"(92쪽)라고 분노한다. 이런 절규도 있다. "대한민국에서는 돈 없는 사람은 살 가치가 없어요. 돈 없고 힘없는 사람을 위한 정책은 안 나와요."(137쪽) "부자가 아니면 애 낳지 마세요. 대한민국은 부자가 아니면 애 낳고 키울 나라가 아니에요. (……) 가진 자들끼리만 살라고 내버려둬야 돼. 없는 사람들은 애를 낳지 말아야 돼."(140쪽)

한국은 자살률 1위, 산재 사망률 1위이면서 동시에 출생률은 세계 꼴찌다. 정치권은 살아 있는 사람의 생명도 지키지 못하면서 허구한 날 출생률을 높이겠다고 대책을 내놓는다. 한국은 계급 불평등, 빈부격차, 학벌주의가 만들어낸 특권층을 위한 신분제를 되돌려놓기 전에는 희망이 없다. 『사람, 장소, 환대』의 분석처럼 한국은 "단지 소득수준이나 교육수준이 아니라 주거지, 학교, 소비시장, 심지어 언어에서 계층적 분리가 뚜렷해지고 있고, 법은 그것을 저지하기는커녕 오히려 촉진하는 중이다. (……) 특수한 계층들이 생겨나 사회 안에 별개의 사회를 형성하고 있는데, 신분이란 이를 말하는 것이다."(166쪽)

이 사회의 어느 누가, 특권층의 노예로 살라고 자식을 낳아 기르겠는가. 이 비극적 퇴보를 한국인이면 누구나 느끼고 있기에, 이미 오래전부터 특권층이 아닌 한국인은 결혼과 출산을, 가족의 형성을 포기하고 있다. 이것이 지금 한국사회의 깊은 데서 일어나는 조용한 불복종 운동이자 혁명이다. 우선 나부터가 젊은이들에게 이 나라에서 자식을 낳지 말고, 기회만 된다면 더 나은 나라를 찾아 외국으로 떠나라고 권유하고 싶다. 이것이 신분 사회로 돌아가는 한국에서 살아가는 슬픈 한국인의 마음이다.

변용란 邊容蘭

『그 많던 싱아는 누가 다 먹었을까』

박완서 | 웅진지식하우스 | 2021(초판 1992)

『길 위에서 중얼거리다』

기형도 | 문학과지성사 | 2019

『소년이 온다』

한강 | 창비 | 2014

1967년 서울에서 나고 자랐다. 대학에서 영어영문학을 전공한 뒤 국내외 기업에서 일하다 좋아하는 책과 관련된 일을 하고 싶다는 생각에 1995년 출판번역가의 길로 들어섰다. 배움의 부족을 느끼고 뒤늦게 들어간 대학원에서는 인생의 책 중 하나라 여기는 『제인 에어』 연구로 석사학위를 받았다. 영상 번역에도 흥미가 깊어 EBS 〈세계의 명화〉, 〈일요시네마〉로 방영되는 영화를 다수 번역했다. 옮긴 책에는 『그래서 비건_지구와 나를 위한 선택』, 『희망의 책』, 『모든 것의 이름으로』, 『당신은 절대 잊히지 않을 것이다』, 『호르몬 찬가』, 『늙는다는 착각』, 『마른 여자들』, 『새들의 회의』, 『인형』, 『시간의 지도』, 『나의 사촌 레이첼』, 『트와일라잇』, 『시간 여행자의 아내』 등이 있다.

슬픔을 뒤로하고 나아간다

『그 많던 싱아는 누가 다 먹었을까』

전쟁 세대가 아닌데도 어린 시절 전쟁 꿈을 자주 꾸었다. 반공이 국가적 표어인 사회 분위기상 TV에서도 흔히 접했지만, 무엇보다도 한국전쟁 때 피란 가던 이야기를 거듭 실감 나게 들려주시던 할머니와 엄마 덕이 컸다. 전쟁이 터져 보따리를 짊어지고 피란길에 나섰으나 이미 인민군 세상이 되어버려 결국 서울 집으로 돌아와야 했다는 이야기, 피란 도중 폭격이 시작되면 논두렁 밭두렁으로 피신해 벌벌 떨었다는 이야기, 배가 고파 몸을 숨긴 밭에서 파를 뽑아 구워 먹었는데 그게 그렇게 달고 맛이 있더라는 이야기.

박완서의 『그 많던 싱아는 누가 다 먹었을까』를 처음 접했을 때의 기시감을 잊지 못한다. 박완서는 비록 우리 엄마보다 열 살이 많지만, 엄마와 할머니들에게 전해 듣던 근현대사가 닮은꼴처럼 이 책에 담겨 있었다. 사실 전쟁 세대인 분들은 박완서 작가와 거의 비슷한 삶의 궤적을 가졌을 것이다. 한국인 중에서 아무런 고생 없이 안온하게 한국전쟁을 겪어낸 사람이 있을 리 없다. 그럼에도 전쟁과 혼란의 시기에 가장 삶이 고달파지는 건 아이들과 여자들이다. 나의 외증조할머니와 외할머니는 일제강점기를 거치며 나란히 과부가 되어 가장으로서 엄혹한 삶을 일구어야 했다. 자신의 경험을 바탕으로 한 박완서의 이 자전적 소설에서도 특히 무능하고 망가지거나 어디론가 끌려가 부재한 가장과 남자들 대신 강인한 여성들이 집을 장만하고 인민군 치하에서 부역을 하고 먹을 것을 찾아 빈집을 턴다. 가난과 굶주림과 전운의 슬픔 속에서도 가족애는 언제나 꿋꿋하고 살아남은 자들에게 희망이 되어준다.

『길 위에서 중얼거리다』

죽음과 허무의 정서가 팽배한 기형도의 시집『길 위에서 중얼거리다』에서도 유독 가족의 이야기와 결핍의 비애가 마음에 와닿는다. 병든 아버지와 요절한 누이, 어머니의 고달픈 노동. 박완서의 소설에서 엄마와 외할머니의 이야기를 떠올렸듯이, 기형도의 시「엄마 걱정」은 마치 나의 아버지와 할머니 이야기 같다.

고향인 평안북도에서 일제 징용을 피해 만주로 이주한 내 할아버지의 가족은 한국전쟁 때 부산으로 내려가 '궤짝'에 짊어지고 온 돈을 모두 탕진한 후 어렵게 살았다. 한량이신 할아버지 대신 할머니가 자갈치 시장에서 생선을 떼어다 광주리를 이고 다니며 장사를 한 적이 있다고 한다. 십대 청소년인 아버지는 깜깜한 밤 생선 광주리를 이고 돌아올 할머니가 걱정되어 종종 영도다리까지 마중을 나갔다지만 비린내가 곤혹스러웠던지 이후 평생 생선을 거의 못 먹게 되었다. 하지만 효심과 바꾼 아버지의 비린내 혐오는 할머니가 두고두고 곱씹으며 칭찬한 장남의 미담이 되었고, 나에게 이어진 그 기억은 기형도의 시 감상에도 영향을 미쳤다. 일하는 어머니를 둔 아이들의 염려와 슬픈 정서는 오래도록 잘 잊히지 않고 시대를 관통하는 듯하다.

『소년이 온다』

어느 사회나 마찬가지겠지만 대한민국엔 아직도 현재인 슬픔이 많다. 최근까지도 우리는 폭력과 어둠의 역사를 겪었고, 영 아물지 않는 상처가 된 몇몇 기억은 여전히 생생하고 뜨겁다. 너무 아파서 외면하고 싶은 충동이 들기도 하는 '80년 5월 광주'를 선명하게 그려낸 한강의 『소년이 온다』는 역설적으로 슬프기 때문에 강하다. 소년 동호를 '함께' 기억하기에 앞으로 나아갈 수 있다는 생각도 든다. 1980년대 중반 명동 등지에선 연일 기습시위가 벌어졌다. 전경과 사복경찰에 쫓기다 막다른 길에서 굳게 내려진 셔터를 마구 두들기면, 상인들은 흔쾌히 셔터를 올리고 시위 대학생들을 숨겨주었다. 잡혀가지 않으려 내달음치다 신발을 흘리는 경우도 많았는데, 시위가 끝난 뒤 명동 중앙로에 나가보면 한 짝씩 굴러다니던 신발들을 누군가 가지런히 줄지어 세워놓았다. 그곳에 가면 잃어버린 자기 신발을 찾아 신을 수가 있던 게 신기했다. 뜨거웠던 광주의 사진 기록 중에서도 주인을 잃고 길거리에 흩어져 있는 신발 사진을 본 적이 있다. 하지만 그 신발들은 결국 주인을 찾지 못하고 전시관에 남았다. 깊은 슬픔과 분노는 잊지 않고 새겨놓아야 그걸 딛고 뚜벅뚜벅 나아갈 수 있는 듯하다.

변지영 邊池盈

심리학자

『모리타 요법을 배우다: 최신 기법과 치료 진행법(森田療法を学ぶー最新技法と治療の進め方)』

기타니시 겐지(北西憲二) 엮음 | 金剛出版 | 2014

『내가 좋은 날보다 싫은 날이 많았습니다』

변지영 | 비에이블 | 2020

『공명(Resonance: A sociology of our relationship to the world)』

하르트무트 로자(Hartmut Rosa) | Polity Press | 2019

작가, 임상·상담심리학 박사. 차 의과학대학교 의학과에서 조절초점이 정신건강에 미치는 영향에 관한 연구로 박사학위를 받았다. 저서로 『미래의 나를 구하러 갑니다』, 『내 마음을 읽는 시간』, 『내 감정을 읽는 시간』, 『항상 나를 가로막는 나에게』, 『아직 나를 만나지 못한 나에게』, 『좋은 것들은 우연히 온다』, 『때론 혼란한 마음』 등이 있으며 『내가 좋은 날보다 싫은 날이 많았습니다』는 대만 ACME Publishing Group에서 『比起喜歡自己, 我有更多討厭自己的日子』로 출간되었다.

일본 선불교 전통을 이끌어온 우치야마 선사(內山 興正, 1912~1998)는, 마음이 따로 있는 것이 아니고 '우리 경험이 곧 마음'이라고 했다. 어떤 조건하에서 누구와 상호작용하며 살아왔는가, 무엇을 겪어왔는가가 그 사람의 마음을 만들어낸다고 볼 수 있다.

이처럼 동양에서는 인간의 마음을 환경과, 자연과 함께 호흡하는 유기적인 현상으로 바라보는 관점이 주를 이루었다. 하지만 경제, 정치, 사회 전반의 변화와 마찬가지로 학문에서도 과학화, 계량화가 급격히 이루어지면서, 측정과 비교가 용이한 서양 심리학이 마음을 설명하는 주류 학문으로 자리 잡게 되었다.

일반적으로 과학은 측정과 분석을 통해 어떤 현상을 예측하고 통제하려는 의도를 가지고 있다. 심리학도 예외는 아니어서, 어떤 증상이나 문제의 원인이 될 만한 요소들을 추려내고 상관관계, 혹은 인과관계가 있는지 살펴봄으로써 문제가 될 만한 요인을 줄이거나 예방하는 것에 초점이 맞춰져 있다.

일반인들의 심리학에 대한 관심은 날로 급증하고 관련 도서나 방송물도 증가하고 있지만, 이런 것들이 과연 사람들의 마음 건강에, 삶의 질에 실제로 도움이 되고 있는지는 잘 모르겠다. 오히려 지나치게 자원적 접근이 주를 이루게 되면서 자신에게 무엇이 없거나 부족한지 알아내어 채우려는 강박적 믿음이 일반화되고 있는 것은 아닌지 우려된다.

현대인들은 자신과 타인을 끊임없이 비교하면서 자기 문제를 스스로 만들어내는 경향이 있다. 이를테면 자존감, 회복탄력성, 그

릿(Grit), 자기조절력, 긍정적인 생각, 혹은 애착 등 어떤 항목에 문제가 있다고 스스로 진단하고, 어떻게 하면 타인에게 휘둘리거나 이용당하지 않고 성공적인 삶을 살아갈 수 있을지 알아내려고 애쓴다.

그렇다 보니 자기 자신에 대한 전체적인(holistic) 이해 없이 액세서리를 하나씩 장착하듯, 성공한 사람들이 좋다고 말하는 것들을 배우고 따라 하고 익히기 바쁘다. 유튜버가 얘기한 대로, 책에 쓰인 대로 멋진 사람이 되고 싶은데, 빨리 변하지 않는 자기 자신을 책망하며 늘 불만을 품는다. 생각대로 실천하지 못하면 죄책감을 느끼면서 억지로 자신을 바꾸려 하니 억압이 일어난다. '해야 한다'의 목록이 많아질수록 불안장애와 공황장애가 늘어날 수밖에 없다.

졸저 『내가 좋은 날보다 싫은 날이 많았습니다』의 일부 내용을 인용하면, 자기 자신의 어떤 부분을 없애거나 제거하려 들면 타인에게 자신을 있는 그대로 제시할 수가 없다. 사람들을 만나면 늘 어색하고 힘들어진다. 특정 부분을 감추기 위해 노력해야 하고 혹시라도 들킬까 봐, 그래서 무시당하거나 미움받게 될까 봐 전전긍긍하게 된다. 누구를 만나든 힘이 많이 들어가고 경직되어 결국 대인관계가 힘들고 불편해진다. 항상 '나를 어떻게 생각할까?'에 생각이 집중되어 상대방에게 주의를 기울일 여력이 없다. 타인을 만나지 못하게 된다.

일본의 정신의학자 쇼마 모리타(1874~1938)가 창시한 모리타 요법에서는 이렇게 과도하게 자기 자신에게 집중된 생각이 사실상 불안이나 우울과 같은 어려움을 더 심화시킨다고 설명한다.

우리의 의식이나 주의는 자유롭게 움직이며 자신이 필요한 것을 할 수 있도록 유연하게 작용하는 능력을 갖고 있는데, 많은 현대인은 자기 생각으로 그 본래의 능력을 제한하고 방해한다. 이처럼 '경직된 사고'로 특정 생각에 사로잡힌 상태를 '토라와레(とらわれ)'라고 한다. 우리말로 '붙잡힘, 포로가 됨'이라는 뜻이다. 모리타 요법은 특히 불안장애와 강박장애를 진단하고 치료하는 데 효과적인 접근이다.

마음이 경험에서 나오는 것이라면, 마음의 병은 왜곡된 삶의 양식, 비틀린 존재 방식에서 비롯된다고 말할 수 있다. 비용과 리스크를 줄이고 조금이라도 더 이득을 늘리려는 통제 기반의 현대 사회에서 사람들은 자기 자신조차 시간 단위 생산성을 높여야 하는 기계처럼 바라본다. 자신과 타인의 쓸모와 기능에 집착한다.

독일 사회학자 하르트무트 로자의 저서 『공명(Resonance)』에 따르면, 이러한 집착과 분투는 모두 소외에 대한 두려움에서 나온다. 소외되지 않기 위해 하나라도 더 노력하고 하나라도 더 얻기 위해 애쓰는 것이다. 자신이든 타인이든 예측과 통제, 역할과 기능으로만 관계를 맺다 보니 마음을 열어 세상을 만나는 경험이 어려워진다. 소셜미디어로 연결되는 사람은 많아도, 참된 관계는 희귀하다.

우리는 누구나 자신을 깊게 이해하고 변화시켜줄 좋은 관계를 원한다. 우리는 모두 '소외의 사막(deserts of alienation)'을 피하고

'공명의 오아시스(oases of resonance)'를 만나고 싶어 한다. 너와 내가 함께 울리며 서로를 변화시키는 진정한 관계를 원한다. 아이러니하게도 공명은 의도할 수 없고 예측할 수 없으며 통제할 수도 없다. 아무리 많은 자원을 얻는다 해도 공명은 만들어낼 수 없다. 앙상하던 가지들이 어느덧 풍성한 여름옷으로 갈아입은 나무들을 볼 때, 골목길 어디선가 들려오는 피아노 소리에 가만히 귀 기울일 때, 기대하지 않았던 만남에서 뜻밖의 울림을 경험할 때 우리는 노력하지 않는다. 마음을 열고 다만 거기에 있을 뿐이다.

설흔 薛欣

『이향견문록(里鄉見聞錄)』

유재건 | 실시학사 고전문학연구회 옮김 | 글항아리 | 2008

『골목길 나의 집』

이언진 | 박희병 옮김 | 돌베개 | 2009

『여성, 오래전 여행을 꿈꾸다』

김금원 외 | 김경미 편역 | 나의 시간 | 2019

서울에서 태어나 고려대학교에서 심리학을 공부했다. 『멋지기 때문에 놀러 왔지』로 제1회 창비청소년도서상 대상을 수상했고, 『네 통의 편지』, 『붉은 까마귀』, 『소년, 아란타로 가다』, 『우정 지속의 법칙』 등의 작품을 발표했다.

평범하고 비범한 한국인의 마음

『이향견문록』은 1862년 유재건이 펴낸 인물전이다. 규장각 서리를 지냈다고 알려진(구체적인 증거는 없다) 유재건은 여항인 308명의 행적을 수집해 책을 썼다. 가장 중요한 단어는 아마 여항인일 것이다. 여항인은 직역하면 골목길 사람들이다. 대로에서 살았던 조선의 지배계층 양반이 아닌 집단, 위로는 중인, 하급 관원 등을, 아래로는 기생, 백정, 노비에 이르기까지의 인물들을 포함하는 단어로 보면 된다. 『이향견문록』을 쓴 이유는 당대 여항인의 좌장 조희룡이 쓴 서문에 잘 드러난다.

> "저 여항의 사람에 이르러서는 (…) 혹 그 언행에 기록할 만한 것이 있으며, 혹 그 시문에 전할 만한 것이 있더라도 모두 적막한 구석에서 초목처럼 시들어 없어지고 만다. 아아, 슬프도다! 내가 『호산외기』를 지은 까닭도 여기에 있다."

조금 복잡하기는 하나 『호산외기(壺山外記)』에 대해 간단히 설명하는 게 좋겠다. 『호산외기』는 1844년 조희룡이 펴낸 인물전으로 여항인 42명의 행적을 수집해 실었다. 조희룡은 『호산외기』의 집필 이유를 다음과 같이 밝혔다.

> "비록 여항 약간인의 전할 만한 것이 있을지라도 어디서부터 시작해 자

139

료를 얻을 수 있겠는가? 세상에 대인거필(大人巨筆)이 있어 혹 자료를 찾을 경우, 이 책에서 얻음이 있을 수도 있겠다. 그때를 대비해 우선 이것을 보존해둔다.”

아마도 유재건이 조희룡에게는 대인거필이었을 것이다. 유재건은 조희룡이 바라던 그대로 여항인들이 쓴 자료에서 인물들의 행적을 뽑아 한 권의 책으로 엮었다. 총망라란 이러한 경우를 일컫는 말일 것이다. 그런데 유재건은 단순히 총망라한 것이 아니라 자신만의 독특한 집필 방식을 정해 책을 썼다. 제1권의 제목이 학행이라는 점, 문학과 서화 작품을 남긴 예술가 계층이 무려 104명에 이른다는 점, 자료가 여럿 있을 때 양반보다 여항인이 쓴 자료를 우선해 골랐다는 점 등이 그것이다. 종합하면 유재건은 여항인의 능력이 양반 못지않다는 사실을 입증하기 위해 노력했다. 학행, 문학, 서화, 집필은 전 세기까지는 양반의 전유물로 여겨진 것들이었다. 유재건의 마음이 저절로 느껴지는 요절 문사 「이언진 편」을 조금 길게 인용해본다.

“총명함이 몹시 빼어나 글을 읽을 때 눈이 한 번 스친 것은 잊지 않았다. (⋯) 통신사로 갈 때 이언진은 그 재주로서 서기에 뽑혔다. 바다를 지나 일본으로 들어가는데 배 안에는 문장에 능한 선비들이 많았으나 신통하고 빠르기로는 이언진보다 나은 자가 없었다. (⋯) 이언진이 도착하자 무리 지은 왜인들이 부채 오백 개를 가지고 와서 오언율시를 써달라고 요구하니 즉시로 먹 여러 되를 갈아 한편으로는 읊조리고 한편으로 시를 써 잠깐 만에 끝내니, 수많은 왜인이 빙 둘러서 돌아보며 놀라기도 하고 기뻐하였다. 그들은 다시 부채 오백 개를 가져와 청하였다. '이미 공의 재능에 감복했으니, 이번에는 공의 기억력을 시험해보고 싶습니다.' (…) 해가 기울기도 전에 부채에다 시를 써내려갔는데 지은 시가 오백 편이고 기억하여 외우는 것이 또한 그와 같았다. 왜인들이 놀라고 감탄하여 혀를 내두르며 신(神)이라 하였다."

일본에서 문명을 날리고 신이라는 칭호를 얻고 돌아왔지만 정작 조선에서 이언진을 알아봐주는 사람은 없었다.(안목이 형편없는 이들 중에는 당대 조선의 명문장가 박지원도 포함된다.) 이언진은 27세에 죽었는데 죽기 직전에 자신이 쓴 시들을 모두 불태우곤 다음과 같이 울부짖었다고 한다.

"남겨두어도 역시 도움이 될 것이 없다. 세상에서 누가 이언진이란 자를 알아주겠는가?"

그의 아내가 불길에 뛰어들었으나 다 구하지는 못했고 일부만 건졌다. 그 원고가 바로 『송목관신여고(松穆館燼餘稿)』로 송목관은 호이며, 신여고는 타다 만 원고라는 뜻이다. 이언진 사후 세상에 유포된 책에는 이언진다운 시들로 가득하다.

"이따거(이규)의 쌍도끼를 빌려와 확 부숴버렸으면.
손에 칼을 잡고 강호의 쾌남들과 결교했으면.

천하엔 본래 일이 없는데 유식한 이가 만들어내지.
책을 태워 버린 건 정말 큰 안목, 그 죄도 으뜸이고 그 공도 으뜸."

『이향견문록』에도 약점은 있다. 기생 출신 거부 만덕을 제외하면 대부분 여성은 열녀인 것. 남편의 원수를 갚기 위해 칼을 휘두른 호방한 여성도 있기는 하나 그 또한 열녀의 범주에서 벗어나지는 못한다. 19세기를 살았던 특별한 여인의 목소리를 듣고 싶다면 김금원이 쓴 『호동서락기(湖東西洛記)』를 읽어보는 게 좋겠다. 1817년에 태어난 김금원은 생애 전반기에는 기생으로, 후반기에는 양반의 소실로 살았다. 김금원이 여타 여인과 다른 것은 자신의 삶을 기록으로 남겼다는 점이다. 두 가지 특별한 사항이 눈에 들어온다. 김금원은 기생이 되기 전 남장을 하고 전국을 여행했으며, 소실로 살던 시절에는 비슷한 처지의 여인들과 일종의 문학동호회인 삼호정시사를 만들었다. 첫 번째 여행을 떠났을 때는 겨우 열네 살이었는데 출사표랄까, 떠나는 결의를 표현한 글이 특히 좋다.

"여자로 태어났으니 깊은 담장 안에서 문을 닫아걸고 법도를 지키는 것이 옳은가? 한미한 집안에 태어났으니 처지대로 분수에 맞게 살다가 이름도 없이 사라지는 것이 옳은가? (…) 내 뜻은 결정되었다. 아직 혼인하지 않은 나이지만 강산의 아름다운 경치를 두루 돌아보고 증점이 기수에서 목욕하고 무 언덕에서 바람을 쐬고 글을 읽으며 돌아온 일을 본받겠다고 하면 성인께서도 마땅히 동의하시리라."

김금원은 관동팔경과 금강산, 설악산을 두루 보았고 도성인 한양 유람까지 마치고 집으로 돌아왔다. 호쾌하게 이어지던 기행의 문장은 여기에 이르러서는 힘이 빠져버린다. 김금원이 마주한 현실은 무엇이었을까? 직접 언급하지는 않았지만 김금원은 기생의 길을 걸었던 것으로 추측된다. 강고한 현실의 벽 앞에 선 김금원은 다음과 같은 문장으로 여행을 마무리한다.

"내가 뛰어난 경치를 두루 감상하였으니 오래전부터 품어왔던 소원을 이제 멈출 만하다. 다시 본분으로 돌아가서 여자의 일에 힘쓰는 것이 좋지 않겠는가?"

김금원은 기생이 되었고, 운 좋게도 양반 소실이 되었다. 김금원이 어떻게 생을 마무리했는지는 모른다. 그래도 김금원은 『호동서락기』를 썼고 그 힘으로 남은 생을 버티며 살아나가지 않았나 내 멋대로 추측해본다.

손세실리아 孫 CECILIA

시인

『뗏목』

조천현 | 보리 | 2023

『설운 일 덜 생각하고』

문동만 | 아시아 | 2022

전라북도 정읍에서 태어났다. 2001년 『사람의 문학』을 통해 작품활동을 시작했다. 시집 『기차를 놓치다』, 『꿈결에 시를 베다』가 있으며, 산문집 『그대라는 문장』, 『섬에서 부르는 노래』가 있다. 제주도 바닷가 마을에서 동네책방&카페〈시인의 집〉을 16년째 운영 중이고, 동백과 수국과 튤립과 능소화와 맥문동과 유카를 돌보는 집사이기도 하다.

『뗏목』

작가로 사는 삶이란 물질적 풍요와는 거리가 멀다. 하지만 책만큼은 어느 누구에게도 뒤지지 않을 만큼의 호사를 누린다. 동료 문인들이 신간을 낼 때마다 챙겨서 보내주기 때문이다. 이렇게 받은 책도 제때 읽지 못해 집안 곳곳이 책에 점령당하는 판국이므로 잘 모르는 저자의 책을 구입해서 읽는 건 솔직히 매우 드문 경우다. 그러함에도 반드시 읽어야만 할 책은 읽게 된다는 게 평소 내 지론인데, 이 책과의 인연은 후자의 경우에 해당한다.

누군가가 자신의 SNS에 짤막한 포스팅을 남겼다. 솔직히 처음엔 제목은 안중에 없이 표지에 끌렸다. 산맥을 간략하면서도 깊이 있게 표현한 목판화로 보였기 때문. 확대해보니 뜻밖에도 사진이다, 그것도 수백 개의 뗏목을 하나로 단단히 연결해 끌배가 끌고 가는. 충격적으로 아름다운 이 광경은 마치 어떤 장엄한 의식과도 같다.

2004년 여름, 압록강에서 처음 뗏목을 만난 저자는 "뗏목을 지켜보면서 뗏목이 내 마음에 어떻게 다가오는지 느낄 때까지 오랜 시간", "물동이나 뗏목이 내려가는 강둑 아래"서 "무작정 서서 기다렸"노라 고백한다. 뗏목과의 만남은 기다림의 연속 그 자체라는 뜻일 게다. 세계 유일의 분단국가이니 처음엔 강 이쪽과 저쪽이 신경전으로 팽팽하기도 했을 테다. 그러나 시간이 흐르면서 지나가는 뗏목을 만나 손 인사도 나누고, 북조선 뗏목공과 대화를 나누기도 하고, 중국 쪽 기슭에서 쉬는 날이면 다가가 말을 걸 정도가 됐단다.

이 책은 오랜 집념과 기다림의 결과물이다. 수년을 취재했으니 카메라에 담긴 순간만도 헤아릴 수 없을 만큼 방대할 텐데, 그것들 가운데 102점만을 독하게 엄선해 수록하면서 사진마다 단상을 붙였다. 그것은 시로 읽히기도 하고, 노래로 읊조려지기도 하는 몇 줄 글인데, 겸손한 저자는 굳이 에세이라 고집한다. 그게 어떻든 사진과 글이 푸르게 어우러져 출렁인다는 거다. 마치 뗏목에 합승한 듯한 기분을 갖게 한다는 거다.

물살이, 바람이, 물그림자가, 윤슬이, 파문이, 나무와 나무가, 뗏목과 뗏목의 부딪힘이, 뗏목꾼의 그을린 낯빛이, 그의 노래가, 여울목이, 뗏목 위 화로가, 거기 지핀 나무껍질에서 피어오르는 연기가, 끓기 시작한 국물이, 고단한 맨발이, 거슬러 오르지 않고 흐름에 맡기는 여유가, (…) 이외에도 여기 채 전하지 못하는 서정과 서사로 가득하다.

어디 그뿐이랴, 풍경 이외에도 뗏목의 거의 모든 것을 담았다 해도 과언이 아니다. 일테면 동흥물동, 압록강 유벌사업소 임산노동자, 타리개, 꺾쇠, 박주평 계벌장, 검척원, 곱자, 놀대, 장백현 12도구, 허공으로 들린 장대에서 튕겨나와 반짝이는 물방울, 비닐박막, 뗏집, 유벌공과, 벌목에서부터 운반과정, 제작 과정, 운행 기법, 이동 경로의 지류 및 풍경, 효용성, 임금 및 대우, 1953년(압록, 두만강 유벌협정서) 체결, 뗏목을 강으로 이동하는 이유, 경제적 효용성까지.

이쯤에서 저자의 시를 옮겨볼까? 그가 알면 머리 긁적이며 발끈

할지도 모르겠다. "어휴~ 시 아니라니까요. 부끄럽게 왜 자꾸 그러세요? 잡글이에요. 잡글. 오죽하면 표지에 에세이라 했겠어요." 그러거나 말거나 시를 쓰는 내 눈에 시에 다름아니니 시라고 우겨야겠다. 그리고 독자들의 견해를 기다려야지.

> 비바람 눈보라 견디며/ 산을 지킨 나무들이/ 어깨를 단단히 걸었다/ 어디를 못 가겠느냐/ 어차피 떠나기 위해/ 몸을 키우고 키를 높인 것 아니냐/ 또 다른 세상을 만난다는 것/ 그것이 바라던 꿈 아니었느냐/ 말없이 누운 나무들을 본다/ 사람보다 나은 나무의 일생
>
> – 조천현, 「나무의 일생」 전문, 본문 154쪽

혹자는 의아해할 수도 있다. 뗏목과 한국의 마음이 대체 무슨 상관있느냐고. 이렇게 대답해야겠다. 기다림이야말로 한국인의 정서이자 한국의 마음이라고. 언제 나타날지도 모를 뗏목을 강 건너에서 하냥 기다리며 수백 년 동안 변하지 않고 이어져온, 그러나 지구상에 얼마 남지 않은 전통방식의 가치를 묵묵히 기록해 동시대와 후대에 보여주고자 하는 이의 마음이야말로 한국의 간곡한 결 아니겠냐고. 여기 분단이나 이념이 개입되면 안 된다고. 잡다한 모든 것을 초월해 하나된 우리만 존재해야 한다고.

『설운 일 덜 생각하고』

필자는 대한민국의 남쪽 섬 제주도에서 책방&카페를 16년째 운영 중이다. 바다 쪽 테라스는 차를 마시는 공간이고, 백 년 된 내부는 책방이다. 책방이라곤 하지만 총 가짓수가 300여 종일만큼 소박하다. 때문에 처음 방문한 이들은 고를 책이 없을 거라 지레짐작하지만, 막상 살펴보면 보물창고라는 걸 금방 알게 돼 단골이 되곤 한다. 반드시 읽되, 한 권의 완성도가 높은 책을 추천하고 있으니 왜 아니겠나. 게다가 문학과 예술 장르에 집중하되, 그중에도 시집이 큰 비중을 차지한다. 이유는 대형서점뿐 아니라 동네서점에서도 찾는 이가 없어 천덕꾸러기로 전락한 지 오래인 시집을 여기서라도 책방의 가장 좋은 자리에 두고 독자들과 만나게 해주고 싶은 간절함에서다.

최근 있었던 일이다. 단정한 차림의 청년이 차를 주문하더니 서가 앞을 떠나지 않고 서성이며 말을 꺼냈다. "시집을 추천받을 수 있을까요?" 와락 반가워서 평소 어떤 시를 읽는지, 최근 읽은 시집은 무엇인지 물었더니 쑥스러워하며 "실은 어제 여기서 처음 읽었어요. 테라스에 꽂혀있길래 읽었는데 너무 좋더라고요. 그래서 다시 왔습니다. 시집 한 권을 다 읽은 건 어제가 처음인데 이제부터라도 시집을 읽어야 할 것 같아서요." 다시 물었다. "어떤 시집인데요?", "시인 이름은 모르겠고, 제목은 『설운 일 덜 생각하고』입니다." 제목을 듣자마자 시인과 시집에 대해 속사포처럼 소개했다.

"아!, 문동만 시집? 좋죠. 빼어나죠. 생애 처음 완독한 시집이 그 시집이니 혹 끌렸겠어요."

문동만의 시는 작고 사소하고 낮은 것들에 대한 연민의 언어다. 남성임에도 사물과 타자를 모성으로 품고 젖물린다. 하여, 눈물이 날 만큼 아름답고 지극하다. 그뿐 아니라 타고난 반골이다. 어떤 일을 도모함에 서두르진 않지만 일단 시작하면 중도 하차하지도 타협하지도 않고 전심을 쏟는다. 자신에게 돌아올 유익 따위엔 도무지 관심을 두지 않지만, 사회적 약자를 향한 일일 땐 간혹 투사가 되기도 하고, 예언자가 되기도 하고, 묵묵한 봉사의 손길이 되기도 한다. 말하기보다 경청하고, 명예보다는 양심과 정의에 주파수를 맞추는 사람. 하여, 그의 시는 사람됨과 일란성 쌍둥이라 할 수 있다. 오래 지켜본 바 시가 사람이고, 사람이 시라는 확신.

서가에 꽂힌 시집 한 권이 시집의 가치를 모른 채 지내던 한 청년을 이틀 연달아 방문하게 하고, 심지어 추천받은 세 권의 시집을 생애 처음 구입하게 만들었으니 이는 순전히 시의 힘! 대체 어떤 시인지 간략하게나마 살펴보는 게 도리이겠다.

시 35편, 시인의 말, 시인의 에세이, 발문, 문동만에 대하여

다른 시집에 비해 작고 얇다. 평이한 시편들은 아예 넣지 않고, 시의 정수만 골라 묶어내자는 출판사의 의도일 터. 그래선지 문동만의 시집 『설운 일 덜 생각하고』에도 태작이 없다. 시평에 비교적

깐깐하고 인색한 필자로서 장담컨대 명편이다. 이는 시마다 갸륵한 마음이 깃들어 있기 때문이리라. 같이 울고, 웃고, 가슴 쓸어내리고, 미안해하고 고마워한다는 거다.

때로 이러함은 "밥 차리러 가는 당신"이기도 하고, 죽은 아빠의 시신을 삼키려는 화구 앞에서 "불 불 들어오니까 빨리 나와요 아빠!" 울부짖는 친구 딸 소희이기도 하며, "수조에 떠 있는 전어"이기도 하다. "고상한 의원실을 청소원들의 회의실로/ 휴게실로 내준"한 정치인의 장례식에 작업복을 예복으로 갖춰 입고 조문 온 여성 노동자들이며, "맛있게 먹고/ 설운 일 덜 생각하며/ 풋콩처럼 살"라 당부하며 완두콩 남겨두고 생의 저 너머로 떠난 엄마다. 때로 소년이 되었다가, 때론 고아가 되고, 찾지 못한 옛집이 되기도 한다. 아! "이 세상 여자들에게 미안한 것이/ 더 많아지는 나이"라 고백하는 사내이며, "뭐라도 낳고 싶은" 중년의 남편이고, "외딴집 홀로 지키는 개"이다가, "깡깡 언 물그릇에/ 코박고 죽은" 두 마리 개다. 어디에선 비통한 진혼가이고, 어디에선 간절한 묵주기도이다. 애틋하고 다감한 연대다.

그래 축약해 정의하면 문동만의 시는 한국의 보편적 마음인 사랑이다.

시인의 사랑이 시를 처음 접하는 청년을 움직인 게다. 거대한 힘으로, 그러나 다감하게.

절창인 이 시집을 곁에 두는 호사를 많은 독자가 누리시길.

송길영宋吉永 마인드 마이너

『쌀, 재난, 국가』
이철승 | 문학과지성사 | 2021

『언어의 줄다리기』
신지영 | 21세기북스 | 2021

『언어의 높이뛰기』
신지영 | 인플루엔셜 | 2021

『일의 기쁨과 슬픔』
장류진 | 창비 | 2019

시대의 마음을 캐는 마인드 마이너(Mind Miner)이다. 사람들의 일상적 기록을 관찰하며 현상의 연유를 탐색하고 그들이 찾고자 하는 의미를 이해하려는 시도를 20여 년간 해왔다. 개인들의 행동은 무리와의 상호작용과 환경의 적응으로부터 도출됨을 이해하고, 그 합의와 변천에 대해 알리는 작업에 몰두하고 있다. 깊은 고민을 하는 사람들로부터 영감을 받는 것에서 가장 큰 기쁨을 느낀다. 저서로 『여기에 당신의 욕망이 보인다』, 『상상하지 말라』, 『그냥 하지 말라』, 『시대예보: 핵개인의 시대』, 『시대예보: 호명사회』가 있다.

이어져온 마음, 변화를 요구받는 마음

한국인의 마음을 대변하는 두 글자를 꼽자면, '정(情)'과 '한(恨)'이라고 한다. 상대에게 따뜻한 마음을 뜻하는 '정(情)', 억울하고 서러운 마음을 뜻하는 '한(恨)', 서로 상반된 두 글자의 조합과 변주가 곧 우리의 마음이라 믿는 이 땅, 한반도의 사람들은 그간 어떻게 살아온 것일까?

거대한 땅이라는 대륙과 넓은 바다라는 대양 사이 자리 잡은 반도의 정서는 그 지리만으로도 특별하다. 여기에 국토의 7할이 산지로 구성된 근육질의 지세는 거센 바람을 막아주는 안도감으로도, 그리고 이를 넘어 다니느라 거친 숨을 고르던 민초의 고단함으로도 작용했을 것이다.

이처럼 넓지 않은 땅에서 사계절의 풍상을 거치며 수천 년을 뭉쳐서 살아온 사람들의 마음은 어떻게 형성되었을까? 그 중심에 있는 것은 '모둠의 정서', 곧 공동체적 사고다. 힘을 합쳐 쌀농사를 지으며 고유한 말과 글로 자신뿐 아니라 이웃의 마음을 헤아리며 살아온 이 땅의 사람들은, '옆집 숟가락 개수'도 알만큼 '나'보다 '우리'가 더 당연한 모둠의 정서를 이어왔다.

이렇듯 '우리의 땅'에서, '우리의 말과 글'로 표현한 '우리의 마음'은, 그 어느 지역이 안 그럴까마는, '우리의 반도'에서 더욱 특별한 결속과 연대로 형성되었다.

그 '우리'가 지금 새로운 환경에서 재조명되고 있다. 세계화와 지능화, 고령화를 거치며 유례없는 저출생의 변화는 우리의 범주와 정서를 다시 정의하기를 요구받는다. 유구한 세월에 만들어진, 결코 변할 것 같지 않은 한국인의 마음이 변화하는 과정을 엿볼 수 있는 소중한 책 네 권을 소개한다.

『쌀, 재난, 국가』

시카고대학교 석좌교수를 지낸 석학은 우리네 결속과 '이웃이 땅을 사면 배가 아프다'는 속담 속 한국인의 정서를 사회과학의 방법론으로 증거한다. 거친 땅에서, 물을 대어 키워야 하는 쌀을 우직하게 재배해온 이 땅의 사람들은 상호협동이 생존의 상수와 같기에 나보다 우리에 대해 당연시한다는 이야기에서 한국인의 마음에 새겨진 공동체적 사고를 이해할 수 있는 힌트를 얻는다.

『언어의 줄다리기』, 『언어의 높이뛰기』

한국어 중 한자어로 구성된 개념어가 형성된 유래를 학자는 친절하게 소개한다. 하지만 그 이면에는 이전 사회의 수직적 구조나 불합리함이 내재되어 있음을 저자는 적확하고 예리하게 지적한다. 대통령이라는 단어를 예를 들며 이 언어가 '크게 거느리고 다스리는 사람'이라는 뜻을 가진 표현이므로 헌법이 명시하는 민주적 가치를 담고 있지 않다 적시한다. 이렇듯 신지영 교수는 책에서 기존

권위 공동체의 가치 속에 소외되거나 억압되어온 자유롭고 다양한 발상들이 어떻게 언어라는 좁은 집을 깨고 나올 수 있을지 탐구한다. 군사부일체 같은 봉건시대의 사고체계가 새로운 현대에 적합하지 않기에 새로운 언어의 정의를 통해 더욱 평등한 사고를 해야 함을 일깨우며 지금 시대에 맞는 표현을 통해 우리 마음의 현행화를 독려한다.

『일의 기쁨과 슬픔』

전통적 굴뚝산업과 대비되는 '스타트업'이라는 새로운 조직의 구성은 플랫폼과 지능화로 설명되는 전 세계적 산업 고도화의 현상이라 할 수 있다. 우리가 살고 있는 행성이 수평으로 연결되며, '스타트업'의 문화를 선호하는 평등의 세대는 기존의 수직적 사회와 기묘한 동거를 요구받는다. 아직은 위계와 권위주의가 강한 사회의 압력은 새로운 세대의 자유로운, 그리고 그들이 생각하는 '합리적 사고'와 매번 어긋나는 현기증을 수반한다. 책 안에서 관찰되는 등장인물의 모습에서는 기존의 위계 중심의 '공동체'에서 홀연히 자신의 길을 찾아나서는 재치있고 영리한 개인을 발견할 수 있다. 이상을 위해 현실과의 위태한 합의를 내면화해야 하는 신세대의 마음을 새로운 언어로 정의한 '그 세대'의 소설가는 평단과 독자에게 동시에 주목받고 있다.

함께 부대끼며 같이 살아온 공동체의 마음이, 세상의 큰 변화 속 그 역시 변화되기를 요구받고 있다. 이에 적응하고픈 이전 세대는 현기증을 느끼고 있음에도, 그 변화의 속도에 답답함을 느끼는 새 세대의 불편한 인내를 이해하기 위해 이 책들을 순서대로 읽어보시길 바란다. 이를 통해 지금 한국인의 마음뿐 아니라 새롭게 변화할 한국인의 마음을 미리 짐작해볼 수 있을 것이다.

신경숙 申京淑 소설가

『관촌수필』
이문구 | 문학과지성사 | 2018(초판 1977)

『죽음의 한 연구』
박상륭 | 문학과지성사 | 2020(초판 1991)

1985년 『문예중앙』 신인문학상에 중편 「겨울 우화」가 당선되어 작품활동을 시작한 이래 소설집 『겨울 우화』, 『풍금이 있던 자리』, 『오래전 집을 떠날 때』, 『딸기밭』, 『종소리』, 『모르는 여인들』, 장편소설 『깊은 슬픔』, 『외딴방』, 『기차는 7시에 떠나네』, 『바이올렛』, 『리진』, 『엄마를 부탁해』, 『어디선가 나를 찾는 전화벨이 울리고』, 『아버지에게 갔었어』, 『작별 곁에서』가 있고, 짧은 소설집 『J 이야기』, 『달에게 들려주고 싶은 이야기』, 산문집 『아름다운 그늘』, 『자거라, 내 슬픔아』와 한일 양국을 오간 왕복 서간집 『산이 있는 집 우물이 있는 집』, 『요가 다녀왔습니다』 등이 있다. 『엄마를 부탁해』가 미국을 비롯해 41개국에 번역 출판된 것을 시작으로 다수의 작품이 영미권을 중심으로 유럽과 아시아 등에 출판되었다. 국내에서 오늘의 젊은 예술가상, 한국일보문학상, 현대문학상, 만해문학상, 동인문학상, 이상문학상, 오영수문학상, 호암상 등을 받았으며, 『외딴방』이 프랑스의 비평가와 문학기자가 선정하는 '리나페르쉬 상'을, 『엄마를 부탁해』가 한국문학 최초로 '맨 아시아 문학상'을 수상했다.

사라진 말들의 마음이 여기에

20대와 30대에 걸쳐 읽던『죽음의 한 연구』와『관촌수필』을 다시 읽는다. 두 책은 나란히 해당 출판사의 클래식 판에 앞서거니 뒤서거니 새 커버로 단장되어 출판되어 있다. 시간에 마모되지 않고 무사히 건너왔다는 표식일 것이라 옛 커버는 책장에 두고 새 커버의 책을 책상에 올려두고 펼쳐보기 시작한 지 족히 육 개월은 지난 듯하다. 그사이 가을이 가고 겨울이 왔고 이 글을 쓰려는 날은 강한 눈보라가 내리쳐서 자꾸 시선이 창밖으로 쏠려 쓰려던 글을 밀쳐놓고 눈보라 속으로 나가 동네를 한참을 걸어 다녔다. 언덕길에서 엉덩방아를 찧고도 일어나 더 걸었던 그날에도 나는 이 원고를 쓰지 못했다. 또 시간이 흘러 이제 봄이 오려고 한다,고 쓰고 보니 이 책들에 대해서 글을 쓰려고 했던 꽤 긴 시간들이 짚어진다. 글 쓸 마음은 가을에 먹었는데 겨울이 왔고 이제 봄 앞에 서 있다니. 그 계절 동안 두 권의 책이 지키고 있는 내 책상을 돌아본다. 마음이 침착해지고 평화로워진다. 이렇게 오랜 시간을 견디어온 이 책들의 힘을 지금도 나는 내 문장으로 써낼 수 있을 것 같진 않은데도 그것이 오히려 다행스럽게 느껴지는 것은 무슨 연유일까.

『관촌수필』은 단편소설 8편이 각각 독립적이면서도 같은 공간이지만 옹점이나 대복이 등 화자들의 시선이 바뀌면서 새로운 에피소드로 연결되는 연작소설이다. 산업화시대에 고향을 떠났다가 귀향길에 마을 어귀에 심어져 있던 왕수나무가 사라진 것을 보고 화자가 느끼는 깊은 회한이 어린 시절의 관촌과 관촌 사람들을 되살리는 데 몰두하게 한다. 충청도 토속어와 비속어 지금은 사라진 고어들을 작가는 우물 속에 두레박을 내려 물을 길어 올리듯이 되살려내는데 그게 리듬감 있고 자연스러워 저절로 감탄하게 된다. 나로서는 여태 듣도 보도 못했던 충청도 말들이 은하수처럼 쏟아져서 처음엔 이제는 쓰지 않거나 사라진 말들의 넘치는 등장에 사전이라도 옆에 놓고 찾아가며 읽어야 하나 싶지만 (실제로 그러기도 하지만) 얼마간 읽어 내려가면 신기하게도 수두룩한 처음 듣고 읽는 충청도 사투리들이 (여기에 골라 적어보려다가 포기한다. 그것들로 이루어져 있으므로) 관촌을 떠올리고 관촌 사람들의 핍진한 삶을 따라가고 이해하는 데 아무런 방해가 되지 않지 않을 뿐이라 구성진 리듬감을 갖게 한다. 책 제목으로 쓰여진 관촌(지금의 충남 보령시, 대천마을)이란 지명조차도 지금은 사라지고 없는데 관촌이라 불릴 때 그곳 사람들이 쓰던 말들로 관촌 사람들의 핍진했던 삶을 되살려낸 작품이 『관촌수필』이기도 하다.

　『죽음의 한 연구』는 바닷가 마을에서 창부로 일하던 어머니를 둔 주인공이 노승의 제자가 된 화자가 유리라는 공간에서 40일 동안 고행을 벌이는 형식으로 이루어져 있다. "마른 늪에서 물고기를 낚으라"는 화두를 풀어내려는 화자의 밀교적 고투를 일반화하기는 어려우나 그렇다고 이 책 읽기의 매력에서 빠져나오기 또한 힘든 책이다. 화자가 승려이니 얼핏 불교에 기대는 내용인가 싶지만『죽음의 한 연구』속의 종교는 사실 무의미하다. 모든 것의 경계를 허물고 허물고 또 허무는 소설로 읽히는데 그 경계는 불교뿐 아니라 기독교 무교와 민간신앙으로까지 이어진다. 내게 이 세상에는 없는 것 같은 유리라는 공간을 도보 고행하는 화자를 뒤쫓아갈 수 있게 한 힘은『죽음의 한 연구』속에 펼쳐지는 한국어의 아름다움이었다. 나의 20대 30대를 돌이켜볼 때 박상륭의『죽음의 한 연구』를 읽어내는 일은 독서자로서 관문을 통과해 내는 행위가 되기도 했는데 어렵게『죽음의 한 연구』읽기를 마친 독서자들이 작가의 추종자가 되어 작가를 에워싸던 시기도 있었다. 작가는 1969년에 캐나다로 이민을 가서 모국어와 동떨어진 채 지냈다. 그럼에도 불구하고 예전이나 지금이나『죽음의 한 연구』를 읽는 데 가장 큰 역할을 하는 건 내게는 한국어로 이루어진 유장하고 철학적인 그의 문체였다. 죽음의 한 연구를 이루는 문체는 세련되고 모범적인 한국어와 작가의 태생지이기도 한 전라도 말이 뒤섞이며 아름다운 향연이 펼쳐진다.『죽음의 한 연구』를 다시 읽는 내내 나는 작가가 이 책을 이민지인 캐나다에서 썼다는 것을 상기하곤 했다. 박상륭 특유의 문체 때문에 독서에 진입하기에 어려움이 있지만 그 때문에 기필코 읽고 싶은 책이『죽음의 한 연구』이기도 한데 그 간극은 모국어를 떠나 살았던 작가의 고독이 이루어낸 거라고 생각하면 뭉클해진다.

오래전에 이 책들을 곁에 두고 읽었을 때 나는 젊었고 두 분 선생들도 생존해 계셨으나 지금은 내가 얼마간 나이가 들었고 두 분 선생은 세상에 안 계신다. 시간은 이렇게 흘렀는데도 『관촌수필』이나 『죽음의 한 연구』는 늙지도 소멸되지도 않고 그 자리를 지키고 있다는 것에 대한 안심을 어떻게 표현할 수 있을지. 여기에 『관촌수필』과 『죽음의 한 연구』의 의미와 무게를 써낼 수도 없는 일이다. 내가 다시 읽은 이 책들에 대해 쓰기를 자꾸 미룬 이유이기도 할 것이다. 다만 나는 이 두 책에 쓰여진 한국어, 그중 『관촌수필』 속의 충청도 말, 『죽음의 한 연구』에 쓰여진 전라도 말에 자주 마음을 뺏겨 노트 여기저기에 메모해두었다. 어디선가 이 책들을 다시 읽는 독자들이 있다면 그들도 어쩌면 나와 비슷한 행위를 할 것이란 생각이 든다. 이렇게 찬란하게 작가의 태생지의 말들을 되살려 생명을 불어넣은 작품이라는 의미만으로도 이 책들의 소임은 충분하고도 넘친다. 사라진 말들 속에 숨어 있는 아름다움과 다시 마주치는 일은 어쩌면 우리가 잃어버린 마음과 마주치는 일이기도 하니까. 사라진 것들의 유래를 알아두려고 자발적으로 『우리말 갈래사전』 같은 걸 뒤적여보는 시간들도 고요하고 좋았다. 문득 이 두 책을 원서 그대로 번역하기란 아마도 불가능할 것이란 생각도 하면서.

심혜경

도서관 사서, 작가, 번역가

『언니들의 여행법: 도쿄, 가루이자와, 오키나와』
최예선, 심혜경, 손경여, 김미경 | 모요사 | 2016

『하루의 끝, 위스키』
정보연 | CABOOKS | 2019

『모든 순간의 향기』
김민경 | 사이드웨이 | 2020

도서관 사서로 근무하면서 영미문학을 한국어로 옮기는 일을 세컨드잡(second job)으로 선택했다. 『더 와이프(The Wife)』, 『로렐라이의 일기(Gentlemen Prefer Blondes)』, 『마침내 런던(The Duchess of Bloomsbury Street)』, 『아무래도 교토(Kyoto)』, 『폴 오스터 글쓰기를 말하다(Conversations with Paul Auster)』 등을 번역했고, 『카페에서 공부하는 할머니』, 『북촌/북촌/서촌』(공저) 『언니들의 여행법 1~2 : 일본편, 대만편』(공저) 등을 썼다. 정년퇴직 후에는 외국어를 공부하는 새로운 취미를 즐기고 있으며, 좋아하는 카페에서 글을 쓰고 번역하는 시간을 무엇보다도 좋아한다. 끊임없이 자가 증식하는 신비한 윤독 모임을 제조해내는 탁월한 능력의 소유자다.

『언니들의 여행법: 도쿄, 가루이자와, 오키나와』

『언니들의 여행법』은 함께 일본어를 배웠다는 이유로 일본으로 함께 여행을 떠난, 우아하고 담대한 네 명의 언니들이 함께 쓴 첫 책이다. 시간을 쪼개가며 배운 초급 일본어 실력으로 현지에서 '언어의 온도'를 느껴보고 싶다는 생각에 의기투합해서 시작한 여행은 그 후로 3년이나 이어졌고, 도쿄만 오가던 여행에서 가루이자와(輕井澤), 시오지리(塩尻), 그리고 오키나와(沖縄)까지 뻗어 나간다.

명승고적은 사진으로 보는 게 더 멋있다고 생각하는 번역가 왕언니 심혜경, '음식이 곧 역사'라는 생각으로 술과 음식의 뒷이야기를 파고들기 좋아하는 둘째 언니 편집자 손경여, 미술사를 전공하고 단아한 문체로 글을 쓰는 셋째 언니 예술컬럼니스트 최예선, 그리고 컴퓨터 프로그래머이자 직장인 밴드의 보컬이며 언니들의 여행에서 회계와 예약을 담당하는 막내 언니 김미경. 네 명의 언니들은 이처럼 나이와 직업이 제각각이고 취향과 스타일도 많이 다른 사람들이다. 하지만 함께하는 여행에서 언니들은 '타인의 취향'을 받아들이고 '나만의 취향'을 공유하는 방법을 배웠다.

언니들의 공통점은 오로지 책을 좋아하고, 일본어를 함께 배운다는 것. 어쩌다 떠난 첫 도쿄 여행이 뜻밖에도 즐거워서 두 번째, 세 번째 여행도 계속 함께 다니게 되었는데 언니들의 여행이 성공적일 수밖에 없었던 이유는 '따로 또 같이'라는 콘셉트를 유지할 수 있었기 때문이다. 하는 일이 모두 다르다 보니 각자의 방식으로

휴가를 내야 하기 때문에 함께 출발하고 함께 돌아오는 스케줄이 사실상 어려웠다. 그래서 누구는 며칠 일찍, 누구는 며칠 늦게 출발하기도 하면서 현지에서 합류하는 방법으로 일정을 짰고, 출국과 입국 일정이 달라 '따로 또 같이' 움직이는 일이 자연스럽게 언니들 사이에 자리를 잡게 되었다. 즉, 숙소는 같은 곳에서 묵고 아침식사도 같이하지만, 그 이후의 시간은 취향에 따라 '헤쳐 모이는' 방식이었다. 가고 싶은 장소가 겹치는 언니들은 같이 움직이고, 혼자 다니고 싶은 언니는 혼자 다니되, 저녁 시간에는 함께 모여 '나이트 라이프(Night Life)'를 즐겼던 것. 사실 언니들의 밤이 아름다웠던 건 맛난 저녁식사와 '심야 술방'이 있었기 때문이다. '심야 술방'이 무엇인지 궁금하다면 이 책의 254~259쪽을 읽어보시길. 그리고 언니들의 또 다른 여행법이 궁금하다면 『언니들의 여행법 2 : 타이난·타이중·르웨탄·타이베이·이란』을 읽으면 된다.

『하루의 끝, 위스키』

내게 이끌려 중국어 스터디를 함께하던 보연 씨가 어느 날 책을 냈다. '하루의 끝, 위스키'라는 제목을 보고 가장 먼저 든 생각 : "어머, 이 책의 제목을 세 글자로 줄이면 '하.루.키.잖아!" 제목의 줄임말까지도 정말 마음에 드는 그 책에는 저자인 정보연 작가와 나의 스토리가 한 챕터를 당당히 차지하고 있어서 내게는 더욱 재미있고 소중하다. 그 챕터에 등장하는 나는 저자와 같은 동네에 살며, 번역 일을 하고, '공부'를 좋아하는 인물로 그려져 있다. 그리고 중국어 공부를 시작하고는 '중국'이라는 단어가 붙은 책이라면 눈에 띄는 대로 읽던 내가 은희경 작가의 단편집 『중국식 룰렛』(창비, 2016)에 등장하는 위스키 라가불린(Lagavulin)을 발견하자마자 '보연을 떠올리고' 알려주었다는 이야기와 함께 '라가불린 16년'에 대한 이야기가 나온다. 라가불린은 '물레방아 오두막이 있는 작은 골짜기(Hollow by the mill)'라는 뜻이다.

대기업의 플랫폼 마케터이던 저자가 하루의 끝에 만나는 위스키들에 대한 책 『하루의 끝, 위스키』는 연일 야근이 이어져 피곤하던 어느 날 들른 바에서 처음으로 위스키 한 잔을 맛보고는, 자비에 돌란(Xavier Dolan)의 영화 〈로렌스 애니웨이(Laurence Anyways)〉의 어느 장면에 나온 대사처럼, 세상이 확장되고 감각이 열리는 기분을 맛보게 되는 이야기로 시작한다. 그 이후 위스키의 매력에 빠져들어 위스키 스터디를 만들고 공부를 시작하는데, 그 공부를 처음 시작한 10년 전에는 지금처럼 다양한 위스키 관련 책이나 유튜브가 없어서 미국 아마존 사이트에서 '위스키'를 검색해 높은 판매 순위권에 든 영어 원서를 구입해 읽었다고 한다. 그러면서 커피나 와인에 관한 전문 서적과 에세이는 많았지만, 위스키 분야에는 유독 편하게 읽어볼 만한 책이 출간되지 않았다는 사실에 착안해서 직접 책을 썼다. 위스키에 대한 기초 지식과 더불어, 계절에 어울리는 음악, 소설, 음식과 함께 즐기는 방법을 소개하고 있어 위스키를 처음 만나는 독자들이 읽으면 좋다. 드로잉을 배워

가며 저자가 직접 앞뒤 표지를 그려서 더욱 의미가 깊은 책.

『모든 순간의 향기』

'프루스트 효과(Proust Effect)'를 아는가? 우연히 후각을 사로잡은 향기나 냄새가 그동안 잊고 있었던 예전의 기억을 소환한다는 논리인데, 프랑스 작가 마르셀 프루스트(Marcel Proust)의 대하소설 『잃어버린 시간을 찾아서(À la recherche du temps perdu)』에서 주인공이 홍차에 적신 마들렌의 향기로 어린 시절 추억을 소환하는 장면에서 유래한 말이다. 그와는 반대로, 추억을 떠올리면 자연스럽게 그 순간 맴돌던 향기가 코앞으로 다가오는 느낌이 들 때도 있다.

인간이 지닌 가장 민감한 감각은 후각이라고 한다. 휘발성 물질이 발산될 때 후각신경이 자극을 받아 느끼는 감각 중에서 기분을 좋게 하여 쾌감을 주는 냄새를 '향기'라 하고 '향'이라고도 부른다. 향기는 자기만의 경험과 기억을 기반으로 느껴지고 표현된다. 게다가 향기는 감정을 지배하는 강력한 힘을 지닌 능력자다. 향기에 어떤 놀라운 능력이 있는지는 몰라도 본능적으로 좋은 향기를 따라 코가 저절로 움직이는 걸 보면 향기의 힘은 정말 세다. 샤워하며 에센셜 오일을 몸에 바르고, 어두운 밤엔 아로마 캔들에 불을 켠다. 디퓨저와 포푸리에 얼굴을 가까이하며, 그 앞에서 잠시 눈을 감고 마음을 달랜다.

『모든 순간의 향기』는 향기로 하루하루를 단단하게 채우는 작가의 모든 시간의 향기를 기록한 책이다. 좋은 향은 우리에게 어째서 그토록 다정한 치유와 위안을 선사해주는 것인가? 김민경 작가는 그 대답을 찾기 위해 2014년부터 매일 서울 성북동의 작업실 '마미공방'을 지키며 향을 빚어내고 있다. 서른 가지 에센셜 오일의 향기를 설명하는 이 책은 서른 개 향기를 통해서 고백하는 서른 개의 마음이라 해도 좋다. 우리 모두의 일상 속에서 또렷한 이미지로 생성되는 에센셜 오일의 향을 생생하게 느끼고 따뜻하게 위로받는 순간이 찾아오기를 기대하는 작가의 마음이 담겨 있기 때문이다. 민경 작가와 '마미공방'에서 오래도록 일본어 원서 읽기 모임을 하고 있는 나는 그 마음을 늘 옆에서 지켜볼 수 있어서 더없이 행복하다.

각각의 향기와 오일이 지닌 효능과 성분을 알려주거나, 저마다의 향기에 담긴 자신의 기억을 고백하고, 마음에 번지는 사랑과 이별과 미움과 기쁨과 슬픔과 상처와 용기와 우정에 관한 이야기를 담은 『모든 순간의 향기』는 세상의 모든 향기를 아끼고 좋아하는 향덕('향기덕후')을 위한 책이며, 우리를 편안하게 만드는 향을 제대로 알고 싶을 때 필요한 책이다. 민경 작가의 다른 책 『마이 캔들 스토리』를 더불어 읽으면 향기 공부에 좋을 듯.

양경언 梁景彦

『있다』

박소란 | 현대문학 | 2021

『수옥』

박소란 | 창비 | 2024

문학평론가. 조선대학교 문예창작학과 교수. 지은 책으로 『안녕을 묻는 방식』(창비, 2019) 등이 있다.

마음이 있다

'마음'은 형태를 쉽게 확인할 수 없는 것이라고들 말한다. 눈에 띄는 형태가 없으므로 누구나 자신의 마음속에서 일어나는 일을 파악하기 어렵고, 다른 이에게 내보이기도 마찬가지로 어렵다. 본심을 숨긴 채 혹은 모르는 채 자신의 마음과 어긋나게 행동하는 일도 여러 번 벌어진다. 자신의 마음과는 다르게 저지르는 행동 때문에 상대는 '내 마음을 모른 채' 반응할 수 있을 테고, 그러한 상황은 자기 자신의 마음마저도 속이는 결과를 낳을 때도 있을 것이다. 나 자신의 특정 행동이 어떤 마음에서 비롯됐는지 스스로 돌아보고 살피지 않는다면, 그 마음은 보살펴지지 않았다는 이유로 벌써 다른 얼굴을 하고 저만치 달아날지도 모른다. 내 마음인데 나를 속이고, 내 마음인데 좀처럼 내 마음대로 되지 않는다. 그러니 '마음이란 무엇인가.' 이는 좀처럼 답하기 쉽지 않은 질문이다. 웬만하면 눈에 띄거나 손으로 잡히는 것만을 일컬어 존재감이 '있다'고 믿어온 이들에게는 더욱이.

그래서 우리 곁엔 시인들이 있다. 시인은 '마음이란 무엇인지'를 묻는 질문에 막연하지 않은 답을 내놓을 줄 안다. 시에서는 구체적인 형태를 갖춘 무언가로부터 누군가가 남기고 간 마음을 발견하는 일이 자주 일어난다. 혹은 우리 자신의 마음이 해소되지 않는다면 해소되지 않은 채로, 맺혀 있다면 맺혀 있는 채로 어디 멀리 달아나지 못한 채 우리 주위 어딘가에서 살아가고 있음을 일러준다. 시에서만큼은 '마음'이란 무언가를 가만히 들여다보면 얼마든지 떠오르는 것, 어떤 형태로든지 드러나고야 마는 것. 요컨대, '있는' 것이다.

박소란 시인의 시에서는 말로 잘 드러나지 못하는 마음 스스로가 감각적인 표현을 빌어 시의 자리를 채우는 일이 일어난다. 이때 시는 무서워진다. 속이 만신창이가 되더라도 자기 자신에게 끝까지 솔직한 태도를 갖춤으로써 자신의 마음에 책임을 질 줄 아는 이의 목소리가 들리기 때문이다. 남 탓을 하지 않고 제 안의 마음에 귀 기울일 줄 아는 시에는 다른 누군가가 함부로 찬탈할 수 없는 강단이 담겨있다. 가령, 다음과 같은 시.

어때? 묻자/짜다 너무 짜, 질끈 감았다 뜬 너의 눈가에 어두운 물기가 어린다//나는 괜히 생수를 한 컵 따라 들이켠다//더는 어떤 맛도 생각할 수 없다/간장 때문에//우리는 불행해질 것이다//애간장을 졸이다, 라는 말이 있고/너는 슬며시 고개를 든다//끓는 물에 마음을 통째로 담근 채 몇 날 며칠 불앞에 앉아 그걸 달인 핼쑥한 얼굴로//나를 본다/창 쪽으로 한 걸음 물러선 나를//짜다 너무 짜//뭐가 이리도 우리를 지치게 하는지 진저리 치게 하는지/불투명한 물음조차 이제는 싫어서/도무지 가시지 않는 게 악착같은 게//네게서 받아 든 사발, 그 속에 녹아 있는 독 같은 게//나는 엎지른다 모른 척 엎질러버린다/시커먼 걸레 옆에 그냥 천천히 썩어가려고

    – 박소란, 「간장」 전문, 『있다』(현대문학, 2021), 28〜29쪽.

시에서 "나"는 바짝 타들어가는 마음을 드러내기 위해 너무 짠 것을 먹어 생수를 들이킬 때의 감각을 동원한다. 몹시 초조하고 긴장이 될 때 쓰는 입말인 '애간장을 졸이다'의 '애간장'에서 동음이의어인 '간장'이란 글자를 꺼내와 말 그대로 '간장의 맛'이 안기는 옴짝달싹할 수 없는 상태를 표현한 것이다.

살면서 우리를 "지치게 하"고, "진저리 치게" 만드는 고통스러운 일들은 아무리 여러 번 부딪힌다 해도 부딪힐 때마다 마치 '너무 짠' 맛처럼 당해내기가 어렵다. 도무지 익숙해지지 않는다. 시인은 그런 "독 같은" 일들이 "이제는 싫"다고 솔직히 외친다. 물론 시인은 그것이 거부할 수 없는 삶의 여러 맛 중 하나임을 모르지 않는다. 그럼 이제 어째야 하는가. 시가 택한 방식은 "짜다 너무 짜"라고 외치며 켜켜이 고이려는 마음을 가라앉게만 두지 않으려는 것, 참지 못하겠는 것은 참지 못하겠는 대로, 썩어야 할 것은 썩는 대로 두겠다는 것. 달리 말해 '나'의 마음을 없는 셈 치지 않고, 있는 그대로 직시하겠다는 것, 용기를 내겠다는 것.

또 다른 시를 보자. 「공작」에서는 "탁자에 놓인 한 컵 물"을 바라보는 이가 등장한다. 시는 하던 일을 멈추고 가만히 "한 컵 물"을 들여다보자면 컵에 담긴 물이 누군가의 눈물을 모아둔 것일지 모른다고, 그렇다면 컵에 채워진 물이 우리 손에 쥐어지는 때란 언제나 누가 울고 난 뒤일지도 모른다고 얘기를 전한다. 컵에는 단순히 마실 물이 아니라, "한줌 한줌 모아둔" "눈물이라는 재료"로 이뤄진 누군가의 하루가 담겨 있는 셈이다.

누가 울고 난 뒤인지 몰라//탁자에 놓인 한 컵 물을 보자 든 생각/눈물이 많은 사람이 제 눈물을 훔쳐 한줌 한줌 모아둔 건지도//이런 생각은 아무래도 시시하지만//눈물이라는 재료를 수집해 접고 오리고 붙이는데 긴긴 하루를 쓰는 사람도 있겠지/서툰 손으로 색종이 공작을 하던 어린 날과 같이//물의 나라를 여행합니다/슬픔에 잠긴 여행자에게 물은 신앙이 됩니다 어째서? 아릿한 물음을 되풀이하며 잔잔히 흘러갑니다//간밤 무심코 펼친 페이지 맨 구석에 숨어 있던 문장/사진을 찍거나 밑줄을 그은 건 아니지만//어떤 물은 사람이 됩니다/어떤 사람은 녹아 물이 되듯이//그러면 나는 그 사람을 오래 간직해야 하는 생각/소복을 입고 아슬랑거리는 겨울처럼/겨울의 외딴 정류장처럼//버스는 오지 않겠지만//춥다, 말하는 사람의 곁에는 사람이 있고/마주 선 얼굴이 얼굴을 향해 입김을 후후 불고//혼자인 사람은 말하지 않겠지만, 춥다/자꾸만 춥겠지만//여행은 계속됩니다 출렁이며 흘러갑니다//탁자에 놓인 한 컵 물을 보자/지금 이 물은 어느 스산한 풍경 앞에 넋을 놓았나 하는 생각, 눈물의 주인은/더, 더, 아득히 깊은 곳을 헤매고//컵은 잠자코 있는데/혼자 놀다 혼자 지친 아이처럼//지금 내가 이 물을 다 마시면/참을 수 없이 갈증이 나서 그만/나는 색색의 날개를 가진 작은 짐승이 되려나 하는 생각//작은 짐승은 또 울면서 어디로 막 날아가겠네 하는 생각

– 박소란, 「공작」 전문, 『수옥』(창비, 2024), 27~29쪽.

탁자 위에 놓인 컵이 잠자코 있을 때 시인은 그로부터 세상에 구석구석에 숨겨진 울고 싶은 마음을 불러온다. 특히 그러한 마음

을 이루고 있는 "눈물"이란 재료는 어른에겐 쉽게 허용되지 않는 것이므로, 시인은 "슬픔에 잠긴 여행자"가 "물의 나라"를 "여행"하며 눈물로 만들어낸 "한 컵 물"을 단순히 마셔 없애버려선 안 된다고 생각한다. 이탤릭체로 쓰인 "어떤 물은 사람이 됩니다/어떤 사람은 녹아 물이 되듯이"라는 구절부터는 마치 컵에 채워진 물을 조심스레 다른 컵으로 옮겨 따르듯이 시인이 주의 깊게 글씨를 기울여 물에 잠겨있는 마음을 독자인 우리에게 건네주는 것만 같다.

울고 싶다고 마냥 울지 못하는 사람의 울고 싶은 마음은 어디로 갈까. 추워서 춥다고 말하고 싶지만 곁에 누군가가 없어서, 혹은 춥다고 솔직하게 말을 꺼내면 안 되는 상황에 처해 있느라 춥다는 말을 차마 하지 못하는 사람의 마음은 어떻게 될까. 시인은 우리에게 만약 "한 컵 물"이 주어진다면 거기에 갈 곳 잃은 누군가의 마음이, 꼭 꼭 숨겨진 누군가의 마음이 채워져 있는 것으로 여겨주기를 바란다. 마음이란 게 아무도 모르게 생겨난다 하더라도 그냥 외롭게 사라지지만은 않는 것임을 당부한다. 그러니까 우리 자신이 "울면서 어디로 막 날아가"고 싶을 때, 그 마음은 정처 없이 흘러가버리는 게 아니라 어느 탁자 위 한 컵 물로 누군가의 두 손에 쥐어지기도 한다는 것. 그러므로 슬픔은 동그란 파문을 일으키며 물의 나라를 여행하는 많은 이들을 건드림으로써 그 파동으로 말미암아 우리 자신을 깨우기도 한다는 것. 이를 두고 우리는 박소란이 행하는 마음의 존재를 헤아리는 방식이라고 말해도 될 것 같다. 거기에 마음이 있음을 알고 있으므로, 허투루 넘길 물건이 없음을 이해하는 방식.

조그만 단추마저도 유심히 살필 일이다. 「재생」을 읽는다.

단추를 모으는 사람이 있다//헌 옷을 버리기 전/단추를 하나하나 떼어 작은 상자에 넣어두는/사람//자세히 보면 좀 징그럽잖아 꼭 누구누구 얼굴 같고, 눈만 댕그랗게 남아서/겁이며 원망을 잔뜩 품고서/나를 보고 있잖아 이상하게 집요하게//왜 이런 걸 모아요? 하면/글쎄 언젠가 필요할지도 모르니까 하고 답할까//그러나 사실/단추를 모으는 사람은 벌써 죽었다/단추가 필요한 시간이란 영영 오지 않을 텐데//단추는 살아 있다 아직도, 진짜 징그러운//진짜란 이런 거겠지/단추와 단추 사이/미처 삭지 못한 한가닥 머리카락을 발견하는 일 한참을 들여다보는 일//여기 있었구나, 바로 여기//조그만 비닐에 싸서 너무 깊지도 얕지도 않은 속에 찬찬히 묻어둔다/언젠가 필요할지도 모르니까//또다시, 나는 징그러워지고//단추가 없는 옷 단추가 없는 가방 단추가 없는 사람, 사람들에게 단추를 하나씩 나눠준다면//왜 이런 걸 모아요?/고개를 갸웃거리겠지 어딘가 께름칙한 듯/퀭한 눈을 살피고 서둘러 자리를 뜨겠지//달랑거리다 툭 떨어져 알 수 없는 방향으로 굴러가는/단추, 그 자리 그대로 굴러오는//철퍼덕 내 앞에 주저앉는//아, 처음부터 단추 같은 걸 모을 생각은 없었지만/자꾸만 아른대는 얼굴을/목까지 끌어다 채울 생각은 더더욱 없었지만

— 박소란, 「재생」 전문, 『수옥』(창비, 2024), 18〜20쪽.

단추, 그것은 무언가를 감싸기 위해 혹은 내밀한 무언가가 새어나가지 않도록 수호하기 위해, 조각조각 이뤄진 천과 천 사이를 잇는 것. 또는 어떤 구멍은 고독하게 남겨지지 않고 다른 무언가와 연결되어 메워짐을 일러주는 것. 단추의 역할에 대해 떠올리다보면, 단추는 마치 삶이 이어지기 위해 필요한 관계에 대한 은유 같이 여겨진다. 상처 입고 헤집어진 마음에 단추를 달 수 있다면, 그 마음을 달래줄 누군가가 있다면 그 마음은 잘 여며지겠지, 덧나지 않겠지, 나아질 수 있겠지 하고 생각하게 된다.

그러고 보면 단추는 언제나 누군가에 의해 옷이나 이불, 가방 등의 직물에 심어지거나 떼어지는 것, 섬세한 작업을 거쳐 저의 자리를 찾는 것. 위 시에서 시인은 헌 옷을 버리기 전 거기에 달린 단추를 하나하나 떼어 작은 상자에 모아두는 사람을 떠올린다. 그이는 단추에 난 구멍을 가리키며 "꼭 누구누구 얼굴 같"다고 여기던 사람, 수집하는 물건의 소중함을 일찍이 알아보고 매우 작은 크기라 할지라도 그것을 물끄러미 들여다보던 사람이다. 시는 '나' 자신에게 삶을 어떤 자세로 꾸려가야 하는지를 몸소 일러주었던 사람에 대한 기억이란 쉽게 버리지도, 잊힐 수도 없다고 말한다. 세상에서 제일 숨기기 어려운 것 중 하나가 누군가를 그리워하는 마음이 아닌가.

"단추와 단추 사이" 지금은 사라진 누군가의 "미처 삭지 못한 한가닥 머리카락"이 거기에 그대로 있듯이, '내'게 우리 삶에 '단추'가 없는 이들을 떠올리게 하고 그이들에게는 단추를 나눠 줄 수 있음을 넌지시 일러주었던 사람에 대한 기억이 위 시에는 있다. 어떤 그리운 마음은 단추처럼 사소한 크기로, 그러나 벗어날 수 없는 단단함으로 삶을 채운다. "진짜란 이런 거"다. 발버둥을 쳐도 사라지지 않는 것, 생활의 태도로 드러나고 마는 것.

그리고 시인은 우리에게 끝내 이런 상상력을 불러일으키기도 하는 것이다. 단추에 담긴 마음을 읽을 줄 모르는 누군가가 조그만 단추를 가리키며 "왜 이런 걸"이라 물으며 고개를 갸웃거릴 때, 그런 사람들이 세상 구석구석에 숨겨진 고통스러운 마음을 모른 척할 때, 슬픔으로 헤집어진 세상 한 구석에 단추를 달고 잘 여미는 상상, 거기에 '재생'이란 이름을 부여해보는 상상. '마음이란 무엇인가'라는 막연한 질문에 시인은 우리에게 '단추가 필요한 시간'을 살고 있지는 않은지, 형태가 없다고 무시되던 우리의 마음은 어디에 있는지를 도로 묻는 방식으로 답한다. 시가 건네는 작은 상자엔 이런 질문이 담겨있으므로, 우리는 어쩌면 '마음'이란 구체적인 형태로 바로 우리를 통해 발견되는 것이라고 이 글의 첫 문장을 고쳐 써야 하는지도 모르겠다.

오은吳銀

『연이와 버들 도령』

백희나 | 책읽는곰 | 2022

『말 놓을 용기』

이성민 | 민음사 | 2023

『너무 보고플 땐 눈이 온다』

고명재 | 난다 | 2023

1982년에 태어났다. 대학에서는 사회학을, 대학원에서는 문화기술을 공부했다. 2002년 『현대시』로 등단했다. 시집으로 『없음의 대명사』, 『나는 이름이 있었다』 등이, 청소년 시집으로 『마음의 일』이, 산문집으로 『초록을 입고』, 『다독임』 등이 있다. 이따금 쓰지만 항상 쓴다고 생각한다. 항상 살지만 이따금 살아 있다고 느낀다. '틈'과 '딴'이 주는 해방감을 좋아한다.

176

미래의 징검돌 같은 마음들

한국의 마음이 무엇일까? 그것은 동양의 마음의 부분집합일까? 서양의 마음과는 판이할까? 일본, 중국 등 인접 국가와의 마음과도 결이 다를까? '한(恨)'이라는 정서로 조선/한국의 마음을 보여주는 사례가 죽 이어져왔으나, "몹시 원망스럽고 억울하거나 안타깝고 슬퍼 응어리진 마음"이라는 사전적 정의에 담기지 않는 마음도 있을 것이다. 한반도라는 지정학적 위치, 일제강점기, 육이오 전쟁, 군부 독재 체제, 민주화 운동 등 질곡의 세월을 돌이켜보면서, 마음의 요동과 요지부동을 다 담아내는 작업은 불가능함을 절절히 깨닫는다. 그럼에도 불구하고 한국의 마음을 미래의 징검돌로 해석한 책들을 몇 권 소개한다.

『연이와 버들 도령』

백희나의 그림책은 탐독하게 된다. 『연이와 버들 도령』 또한 그랬다. '아스트리드 린드그렌상 수상 작가'라는 타이틀 없이도 그의 독자적인 세계는 번번이 읽는 이를 매료시킨다. 그의 작품을 마주할 때마다 '그려진다'라는 느낌보다 '구축된다'라는 감각이 더욱 생생해진다. 백희나는 스케치하고 색을 입히고 오리고 찢고 붙여서 모형을 만들고 그 뒤에 그림을 배치해서 독보적인 무대를 창조해낸다. 그 공간은 평면이 입체가 되는 세계이자, 이야기가 마침내 우뚝 서는 시공간이기도 하다. 그 공간을 수놓는 등장인물과 배경으로부터 소재가 지닌 다채로운 질감을 만끽할 수 있다. 우리의 마음이 시시각각 변화하는 것처럼 말이다.

『연이와 버들 도령』은 동명(同名)의 옛이야기를 백희나 작가가 재해석한 작품이다. 원작에 등장하는 계모는 백희나의 세계에서 '나이 든 여인'으로 변신한다. 버들 도령은 주인공인 연이와 닮은꼴로 그려진다. 옛이야기에서 으레 여성은 남성의 조력을 받아 위기를 극복하고 사랑과 평안을 얻지만, 『연이와 버들 도령』은 다르다. 연이는 버들 도령을 만나기 위해 몰래 집을 빠져나온다. 수동적인 태도를 벗어나 용기를 발휘할 때, 마음은 마침내 진면목을 드러낸다. 삶에 휘둘리지 않고 그것을 개척하겠다고 마음먹을 때, 마음은 더없이 굳건한 의지가 된다. 이끌고 따라오는 관계가 동반자 관계로 변모할 때, 마음의 평형추가 단단해짐은 물론이다.

『말 놓을 용기』

이성민의 『말 놓을 용기』는 일상에서 '평어'를 사용하는 모험에 대해 기술한 책이다. 평어는 '이름 호칭 + 반말'의 형태를 갖춘 상호 존중의 언어다. 평어를 사용할 때는 집단 내 아이디어 교환이 용이하고 불필요한 노력을 들이지 않아도 되지만, '위아래'가 명확한 사회에서 평어가 일상화되는 데는 시간이 필요할 것이다. 전 세계에서 존비어(尊卑語) 체계를 고수하고 있는 나라는 한국과 일본뿐이라고 한다. 예의를 차리는 일이라고 생각하지만, 이는 상명하복으로 대표되는 위계를 고스란히 드러낸다. 상대를 높이기 위해 나를 낮출 필요는 없을 것이고, 존중과 존경을 담아내는 데 존댓말이 꼭 필요한 것도 아니다. 저자는 평어 사용을 시도한 여러 사례를 통해 진정한 소통의 가능성을 엿보게 해준다.

평어를 사용할 때 우리는 오롯이 대화에만 집중할 수 있다. 눈앞의 사안을 해결하는 데만, 상대의 이야기에 귀 기울이는 데만 에너지를 쏟을 수 있으니 양질의 소통이 한결 수월할 것이다. 수직적 마음과 친밀한 마음이 뒤섞인 존비어 체계는 정작 나의 마음을 선뜻 내어놓지 못하게 한다. 평어는 나와 상대를 같은 선상에 위치시킴으로써 평등한 상태에서 서로를 마주 보게 해준다. 평어를 사용할 때, 존비어 체계에서는 차마 드러나지 못했던 숱한 마음들이 발현될 것이다. 대화의 끝에 억울함이 남을 일도 적을 것이다. 이 책은 '못다 전한 마음'으로부터 '마침내 밝히게 된 마음'을 상상하게 해준다.

『너무 보고플 땐 눈이 온다』

고명재 시인의 첫 산문집 『너무 보고플 땐 눈이 온다』는 마음이 흘러넘치는 책이다. 흘러넘치는 마음은 '사랑'에 당도하는데, 이는 색을 다 합치면 검은색이 되고 빛을 다 모으면 흰색이 되는 현상을 떠올리게 한다. 그가 책에 담은 백 편의 글이 무채색의 어떤 것에서 출발하는 이유이기도 하다. 색상과 채도는 없고 명도만 있지만, 그 밝고 어두운 틈새를 가득 메우는 건 다름 아닌 마음이다. 밥을 안치는 마음, 밥솥에서 밥물이 끓어 넘치는 마음, 밀가루가 빵으로 부풀어 오르는 마음, 눈보라 속에 자발적으로 갇히는 마음, 두부처럼 순한 마음, 검버섯처럼 세월과 함께 피어나는 마음, 돌부처처럼 굳건하게 살아내는 마음, 바둑돌처럼 주고받는 마음, 수녀복과 승복의 회색에서 정(正)한 것을 끊임없이 길어 올리는 마음…….

알다가도 모를 우리네 마음처럼, 평정(平靜)할 때보다 법석일 때가 더 많은 마음처럼, 하루에도 몇 번씩 고쳐먹는 마음처럼, 실수도 아닌데 무르려고 애쓰는 마음처럼, 몸이 아플 때 함께 아프고 마는 마음처럼, 이 책을 읽을 때면 어떤 것이 자꾸 눈에 밟힐 것이다. 내게 둘도 없는 존재일 수도 있고 떠나보내지 못한 기억일 수도 있다. 생각해보라. 눈동자의 흰자위와 검은자위도 무채색이다. 눈을 '마음의 창'이라고 하는 이유를 이 책에서 생생하게 재확인한다. 이 책에 실린 마음은 눈물이 되기 직전의 마음이다. 사랑을 향해 몸 안쪽에서 물줄기처럼 맹렬하게 흐르는 마음이다.

윤제림 尹堤林

『오세암』

정채봉 | 창작과비평사 | 1986

『백민』

육명심 | 열화당 | 2019

충북 제천이 낳고 인천이 키웠다. 1987년, '소년중앙 문학상'에 동시가, '문예중앙 신인문
학상'에 시가 당선되며 문단에 나왔다. 시집 『삼천리호자전거』, 『미미의 집』, 『황천반점』,
『사랑을 놓치다』, 『그는 걸어서 온다』, 『새의 얼굴』, 『편지에는 그냥 잘 지낸다고 쓴다』
등, 시선집 『강가에서』, 동시집 『거북이는 오늘도 지각이다』가 있다. '동국문학상', '불교
문예 작품상', '지훈문학상', '권태응 문학상', '영랑시문학상' 등을 받았다. 서울예술대학
교 커뮤니케이션 학부 교수로 재직 중이다.

『오세암』

올해(2023년) 어린이날은 퍽 새삼스러웠습니다. 작년에 할아버지가 된 까닭입니다. 우리 집에 어린이가 생겼다는 것이 너무 기뻐서, 그날 일력(日曆)에다 이렇게 적었습니다. '우리 시연이가 행복한 날이길.' 그렇게 써놓고 보니 뭔가 빠졌다는 생각이 들었습니다. 얼른 고쳤습니다.

'우리 시연이와 시연이 친구들 모두 행복한 날이길!'

내 손녀가 행복해지려면 내 손녀와 함께 살아갈 지구 위의 모든 어린이가 행복해져야 한다는 것을 잊을 뻔했습니다. 순간, 제가 좋아하는 동요 한 소절이 떠올랐습니다. 흥얼거리기만 해도 기분이 좋아지는 노랫말입니다.

"지구는 둥그니까 자꾸 걸어 나가면, 온 세상 어린이를 다 만나고 오겠네."

동화작가 정채봉(丁埰琫) 생각이 따라왔습니다. '동심'이 세상을 구원한다고 믿으며, 참으로 아름다운 이야기 샘을 파놓고 어린이는 물론 어른들 마음의 갈증까지 풀어주던 사람. 하늘로 돌아간 지 벌써 이십 년이 훨씬 넘었지만, 그의 샘물은 여전히 맑고 시원해서 많은 이가 그의 독자임을 자랑스럽게 내세웁니다.

그는 이름을 말할 때 곧잘 '채송화 채, 봉숭아 봉'이라고 토를 달며 꽃 같은 미소를 짓곤 했습니다. 해맑게 잘 웃던 사람입니다만, 그의 미소엔 문득문득 실낱같은 슬픔의 그늘이 보였습니다. 어린 시절부터 참고 견뎌온 서글픔의 무늬였습니다. 자신을 낳고 겨우 스무 살에 세상을 떠난 엄마 대신, 멀리 돈 벌러 갔다고 들었을 뿐 소식도 없는 아버지 대신, 할머니와 남녘 바다가 키워준 소년이 오래오래 흘린 눈물의 흔적입니다.

엄마에 대한 그리움이 글이 되었습니다. 제 생각에, 정채봉 문학은 모성과 동심의 교직(交織)입니다. 신의 섭리와 숱한 생명의 안녕과 평화를 잇는 교량으로서의 동심이 바탕을 이룹니다. 애니메이션 영화로도 만들어져서 살아 움직이는 동화가 된 그의 대표작 『오세암』이 그런 생각을 확인시킵니다.

『오세암』은 이 작가의 글쓰기가 무엇을 위한 행위인지를 분명히 보여줍니다. 주인공 '길손'이 말합니다. "누나, 꽃이 피었다. 겨울인데 말이야. 바위틈 얼음 속에 발을 묻고 피었어. 누나, 병아리의 가슴 털을 만져본 적이 있지? 그래. 그처럼 꽃이 아주 보송보송해. 저기 저 돌부처님이 입김으로 피우셨나 봐."

앞을 못 보는 누나 '감이'에게 솜다리 꽃을 설명하는 대목입니다. '얼음 속에 발을 묻고 피'지만 누군가 온기를 불어넣어주는 이가 있음을 발견하며 놀라워합니다. 돌부처가 일없이 서 있지 않음을, 언 땅에 더운 피가 돌고 있음을 피부로 느끼게 합니다. 꽃이 피는 이유를 알게 합니다. 눈앞에 두고도 못 보는 것들을 일일이 손으로 가리켜주고, 손으로 만져보게 합니다.

구르는 낙엽, 흔들리는 나뭇가지에서 '바람의 손자국 발자국'을 보고, 그림 속 관세음보살에게서 엄마를 보던 아이는 결국 부처가 됩니다. 하늘에서 내려온 여인이 말합니다. "이 어린아이는 곧 하늘의 모습이다. (중략) 꽃이 피면 꽃 아이가 되어 꽃과 대화를 나누고, 바람이 불면 바람아이가 되어 바람과 숨을 나누었다. 과연 이 어린아이보다 진실한 사람이 어디에 있겠느냐, 이 아이는 이제 부처님이 되었다."

『오세암』 문장은 한 줄 한 줄이 두루 맑고 향기롭습니다. 길손이라는 소년의 마음이 하늘의 그것과 같았던 까닭입니다. 작가가 죽는 날까지 어린이로 살았다는 증거로 보아도 좋을 것입니다.

동심은 숨기고 감추거나, 보태고 뺄 것이 없는 마음입니다. 어린이는 사람과 사물, 일이나 현상을 눈에 비치는 대로 이야기합니다. 공연히 에둘러 말하거나 빈말을 하지 않습니다. 그 마음에는 허세와 가식과 위장이 없습니다. 극작가 이오네스코(E. Ionesco)의 표현대로, 어린이는 지금 막 지구에 도착한 외계인의 눈으로 세상을 봅니다.

당연히 놀랄 일이 많습니다. 모든 것이 신기하고 흥미로울 것입니다. 여행자의 마음이 어린이와 비슷해지는 것 또한 마찬가지 이유입니다. 낯선 풍경에서 비롯되는 설렘과 기분 좋은 흥분, 처음 보는 것에 대한 경탄이 많을수록 기행문은 풍성해집니다.

『백민』

만일 어떤 외국인 여행자가 제게 '진짜 한국'을 보여 달라고 한다면, 이 사진집을 펼쳐 보이고 싶습니다. 그리곤 이 책에 나오는 사람들과 그들이 사는 곳을 찾아가보라고 권하겠습니다.

육명심(陸明心)의 『백민(白民)』. 평생토록 한국의 원형질과 기층민중의 삶을 좇아서 온 국토를 돌아온 노대가(老大家)의 역작입니다. 무서운 속도로 질주하는 세계화의 격랑에 이제는 하릴없이 스러져가는 옛 부족(部族)의 노래입니다. 오늘의 한국이 이루고 얻은 것보다, 버리고 잃은 것이 얼마나 많은지를 증명해주는 기록이기도 합니다. 머리말이 무겁게 읽힙니다.

"나는 농경사회의 마지막 세대다. 지난날 원시인들이 바위에 암각화를 남겼듯이, 그런 심정으로 우리 시대 사람들을 사진으로 담았다."

들일을 나가는 농부 내외가 소를 사이에 두고 찍은 사진이 시선을 붙듭니다. 황소 한 마리가 두 인물 가운데 우뚝 서서 주인들과 같은 곳을 바라봅니다. 영락없이 세 식구의 가족사진입니다. 당연한 일인지도 모릅니다. 소는 주인과 함께 일어나고 함께 잠들었습니다. 주인의 짐을 대신 지고 논밭을 갈았지만, 그 일을 한 번도 남의 일로 여겼던 적이 없습니다. 그런 까닭에, 사진 속의 소는 주인 내외와 똑같은 시선으로 카메라를 응시합니다.

한국사람 열에 아홉은 농부의 자식. 아버지 어머니만큼 피땀 흘려 일한 소들 덕분에 아들딸이 컸습니다. 소를 먹이러 다니고 소를 타고 놀던 어린이들이, 소 판 돈으로 대학엘 가고 사회로 나왔습니다.

이 사진집은 대한민국의 가장 보편적이고 평균적인 사람들이 지나온 시절의 암각화입니다. 소가 어린이와 나란히 걷던 시절의 연대기(年代記)입니다.

이상남 李相男   화가

『박서보: 단색화에 닮긴 삶과 예술』

케이트 림 | 마로니에북스 | 2019

『권진규』

허경회 | PKMBOOKS | 2022

『김구림, 끝장과 앞장의 예술』

김종목 | 연립서가 | 2024

서울에서 태어나 홍익대학교 미술대학 서양화과를 졸업하고, 1981년부터 뉴욕에서 활동하고 있다. 〈Voyage Biennale〉(부산비엔날레, 부산시립미술관, 부산), 〈The unknown〉(미디에이션 비엔날레, 포즈난공항), 〈Younivers〉(세비야비엔날레, 안달루시아 현대미술센터, 세비야), 〈Dreams&reality〉(인터내셔널 갤러리, 스미소니언재단, 워싱턴 D. C.), 〈Korean Drawing Now〉(브루클린미술관, 뉴욕), 〈상파울루비엔날레〉(상파울루미술관, 상파울루) 등에 참여했다. 폴란드의 포즈난 신공항 로비에 설치한 대형벽화, 경기도미술관과 주일 한국대사관의 대형설치회화 등 전 세계 공공건축물에서 그의 영구설치작업을 접할 수 있다.

"너도 한번 해볼래?"

"네?"

어리둥절해 있는 내게 기습적으로 초록색 몽당연필이 쥐어졌다. 순간 눈앞에 놓인 커다란 캔버스 공간 수많은 선이 요동치듯 어른 거렸다. 과감하게 쓱 한번 긋고는 곧 멈추고 말았다. 캔버스는 장력 때문에 춤추는 듯했다. 일정한 리듬과 호흡을 유지한 채 선들 속으로 과감히 뛰어들어가야 했는데 엄두가 안 났다. 공포 그 자체였다.

"녀석 못하겠니?"

박서보(朴栖甫) 선생의 말에 애써 웃었지만 속은 쓰라렸다. 선생은 연필을 다시 잡고 선을 그어 나갔다. 저녁 무렵 스튜디오엔 적막한 침묵이 이어졌다.

나는 대학 시절 박 선생 스튜디오에서 지냈다. 그림도 배우고 작업에 필요한 허드렛일도 거들었다. 스튜디오 풍경이 지금도 선명하게 떠오른다.

차고를 개조한 스튜디오 공간은 오일 물감 냄새가 그윽하게 배었다. 작품들은 책꽂이 책처럼 정리돼 차고를 빽빽하게 채웠다. 수십 개의 독일제 초록색 4B 연필들, 흰색 오일 튜브들, 빽붓들이 여기저기 흩어진 채 제멋대로 놓였다. 연필에서 긁혀나간 물감 덩어리가 작은 무덤처럼 바닥에 수북이 쌓였다. 질서와 무질서가 혼재하던 공간이었다.

캔버스 속 박 선생의 선도 종잡을 수 없었다. 어떨 때는 캔버스를 날카롭게 할퀴고, 어떨 때는 부드럽게 어루만졌다. 주파수 파동처럼 끊임없이 끊어지고 이어졌다. 선들이 물결치다가 사라졌다. 붙잡을 수 없는 바다 같은 캔버스 공간에서 날숨 들숨이 생명을 이어나가는 듯했다. 그 반복적인 숨은 생성과 소멸이었다.

박 선생은 1970년 초 연필 묘법(描法) 시기에 백색 오일 물감을 바르고 연필로 긋기를 반복 또 반복했다. 헨리 페트로스키(Henry Petroski)가 『연필』에서 한 말이 박 선생 작업에도 부합한다. "(연필은) 화가들에게 또 다른 손가락이며 공학자들에게는 아이디어 자체가 다름없던 도구, 세계를 설계하는 첫 번째 도구다." 박 선생은 '연필 손가락'으로 캔버스를 극도로 순수한 행위의 장으로 만들었다. '박서보 회화'는 캔버스나 종이를 재현의 목적으로 다루지 않는다. 그냥 무언가 그린다는 감각에서 벗어나 평면 자체를 사유한다.

때때로 캔버스 스트레칭(stretching, 빳빳하게 편다는 뜻) 때 보이는 선생 모습은 경건한 선승 같았다. 선생은 "선을 긋는 행위가 세상 속에 나를 묻는 것이다. 이를 다시 물감으로 덮는 것은 세상 속에 나를 묶는 것이다. (작품은) 두 행위를 타협하는 것이다"라고 말했다. 긋기와 덮기는 선승의 수행이었던 것이다.

1970년대 내 미술 인생에 영향을 끼친 사건들이 이어졌다. 또 이 시기는 한국 현대미술의 태동기다. 여러 실험미술이 시작됐다. 젊은 전위그룹들은 서울을 비롯해 전국 여러 곳에서 비엔날레 형식의 미술전시와 이벤트를 기획했다. 20~30대들이 전위그룹의 예술에 열광적으로 환호했다. 일반인들은 이 예술을 외면했다. 한 전위작가의 전시 방명록은 다른 작가 전시 방명록으로 써도 상관없을 정도였다. 전시장에 오는 이들이 거의 같은 사람들이었기 때문이다.

박 선생 집과 스튜디오는 한국 현대미술의 전초기지였다. 나는 그룹전시나 해외 비엔날레를 앞두고 선생 집에서 관련 자료를 작성하고, 주최 측에 보내는 일을 했다. 20대 젊은 작가였던 나는 한국의 새미술에 대한 열망과 해외 미술 동향을 이곳에서 배웠다.

이 집은 작가 교육 양성소였다. 젊은 작가들이 몰려들었다. 수십 명이 한꺼번에 와 북새통을 이룰 때도 많았다. 선생 집에서 밥을 얻어먹지 못한 자는 성공한 자가 아니라고 할 정도였다. 대구에서도 작가들이 올라왔다. 실험적 회화를 추구한 이강소(李康昭), 최초의 한국 비디오 작가 박현기(朴炫基), 신문지와 볼펜, 연필로 자신만의 방법론을 개척한 최병소(崔秉昭) 등이 드나들었다.

지금은 문화예술의 거의 모든 게 서울로 집중되었지만, 1970년대는 달랐다. 대구도 현대미술의 전초기지였다. 해외 미술 관계자들이 한국을 방문하면 꼭 들러야 할 곳이었다.

1970년대 대표적인 전시는 〈앙데팡당(Indépendants)〉, 〈에꼴 드 서울(Ecole de Seoul)〉 전이었다. 특히, 〈앙데팡당〉 전은 나이, 성별, 경력 관계없이 출품했다. 누구든 자유롭게 제작한 작품을 전시했다. 〈앙데팡당〉, 〈에꼴 드 서울〉 전을 통해 한국 현대미술을 집단화하고, 지역의 특성을 담론화할 수 있었다. 당시 대단히 실험적이고 충격적인 사건이었다.

해외 진출도 사건이다. 당시 한국 현대미술이 서구로 나가는 길

은 유일하게 파리나 도쿄였다. 일본 미술계를 잘 알던 박서보 선생
과 이우환(李禹煥) 선생 덕에 도쿄미술계와도 소상한 정보를 공유
했다.

당시 서구 현대미술의 가장 뚜렷한 경향은 미니멀리즘과 개념미
술이었다. 일본과 한국 미술계도 그 경향을 비껴갈 수 없었다.

서구 미니멀아트는 장식적·감상적·환영적 요소들을 제거했다.
극단적인 형식주의를 추구하며 작품을 하나의 오브제 그 자체로
봤다. 한국 현대미술, 구체적으로 평면회화는 서구 미니멀아트와
일본 모노파 영향 아래서 비물질성과 정신성을 도입했다. 한국 모
노크롬 회화는 '서구 형식을 빌린 한국의 정신성'을 표현한 것이다.

1975년 〈에꼴 드 서울〉 전은 세계 미술계로 향하려는 한국 미술
계 의지를 담은 대규모 미술 행사였다. 한국 단색화와 일본 모노파
의 만남이라는 데서도 의미가 크다. 조셉 러브(Joseph Love), 미네
무라 도시아키(峯村敏明), 히코사카 나오요시(彦坂尚嘉) 등 당대 도
쿄에서 활동하는 쟁쟁한 이론가들이 한국에 왔다. 이들은 작가 선
정에도 참여했다. 유명 평론가 나카하라 유스케(中原佑介)도 주목할
글들을 여러 편 발표했다. 이 서울전시가 일본 언론과 미술 잡지
비주쓰테초(美術手帖)에 실리면서 한국미술이 일본에 본격적으로
알려졌다. 그 후 여러 전시가 줄이어서 도쿄에서 열렸다. 1977년
도쿄센트럴 미술관에서 열린 〈한국, 현대미술의 단면〉 전이 대표적
이다.

1979년엔 한국과 일본 20대 작가로 결성된 〈7인의 작가 / 한국

과 일본〉(한국 작가 3명, 일본 작가 4명) 전이 서울(한국화랑)과 도쿄 (마키화랑 真木画廊)에서 열렸다. 이 중 일본 작가 노마 히데키(野間秀 樹)는 지금 유명 언어학자로 활동하고 있다. 전시가 열릴 때마다 많 은 작가들이 도쿄로 가 그곳 작가와 평론가들과 교류했다. 1970년 대 후반의 한·일 현대미술계 교류는 뜨거웠다. 이런 열기는 그전에 도 현재에도 없다.

1970년대 도쿄 실험미술은 그 어느 때보다 진취적이었다. 단지 도쿄의 것이 아니었다. 당시 유럽과 미주의 많은 작가들과 미술관 계자들이 찾아갔다. 국제적이고 융합적이었던 도쿄 실험미술을 접 한 것도 한국 미술계에 도움이 됐다.

박 선생은 〈에꼴 드 서울〉 등 여러 기획전시 아이디어를 냈다. 이 전시들을 통해 스타 작가들이 나왔다. 김창렬(金昌烈), 윤형근(尹亨 根), 하종현(河鐘賢), 김구림(金丘林), 심문섭(沈文燮), 이강소(李康昭) 작 가들이 대표적이다. 나는 1970년대 한국과 일본에서 열린 전시들 에 이 선배들과 함께 참가하는 영광을 얻었다. 내 미술세계를 발전 시키는 계기가 된 것도 말할 필요가 없다.

1970년대 한일 미술 교류에서 작가이자 이론가인 이우환(李禹 煥) 선생 역할도 빼놓을 수 없다. 한국현대미술을 이론화하는 데 그 누구보다도 애정을 갖고 노력한 이다. 일본 모노파를 주도한 이 선생이 1971년 낸『만남을 찾아서』는 일본 미술계에서 큰 반향을 일으켰다.

박 선생 역시 "이우환(李禹煥) 선생과 교류하고, 선생의 명석한 언어와 개념을 접하면서 사람과 자연, 주체와 객체 간의 상호작용에 대한 이해를 다듬었다"고 말했다. 박 선생은 이 선생의 제안을 받아들여 자신 작품 제목을 '묘법(描法)'이라고 쓰기 시작했다.

다시 연필과 물감의 관계를 떠올려본다. 페인팅이 연필을 끌어안는 순간 다시 연필이 물감을 묻어버리는 순간을 말이다. 나카하라는 "드로잉과 페인팅의 갈등일 수도 있다"고 지적했다. 드로잉과 페인팅의 반복되는 갈등으로 캔버스는 증폭되고 확장된다. 마치 수피댄스(Sufi Whirling)에서 춤과 음악을 통해 신과 합일을 경험하는 영적 체험처럼 말이다.

같은 템포로 동일한 반복이 계속되면 무가 된다. 그런 면에서 미니멀리즘은 초월적이고 명상적이다. 현대미술의 질문은 여전히 '어떤 것이 아름다운가?'가 아니라 '미술에 관해 어떻게 말할 수 있을까'다.

내 책상 위 『물리의 힘』 책 겉표지 띠에 쓰인 글이 우연히 눈에 들어왔다. "힘은 보이지 않아도 분명 존재한다. 우리를 둘러싼 모든 것에, 그러니 우리가 무언가를 만진다면 그것은 세계를 움직이는 힘과 접촉하는 순간이다."

이은주 李恩珠

작가, 번역가

『아버지의 해방일지』

정지아 | 창비 | 2022

『카메라를 끄고 씁니다』

양영희 | 인예니 옮김 | 마음산책 | 2022

『통영』

반수연 | 강 | 2021

에세이스트, 일본문학 번역가, 요양보호사. 정신없이 살아오는 동안 돌아가신 할머니 생각이 났다. 요양보호사 자격증 취득 후 할머니를 애도하는 시간을 가졌다. 그러는 동안 돌봄과 나눔에 대해서 깊이 있게 탐구하는 것이 문학의 한 형태가 아닐까 하는 생각에 도달했다. 지은 책으로 『나는 신들의 요양보호사입니다』, 『오래 울었으니까 힘들 거야』, 『동경인연』, 『돌봄의 온도』가 있다. 인지증으로 고생하는 엄마를 돌보며 번역, 집필 활동과 각종 방송 출연, 강연 활동을 이어가고 있다.

『아버지의 해방일지』

"아버지가 죽었다"로 정지아의 소설은 시작된다. 아버지의 장례식을 블랙코미디로 쓰고 싶었다고 작가는 말한다. 『아버지의 해방일지』는 책 한 권이 한 문장 같고, 한 문장이 한 편의 시 같다. 이데올로기를 웃으며 말할 수 있는 세대의 출연으로 우리는 어떤 경계를 하나 넘은 것 같다. 이것이 문학의 힘이고 이것이 문학이 가야 할 길이 아닐까 싶을 정도로 작가의 메시지는 단호했다. "내 아버지는 정치적으로만 사회주의자가 아니었다. 시도 때도 없이 사회주의자였다." "탓을 하는 인생은 이미 루저다." "사람에게도 천 개의 얼굴이 있다. 나는 아버지의 몇 개의 얼굴을 보았을까? 내 평생 알아온 얼굴보다 장례식장에서 알게 된 얼굴이 더 많은 것도 같았다."

등장인물, 줄거리, 역사 인식, 사람에 대한 태도, 연민과 사랑이 어우러져 눈물 한방울이 떨어질 때 우리는 카타르시스를 얻게 된다. 바로 『아버지의 해방일지』가 그렇다.

『카메라를 끄고 씁니다』

『카메라를 끄고 씁니다』의 저자 양영희 감독의 〈수프와 이데올로기〉에서 감독은 치매로 혼자 생활할 수 없는 엄마에게 이렇게 말한다. "엄마, 우리 집이 두 개지요? 2주 동안 영희가 일하고 올 때까지 혼자 집에 못 있으니까 다른 집에서 생활하고 계시면 제가 일하고 올게요." 양영희 감독은 엄마를 시설에 모시면서 집에서 보내는 것처럼 가벼운 마음으로 생활하도록 배려하기 위해 단기요양보호 시설을 또 다른 '우리 집'으로 표현했다. 나는 감동했다. 양영희 감독의 영화를 먼저 보고 책을 찾아 읽기 시작했다.

양영희는 오빠를 돌려달라고 말한다. 1959년부터 시작된 북송사업의 일환으로 일본에서 북으로 건너간 사업이다. '북조선은 차별이 없는 지상낙원'이라고 부추기며 재일코리안을 이주시켰다. 일본과 북한 양국 정부와 언론 그리고 조총련은 귀국자들의 그 후 실정에 대해서는 무관심했고 그저 방치할 뿐이었다. 세계적인 대규모 이민 프로젝트였지만, 오빠들의 삶이 없었던 셈이 되는 것 같아서 참을 수 없는 절절함이 전해진다.

그리고 어머니가 제주 4·3사건의 생존자임을 알리며 "이 이야기는 아무한테도 하면 안 돼. 절대로 들키면 안 돼, 무서운 일이 일어난다니까!"라고 딸에게 밝힌다. 양영희는 어머니를 모시고 70년 만에 다시 제주도를 방문했다. 4·3 희생자 위령제에 참석하고 더듬거리며 애국가를 부르는 어머니의 마음을, 어머니의 기도를 우리는 눈물 없이는 볼 수도 읽을 수도 없다.

『통영』

끝으로 반수연 작 『통영』을 소개한다. 캐나다로 이민을 떠난 작가가 쓴 책이 문학나눔 지원사업에 선정되었을 때 나는 기뻤다. 전국 도서관에서 더 많은 독자와 만날 수 있는 기회가 생겼으니까. 그런데 이번 선정 논란 소식 이후 철회로까지 이어진 결과에 나는 당황했다. 여기 조동범 선생님의 글을 인용함으로써 문제점을 제기하고자 한다.

"당연히 디아스포라 문학은 한국문학의 범주에 포함된다. 더구나 우리나라는 일제강점기를 거치며 조선족 디아스포라, 고려인 디아스포라라는 아픔을 겪지 않았는가 말이다. 이뿐인가? 우리는 이민 1세대가 역사의 아픔 속에 하와이, 미국, 남미 등으로 떠난 디아스포라의 경험도 있고, 해방 이후에도 파독 간호사와 광부가 겪은 디아스포라도 있다. 이들을 한국인이 아니라고, 이들이 쓴 작품을 한국문학이 아니라고 할 근거는 어디에도 없다. 그리고 이건 자발적 이민자에게도 해당된다."

한국인인 작가가 한국어로 써서 한국 출판사에서 출간한 책『통영』을 한국문학의 범주에 두지 않으면 K-문학은 앞으로 어떻게 성장할 수 있을지 의문이다. 통영이 나은 예술가는 한두 명이 아니다. 시인 유치환과 김춘수, 김상옥, 소설가 박경리, 김용익, 작곡가 윤이상, 화가 전혁림, 극작가 유치진, 화가 이중섭 등 끝이 없다. 그런 예술가의 도시를 배경으로 한 작품집『통영』에서는 길 떠난 자의 한없는 쓸쓸함이 깃들어 뱃고동처럼 긴 여운을 준다. 그 깃든 쓸쓸함은 우리가 아무리 고향 통영으로부터 도망쳐봐도 마침내는 그리움의 3단 여행가방을 끌고 돌아올 수밖에 없는 사실과도 겹친다.

지금까지 나는 한국의 마음 중에서 고향을 그리는 마음, 민중의 마음을 살피는 마음에 대해서 소개했다. 마음은 대체 어디에 있는 것일까? 가슴과 가슴 사이? 자신을 규정짓는 정체성에도 마음은 있다. 한국인의 마음이란 『파친코』의 이민진이 말했듯이 '모든 사람을 한국인으로 만드는 것'에 있는지도 모른다. 한국 작가의 책을 읽었는데 '아 그들도 나와 똑같구나'라고 느낀다면 그것이 바로 문학이 할 수 있는 일이기 때문이다.

이장욱 李章旭

시인, 소설가

『새들도 세상을 뜨는구나』

황지우 | 문학과지성사 | 1984

『뒹구는 돌은 언제 잠깨는가』

이성복 | 문학과지성사 | 1980

『이 시대의 사랑』

최승자 | 문학과지성사 | 1981

『입 속의 검은 잎』

기형도 | 문학과지성사 | 1989

서울에서 태어나 서울에 거주하고 있다. 대학과 대학원에서 러시아 문학을 전공했으며, 현재 시와 소설을 쓰고 있다. 시집 『내 잠 속의 모래산』, 『정오의 희망곡』, 『생년월일』, 『영원이 아니라서 가능한』, 『동물입니다 무엇일까요』, 『음악집』, 장편소설 『칼로의 유쾌한 악마들』, 『천국보다 낯선』, 『캐럴』, 중편소설 『뜨거운 유월의 바다와 중독자들』, 『초인의 세계』, 소설집 『고백의 제왕』, 『기린이 아닌 모든 것』, 『에이프릴 마치의 사랑』, 『트로츠키와 야생란』, 비평적 에세이집 『혁명과 모더니즘: 러시아의 시와 미학』, 『나의 우울한 모던보이』, 『영혼의 물질적인 밤』 등을 펴냈다.

'한국의 마음'과 우리 시대의 삶

'마음(心)'이란 무엇일까? 심장이나 머리에 고여 있는 생각일까? 감성과 이성의 종합일까? 뇌의 시냅스 세포의 정보전달 알고리즘일 뿐일까? '마음'은 '생각'이나 '감성'과 다르고 영어의 '마인드'나 '하트'와도 사뭇 다른 것 같다. '마음'은 뇌의 작용이면서 뇌의 작용만이 아니고, 습관 같은 생활습속의 결과물이면서 또 그것만도 아니다. 카를 융 식으로 말해서 '집단무의식'의 산물이면서 극히 개인적인 내면을 지시하기도 한다. 시간과 공간을 아득하게 감싸 안고 있는 것, '마음'은 넓고 깊은 무엇이다.

그렇다면 '한국의 마음'이란 무엇일까? 한국인들은 '한(恨)' 같은 정서적 단어로 '한국의 마음'을 설명하기를 좋아하지만, 그건 이미 시효가 지난 것 같다. 21세기 '한국의 마음'은 식민 지배와 전쟁의 상흔이 남긴 '한'의 정서로는 설명되지 않는다. '일본의 마음'이나 '미국의 마음' 또는 '아프가니스탄의 마음'과 마찬가지로, '한국의 마음'도 몇 가지 단어로 표상되거나 쉽사리 규정되지 않는다. '한국의 마음'은 고대부터 축적되어온 것이면서 동시에 근대 이후 급격하게 재구성된 것이기도 하다. 공동체의 것이면서 또 구성원들마다 편차가 대단히 심한 것임은 물론이다.

그렇다면 오늘날 고유한 '한국의 마음'을 구성하는 것이 가능한가? 하고 묻는 편이 나을지도 모른다. '한'이라든가 '백의민족' 같은 용어들은 이제 전통문화의 박물관에 안장되어 있는 것 같다. 불교나 유교 등에서 유래한 전근대적 습속으로 '한국의 마음'을 설명하는 것 역시 안이해 보인다. 차라리 '한반도의 마음', '분단의 마음' 같은 지정학적 정치성이 한국인들의 내면을 더 깊이 규정하는 것은 아닐까? 나아가 '자본주의의 마음'이 오늘날의 한국인들을 더 강력하게 규정하는 것은 아닐까? 수도권 과밀화나 인구 곡선의 변화, 경쟁 중심의 교육 제도, 성장률 지상주의, 젠더 갈등 같은 것은 어떤가?

말하자면 다층적이고 복합적인 레이어들이 역사적으로 겹겹이 쌓인 것. 그것이 오늘날 실체로서의 '한국의 마음'에 가까울 것이다. 진보와 보수, 좌와 우, 가부장제와 페미니즘, 주류와 소수성, 개인과 공동체, 거대 담론과 정체성 정치 등등 수많은 변항들이 격돌하면서 잠정적으로 구성되는 것이 '한국의 마음'인 셈이다.

역사적으로 보면 '한국의 마음'은 언제나 대타항을 경유해서만 설명 가능했다. 가령 식민지 시대에 '한국의 마음'은 제국 일본의 문화를 대타항으로 하는 것이었다. 군국주의 일본의 지배를 매개변수로 삼지 않고 당대 '한국의 마음'을 설명하기는 어렵다. 전후의 급격한 근대화 과정에서는 서구적 근대성이라는 모델을 매개변수로 고려해야 한다. 자본주의의 물질적 발전과 민주주의의 제도적 발전을 이루려는 의지가 '한국의 마음'을 추동한 것은 물론이다.

시인 황지우는 한국사회가 '삼겹살 사회'라고 말한 적이 있다. 세 층위의 모순된 가치들이 충돌하면서 만들어진 결과물이 오늘의 한국사회라는 뜻이다. 가부장적 봉건성, 자본주의적 근대성, 데이

터베이스 시대의 탈근대성. 지난 수십 년간 이 세 층위의 속성들은 경쟁적으로 '한국의 마음'을 규정해왔다. 이들을 동시에 고려하고 성찰하지 않으면 '한국의 마음'이라는 '코끼리의 전모'를 이해하기 어렵다.

그런 맥락에서, '한국의 마음'이 의미심장한 변곡점을 맞이한 것은 무엇보다도 1980년대에서 1990년대였다고 생각한다. 1987년 군사정권이 종언을 고하고 '민주화'가 시작되었으며, 1989년 소비에트 시스템이 몰락한 뒤 이데올로기적 대립 체제가 허물어졌다. 1990년대에 들어서서 가부장적 전통에 대한 반성적 성찰로서 비로소 페미니즘 및 퀴어를 비롯한 흐름이 시작되었다. 인구 곡선이 정점을 향해 나아가고 수도권 과밀화가 디폴트가 된 것도 이 시대이며, '디지털 정보화 사회'가 국가적 과제로 천명된 것 역시 1990년대 후반이었다. 퍼센테이지로 측정할 수는 없지만, 오늘날 '한국의 마음'이란 신라시대나 조선시대보다 이 시기 이후 동시대의 영향을 더 강하게 받고 있다고 느낀다.

이 자리에서는 그 시기에 출간된 시집 몇 권을 소개하려고 한다. 그 격변의 시기 '한국의 마음'을 매력적으로 담고 있는 시집들이라고 생각한다. 21세기 현재를 살아가는 한국의 시인들에게 일종의 '기원'을 이루고 있는 시집들이기도 하다.

『새들도 세상을 뜨는구나』
『뒹구는 돌은 언제 잠깨는가』

먼저 황지우의 시집 『새들도 세상을 뜨는구나』(1984)는 아방가르드와 진보적 정치성이 결합한 시집으로 특유의 실험정신이 돋보이는 시집이다. 20세기 초 서구 아방가르드를 수입한 것이 아니라, 당대 한국사회의 역동성이 거의 자연발생적으로 만들어낸 전위성이라고 생각한다. 그의 또 다른 시집 『게 눈 속의 연꽃』(1991)은 일상의 물질적 육체적 삶과 초월적 불교적 사유의 유려한 경쟁이 만든 시집이다. 상승과 하강의 긴장, 현실과 초월의 긴장, 역사와 영원의 긴장 같은 것들이 현대적 감각으로 언어화되어 있다. 일본어로 번역되어도 이 시집의 매력은 상당 부분 유지되리라고 생각한다.

1980년대를 말하면서 이성복의 『뒹구는 돌은 언제 잠깨는가』(1980)를 빼놓을 수는 없다. 당대 한국인들의 영혼 깊은 곳에 새겨져 있는 가족과 공동체의 실상과 참상을 전례 없이 탁월한 모더니즘의 감각으로 재연한 시집이기 때문이다. 그의 또 다른 시집 『남해금산』(1986)에 실린 작품들은 한국어가 이룰 수 있는 리듬 감각이 최고조에 달한 애상의 노래들이라고 할 만하다.

『이 시대의 사랑』
『입 속의 검은 잎』

다음은 최승자의 『이 시대의 사랑』(1981)과 기형도의 『입 속의 검은 잎』(1989)이다. "내가 살아 있다는 것,/ 그것은 영원한 루머에 지나지 않는다."(최승자, 『일찍이 나는』)와 같은 선언적 구절들은 여전히 우리의 마음 깊은 곳에 잠겨 한 시대의 기록으로 남아 있다. 여성 시인으로서 최승자의 시적 '비명'은 이후 한국사회에서 중요한 흐름이 된 페미니즘과 정체성 정치의 전조라고 할 만하다.

기형도의 지위는 좀 특별하다. "휴일의 대부분은 죽은 자들에 대한 추억에 바쳐진다. 죽은 자들은 모두가 겸손하며, 그 생애는 이해하기 쉽다. 나 역시 여태껏 수많은 사람들을 허용했지만 때때로 죽은 자들에게 나를 빌려주고 싶을 때가 있다."(기형도, 『흔해빠진 독서』 부분) 같은 우울증적 내면은 보이지 않는 곳에서 한국 청년들의 '마음'에 스며들었다. 기형도의 개인적이고 우아하며 건조한 멜랑콜리는 적어도 1990년대 이후의 시인들에게 지대한 영향을 미쳤다고 할 수 있다.

시는 '개인의 마음'을 통해 '공동체의 마음'을 끊임없이 재편하고 재구성한다. 어쩌면 그것이 언어 구조물로서 시의 존재 이유인지도 모른다. 이 고유하고 개별화된 '마음들'이 하나하나 모여 '한국의 마음'이라는 규정 불가능한 태피스트리를 이룬다고도 할 수 있다.

이현화 李賢化

『이중섭, 그 사람: 그리움 너머 역사가 된 이름』

오누키 도모코(大貫智子) | 최재혁 옮김 | 혜화1117 | 2023

『이중섭, 편지화: 바다 건너 띄운 꿈, 그가 이룩한 또 하나의 예술』

최열 | 혜화1117 | 2023

『동아시아 미술, 젠더Gender로 읽다: 한중일 여성을 생각하는 11개의 시선』

고연희 외 | 혜화1117 | 2023

『4·3, 19470301~19540921: 기나긴 침묵 밖으로』

허호준 | 혜화1117 | 2023

1994년부터 거의 쭉 출판편집자로 살았다. 인문교양서와 문화예술서를 주로 출간하는 여러 출판사에 다니며 관련 분야 책을 꾸준히 만들어왔다. 2017년 오래되고 낡은 한옥 한 채와 인연이 닿아 이 집에서 출판사를 열기로 결심, 2018년 봄 출판사 '혜화1117' 대표가 되었다. 지금은 고쳐 지은 한옥에서 책을 만들며 살고 있다. 한옥을 수선하고 출판사를 차리기까지의 과정을 사진과 글로 기록한 책 『나의 집이 되어 가는 중입니다』와 작은 출판사를 시작하게 된 동기와 적응해가는 초기 과정을 담은 책 『작은 출판사 차리는 법』을 썼다.

『이중섭, 그 사람』, 『이중섭, 편지화』

『이중섭, 그 사람』의 저자 오누키 도모코 선생이 방금 도쿄로 떠났다. 이 글을 쓰는 지금은 2023년 10월 16일이다. 지난 8월 13일 한국어판을 출간한 뒤 오누키 도모코 선생은 일본에서 한국으로 매달 건너와 서울과 제주의 도서관과 책방에서 여러 차례 독자들을 만나왔는데, 지난 토요일 서울 한 책방에서의 아름다운 북토크를 마지막으로 이 책과 관련한 공식 행사의 마침표를 찍고 오늘 출국했다.

일본 마이니치 신문사를 거쳐 현재 중앙일보사 일본 특파원으로 재직 중인 오누키 도모코 선생은 마이니치 신문사 특파원으로 서울에 머물 때인 2016년 우연히 한국의 화가 이중섭의 탄생 100주년 기념전을 관람하며 그에 대해 알게 되었고, 기사를 통해 일본 독자들에게 이중섭을 알린 것은 물론 일본에서 최초로 이중섭 화가에 관한 책을 출간했다.

그가 이중섭 화가에게 관심을 갖게 된 것은 전시회에 출품된, 이중섭이 아내에게 보낸 편지화로부터였다. 서툰 일본어와 그림으로 이루어진 것이었다. 이를 계기로 일제강점기에 태어난 이중섭이 도쿄 유학 시절 일본인 야마모토 마사코와 만나고 해방 이후 어렵게 한국으로 건너온 그녀와 결혼한 뒤 한국전쟁을 겪으며 피난민 생활을 하다가 어쩔 수 없이 헤어진 채로 세상을 떠났다는, 그의 서글픈 생애를 알게 되니 관심은 더욱 커졌다. 한국인과 일본인 커플, 한일 양국의 시대 상황 때문에 이별할 수밖에 없던 두 사람의 삶, 남편인 이중섭은 아내와 아이들을 일본으로 보낸 뒤 젊은 나이에 세상을 떠나고, 아내 야마모토 마사코는 일본에서 평생 남편을 그리워하며 살았던 이 애달픈 러브스토리가 서울 특파원으로 지내며 한일 양국의 정치 외교를 주로 취재하던 오누키 도모코의 마음에 가닿은 셈이다.

일본인들에게는 낯선 이름이겠으나 이중섭은 한국인들이 가장 사랑하는 화가로 손꼽는 이름이다. 한국에서는 그에 관한 책이 꽤 많이 출간되었지만 일본에서 이 책이 출간되었다는 소식은 무척 의외였다. 무엇보다 이중섭 화가의 아내 야마모토 마사코 여사와 생전에 직접 인터뷰한 내용을 바탕으로 집필한 점이 눈길을 끌었다.

인연이 닿아 이 책의 한국어판을 만들며 나는 오누키 도모코 선생이 이중섭이라는 인물에 관심을 갖게 된 그 마음을 조금은 이해할 수 있게 되었다. 우리에게 잘 알려진 화가에 관한 일본 책을 한국에 소개하게 된 것도 새로운 경험이었지만 한국어에 매우 익숙한 일본인 저자와 함께 작업하는 과정 역시 신선했다.

이중섭이라는 화가를 독자들에게 잘 소개하고 싶다는 마음이 통했기 때문일까. 우리는 일본의 저자와 한국의 편집자라는 서로의 위치와 역할을 넘어 어느덧 매우 친밀한 사이가 되었다. 물론 오누키 선생이 한국어에 능통한 덕분이었지만, 그 이유 때문만은 아니었을 것이다. 한국과 일본 사이의 복잡다단한 감정 같은 것에 전혀 아랑곳하지 않고 한 사람의 예술가를 둘러싼 생의 다양한 순간을 함께 바라보고 있다는, 나아가 그것을 한국과 일본의 독자들에게 잘 전하고 싶다는 마음이 우리 사이를 한결 친근하게 만들었다고 믿는다. 어쩌면 우리가 함께 몰두하고 있는 대상이 해방과 전쟁이라는 역사의 극점을 관통하면서도 서로에 대한 마음만을 믿고 전 생애를 상대방에게 던진 이중섭, 그리고 야마모토 마사코라는 존재였기 때문이었는지도 모른다. 나는 이 책에 더해 한국에 홀로 남은 이중섭이 바다 건너 일본의 아내와 어린 두 아들에게 보낸 편지화를 한국에서 이중섭에 관한 최고의 학자인 미술사학자 최열 선생이 총집성한 책 『이중섭, 편지화』를 함께 만들어 두 권의 책을 나란히 출간했다. 최열 선생은 오누키 도모코 선생이 책을 집필할 때 길잡이가 되어준 분이기도 하다. 오누키 도모코 선생은 이 책을 통해 미처 몰랐던 편지화의 깊은 의미를 다시 새길 수 있었노라 말했다. 나와 오누키 도모코 선생 사이에 흐르던 마음은 오누키 도모코 선생과 최열 선생 사이에 이미 강물처럼 흐르고 있었다.

『동아시아 미술, 젠더Gender로 읽다』

나는 혜화1117이라는 작은 출판사를 혼자 꾸려나가고 있다. 한 해에 기껏해야 서너 권의 책을 내는 존재감 약한 출판사다. 하지만 어쩐 일인지 올해는 다른 해에 비해 많은 책을 내고 있는데, 그 가운데 한 권으로 『동아시아 미술, 젠더Gender로 읽다』가 있다. 한국과 중국, 일본의 예술품을 한국의 여러 미술사학자가 탐구하여 내놓은 이 책은 오늘날 가장 핫한 키워드 가운데 하나인 '젠더 Gender'라는 키워드를 들고 한국의 조선, 중국의 명청, 일본의 에도 시대를 넘나들고 이후 근대로 돌아오는 식으로 국경과 시대를 역동적으로 누빈다. 이 책을 만들면서 동아시아라는 지형 속에 어깨를 맞대고 살고 있는 우리가 경험해온 역사의 인자가 무척 비슷하다는 것을 새삼 느꼈다. 그것은 비단 공유하는 역사의 사실만을 의미하지 않는다. 일상에서 남자와 여자로 세상과 마주한 풍경이 그러하고, 부당하거나 전근대적인 삶에서 느꼈을 오래전 그들의 마음이 굳이 국경을 나누지 않고 이심전심으로 오늘의 나에게 고스란히 전해지고 있다는 데서 그러하다. 한국의 미술사학자들이 젠더라는 창을 통해 각 나라의 예술품 안에 깃든 공통의 마음을 들여다보고 있다.

『4·3, 19470301~19540921: 기나긴 침묵 밖으로』

또 한 권의 책을 말하고 싶다. 일제강점기 이후부터 대한민국 건국 초기까지 이어지는 그 무렵 슬픈 역사 중 하나인 제주4·3에 관한 책이다. 제목은 『4·3, 19470301~19540921: 기나긴 침묵 밖으로』인데, 제목의 숫자는 4·3의 시작일과 마지막 날의 날짜다. 다른 건 몰라도 이렇게 오랜 시간 지속되어온 비극이라는 것만이라도 알리고 싶어 이렇게 정했다. 국가 권력에 의한 비극으로 흔히 그리스 내전이나 대만의 2·28사건과 함께 언급되곤 하는 이 사건은 그 진상의 규명은 물론 희생자와 피해자 명예 회복을 위한 노력이 이어지고 있다. 동시에 이념의 잣대로 이를 비방하거나 모욕 폄훼하는 일도 여전히 일어나고 있다. 하지만 제주4·3은 진상의 규명 과정에서 가해자를 응징하거나 비방하는 태도를 전혀 취하지 않는다. 국가의 무차별적인 폭력에 의한 끔찍한 비극을 겪었으나 그 가해자를 찾아 책임을 묻는 대신 앞으로 이런 일이 다시 일어나지 않도록 하는 데 4·3이 기여하길 희망하고 있다. 말은 쉽지만 행하기는 어려운 평화로운 방식이다. 그래서 언젠가부터 4·3사건 옆에는 평화라는 낱말이 함께 서 있다. 일제강점기의 마지막 시기와 맞물려 있으니 4·3의 역사에서 일본 역시 비켜서 있지 않다. 실제로 4·3의 비극을 피해 수많은 제주도민들은 일본으로 건너갔고, 한국의 군부 독재 시절 4·3에 대해 드러내놓고 말할 수 없을 때 먼저 4·3을 세상에 알리기 시작한 땅도 일본이었다. 그렇게 4·3의 역사는 한국과 일본을 넘나든다. 그뿐만일까. 냉전이라는 세계정세가 동아시아에 미친 영향 속에서 대만 역시 비슷한 아픔을 겪었으니 4·3은 한국의 역사를 넘어 동아시아에 사는 모두에게 전하는 의미가 있을 듯도 하다. 머지않아 대만에서도 번역 출간될 예정인 것도 그래서가 아닐까. 같은 마음으로 나는 이 책이 한국과 대만에 이어 일본의 독자들에게도 전해지기를 바란다.

이중섭, 제주4·3, 동아시아 미술을 다룬 이 책들은 얼핏 보기에 마땅한 연결고리가 없어 보인다. 하지만 한국인의 마음을 다룬 책을 소개해달라는 제안을 받은 뒤 이 책들을 떠올린 데에는 이유가 있다. 한국과 일본 사이를 규정하는 거친 말들, 뉴스나 미디어를 통해 드러나는 경직된 단어들, 서로에 대한 조롱과 미움, 나아가 증오를 서슴지 않는 사건과 사고들을 보고 있자면 우리 사이에는 희망이 없다. 하지만 그럴까. 이미 수많은 개인들은 각자의 자리에서 각자의 힘으로 각자의 이야기를 알리고 있다. 그 무수한 이야기들 속에는 한국과 일본을 오가는 숱한 개인들이 품고 있는 마음이 있다. 한국과 일본이라는 국경을 뛰어넘은 한 예술가의 서글픈 삶에도, 비극적 사건 이후 진상을 규명하는 태도에도, 서로 다른 예술품들의 저변에 흐르는 동일한 감정을 바라보는 시선에도 그런 마음이 존재한다. 그 마음이 빚어낸 이야기들 속 어디에서도 서로에 대한 원망이나 증오, 조롱은 찾아볼 수 없다. 서로가 이웃하여 살아온 오랜 시간 속에 쌓인 마음의 흔적이 여기에 있다. 나는 이 책들을 통해 내가 발견한 그 마음을 더 많은 이들이 알아봐주기를 꿈꾼다. 내가 만든 책을 통해 누군가 그 마음을 찾게 된다면 편집자로서 참 뿌듯하겠다. 이런 마음이 한국과 일본에서 함께 출간되는 이 책에 실려 독자들께 전해질 수 있으려니, 싶어 더욱 더 기쁘다.

인현진 印鉉鎭 　　　　　　　　　작가, 상담심리사

『한국인의 심리상담 이야기: 현실역동상담의 이론과 실제』
장성숙, 노기현 | 학지사 | 2010

『코로나를 애도하다』
양준석 | 솔트앤씨드 | 2022

가톨릭대학교 상담심리대학원에서 상담심리로 석사학위를 받고, 한국상담심리학회 정회원으로 활동 중이다. 작가이자 상담심리사로 이야기를 읽고 듣고 쓰고 말하는 일을 하고 있다. 저서로 『어른의 감정 수업』이 있으며, 공저로 『최소한의 심리학』, 『사람은 살던 대로 죽는다』, 『일독』, 『이독』, 『위기가 곧 기회다』, 『송가인이어라』 등이 있다. 인간의 마음을 들여다보고 보듬으며 관찰한 것을 글로 쓰지만 정작 자신의 마음을 헤아리긴 어려울 때가 많다. 보드랍고 애틋한 마음에 마음이 간다.

마음을 만지는 마음

작가이자 상담심리사로 일하다 보니 많은 사람을 만난다. 사람을 만나 이야기를 듣는 일이 '직업적 역할'이기도 하지만, 개인적으로도 한 인간의 내면을 들여다보는 일에 관심이 많다. 한 사람의 인생에 얼마나 많은 이야기가 깃들어 있는지, 발견하고 목도할 때마다 새삼 경이로움을 느낀다. 누군가는 그 이야기를 꺼내지 못해 한으로 쌓아두고, 누군가는 그 이야기를 담아두지 못해 함부로 터뜨린다. 어느 쪽이든 힘들기는 마찬가지다.

그래서일까. 우리는 자신의 속내를 들어주는 사람과 마주할 때, 존재를 있는 그대로 수용받는다는 느낌을 받는다. 처음엔 어려워도 마음속 깊은 곳에 가둬둔 이야기를 꺼내기 시작할수록, 마치 처음 말을 배우는 아이처럼 했던 말을 하고 또 한다. 그 허기진 마음을 어떤 말로 달랠 수 있을까. 텅 빈 속을 채우는 것은 결국 말에 담긴 마음이다. 그럴 수 있다고, 그동안 얼마나 고달팠냐고. 참으로 애쓰면서 살았다고. "이야기할 수 있다면 치유가 가능하다"는 말처럼 어떤 상처는 공감의 시간을 통해 비로소 무늬가 된다.

『한국인의 심리상담 이야기: 현실역동상담의 이론과 실제』

심리학의 한 갈래인 심리상담은 서구문화의 산물이다. 장성숙은 심리상담이라는 분야가 척박하던 시절부터 현장에서 내담자를 만나는 상담가로, 대학에서 학생들을 가르치는 교수로 한국적인 상담모형을 고민하며 '현실역동상담'을 제안했다. 『한국인의 심리상담 이야기』는 고부갈등, 혼수문제, 아들과 딸의 차별, 이직, 자녀교육, 기러기 아빠의 애환에 이르기까지 가족, 이웃, 친구, 동료들이 삶에서 겪는 갈등을 파노라마처럼 보여준다.

"사람에게는 사람이 필요하다"는 저자의 말처럼 사람은 사람 사이에서, 사람과 더불어 살아가는 존재다. 다양한 관계 속에서 타인의 마음에 자신의 마음을 비춰보고, 내 마음을 통해 남의 마음을 짚어보기도 한다. 어떤 사람은 타인의 마음까지 헤아릴 정도로 섬세하지만, 어떤 사람은 자신의 마음조차 알지 못할 만큼 둔감하다. 바다를 건너고 산맥을 넘고 사막을 횡단하는 것은 물론 지구 너머 광대한 우주 공간을 탐험하는 인간임에도 영원한 미지의 영역으로 남은 곳이 있다. 바로 인간의 마음이다. 오죽하면 '열 길 물속은 알아도 한 길 사람 속은 알기 어렵다'는 속담이 생겨났을까. 그만큼 마음의 스펙트럼이 광대하다는 의미일 것이다.

마음에 대해 많은 생각을 하고 표현하려고 애쓰지만 안에 있는 마음을 밖으로 꺼내 펼쳐 보이는 일은 쉬우면서도 어렵다. "마음은 반드시 말로 표현해야 한다"고 주장하는 사람도 있고 "마음을 꼭 말로 해야 하나"고 반문하는 사람도 있다. 표현하고 싶지만 어떻게 해야 할지 모르는 사람도 있다. 마음은 어떻게 드러내는 것이 좋을까. 심리상담가의 관점에서는 일단 '언어'로 표현하라고 권한다. 그러나 언어는 단순히 말만 의미하는 것은 아니다. 우리가 나누는 대화는 마음이라는 내용을 언어라는 형식에 담아 주고받는 일이기 때문이다.

실제 대화가 이뤄지는 과정을 살펴보면 적절한 말과 함께 말투, 목소리, 어조, 행동, 눈빛, 몸짓 등 비언어적인 요소가 언어적인 요소보다 크게 작용한다. 상대의 마음에 공감할 때 우리의 몸은 저절로 그에게로 기운다. 지루하거나 불편하면 몸이 뒤로 젖혀진다. 다리를 떨고 시선을 돌리고 팔짱을 끼는 것, 몸짓 하나 행동 하나가 시그널이 된다. 몸 전체가 언어인 셈이다. 우리가 서로의 마음에 진정으로 귀를 기울이고 적절하게 반응하는 것은 존재를 수용하기 위한 애씀이기도 하다. '당신은 혼자가 아니에요'라는 것을 알리는 일인 것이다.

『코로나를 애도하다』

인간 마음의 생태계는 복잡한 세계다. 말 그대로 '오만 가지' 감정과 생각이 흐르고 번지며 태어남과 사라짐을 반복한다. 상담실에 찾아오는 사람들은 거의 대부분 관계에서 비롯된 문제를 해결하고 싶어 한다. 그러나 살아 있는 사람과의 관계는 풀든지 끝맺든지 선택할 수 있지만 고인이 된 사람과의 관계는 어떻게 해야 할까.

양준석의 『코로나를 애도하다』는 코로나19라는 전대미문의 팬데믹을 겪으며 사별과 애도라는 주제에 천착해 쓴 글이다. 애도상담 전문가인 저자가 죽음교육과 애도상담에 헌신해온 시간이 오롯이 담겨 있다.

　누구나 죽는 것을 알면서도 우리는 그 당연한 사실을 잊고 산다. 그러다 가까운 이의 삶에 죽음이 찾아와 그를 데려가면 삶이 두 쪽으로 갈라진 듯한 고통을 느낀다. 사랑하는 사람의 죽음을 고통 없이 받아들일 수 있는 사람은 없을 것이다. 하물며 예상하지 못한 죽음을 겪고 제대로 된 의례도 치르지 못한 채 애도조차 하지 못한 이들의 마음을 어떻게 헤아릴 수 있을까. 사랑하는 사람의 죽음 앞에서 한없이 망연자실해지는 것은 한 사람이 그 무엇으로도, 그 누구로도 대체할 수 없는 절대성을 갖고 있기 때문이다. 현실감각을 갖고 잘 살아가던 사람도 상실이라는 삶의 고비를 맞으면 취약성이 드러난다. 평소 건강한 자존감을 갖고 관계를 잘 맺으며 살아온 사람도 죽음으로 인한 상실을 경험하면 마음이 꺾이기 마련이다. 상실의 아픔을 겪고 있는 사람일수록 마음을 터놓고 이야기를 나눌 사람이 필요하다. 허심탄회하게 속내를 드러내는 것은 우리가 약한 존재여도 괜찮다는 것을 공유하는 행위다.

　삶이 끝나도 관계는 지속된다. 고인이 내 삶에 미친 영향을 탐색하며 의미를 찾고 관계를 새롭게 배치하는 관계의 재구성을 통해 우리는 고인 없는 세상에서 그를 기억하고, 그의 사랑을 마음에 품어 확장된 삶을 살아갈 수 있다. 저마다 다른 애도의 방식이 필요한 이유도 애도가 한 번의 이벤트가 아니라 긴 여정이기 때문이다. 상실과 애도의 시간을 누군가는 기억에 남기고 누군가는 몸에 새기고 누군가는 글로 쓴다. 기억하고자 기록하는 마음을 생각해본다.

장은진章恩珍

소설가

『마당 깊은 집』

김원일 | 문학과지성사 | 2018(초판 1988)

『새의 선물』

은희경 | 문학동네 | 2022(초판 1995)

2002년 〈전남일보〉 신춘문예와 2004년 〈중앙일보〉 중앙신인문학상으로 데뷔했다. 소설집 『가벼운 점심』, 『키친 실험실』, 『빈집을 두드리다』, 『당신의 외진 곳』, 장편소설 『앨리스의 생활방식』, 『아무도 편지하지 않다』, 『그녀의 집은 어디인가』, 『날짜 없음』, 『날씨와 사랑』, 『디어 마이 버디』, 『부끄러움의 시대』, 중편소설 「세주의 인사」가 있다.

마당을 같이 쓰는 사람들

마당이 있는 집에서 아이들은 어떻게 성장하는가. 여기서 '마당' 은 들판처럼 뛰어놀기 좋은 곳을 말하는 게 아니다. 욕심쟁이마냥한 가구가 마당 전체를 독차지하고 있는 곳 또한 아니다.

어릴 때 나는 작은 마당을 중심으로 여섯 가구가 'ㅁ' 자 형태를 이루는 집에서 산 적이 있다. 주인집과 세 들어 사는 다섯 가구는 마당뿐만 아니라 수돗가, 화장실, 샤워실을 공유했다. 그러다 보면 아무래도 불편한 점이 많았다. 누군가 문을 벌컥 열까 봐 화장실 문을 붙잡고 용무를 본다거나, 화장실로 다가오는 인기척이 들리면 안에 사람이 있다는 걸 알리려고 괜히 헛기침을 하기도 했다. 샤워할 때는 잠금쇠가 잘 걸렸는지 문을 여러 번 당겨본 뒤 물소리가 나지 않게 몸을 씻었다. 수돗가를 쓰고 나서는 수챗구멍이 막히지 않도록 음식물 찌꺼기를 꼭 제거해야 했다. 모두 암묵적으로 지켜야 하는 규칙이자 에티켓이었다. 공동 소유다 보니 시설을 원하는 시간에 사용하지 못할 때도 많았다. 가난하기에 감당해야 하는 불편이었지만 어린 내 눈에는 누구도 불편해하는 것 같지 않았다. 아이들은 물론이고 어른들조차도. 감당해야 할 일이 아니라 감수해야 하는 일이라서 그들의 표정은 무덤덤했다.

"저녁이 되면 비슷한 시간에 방의 불이 켜지고 꺼졌다. 마치 전기마저 같이 사용하는 것처럼. 같은 마음처럼. 나는 가난이 빚어 낸 그 불빛을 바라보는 걸 좋아했다. 가난과 상관없이 믿을 수 없게 안온한 느낌도."

하지만 내부는 그렇지 않았다. 옆방이 옆집인 상황이라 사생활이 보호되지 않아서 남의 집 사정을 훤히 들여다보는 일이 자주 생겼다. 출산한 지 얼마 안 된 옆방의 새댁 아줌마는 남편의 실직으로 며칠째 식사를 제대로 못 하고 있었다. 그 사실을 눈치챈 엄마는 "만들고 보니 양이 많아서. 맛이나 좀 보라고." 하며 방문을 두드려 부침개를 슬쩍 건네고 돌아왔다. 동쪽 방의 똘똘이 아줌마는 없는 살림에도 사치가 심해서 액세서리를 주렁주렁 걸치고 다녔다. 나중에는 춤바람까지 나서 도둑고양이처럼 밤늦게 슬금슬금 귀가하기 시작했다. 서쪽 방의 못난이 아줌마는 얼굴을 펴고 사는 날이 없었다. 남편이 매일 술을 마시고 들어와 살림살이를 때려 부쉈기 때문이다. 남편의 술주정을 견디기 힘들었는지 어느 날 아줌마가 우리 집으로 도망쳐 왔다. 엄마는 아줌마를 숨겨주며 세상 어디에도 없을 박복한 팔자 이야기를 밤새워 들어주었다. 주인집 딸은 하루도 거르지 않는 못난이 아줌마네 소란이 불만스러운지 방문을 세게 여닫았다. 북쪽 방은 여섯 가구 중 그나마 조용히 사는 집이었다. 하지만 없는 듯 살던 그 집도 주식 투자로 돈을 벌었다는 소문이 들린 후로 아줌마가 요란하게 멋을 부렸다. 여유 있어 보이는 주인집이라고 항상 평화로운 건 아니었다. 주인집의 가장 큰 근심은 교통사고로 점점 나빠져 가는 주인아줌마의 건강이었다. 우리 집이라고 문제가 없는 게 아니었지만, 그 문제들이 다른 집으로 퍼져나가는 건 마당을 같이 쓰는 집들의 어쩔 수 없는 운명이었다.

"특히 여름이 되면 살림 소리와 말소리, 냄새들이 여과 없이 옆집으로 흘러 들어갔다. 그들이 저녁에 무슨 반찬을 먹는지, 오늘은 무슨 걱정을 하고 사는지 다 들려서 저 가족이 우리 가족 같았고, 우리 가족이 저 가족 같았다."

마당이 있는 집에서 자란 아이는 가난한 살림을 꾸려가느라 허리가 휘는 부모의 마음을 잘 알았다. 마냥 웃고 떠들던 아이도 한 번씩 파고드는 삶의 고통에 화들짝 놀라 심각한 표정을 지었다. 좋은 일이 있을 때는 다 같이 모여 축하해주었고, 힘들 때는 같이 울어주고 욕해주면 된다는 걸 깨달았다. 음식은 나눌 때 더 맛있어진다는 것과 엄마들은 수돗가에 둘러앉아 빨래를 주무르며 남편 흉을 볼 때 즐거워한다는 사실도 알았다. 어떤 아이는 고만고만한 형편에서 오는 삶의 고충과 고민을 헤아려서 일찍 철이 들었다. 무엇보다 그들은 함께 살기 위해 가장 필요한 감정이 공감이란 걸 빨리 터득했다. 가끔 이해되지 않는 현실에 부딪혔을 때는 별거 아닌 듯 냉소와 농담으로 지나쳐야 한다는 걸 경험을 통해 배웠다.

김원일의 『마당 깊은 집』과 은희경의 『새의 선물』은 마당을 중심으로 여러 세대가 모여 있는 집이 소설의 주 배경이다. 시대의 아품 속에서, 개인의 냉소 속에서, 마당을 공유한 집들 속에서, 길남이와 진희는 어떻게 성장해갈까. 나는 시대가 다른 두 아이의 마음에서 내 시대의 마음을 봤다. 마음은 시대가 변해도 달라지지 않아야 해서일까. 문득 마당을 같이 쓰던 그 시절의 집이 그리워졌다. 그 집에서 복닥복닥 살았던 이웃과 지금도 여전할 그들의 마음도.

정신영 鄭新永

『여기서 마음껏 아프다 가』
김하준 | 수오서재 | 2022

『공정감각』
나임윤경 외 | 문예출판사 | 2023

서울여자대학교 현대미술전공 조교수. 서울대학교 서양화과 학사, 프랫 인스티튜트 파인 아트(Fine Arts) 석사, 컬럼비아대학교 미술사학과 현대미술비평 전공 석사, 서울대학교 미술교육협동과정 박사. 서울대학교미술관 책임 학예사, 수석 학예사 및 연구부교수를 지냈으며 건국대학교, 서울대학교, 한국예술종합학교 등에서 강의를 했다. 서울대학교 일본연구소 객원 연구원, 국제교류기금 박사논문 과정 펠로우 및 동경예술대학교 예술학과 객원 학자로 활동했다. 미국에서 발간되는 『아트 포럼(Artforum)』의 한국 및 일본 전시 리뷰를 담당하고 있으며, 저서로는 『서브컬처로 읽는 일본 현대미술』(2019)이 있다.

『여기서 마음껏 아프다 가』

한국의 마음을 읽는다는 표현은 나에게는 은근 부담스러운 것이다. 인생의 꽤나 오랜 시간을 외국에서 보냈기 때문에 한국으로 돌아온 후에는 모국임에도 우리나라는 도무지 이해가 안 된다고 생각할 일이 많았기 때문이다. 정서적 기반이 만들어진다는 유청소년기를 한국에서 보내지 않은 탓인지, 한국에서 연속해서 산 햇수가 11년이 되는 지금까지도 나에게 '한국의 마음'이라는 것은 바다 위를 떠다니는 플라스틱 부표처럼, 있기는 한 것 같은데 깊은 해저에 닻을 내리지 못하고 미끄러지듯 부유하듯 견고한 무게감 없이 존재하는 그런 감각에 가깝다. 그래서인지 이 기획을 위해 내가 할 수 있는 것은 '한국의 마음'에서 문화적인 징표나 특징, 최소한 어떤 국적성에 대한 인식보다는 뒷부분, '마음' 쪽에 비중을 두는 것이라 생각했다.

그렇게 생각하니 바로 떠오르는 최근 읽은 책이 있는데 『여기서 마음껏 아프다 가』이다. 이 책은 초등학교 보건선생님이 쓴 것으로, 간호원으로 일한 후 초등학교 보건실에서 20년을 근무하면서 경험한 이야기를 따뜻한 시선과 필치로 풀어내고 있다. 저자가 근무하는 곳은 일반 초등학교임에도 하루평균 놀랍게도 50명의 아이들이 보건실에 드나든다고 한다. 보건실을 찾는 빈도와 더불어 주목을 끈 것은, 보건실을 찾는 이유가 체육시간이나 휴게시간에 놀다가 다치는 등 외상을 치료받으러 오는 학생들이 다가 아니라는 점이었다. 심리적 불편함으로 복통을 호소하거나, 눈물이 갑자기 흐르거나, 우울감으로 잠이 쏟아져 보건실로 오는 학생들이 종종 있을 뿐 아니라, 좀 충격적으로, 1교시가 시작하기도 전에 떨어져 죽으려고 옥상에 갔는데 문이 잠겨서 보건실로 왔다는 학생도 있었다고 한다. 왜 이 어린아이는 아침부터 떨어져 죽으려고 생각한 것일까. 부모에게 연락하니 직장 때문에 급히 데리러 오지도 못했다고 한다.

유년기의 우울은 과거에는 조금 낭만적으로 다뤄져왔던 것 같다. 가정의 테두리를 나와 학교라는 사회와 닿는 순간, 사실은 가정이라는 추상적 테두리 속에서도, 절대적 약자로서 견뎌내야 할 부조리와 모멸감이 아이들의 몫이 되었을 때 어른들은 성장의 통과의례로서 의식(儀式)화해왔다. 동화나 문학도 이런 노선이 많다. 어린 시절의 고됨이나 불안감이 다져져 튼튼한 어른으로 성장한다는 식의 내러티브는 금과 흙 수저론이 제기되면서 유통기한이 다한 듯싶다. 수저론은 결국 어린 시절 고생은 지워지지 않는 멍이며, 더 나은 경험을 하지 못했다는 부채로 평생을 따라다닌다는 논리에 근거한다. 태어나는 순간부터 넘을 수 없는 경제격차를 강하게 느끼는 세대라 그럴 것이다. 발전형 개발도상국에서 정체된 선진국형으로 우리나라가 옮겨간 탓도 있을 것이다. 단, 경제적 선진국형이다.

유년기에 겪는 고통과 통증은 성장에 보탬은커녕 승화되는 일 없이 누적되어 벗어날 수 없는 굴레로 성인이 되어가는 이들을 결박하고 있지는 않나 생각해본다. 실제로 그렇다는 것이 아니라, 미디어를 통해 산종되는 사회 인식이 이렇게 생각하도록 유도하는 것 같다. 이 책에서 바라보는 7세~12세 집단의 상징성을 생각할 때 한국의 마음으로 자라날 어린이들의 심리 상태를 엿보게 해주는 한 권이다.

『공정감각』

어떻게 보면 첫 번째 책의 10년 후에 해당하는 20대 대학생들의 인식을 엿보게 해주는 흥미로운 책이다. 연초에 어딘가의 알고리즘에 뜬 기사를 보니 대학도서관별 대출 1위 서적에 아직까지도 마이클 샌델의 『정의』가 강세를 이어간다는 내용이 있었다. 대학생들은 사회정의나 공정성에 왜 이렇게 관심이 많은 것일까? 단순히 수업교재로 대출했을 수도 있지만 일반 서점에서도 베스트셀러였고 또 수업교재라면 그 나름대로 왜 이렇게 많이 사용되는 것일까? 나 역시 대학원 수업이나 글쓰기 수업에서 미술전공 학생들이지만 사회적 분위기를 흡수하고 사고의 방향을 다양화시키는 목적으로 같이 읽은 적이 있다. 사회정의를 우리가 누리지 못한다는 감각 때문에 이 테마를 더 아쉬워하는 마음인 것일까.

이 책은 나임윤경 연세대학교 문화인류학과 교수를 주저자로 그 외 다양한 전공의 학생들이 대학생들의 플랫폼 사이트인 에브리타임에 올린 공정이나 차별에 대한 글을 취합한 것이다. 에브리타임,

약칭 에타라고 불리는 이 사이트는 현재 약 710만 명의 대학생이 가입한 곳으로(누적 추정) 초대형 포털이라 할 수 있다. 학생인증으로 로그인하여 학교별로 강의에 대한 선수강자들이 올리는 현실후기가 올라오므로 대학생들에게는 중요한 정보원이면서 교강사들에게는 변론이나 반박이 불가하고 심지어 확인도 불가능한 수업평가가 무성한 곳이다. 수업 외 다양한 주제에 대한 토론의 장이기도 한데, 커뮤니티 사이트의 특성상 의견 충돌이나 악성 댓글 등의 문제에 취약한 만큼 정치적 비방 등은 최근에는 AI를 사용해 검열, 삭제하기도 하는 모양이다. 이 책은 에타에 올라온 글, 그리고 삭제당한 글을 주제별로 모은 것으로, 한국의 20대들의 의식을 골고루 보여줄 수는 없지만, 최소한 정치 사회적 의견을 활발히 개진하는 학생들, 여기에 반박글을 올리는 적극성을 띠는 학생들 층의 의견을 표본화한 것으로 보는 것이 정확할 듯하다.

　민주노총 공공운수노조의 집회소음, 교내 청소노동자 집회소음 때문에 수업권이 침해당했다는 이유로 각각 고소와 소송을 올린 대학생의 이야기로 시작되는 이 책에서는, 주로 SKY에 해당하는 대학의 학생들이 스스로가 이미 누리고 있는 권리를 극대화하고자 하는, 한편으로는 타당하면서도 한편으로 이기적인 태도와, 이에 반해 사회공익의 중요성을 각성시키고자 하는 다른 학생들의 목소리가 교차로 진행된다. 다뤄지는 내용은 학벌주의, 성정체성, 성차별, 장애인에 대한 의식 등 교과서적 포인트들을 짚고 있어, 비록 일부 학생의 글이지만 대학생들의 생각에 무심할 수 없는 직업

특성상 흥미롭게 읽게 되었다.

　읽으면서 고민이 깊었던 점은, 대학생들이 자신의 현재 위치에 대해 억울함을, 일종의 보상심리를 안고 있는 것 같다는 인상이다. 인서울 대학에 오기 위해 자신의 의도가 아니라 타인에 의한 강제로 청년시절을 희생했다고 생각하는 듯한 태도라고 할까, 충분히 행복하고 감사할 만한 현실에 만족하기보다는 울분을 안고 있는 듯한 어조가 조금은 안타깝다. 이유야 여럿 있겠지만 일단은 대입을 위해 잠, 식사, 인간관계를 모두 비정상적으로 이끌어갈 수밖에 없게 하는 첨예한 경쟁이 큰 이유가 될 것이다. 자신이 고생했다면 타인의 고생에도 민감할 만한데, 그런 마음의 여유가 싹트기 전에 이미 다음 경쟁에 내몰리는 학생들의 다급한 심리를 이해해보려 노력한다. 낙관적으로 바라보면 이런 모든 상황에도 한국은 여전히 어떤 분야에서는 선전(善戰)을 이어가고 있다. 마음은 비록 혼란스럽더라도 이성이 효율적으로 작동하는 듯해 다행이다.

정영수 鄭映秀 　　　　소설가, 문학편집자

『나주에 대하여』
김화진 | 문학동네 | 2022

『수면 아래』
이주란 | 문학동네 | 2022

1983년 서울에서 태어났다. 2014년 창작과비평 신인문학상을 수상하며 작품활동을 시작했다. 소설집 『애호가들』, 『내일의 연인들』이 있다. 2019년, 2020년 문학동네 젊은작가상, 2024년 현대문학상을 수상했다.

비롯되는 마음

『나주에 대하여』

한국의 마음에 대해 써야 한다고 하니 문득 마음이 무엇인지 모르겠다는 생각이 든다. 마음은 정신도 아니고, 성정도 아니고, 기분도 아니다. 심정에 가깝나 싶지만 그것도 아닌 것 같다. 내가 아는 사실 하나는 적어도 마음은 스스로 존재할 수 없다는 것이다. 마음은 무언가를 향할 때 비로소 모습을 드러낸다. 아니면 무언가를 대할 때 비로소 생성되는 것이라고 해야 할까? 가족에 대한 마음, 친구에 대한 마음, 연인에 대한 마음, 나에 대한 마음……. 그러니까 앗, 저 사람에 대한 내 마음은 뭘까? 나도 모르겠어! 라고 할 때가 가장 '마음'이란 단어가 적절히 쓰인 때가 아닐까? 그래서 이 글을 쓰기로 했을 때 바로 이 책이 떠올랐다.

『나주에 대하여』는 여덟 개의 짧은 이야기들이 모인 책이다. 매 이야기마다 다른 인물들이 등장하는데 그들 모두에게는 공통점이 있다. 바로 누군가에 대해 골몰하고 있다는 것이다. 때로는 연애 감정이기도 하고, 복잡한 우애이기도 하고, 애증이기도 하고, 질투이기도 하고, 호기심이도 한데, 결과적으로 이 모든 것은 그 대상을 바라보는 인물의 마음을 만들어낸다. 그 마음은 때로는 순진한 온정이고, 때로는 뜨거운 열망이지만 때로는 정체를 알 수 없는 정신 나간 무언가이기도 하다. 하지만 마음이란 원래 그런 것이 아닐까?

상대의 마음도 알고 싶고 나의 마음도 알고 싶지만, 사실 마음은 아는 것이 아니라 그저 감각하는 것이라는 것. 표제작인 「나주에 대하여」에서 주인공 김단은 세상을 떠난 남자친구의 옛 연인 예나주를 가까운 거리에서 지켜보는데, 그 과정에서 단에게는 나주에 대한 알 수 없는 마음이 조금씩 생성된다. 이제는 존재하지 않는 애인의 옛 연인, 나와는 전혀 다른 그녀를 볼 때 단은 어떤 마음이 될까. 자신을 친절히 대하던 직장 상사가 옛 애인의 다음 연인이었다는 사실을 알게 된다면, 그리고 그가 심지어 죽기까지 했다는 사실을 알게 된다면 나주는 어떤 마음이 될까. 더불어 이 이야기를 읽는 나(독자)의 마음은 어떨까? 이야기는 우리를 요동치게 만들며 우리의 마음을 드러나게 한다. 그것이 소설이 할 수 있는 꽤나 중요한 일이기도 할 테고.

『수면 아래』

『수면 아래』에 대해서도 이야기하고 싶다. 여기에는 한때는 부부였던 두 사람이 등장한다. 화자인 해인은 전남편 우경과 이웃에 살며 종종 일상을 공유한다. 차마 말하기 어려운 사실이라 해인의 입으로 딱 한 번 이야기되는데, 두 사람은 여행지에서 함께 아이를 잃은 경험이 있다. 『나주에 대하여』에 비하면 이 소설에는 인물들의 감정이 직접적으로 드러나지는 않는다. 그러나 일상 속에서 두 사람이 다른 사람들을 만나며 나누는 대화들, 말 없음으로 주고받는 대화를 지켜보다 보면 나도 모르게 그들의 마음을 헤아리게 된다. 그리고 그 헤아림이 바로 그것을 지켜보는 우리의 마음일 것이다. 『수면 아래』의 주인공인 해인과 우경은 아픈 경험을 가지고 있지만 그것은 단지 아픔으로 그려지지 않는다. 커다란 상실인 그것은 거대한 세계의 일부로서 존재하고, 우리는 살다 보면 그런 것들을 마주치기도 한다. 그때 우리는 어떤 마음이 될 것인가. 우리에게서 어떤 마음이 생겨날 것인가.

그런데 쓰고 보니 이것이 '한국의 마음'인지는 또 모르겠다. 사실 '한국의 지'와 '한국의 미'에 비하면 한국의 마음은 쉽게 이야기할 수 없는 것이라는 생각이 든다. 위의 이야기들에서 드러나는 마음들은 한국의 마음일까? 적어도 우리의 마음이기는 할 텐데, 여기서 우리는 무엇을 뜻할까. 그러나 아마도 '한국의 마음'이라는 게 있다면, 그러니까 일본의 마음도 아니고 태국의 마음도 아니고 티베트의 마음도 아닌 한국의 마음이라는 게 있기는 하다면, 저 두 책의 인물들이 가진 것들, 그리고 그 이야기들을 읽을 때 우리 안에서 비롯되는 것들이 아니면 무엇이겠는가.

정용준鄭容俊　　　　소설가

『별일은 없고요?』
이주란 | 한겨레출판사 | 2023

『아직 멀었다는 말』
권여선 | 문학동네 | 2020

소설집 『가나』, 『우리는 혈육이 아니냐』, 『선릉 산책』, 장편소설 『바벨』, 『프롬토니오』, 『내가 말하고 있잖아』, 중편소설 「세계의 호수」, 「유령」, 산문집 『소설만세』 등이 있다.

『별일은 없고요?』

한국인의 마음과 입술에 각인된 CM송이 있다.

'말하지 않아도 알아요. 눈빛만 보아도 알아. 그냥 바라보면. 마음속에 있다는 걸.'

누군가에게 초코파이를 건네는 마음이란 무엇일까. 그 마음을 알고 이해하기 위해서 무엇을 알아야 하는 걸까. 둘 사이의 관계를 파악하고 사연과 사건을 들여다보면 된다. 작은 다툼 뒤에 사과의 의미로 내미는 것일 수도 있고 환심을 사기 위해 떨리는 마음으로 내미는 손일 수도 있다. 하지만 그런 노력보다 더 정확하고 빠른 것은 노래에 나온 것처럼 눈빛과 마음을 감지해보는 것이다.

이주란 작가의 소설집 『별일은 없고요』를 소리 내어 읽어본다. 끝을 올려 '별일은 없고요?'라고 읽어야 할지 끝을 내려 '별일은 없고요.'라고 읽어야 할지 모르겠지만 둘 다 말이 되고 각각 고유한 마음의 울림이 있다. 작가는 '별일'을 별일 아니게 다루는 소설 쓰기의 대가다. 여느 소설들이 '별일 아닌 일'을 '별일'이 되도록 애쓰는 것과는 대비되는 매력이다. 별일을 별일 아니게 말하고 다루고 생각할 때 별일은 어떻게 되는 걸까? 일반적으로 소설에서 별일은 사건의 시작이거나 위기 혹은 절정으로 발전된다. 하지만 작가는 별일을 전형적인 소설의 기승전결로 다루지 않는다. 그럼에도 작가가 보여주는 '별일'은 소설적으로 느껴진다. 별스럽지 않은 무심한 작가의 터치가, 낮은 목소리로 완만하게 말하고 다루는 그 밑

밋한 진술과 표현이, 그렇다.

대도시에서 혼자 살던 주인공이 이런저런 사건들로 도피하듯 그곳을 떠나 엄마가 있는 작은 마을로 돌아와 엄마의 집에서 함께 지내는 이야기. 도대체 무슨 일이 있었기에 떠날 수밖에 없었을까? 엄마와 함께 지낼 때 또 무슨 일이 벌어지는 걸까? 두 질문은 이야기를 이야기답게 만드는 중요한 엔진이자 소설을 절정으로 향하게 하는 튼튼한 바퀴일 것이다. 하지만 소설은 인과를 만들어내고 절정을 향해 사건을 모아가는 전형적인 전개 구성을 따르지 않는다. 인물은 그냥 엄마와 함께 있다. 엄마가 있는 곳의 상점에 함께 들르고 그곳의 사람들을 만나고 그곳의 풍경을 바라보며 이따금 한마디 하고 한마디 듣는다.

독자는 소설을 통해 인물의 마음을 발견한다. 심정을 느끼고 내면 깊은 곳에 고인 감정을 함께 느끼며 모종의 이해에 이르게 된다. 인물의 목소리와 작가의 문장은 서로 닮아 있다. 자초지종을 다 말하지 않아도 마음을 알아차릴 수 있는 가까운 사이처럼, 음성과 뉘앙스만으로도 하루 일기와 복잡한 감정을 헤아릴 수 있는 관계처럼, 독자는 인물을 알게 되고 그만큼 느끼게 된다. 무엇을 진술하거나 묘사하지 않아도, 엄청난 통찰과 메시지를 담은 아포리즘을 만들지 않아도, 화자의 시선에 깃든 것을 알게 된다. 말하지 않아도 알 것만 같은 기이한 이해심이다.

엄마는 딸에게 아무것도 물어보지 않는다. 딸은 엄마에게 아무것도 설명하지 않는다. 그러나 엄마는 딸에게서 듣게 된다. 딸은 아무 말도 하지 않았는데 이상하게 마음속에 있는 많은 것들이 엄마에게로 흘러나간다.

'말해봐. 무슨 일이야.' 하지 않고 '말하지 않아도 괜찮아. 무슨 일인지는 모르겠지만 괜찮아.'하며 그저 살아가는 평범한 이들의 삶을 담아낸 결코 평범하지 않은 이 책을 많은 사람이 읽어보면 좋겠다.

『아직 멀었다는 말』

서사의 세계에서 리얼리즘의 문제점은 리얼하게 다루고 그려내는 그것이 실제로는 리얼하지 않다는 데 있다. 진짜 진실한 삶이라고 강조하는 서사들이 반복해서 보여주는 이야기와 인물은 진실하지도 않고 진짜에 가깝지도 않은 경우가 많다. 대한민국의 평범한 사람들의 이야기라고 강조하는 드라마에서 등장하는 캐릭터들은 늘 비슷하고 역할도 정해져 있는 것 같다. 아들만 사랑하는 시어머니. 불우한 여주인공에 호감을 느끼는 젊고 능력 있는 남주인공. 부자 혹은 가난한 자를 그려내는 전형적인 프레임. 전개와 흐름도 비슷하다. 설득력 없는 무조건적인 해피엔딩과 선명하게 그어진 선한 사람과 악한 사람의 이야기.

우선 인생엔 해피든 새드든 특정한 의미로 마무리되는 엔딩이 없다. 행복한 사람은 곧 슬퍼지고 슬픈 사람에게도 아침은 찾아온다. 선과 악은 섞여 있고 그것을 가르고 구분하는 선조차도 희미하거나 애초에 존재하지 않는다. 리얼리즘 소설을 비하하는 것이 아니다. 오히려 반대다. 훌륭한 리얼리즘이 필요하다는 의미다. 대한민국에서 누가 그런 소설을 쓰는 작가인가? 묻는다면 나는 대답할 것이다. 권여선이라고.

뇌출혈 수술 후 온몸에 마비가 와 죽을 날만 기다리고 있는 어머니를 돌보는 기간제 교사의 삶. 대출금만 남긴 채 집을 떠난 엄마와 자신에게 빚을 남기고 도망간 언니를 둔 인물이 빚을 갚기 위해 고군분투하는 이야기. 권여선 소설의 리얼함은 일반적인 리얼리즘과 바깥은 비슷하지만 안쪽은 다르다. 실제로 일어난, 혹은 일어날 법한 삶의 경험과 일상다반사를 그려내고 있지만 그 안으로 들어가면 현실이라는 것이, 또 일상이라는 것이, 평범하다는 것이, 얼마나 복잡하고 내밀한 미로인지 알려준다. 단순한 행위처럼 보이는 장면에도 이면이 있고, 사정이 있고, 비밀이 있고, 설명 불가한 혹은 설명 불가능한 그래서 하나의 의견, 피상적인 설명으로는 말할 수 없는 삶의 진실을 독자로 하여금 직시하게 한다.

비극은 만들어낸 이야기가 아닌 삶 자체에 언제나 존재한다. 빛과 그늘은 붙어 있다는 것. 그것은 분리할 수 없고 그래서 해피든 새드든 엔딩을 짓고 해결할 수 없다는 것. 딜레마와 아이러니. 희극과 비극. 밤과 낮처럼 애초에 하나거나 끝없이 반복되는 것들.

삶을 리얼하게 다룬다는 것은 인생은 이런 것이다. 저런 것이다. 결론 내리거나 일반화하는 것이 아니다. 이해하기 쉽게 요약하거나 한 면으로만 정리하는 것도 아니다. 편 들기 어려운 비밀 혹은 진실을 있는 그대로 말하는 것이다. 작가는 발견한 그것을 담담하게 때론 용기 있게 말할 수 있어야 한다. 때론 불편하고 아무 대책 없는 암담함 그 자체일지라도.

어떤 독자는 원한다. 이야기를 인위적으로 구부려서라도, 그것이 억지일지라도 좋은 이야기를 선사해서 카타르시스를 맛보게 해줘야 하는 것 아닐까. 맞는 말이다. 하지만 모든 이야기가 그런 의무를 가질 필요도 없고 그래서도 안 된다. 이 세계에 정직한 마음을 갖고 있는 소설은 삶에 대해 함부로 대안을 제시하거나 희망을 약속하지 않는다. 비정해서 공정한 눈이 있고 정확해서 오히려 위로가 되는 말이 있다. 온 힘을 다해 이해하려 노력하고 애쓰고 또 가장 멀리 가장 깊이 다녀온 이후 하는 '모르겠다'는 말은 무책임하거나 우매한 말이 아니라 그 자체가 하나의 지식이자 삶의 정확한 진단이기도 하다.

예나 지금이나 세상은 복잡하고 어수선하다. 늘 발전하고 변화하는 것 같지만 항상 반복되고 되풀이되는 역사도 있다. 삶에 가장 가까운 이 이야기를 소설은 잘할 수 있고 특히 권여선 작가는 더 잘할 수 있다.

정한아 鄭漢娥 시인

『향수』

정지용 | 유종호 엮음 | 민음사 | 1995

『사랑의 변주곡』

김수영 | 백낙청 엮음 | 창비 | 1988

『입 속의 검은 잎』

기형도 | 문학과지성사 | 1989

2006년 『현대시』로 등단했다. 시집 『어른스런 입맞춤』, 『울프 노트』, 시산문집 『왼손의 투쟁』이 있다. 『작란(作亂)』 동인이다. 성균관대학교 철학과를 졸업하고 연세대학교 대학원 국어국문학과에서 박사학위를 받았다. 현재 한신대학교 문예창작학과에 재직 중이다. 〈영남일보〉 구상문학상을 수상했다(2019).

상처받은 어린이는 자라서

『향수』

정지용은, 이후에 소개할 김수영도 마찬가지이지만, 근대적인 사유와 전통적 사유가 마주치는 합수 지점을 살았던 시인인지라 여러 학문 체계와 언어를 경유해야만 했다. 그는 1902년생으로 어린 시절에는 할아버지에게 한학을 배웠고, 일제강점기하에서 보낸 공교육 기간 동안에는 일본어 교육을 받았으며, 도시샤대학 유학 시절에는 영문학을 공부했다. 그리하여 그는 마치 근대화가 진행되는 동안 한꺼번에 들이닥친 문학 사조들을 짧고 굵게 모두 거치며 마음을 다해 경험했던 듯하다. 그러나 그 과정을 통과하는 동안 그가 일관했던 것을 하나 꼽으라 하면 나는 현실과 사실을 대하는 그의 맑은 눈과 그 가운데 그가 골라낸 말들의 조합이 보여주는 절제와 균형을 꼽을 것이다.

유리창에 차고 슬픈 것이 어린거린다.
열없이 붙어 서서 입김을 흐리우니
길들은 양 언 날개를 파닥거린다.
지우고 보고 지우고 보아도
새까만 밤이 밀려 나가고 밀려와 부딪치고,
물 먹은 별이, 반짝, 보석처럼 박힌다.

밤에 홀로 유리를 닦는 것은

외로운 황홀한 심사이어니,

고운 폐혈관이 찢어진 채로

아아, 늬는 산새처럼 날아갔구나!

— 「유리창 1」 전문

폐병으로 어린 자식을 잃고 쓴 것으로 알려진 이 시는 강렬한 마음속의 그리움과 슬픔을 토해내는 대신, 마치 자기 자신을 바라보는 또 다른 자신이 있는 것처럼 짐짓 관찰자적인 면모를 고수한다. 그러나 이 관조 행위를 통해서도 더 이상 슬픔을 이길 수 없다는 듯 2인칭으로 토로할 수밖에 없는 저 마지막 두 행은 두 개의 자기를 하나로 포개고, 밤의 유리창 앞에 기(氣)를 절(切)한 화자를 대신하여 독자를 울게 하는 것이다.

이 맑고 단정한 시인이 한국전쟁 발발 시기에 실종된 탓에 월북 시인으로 간주되어 1988년 해금 조치가 이루어지기 전까지 한국에서는 그 작품들이 온전히 빛을 보지 못했으니, 안타까운 일이라 하지 않을 수 없다.

「사랑의 변주곡」

김수영은 1921년생으로, 정지용과는 열아홉 살이나 차이가 나지만 어려서 한학을 배우고 일본어 공교육을 받고 영문학을 공부했다는 공통점이 있다. 그러나 정지용의 시와 산문에서 선비적인 정신의 흔적을 발견하게 되는 것과 달리 김수영의 시와 산문에서는 격렬한 비판 정신과 엄정하고 준엄한 양심에의 호소, 그리고 나아가 자기 자신에 대한 혹독한 반성을 만나게 된다. 역사의 격동 속에서 청년 시절 한국전쟁에 휘말려 의용군으로 북한에 끌려가다가 탈출한 그는, 거제도 포로수용소에서 극심한 이념 갈등이 민족의 내부를 찢어발기는 것을 목도했고, 전쟁이 끝난 후에는 4·19 혁명과 5·16 쿠데타를 경험하면서 정치적 후진성을 돌파해나가는 민중의 느리지만 거대한 힘을 실감했다. 그리고 1968년, 교통사고로 세상을 떠날 때까지 자신이 경험한 세계와, 세계를 경험하고 있는 자기 자신 속에서 벌어지는 갈등, 이 내부와 외부의 쟁투를 뚫고, 시가 첨단에서 할 수 있는 것에 골몰했다. 그는 살아생전에는 단 두 번의 월평을 받은 데 그칠 정도로 별다른 주목을 받지 못했으나, 그의 사후 시작된 그의 시와 산문에 대한 평가는 오늘날까지 폭발적으로 계속되어 문학과 정치, 예술과 삶을 함께 언급하는 거개의 지면에서 그의 이름을 볼 수 있다.

1967년에 쓰인 시집의 표제작 「사랑의 변주곡」은 1961년에 쓰인 「사랑」의 '변주곡'으로 읽을 때 그 의미를 더 풍부하게 이해할 수 있다.

어둠 속에서도 불빛 속에서도 변치 않는
사랑을 배웠다 너로 해서

그러나 너의 얼굴은

어둠에서 불빛으로 넘어가는

그 찰나에 꺼졌다 살아났다

너의 얼굴은 그만큼 불안하다

번개처럼

번개처럼

금이 간 너의 얼굴은

〈1961〉

–「사랑」 전문

역사적 맥락 없이 읽는다면 사람들은 이 시를 연애시로 읽을 것이다. 그것도 나쁘지 않을 것이다. 사랑이 동반하는 불안은 사랑의 지속에 대한 믿음과 회의를 오가고, 이것은 마치 번개가 요란한 밤, 사랑하는 사람의 얼굴에 드리우는 갑작스러운 어둠의 요동처럼 안도와 경악을 반복한다. 이 사랑이 동반하는 불안을 민주 혁명과 군사 쿠데타가 1년여의 시차를 두고 벌어졌다는 역사적 맥락과 함께 읽으면, 우리는 이 시를 진보한 민주주의 사회의 도래에 대한 환희와 열패감 속에서 지속되는 희망에 대한 안간힘으로 읽을 수 있다. 그리고 이 시는 6년 후, 다음과 같이 변주된다.

욕망이여 입을 열어라 그 속에서

사랑을 발견하겠다 도시의 끝에

사그러져가는 라디오의 재잘거리는 소리가

사랑처럼 들리고 그 소리가 지워지는

강이 흐르고 그 강건너에 사랑하는

암흑이 있고 삼월을 바라보는 마른나무들이

사랑의 봉오리를 준비하고 그 봉오리의

속삭임이 안개처럼 이는 저쪽에 쪽빛

산이

사랑의 기차가 지나갈 때마다 우리들의

슬픔처럼 자라나고 도야지우리의 밥찌끼

같은 서울의 등불을 무시한다

이제 가시밭, 넝쿨장미의 기나긴 가시가지

까지도 사랑이다

왜 이렇게 벅차게 사랑의 숲은 밀려닥치느냐

사랑의 음식이 사랑이라는 것을 알 때까지

난로 위에 끓어오르는 주전자의 물이 아슬

아슬하게 넘지않는 것처럼 사랑의 절도는

열렬하다

間斷도 사랑

이 방에서 저 방으로 할머니가 계신 방에서

심부름하는 놈이 있는 방까지 죽음같은

암흑 속을 고양이의 반짝거리는 푸른 눈망울처럼

사랑이 이어져가는 밤을 안다

그리고 이 사랑을 만드는 기술을 안다

눈을 떴다 감는 기술ㅡ불란서혁명의 기술

최근 우리들이 4·19에서 배운 기술

그러나 이제 우리들은 소리내어 외치지 않는다

복사씨와 살구씨와 곶감씨의 아름다운 단단함이여

고요함과 사랑이 이루어놓은 폭풍의 간악한

신념이여

봄베이도 뉴욕도 서울도 마찬가지다

신념보다도 더 큰

내가 묻혀사는 사랑의 위대한 도시에 비하면

너는 개미이냐

아들아 너에게 광신을 가르치기 위한 것이 아니다

사랑을 알 때까지 자라라

인류의 종언의 날에

너의 술을 다 마시고 난 날에

미대륙에서 석유가 고갈되는 날에

그렇게 먼 날까지 가기 전에 너의 가슴에

새겨둘 말을 너는 도시의 피로에서

배울 거다

이 단단한 고요함을 배울 거다

복사씨가 사랑으로 만들어진 것이 아닌가 하고

의심할 거다!

복사씨와 살구씨가

한번은 이렇게

사랑에 미쳐 날뛸 날이 올 거다!

그리고 그것은 아버지같은 잘못된 시간의

그릇된 명상이 아닐 거다

〈1967. 2. 15.〉

－「사랑의 변주곡」 전문

「사랑」과 마찬가지로, 「사랑의 변주곡」도 표면적으로는 개인의 내밀한 감정과 관계-욕망과 사랑을 정치사적인 맥락에 올려놓고 있는 것처럼 보인다. 그리고 이 시에 이르러 그 맥락은 일종의 세계 시민주의적인 규모로 확장된다. 이 시가 주는 가슴 두근거리는 장엄함은 이 예언적인 단언의 말이 '間斷'을 수긍하고 포용하면서 '복사씨와 살구씨와 곶감씨' 같은 단단한 심지의 개인들에 대한 믿음과 더불어 사랑이 사랑을 음식으로 삼고 진행되는 영원한 운동성에 대한 '거의 확신이 된 희망'을 그린다는 데 있다.

이 사랑과 믿음과 희망의 메커니즘을 가장 잘 설명해주는 것이 최초의 기독교 이론가라 할 수 있을 사도 바울에 관한 분석이라는 점은 조금 낯설게 여겨질지도 모른다. 그러나 나는 다음에 인용할 프랑스 철학자의 분석만큼 이 시에 적실한 것을 떠올릴 수가 없다. 알랭 바디우는 신약 성서의 서신들을 분석하는 『사도 바울』에서, 잘 알려진 「코린토인들에게 보낸 편지」에 등장하는 "믿음, 희망, 사랑 이 세 가지는 항상 있을 것"(13장 13절)이라는 구절을 해석하면서, 성서 해석학 내에서 희망이 정의와 관련된 것으로 묘사되고 있음을 명시한다. 희망은 단지 '희미한 바람'에 그치지 않는다. 그것은 "극복된 시련이지, 우리가 그것의 이름으로 시련을 이겨내는 어떤 것이 아니"(바디우, 『사도 바울』, 183쪽)며, "보편성이 거두는 승리의 주체적 양태이다."(같은 책, 185쪽)

이 믿음과 희망과 사랑이, 사랑을 음식으로 삼는 사랑이, 사랑으로 사랑을 밀어가며 세계를, '나'를 움직인다는 것. 이 확신에 찬 목소리가 영구기관처럼 읽는이를 또한 사랑의 무한동력으로 움직이게 한다.

「입 속의 검은 잎」

여기까지 쓰고 보니 나는 이미 청탁받은 분량을 한참 넘어서고 말았다. 그렇다면 시는 정치사적인 맥락을 떠나서는 온전히 읽힐 수 없다는 말인가? 김수영의 시들이 함의한 정치적이고 사회 역사적인 맥락이 강력한 것은 사실이지만, 나는 앞서 김수영의 시를 소개하면서 그의 개인적이고 내밀하고 자기 성찰적인 부분들을 충분히 소개하지 못했다. 정지용의 어린아이 같은 마음과, 자기의 유년과 고향을 마치 낯선 이국을 소개하는 것처럼 보여주었던 다른 시들을 충분히 소개하지 못했듯이.

기형도가 남았다. 윤동주가 그랬듯이 그의 소년 같은 마음과, 그의 요절이 그의 시가 가진 고독한 정서를 부풀렸으나, 이것이 온전히 과장이라고 할 수도 없었기 때문에 그의 불운과 시는 퍼즐조각처럼 맞아떨어지고 말았다고 할 수밖에.

1960년생인 그가 요절한 후 첫 시집이자 유고 시집이 된 이 책은 1990년대에 청년기를 보낸 사람들에게는 하나의 정서적 상징이 되었다. 어느 정도냐면, 서구 문학에서 카프카의 독특성이 'Kafkaesque(카프카적인)'라는 단어를 만들어낸 것처럼, 이 책 이후 어떤 정서를 '기형도적'이라 일컫는 것이 이상하지 않았을 정도였다. 1990년대 중반에 보낸 대학 시절을 생각하면 나는 기형도의 시집과, 무라카미 하루키의 『노르웨이의 숲』과 밴드 너바나를 함께 떠올리게 된다. 이 셋 사이에는 모종의 공통적인 정서가 있는데, 그것은 내면에 상처받은 어린이들이 그 상처를 곱씹으며 자랐을 때 어떤 어른이 되는가 하는 것을 암시하는 듯하다.

나무의자 밑에는 버려진 책들이 가득하였다
은백양의 숲은 깊고 아름다웠지만

그곳에서는 나뭇잎조차 무기로 사용되었다

그 아름다운 숲에 이르면 청년들은 각오한 듯

눈을 감고 지나갔다. 돌층계 위에서

나는 플라톤을 읽었다. 그때마다 총성이 울렸다

목련철이 오면 친구들은 감옥과 군대로 흩어졌고

시를 쓰던 후배는 자신이 기관원이라고 털어놓았다

존경하는 교수가 있었으나 그분은 원체 말이 없었다

몇 번의 겨울이 지나자 나는 외톨이가 되었다

그리고 졸업이었다. 대학을 떠나기가 두려웠다

ㅡ「대학시절」 전문

그의 시는 마치 너무 많은 상처를 받은 섬세하고 예민한 소년이 자기를 돌처럼 굳히려는 연습을 하면서 자라 청년이 되어 쓴 것처럼 보인다. 그는 슬픔을 느끼지 않으려 안간힘을 써왔고, 어지간히 익숙해진 것 같지만, 잠시만 긴장을 놓으면 녹아서 눈물이 될 것만 같다.

네 속을 열면 몇 번이나 얼었다 녹으면서 바람이 불 때마다 또 다른 몸짓으로 자리를 바꾸던 은실들이 엉켜 울고 있어. 땅에는 얼음 속에서 썩은 가지들이 실눈을 뜨고 엎드려 있었어. 아무에게도 줄 수 없는 빛을 한 점씩 하늘 낮게 박으면서 너는 무슨 색깔로 또 다른 사랑을 꿈꾸었을까. 아무도 너의 영혼에 옷을 입히지 않던 사납고 고요한 밤, 얼어붙은 대지

에는 무엇이 남아 너의 춤을 자꾸만 허공으로 띄우고 있었을까. 하늘에
는 온통 네가 지난 자리마다 바람이 불고 있다. 아아, 사시나무 그림자
가득찬 세상, 그 끝에 첫발을 디디고 죽음도 다가서지 못하는 온도로 또
다른 하늘을 너는 돌고 있어. 네 속을 열면.

– 「밤눈」 전문

하긴, 상처받은 어린이가 아니었던 어른이 어디에 있을까. 그러
나 그것을 곱씹으며 자라나 시인 어른이 되면, 그들은 자기 내면의
옹이자국에서, 자기 시련을 영영 인류의 표본으로 만들 말들을 틔
워낸다.

이렇게, 많은 시집을 누락하고 세 권의 시집을 부려놓았지만, 나
는 나의 할 말도 다 못했다. 내가 다 못한 말을 독자들이 꼭 확인
하시길.

정홍 楨洪 동화작가

『강아지똥』
권정생 | 정승각 그림 | 길벗어린이 | 2014

『구름빵』
백희나 | 한솔수북 | 2019(초판 2004)

『할머니의 여름휴가』
안녕달 | 창비 | 2016

추계예술대학교 문예창작과를 졸업했다. 지은 책으로 『하루 5분 엄마 목소리』, 『하루 5분 아빠 목소리』, 『엄마 동화』, 『아빠 동화』 등 7권의 태교 동화책과 『아이의 생각을 열어 주는 초등 인문학』, 『하루 5분 굿나잇 스토리』 등 다수의 아동 학습서가 있다.

내가 사는 동네에 중고 책을 사고파는 서점이 있다. 책을 사는 사람과 책을 파는 사람이 계산대 앞에 평행으로 줄을 서는 곳이다. 책 한 권을 손에 들고 구매하는 쪽에 서 있다 보면 나도 모르게 판매하는 쪽을 힐끗거리게 된다. '저 책은 왜 팔까?'하고 괜히 안타까워할 때도 있는데, 주로 그림책들이 그렇다. 한번은 책을 파는 사람과 우연히 눈이 마주쳤다가 그 짧은 순간에 표정만으로 대화를 주고받은 적도 있다. '그 책은 왜 팔아요?' '애들이 다 컸거든요.'

맞다. 아이가 자라면 결국은 그림책과 헤어지는 순간이 온다. 세상으로 나가 제 몫을 해내기 위해서는 이제 좀 더 실용적인 책으로 옮겨가야 할 테니까. 그렇게 유효기간이 지나서 이제는 방바닥 천덕꾸러기가 된 그림책들을 처분한 경험은 내게도 있다. 하지만 게 중에는 차마 떠나보낼 수 없어 내 책꽂이에 꽂아두고 이따금 펼쳐보는 책들도 있다. 처음엔 애들한테 읽어주다가 이제 나이 들어 내가 더 즐겨 보게 되는 그림책 중에서 특별히 아끼는 세 권이 있다.

흔한 것에서 귀한 것을 보는 마음

권정생의 『강아지똥』을 펼치면 어린 강아지가 누고 간 똥이 주인공으로 등장한다. 이야기의 주인공치고 이보다 더 미천한 주인공이 또 있을까 싶은데, 마지막 페이지에 이르러서는 문득 '미천하다'라는 사람의 잣대가 부끄러워진다. 세상 만물을 귀하고 천한 것,

쓸모있는 것과 쓸모없는 것으로 양분하여 살아가는 존재는 오로지 인간뿐이구나, 하는 생각이 들면서 새삼 씁쓸해지기도 한다. 흔히 우리가 말하는 세상이란 인간의, 인간에 의한, 인간을 위한 세상이 아닌가. 인간으로서의 분별과 판단, 사회적 쓸모에 따른 가치와 등급이 그물처럼 얽힌 세상에서 고군분투하다 보면 누구나 지치게 마련이다. 나는 이 책을 주변에 자주 선물하곤 했는데, 그들 대부분이 삶의 돌부리에 걸려 넘어지거나 이제는 은퇴하여 자신의 새로운 쓸모에 대해 고민하는 이들이었다. 물론 나 역시 세상살이에 지칠 때마다 이 책을 펼쳐놓고 한참 들여다보곤 한다. 더럽고 냄새난다며 천대받던 강아지똥이 잘게 부서지고 녹아 사라지면서 이뤄내는 향기로운 대반전 앞에서는 매번 미소가 지어진다. 미물이건 영물이건 존재하는 모든 것이 세상의 주인이자 세상 그 자체라는 생각에 이르면, 평생 쓸모있는 사람으로 인정받기 위해 싸워온 사회의 트랙에서 내려와 '있는 그대로의 나'로도 충분한 자연의 트랙으로 슬쩍 옮겨타고 싶어진다.

'개똥도 약에 쓰려면 없다.'라는 속담처럼 개똥은 온갖 흔한 것들의 대명사로 통한다. 2007년 타계할 때까지 세상의 가장 낮은 곳에서 하루하루 간신히 살아가며 동화를 쓴 권정생은 그 흔하고 하잘것없는 개똥 속에서 가장 귀한 것을 보았고, 마침내 그 자신 또한 세상의 거름 같은 존재로 남게 되었으며 『강아지똥』은 이미 우리 동화의 클래식이 된 지 오래다.

상상의 발걸음을 내딛게 하는 힘

'흔한 것이 귀한 것'이라는 마음으로 세상을 바라보면 눈에 띄는 모든 것이 그림책의 소재가 되고 주인공이 된다. 고개만 들면 보이는 구름 한 조각으로 빵을 만들어버린 백희나의 『구름빵』을 볼 때마다 나는 탄성이 절로 나오곤 한다. 이 책이 유명해지면서 실제로 구름빵 레시피까지 유행하기도 했다. 생각해보면 구름으로 빵을 만든다는 발상까지는 나도 해본 적이 있는 것 같다. 하지만 작가의 상상은 여기서 그치지 않는다. 구름으로 만든 빵을 먹고 구름처럼 두둥실 떠오른 아이들이 아빠의 출근길을 뒤따라간다. 아빠의 흔한 일상이 갑자기 아주 귀한 체험으로 바뀌는 순간이다. 신기한 상상까지는 누구나 할 수 있을지 모르지만, 여기서 한 발 더 상상의 발걸음을 내디뎠을 때 비로소 귀한 것이 탄생한다.

그런데 상상의 발걸음을 내딛게 하는 힘은 무엇일까? 어쩌면 이 책에 등장하는 아이들처럼 내가 누리는 행복만으로는 성에 차지 않아 소중한 사람과 나누고 싶어지는 그런 마음이 아닐까?

흔한 것으로 치면 바닷가에서 쉽게 주울 수 있는 소라껍데기도 빼놓을 수 없다. 안녕달의 『할머니의 여름휴가』에서는 어린 손자가 혼자 사는 할머니에게 소라껍데기를 선물한다. 함께 가지 못한 할머니에게 바다를 보여주고 싶었던 손자의 마음이 통한 것일까. 늙어서 사라졌을 것 같던 할머니의 상상력이 다시금 펄펄 살아나기 시작한다. 강아지와 함께 바닷가에 드러누워 일광욕을 즐기고, 섬

가게에서 기념품을 고르기도 한다. 그림책을 보고 있는 나마저도 할머니와 함께 바다로 여름 휴가를 떠난 기분이 든다.

　좋은 그림책일수록 천천히, 오래 보게 된다. 처음엔 아이들에게 읽어주던 그림책들을 나이 들어 곁에 두고 틈틈이 펼쳐볼 때마다 왠지 잘 늙어가고 있다는 느낌이 들기도 한다. 톡톡 튀는 기발한 상상까지는 힘들지 모르지만, 흔하고 평범한 상상일지라도 그것을 귀하게 만들 수 있는 마음의 힘만 제대로 작동한다면 나도 언젠가는 누군가의 영구 소장용 그림책을 펴낼 수 있지 않을까 꿈꿔본다.

최경봉 崔炅鳳

국어학자

『한국영화 표상의 지도: 가족, 국가, 민주주의, 여성, 예술 다섯 가지 표상으로 읽는 한국영화사』

박유희 | 책과함께 | 2019

『은유로 보는 한국사회』

나익주 | 한뼘책방 | 2020

『말끝이 당신이다』

김진해 | 한겨레출판사 | 2021

원광대학교 국어국문학과 교수. 어휘의미론, 국어학사, 국어정책 등과 관련한 연구를 하고 있다. 지은 책으로 『어휘의미론: 의미의 존재 양식과 실현 양상에 대한 탐구』, 『의미 따라 갈래지은 우리말 관용어 사전』, 『근대 국어학의 논리와 계보』, 『우리말의 탄생—국어사전 만들기 50년의 역사—』, 『한글민주주의』, 『더 나은 언어생활을 위한 우리말 강화』 등이 있으며, 함께 지은 책으로 『우리말이 국어가 되기까지』, 『한국어, 그 파란의 역사와 생명력』, 『한국어 어휘론』, 『국어 사전학 개론』, 『국어 선생님을 위한 문법교육론』, 『한글과 과학문명』, 『한글에 대해 알아야 할 모든 것』, 『우리말의 수수께끼』 등이 있다.

한국의 '마음'과 한국어

한국의 '마음'을 어떻게 설명할 수 있을까? 언어학자라면 대부분 한국어 표현의 의미를 거론하면서 거기에 담긴 한국인의 마음을 설명하려 할 것이다. '민족어가 민족의 정신을 반영한다.' 또는 '언어가 인간의 사고 방식을 결정한다.' 또는 '인간의 몸과 마음 그리고 문화적 배경을 바탕으로 한 체험이 언어에 반영된다.' 등의 가설을 언급하면서 말이다. 가설은 조금씩 다르지만, '언어공동체의 문화적 배경과 체험'에 주목한다는 점은 같다.

『한국영화 표상의 지도: 가족, 국가, 민주주의, 여성, 예술 다섯 가지 표상으로 읽는 한국영화사』

박유희의 『한국영화 표상의 지도: 가족, 국가, 민주주의, 여성, 예술 다섯 가지 표상으로 읽는 한국영화사』는 우리 기억에 새겨져 있는 이미지들의 연원과 맥락을 짚으며 한국영화의 역사를 서술한다. "영화가 재현함으로써 대중에게 공유된 심상"에 주목하는 영화사 서술은 결국 한국어공동체의 집단 체험과 기억의 역사를 서술하는 일이기도 하다. 그런 점에서 이 책은 한국영화사에 머물지 않고 한국어에 담긴 한국인의 마음을 설명하는 텍스트가 된다.

한 예로 한국영화에서 '어머니'의 이미지가 구축되어온 역사를 살펴보면, 우리는 영화를 통해 재현된 '어머니'의 표상이 변천하면서 대중의 머릿속에 자리 잡은 '어머니'의 표상과 인식 또한 변화했음을 알게 된다. 영화에 재현된 표상은 현실을 반영한 것이겠지만 동시에 그 시대를 사는 사람들의 현실 인식에 깊은 영향을 미쳐왔던 것이다.

이러한 깨달음을 언어의 이해로 확장해보면 어떻게 될까? "은미는 엄마지만 엄마처럼 굴지 않는다"라거나 "엄마다운 엄마가 되고 싶어"라는 문장을 자연스럽게 발화하고 해석하는 계기와 그 문장의 해석이 시대에 따라 달라지는 이유를 설명해볼 수 있을 것이다.

이처럼 이 책을 인지언어학의 관점으로 읽다 보면, 의미의 생성과 해석 과정에 작용하는 '머릿속 사전(mental lexicon)'이 영화와 드라마에서 재현된 이미지에 크게 영향을 받으며 형성되거나 변화될 수밖에 없음을 인정하게 된다. '전쟁', '무당', '간첩', '법정' 등을 겪어보지 않은 사람들의 '머릿속 사전'에 이 단어들이 어떻게 의미화되어 있을지 상상해보라. 영화와 드라마를 떼어놓고 현대 한국인의 '머릿속 사전'을 구체화하기는 어렵지 않을까?

『은유로 보는 한국사회』

이처럼 대중에게 공유된 심상을 머릿속 사전과 연결짓다 보면, 자연스럽게 '은유 표현'에서 이루어지는 개념화 양상에 주목하게 된다. 나익주의 『은유로 보는 한국사회』에서는 한국사회에서 교육, 경제, 국제관계, 성과 사랑, 사회적 재난, 개신교 세계관 등을 둘러싸고 벌어지는 진보와 보수 간 프레임 전쟁을 은유 표현을 근거로 설명한다. 이 프레임 전쟁이 은유 표현에서 이루어지는 개념화 방식의 상이함에서 비롯된다는 것이다.

"명품 인생은 명품 유치원에서", "학교 교육의 품질을 지속적으로 관리하기 위해", "교육 소비자인 학생과 학부모의 요구"… 언제부터인지는 몰라도 사람들은 '교육'을 '상거래'로 개념화하기 시작했다. 그리고 '상거래'로 개념화하는 방식은 '교육'에만 국한되지 않는다. '품절남', '품절녀', '명품 가수', '명품 배우', '짝퉁 개그맨', '선수 몸값'… 이처럼 '상거래'로의 개념화를 통한 은유 표현이 양산되면 인간을 상품화하는 인식도 일반화되기 마련이다.

이러한 현실에 문제를 제기하는 담론이 등장하면 어떻게 되나? '교육'과 '결혼'과 '인간'을 '상거래'로 개념화하는 은유 체계와 이를 극복하고자 하는 은유 체계가 충돌하면서 은유를 둘러싼 프레임 전쟁이 시작된다. 그래서 은유 표현의 작동 원리를 파악하는 것은 현재를 사는 한국인의 마음을 이해하는 것이면서 동시에 한국사회의 갈 길을 모색하는 일이 될 수밖에 없다.

『말끝이 당신이다』

은유 연구처럼 언어를 삶의 문제와 연관지어 연구할 때, 언어학은 실천 학문으로 발전하게 된다. 그런 점에서 한국어를 말할 때 그리고 한국어에 대해 말할 때, 말의 맥락과 그 말을 하는 사람의 마음을 연결지어 살피는 연구는 언어 연구의 새로운 가능성을 보여준다. 김진해의 산문집 『말끝이 당신이다』에 주목한 건, "주변을 보듬고 세상과 연대하는 말하기의 힘"을 강조하는 저자의 시각이 언어 연구의 새로운 가능성과 맞닿아 있기 때문이다.

"당신이 어제오늘 보낸 문자나 채팅 앱을 다시 열어 살펴보라. 용건은 빼고 말끝을 어떻게 맺고 있는지 보라. 친한지 안 친한지, 기쁜지 슬픈지, 자신감이 넘치는지 머뭇거리는지, 윗사람인지 아랫사람인지 다 드러난다"라든지, "한국어는 자신과 타인의 관계를 확인하되, 타인을 중심으로 자신을 호명한다. 할아버지가 손주에게 '할아버지 어깨 좀 주물러주렴'이라고 말할 수 있는 것은 이러한 맥락에서 나올 수 있는 표현인 것이다"라는 글은 무의적인 언어습관을 객관화해 보여주면서 한국어에 대한 인식의 지평을 넓혀준다.

그런데 한국어에 대한 성찰은 결국 그 말을 하는 자신에 대한 성찰로 이어질 수밖에 없다. "우리는 제 뜻을 관철하려고 말의 순서까지도 골몰한다. (…) 말하는 사람의 의도대로 듣기도 하지만, 자신에게 유리한 쪽으로 해석하기도 한다. 일하고 있는 후배가 '배가 고프지만, 참을 수 있어요'라고 말할 때, 당신은 밥을 살 건가, 계속 일을 시킬 건가?"라는 글이 그렇다.

최기숙 崔基淑　　　　　　　　작가, 창의활동가

『내가 없는 쓰기』

이수명 | 난다 | 2023

『수리부엉이는 황혼에 날아오른다(みみずくは黄昏に飛びたつ)』

가와카미 미에코(川上未映子), 무라카미 하루키(村上春樹) | 홍은주 옮김 | 문학동네 |
2018

『글쓰기에 대하여』

마거릿 애트우드(Margaret Atwood) | 박설영 옮김 | 프시케의숲 | 2021

연세대학교 대학원 한국학협동과정 교수. 저서로 『계류자들: 요괴에서 좀비, 영혼체인
지, 포스트휴먼까지, 아시아 귀신담의 계보』, 『이름 없는 여자들 책갈피를 걸어나오다:
조선시대 양반 여성의 재발견』, 『Classic Korean Tales with Commentaries』, 『처녀귀
신』 등이 있고, 『일곱 시선으로 들여다본 〈기생충〉의 미학』, 『Bonjour Pansori!』, 『集體情
感的譜系』, 『韓國, 朝鮮の美を讀む』, 『Impagination』 등의 공저를 출간했다. 최근 논문으로
「여종의 젖과 눈물」, 「조선시대 노-주의 연결망과 공동체성, '아카이브 신체'」, 「매 맞는
노비와 윤리/교양의 역설」, 「신자유주의와 마음의 고고학」 등이 있다.

인스피레이션과 생애 지속 의지

글쓰기에 대한 메타 사유는 오랜 전통이 있다. 많은 작가들이 글쓰기 자체에 대해 고백해왔고, 더 많은 연구자들이 그 의미를 탐색했다. 왜 쓰는가라는 질문은 왜 사는가라는 질문만큼 어렵지만, 다른 호기심들처럼 흥미롭다. 나이키 광고(just do it)처럼 그냥 살고(just live), 그냥 읽고 즐기는(just read, enjoy) 것만으로는 부족한 걸까? 어떤 행위나 결과를 분석해서 모두가 참고할 수 있는 매뉴얼로 만들기보다, 작가 스스로 관찰한 경험을 공유해서 삶에 내재한 가능성으로 포용하는 태도가 현실적이다.

이수명 시인은 에세이집 『내가 없는 쓰기』에서 '글이 나를 쓴다'고 적었다. '글은 원래 왜 쓰는지 모르는 것'이며 '시는 내가 없는 쓰기'라는 것이다. '한 편의 시가 불현듯 오면 그 방향으로 몸을 향하게 된다'. '시는 자체의 동력에 의해 움직이며', '시인의 생각을 전달하지 않'는다. 시가 보여주는 것은 시인의 생각이나 정서가 아니라, 어떤 세계 내의 존재, 즉 현상이기에, 시인은 그냥 현상을 드러낸다. 시는 다른 예술과 마찬가지로 우연이 있으며, 시인은 우연을 기다리고, 알아보고 낚아채는 자다. 우연을 만들어낼 수 있다면 예술을 할 수 있다.[1]

"시를 쓰는 일은 여전히 이상하다. 오래 안 되다가 되기도 한다. 갑자기 어떻게 문이 열리는지 모르겠다. 또 일의 진전이 오랜 시간의 투여 덕분인지도 잘 모르겠다. 시간이 별로 들어가지 않은 시와 완성하는 데 오래 걸린 시를 놓고 만족도를 비교할 수 없다. 완성에는 시간 말고 다른 요소들도 개입하기 때문일 것이다. 또 한편으로 완성이라는 것도 한순간 그렇게 보일 뿐이라는 생각을 한다. 단어 하나만 건드리면 전체가 다시 휘청인다."[2]

이수명 시인은 예전에는 영감이나 사상이 중요했고 착상이 필요했지만, 어느 순간부터 그 준비물이 생략 가능하다는 것을 알고 착상 없이 쓰기 시작했다. 쓰다 보면 보이고, 보게 될 때까지 쓰며, 그 순간을 남긴다.[3] 이런 표현은 왜 사느냐고 묻기보다 살아감 자체에 집중하다 보면 인생에 대한 식견도 생기고 통찰도 갖게 된다는 뜻으로 읽힌다. 중요한 것은 쓰기 또는 삶이라는 여정을 지속하려는 나의 의지다.

비슷한 발상을 SF 작가 어슐러 K. 르 귄의 글에서도 찾을 수 있다. 르 귄은 '몸 안에서 글이 울린다'거나 '귀를 기울이지 않고는 스스로의 목소리를 찾을 수가 없다'고 썼다. "기억과 경험 아래, 상상과 창작 아래, 단어들 아래에 기억과 상상과 단어 모두가 움직이는 리듬이 있습니다. 작가의 일은 그 리듬이 느껴질 만큼 깊숙이 들어가서, 그 리듬이 기억과 상상을 움직여 단어를 찾도록 하는 것입니다." 글쓰기란 통제권을 포기하는 법을 배우는 것이다. 작품이 말해 주면 작가가 실행한다. 르 귄은 '스타일은 리듬, 마음속의 파도'라는 버지니아 울프를 인용하면서, 글쓰기를 둘러싼 자신의 경

험이 예외가 아님을 알렸다.[4]

무라카미 하루키는 소설 쓰기란 통제 불가능한 일이기에, 때가 올 때까지 가만히 기다린다고 했다.(물론 이때의 '가만히'는 무언가를 쓰는 과정 속의 태도다.) 집중하다 보면 자석이 철가루를 모으듯이 찰싹 달라붙는 순간이 온다. 집중력이라는 자력의 지속 여부가 관건이다. 그는 어느 날 문득, 완성된 형태의 '양 사나이'가 튀어나와서 『양을 쫓는 모험』을 쓰게 되었으며, '태엽 감는 새', '해변의 카프카', '기사단장 죽이기'라는 제목이 떠올라 소설을 쓰기 시작했다고 한다.[5] 글쓰기란 작가의 목적이나 의지의 결과라기보다 그 자체의 생명적 현상이며, 나와 세계가 만나는 순간의 개화에 가깝다. "아무리 훌륭한 서퍼도 좋은 파도가 오지 않으면 탈 수 없어요. 바로 지금이다, 라는 적절한 포인트를 잡는 것이 무엇보다 중요하죠."[6]

번역에 대해서도 유사한 발언이 있다. 정보라 작가의 『저주토끼』의 영어 번역자로 널리 알려진 안톤 허 씨는 번역 대상을 택하는 기준에 대해 "읽으면 영어로 들리는 작품들이 있는데, 그럼 번역해야 해요"라고 했다.[7] 번역을 무의식으로 하기에, 무의식에서 영어가 나오면 번역한다. 김금희 작가의 소설을 일본어로 번역한 승미 씨는 '번역을 몸으로 한다'. "번역하는 문장이나 대사들이 제 몸을 한번 통과해야 '딱 이거다'라는 생각이 들어요. 뭔가 연극을 하는 느낌이에요."[8] 무라카미 하루키는 『호밀밭의 파수꾼』을 번역하게 되었을 때, 고등학교 시절에 읽은 샐린저가 자신의 몸속에 깊숙이 들어와 있는 것을 감각했다고 한다.[9] 독서나 번역, 창작은 눈이나 손으로 하는 것이 아니라 신체 전체로 시간 속에 자신을 던지는 일이다. 이런 과정에서 나다운 어떤 것, 빛나는 완성의 감각에 가 닿을 수 있다.

"소설을 창작할 땐 1할의 영감과 9할의 노력이 필요하다지만, 작품이 예술로 살아남으려면 그 1할의 영감이 무조건 있어야 합니다." "예술가가 되는 것은 요컨대 선택사항이 아니에요. 예술의 신이 예술가를 선택하는 것이지, 그 반대로는 될 수 없습니다. 그러므로 예술가에겐 천형처럼 비극과 파멸의 기운이 감돕니다"[10]라는, 냉정하지만 솔직한 마거릿 애트우드의 발언은 인스피레이션 없는 삶의 주인을 좌절시키기보다, 삶의 빛나는 순간과 만나려는 생애 지속의 의지를 격려한다. 가수 양희은 님은 노래가 무언지 알 때쯤 노래는 나를 떠났고, 일할 기회도 좀처럼 주어지지 않았다고 한다.[11] 뭔지 모르기에 알려고 애쓰면서 살아가는 그 태도가 우리를 원하는 삶으로 이끄는 에너지일 수도 있다. 무엇보다, 우리는 이미 생의 주인으로 선택받았기에, 이제부터는 살아감이 곧 희망이다.(물론 기다림에 내재한 사회적. 정치적 맥락에 대한 고려는 별도.)

'왜 쓰는가'라는 질문은 쓰기의 주체인 작가가 쓰기의 모든 요소를 통제할 수 있다는 가정에서 나왔다. 정작 작가들은 '어떻게' 쓰는지에 대해 말하고 있다. 그조차 개인의 의지로서가 아니라 세계 전체와 자신이 만나는 방식으로서. 이런 사유를 글이 아니라 인생으로 치환하면 어떨까? 왜 사는지 묻기보다, 어떻게 살고 있나, 또는 어떻게 살아왔는지 묻는다. '왜'는 목적과 이유를 가정하지만, 대상이 인생 자체일 때 그것은 모호하고 부정확할뿐더러, 확실히 난폭하다.

이른바 '팬데믹'이라는 상징은 인간중심주의의 오류를 선포했다. 사람이 세계의 모든 것을 장악하고 분석하고 통제할 수 있다는 것이 불가능한 허구임을 체감하는 시대다. 사람이 하는 일조차 자기 통제적이 아니라 시간과 교섭하는 상호작용임을 수용할 때, 포스트휴먼 시대의 '겸손한 목격자'[12]로 자신을 재정립할 수 있다. 인간의 신체성이야말로 세계와 새로운 교섭을 시작할 수 있는 유력한 가능성이다.(필립 K. 딕의 소설 등 SF 창작물에서도 생명성 자체를 희망으로 본다). 이성중심주의는 인간을 근대적으로 재구성하면서 감성과 감각의 가치를 평가절하했다. 이제 그것은 '어떻게'라는 질문을 경유해 재발견되기를 기다리는 중이다.

이수명 시인은 산책하다가 문구점 앞에서 가만히 정면을 응시하는 사람을 보고, 그가 운다는 것을 알아차렸다고 한다. 얼굴을 보지 않고 그냥 알았다.[13] 미야모토 테루의 소설 『환상의 빛』에는 새벽에 문을 두드린 관리인을 통해 남편의 죽음을 직감한 아내가 등장한다. 여성 홈리스의 생애사를 채록하던 최현숙 작가는 서소문공원에서 지내던 영주 씨가 그날따라 기분이 좀 이상해서 집으로 전화했다가 아버지의 사망을 알고, 급히 차비를 구해 집에 갔던 경험을 적었다.[14] 때로는 존재 자체가 메시지이며, 작은 움직임이나 순간의 직감에 서사가 압축된다. 인간에게는 그걸 알아차릴 수 있는 능력이 있다.

시와 시평, 시론, 문학 일기 등을 독자와 공유해온 이수명 시인은 '계속 다음 시인이 될 수 있을까'[15]에 대해 스스로 물었다. 시간 앞에 자신을 질문하는 시인의 태도는 독자에게도 위안을 준다. 우리는 계속 다음의 내가 될 수 있을까. 아래의 문장에서 시인이 '작품(글)'이라고 쓴 것을 '인생'으로 치환한다면, 독자로서도 그에 대한 힌트를 얻을 수 있을 것이다.

"만약 말년에 작품이 더 어려워지거나 강력해지는 작가가 있다면, 두말할 것 없이 좋은 작가라 할 수 있지 않을까. 평생에 걸친 싸움이 멈추지 않고 더 명확해지고 더 확장되는, 더 험난해지는 작가가 있다면 그는 분명히 젊은 시절부터 좋은 글을 썼음에 틀림없다."[16]

....

1. 이수명, 『내가 없는 쓰기』, 난다, 2023, 89·110·124·125·143쪽에서 인용.
2. 이수명(2023), 16쪽.
3. 이수명(2023), 189쪽을 필자가 재구성했다.
4. 어슐러 르 귄의 문장에 대한 인용은 어슐러 K. 르 귄·데이비드 네이먼, 『어슐러 K. 르 귄의 말』, 이수현 옮김, 마음산책, 2022, 18~19·369·371쪽을 참조.
5. 가와카미 미에코·무라카미 하루키, 『수리부엉이는 황혼에 날아오른다』, 문학동네, 홍은주 옮김, 2018, 124~125, 24~27. 78~79쪽의 내용을 정리했다.
6. 가와카미 미에코·무라카미 하루키(2018), 126쪽.

7. 은유,『우리는 순수한 것을 생각했다』, 일다, 2023, 58쪽.

8. 은유(2023), 147쪽.

9. 우치다 타츠루,『소통하는 신체』, 오오쿠나 미노루·현병호 옮김, 민들레, 2019, 93·135·137쪽.; '僕の人生を通じて、自分の中に常に『キャッチャー』という存在があった.'(村上春樹·柴田元幸,『飜譯夜話 2: サリンジャー戰記』, 東京: 文藝春秋, 2003, 20面)

10. 마거릿 애트우드,『글쓰기에 대하여』, 박설영 옮김, 프시케의숲, 2021, 110·125쪽.

11. 양희은,『그럴 수 있어』, 웅진지식하우스, 2023, 71쪽.

12. '겸손한 목격자'는 특정 젠더나 존재가 보편적 주체를 대변하는 것을 제어하기 위해 도나 해러웨이에게 제안한 개념이다. 모든 지식은 '상황적 지식'이기에 보편성을 내세울 수 없으며, 주어진 위치나 맥락에 따라 상황적이라는 것과 연동된다(다나 J. 해러웨이,『겸손한_목격자@제2의_천년. 여성인간ⓒ앙코마우스™를_만나다』, 민경숙 옮김, 갈무리, 2007).

13. 이수명(2023), 74쪽.

14. 최현숙,『두 여자: 영주와 나』, 김진희 외,『그여자가방에들어가신다』, 후마니타스, 2023, 135쪽.

15. 이수명(2023), 32쪽.

16. 이수명(2023), 255쪽.

최인아 崔仁阿

작가, 서점 경영인

『능으로 가는 길』

강석경 | 창비 | 2000

『당신이 잘되면 좋겠습니다』

김민섭 | 창비교육 | 2021

제일기획에서 카피라이터와 크리에이티브 디렉터로 일하며 '그녀는 프로다. 프로는 아름답다' 등 많은 카피를 쓰고 캠페인을 만들었다. 삼성그룹 최초의 여성 부사장 등 '최초'의 수식어를 여러 차례 달며 일하다 2012년 스스로 29년 광고쟁이의 커리어를 마무리했다. 문득 세상에 다시 쓰이고 싶은 욕망을 발견하고, 2016년 강남 빌딩 숲속에 '최인아책방'을 열어 9년째 운영하고 있다. 수년 전부터 일간지와 잡지에 고정 칼럼을 쓰고 있고 저서로 『내가 가진 것을 세상이 원하게 하라』와 『프로의 남녀는 차별되지 않는다』가 있다.

한국인의 마음속엔 신라인의 마음도 있다

『능으로 가는 길』

이 작가는 해외여행이 그다지 흔한 일이 아니었을 때부터 세계 곳곳을 다녔다. 티베트, 인도 등지를 몇 달씩 여행한 적도 있다. 그녀에겐 고독이나 길 같은 말이 잘 어울렸고 그렇게 홀로 이 세상 여러 길을 돌았다. 그러던 그녀가 어느 날인가 경주에 정착했고 이 책 『능으로 가는 길』을 내놓았다.

내 또래의 한국 사람들은 대개 고등학교 수학여행으로 경주에 처음 발을 딛고 불국사나 석굴암 등 책으로 배운 곳들을 다닌다. 그런데 경주엔 그런 곳만 있는 게 아니었고 오히려 경주는 능의 도시였다. 그러니까 이 책이 말하는 능은 경주이고 신라인데, 나는 수학여행 이후로 무덤덤했던 경주를 이 작가를 통해 비로소 내 마음속 깊은 곳에 들였다.

작가는 경주 곳곳의 능들을 찾아 '집착에 대하여' '슬픔에 대하여' 등 11개 장으로 풀어낸다. 곧 신라의 역사요, 우리의 고대사다. 역사책으로 읽었다면 자칫 엄숙하거나 건조했을 얘기들이 그녀 문장 속에서 아름답고 우아하게 살아났다.

작가가 능 이야기를 하며 들려주는 우리의 고대, 신라는 성리학의 나라, 조선과는 사뭇 다른 나라, 다른 사람들이었다. 세상의 많은 길을 떠돌았던 이답게 그녀는 유목민의 흔적들을 많이 길어 올리는데 대릉원을 찾은 후 쓴 3장 '유목민의 꿈에 대하여'에선 다음과 같이 적었다.

"어쩌면 나는 이천 년 전 파지리크 고원의 천막에서 허리에 손칼을 차고, 평원의 거센 바람에 붉어진 뺨을 털 위에 대고 잠들던 유목만 여자가 아니었을까. 멀고 먼 기억을 더듬으니 마구와 카펫을 실은 채 마차를 타고 초원을 달리던 내 모습과 화살통을 등 뒤에 걸치고 사슴몰이를 하던 오라비 모습이 눈앞에 떠오른다. 내 어머니와 함께 짜던 말젖 냄새와 초원의 마른풀 냄새가 아직도 코끝에 맴돌고 눈이 아름다운 기마궁사가 태양 아래서 내 손목에 끼워준 나선형 금팔찌도 아슴프레 기억한다. (…) 가뭄이 들면 목초지와 우물을 찾아 미련 없이 이동했지만, 별이 쏟아질세라 펠트 천막을 단단히 세우고 풀벌레 소리를 들으며 사랑을 속삭였던 자연의 삶은 얼마나 풍요로웠나."

신라는 여왕도 셋이나 나왔을 만큼 여성들에게도 열린 사회였으나 조선에서 여성들은 지아비에게 순종하는 다소곳한 여인네로 살아가야 했다. 혹시 현대 한국 여성들이 나이 들어 거칠 것 없는 '아줌마'가 되는 것은 마음속 깊은 곳에 있던 신라인의 마음이 되살아나서일까. 우리 한국인들에겐 조선뿐 아니라 고구려만큼이나 호방하고 야성적이며 자유로웠던 신라인의 마음도 분명히 있다. 『능으로 가는 길』에서 그 마음을 다시 만난다.

누군가가 잘되기를 바라는 마음을 가졌다면!

『당신이 잘되면 좋겠습니다』

이런저런 일들로 SNS를 자주 활용하게 되면서 새삼 알게 된 것이 있다. 어떤 게시물에 '좋아요'가 많이 달리는가 봤더니 내게 온 좋은 일, 축하할 일에 사람들은 '좋아요'를 많이 눌러주었다. 이를테면 내 책 『내가 가진 것을 세상이 원하게 하라』가 출간되었다는 소식을 알렸을 때 3천 개 가까운 '좋아요'가 달렸다. 그런가 하면 내가 겪은 슬픈 일에도 사람들은 마음을 전해주었다. 살다 보면 이유 없이 미움을 받는 일도 있지만 따뜻한 마음을 전해받고 세상은 아직 살 만하다고 느낄 때가 적지 않다. 김민섭 작가의 『당신이 잘되면 좋겠습니다』에 정 많은 한국사람들의 그런 마음이 온전하게 담겨 있다.

작가는 어렵게 일본 여행을 계획했다가 급한 사정이 생겨 갈 수 없게 된다. 이럴 때는 보통 항공권을 환불받지만 그는 그렇게 하지 않는다. 누군가에게 항공권을 양도해 자기 대신 그 사람이 일본을 여행할 수 있게 하자고 마음먹는다. 하지만 항공권은 이름은 물론 영문 알파벳도 같아야 양도할 수 있다. 그래서 시작한다. 자신과 이름이 같은 김민섭 찾기 프로젝트를. 결국은 김민섭 씨를 찾아내 일본 여행을 보내주는데 이 과정에서 일면식도 없는 사람들이 저마다 나서 크고 작은 호의를 베푼다. '당신이 잘되면 좋겠다는' 바로 그 마음이다.

평소엔 사는 데 찌들어 있는 줄도 모르는 마음이지만 여전히 우리는 정 많은 사람들, 누군가가 잘되기를 바라는 사람들이다. 이런 마음을 가진 사람이라면 국적에 상관없이 이 책을 추천한다.

한상정 韓尙整 만화연구자

『평양프로젝트: 얼렁뚱땅 오공식의 만화 북한기행』
오영진 | 창비 | 2006

『계룡선녀전』(전5권)
돌배 | 위즈덤하우스 | 2018

『도토리문화센터』
난다 | 문학동네 | 2022

부산, 서울, 파리, 원주를 거쳐 인천에서 살고 있다. 어릴 적 아버지와 동생들이랑 함께 깔깔거리며 읽었던 만화연구로 박사학위를 받았다. 그런데 어떻게 인천대학교 불어불문학과에서 재직하고 있는지 의아해한다. 프랑스문화트랙을 맡고 있다고 하면 약간은 납득한 듯 보이긴 하지만, 대학원에서 지역문화학과를 운영한다고 하면 또 의아한 눈빛을 보낸다. 다른 이에게 매번 설명하며 살아간다는 건 좀 번거롭다. 하지만 단어 하나로 지시할 수 없는 일을 한다는 게 나름 의미가 있어 보이기도 한다. 여하간 『만화학의 재구성』이라는 잘 안 팔리는 이론서를 출간함으로써 만화연구자로서의 기본적인 사회적 의무는 수행했다는 생각이 든다. 이제부터는 최대한 재미있는 일만 하려고 결심했다. 실제 그럴 수 있을지는 의문이지만.

머릿속에 떠오르는 수많은 만화 작품들을 겨루다 결국『평양프로젝트』,『계룡선녀전』,『도토리문화센터』에 안착했다. 이 셋은 각기 다른 측면에서 마음 한 자락씩 드러내지만 같은 맥락에 넣을 수 있겠다 싶었다.

『평양프로젝트: 얼렁뚱땅 오공식의 만화 북한기행』

『평양프로젝트』는 오영진이 2000년에서 2001년 사이, 북한 신포지구에 경수로 2기를 건설할 때 한국전력의 현장감독으로 파견되면서 북한에 체류했던 경험을 바탕으로 쓴 것이다. 이 책이 끝까지 남은 제일 큰 이유는, 남한에서 살아가는 우리를 제외한 그 누구도 이 책을 읽으면서 우리 같은 마음이 들지 않을 것 같아서다. 작가가 말하는 것처럼 북한에 가면 두 번 놀라는데 한 번은 너무 달라서, 다른 한 번은 너무 같아서 놀라게 되기 때문이다. 이만큼 '조선의 마음'의 한 부분을 읽어내는 데 적합한 책이 있을까. 비록 많이 달라졌다고는 하지만 비슷하게 생긴 사람들이 같은 언어로 말한다는 것, 하지만 너무 다르게 생각하고 다르게 행동한다는 것에, 게다가 그 비슷함과 차이를 넓혀보거나 좁혀볼 기회조차 쉽지 않다는 게 더 안타까운지도 모른다. 조선의 마음이라는 추상적인 지도 앞에서 남한에서 살아가는 이들만이 알아챌 수 있는, 비슷함과 낯섦 앞에서의 복잡하기 그지없는 심정이야말로 마음의 한 부분이 아닐까.

『계룡선녀전』(전5권)

　돌배의『계룡선녀전』은 '선녀와 나무꾼'이라는 옛이야기를 현재를 살아가는 선인들의 이야기로 확장시켰다. 원작에서 큰 비중이 없었던 사슴은 이 작품에서 매력이 철철 넘치는 인물로 재탄생한다. 그는 최초에 마을 사람들에 의해 인신공양이 된 어린아이였다. 신선들이 불쌍히 여겨서 선계로 데려왔으나 신선이 되어서도 마을 사람들에게 복수를 한다. 선계에서 쫓겨나 사슴이 되었다가 쓸쓸히 죽었고 현재에 환생했지만 분노와 외로움은 여전하다. 자신의 화가 나무꾼을 죽게 만들었고, 그 아이들을 애비 없이 크게 만들었다는 걸 후회하지만, 어떻게 해야 자신의 분노가 없어질 수 있는지 알 길이 없다. 이렇게 하면 안 된다는 것만 알 뿐 어떻게 해야 하는가를 알지 못해 괴로워하는 모습이 우리와 다름없다. 오래전부터 주변의 여러 존재가 그를 안타까워하고 그를 위해 움직여왔다는 것을 깨닫게 된 다음에야 비로소, 분노가 사라지고 평온이 찾아왔다. 안타까워하는 마음, 그런 마음을 내는 것으로 그치지 않고 힘껏 손 내미는 이들이야말로 오늘날의 선인들이다.

『도토리문화센터』

　『도토리문화센터』는 익숙한 설정에서 시작한다. 다양한 문화 활동을 수강하는 개인들, 그 공간이 들어서 있는 땅을 매입해서 더 큰 경제적 이익을 도모하려는 대기업, 이 갈등은 보통 자본의 승리로 끝나기 마련이다. 하지만 난다 작가는 이 평범한 설정 속의 등장인물들을 하나씩 다정한 시선으로 그려내고 있다. 처음엔 별로 마음에 들지 않던 인물들이 시간이 지나면 하나같이 그럴 만한 이유를 갖고 있는 이들로 변화한다. 이 그럴 만한 이유도 실제로 일어날 만하다 보니 독자들이 빠져들 수밖에. 예컨대 어떤 할머니는 딸이 왜 자신에게 그렇게 거리를 두는지 알 수 없다. 반찬을 해준대도 필요 없다 하고, 한번 들르라고 해도 바쁘다고만 한다. 참다못해 너 좋아한다고 잡채를 했다는데도 왜 이렇게 쌀쌀맞게 거부하냐며 화를 내자 그 딸은 자신이 단 한 번도 잡채를 좋아한 적이 없었다고, 잡채는 오빠가 좋아하던 거라며 되받아친다. 커가며 딸이라고 차별받았던 상처는 나이가 들어서도 그냥은 사라지지 않다. 딸에겐 이유가 있었다. 설사 이제 알았다 하더라도 어머니가 과거를 다시 만들어낼 수도 없다. 어쩔 줄 모르는 그녀를 주변의 할머니들이 안타까워하며 위로한다. 문제를 해결해줄 수는 없지만 함께 울어줄 수는 있는 법이다.

이 작품들은 모두 우리의 선입견이나 무관심을 은근슬쩍 비판한다. 우리가 알고 있는 것 같으나 실제로는 아무것도 모르고 있다는 것을. 장막을 걷기만 하면 그 속에 얼마나 다채로운 양상들이 반짝반짝 빛나는지 알 수 있다는 것을. 다른 것 같으나 비슷한 사람들이 살아가고 있고, 그들도 고민하고 화도 내고 사랑도 하고 살아간다는 것을. 우리의 행위에는 단 한 가지로 해독할 수 없는 다양한 계기들이 복잡하게 섞여 있다는 것을, 안타까워하는 마음으로 조금만 더 찬찬히 들여다보면, 보이지 않던 것들이 생생히 자기 소리를 낸다는 것을, 남들도 나처럼 모순적이라는 것을 깨닫는 순간, 우리의 고통이 줄어들 수 있다는 것을. 그러니 조금만 손을, 마음을 내밀어보자는 것을.

또 다른 공통점도 있다. 너무 웃긴다는 것이다. 지하철에서 읽다가 자기도 모르게 깔깔거리고 웃어서 사람들의 눈총을 살 만큼. 이들이 코믹물이라서 웃기는 게 아니다.『평양프로젝트』는 픽션의 외양을 갖고 있긴 하지만 다큐멘터리적인 성격이 강하고,『계룡선녀전』은 판타지 픽션이지만 현실에서 만날 수 있는 요소들이 있다.『도토리문화학교』역시, 주변에서 만날 것 같은 상황 설정이자 인물들의 이야기다. 고통 속에서도 웃음이 있을 수 있다는 것, 아니 그럴 때야말로 웃음이 필요하다는 것을 말하는 듯하다. 어쩌면 이들이 만화라는 형식을 갖고 있기에 고통과 웃음 사이를 쉽게 오갈 수 있는지도 모른다. 독자들이 칸 하나만 뛰어넘으면 다른 시공간이 펼쳐지는 것에 익숙하기에.

허문명 許文明　　　　　　　　　저널리스트

『김지하와 그의 시대』
허문명 | 블루 엘리펀트 | 2013

『경제사상가 이건희』
허문명 | 동아일보사 | 2021

『이건희 반도체 전쟁』
허문명 | 동아일보사 | 2022

서울대학교 소비자아동학과를 졸업, 1990년 동아일보사에 입사해 사회부, 경제부, 문화부 등에서 기자로 일했고 오피니언팀장, 국제부장, 논설위원을 역임했다. 현재 〈동아일보〉 출판국 부국장으로 일하고 있다. 언론 사상 최초로 여성 시경 캡(사회부 사건기자팀장)을 맡아 일했으며 한국기자협회 부회장을 지냈다. 하와이대, 게이오 와세다 대학 연수를 했다. 참언론인대상(한국언론인연합회), 한국기자상, 삼성언론상, 서재필언론상, 일한교류기금상, 양성평등미디어상을 수상했다. 저서로는 『여성이여 세상의 멘토가 되라』, 『나는 여자다 나는 역사다』, 『김지하와 그의 시대』, 숭산 큰스님 평전 『삶의 나침반』 등이 있으며, 2021년 『경제사상가 이건희』 2022년 『이건희 반도체 전쟁』을 출간했다. 번역서로 『선의 나침반』 등이 있다.

저는 한국사회를 상징적으로 대표하는 두 영웅에 관한 책을 썼습니다. 한 사람은 일본에도 잘 알려진 한국의 민주투사 고 김지하 시인이고 또 다른 한 사람은 삼성그룹 고 이건희 회장입니다.

김지하 시인은 한국 민주화의 상징이고 이건희 회장은 고도성장을 이끈 한국 산업화를 상징하는 인물입니다. 언뜻 보면 전혀 다른 길을 걸어온 사람들처럼 보이지만 필자는 이 두 사람의 이야기를 통해 대한민국의 분열된 마음을 하나로 합쳐보고 싶었습니다.

실제로 대학교 다닐 때 1987년 직선제 개헌으로 이어지는 민주화 투쟁의 한가운데에 서보기도 했던 저는 청년 시절엔 민주화에 관심이 많았고 이후 신문 기자로 일하면서 한국의 경제성장을 이끈 산업화 세대에게도 관심이 확장되었습니다. 그러면서 두 가지 가치관이 혼동되는 분열 상태를 지나 어느 시점부터는 제 안에서 통일되며 치유되는 경험을 했습니다. 그 과정에서 쓴 결과물이 바로 두 분의 평전입니다.

『김지하와 그의 시대』

우선 김지하 시인 이야기부터 해볼까요.

대한민국은 지금 무감각해질 정도로 민주주의를 향유하고 있지만 한때는 김 시인의 대표적인 시(詩)의 제목처럼 '타는 목마름으로' 민주주의를 갈망했던 시절이 있었습니다. 진실, 자유, 정의, 양심을 말하며 내 생각을 마음대로 표현하지 못했고, 하고 싶은 말도 참아야 했었던 시절이었습니다. 민주주의를 위해 수많은 사람이 붙잡혀 고문을 받고 목숨을 잃었습니다. 민주화 운동을 했다는 이유만으로 삶이 불행의 나락으로 떨어져 지금까지도 고통받는 사람이 많습니다.

'김지하와 그의 시대'를 책으로 쓰겠다는 계획은 2013년 1월 시인과의 직접적인 인터뷰가 계기가 되었습니다. 당시 저는 그를 장시간 인터뷰한 기사를 〈동아일보〉에 전면으로 실었는데 많은 독자로부터 '우리가 누리는 경제적 풍요와 민주주의가 수많은 사람의 노력과 희생의 결과라는 것을 너무 쉽게 잊은 것 같다. 그 시대를 더 알고 싶다'는 전화와 e메일을 많이 받았습니다.

한국의 1960년대, 1970년대 신문에 민주화투쟁은 거의 보도되지 않았습니다. 유신정권하 소위 긴급조치 시대(1974~1979년)에 엄격한 보도통제가 이뤄졌기 때문입니다. 기자들의 법정 취재조차 큰 사건의 경우에만 가능했습니다. 우리 정치사에서 가장 역동적인 시대였으며, 반정부 민주화 운동이 가열차게 일어났던 그 시대를 우리가 잘 모르는 이유입니다.

2013년에 책을 펴내고 수년간 만남과 전화로만 안부를 전하다 김 시인을 마지막으로 본 건 아내 김영주 관장(『토지』의 작가 박경리 선생의 딸)이 세상을 뜨기 하루 전날인 2019년 11월 24일 일요일이었습니다. 아내 김영주 관장은 병원에 혼수상태로 누워 있었습니다. 김 시인은 극도의 절망과 희망 사이를 오가고 있었습니다.

고인은 "아내 없는 삶은 상상할 수 없다. 평생 행복하게 해준 적이 없다. 꼭 살아야 한다."고 몇 번이나 말하면서 김 관장 방까지 열어 보여줬었습니다. 하지만 남편의 간절함에도 아랑곳없이 다음 날 김 관장이 허망하게 떠난 이후 김 시인을 다시 만나지 못했습니다. 사회 운동가였으며 시인이자 예술가였고 생명사상과 한민족 정신의 뿌리를 밝히려 했던 사상가였던 김지하의 삶은 그대로가 한국인의 마음을 대변한 시대적 영웅입니다.

『경제사상가 이건희』, 『이건희 반도체 전쟁』

필자는 그로부터 몇 년 뒤 삼성그룹 고 이건희 회장의 삶에 관심을 갖게 됩니다.

한국 사람들은 아직도 기업인에 대한 평가가 야박합니다. 이건희 회장만 해도 대한민국의 산업 패러다임을 바꾼 사람임에도 불구하고 그의 삶과 생각에 대해 아는 사람이 많지 않습니다. 자본주의 사회임에도 불구하고 기업과 기업인에 대해서는 존경하는 마음도 있지만 탐욕의 화신이라고 미워하는 마음도 공존하는 것이 한국사회입니다.

민주화라는 가치도 중요하지만 그것을 가능케 하려면 우선 먹고사는 문제가 해결되어야 합니다. 저는 그런 점에서 산업화를 이끈 기업 영웅들의 삶은 널리 조명되어야 한다고 생각했습니다.

지난 2023년은 삼성 창업주 호암 이병철 회장이 반도체 시장 진출을 선언(1983)한 지 꼭 40년 되는 해이자, 이건희 회장이 신경영을 선언(1993)한 지 30년 되는 해였습니다. 호암과 이건희 회장은 반도체 산업을 통해 한국사회가 '패스트 팔로어'(Fast Follower: 빠른 추격자)에서 '퍼스트 무버'(First Mover: 선도자)로 가야 한다고 앞서 주창하고 또 이를 행동으로 옮겨 결과로 보여준 세계적인 경영자들입니다.

이건희 회장은 대한민국을 글로벌 무대에서 당당하게 주류로 서게 한 탁월한 리더였습니다. 1987년 취임한 후 5년 동안 공식석상에 모습을 잘 드러내지 않아 '은둔의 경영자'로 불리던 이 전 회장은 1993년 6월 4일 독일 프랑크푸르트에서 "마누라와 자식 빼고 다 바꾸자."는 신경영을 주창하며 본격적인 삼성 경영혁신을 이끌었습니다. 그 결과 한국에서도 3위 기업이던 삼성은 오늘날 초일류 기업이 됐고, 지구촌에서 싸구려 취급을 받던 '메이드 인 코리아' 또한 초일류 반열에 올랐습니다.

이 전 회장은 한국이 20세기 세계 최고 전자회사 일본 소니를 앞지르겠다는 생각을 하지 못하던 시절에 도전장을 내밀어 21세기 초일류 기업 삼성의 초석을 닦았습니다. 저는 이 전 회장과 함께 일했던 다양한 전직 삼성맨들의 증언, 고인이 남긴 글과 자료 등을 통해 기업인이 아닌 사상가로서 인간 이건희를 본격 조명했습니다.

고인은 보이는 것에서 보이지 않는 것을 봤고, 늘 과거가 아닌 미래를 주시했습니다. 이 전 회장은 전통적 제조업이 주류이던 한국 산업을 디지털 정보산업으로 바꿨습니다. 처음 공개되는 인터뷰도 많이 실었습니다. 기보 마사오 등 삼성전자 초기 시절 영입된 일본인 기술인 고문의 인터뷰, 야마자키 가쓰히코 전 니혼게이자이신문 서울지국장의 증언도 처음 공개되는 내용입니다.

한국사회는 지금 극심한 이념 분열로 심하게 말하면 심리적 내전 상태라고까지 말할 수 있습니다. 국민 통합은 산업화와 민주화라는 가치 통합, 세대 통합이 없이는 힘들다고 생각합니다. 지금까지 두 세력은 서로에 대해 가시 돋친 비난을 해오며 선거 때마다 충돌해왔습니다.

산업화 세력은 민주화 세력을 향해 권력지향성이 강하고 무능하고 무책임하다 비판해왔으며 민주화 세력은 산업화 세력을 향해 소통능력이 부재하고 부패한 세력이라고 비판을 해왔습니다.

하지만 김지하와 이건희 평전을 쓰며 필자가 느낀 것은 산업화, 민주화를 분리해서 봐서는 안 되고 국민적 입장에서 통일적으로 봐야 한다는 것이었습니다. 산업화 민주화의 가치들은 머릿속에서는 서로 다른 것들일지 몰라도 대한민국 국민의 삶 속에서는 하나의 과정이었습니다. 한마디로 빈곤으로부터의 해방, 인권, 민주주의의 확대라는 국민적 소망의 실현 과정이었다는 것이지요. 각 분야에서 리더들이 큰 역할을 하긴 했으나 산업화 민주화의 주역은 모두 국민이었습니다.

대한민국은 민주화 산업화를 거의 동시대에 성공시킨 세계에서 몇 안 되는 나라가 되었습니다. 이 두 권의 책이 한국인들의 마음을 읽는 데 조금이라도 도움이 되었으면 하는 마음입니다.

허형만 許炯萬 시인

『우리 겨레의 미학사상』

최행귀 외 | 리철화, 류수 외 옮김 | 보리 | 2006

『설전(雪戰): 법정이 묻고 성철이 답하다』

성철, 법정 | 원택 엮음 | 책읽는 섬 | 2016

1945년 전라남도 순천에서 태어났다. 중앙대학교 국어국문학과를 졸업했고, 국립목포대학교 인문대학장, 교육대학원장을 역임했으며, 현재 국립목포대학교 국어국문학과 명예교수다. 국제 3대 인명사전인 『영국 IBC 인명사전』에 등재되었다. 시집으로 『공초(供草)』, 『영혼의 눈』, 『황홀(恍惚)』, 『만났다』 등 20권이 있고, 시선집으로 중국어 시집 『許炯万詩賞析(허형만시상석)』과 일본어 시집 『耳な葬る』, 한국대표서정시 100인선 『뒷굽』 등이 있다. 한국예술상, 한국시인협회상, 영랑시문학상, PEN문학상, 윤동주문학상, 공초문학상 등을 수상했다.

『우리 겨레의 미학사상』

이 책은 옛 선비 33인이 쓴 문학론과 예술론이다. 나는 대학 국문학과에서 30년 동안 시작법, 시창작론, 시인론 등을 강의하면서 여러 책을 참고했지만, 특히 이 책『우리 겨레의 미학사상』을 참고하면서 옛 선비들의 문학론이나 예술론은 물론 작품 속에 녹여진 우리 선조들의 마음도 함께 강의할 수 있어 행복했다. 따라서 이 책을 처음 접하는 독자들께서도 이 책에서 거론되는 문인들의 이론, 미학사상을 통해 우리 선인들의 마음을 읽을 수 있고 그 마음이 곧 어떻게 문학 작품과 예술성 속에 녹아들었는지 알 수 있을 것이다.

이 책의 구성은 먼저 2004년 11월 15일 이 책을 펴낸 보리출판사 정낙묵 대표의「겨레고전문학선집을 펴내며」라는 제목의 발간사로부터 시작하여 최행귀(崔行歸)를 비롯하여 신재효(申在孝)에 이르기까지 33인 선비들의 각자의 문학론, 예술론을 소개한다. 그리고 부록으로 신구현 선생의「고전 작가들의 미학 사상에 대하여」라는 발문과 한문으로 된 원문을 소개한다. 이제 이 책의 이해를 돕기 위해 발문을 쓴 신구현 선생의 이야기 중 일부를 요약 정리하면 다음과 같다.

이 책에는 이인로(李仁老), 이규보(李奎報)를 비롯한 33명의 고전 작가들의 문학 견해들을 소개한다. 그들은 자기의 세계관과 사회 정치적 견해에 기초하여 문학 예술에 대한 자기 견해를 주장한다. 그들은 우리나라 고전 문학의 고상하고 풍부한 창작 경험들을 일반화하고 있으며 사실주의적인 문예 이론을 풍부히 하고 있다. (…)

최치원(崔致遠)은 당시 백성들 사이에서 성행하던 민간극을 관조적으로 대하는 것이 아니라 선진적인 정치적 이상에 비추어 높이 찬양하고 있다. 「강남녀」, 「옛 뜻」, 「붓 가는 대로」, 「촉규화」 같은 시에서도 최치원은 문학을 자기의 사회 정치적 이상을 주장하고 선전하고 실현하는 수단으로 인정하고 있다.

이인로도 『파한집(破閑集)』에서 문학의 인식 교양적 기능을 강조하고 있다.

이규보는 「시에 대하여[詩論]」에서 형식주의, 모방주의, 기교주의를 배격하면서 "요즈음 시 짓는 사람들은 시로 사람을 깨우칠 줄 모르도다" 하고 문학의 거대한 교양적 기능을 강조한다. (…)

문학의 인식 교양적 기능에 관한 최자(崔滋)의 주장은 특별한 의의를 갖는다. 최자는 『보한집(補閑集)』에서 최치원에서 시작하여 이규보에 이르기까지 문학 창작의 고귀한 경험을 총화하여 우리나라 사실주의 문학 이론의 기초를 개척하였으며 특히 문학의 거대한 인식 교양적 기능을 강조했다. (…)

문학의 교양적 의의와 관련하여 김시습(金時習)을 강조하지 않을 수 없다. 문학의 교양적 의의에 대한 김시습의 주장은 그의 근대적인 문학 정신을 떠나서 생각할 수 없다. (…) 실지로 김시습은 자기의 선진적이며 전투적인 사회 정치적 이상을 주장하고 선전하며 실현하기 위하여 "세상 사람들이 보지도 못한 글"이며 "풍요롭고 신기한 이야기"인 『금오신화(金鰲新話)』를 썼다.

문학의 인식 교양적 기능에 관한 김시습의 선진적인 견해는 김 만중(金萬重)에 이르러 그의 창작 실천과 결부되어 심화되는 것을 보게 된다. 그의 노작 『서포만필(西浦漫筆)』에서 강조하는 '통속소설 을 짓는 까닭'과 소설 『구운몽(九雲夢)』과 『사씨남정기(謝氏南征記)』 는 이를 실증하고 있다.

문학의 교양적 기능에 대한 심오하고도 구체적인 해명은 박지원 (朴趾源)과 정약용(丁若鏞)의 주장과 창작 실천에서 보게 된다. 그들 은 확고히 사실주의적 원칙에서 문제를 제기하고 해결하고 있다.

"나라를 걱정하지 아니하는 것은 시가 아니며 어지러운 시국을 아파하 며 퇴폐한 습속을 통분히 여기지 아니하는 것은 시가 아니며 진실을 찬 미하고 허위를 풍자하며 선을 권하고 악을 징계하는 사상이 없으면 시가 아니다."(「아들 연에게[寄淵兒]」)

정약용이 아들 학연(學淵)에게 준 편지의 한 대목인데 문학의 거 대한 교양적 의의를 강조한 것이다.

이러한 사상은 박지원의 『방경각외전(放璚閣外傳)』 머리말에서도 구체적으로 이야기하고 있다. 문학의 교양적 목적이 박지원과 정약 용에 이르러 생성 발전하는 전형적 성격을 통하여, 즉 사실주의 원 칙에서 실현되는 것이다.

박지원의 『말 거간전』을 보면 이 소설의 교양적 목적은 "남을 참소하고 남에게 아첨하는 부정적 인물들의 죄상을 폭로"하는 데 있다.

정약용도 "모든 형상이 섬세하여 진실에 핍진"하는 사실주의의 필치로 자기주장을 실현하고 있다.

고전 작가들의 문학 견해의 선진성은, 문학의 인식 교양적 의의와 함께 문학의 내용과 형식의 상호 관계에서 내용의 우위성을 한결같이 강조하고 창작 실천에서 그것을 솜씨 있게 실현한 데서도 찾아볼 수 있다.

『설전(雪戰): 법정이 묻고 성철이 답하다』

이 책은 당대를 대표하는 선승 성철과 법정의 만남 그리고 천년이 지나도 지워지지 않을 우리 한국인의 '마음'을 대표하는 현문과 현답이다.

이 책의 제목이 왜 '설전(雪戰)'인가? 그것은 차갑고 냉철하면서도 부드러운 수도자의 자세를 '눈'이라는 매개로 형상화하는 한편, 어느 누구도 다치지 않고 오히려 서로를 웃게 만드는 유일한 다툼인 '눈싸움'의 이미지를 통해 성철과 법정 두 사람 사이에 오간 구도의 문답과 인연을 표현하고자 했다.

따라서 이 책을 추천하는 이유는 단순히 두 분 스님의 대화를 통해 불교를 전파하려는 게 아니라 오히려 이 두 분의 문답 속에 우리 한국인의 본성, 즉 숭고한 마음이 들어 있음에 감동했기 때문이다.

성철 스님은 1912년 경상남도 산청에서 태어났다. 소학교 졸업 후 독학하며 철학, 의학, 문학 등 동서고금의 책을 두루 독파했다. 20세가 지난 후 지리산 대원사에서 휴양하며 처음 불교를 접했다. 대원사 탑전에서 속인으로 '무(無) 자 화두'를 들고 용맹정진한 지 40여 일 만에 마음이 밝아졌다. 1936년 봄, 해인사 백련암에서 동산 스님을 은사로 출가하여 같은 해에 운봉화상으로부터 비구계를 받았다. 1940년 대구 동화사에서 큰 깨우침을 얻고 오도송을 읊었다. 이후 엄격하고 철저한 고행을 통해 독보적인 사상과 선풍을 세우고 불교 이론과 실천 논리를 확립하며 한국 불교의 새로운 지평을 열었다. 1967년 가야산 해인사 해인총림 초대 방장에 추대되었고, 1981년 대한불교조계종 제6대 종정에 추대되었다. 1993년 11월 4일(양력) 열반에 들었다. 세수 82세, 법랍 58세였다.

법정 스님은 1932년 전라남도 해남에서 태어났다. 전남대학교 상과대학 3년을 수료하고, 1956년 당대의 고승 효봉을 은사로 출가하여 같은 해 사미계를 받고 1959년에 비구계를 받았다. 치열한 수행을 거쳐 교단 안팎에서 활발한 활동을 펼치던 중 1975년부터 송광사 뒷산에 불일암을 짓고 홀로 살기 시작했다. 1976년 출간한 수필집 『무소유』가 입소문을 타면서 스테디셀러로 자리 잡았고 이후 펴낸 책들 대부분이 베스트셀러에 오르면서 수필가로서 명성이 널리 퍼졌다. 2010년 3월 11일(양력), 길상사에서 78세를 일기로 입적했다.

이 책은 크게 세 가지 이야기, 세부적으로는 총 19가지 대담으로 이루어져 있다. 크게 세 가지 이야기는 첫 번째 '자기를 바라보라', 두 번째 '처처에 부처이고 처처가 법당이네', 세 번째 '네가 선자리가 바로 부처님 자리'이다. 성철 스님과 법정 스님의 문답을 정리하신 분은 성철 스님을 평생 곁에서 모신 원택(圓澤) 스님이다.

이제 이 책에서 필자가 두 분의 말씀을 선택적으로 소개하면 다음과 같다.

"마음의 눈을 뜨면 결국 자성(自性)을 보는데 그것을 견성(見性)이라고 하지요. 『팔만대장경』에 그토록 많은 말씀이 담겨 있지만, 사실 알고 보면 '마음 심(心)' 한 자에 모든 것이 귀결됩니다. 마음의 눈을 뜨고 그 실상을 바로 보면 산은 산이요, 물은 물이지, 그리고 산이 물 위로 가는 본지풍광(本地風光)의 소식이지요."

— 성철

"마음이니 부처니 중생이니 하지만 이 셋은 결코 근원적으로 다르지 않습니다. 단어만 다르지 뿌리는 하나입니다. 부처와 보살을 먼 곳에서 찾지 마십시오. 부처와 보살을 밖에서 만나지 말고 때로는 자기 집 안으로 불러들일 수 있어야 합니다. 그렇게 하면 시들했던 관계도 새로운 활기로 채워집니다. 그러한 과정에서 가옥이 다시 가정으로 바뀔 수 있습니다. 삶이 기쁨과 고마움으로 채워질 때 삶의 향기가 배어납니다. 이것이

바로 마음의 향기입니다."

— 법정

"생사가 곧 해탈이고 생사 이대로가 열반입니다. '생사 곧 해탈'이라고 하겠지요. 현실을 바로 보기만 하면, 마음의 눈만 뜨면 지상이 극락입니다. 이 현실 그대로가!"

— 성철

"인간의 근본 가치는 인격에 있는 것이지 물질에 있는 것이 아닙니다. 잘못된 가치관을 바로 잡으려면 근본적으로 인간의 존엄성부터 회복시켜야 된다고 봅니다. 인간의 존엄성을 회복시켜야만 물질에 따라가지 않고 물질에 전도된 가치관을 어느 정도는 참다운 생활로 변화시킬 수 있을 것입니다."

— 성철

"인간의 존엄성이란 명경(明鏡), 깨끗한 거울에 비유할 수 있습니다. 거울은 본시 깨끗하고 아무 티도 없는데, 먼지가 꽉 앉으면 제 역할을 못 합니다. 이것은 거울의 근본 능력을 상실하는 것입니다. 그럼 어떻게 해야 되느냐? 본래 깨끗했던, 때 안 낀 거울로 복구시키기만 하면 모든 것이 다 해결됩니다. 그리 하려면 먼지를 닦아내야 합니다."

— 성철

"자신에 대한 염려에 앞서 남을 염려하는 쪽으로 마음을 돌릴 때, 인간은 비로소 성숙해집니다. 이 세상에서 가장 위대한 종교는 친절이라는 것을 마음에 거듭 새겨 두시기 바랍니다. 작은 친절과 따뜻한 몇 마디 말이 이 지구를 행복하게 한다는 사실 역시 기억하시기 바랍니다."

– 법정

황풍년黃豊年 작가, 저널리스트

『김남주 평전』
김형수 | 다산책방 | 2022

『풍년식탐』
황풍년 | 르네상스 | 2013

1964년 전라남도 순천에서 태어났다. 광주에서 글 쓰고 잡지와 책을 펴낸다. 발 딛고 선 '지금 여기'를 우주의 중심에 두는 세상을 꿈꾼다. 〈전라도말 자랑대회〉, 〈전라도 그림전〉, 〈촌스럽네 사진전〉 등 다양한 행사를 열었다. 신문기자와 편집국장을 거쳐, 25년 동안 전라도 어른들의 입말을 기록하는 〈전라도닷컴〉 발행인 겸 편집장으로 일했다. 방송 패널과 MC로 활동했고, 2020년부터 3년 동안 예술 행정을 총괄하는 광주문화재단 대표이사를 지냈다. 『벼꽃 피는 마을은 아름답다』, 『풍년식탐』, 『전라도, 촌스러움의 미학』 등을 썼다.

『김남주 평전』

감. 외마디 한 음절의 간명한 이름. 내가 가장 좋아하는 과일이다. '언제부터 좋아했을까' 하는 의문은 부질없다. '언제부터 엄마를 좋아했을까'하는 질문처럼. 아주 어릴 적부터 감과 가까웠다. 감나무와 함께 자랐다. 뒷산에 소나무, 집 마당엔 감나무! 1970년대 시골마을의 풍경일랑 대개 그러했다. 먹을 게 참 귀했다. '돌도 삭힌다'고 할 만큼 식욕이 왕성했던 아이들의 관심사가 주전부리일 수밖에. 감꽃이 피면 입맛부터 다셨다. 가지가지 하얀 꽃이 매달리면 머릿속에는 알알이 달큼한 홍시가 대롱거렸다고나 할까.

초여름이었을 게다. 밤새 비바람이 내리 불다 잦아지는 아침이면 아이들은 부산을 떨었다. 옥수수 튀밥마냥 마당에 흩어진 감꽃을 바지런히 주워 모았다. 아이들은 감꽃을 실에 꿰어 목에 걸기도 했고 입안에 넣고 우물거리곤 했다.

무더위가 기승을 부릴 즈음, 감꽃자리마다 푸른 알맹이가 맺히고 하루가 다르게 커져갔다. 무성한 잎사귀와 주렁주렁 풋감으로 감나무는 절정의 생명력을 뿜어냈다. 모든 풋감이 온전한 과실로 여물지는 않았다. 발밑에 떨어져 나뒹구는 풋감을 함부로 버리지 않았다. 자그마한 독항아리에 물을 붓고 소금을 푼 뒤 풋감을 담가두었다. 며칠쯤 지나서일까. 떫은맛을 우려내고 찬물에 씻으면 단감이나 홍시에 비길 수야 없지만 제법 먹을 만했다.

감나무엔 온갖 생명들이 들러붙었다. 유독 징그러운 송충이가 많았고, 벌레를 쪼아 먹으러 무시로 새들이 날아들었다. 그렇다고 감나무에 농약을 뿌리는 경우는 없었다. 집 마당엔 샘이 있고, 담장 아래로 닭장이나 토끼장도 있었다. 어떤 집엔 외양간까지 있었으니, 그깟 송충이 몇 마리 잡겠다고 애먼 짓을 할 리가 있었으랴.

가을엔 온 동네 개구쟁이들이 신바람이 났다. 소금물에 우린 감 따위의 기억은 가뭇없었다. 단감, 말랭이, 홍시. 곶감 등속이 앞서거니 뒤서거니 입안에 달달한 행복을 선사했다.

감에 얽힌 숱한 추억 가운데 잊히지 않는 것은 단연 '까치밥 홍시'다. 어느 마을에서건 집집이 감나무마다 발갛게 익은 홍시 몇 개씩 달고 있는 광경이었다. 어린 눈에는 선뜻 동의하지 못했던 어른들의 불문율이었다. 세월이 얼마나 흘러서였을까. 앙상한 나뭇가지에 매달린 홍시를 쪼아대는 날짐승을 볼 때면 알 수 없는 애틋함에 젖어들었다. 감꽃을 주워 먹던 아이들은 그렇게 철이 들어 어느새 옛일을 회상하는 어른들이 되었다.

찬 서리
나무 끝을 나는 까치를 위해
홍시 하나 남겨둘 줄 아는
조선의 마음이여.
–「옛 마을을 지나며」 전문

김남주의 「옛 마을을 지나며」는 내가 가장 사랑하는 시다. 이 짧은 시를 읊조릴 때면 가슴속에 뜨뜻한 인정의 물결이 인다. '까치밥 홍시'에서 '조선의 마음'을 본 순박한 시골아이를 생각한다. 독재의 폭압에 맞섰던 김남주는 스스로를 전사(戰士)라 했지만, 나는 감꽃을 줍고 낭창거리던 감나무를 위태롭게 오르내리던 개구쟁이를 그리워한다.

어느덧 김남주 사후 30주년이다. 그가 광주 망월동의 5·18민주영령들 곁에 묻히던 날의 슬픔이 밀려온다. 그의 생애는 한국 민주화 여정의 가운데토막에 해당한다. 그는 날카롭게 벼린 언어들을 카랑카랑 격정적으로 토로했지만 기실 앙가슴 가득 연민을 품은 시인이었다.

그를 알아야 시인이 전사가 되어 싸워야 했던 압제의 시대를 이해할 수 있다. 착하고 여린 영혼들이 죽음으로 지켜온 역사를 가늠할 수 있다. 김남주를 낳은 시대의 아픔과 수많은 인물을 만날 수 있다.

『풍년식탐』

"편집장님이지요? 경기도 사는 정기구독자입니다. 잡지가 정말 좋아서 잘 보고 있는데요, 한 가지 부탁이 있어서 전화했습니다. '전라도' 하면 뭣이라 해도 음식이 최고 아닙니까? 그런데 왜 잡지에 음식 이야기가 없습니까? 꼭 음식 취재 좀 해주십시오."

야근을 하다 받은 전화였다. 수화기 너머 그의 음성에서 미미한술 냄새가 전해진다. 약간 흥분된 목소리에서 불콰하게 달아오른 얼굴이 보이는 듯했다. "몇 번 망설이다가 전화를 했다"는 그에게 나는 "반드시 전라도 음식 이야기를 연재하겠다"며 철석같은 약속을 하고 말았다.

내가 어설프게도 음식 관련 기사를 쓰기 시작한 연유는 그러했다.

처음엔 직접 나설 생각이 전혀 없었다. 그의 말마따나 전라도는 한국에서 가장 음식 좋기로 유명한 지역이어서 가는 곳마다 산해 진미를 만날 수 있다. 아무래도 음식이라면 여성이 더 잘 알 터이니 굳이 내가 나설 까닭이 없었다. 내로라하는 글쟁이들인 두 명의 여성 기자 중 누군가에게 맡기면 되겠지 싶었던 게다.

애당초 음식 이야기는 우리 잡지의 중요한 아이템이었다. 음식이란 게 워낙 세간의 관심사이기도 하거니와 전라도는 음식을 빼곤 이야기가 되지 않는 지역이었다. 2000년 웹진으로, 2002년 종이잡지로 온오프라인을 겸한 〈전라도닷컴〉을 펴내면서 줄기차게 '맛있는 집'을 찾아 소개해왔다. 그런데 맛있다고 소문이 자자한 음식이라도 취향에 따라 싫어하는 사람이 있기 마련이었다. 또 음식점의 서비스 역시 손님에 따라 평가가 제각각인지라 '맛있는 집' 기사에 대한 뒷담화가 끊이지 않았다. 부모가 하던 식당을 자식들이 물려받은 뒤 옛 맛을 지키기는커녕 장삿속으로 돈만 밝히는 사례도 적지 않았다. '맛집'의 선정부터 취재, 연재에 이르기까지 여러 차례 검증을 거쳤건만 뒤탈을 완전히 막을 수는 없었다. 저간의 형편으로 잡지에서 음식 연재가 빠지게 된 것이었다.

우리 시대는 음식에 관한 정보가 차고 넘쳐난다. 신문과 방송, 인터넷 사이트와 유튜브까지 온갖 매체들이 음식점을 소개하고, 궁중음식이나 종갓집 대물림 상차림을 찾아다닌다. 연예인들이 여럿이 먹고 즐기며 수다를 떨기도 하고, 아예 식당을 차려 운영하는 프로그램도 있다. 요리전문가나 유명 셰프를 따라 직접 조리하는 영상도 여전히 인기다. 잡지를 통해 독자들에게 매력적으로 다가갈 음식 이야기를 찾는 게 난감했다.

더 큰 문제는 따로 있었다. '맛집' 기사를 썼던 기자는 퇴사했는데, 남은 두 사람은 육식도 생선회도 질색을 하는 채식주의자가 아닌가. 결국 음식 이야기를 감당할 사람은 나뿐이었다.

그리하여 나는 오 년 세월을 꼬박 전라도 어머니들의 제철 밥상을 찾아다니는 식탐여행을 하게 되었다. 바다 건너 외딴 섬마을, 너른 갯벌을 끼고 사는 갯마을, 구불구불 깊은 산골 오지마을과 강마을 이곳저곳에서 솜씨 좋은 어머니들을 수소문했다. 식재료를 장만하는 방법부터 조리과정과 상차림까지 한순간도 눈과 귀를 떼지 않으려고 애를 썼다.

텃밭의 푸성귀, 뒷산의 나물, 마을 앞 갯벌의 조개, 동네 특산물을 가져다가 가족들 입맛에 맞춰 뚝딱 차려낸 음식들이야말로 우리가 기억해야 할 가장 소중한 유산이었다. 소박한 어머니들의 밥상, 무수한 삼시 세끼야말로 정직한 맛의 진수였다. 징글징글한 노동, 험한 세파를 꿋꿋하게 헤쳐온 어머니들의 애환이 담긴 음식들이 우리의 몸을 불리고 영혼을 살찌웠다는 사실에 숙연해졌다. 나는 어머니에게 이 책을 바치고 싶었다.

　"당신을 갊고 삭혀낸 눈물의 끼니끼니가 제 몸과 맘을 지어냈습니다."

2부

일본에서
이전한는
들하

가시라기 히로키頭木弘樹　　　　　　문학 소개자

「벌레 이야기(虫の話)」(『절망도서관(絶望図書館)』 수록)

이청준 | 사이토 마리코(斎藤真理子) 옮김 | ちくま文庫 | 2017

『거기, 내가 가면 안 돼요?(そこに私が行ってもいいですか?)』

이금이 | 가미야 니지(神谷丹路) 옮김 | 里山社 | 2022

『난장이가 쏘아올린 작은 공(こびとが打ち上げた小さなボール)』

조세희 | 사이토 마리코(斎藤真理子) 옮김 | 河出文庫 | 2023

쓰쿠바대학교를 졸업했다. 대학 3학년, 스무 살 때 난치병에 걸려 13년 동안 투병 생활을 한다. 그때 카프카의 말이 구원이 된 경험을 살려 2011년 『절망은 나의 힘: 카프카의 위험한 고백 86(絶望名人カフカの人生論)』(한스미디어, 2012)을 편역했다. 편역서로 『미스터리 커트판 카라마조프가의 형제(ミステリー・カット版 カラマーゾフの兄弟)』, 저서로 『먹는 것과 싸는 것(食べることと出すこと)』(다다서재, 2022), 『라쿠고를 들어봤지만 재미없었던 사람에게(落語を聴いてみたけど面白くなかった人へ)』, 『나한테 지친다(自分疲れ)』, 앤솔러지로 『트라우마 문학관(トラウマ文学館)』, 『절망서점: 꿈을 포기한 아홉 명이 만난 이야기(絶望書店ー夢をあきらめた9人が出会った物語)』, 『은둔형외톨이 도서관(ひきこもり図書館)』, 『똥문학(うんこ文学)』, 공저로 『아이에게 들려주는 하루 한 이야기 '엄마의 친구' 특선 동화집(こどもに聞かせるー日一話 「母の友」特選童話集)』 등이 있다. NHK 〈라디오 심야편(ラジオ深夜便)〉의 '절망명언' 코너에 출연 중이다.

「벌레 이야기」

내가 한국 작품을 처음 만난 것은 (물론 그 전에도 만난 적은 있을 테지만 그것을 강하게 의식한 것은) 〈밀양〉이라는 영화였다. 그 후 나는 한국 영화, 한국 드라마, 한국문학에 주목하게 되었고 점점 빠져들었다. 그 정도로 이 영화는 충격적이었다. 감독, 각본가, 제작자가 이창동이라는 사실을 알고 과거 작품도 보았다. 그러다 〈밀양〉에는 원작소설이 있다는 사실을 알게 되어 그것을 꼭 읽고 싶다고 생각했다.

나는 앤솔러지를 내는 것이 꿈 중 하나였는데 그것이 드디어 이루어지자 그 첫 앤솔러지에 꼭 〈밀양〉의 원작인 단편소설을 수록하고 싶었다.

한국문학 번역자인 사이토 마리코(斎藤真理子) 씨와 의논했고, 그에게 새로 번역을 받아서 수록할 수 있었다. 원작소설은 생각보다 더 훌륭했다. 그것이 이청준의 「벌레 이야기」다.

아이를 유괴 살해당한 엄마. 범인은 체포되지만 자식을 잃은 고통은 사라지지 않는다. 견디기 힘든 나날을 보내는 가운데 기독교를 믿게 되고 결국 범인을 용서하기로 마음먹기에 이른다. 그러나 면회하러 간 엄마에게 범인은 자신도 감옥 안에서 기독교를 믿게 되었고 이미 신에게 용서받았다고 말한다. 충격을 받고 다시 일어서지 못하는 엄마….

최근 광고 문구에 자주 나오는 '마지막 희망의 빛이'와 같은 기만은 전혀 없다. 그런 것은 감히 범접도 하지 못할 가혹함이다.

이청준의 작품에 빠져들어, 다음 앤솔러지에도 다른 단편을 수록했고, 그 후의 앤솔러지는 언제나 사이토 씨가 한국문학을 새로 번역하거나 재번역해준다. 「벌레 이야기」는 나에게 한국문학으로 들어가는 입구로서 잊지 못할 특별한 작품이다.

『거기, 내가 가면 안 돼요?』

한국 드라마에서 특히 느꼈지만, 미남 미녀가 나오는 판타지 로맨스물이라도 거기에 매우 무거운 사회문제가 그려진다. 일본에서는 있을 수 없는 일이다. 게다가 사회문제가 들어 있어도 오락물로서 점점 재미를 더한다. 그 점에 무척 놀란다. 사회문제를 다루면 오락성은 아무래도 떨어지기 마련이라고 생각하기 때문이다.

일본에서 사회문제를 주제로 한 작품을 만드는 사람에게 가장 큰 문제는 이미 문제의식이 있는 사람만 작품을 접한다는 점이다. 한국처럼 오락 작품에서 사회문제를 다룰 수 있다면, 시청자층은 훨씬 넓어진다.

이 장편소설도 읽기 시작하자 단숨에 다 읽어버릴 정도로 재미있다. 그런 오락성과 동시에, 다양한 사회문제가 그려져 있다. 청소년을 주요 독자층으로 삼은 작품인데도 위안부 문제 등이 나온다. 아이들을 가볍게 보지 않고 진심을 담아 썼다.

그리고 재미에 이끌려 읽어나가는 동안 한국의 다양한 역사도 알게 된다. 역사를 앎으로써 이 작품뿐 아니라 한국문학 전체의 재미도 커진다. 갑자기 한국 역사를 알고 싶어 하는 사람은 드물겠지만 이 작품은 그것을 재미있고 자연스럽게 전하는 힘이 있다.

물론 중요한 문제를 모두 오락으로 삼을 필요는 없다. 그렇게 된다면 그 또한 이상한 일이다. 하지만 비록 오락이라도 사회문제를 다룰 수 있다는 것은 훌륭한 일이라고 생각한다.

『난장이가 쏘아올린 작은 공』

내가 느끼는 한국문학의 특징 중 하나로 신체성이 있다. 사회문제도 이념을 이야기로 전할 뿐 아니라 몸을 통해 그리는 특징이 있다. 몸을 그릴 때 생리적인 생생함이 사회문제로 드러나 냄새나 땀, 숨결을 느끼게 한다. 나 자신이 난치병 환자이므로 작품 안에서 몸이 어떻게 그려지는지가 아무래도 신경 쓰인다.

그 가운데에서도 이 『난장이가 쏘아올린 작은 공』은 특히 대단했다. 사회적으로 학대당하는 사람들의 비참한 현실을 난장이라는 신체장애인을 통해 그리는 것은, 또 비장애인이 '우리도 난장이입니다'라고 말하게 하는 것은, 자칫 잘못하면 무척 도시적인 작품이 되기 쉽다. 그러나 이 소설은 전혀 그렇지 않다. 난장이나 앉은뱅이나 곱사등이는 단순한 메타포가 아니라 살아 있는 육체를 지니고 있다. 피를 흘릴 때 그것은 비참함의 상징일 뿐 아니라 진짜 날 것 그대로의 피다.

그리고 이 소설에서 그려진 사회 상황은 마치 지금의 일본 같다. 과거의 작품인데 읽으면서 미래에 대한 공포를 느꼈다. 사회 구조라는 것이 내버려두면 점점, 사람이 사람을 짓밟는 방향으로 굳어지는 것이 느껴진다. 그래서 도저히 가만히 있을 수 없는 기분에 휩싸인다. 한국에서 스테디셀러라고 하는데, 앞으로 일본에서 읽혀야 할 책이라고 생각한다.

가와하라 히데키 川原秀城

동양학자

『자성록(自省録)』(東洋文庫 864)

이황 | 난바 유키오(難波征男) 교정 및 주석 | 平凡社 | 2015

일본 후쿠오카현 출생. 교토대학교 이학부 수학과와 문학부 철학과(중국 철학사)를 졸업했고, 도쿄대학교 명예교수다. 인문사회계 대학원에서 동아시아 사상문화와 한국·조선어 사상을 겸임했으며, 전공은 중국 조선 사상사와 동아시아 과학사다. 주요 저서로는 『중국의 과학사상: 양한천학고(中国の科学思想−両漢天学考)』(創文社, 1996), 『조선유학사(朝鮮儒学史)』(안대옥(安大玉) 등과 공역, 知泉書館, 2007), 『조선수학사: 주자학적인 전개와 그 종언』(도쿄대학교출판부, 2010), 『다카하시 도루 조선유학논집(高橋亨 朝鮮儒学論集)』(김광래(金光来)와 공편역, 知泉書館, 2011) 등이 있다. 『서학동점과 동아시아(西学東漸と東アジア)』(岩波書店, 2015), 『수와 역의 중국 사상사: 술수학이란 무엇인가(数と易の中国思想史−術数学とは何か)』(勉誠出版, 2018) 등이 있다.

『자성록』

한국·조선의 마음이라고 하면 바로 떠오르는 것은 중국에서 전래된 유학과 유교가 뿌리내림으로써 2,000년이 넘도록 한국·조선에 사상적 영향을 끼쳤다는 점이다. 유학과 유교 사상이 한국인의 마음을 키워왔다는 것은 유학과 유교에서 유래한 용어가 현재 한국어에 산재한 것을 보아도 알 수 있다.

그러나 유학·유교 사상의 내용을 엄밀하게 '심학(心学)'으로 한정한다면, 한국·조선의 마음을 이룬다고 칭할 만한 사상가로 퇴계 이황(1502~1571)을 빼놓을 수 없다. 이황 사후 조선 주자학의 두 대학파 중 하나인 이황학파의 주자학자는 말할 것도 없고, 퇴계학 이론을 비판한 또 다른 대학파 중 하나인 이이학파의 주자학자나 조선 주자학을 근본적으로 개혁한 조선 실학파의 주자학자들도 예외 없이 이황의 심학이라는 불꽃 같은 이론을 기초로 삼았고 그것에 의존했기 때문이다. 실학을 포함한 이황 이후의 조선 주자학을 한마디로 정의한다면 다소 억지스럽지만 '퇴계 심학의 변주곡'이라고 할 수 있다.

이황의 대표 저서로는 문집 『퇴계전서(退溪全書)』 외에 전문서인 『성학십도(聖學十圖)』, 『주자서절요(朱子書節要)』, 『자성록(自省録)』, 그리고 인간 고유의 도덕성을 두고 기대승과 논쟁을 벌인 서간집 『사칠이기왕복서(四七理気往復書)』를 꼽을 수 있다. 모두 퇴계 심학의 내용을 잘 드러낸다.

이황의 철학을 간단히 정의하면 '경(敬)의 심학'이라 할 수 있다. 주자학에서 말하는 '경'은 '경으로 내면을 바로잡는 것', 곧 '주일무적(主一無適, 한 가지 일에 집중하는 것)'에 힘쓰고 '심심(心心)을 수렴(收斂)함으로써 사사로운 사의 없이 가슴속이 텅 비어 있고, 상하좌우가 없고, 항상 마음과 정신이 '각성한 상태'로 유지되는 것을 말한다. 정신 기능이 제대로 갖추어진 상태, 구체적으로는 마음의 안식전일(安息專一), 정시엄숙(整齊嚴肅)을 의미한다고 볼 수 있다.

이황은 특히 『성학십도』에서 경의 심학의 철학적 구조를 밝혔다. 『성학십도』는 ① 「태극도(太極圖)」, ② 「서명도(西銘圖)」, ③ 「소학도(小學圖)」, ④ 「대학도(大學圖)」, ⑤ 「백록동규도(白鹿洞規圖)」, ⑥ 「심통성정도(心統性情圖)」, ⑦ 「인설도(仁說圖)」, ⑧ 「심학도(心學圖)」, ⑨ 「경재잠도(敬齋箴圖)」, ⑩ 「숙흥야매잠도(夙興夜寐箴圖)」 등 열 개의 그림과 그 그림의 근거가 된 원문을 바탕으로 한 이황 자신의 해설을 덧붙인 것으로 앞의 네 개 그림은 경학의 이론 철학, 뒤의 여섯 개 그림은 경학의 실천 철학이라고 할 수 있다. 또한 명명덕(明明德)의 강령이 '경'이라는 한 글자에 있으며, '경은 성학의 시작과 끝을 이룬다'는 결론을 내리고, 그 이론적 명제를 전제로 『소학』, 『대학』의 「전지(田地)」를 「사공(事功)」(내용·임무)으로 하여 '경'의 실천론을 전개했다. 다른 유례를 찾아볼 수 없는 탁월한 『대학』, 『소학』의 해석이라고 할 수 있으리라.

조선 주자학사에서 중요한 저술인 만큼 『성학십도』의 한국어 번역본이 많다. 손에 잡히는 한역서를 편의상 제시하면 조남국이 옮긴『성학십도』(교육출판사, 1986), 이광호가 옮긴『성학십도』(홍익출판사, 2001) 등을 들 수 있다. 그러나 일본어 역서의 경우, 현대어 번역은 미야지마 히로시마(宮嶋博史)가 책임편집을 맡은『원전조선근대사상사 I (原典朝鮮近代思想史 I)』(岩波書店, 2021)가 전부로 보인다. 한편 훈독은『주자학 체계 제12권 조선주자학 일본주자학(上)(朱子学体系第12巻 朝鮮朱子学日本朱子学(上)』(明徳出版社, 1977) 등을 참고할 수 있다.

이황 학문의 주목할 만한 특징은 그 본질이 중국 명청대의 주자학과 크게 다르다는 점이다. 알기 쉬운 사례를 들면, 이황은 명나라 주자학자 정민정의『심경부주(心經附注)』를 깊이 연구하여 자신의 학문 세계를 정립했다.『심경부주』는 퇴계 심학을 원류로 규정했는데, 이황이 알림으로써 조선 주자학의 필독서 중 하나로 발전했다. 그러나 명청대의 주자학자들은 반대로 정민정의 저작을 의식적으로 배척하여『심경부주』를 거의 읽지 않았다.

『심경부주』는 남송의 진덕수 이래 주자심학의 전통을 자랑하는 뛰어난 저작이지만, 주자학의 발전 과정에서 발생한 원학(元學, 원래의 주자학)의 영향을 받아 육왕학(陸王學)을 전면적으로 배척하는 명청학(明淸學, 명청 주자학)과는 궤를 같이하지 않는다. 명청 주자학자들이 낮게 평가하는 것도 어찌 보면 당연할지도 모른다.

마지막으로 일본 독자들에게 이황의 심학을 배우기에 가장 적합한 저작을 소개하고자 한다. 난바 유키오(難波征男)가 교정하고 주석을 단『자성록』(東洋文庫 864, 平凡社, 2015)이다. 원서는 야마사키

안사이(山崎闇齋)와 오츠카 다이야(大塚退野)가 주자학의 정수에 눈을 떴다는 일화가 있을 정도로 에도(江戸) 주자학에 끼친 영향도 깊다. 일본 번역서는 교정과 주석이 치밀하고 번역도 잘 되어 있다. 일독을 추천한다.

강희봉 康熙奉 작가

『옷소매 붉은 끝동』(전3권)

강미강 | 혼마 히로미(本間裕美), 마루야 사치코(丸谷幸子), 김미정(金美廷) 옮김 | 双葉社 | 2023

1954년 일본 도쿄에서 태어난 재일한국인 2세다. 한국의 역사, 문화, 한류와 한일관계에 관한 저서를 여러 권 썼다. 2011년에는 『알면 알수록 재미있는 조선왕조의 역사와 인물(知れば知るほど面白い 朝鮮王朝の歴史と人物)』이 37만 부 판매되며 베스트셀러를 기록했다. 주요 저서로는 『제주도(済州島)』, 『숙명의 한일 2000년사(宿命の日韓二千年史)』, 『악녀들의 조선왕조(悪女たちの朝鮮王朝)』, 『도쿠가와 막부는 왜 조선왕조와 밀월을 이룰 수 있었을까(徳川幕府はなぜ朝鮮王朝と蜜月を築けたのか)』, 『한국의 시골길을 가다(韓国ふるさと街道をゆく)』, 『한국의 그곳에 가고 싶다(韓国のそこに行きたい)』, 『한류스타와 병역(韓流スターと兵役)』, 『한류 드라마 & K-POP이 더 즐거워지는! 쉬운 한국어 독본(韓国ドラマ & K-POPがもっと楽しくなる!かんたん韓国語読本)』, 『한국 드라마! 사랑과 지성의 10대 남자배우(韓国ドラマ!愛と知性の10大男優)』, 『한국 드라마! 추리를 찾는 궁극의 책 100권(韓国ドラマ!推しが見つかる究極100本)』, 『한국에 첫눈에 반하는 감동여행 한류 로케이션 & 현지 맛집 기행(韓国ひとめぼれ感動旅 韓流ロケ地&ご当地グルメ紀行)』(공저) 등이 있다.

『옷소매 붉은 끝동』(전3권)

『옷소매 붉은 끝동』은 한국 사극 드라마 〈옷소매 붉은 끝동〉의 원작소설이다.

우선은 드라마를 소개하고자 한다. 2PM의 멤버이자 배우로서도 높은 평가를 받는 이준호가 성군 이산을 연기한 작품으로, 이세영이 궁녀 성덕임을 연기한다. 성덕임은 역사적으로 의빈 성씨라는 칭호를 얻는다.

드라마는 주로 성덕임의 시선에서 그려지는데 국왕의 구애를 받으면서도 자신의 신념에 따라 거절하는 여성의 자립이 눈부시게 펼쳐지는 내용이다. 지난날 수많은 한국 사극을 봐왔지만 〈옷소매 붉은 끝동〉은 최고의 걸작이다.

무엇보다 조선시대에 왕궁에 봉직하는 궁녀들의 섬세하고 생생한 감정 표현에 감명받았다. 국왕을 섬기는 궁녀라는 억압된 처지를 아름답고도 가감 없이 보여주는 전개도 좋았고 사이드 스토리로 세심하게 그려진 궁궐 생활도 매우 흥미로웠다.

연출로 말하자면 조선왕조 시대에 신분의 차이를 뛰어넘은 사랑을 풍요로운 감정으로 전개해나가는 수법이 참신했다. 당시의 고정적인 제도나 남녀 차별 같은 심각한 부분을 현대적인 관점으로 그림으로써 마지막까지 시청자를 끌어들이는 각본도 뛰어났다.

이렇듯 드라마 〈옷소매 붉은 끝동〉은 개인적으로 매우 마음에 들었는데, 원작소설도 그에 뒤지지 않는다는 평가가 귀에 들어왔다. 그래서 출간된 일본어 번역본을 기대를 품고 읽어보았다.

내용은 1762년 성덕임이 아홉 살에 견습나인으로 궁에 들어가 혜경궁(이산의 어머니)의 처소에서 일을 시작하는 것에서 시작한다. 사실 당시의 궁궐은 중대한 사건으로 흔들리고 있었다. 그것은 사도세자(혜경궁의 남편)가 아버지 영조의 화를 산 나머지 뒤주에 갇혀 아사한 비극적인 사건이다.

그러나 소설은 왕조를 뒤흔든 대사건의 자세한 내용은 드러내지 않은 채 궁녀가 본 궁궐의 일상을 담담히 그린다. 그런 와중에 서서히 성덕임의 개성이 나타난다. 자신을 짓누르지 않고 자유분방하게 하고 싶은 일을 고수하는 여성으로서 살아가는 삶의 면모를 드러내는 것이다.

그런 성덕임과 대조적인 인물이 세손인 이산이다. 십 대 초반인 그는 재능은 뛰어나지만 성격이 까탈스럽다. 게다가 왕족이라면 으레 그렇듯 쉬이 범접할 수 없는 분위기를 풍긴다. 그런 그가 성덕임의 자유분방함이 너무도 신경 쓰인다. 이 시점에서 이미 이산은 그녀를 연모하고 있다. 그 감정의 동요를 소설은 세심한 필치로 화려하게 그려낸다.

강렬하게 인상에 남은 것은 이산이 성덕임에게 "너는 내 것이 되고 싶으냐?"고 질문하는 장면이다. 그녀는 "저는 누구의 것도 아닙니다. 그저 저 자신으로서 살고 싶습니다"라고 대답하는데, 이산은 "너는 내 것이다. 그저 내 명에 따라 살고 죽는 것이다"라고 거만하게 그녀를 내치는 대목이다. 그러나 성덕임은 다른 이의 의견에 잠자코 따르는 여성이 아니다. 그 반골기질이 너무도 대견스럽다.

역사적 사실에 따르면 1776년에 영조가 세상을 떠나고 이산이 22대 왕으로 즉위한다. 역사적으로는 정조라고 부르는데, 소설 속 그는 언제나 정치에만 몰두하는 고지식한 사람이 아니다. 사랑하는 여성에게 한결같이 구애하고 거절당하는 인간적인 면모를 보여준다. 그런 이산을 기분 좋게 휘두르는 성덕임의 삶이 너무도 통쾌하다.

소설은 동시에 '궁궐 안에서 살아가는 여성들의 마음을 소개하는 역할'을 한다. 성덕임의 궁녀 동료들, 역사에 이름을 남기는 혜경궁, 정순왕후, 효의왕후 등의 왕족 여성…. 그녀들이 무슨 생각을 하고 어떻게 움직였는지 보여준다. 그런 정신적인 희로애락이 행간에서도 크게 느껴졌다. 픽션이 많이 가미되었다고는 하지만 '한국의 현대 여성인 저자가 조선시대의 궁녀나 왕족 여성의 마음을 어떻게 짐작했을까' 싶어 무척 흥미로웠다.

그중에서도 역시 성덕임의 자립적인 여성상은 이채로웠다. 조선 왕조의 억압된 여성사 속에서 빛나는 성덕임의 존재감은, 설령 소설 속 이야기일 뿐이라고 해도 분명 희망을 이끌어냈다.

고바야시 에리카 小林エリカ　　　　작가, 만화가

『한 명(ひとり)』

김숨 | 오카 히로미(岡裕美) 옮김 | 三一書房 | 2018

『L의 운동화(Lの運動靴)』

김숨 | 나카노 노리코(中野宣子) 옮김 | アストラハウス | 2022

『떠도는 땅(さすらう地)』

김숨 | 오카 히로미(岡裕美) 옮김 | 강신자 해설 | 新泉社 | 2022

눈에 보이지 않는 것, 시간과 역사, 가족과 기억, 목소리와 흔적을 단서로 삼아 리서치에 기반한 역사적 사실과 픽션을 섞어 작품을 제작한다.

저서로는 소설 『마지막 인사(最後の挨拶 His Last Bow)』(講談社), 『트리니티, 트리니티, 트리니티(トリニティ、トリニティ、トリニティ)』, 『마담 퀴리와 아침을(マダム・キュリーと朝食を)』(이상 集英社), '방사능' 과학사를 다룬 만화 『빛의 아이(光の子ども)』(1~3), 안네 프랑크와 친아버지의 일기를 모티브로 한 『친애하는 키티들에게(親愛なるキティーたちへ)』(이상 リトルモア) 등이 있다.

주요 전시로는 〈야조의 숲 1층(野鳥の森 1F)〉(도쿄 Yutaka Kikutake Gallery, 2019), 〈누가 말하는가? 현대미술에 숨어 있는 문학(話しているのは誰？ 現代美術に潜む文学)〉(도쿄 국립신미술관, 2019) 등이 있다.

나에게 김숨이라는 작가의 존재는 내가 창작을 이어나갈 때의 희망이며, 마음의 지지선이다. 언제나 새로운 지평을 개척하면서 앞으로 나아가는 그 모습에 나는 줄곧 외경심을 품고 있다.

처음 읽은 작품은 옛 일본군 위안부 피해자의 실제 증언을 인용하면서 이윽고 그 피해자가 한 명의 사람이 되는 가까운 미래를 이야기로 그려낸『한 명』이다.

마침 나 자신이 동일본대지진 후부터 '방사능'이나 '핵'이라 불리는 것의 역사를 소설과 만화로 계속 써온 가운데, 그 역사적 사실과 현실의 크기에 압도되면서 과연 그것과 어떠한 형태로 마주할 수 있을까 싶어서 오로지 싸우며 절망하던 때의 일이었다.(소설이나 만화로, 문학으로 가능한 일이라는 게 있을까.)

나는『한 명』을 만나, 이렇게 마주하는 방법도 있구나 싶어서 눈을 뜨게 되었고, 마음이 든든해졌다(멋대로). 가령 스베틀라나 알렉시예비치의『체르노빌의 목소리』, 줄리 오츠카의『다락방의 부처님(屋根裏の仏さま)』이나『그 시절, 천황은 신이었다(あのころ'天皇は神だった)』(고타케 유미코(小竹由美子) 번역). 세계 속에서, 각각의 방법으로, 각각의 진지함을 지닌 채 그것을 마주하는 작가들을 알게 되면서 나는 그 작은 빛의 점과 점을 잇듯이 희망을 보았다.

김숨의 소설을 읽고서 너무 좋고 감동하는 마음이 차올라 결국 나는 그의 이야기를 듣기 위해 서울까지 찾아갔다(『미술수첩(美術手帖)』2019년 12월호에 게재).

그 후 나의 염원이 이루어졌다. 김숨의『L의 운동화』와『떠도는 땅』 번역판이 거의 동시에 출간되어 그것을 일본어로 읽을 수 있게 된 것이다.

『L의 운동화』는 민주항쟁 중 죽어간 'L'이라는 인물의 유품인 운동화를 복원하는 이야기다. 미술 복원사가 운동화 한 짝을 복원하려는 것, 그것은 동시에 한 사람의 잃어버린 인간을, 그 기억을, 삶을, 존재를, 문학이라는 것이 도대체 어떤 말 속에, 작품 속에, 복원하고 담을 수 있는지 묻는 절실한 질문이다.

그리고 『떠도는 땅』에서는 스탈린 체제하의 소련에서 한반도에 뿌리를 둔 사람들이 중앙아시아로 강제 이주당한 역사적 사실을 근거로 대화와 목소리가 층층이 쌓여간다.

두 작품 모두 김숨의 흔들리지 않는 진지한 태도와 역사적 사실과 현실을 마주하는 자세를 철저히 관철하고 있어서, 나는 더더욱 깊이 감동받았다. 작품에서 받은 감동과 김숨을 좋아하는 마음이 가슴속에 차오른 나머지 두 번째 인터뷰를 요청했다(『FRaU』 2023년 8월호에 게재).

"그분들에게 침묵 또한 증언 중 하나라는 사실을 알게 됐어요."

김숨이 일본군 '위안부' 피해자였던 할머니를 만나고 나서 한 말이다.

나는 김숨이 그 침묵조차 소설에 담으려 한 장엄함과, 그 소설에 쓰인 사람들 한 사람 한 사람의 존엄을 한없이 소중히 담아내는 섬세함에 감동받았다.

이 세계에 있는 목소리에, 침묵에, 그저 귀를 기울이려는 그녀의 작품이 있기에, 내가 지금 살아가는 이 세상은 아직 괜찮다고 믿는다.

고시마 유스케 光嶋裕介 건축가

『다마지오 교수의 교양으로서의 '의식'(ダマシオ教授の教養としての「意識」)』

안토니오 다마지오(アントニオ ダマシオ) | ダイヤモンド社 | 2022

『손의 흔적(手の痕跡)』

이타미 준(伊丹潤) | TOTO出版 | 2012

『이타미 준(ITAMI JUN)』

이타미 준(伊丹潤) | CREO | 2011

『민예란 무엇인가(民藝とは何か)』

야나기 무네요시(柳宗悦) | 講談社 | 2006

『생성과 소멸의 정신사(生成と消滅の精神史)』

시모니시 가제도(下西風澄) | 文藝春秋 | 2022

건축가, 일급 건축사, 박사(건축학). 1979년 미국 뉴저지주에 태어났고, 2004년 와세다대학 대학원 석사 과정 건축학을 전공, 수료했다. 2004~2008년, 독일 베를린 사우어부르크 휴톤 건축회사에 근무했으며, 2008년에 귀국 후 고시마 유스케 건축설계사무소를 열었다. 2021년부터 고베대학 특명준교수로 재직하고 있다. 사상가인 우치다 다쓰루의 자택 겸 도장 '가이후칸(凱風館, 고베, 2011)'을 설계했다. 주요 작품으로 '숲의 생활(森の生活, 나가노, 2018)', '모모자와 야외활동 센터(桃沢野外活動センター, 시즈오카, 2020)' 등이 있다. 저서로 『환상도시풍경(幻想都市風景)』(羽鳥書店, 2012), 『증보 모두의 집(増補 みんなの家)』(ちくま文庫, 2020), 『마음 편한 건축(ここちよさの建築)』(NHK出版, 2023) 등이 있다. 고시마 유스케 건축설계사무소 www.ykas.jp

미국의 신경과학자 안토니오 다마지오(Antonio Damasio)는 마음을 "현실의 자각과 기억의 상기, 혹은 그 양쪽에 의해 발생하는 이미지를 적극적으로 생성하여 그려내는 행위다"[1]라고 했다. 이는 곧 눈으로 볼 수 없는 마음에 대해 생각할 수 있는 힌트가 '이미지'에 있다는 것을 우리에게 시사한다.

건축가는 이 이미지의 생성을 일로 삼는다고 해도 과언이 아니다. 건축가는 이미지를 그려내는 것에 과도한 열정을 쏟는 사람이다. 물론 건축을 하는 이유가 단 하나는 아니다. 그러나 건축이 인간의 마음에 호소하는 것이라면 이때 이미지의 힘이 크다.

그렇다면 건축가는 어떻게 이 이미지를 만들까. 공간을 몸으로 느끼고 머리로 사고하면서 손을 움직임으로써 만들어낸다. 이미지를 그려내는 행위에 마음이 있다고 말한 다마지오는 "우리가 느끼는 것은 모두 우리 몸의 내부의 상태와 대응한다"[2]라고도 말한다. 즉 인간은 바깥 환경과 끊임없는 상호작용에 의해 그때마다 피어오르는 마음속 이미지와 대화한다.

한국에 뿌리를 둔 건축가 이타미 준(伊丹潤, 1937~2011)의 『손의 흔적(手の痕跡)』[3]이라는 아름다운 작품집이 있다. 정사각형 모양의 책 속에는 수많은 이미지가 수록되어 있다. 완성된 건축 작품의 사진보다도 이타미가 그린 스케치나 드로잉이 더 많은 것에 대한 강한 의지가 느껴진다. 책 제목에서도 알 수 있듯이, 건축가는 손을 움직임으로써 말로 표현할 수 없는 이미지를 계속 찾는다. 바꿔 말하면, 마음과 대화함으로써 창조하는 것이다.

'건축'과 '드로잉', '말'은 각각 자립된 언어다. 건축가는 창작을 통해 그것들을 왕래하는, '불완전한 번역'을 늘 하는지도 모른다. 이때 포인트는 '불완전'이다. 건축이라는 언어와 드로잉이라는 언어를 말이라는 언어로 완전히 번역할 수 있다면 애초에 말 이외의 언어는 존재의의를 잃고 만다. 따라서 무언가를 만들 때 서로 다른 언어를 오가는 불완전한 번역이 중요한 것이다.

이타미가 노란색 트레이싱지에 모색하는 밑그림을 위해 그리는 스케치도, 완성된 건축을 단정하게 그려낸 세밀한 드로잉도, 모두 이차원의 드로잉으로서 그리는 것으로만 표현되는 것이 표출된다. 그것은 삼차원의 건축에 담긴 마음의 표현이며, 이 불완전한 번역은 서로 보완하는 관계성을 지닌다. 양쪽 모두가 지니는 공통점은 그것에 건축가의 마음이 깃들어 있다는 사실이다.

이타미는 드로잉에 대해 "건축의 한 단 면이나 대상의 형태를 잡아내기 위한 생생한 행위이자, 모순으로 가득 찬 선의 집합체다"[4]라고 말했다. 언제나 공간과 생생하게 대화하고 자기 마음의 반응과도 성실히 대면하면서 손을 움직여온 이타미에게는 이 '모순으로 넘친다'는 갈등이 있다. 이것이야말로 번역의 불완전성이다. 그리고 이 모순에야말로 인간의 상상력을 단련하는 창조력이 있다고, 나는 생각할 수밖에 없다.

또 하나, 지구상에서는 건축을 설계하기 위해서는 자력으로는 제어할 수 없는 '자연'과 마주해야 한다는 것을 이타미는 잘 알고 있었다. 또한 눈에 보이지 않는 마음을 확실히 바라보기 위해서는 자신의 내면에도 존재하는 또 하나의 자연과도 마주해야 한다. 마음과 대화하기 위해서는 자신의 외부와 내부 양쪽 세계를 보는 눈이 필요하다는 사실을, 이타미는 가르쳐준다.

그렇게 미의 본질을 손으로 붙잡으려고 계속 그려나가던 이타미의 마음속에는 조선백자 항아리가 있었다. "내 눈에는 그것에 빨려들어가, 예지할 수 없는 풋풋한 온기랄까, 닳지 않는 맛이 그릇에 배어 있다. 그리고 볼수록 그 흠 잡을 데 없는 모습에 내 마음은 부풀어 오르고, 질리지 않으며, 새로운 각성에 젖는다"[5]며, 찬사를 아끼지 않는다.

민예의 아버지 야나기 무네요시는 "민예품이란, 일반 민중이 밤낮으로 사용하는 건전한 실용품을 가리킨다는 사실을 명기하면서, 걸리는 영역의 가치를 재확인하는 것이 얼마나 우리의 생활에서 중요한 의의를 지니는지를 주장하고 싶다"[6]고 말했다. 이타미에게 조선의 생활미를 품은 백자는 도기라는 영역을 넘어서 이미지의 맹아였다.

마지막으로 '끝나지 않는 마음을 산다'는 문제가 붙은 책 내용을 인용하며 펜을 놓는다.

"마음은 생성의 결과가 아니라 언제나 창조의 현장이다. (…) 우리는 마음을 거울과 같은 존재라고 인식했을 때, 외부를 볼 때도 언제나 내부를 들여다보게 되었다. (…) 마음은 끝나지 않는다. (…) 마음은 영구하다는 의미에서 끝나지 않는 것이 아니라, 마음은 계속 끝나면서 거듭 재개한다는 의미에서 끝나지 않는 것이다."[7]

....

1. 『다마지오 교수의 교양으로서의 '의식'(ダマシオ教授の教養としての「意識」)』,
   안토니오 다마지오(アントニオ ダマシオ), ダイヤモンド社, 2022, 121쪽

2. 같은 책, 17쪽.

3. 『손의 흔적(手の痕跡)』, 이타미 준(伊丹潤), TOTO出版, 2012

4. 『이타미 준(ITAMI JUN)』 이타미 준(伊丹潤), CREO, 2011, 48쪽

5. 같은 책, 55쪽.

6. 『민예란 무엇인가(民藝とは何か)』 야나기 무네요시(柳宗悦), 講談社, 2006,
   16쪽

7. 『생성과 소멸의 정신사(生成と消滅の精神史)』 시모니시 가제도(下西風澄),
   文藝春秋, 2022, 450~451쪽

구로다 교코 黒田杏子

서점 경영인

『밝은 밤(明るい夜)』

최은영 | 후루카와 아야코(古川綾子) 옮김 | 亜紀書房 | 2023

『한국현대시선(韓国現代詩選)』(개정판)

이바라기 노리코(茨木のり子) 편역 | 亜紀書房 | 2022

『시와 산책(詩と散策)』

한정원 | 하시모토 지호(橋本智保) 옮김 | 書肆侃侃房 | 2023

1981년 일본 기후현에서 태어났다. 2006년에 서점 YEBISU ART LABO FOR BOOKS를 나고야 후시미에 열었다. 2011년에 나고야 히가시야마코엔으로 이전하여 bookshop & gallery ON READING으로 리뉴얼했다. 2009년 출판 레이블 ELVIS PRESS를 세웠고, 지금까지 약 35권을 펴냈다. 유쾌한 고양이 두 마리와 살고 있다.

『밝은 밤』

이 사람은 내가 아니다. 태어난 나라도 다르고, 시대도 다르고, 성별도 다르며, 좋아하는 음식도 다르다. 그런데 마치 나 자신인 것처럼 마음이 떨리는 이유는 뭘까. 책을 읽다 보면 때때로, 형언할 수 없는 이런 묘한 감각을 느낄 때가 있다. 그때 '마음을 건드렸다'고 생각한다.

어느 날 S씨라는 나이 지긋한 손님이 "그 사람 신간이 나온 모양이에요" 하며 가게에 오셨다. '그 사람'이란 한국 작가인 최은영이다. S씨는 최은영의 단편집 『쇼코의 미소』를 읽고 팬이 되었다고 한다. 이렇게 말하는 나도 『쇼코의 미소』에 충격을 받은 한 사람이다. S씨가 말하는 모양새로 봐서는 아무래도 애초에 내가 권한 모양이다. "아! 『밝은 밤』 말씀이죠. 정말 좋았어요"라며 말을 건네자 S씨는 "두껍네… 장편이구나… 다 읽을 수 있으려나" 하고 불안한 듯 중얼거리며 사 가셨다. 일주일 정도 지난 어느 날 전화벨이 울렸다. S씨였다. "지난번에 산 그 책, 지금 다 읽었어요. 훌륭했어요. 그 사람은 묘사력이 대단해요. 떠올리기만 해도 눈물이… 나…. 나 같은 할아버지도 감동했다고 모두에게 전해주세요. 그럼 나중에 봐요."

언제나 밝은 S씨의 목소리가 떨렸다. 책방을 연 지 19년(2023년 당시)이 되는데, 이렇게 감상(만)을 전하기 위한 전화를 받기는 처음이다. 나는 전화가 끊긴 후에도 묘한 흥분을 느꼈다.

『밝은 밤』은 최은영의 첫 장편소설. 결혼생활에 종지부를 찍고 서울에서 지방으로 이사한 천문학자 지영은 절연 상태였던 할머니와의 재회를 계기로 이제껏 몰랐던 가족의 역사를 알게 된다. 피차 별민으로 태어난 증조모, 전쟁에 휘둘린 조모, 가부장제에서 벗어나지 못하는 모친, 그리고 지영. 어떤 시대든 여성들의 인생은 결코 편하지 않았고 어머니와 딸은 가까운 거리 때문에 계속 어긋나기만 한다.

"마음이라는 것이 꺼내 볼 수 있는 몸속 장기라면, 가끔 가슴에 손을 넣어 꺼내서 따뜻한 물로 씻어주고 싶었다. 깨끗하게 씻어서 수건으로 물기를 닦고 해가 잘 들고 바람이 잘 통하는 곳에 널어놓고 싶었다. 그러는 동안 나는 마음이 없는 사람으로 살고, 마음이 햇볕에 잘 마르면 부드럽고 좋은 향기가 나는 마음을 다시 가슴에 넣고 새롭게 시작할 수 있겠지. 가끔은 그런 상상을 하곤 했다."

– 본문 중에서

하지만 우리의 마음은 나 자신과 딱 달라붙어 있어서 고치거나 뺄 수 없으므로 등장인물들은 모두 마음의 상처를 끌어안고 그저 그런 현실을 걸어간다. 그래도 그녀들은 혼자가 아니다. 각자가 만나고, 함께 손을 잡고 걸어갈 수 있는 상대(지영과 조모, 증조모와 새비 아주머니, 조모와 명숙 아주머니)와의 마음의 교류가 길을 밝혀준다. 다 읽은 후에는 나 자신이 등을 떠밀어주는 기분이 들었다. S씨

에게 가 닿았듯이, 분명 읽는 사람의 '마음'을 깊고 다정하게 어루
만져줄 수 있는 소설이라고 생각한다.

『한국현대시선』(개정판)

시인인 이바라기 노리코는 쉰 살부터 한국어 공부를 시작해서
'온전히 일종의 감에만 의지하여' 한국 현대 시인 열두 명의 작품
62편을 골라 번역한 『한국현대시선』을 발표했다. 한국은 그 가열
찬 역사 속에서 수많은 시가 탄생했다. 이 책에 수록된 시에도 흘
린 피나 돌아가지 못하게 된 고향에 대한 그리움, 억압에 대한 저
항이 보이지만, 그뿐만은 아니다. 시에서 느껴지는 애달픔, 유머, 신
앙, 사랑, 언어의 풍부함이 이 나라 사람들의 '마음'을 전해준다.

"좋은 시는 그 말을 쓰며 사는 민족의 감정, 이성의 가장 좋은 것의 결정
(結晶)이며, 핵이라는 것을 다시금 생각한다."
– 맺음말에서

2022년에 출간된 '개정판'에 게재된 번역가 사이토 마리코(斎藤
真理子)의 해설에서, 원문을 꽤 대담하게 생략하거나 때로는 창작
이라고 볼 수도 있는 번역이 되어 있다는 사실을 알았다. 분명 이
바라기는 시를 '올바르게' 전달하고 싶은 것이 아니라 시로 한국의
'마음'을 직접 독자에게 소개하려 한 것이라고 나는 생각했다. 그것

이 시인으로서의 '번역'이리라.

『시와 산책』

『시와 산책』은 시인 한정원이 홀로 시를 읽고, 산책을 가고, 고양이와 함께 사는 나날 속에서 느낀 것을 적은 에세이집이다. 이 책은 고독을 품은 사람이 인상적으로 등장한다. 이름도 모르는 이웃 사람이나 과일 장수, 집에 들어와 살며 돌봐준 옥미 언니, 몽유병에 걸린 어린 날의 자신. 그래도 인생의 한순간, 그 고독을 나누고 말이나 마음을 교환하는 것, 그것은 시를 읽는 것과 무척 닮았는지도 모른다. 생각해보면 이 책에 인용된 시를 쓴 사람들도 항상 고독과 함께였다. 페소아, 디킨슨, 파울 첼란, 로베르트 발저, 릴케… 지역도 시대도 멀리 떨어진 곳에서 쓰인 언어를 거듭 읽는 것, 공감하는 것, 일상 속에서 떠올리는 것, 그것이야말로 책을 통해 시인들과 '마음'을 나누는 일이 아닐까.

구와하타 유카 桑畑優香 　　　　　　작가, 번역가

『벌새: 1994년, 닫히지 않은 기억의 기록(はちどり―1994年、閉ざされることのない記憶の記録)』

김보라 외 | 네모토 리에(根本理恵) 옮김 | オークラ出版 | 2023

와세다대학 제1문학부를 졸업하고, 1994년부터 3년간 한국에 유학 와 연세대 어학당, 서울대 정치학과에서 공부하고 『뉴스 스테이션』의 디렉터를 거쳐 독립했다. 영화 리뷰, 아티스트 취재 등 『AERA』(朝日新聞出版), 『mi—mollet』(講談社), 『Yahoo！뉴스 엑스퍼트(Yahoo！ニュース エキスパート)』 등에 기고. 번역서로는 『꽃 할머니(花ばぁば)』(ころから), 『한국영화 100선(韓国映画100選)』(CUON), 『BTS: The Review(BTSを読む なぜ世界を夢中にさせるのか)』(柏書房), 『집에 있는데도 집에 가고 싶어(家に居るのに家に帰りたい)』(辰巳出版), 『BEYOND THE STORY: 10—YEAR RECORD OF BTS』(新潮社) 등이 있다.

『벌새: 1994년, 닫히지 않은 기억의 기록』

줄곧 궁금했다. 〈응답하라 1994〉도 그렇고 〈시그널〉도 그렇고, 최근 한국 드라마나 영화에서 왜 1994년을 배경으로 한 작품이 많을까. 분명 한국인의 마음을 흔드는 무언가가 있을 거라고 생각했다.

의문의 대상이 '1994년'인 이유는 지극히 사적이다. 내가 유학생으로서 서울에 살기 시작한 해이기 때문이다. 일본에서 보면 민주화가 성공하고 서울올림픽도 성공리에 치른 '한국사회의 안정기'였다. 실제로 서울에서의 생활은 화목하고 평온했다. '온돌'과 '김치' 정도만 알고 한국에 온 나에게 한일언어교류 서클에서 만난 동년배 한국인은 모두 친절했다. 가장 친했던 친구는 단발머리와 베네통의 화려한 가방이 트레이드 마크인 희연이었다. 엔터테인먼트를 좋아하는 공통점을 가진 그녀가 일본어를 배우기 시작한 계기는 드라마 〈도쿄 러브스토리〉였다. 일본에 한 번도 가본 적이 없는데도 불법 복제(당시 일본 문화 개방 전)된 드라마를 교재로 단숨에 일본어 검정 1급에 합격했다. 함께 영화를 보러 가면 내가 이해하지 못하는 한국적인 웃음과 분노 포인트를 설명해주는 똑똑한 대학생이었다. 그런 그녀를 주변 아이들이 '바로 그 은마아파트에 사는 희연'이라고 아파트 이름과 함께 이야기하는 것이 조금 신기했다.

그로부터 26년이 지난 2000년 초봄, 한 편의 영화를 만났다. 김보라 감독의 〈벌새〉다. 무대는 1994년. 삐삐, 유행가 〈칵테일 사랑〉

등 향수를 불러일으키는 아이템이 곳곳에 등장할 뿐만 아니라 베네통 백팩을 짊어진 단발머리 주인공 은희가 희연과 겹쳐졌다. 영화의 무대는 바로 희연이 살던 은마아파트다. 학교와 가정에서 설 자리를 잃은 중학교 2학년의 이야기는 가부장제 비판이라는 맥락으로 읽히는 경우가 많지만, 더 큰 문제를 내포하고 있음에 틀림없다. 영화를 더 깊이 알고 싶은 마음에 『벌새: 1994년, 닫히지 않은 기억의 기록』 한국어판을 손에 넣었다.

이 책에는 영화에서 삭제된 장면도 포함된 완결판 시나리오와 함께 네 명의 한국인이 쓴 칼럼이 실려 있다. 은희와 거의 같은 세대로 자신의 사춘기 기억을 따라가며 '상처를 미화하는' 문화에 일침을 가하는 작가 최은영. 영화평론가 남다은은 은희의 마음을 구원하는 한문학원 선생님 영지의 과거를 추론하며 작품의 본질을 탐구한다. 가족과 페미니즘의 관점에서 이야기하는 여성학 연구자 정희진. 각각의 관점에 주목하며 읽어나가던 중, 오랜 의문에 대한 명쾌한 해답을 준 것은 작가이자 연기자, 변호사로 활동하는 김원영의 한 문장이었다. 그는 극 중 클라이맥스로 그려지는 성수대교 붕괴에 대해 정면으로 파고든다. "1994년 10월, 성수대교 붕괴는 한국사회 대중의 꿈이 무너지는 상징적인 사건이자 시작이었다"고 말한다. 김원영이 말하는 대중의 꿈은 한국전쟁 이후 수십 년 동안 한국사회가 내걸었던 생존하는 것, 먹고 사는 것, 넓은 집에 사는 것, 그리고 이를 실현하기 위한 국가적 차원의 노력이다. 나아가 이를 실현하기 위해 국가와 사회, 가족 모두가 총력전을 벌여 고도 성장을 이룩하는 것이다. 그 꿈이 도달한 최종 지점이 서울, 그중에서도 영화의 무대가 된 강남이다.

고도성장의 한가운데인 1979년 강남에 준공된 은마아파트는 김보라 감독의 말처럼 '한국사회의 욕망의 상징'이다. 일본어판 오리지널 인터뷰에서 "모든 것에는 정치의 그림자가 드리워져 있다"고 말하는 감독은 등장인물의 말투, 옷차림, 좋아하는 문화, 학력 등에 '그림자'를 투영해 스토리에 녹여냈다고 밝힌다. 그리고 "그것들이 쌓여 어느 날 갑자기 무너지는 것"이라고도 말한다.

코로나 사태가 진정되어 한국에 갈 수 있게 된 2023년, 나는 처음으로 은마아파트를 방문했다. 마치 1990년대로 타임슬립한 듯한 건물과 활기찬 옛 상가의 모습. 새 아파트가 즐비한 지역에서 은마아파트 한 구역만이 놀랍도록 복고풍 공간이었다. 아니, 1990년대 은마아파트는 얼마 전 일본의 롯폰기 힐스처럼 반짝반짝 빛나는 존재였을 것이다. '바로 그 은마아파트에 사는…'이라는 희연을 따라다니던 말은 동경과 질투가 뒤섞인 감정이었을지도 모른다.

성수대교 붕괴 이듬해에는 삼풍백화점이 무너지고, 1997년에는 IMF 외환위기를 맞았다. 그러나 그 바닥에서 얻은 교훈은 더 큰 경제발전으로 이어졌다. 성수대교 기슭의 성수동은 지금 세련된 카페와 숍이 즐비한 '핫한 거리'로 일본 관광객에게도 인기다. 서울의 거리를 희연과 함께 걸으며 "저기, 너는 1994년을 어떻게 기억해?"라고 묻는다면, 영리한 그녀는 유머러스하면서도 날카로운 시선으로 대답해줄 것이 틀림없다. 다만 손에 남아 있는 것은 호출기

번호뿐이다. 대학 졸업 후 중매결혼을 하고 미국으로 건너갔다는 소문을 들은 적이 있지만, 더는 연락할 길이 없다.

김문경 金文京　　　　　　　　　　　　중문학자

『징비록(懲毖録)』(東洋文庫 357)

류성룡 | 박종명 역주 | 平凡社 | 1979

『징비록: 한국의 고전에서 동아시아의 고전으로』(규장각 새로 읽는 우리 고전 005)

류성룡 | 김시덕 역해 | 아카넷 | 2013

일본 도쿄에서 태어났으며, 중국문학 연구자다. 게이오대학교 문학부를 졸업했고, 교토 대학교 명예교수다. 저서로 『중국 소설선: 감상 중국의 고전 23(中国小説選－鑑賞中国の 古典 23)』(角川書店, 1989) 등이 있다.

『징비록』

『징비록』은 도요토미 히데요시의 조선 침략(임진왜란·정유재란, 1592~1598)의 거의 모든 기간에 조선의 영의정으로서 군사, 외교 등의 방면을 총괄한 류성룡(1542~1607)이 직접 체험하고 보고 들은 전란의 처음부터 끝까지를 기록한 것이다. 가장 중요한 당사자 중 한 사람이 쓴 일급 사료이며, 특히 조선 수군의 명장 이순신을 발빠르게 발탁하고 그 후에도 계속 지원한 것에 관한 기록으로 유명하다. '징비록(懲毖録)'이라는 제목은 유교 경전인 『시경』「주송·소비」의 '지난 일을 경계하여 후환이 생기지 않도록 한다'는 문구에서 기인한 것으로 후세에 대한 훈계의 뜻이 담겨 있다.

류성룡은 도요토미의 죽음으로 일본군이 철수하기 직전인 1598년 10월, 전란 중에도 이어진 조정의 당쟁 속에서 반대파에게 탄핵되어 고향인 안동으로 돌아가 이 책을 집필했다. 초고는 자손의 집에 현존한다. 『징비록』은 이 초고본 외에 본문 및 전란 중에 저자가 쓴 다양한 문서, 본문을 보충하는 「녹후잡기(録後雜記)」로 이루어진 열여섯 권의 책과, 본문과 「녹후잡기」만으로 이루어진 두 권의 책이 있는데, 양쪽 모두 저자 사망 후 얼마 지나지 않아 류성룡의 자손이 간행했다. 서문의 내용으로 볼 때 열여섯 권짜리가 먼저 나온 것으로 생각되는데, 현재 통용되는 것은 두 권짜리로, 도입부에 소개한 한국어 번역본과 일본어 번역본, 총 두 권으로 이루어져 있다.

『징비록』이 조선에서 널리 읽힌 것은 두말할 필요도 없지만, 이른 시기에 일본에도 전해졌다. 조선과의 외교를 담당한 쓰시마번의 종가 문고인『천화삼년목록(天和三年目録)』(1683)에 이미 그 이름이 나왔고, 또한 가이바라 에키켄(貝原益軒)의『완고목록(玩古目録)』(1685),『학전가보(黒田家譜)』(1687), 마쓰시타 겐린(松下見林)의『이칭일본전(異称日本伝)』(1693) 등에도 인용되어 있다. 1695년에는 교토의 책방, '大和屋伊兵衛'에서 간행되어 더욱 널리 알려졌다. 이 책에는 류성룡 자서, 가이바라 에키겐 서 및 조선 지도, 지명 일람이 실려 있다. 라이 산요(頼山陽)의『일본외사(日本外史)』(1829) 참조도서목록에 실려 있는 것은 이 판본이다. 또한 당시 풍속 소설책인『기타사토 징비록(北里懲毖録)』(1768, '기타사토'는 요시하라(吉原)를 가리킴) 같은 패러디도 등장한 것으로 보아 널리 읽혔다는 사실을 알수 있다. 그리고 일본에서『징비록』이 출간된 사실을 1711년 일본을 방문한 제8차 조선통신사가 본국에 보고하여, 조선 조정에서 문제가 되자 도서의 일본 수출 금지 조치가 내려졌다. 그러나 이윽고 메이지시대가 되면서 청국주일공사의 수행원으로서 방일한 양수경(楊守敬)에 의해 중국에도 소개되었다.[『일본방서지(日本訪書志)』권6(卷六)]

또한 소설『삼국지연의(三国志演義)』의 일본어 번역으로 에도시대에 널리 읽힌 고난 분잔(湖南文山)이 번역한『통속 삼국지(通俗三国志)』(1691) 첫 부분의 '독서 안내'에는 류성룡의「기관왕묘(記関王廟)」가 인용되어 있다. 관왕묘란 관우를 기리는 사당인데, 원군으로 조

337

선에 온 명나라 군대가 중국의 관우 신앙을 들여왔기 때문에 한성을 비롯한 각지에 관왕묘가 세워졌다. 『통속 삼국지』의 성립에는 교토의 니시카와 요시나가(西川嘉長)라는 인물이 쓰시마에 가서 「삼국지」의 해설을 들은 것이 관련 있는데 쓰시마에는 『징비록』뿐 아니라 류성룡 문집 『서애선생문집(西厓先生文集)』도 전해진 상태였다. 「기관왕묘」는 그 16권에 실려 있다.

한편 2020년 교토의 한 고서점 목록에 조선판 『대명만력이십팔년세차경자대통력(大明萬曆二十八年歲次庚子大統曆)』이 나왔다. 이는 조선에서 쓰인 조선 명나라의 달력으로, 만력이십팔년은 1600년이다. 이 달력에는 일본의 구주력(具注曆)과 마찬가지로 소지자가 매일 일어나는 일을 간결하게 기록한 글이 있는데, 서점의 목록 해설에 따르면 그 안에 일본군의 포로가 되었던 『간양록(看羊錄)』의 저자 강항(姜沆, 조선 중기의 학자이자 의병장_옮긴이)이 귀국했다는 기록이 있다는 것이다. 흥미가 생겨서 책방 주인에게 부탁하여 그것을 보게 되었는데 필적과 다른 기록을 살펴본 결과 소지자는 류성룡임이 판명되었다. 심지어 표지에는 이순신의 전사에 관해 『징비록』과는 다른 기록이 류성룡의 필적으로 쓰여 있었다.

안동에 있는 류성룡의 자손 댁에는 전란 시기부터 사망까지 류성룡이 소지한 십여 년 분의 『대통력(大統曆)』이 원래 있으며, 현재도 오 년 분이 보존되어 있다고 한다. 이 1600년의 달력은 식민지 시대에 일본으로 유출된 것이다. 생각건대 류성룡은 전란에 따른 격무 속에서 매일 일어난 일을 이 『대통력』에 기록하고 은거하면서 그것을 바탕으로 『징비록』을 쓴 것이리라. 『대통력』의 기록과 『징비록』의 내용을 비교하면 『징비록』이 쓰인 경위를 더욱 자세히 알 수 있으리라. 이 『대통력』은 2022년 한국 국외 소재 문화재 재단이 구매하여 고국으로 돌아갔다.

김세일金世一

배우, 연출가

『김광림 희곡 시리즈 5: 「홍동지는 살아 있다」, 「달라진 저승」』

김광림 | 평민사 | 2005

『그게 아닌데』(이미경 희곡집 1)

이미경 | 연극과인간 | 2014

배우, 연출가, 연기 트레이너. 극단 世 aml 대표, 배우 훈련소인 SEIL'S academy의 마스터 강사, 예술 문화의 국제 교류를 기획하는 SEAMI project 대표, 일본 규슈 오타니단기대학 표현학과 연극방송 필드 비상근 강사.

부산 출생으로, 경성대학교 재학 중(연극 전공)이던 1998년 동녘(부산 연극제작소) 창립에 참여했고, 배우로 활동하는 한편 연기 지도자로 활약했다. 고교 교사(연기 교육)를 거쳐 2003년부터 일본 문화청의 해외 예술가 초청 연구원으로 방일해, 그 후 도쿄를 중심으로 극장의 규모를 따지지 않고 공연에 참가하는 외에도, NHK 대하드라마나 영화에 출연, 내레이터를 맡는 등 배우로서 소극장부터 대극장, 그리고 영상에 이르기까지 폭넓게 활동하고 있다. 도쿄, 교토, 후쿠오카 등에서 연기 트레이너로서 활약 중이며, 또한 도쿄대학교 대학원 문화자원학 연구전공에서 연기론에 관한 연구를 거듭하여 도쿄대학교 대학원 석사학위를 취득했으며, 같은 대학 대학원 박사과정 만기 퇴학했다.

국제 연극제 수상 작품을 비롯해 아시아 각국에서 공동 제작한 연극 작품에 연출과 출연을 거듭하며 일관되게 연극에서 여백의 사상과 미학을 추구·탐구하고 있다.

부산시립극단과 포항시립극단 등에서 객원 연출로 초청받았다.

연출작 〈가을 비〉(정소정 작)이 2012년 밀양공연예술축제에서 작품상을 수상했고, 연출작 〈물의 역(水の駅)〉(오타 쇼고(太田省吾) 작)이 2022년 폴란드 Inlan Dimensions Festival 개막작으로 초청되어 호평을 받았다.

사회 문제를 소재로 삼는 한국의 연극

연극업계에 몸담다 보면 일본 연극업계 동료들에게서 한국 연극은 사회성이 짙다는 이야기를 자주 듣는다. 확실히 한국에는 사회적인 문제를 주제로 삼는 연극이 비교적 많은 듯하다. 그것은 연극이라는 예술 장르의 특징과 한국의 역사적, 사회적 환경에 따른 한국인의 마음이 잘 어우러진 결과가 아닐까. 나는 이것에 관한 내 생각을 이야기하려 한다.

◆ 희곡의 특징

연극을 구성하는 요소에는 배우가 말하는 '대사'가 있다. 한자로는 '台詞'라고 쓰는데 옛날에는 '과백(科白)'이라고 쓰던 때도 있었다. 그 대사가 쓰인 책을 우리 연극인은 '대본'이라고 부른다. 대본은 연기를 할 때 이용되는 명칭이고 문학으로 읽힐 때는 같은 것을 '희곡'이라고 말한다.

희곡은, 희곡 작품의 장르에 따라 다소 차이는 있지만 쓰는 데도 읽는 데도 약간의 기술이 필요하다. 바로 '생략 기법'에 관한 기술이다. 우리가 대화할 때는 경우에 따라 다르지만 모든 상황을 전부 설명하면서 대화를 하지는 않는다. 대화가 진행되는 동안 주어가 빠지는 경우도 많고, 공통의 인식을 기반으로 대화한다는 사실을 안다면 세세한 표현은 생략해서 말한다. 오히려 말하고자 하는 내용을 전부 말하면, 말하는 사람도 듣는 사람도 번거롭게 느낀다.

예를 들어 A와 B가 다음과 같이 대화한다고 생각해보자.

A : "점심 먹었어?"
B : "카레 먹었어."
A : "또?"
B : "좋아하니까."

이 대화에는 무엇이 생략되었는지 눈치챘는가? 생략하지 않은 패턴을 써보면 이렇다.

A : "점심 식사에서 뭐 먹었어?"
B : "응, 밥은 카레를 먹었어."
A : "또 점심에 카레를 먹은 거야?" (혹은 "점심에도 또 카레를 먹은 거야?")
B : "점심 식사에서 카레를 먹는 게 좋으니까." (혹은 "카레를 좋아하니까 아침도 점심도 계속 연이어서 먹을 수 있어.")

이와 같은 패턴이 될 것이다. 어떤가? 우리가 보통의 대화에서 생략 기법을 얼마나 쓰는지 알았는가?

희곡의 대사는 기본적으로 발화하는 것, 곧 말하는 것이 글로 쓰인다. 그러므로 대화 내용이 생략된 형태로 적히는 것이다. 대사뿐 아니라, 장면의 전개도 생략 및 압축된 형태로 진행된다. 쉽게 표현하면 희곡을 읽을 때는 '행간을 읽는 힘'이, 쓸 때는 '행간을 잘 만들어내는 힘'이라는 기술이 필요하다. 이 점이 희곡과 소설의 큰 차이이며 일반 독자가 희곡을 읽기 어렵다고 생각하는 이유이기도 하다. 이런 의미에서 말하면, 행간을 읽는 힘이 가장 필요한 문학 분야는 '시'일 것이다. 작품에 따라서도 다르지만 시는 생략 기법의 최고봉이라 할 수 있다. 희곡은 시와 소설 사이에 있다고 말한다면 알겠는가?

그렇다면 이러한 희곡의 특징과 한국 연극의 사회성 사이에는 어떤 관계가 있을까.

♦ 한국의 민중

잘 알겠지만 한국전쟁 후의 한국에는 독재정권이 얼마간 이어진다. 독재자의 지배하에서 한국의 민중은 자신들의 자유와 권리를 주장하는 운동을 힘차게 펼쳤다. 그러나 군사 독재정권은 억압과 탄압, 그리고 검열 등으로 민중의 운동을 짓밟으려 했다. 희곡의 행간은 민주화 운동에 자주 이용되었다. 비유나 풍자, 해학 등을 표면화하면서 독재자를 비판하고 민중의 자유와 권리 등 진짜로 하고 싶은 말을 행간에 숨겨 호소했다.

소개한 김광림의 〈달라진 저승〉은 군사정권에 대한 민주화 운동이 가장 활발했던 1987년에 상연된 연극 작품이다. 사망자들이 저 세상에 가기 직전에 무대를 만들어 보여주는 내용으로, 사망자들이 사망자를 위해 만드는 연극이다. 연극을 보러 온 관객을 포함해 민중을 사망자로 간주하고, 지배자에 대한 비유와 풍자가 잘 드러난 작품이다.

애초에 한국의 전통 연극 내용은 지배 계급에 대한 풍자와 조롱, 곧 놀림, 가부장 중심의 가족 제도의 모순 등이 주를 이룬다. 이러한 내용을 마당이라 부르는 야외 광장에서 가면을 쓴 연기자가 춤을 추면서 해학적으로 연기하고, 연기자를 둥글게 둘러싼 형태로 민중의 관객이 보고 즐긴 것이 한국의 전통 연극 중 하나다. 지배자에 대한 비판이나 현실 사회에서 느끼는 부조리를, 직접적인 방식이 아니라 비유와 풍자의 행간에 생략된 형태로 공유, 공감하면서 웃음으로 치환했다. 1993년에 초연된 김광림의 〈홍동지는 살아 있다〉에는 이러한 형식과 내용이 잘 드러나 있다.

군사정권도 끝나고, 2000년에 가까워지자 정치적인 환경도 바뀌어 지배층에 대한 비판을 중심으로 한 작품은 줄어들었지만, 결국 인간은 사회적인 존재라는 것에 대한 의식은 연극 무대에 계속 반영되었다. 2014년에 초연된 이미경의 〈그게 아닌데〉는 이를 잘 드러내는 작품이다. 개인의 인간 존재는 가족과의 관계에 따라, 법률과 제도에 따라, 그리고 지식으로 고정화된 분류에 따라 규정되고 마는 것을 주제로 한 작품이다. 사회적인 환경에서 상정되는, 인간성을 잃어버린 개인이 코끼리가 되어버리는 이야기다.

한국의 민중은 사회적인 존재로서 자신을 의식하는 경향이 강했다고 생각한다. 현실에 놓인 자신의 처지를 제대로 바라보고, 무엇이 문제인지 찾아내고, 어떻게 하면 그 문제를 개선할 수 있는지 찾으려고 줄곧 노력해왔다고 생각한다. 그리고 그것을 나타내는 방법으로 비유나 풍자, 해학 등을 이용하여 간접적으로 호소하며 공유, 공감해온 것이라고 생각한다. 그것에는 희곡과 시의 행간이 가장 적절한 방법이 아니었을까, 하고 나는 생각한다.

나카마타 아키오仲俣暁生　　편집자, 문예평론가

『고래(鯨)』

천명관 | 사이토 마리코(斎藤真理子) 옮김 | 晶文社 | 2018

『난장이가 쏘아올린 작은 공(こびとが打ち上げた小さなボール)』

조세희 | 사이토 마리코(斎藤真理子) 옮김 | 河出文庫 | 2023

『한국문학의 중심에 있는 것(韓国文学の中心にあるもの)』

사이토 마리코(斎藤真理子) | イースト・プレス | 2022

1964년 도쿄 출생. 문예 관련 저서로는 『포스트 무라카미의 일본문학(ポスト·ムラカミの日本文学)』(朝日出版社), 『'말'의 일(〈ことば〉の仕事)』(原書房), 『극서문학론(極西文学論)』(晶文社), 『'잠긴 방'을 어떻게 해체할 것인가(「鍵のかかった部屋」をいかに解体するか)』(バジリコ), 『잃어버린 '문학'을 찾아서: 문예시평편(失われた「文学」を求めて─文芸時評編)』(つかだま書房) 등이 있다. 현재 일본 동시대 문학사에 관한 책을 집필 중이다. 한국에 방문한 것은 1960년대 초 딱 한 번뿐이다. 당시 서울에는 편의점에조차 일본 동시대 소설이 비치되어 있어 감격했다. 풍경은 그때와 완전히 달라졌겠지만, 현재의 한국에 다시 가보고 싶다.

'작은 것'과 '큰 것' 속에 숨 쉬는 영혼

한국 소설에서는 비장애인 등장인물이 중요한 역할을 하는 경우가 많다. 조세희의 『난장이가 쏘아올린 작은 공』 일본어판 말미 해설에서 요모타 이누히코(四方田犬彦)는 그런 사람들을 '병신(病身)'이라는 말로 표현하며 "신체장애인을 둘러싼 한국문화가 전통적으로 품어온 상상력의 깊이"를 언급한다. "작품에서 '병신', '병신', '병신', '병신'으로 불리는, 형상에 특징이 뚜렷하게 드러나는 사람들뿐만 아니라 『난장이가 쏘아올린 작은 공』에는 서민부터 지배층에 이르기까지 군사정권 아래 있던 당시 한국사회에서 살아가는 대부분의 사람이 어딘가 결핍된 존재로 그려져 있다." 그들도 자신이 주변적인 존재임을 자각하는 것이다. 막막한 시대에 갈 곳을 잃어가는 사람들의 비극이 연이어 그려지는 이 작품에서 희망의 실마리를 찾는다면, "우리는 사람이라는 거야!"라는 신애의 외침일 것이다. 각자의 처지를 넘어 '작은 것'인 동지들은 연대할 수 있다. 그러기 위해서는 먼저 '우리'가 모두 '난장이'임을 인정해야 한다.

『난장이가 쏘아올린 작은 공』은 엄혹한 군사정권하에서 검열과 금지를 피하기 위해 각 장이 여러 잡지에 산발적으로 발표되었다고 한다. 단편적인 에피소드를 여러 겹으로 엮어낸 이 작품 자체가 일종의 네트워크 같은 구조를 가지고 있다. 시작과 끝에 등장하는 「뫼비우스의 띠」와 「클라인 씨의 병」은 이 작품의 구조 그 자체다. 『난장이가 쏘아올린 작은 공』과 같이 복잡하고 미묘한 맛을 가진 소설이 한국에서는 시대를 초월한 스테디셀러가 되었다고 한다. 그점이 나에게는 매우 귀하게 느껴진다. 왜냐하면 일본 현대소설에서비슷한 성격의 작품을 떠올리기가 매우 어렵기 때문이다. 한국 현대소설에는 일본 소설이 잃어버린 '영혼' 같은 것이 여전히 담겨 있는 것이 아닐까. 조선·한국문학의 탁월한 소개자이자 번역가인 사이토 마리코가 『한국문학의 중심에 있는 것』에서 논한 바로 그 '중심에 있는 것', 그것은 아마도 '영혼'이라는 단어에 가장 근접한 것이리라. 한국의 현대문학은 여전히 '소울풀'하다. 왜냐하면 그 울림을 분명 듣는 독자들이 있기 때문이다.

'작은 것'이 사회에서 늘 주변적인 존재이듯, 너무 큰 존재도 사회의 곁으로 밀려나기 마련이다. 천명관의 『고래』 주인공 춘희는 그런 사람 중 하나다. 춘희는 '벙어리'이고, 남들보다 몸집이 큰 '병신'이지만, 압도적인 몸집과 괴력 때문에 벙어리라는 인상은 뒷전으로 밀려난다.

이 작품에는 괴력을 지닌 데다 몸집이 큰 여인 춘희뿐만 아니라 고래, 코끼리 등 '큰 것'의 이미지가 상징적으로 사용되었다. 가상의 도시 평대의 흥망성쇠를 여걸이라 할 수 있는 인물들의 삼대기로 풀어낸 『고래』는 한국 현대사를 고속 영상으로 전개한 듯한 우화적 성격이 강한 이야기다. 그러나 '큰 것'이 항상 강한 것도 아니고, 옳은 것도 아니다. 애초에 '크기'를 가늠하는 잣대는 무엇일까. 경제인가, 정의인가, 아니면 애정인가. 작품이 쓰인 시대는 한참 떨어져 있지만, 『고래』에도 『난장이가 쏘아올린 작은 공』과 마찬가지로 '영혼'이 숨 쉬고 있는 것은 틀림없다.

1970년과 2000년에 쓰인, '작은 것'과 '큰 것'을 둘러싼 이 두 소설은 모두 포스트모던 문학의 일종이다. 『난장이가 쏘아올린 작은 공』에는 '뫼비우스의 띠', '클라인 씨의 병' 등 포스트모던 사상의 키워드인 결정 불가능성을 나타내는 단어가 사용되고, 『고래』에는 초기 무라카미 하루키를 떠올리게 하는 작가 자신의 서투른 삽화가 곁들여 있다. 형식적으로는 이들 작품과 매우 흡사한 일본의 포스트모던 문학은 그러나 그 이전 시대에서 '영혼'을 이어받지 못했다. 포스트모던 문학과 그 이전의 근대 문학 사이에는 큰 단절이 있다. 하지만 한국의 현대문학에는 일본 소설이 잃어버린(혹은 잊어버린) '영혼'이 단단히 각인되어 있다. 동아시아뿐만 아니라 전 세계 모든 곳에서 쓰이는 문학의 희망이 어디에 있느냐고 묻는다면, 나는 거기에 있다고 생각한다.

나카자와 케이中沢けい

소설가

『유년의 뜰(幼年の庭)』

오정희 | 시미즈 지사코(清水知佐子) 옮김 | CUON | 2024

『우리들의 돌탑(塔)』

한승원 | 안우식(案宇植), 야스오카 아키코(安岡明子) 옮김 | 角川書店 | 1989

1959년 일본 가나가와현 요코하마시 출생. 소설가, 호세이대학(法政大学) 문학부 일본문학과 교수, 사단법인 K-BOOK 진흥회 대표이사다. 메이지대학교 정치경제학부를 졸업했으며, 『바다를 느낄 때(海を感じる時)』로 1978년 제21회 군조 신인상을, 『수평선 위에서(水平線上にて)』로 1985년 제7회 노마 신인상을 수상했다. 대표작으로 『여자 친구(女ともだち)』, 『악대의 토끼(楽隊のうさぎ)』, 『달의 계수나무(月の桂)』 등이 있다.

350

조선의 마음

'T·K生'이라는 필명으로 이와나미의 잡지 『세카이(世界)』에 '한국에서 온 통신'이 연재된 것은 1973년부터 1988년까지였고, 1974년 이와나미 『세카이』 편집부가 출간한 이와나미 신서 『한국에서 온 통신』은 당시 베스트셀러가 되었다. 일본 보소반도 남쪽 끝 마을인 다테야마 시내 서점에도 이와나미 신서가 진열되어 있었다. 당시 나는 중학생이었는데, 다른 사람들이 많이 사는 신간이었기에 덩달아 나도 샀다. 읽으면서 이런 일이 있구나 했던 기억이 있다. 한국 중앙정보부도 『한국에서 온 통신』의 저자를 특정할 수 없다는 점이 중학생의 흥미를 끌었다. 신간에는 삽화 대신 당시 한국에서 유행하던 풍자만화가 실려 있었다. 무엇을 풍자하는지 중학생으로서는 전혀 알 수 없었다. 내가 『한국에서 온 통신』을 산 마쓰다야 서점은 지금은 문을 닫았고, 그 자리는 공터로 변해버렸다.

지명관(池明觀) 씨가 자신이 'T·K生'이라고 밝힌 것은 2003년의 일이다. 일본의 서점에는 훗날 혐한서적이라 불리게 될 서적들이 진열되어 있었다. 격세지감을 금할 수 없다.

지명관 씨가 『한국에서 온 통신』을 집필할 당시의 일기가 한국 한림대학교 일본어학연구소에 있고, 현재 출판하기 위해 원고를 정리 중이라고 들었다. 지명관 씨는 한림대학교 일본어학연구소 초대 소장을 역임했다. 일기는 비밀을 지키기 위해 분산되어 여러 사람에게 맡겨져 있던 것을 다시 모은 것이다. 지명관 씨는 2022년 1월 1일

97세의 나이로 세상을 떠났다. 일기에 등장하는 많은 사람은 이미 고인이 되었다. 나는 지명관 씨가 남긴 일기를 꼭 읽어보고 싶다.

1970년대에서 2000년대 한국사회의 변화를 '한(恨)의 시대에서 정(情)의 시대로'라고 설명한 이는 2011년부터 2013년까지 주일한 국대사를 지낸 신각수 씨다. '한'은 가슴에 맺힌 것이 있고, 마음이 얼어붙은 상태라면 군사독재정권 시절의 한국은 '한'이 많은 시대였을 것이다. '정'은 가슴에는 설렘과 동경이 깃들어 있고, 마음은 항상 움직이고 멈추지 않는 상태, 유연한 마음의 움직임이 있다. 일본의 식민지 지배, 중일전쟁, 태평양전쟁의 패전과 해방, 한반도의 남북 분단과 남북 정부 수립, 그리고 한국전쟁 발발과 한국 정부의 군사독재정권 통치까지 얼마나 많은 '한'이 쌓인 시대였을까. 그것이 '정'의 시대로 전개되는 자체에 경탄한다.

여기서는 지명관 씨가 T·K生이라는 이름으로 전해준 '한'의 시대에 작품을 발표한 두 작가를 소개하고자 한다. 모두 한 번쯤은 만나본 적이 있는 한국의 현대 작가들이다.

먼저 1947년생인 오정희 씨다. 출생 연도는 일본의 베이비붐 세대에 해당하지만, 성장기에는 한국전쟁이 발발한 세대다. 현대 한국 여성작가로서는 선구적인 존재다. 1993년부터 간헐적으로 개최된 한일문인회의에서 몇 번 뵌 적이 있다. 오정희 선생의 주변에는 항상 한국의 젊은 남녀 작가들이 모여 화기애애한 분위기가 조성되었다. 한일문학인회의 일본 측 중요 멤버인 안우식 씨에게 '오정희 씨가 질문이 있다'는 연락을 받은 것은 원주에서 한일문학인회의가 열렸을 때다. 저녁 식사 자리에서 안우식 씨가 있던 자리에 가보니 오정희 씨가 웃는 얼굴로 앉아 있었다. "일본에서는 남자아이들을 어떻게 키우고 있습니까?"라고 오정희 씨가 물었다. 가부장제가 강한 사회에서 벗어나기 위한 방안을 묻는데 '남자아이 키우는 방법'을 묻는 게 오정희 씨답다. 덕분에 남자아이들에게도 의식주 가사 교육을 시키는 것을 두고 그 자리의 담론은 매우 유쾌하게 전개되었다.

오정희 작가의 작품은 여러 편이 일본어로 번역되어 있다. 나는 오정희 작가의 작품을 읽으면 인상적인 장면이 계속 머릿속에 남는다. 쑥찜질방에 갔다가 돌아오는 길에 한강에 놓인 다리를 걸어서 건너는 외로운 주부의 모습은 도대체 어느 작품에 쓰인 것일까. 작품 제목은 잊어버렸지만 그 큰 강을 걸어서 건너는 주부의 깊은 고독은 한 폭의 그림이 되어 뇌리에 각인되었다. 인천의 맥아더 동상 발밑에서 걸어서 언덕을 내려가는 소녀의 모습은 국제 분쟁 속에 놓인 무력하지만 분명한 존재로 그려져 인상 깊은 장면이었다. 평이한 문장으로 명료하게 그려진 이 장면은 '한'이 깊은 시대에 '한'의 밑바닥에서 고요히 흔들리는 '정'의 세계로부터 온 소식이 담겨 있다.

2024년 일본에서도 출간된 『유년의 뜰』 역시 한국전쟁으로 피난민이 된 가족이 사는 집 안팎을 소녀의 맑은 눈으로 그려내고 있다.

한승원 작가와 만난 것은 진보초 한국서점 책거리가 주최한 '한국문학기행'에서였다. '한국문학기행'으로 광주를 방문했는데, 한승원 씨에게 광주항쟁 당시의 이야기를 들을 수 있었다. 한승원 씨는 오랫동안 광주에서 국어 교사로 일했다고 한다. 1980년 광주 민주화운동 당시에는 이미 작가로 활동하기 위해 서울에 나와 있었다. 당시 언론을 통한 정보가 단절된 상태였기 때문에 서울 시내 버스 터미널로 나가 광주 방면에서 오는 버스가 도착하기를 기다렸다가 승객들에게 말을 걸어 광주의 상황을 물어보았다고 한다. 나카가미 겐지(中上健次)가 한승원 씨의 집을 방문하게 된 것은 광주항쟁이 일어난 지 3~4년이 지났을 무렵이었을까. 한승원 씨의 따님이자 작가인 한강 씨와는 구마노대학(熊野大学)에서 만나 직접 나카가미 겐지와의 추억담을 들은 적이 있다. 추억이라고 해도 아주 어린 시절의 일인데, 한밤중에 잠에서 깨어났을 때 집 복도에서 우연히 나카가미 겐지를 만났고 그가 머리를 쓰다듬어준 것 정도만 기억에 남는다고 했다. 나카가미 겐지가 서울에 머무는 동안 한승원의 집은 분명 그의 아늑한 보금자리였으리라.

한승원 씨는 1939년생이다. 오정희 씨보다 여덟 살 정도 많다. 1989년 가도가와쇼텐에서 나온 '한국 문학의 최일선 작가들이 쓴 장편(韓国文学の第一線作家たちの書下ろし長編)' 시리즈에 장편「우리들의 돌탑(塔)」을 기고했다. 내 손에 있는 책『우리들의 돌탑』의 말미에는 같은 시리즈로 윤흥길의 『낫』, 박범신의 『틀』, 이 두 작품의 광고가『우리들의 돌탑』과 나란히 실려 있다.

『우리들의 돌탑』은 한국전쟁 당시의 끔찍한 기억을 지울 수 없는 한 남자가 외딴섬에서 홀로 돌탑을 쌓는 모습을 그리고 있다. 탑을 쌓고 있는 남자에게 한 교사가 찾아온다. 교사는 탑을 쌓는 남자와 혈연관계인지 아닌지 조심스럽게 묻고, 진실은 쉽게 드러나지 않는다. 희생자 제사를 위해 탑을 쌓는 남자의 마음속 시간은 한국전쟁의 참혹한 사건 속에 머물러 있다. 이야기를 만들기 위한 시간이 지체된 탑을 쌓는 남자와 그 남자와 혈연관계가 있을지도 모르는 교사, 두 사람을 바다를 휩쓸고 지나가는 바람이 감싸 안는다. 바다와 섬을 비추는 빛이 감싼다. 정체된 인간의 시간을 천체의 움직임이 지배하는 자연의 시간이 감싸는 것이다. 천체의 움직임이 지배하는 자연의 시간은 우주의 시간이라고 불러도 좋다. '한'으로 얼어붙은 사람의 마음 바깥을 큰 우주의 '정'이 감싸는 것이 『우리들의 돌탑』이다.

'한'이 조선의 마음이라면 '정'도 조선의 마음이다. '한의 시대에서 정의 시대로'라는 변화는 오정희, 한승원의 작품을 읽다 보면 역사의 흐름 밑바닥에서 오랜 시간 동안 준비된 것임을 알 수 있다.

나카지마 교코中島京子   소설가

『리나(リナ)』

강영숙 | 요시카와 나기(吉川凪) 옮김 | 現代企画室 | 2011

『피프티 피플(フィフティ·ピープル)』

정세랑 | 사이토 마리코(斎藤真理子) 옮김 | 亜紀書房 | 2018

『비행운(ひこうき雲)』

김애란 | 후루카와 아야코(古川綾子) 옮김 | 亜紀書房 | 2022

1964년 일본 도쿄 출생, 도쿄여자대학교 문리과대학 문예창작학과를 졸업했다. 잡지 편집자, 프리랜서 작가를 거쳐, 2003년 『FUTON』(講談社)으로 소설가로 데뷔했다. 2010년 『작은 집(小さいおうち)』(文藝春秋)으로 나오키상 수상, 2010년 『아내가 표고버섯이었던 시절(妻が椎茸だったころ)』(講談社)로 이즈미 교카 문학상(泉鏡花文学賞), 2000년 『긴 이별(長いお別れ)』로 주오코론 문예상(中央公論文芸賞), 2000년 『외뿔(かたづの)』로 시바타 렌자부로 상(柴田錬三郎賞), 2020년 『꿈꾸는 제국 도서관(夢見る帝国図書館)』으로 무라사키 시키부 문학상(紫式部文学賞), 2022년 『다정한 고양이(やさしい猫)』로 요시카와 에이지 문학상(吉川英治文学賞)을 수상했다. 2014년에 『작은 집』, 2019년에 『긴 이별』이 일본에서 영화화되었다.

『리나』

『리나』는 처음 읽은 한국 현대 작가의 작품이다. 강영숙 씨와는 2009년 미국 아이오와대학교의 '인터내셔널 라이팅 프로그램'에서 알게 되었다. 그녀는 헤비 스모커로 늘 블랙커피를 마시고, 밤늦게까지 깨어 있고 아침에 일어나기 싫어하며, 식사는 매운 라면으로 때우는 사람이다. 나는 정반대로 아침 일찍 일어나 건강하게 생활하고, 가능하면 매일 음식을 만들어 먹고 싶은 타입이다. 너무 정반대여서 처음에는 이 사람과 친해질 수 있을까 싶었는데, 이야기를 나누다 보니 의외로 잘 맞았다. 쓰는 소설도 전혀 다르다.

미국에 있을 때 『리나』의 영문판 발췌본을 대학 웹페이지에서 읽고 충격받았고, 일본어 번역본이 나왔을 때는 완전히 빠져들어 탐독했다. 작품에는 지명이나 국가명이 특정되지 않지만, 탈북자로 추정되는 젊은 여성 리나의 시점으로 그려진다. 리나는 가난에서 벗어나기 위해 국경을 넘어 'P국'을 목적지로 삼는다. 하지만 좀처럼 풍요로운 'P국'에 도착하지 못하고, 수상한 화학공장에서 일하거나 성노동자가 되거나 최하층 노동자로 전락하는 이야기다. 전체적으로 악몽 같은, 초현실적이고 잔인한 묘사가 이어지지만, 건조한 필치와 리나의 강인함이 묘한 매력을 발산한다. 암울한 환경에서 살아가는 사람들의 가혹한 노동 상황을 엔진으로 삼아 질주하는 듯한 템포로 펼쳐지는 리나의 성장 소설이자 피카레스크 소설은 지금도 잊을 수 없는 강렬한 인상을 남겼다.

『피프티 피플』

『피프티 피플』은 인기 작가 정세랑의 작품으로, 한국의 한 도시에 있는 대학병원에 얽힌 사람들의 이야기를 유쾌하게 그려낸 작품이다. 한국문학의 무겁고 다소 어둡다는 고정관념을 훅 날려버렸다. 정세랑이나 김애란처럼 가볍고 유머러스한 작가의 등장은 웃기는 소설을 좋아하는 나로서는 매우 반가운 일이었다. 가벼운 소설이라고 해도 현대 사회의 모순과 아픔이 제대로 그려지는 것이 한국 소설답다는 생각이 든다. 나는 이번에 집필을 맡았다고 해도 '한국인의 마음'을 얼마나 이해하는지는 잘 모르겠지만, 일본 작가들보다 한국 작가들이 사회와 연결된 소설을 더 많이 쓰는 것 같다는 생각을 늘 해왔다.

『피프티 피플』의 등장인물들은 연령대도 다양하고 성별도 다양하지만, 뚜렷한 윤곽이 있어서 왠지 잘 알고 있는 인물들로 느껴진다. 읽을 때마다 그 개성 넘치는 인물들의 일상을 스케치하는 모습에 웃음이 나기도 하고, 뭉클해지기도 하고, 깜짝 놀라기도 한다. 등장인물의 이름만 적힌 각 장은 매우 짧아서 눈에 띄는 장만 빠르게 펼쳐서 읽는 재미도 쏠쏠하다. 가타카나로 된 한국인의 이름만으로는 이미지가 잘 잡히지 않기 때문에 일본어판에는 일러스트가 들어간 것도 매력적이다. 마지막 묘사도 매우 좋았다.

『비행운』

『비행운』은 한국에서(일본에서도) 인기 있는 김애란 작가의 단편 모음집이다. 김애란의 작품은 처음 일본어로 번역된『두근두근 내 인생(どきどき僕の人生)』(CUON)부터 하나하나 읽어가면서 초기 작품의 활기차고 유머러스하면서도 언제나 열심히 하루하루를 살아가는 인간들을 따뜻하게 그려내는 필치에 매료되었다. 김애란 작가와도 개인적인 교류가 있었는데, 베이징에서 열린 문학 행사에서 처음 만났다. 중진들이 많은 한국 작가 대표단에서 '막내' 격의 젊은 작가였지만, 심포지엄이나 강연에서 쏟아내는 말들이 깊은 사색을 거친 것이어서 대가라는 생각이 들었다.

그 문학 행사 중 그녀가 조용히 낭독한 것은『비행운』에 수록된 「그곳에 밤 여기에 노래」라는 소설에서 발췌한 내용이었다. 죽은 아내가 남긴 중국어 교재 카세트테이프를 택시 운전사 주인공이 듣는 장면으로 시작된다. 아내를 잃은 외로운 중년 남성이 자신의 가난했던 소년 시절과 콤플렉스, 조선족 중국인인 아내와의 만남 등을 회상한다. 그리고 중국어 초급 수준의 단순하고 별 의미 없어 보이는 문장이 그 중년 남성의 심정을 드러낸다. 매우 기교적인, 그러나 그것을 기교라고 느끼지 않게 하는 작품이다. 이 밖에도 공항 화장실을 청소하는 오십 대 여성이 주인공인 「하루의 축」 등 가슴에 남고 떠나지 않는 인물을 그려내는 작가라는 생각이 든다.

니미 스미에 新見寿美江 작가, 출판인

『백석 평전(詩人 白石—寄る辺なく気高くさみしく)』

안도현 | 이가라시 마키(五十嵐真希) 옮김 | 新泉社 | 2022

『해녀들(海女たち—愛を抱かずしてどうして海に入られようか)』

허영선 | 강신자, 조륜자 옮김 | 新泉社 | 2020

니미코보(新見工房) 대표이사. 『한국 시장 걷기 동네 돌아보기 한국 여행(韓国市場あるき 町めぐり 韓国の旅)』과 한국 뮤지컬 두 번째 책인 『KOREAN MUSICAL BOOKS』를 발행 했다. 1997년 여행잡지에서 한국을 담당한 이래 한국의 매력에 빠져 수많은 여행잡지를 집필하는 한편, 저술 활동도 활발히 하고 있다. 저서로 『한국음식기행(韓国食めぐり)』(JTB 刊) 외 다수가 있다.

『백석 평전』

〈나와 나타샤와 흰 당나귀〉라는 한국 뮤지컬 작품을 볼 기회가 있었다. 제목으로 미루어 보아 러시아 여성을 주제로 한 것이 아닐까, 하는 엉뚱한 상상을 할 정도로 궁금했다. 뮤지컬을 보고 나서도 무언가 석연치 않았다. 인터넷 검색을 해보니 이 제목은 시인 백석의 작품이라고 했다. 그리고 백석은 남북 분단 이후 북한에서 살았고, 시를 표현할 때 사투리를 사용했다고 한다. 그 부분은 뮤지컬 소개문에도 있어 어느 정도 알고 있었다. '백석을 더 알고 싶어. 뮤지컬로도 만들 정도니까'라는 생각에 한국 친구에게 전화를 걸었다. "안녕. 가르쳐줬으면 하는 게 있어. 백석이라는 시인을…." 여기까지 말하자 친구는 "아, 그 시인은 아주 유명한 시인이라 한국 사람이라면 모르는 사람이 없지. 뮤지컬은 봤어?" 하며 흥분한 듯 말을 꺼냈다. 친구 역시 백석은 표현 방식이 독특하고 사투리를 쓴다는 것, 백석에 관한 책이 많다는 것을 알려주었다.

점점 더 백석이 궁금해졌다. 책을 찾아보니 마침 출간된 지 얼마 되지 않은 『백석 평전』 일본어 번역본이 있었다. 곧바로 구매해 이틀을 기다렸다. 두툼한 책 한 권이 도착했다.

저자 역시 시인이며 백석을 존경하고 큰 영향을 받은 사람이다. 기다리던 책은 회색 하늘에서 내리는 눈을 연상시키는 하드커버였다. 책을 펼쳤다.

가장 먼저 '일본어판 서문'라는 제목이 눈에 들어왔다. 첫머리에 이렇게 쓰여 있었다.

"백석은 한국의 고등학교 교과서 '국어', '문학'에 가장 많은 시가 실린 시인이다. 그의 시집 『사슴』은 한국의 현역 시인을 대상으로 한 설문조사에서 '우리 시대 시인에게 가장 큰 영향을 끼친 작품'으로 뽑히기도 했다. 백석을 다룬 책과 논문은 지금까지 천 편이 넘는다. 이것만 봐도 백석의 시와 삶에 대한 학계와 문단, 그리고 독자들의 관심이 남다르다는 것을 짐작할 수 있다.

일본이 조선을 합병한 직후인 1912년에 태어난 백석은 1945년 광복 이후 북한에서 활동하다 생을 마감했다. 백석은 자신의 사상적 신념에 따라 남에서 북으로 넘어간 월북 시인이 아니다. 가족이 있는 북한에서 한동안 창작활동을 했지만 결국 사회주의 체제에 적응하지 못하고 평양에서 쫓겨나 농사일로 만년을 보낸 비운의 시인이다. 남북 분단 이후 수십 년 동안 그는 남과 북 어느 쪽에서도 문학사적으로 인정받지 못했다. 그러나 지금 한국의 연구자들과 독자들은 백석의 시에 열광하고 있다. 백석은 이런 열광을 예상하지 못했을 것이다."

바로 다음에 "내가 사랑하는 백석의 시와 삶이 일본에 알려지면 일본에서 백석을 통해 동아시아의 과거와 현재를 진단하는 새로운 관점이 생겨날지도 모른다"는 문장이 이어졌다. 이 메시지는 곧바로 내 마음에 새겨졌다.

'서문'으로 넘어갔다. 서문의 제목 역시 호기심을 자극하며 저자의 세계로 안내한다. '서문: 백석을 필사하던 시간'에서 저자는 스무 살 때(1980년) 백석의 시 「모닥불」을 처음 접했고, 그때부터 백석에게 심취했다고 한다. 그래서 1989년, 두 번째 시집으로 『모닥불』을 발표했다는 것이다. 서문 마지막에는 "나는 백석에게 받은 은혜를 갚기 위해 이 책을 썼다"고 적었다. 저자는 왜 이토록 백석을 존경하게 되었을까. 더욱더 시인 백석에게 관심이 생겼다.

일본어 번역본 본편은 다음과 같이 구성되어 있다.

프롤로그 귀향
1부 시집 『사슴』이 탄생하기까지
2부 함흥 시절
3부 만주 시절
4부 해방 이후
연보, 부록 '백석 시초', 해설, 역자 후기

저자가 백석의 「모닥불」을 접한 것은 1980년이다. 남북 분단 이후 북한에서 생활할 수밖에 없었던 백석의 말년에 이르는 모습이 세심하게 기록되어 있다. 문장에 등장하는 인물이나 지명을 몰라 몇 번이고 한반도 전도 페이지로 돌아가기도 하고, 인명 주석으로 넘어가기도 했지만 빠져들어 읽었다. 다 읽었을 때 '아, 그랬구나'라는 생각이 들 정도로 모르는 것투성이였다. 백석을 존경하는 저자가 이 책에 쏟은 에너지는 대단했을 것이다. 마음 없이는 이 책을 쓸 수 없었을 거라는 생각이 들었다. 마음속이 감동으로 조금씩 떨리는 것 같았다.

백석 시인을 알고 싶다는 생각에 이 책을 집어 들었는데, 어느새 저자 안도현의 세계관에 빨려 들어가고 있었다. 저자의 치밀한 조사를 바탕으로 한 백석의 발자취에서 일제강점기 한반도 문단의 흐름, 그리고 만주에서의 백석의 삶에서 시대의 위태로움을 엿볼 수 있었고, 나아가 한반도의 남북 분단에서 부조리함이 느껴져 마치 근대사를 보는 듯했다.

책을 펼치기 전까지는 백석의 작품을 평론하는 책인 줄 알았다. 예상은 빗나갔다. 그동안의 은혜를 갚기 위해 이 책을 썼다고 저자가 서문에서 밝혔듯이, 백석이 어디서 태어나고, 어느 학교를 다니고, 어떤 일을 하고, 어떤 삶을 살았으며, 어떤 사람들과 교류하고, 누구를 사랑했는가, 그리고 백석을 둘러싼 당시 사회 정세는 어땠는가 등이 상세히 적혀 있다. 찬양 일색일 것 같지만 곳곳에 냉철한 판단이 등장한다. 시인 백석을 단편적으로 파악하는 것이 아니라 평생에 걸친 발자취를 통해 그의 표현이 얼마나 훌륭한지 전해준다.

백석이 도쿄 아오야마가쿠인대학에 유학하게 된 경위도 나온다. 그는 일본과 강제 병합된 시대에도 일본어가 아니라 한국어를 사용했다. 그리고 그곳에는 언제나 고향의 말이 있었다. 저자는 백석이 향토어를 사용한 것에 대해 다음과 같이 썼다.

"백석은 식민지화에 의해 더럽혀지고 왜곡되기 전의 고향, 즉 더럽혀지지 않은 원시성을 지닌 고향과 고향의 방언에 주목했다. 고향의 언어인 방언이야말로 몰락의 길로 치닫는 조선의 현실을 지킬 수 있는 하나의 시적 역설로 작용할 수 있다고 판단했다. 그래서 백석이 평안도 방언을 사용한 것은 향토주의에 매몰된 결과가 아니라 무척 고심한 창작 방법이자 다분한 의도였다."

그렇기 때문에 백석의 시가 현대 사회에서 많은 독자를 매료하고, 읽히는구나 싶었다. 백석의 작품에는 고향에 대한 사랑뿐만 아니라 그곳에 있는 것의 중요성이 전해지기 때문이리라. 언뜻 보기에 불편함이 있는 곳이라도 그곳에 아름다운 무언가가 있다면, 그것만으로도 사람은 살아갈 수 있는 것 같다.

「나와 나타샤와 흰 당나귀」를 다 읽었다. 이 시가 사랑하는 사람에게 바치는 시라는 사실을 알았다.

"나타샤를 사랑해서/ 오늘밤은 푹푹 눈이 나린다"라는 시의 첫머리부터 당돌한 느낌을 받았지만 왠지 모르게 선명하게 단어가 남았다. 이 얼마나 절박한 표현인가. 마치 일정한 리듬으로 시간을 재는 시계와 그에 반하는 자연의 변화가 동시에 진행되는 듯하다. 자의적인 해석이지만, 무엇에도 얽매이지 않고 거기에 있는 것은 '그때'일 것이다. 사랑에 확증은 없다. 하지만 표현의 방법은 얼마든지 있다고 생각하면서도, 눈의 흰색과 흰 당나귀라는 표현에서 흔들림 없는 사랑의 형태가 보였다.

이 책을 통해 백석의 시뿐만 아니라 많은 작품을 알게 되었다. 하지만 그보다 저자의 치밀한 조사를 바탕으로 한 이 책은 백석을 존경하는 저자이기에 가능했을 것이다. 시인 백석은 시대에 휘둘려 자유로운 표현도 하지 못한 채 생을 마감했다. 하지만 거기에는 백석다운 삶의 방식도 있고, 사랑하는 사람을 솔직하게 대하는 방식과 자신의 신념을 관철하는 유연한 강인함도 있다. 저자는 시인 백석을 통해 한반도의 발자취와 함께 결코 잊어서는 안 되는 역사적 사실을 메시지로서 이 한 권의 책에 담아냈다.

『해녀들』

제주도의 시인이 쓴 이 책은 1부 '해녀전'과 2부 '소리 없는 목소리의 기도의 노래(声なき声の祈りの歌)'로 구성되어 있으며, 50편의 시와 산문이 실려 있다.(한국어판은 1부 '해녀전―울 틈 물 틈 없어야 한다', 2부 '제주 해녀들―사랑을 품지 않고 어찌 바다에 들겠는가'_옮긴이)

'1부 해녀전'에는 「해녀 김옥련 1」과 「해녀 김옥련 2」라는 시가 실려 있다. 각주에 실린 김옥련의 소개 글을 보면, 그녀는 일제강점기에 일본의 수산물 수탈에 맞서 싸운 제주해녀항쟁의 주모자 중한 사람으로 6개월간 옥고를 치렀다고 한다.

죄명은 소요랍니다/ 기어코 이름 불지 않았습니다// 문패 없는 바다에서 무자맥질한 죄/ 한목숨 바다에 걸고 산 죄는/ 있습니다만,/ 또하나 죄라면 그리고 이어지는 마지막 두 줄.

끝끝내 살아남아 이룬 것 하나// 바락바락꽃
　－「해녀 김옥련 1」 중에서

또한 「해녀 김옥련 2」 후반부에서는 징역을 살아냈다는 사실을
알았다.

일주일 고문 더 하던 그해// 한사코 바다 탯줄 끊지 못한/ 섬의 여인들/
징역을 살아내던 여인들
　－「해녀 김옥련 2」 중에서

　해녀들이 단결한 해녀항쟁을 진압하기 위해 일본 경찰은 주모자
로 추정되는 해녀들을 체포해 고문했다. 하지만 해녀들은 결코 동
료를 배신하지 않았고, 아무리 신체적 고통을 당해도 살아남았다.
그 고문이 얼마나 끔찍했는지는 시 속에 조용한 분노와 함께 담겨
있다. 그러나 끔찍한 고문을 당하고 기절하면서도 살아남은 해녀
들에게는 고문에도 굴하지 않는 정신력이 있었다. 그 정신력은 아
마도 해녀들의 뇌리에 가족과 보낸 행복한 시간, 그리고 사랑하는
사람에 대한 애틋한 마음이 늘 있었기 때문이 아닐까. 그것이 삶의
힘이 되었을 것이다. 「해녀 김옥련 1」과 「해녀 김옥련 2」는 고문이
아무리 비인도적인 행위라 할지라도 인간의 마음까지 빼앗을 수는

없음을 조용히 호소하는 것이다. 해녀들이 숭고하게 살아가는 힘은, 사랑하는 이들을 위한 숭고한 온유함과 깊은 애정에서 나오는 것이다.

2부에는 「바닷속 호흡은 무엇을 붙잡는가」라는 비교적 짧은 시한 편이 있다.

하나의 호흡이/ 하나의 호흡을 마시며 몸을 뒤튼다/ 다섯의 여자와 바다가 한몸이 된다/ 허우적 무엇을 붙잡는가/ 온 가슴의 끝에서 내뱉는다/ 염주알처럼 알알이/ 흩어진 것들/염주알처럼 /흩뿌려지는 무리들 /흩어지는, 새를 쫓는 소리들/ 바다 위로 흩어지고 흩어진다

해녀들이 생명을 맡기는 자신의 호흡. 다섯 명의 동료들이 숨을 내쉬고 깊게 숨을 들이마시며 일제히 바다로 뛰어든다. 무언가를 잡으면 숨을 내뱉는다. 그 깊은 숨은 희미한 소리와 함께 날아갔다가 사라진다. 그렇게 상상했다. 아마도 새를 쫓는 숨소리도, 바다 위를 날아다니며 춤추며 표류하는 것도, 자의적인 해석이지만 해녀들의 깊은 숨소리 같다. 하나의 호흡을 내쉬고 하나의 호흡을 마신다. 그리고 하나의 호흡을 들이마시자마자 바다로 뛰어드는 해녀들. 그 순간순간이 생명과의 싸움이기도 하다. 바다를 믿고, 자신을 믿고, 가족에 대한 애정이 없으면 할 수 없다. 제주의 잔잔한 바다, 때론 거칠게 출렁일 때도 있지만 약속이라도 한 듯 잔잔해져

해녀들을 지켜봐준다. 시인은 해녀들의 바다에 대한 생각과 감사, 그리고 사랑하는 사람들에 대한 마음을 전한다.

이 책을 통해 해녀들의 항일투쟁을 알게 되면 '인간의 존엄성'과 '사람의 마음'에 대해 생각해볼 수 있는 계기가 된다. 특히 실존을 우선시하다 보면 본질을 놓치고 사람은 상상하는 것조차 잊어버리고 심지어 악마처럼 변해버릴 수도 있다. '마음을 보라! 해녀들이 전해준 삶이 지닌 힘의 본질을 보라!'고, 이 책은 잔잔한 바다와 같은 고요함 속에서 깊은 이야기를 들려준다.

1998년 11월 취재차 처음 제주도를 방문했다. 관광명소에서는 촬영대회라도 열렸나 싶을 정도로 신혼부부들이 앞다투어 기념촬영을 했다. 유명 관광지인 용두암으로 갔을 때 근처 해변에서 담소를 나누던 해녀들에게 이야기를 들었다. 짧은 대화에서도 "제주에 왔으면 전복죽을 먹어봐" 하는 말에 향토 요리를 알게 된 것도 이때였다. 그로부터 3년 정도 지나 제주 서귀포에 있는 식당 아주머니와 친해졌다. 그때 처음 해녀들의 항일투쟁을 알았다. 하지만 자세히 알 수는 없었다. 이 책을 읽고 싶다고 생각한 것은 그때 해녀들은 어떤 생각이었을지 알고 싶었기 때문이다.

어떤 시를 읽어도 빠져들 수 있는 시집이다.

다카기 다케야高木丈也 언어학자

『코리안 디아스포라: 재외 한인의 이주, 적응, 정체성(ディアスポラとしてのコリアン—北米・東アジア・中央アジア)』

윤인진 | 고전해성 감수 | 가시와자키 지카코(柏崎千佳子) 옮김 | 新幹社 | 2007

『추방당한 고려인: 천연의 미와 백년의 기억(追放の高麗人—「天然の美」と百年の記憶)』

강신자 | 안 빅토르 사진 | 石風社 | 2002

『코리안 세계의 여행(コリアン世界の旅)』

노무라 스스무(野村進) | 講談社 | 1997

게이오대학 종합정책학부 전임강사로 전공은 조선어학이다. 세계에 산재하는 한국·조선 민족에 대해 사회언어학적 시점에서 탐구하고 있다. 저서로 『일본어와 조선어 담화에서 문말 형식과 기능의 관계: 중도종결 발화문의 출현을 중심으로(日本語と朝鮮語の談話における文末形式と機能の関係—中途終了発話文の出現を中心に)』(三元社), 『중국 조선족의 언어 사용과 의식(中国朝鮮族の言語使用と意識)』(くろしお出版), 『게이오대 초인기 수업이 책으로 나왔다! 정말 잘 이해되는 한국어 초급(慶大の超人気授業が本になった! 本当によくわかる韓国語初級)』(KADOKAWA) 등이 있다.

한국·조선인의 '마음'을 찾아서. 그것은 세계를 도는 장대한 여행이자 또한 동시에 상상을 뛰어넘는 역사 여행이기도 하다.

나는 지난 몇 년 동안 각지에 산재하는 한국·조선 민족의 실태를 조사하기 위해 전 세계를 여행해왔다. 그들을 꿰뚫는 '한국·조선'적인 것이란? 그리고 '민족'이란 대체 무엇일까? 그런 문제의식에 사로잡혀 촌음을 아껴 세계를 분주히 돌아다녔다.

이 민족은 한반도 외에도 생각지도 못한 많은 나라와 지역에 이주해 있다. 가령 일본. 일본 통치기에 직접적인 뿌리를 지닌 '올드 커머(구세대)'라 불리는 사람들, 그리고 '뉴 커머(신세대)'라 불리는 비교적 최근 건너온 사람들이 있다. 오사카 쓰루하시의 시장에는 떠들썩한 가운데 김치나 한복을 파는 올드 커머 2, 3세의 모습이, 도쿄 신오쿠보에는 최신 K-POP이 흐르는 매장에서 화장품, 한류 기념품을 파는 뉴 커머의 모습이 있다. 그들은 우리에게 가장 친근한 존재다.

그뿐 아니다. 중국이나 구소련 지역, 미국 등 한국·조선 민족의 삶은 수많은 나라와 지역에서 볼 수 있다. 나는 이러한 사람들의 생각이나 삶이 궁금해서 각지를 여행하며 수많은 사람을 만나왔다. 지금, 그러한 사람들을 다시금 떠올리면서 책을 펼쳐본다.

◆ 중국: 조선족

"지금껏 중국 조선족은 두 가지 정체성과 함께 살아야만 했다. 한편으로

는 중국 공민이며, 한편으로는 한민족이다." (『코리안 디아스포라』 302쪽)

중국에는 동북 지방을 중심으로 조선족이라 불리는 사람들이 거주하고 있다(약 170만 명: 2020년 '제7차 전국 인구 조사'). 지린성에는 옌벤조선족자치주가 있는데 길거리에 조선어 간판이 넘칠 뿐 아니라 공립학교에서는 조선어로 수업한다.

중국과 북한의 국경에 있는 작은 마을에서 만난 조선족 노인들은 하나같이 선대의 출신지를 또렷이 기억하고 있었다. 북한의 함경도나 평안도 등 그리 쉽게는 갈 수 없는 지역인데도, 그곳에는 자신의 뿌리에 대한 견고한 '자부심'이 느껴졌다. 중국과 북한 국경 지역의 작은 마을에 있는 조선족 학교에서는 복도에서 스쳐 지나갈 때마다 학생들이 멈춰 서서 인사를 했다. 유교를 소중히 하는 민족의 '마음'이 살아 있음을 알 수 있는 장면이었다.

변경에 있는 마을을 방문했을 때 "이 마을에서 조선어를 말하는 사람은 내가 마지막 한 사람이다"라고 이야기하는 노인이 있었다. 아들 가족은 도시로 돈 벌러 갔고 평소에는 더는 조선말을 할 일이 거의 없다고 한다. 게다가 최근에는 귀까지 어두워져서 대화하기도 쉽지 않다고 한다. 다만 휴대전화도 터지지 않는 산속 마을인데도 고추장을 보존하는 장독은 당연한 듯 존재했다.(최근에는 한국에서도 있는 집은 드물다.) 여기에는 틀림없이 한국·조선의 '삶'이 있었다. 오랜 세월 이어져 내려온 한국·조선의 문화. 하지만 이제 그것은 풍전등화일까.

최근에는 더욱 상황이 가속화한 듯하다. 자치주 안에서도 한어 (중국어)를 중시하는 사람이 많아져 민족학교도 축소 일로를 걷고 있다. 한 조선족 부모는 부부끼리 이야기할 때는 조선말을 쓰지만 자녀와 대화할 때는 일부러 한어를 쓴다고 한다. "장차 이 아이는 한족 사회에서 경쟁하고 살아남아야 하니까요." 그렇게 말하는 부모의 시선에서는 힘든 현실이 여실히 전해졌다.

◆ 구소련 지역: 고려인

"그들이 소련이라는 국가의 좋은 시민이 되기 위해서는 추방을 둘러싼 기억을, 즉 중앙아시아에 살게 된 자신들의 내력을 잊는 것이 절대 조건 이다. 그들은 살아남기 위해서 암묵적 동의하에, 기억을 이야기하는 입 을 닫고, 필사적으로 일했다." (『추방당한 고려인』 13쪽)

러시아 연해주(극동)에는 원래 고려인(한반도에서 이주한 이들)이 거주했지만, 1937년에 스탈린의 명령으로 중앙아시아 각지로 강제 이주당했다. 그 수는 약 17만 명. 그로부터 약 90년의 세월이 흐른 지금, 그들은 주로 우즈베키스탄이나 카자흐스탄 같은 새로 탄생한 국가의 소수민족으로 재편되어 그 명맥을 겨우 유지하고 있다.

카자흐스탄의 전 수도인 알마티에서 만난 고려인 노인들은 합창 단을 조직해 한 달에 여러 번 노래 연습을 했다. 마침 방문한 날은 추석이라 모두 한복을 입고 노래와 춤을 선보였다.

일본에서도 유명한 〈백만 송이 장미〉를 연습하던 다른 날, 그녀들이 조선어 발음을 연습하는 광경을 보았다. 이주 2세, 3세에게 조선어는 '민족의 언어'이면서 이미 '멀리 떨어진 나라의 언어'이기도 하다.(현지에는 중국 같은 민족학교는 존재하지 않는다.) 입에서 입으로 오랫동안 이어져 내려온 그 말의 구석구석에는 말로 하기 어려운 '언령(言靈)'이 느껴졌다.

한편 최근 고려인은 연해주로 다시 이주하고 있다고 한다. 선대가 원래 이주했던 지역으로 재이주하는 것이다. 그것은 마치 자신의 정체성을 찾기 위한 회귀 현상인 듯도 하다.

♦ 세계의 코리안을 둘러싼 여행

여기에서는 지극히 일부만 소개했지만 이 외에도 한국·조선 민족은 세계 각지에 존재한다. 그 이주 경위는 다양해서, 현지에 동화되고 있는 사람, 자국과의 끈을 강하게 붙들고 있는 사람 등 그 삶의 모습도 실로 다양하다.

세계의 한국·조선 민족을 아는 것은 노무라 스스무(野村進)도 말했듯, 시야의 확대, 나아가 '일본'의 상대화에 이바지하는 점이 적지 않다.

"세계가 달리 보인다. 3년이 채 못 되는 여행을 마치고, 내가 지금 실감하는 것은 한마디로 말하자면 그런 감개무량함이다. (…) 내가 고른 방법은 (…) 가능한 한 상대적·보편적인 시점에서 각 사실과 현상을 생각해 가려는 것이었다." (『코리안 세계의 여행』 473쪽)

우리는 한국·조선 민족을 생각할 때 자칫 한반도에만 눈을 돌리기 십상이지만 한국·조선 문화는 한반도라는 중심 바깥, 그러한 '주변'에도 존재한다. 그리고 그들의 숨결 속에 그 '마음'이 깃들어 있다는 사실을 잊어서는 안 된다.

다카하시 나오코 高橋尚子 　　　　　작가, 편집자

『옷소매 붉은 끝동』(전3권)

강미강 | 혼마 히로미(本間裕美), 마루야 사치코(丸谷幸子), 김미정(金美廷) 옮김 | 双葉社 |
2023

와세다대학교 제1문과를 중퇴했다. 2003년, 1차 한류 붐 속에서 한국 드라마를 소개하는
무크지 편집을 담당한 것을 계기로 한국 엔터테인먼트에 빠져들어 2004년 한국 엔터테
인먼트 전문 정보지 『한국 TV 드라마 가이드(韓国TVドラマガイド)』(双葉社)를 창간했다. 이
후 잡지와 웹에서 한국 드라마에 관한 리뷰, 인터뷰 등을 집필했다. 편집자로서도 소설
『옷소매 붉은 끝동』 일본어 번역판을 비롯해 『K-POP 비빔밥: 좋아하는 사람을 더욱 깊
이 알기 위한 한국문화(K-POP bibimbap－好きな人をもっと深く知るための韓国文化)』(池田書
店), 『오늘도 한국 뮤지컬 보고 싶은 날(今日も韓国ミュージカル日和♪)』(다시로 지카요(田代親
世). 双葉社) 등을 담당했다. 2022년부터 다시로 지카요 씨와 한류애를 이야기하는 유튜
브 채널 'ちかちゃんねる☆韓流本舗'을 운영하고 있다.

『옷소매 붉은 끝동』(전3권)

시작은 드라마였다. 이상한 제목이라고 생각했다. 하지만 그 이유는 곧 알게 된다. 첫 회, 영조가 어린 견습나인이던 여주인공 성덕임에게 이런 말을 하는 장면이 나온다.

"(나의 할머니 의열궁은) 너와 같은 궁녀였다. 그 소매 끝이 새빨갛게 물들어 있어 나는 그것을 볼 때마다 가슴이 아팠다. 궁녀가 붉은 소매 끝이 달린 겉옷을 입는 것은 '왕의 여인'이라는 뜻이지."

이 대사가 상징하듯 이 드라마는 궁녀들의 이야기다. 조선시대 '명군' 정조(正祖)가 일생 동안 유일하게 사랑했다고 전해지는 여인의 이야기이기도 하다. 그녀는 궁녀 출신인 후궁, 의빈 손 씨인데, 왕의 구애를 몇 번이나 거절했다는 일화가 전해진다. 궁녀가 왕을 거절한다는 것은 있을 수 없는 일이다. 그만큼 왕이 그녀를 사랑했다는 뜻이기도 하다.

이 로맨틱한 왕궁 드라마의 원작이 소설이라는 사실은 알고 있었다. 하지만 갑자기 관심을 갖게 된 것은 연출을 맡은 정지인 감독과의 인터뷰가 계기였다. 그녀는 드라마화가 결정되기 전, 누군가의 권유로 이 소설을 처음 읽었을 때 이 소설이 이산의 이야기인 줄 모르고 그 세계관에 푹 빠졌다고 한다. 왜냐하면 소설에는 '이산'이라는 이름이 단 한 번도 나오지 않기 때문이다. '동궁과 견습나인', '왕과 궁녀', '왕과 후궁'으로 두 사람의 이야기는 진행된다. 읽어나가면서 "할아버지에 의해 자랐다", "아버지를 비운의 죽음으로 잃었다"는 표현으로 주인공이 이산이라는 것을 비로소 깨닫게 될 정도였다. '역사소설이라기보다는 순수한 로맨스 소설로 읽혔기에' 사극 연출 경험이 없었음에도 드라마화에 대한 욕심이 생겼다고 말했다.

또 하나 정 감독의 마음을 움직인 것은 소설의 마지막 장면이다. 그 한 구절을 영상화해 왕의 사랑을, 두 사람의 사랑을 승화시킬 수 있다면…. 이야기에 푹 빠져 있던 감독은 이산의 사랑을 영상으로 구현하고 싶었다고 한다.

그녀의 이야기를 듣고 나는 원작소설의 일본어판 출판을 결심했다. 내가 읽고 싶어서. 그래서 실행에 옮기기 시작했는데, 판권 계약부터 번역 작업, 출판에 이르기까지 고생도 많았다. 하지만 그것을 능가할 정도로 이 소설에서 얻은 감동은 컸다. 작업에 참여하면서 읽고 싶었던 이산과 덕임의 사랑 이야기를 접하고 설렘과 행복을 느꼈을 정도다.

드라마는 소설 속 포인트가 되는 대사와 에피소드를 잘 살렸다. 반면 드라마가 세손 시절에 많은 부분을 할애한 것에 반해 소설은 왕이 된 이후의 이야기가 주를 이루었다. 특히 궁녀가 후궁이 되어 왕의 아이를 낳고 그들이 가족이 되어가는 원작의 에피소드에는 '아내 앞에서는 나약하고 어디에나 있는 평범한 남자'인 이산의 모습이 담겨 있어 읽으면서 몇 번이나 눈물이 났다.

그중에서도 내가 이 소설을 일본어판으로 세상에 내놓길 잘했다는 것을 뼈저리게 느낀 구절이 있다. 그것은 어느 해 덕임의 생일에 이산이 자신들의 아이를 위해 만든 동궁전에 몰래 덕임을 데리고 가는 에피소드에서 등장한다. 모두에게 공개하기 전 그 전각에서 두 사람은 밤을 보낸다. 사랑을 나눈 뒤 덕임은 마루에 접혀 있던 왕의 옷, 곤룡포를 만지며 이산에게 이 말을 아느냐고 묻는다.

"옷깃이 닿을 만큼의 만남도 전생의 인연이래요."

곤룡포의 소매 끝을 가리키며 나는 이곳을 스쳐 지나간다는 뜻인 줄 알았다고 말한 덕임은 덧붙인다.

"그런데 어른이 되고 나서 생각해보니 그게 아니었어요. 그 옷깃은 여기가 아니었나 봐요."

그렇게 웃으며 덕임은 용포의 목둘레를 만지작거리며 말을 이었다.

"서로의 옷깃을 스치기 위해서는 그냥 길에서 스쳐 지나가는 정도로는 안 돼요. 안아줄 수 있는 사이여야 해요."

그러자 덕임은 이산에게 "다음 생에 다시 태어나도 신첩과 옷깃을 스치겠느냐"고 묻는다. 이산은 얼굴만 붉히며 대답하지 못하고 "그대는 어떠냐?"며 덕임에게 묻는다. 그녀 역시 여기서 명확하게 대답하지 않고 "소매만 스쳐도 되는지, 아니면 옷깃까지 스쳐도 되는지 잘 생각해보고 결정한 후에 말씀드릴게요"라고 말한다.

일본에도 '옷깃만 스쳐도 인연이다'라는 속담이 있는데, 이는 불교에서 유래한 것으로 다양한 사람과의 인연을 일컫는 말이다. 하지만 한국에서는 이 '옷깃'이 남녀의 인연이라는 의미가 강하다고 한다. 그리고 이 대사는 덕임이 최후의 순간에 이산에게 한 말과 연결된다.

"정말 신첩을 소중히 여긴다면 다음 세상에서는 알아도 모른 척 하고 옷깃만 한 번 스치듯 그냥 지나치세요."

나는 이 말을 읽고 울컥했다. '붉은 끝동'을 몸에 지닌 채 '왕의 여자'가 된 이 여인은 '옷깃'을 스침으로써 '왕과 서로 사랑하는 인연'이 되었다.

드라마에서는 마지막 말은 생략되어 있고, 그 이전의 대화에 대해서는 언급되지 않았다. 하지만 소설을 읽다 보면 사랑하는 두 사람의 궤적이, 미묘한 심리가 드라마의 끝자락을 채우며 남자와 여자로 인연을 맺은 이산과 덕임의 모습이 선명하게 드러난다.

소설의 하권에 수록된 외전에는 덕임이 궁녀의 소매 끝 색깔, 곧 용포와 같은 붉은색을 사랑했다는 이야기도 나온다. 왕의 용포가 붉은색이라는 것, 궁녀의 소매 끝이 붉은색으로 염색되어 있다는 것을 이렇게까지 의식한 것은 처음이다. 그리고 다시 한번 제목에 담긴 의미의 깊이를 알게 된다. 이 얼마나 섬세한 연애 소설인가. 개인적으로 일본이나 해외를 포함해 연애 소설로서의 재미를 오랜만에 느끼게 해준 책이자, 사극을 보는 시각을 바꿔준 명작이 되었다.

참고로 일본어 번역에서 '동궁', '왕'으로 표현된 주인공은 작가의 허락을 받아 '이산'으로 표기했다. 일본에서는 이미 드라마가 인기여서 '이산'이라는 이름이 없는 것이 오히려 위화감을 줄 수 있다는 점, 그리고 '왕'만으로는 그 '이산'을 모르는 사람이 많을 것이라는 점을 감안한 판단이었음을 덧붙여둔다.

다케다 신야 竹田信弥

서점 경영인

『**핑퐁(ピンポン)**』

박민규 | 사이토 마리코(斎藤真理子) 옮김 | 白水社 | 2017

『**원더보이(ワンダーボーイ)**』

김연수 | 김훈아 옮김 | 쿠온 | 2016

『**동네책방 생존 탐구(韓国の「街の本屋」の生存探究)**』

한미화 | 와타나베 마도카(渡辺麻土香) 옮김 | 이시바시 다케후미(石橋毅史) 해설 | CUON | 2022

1986년 도쿄 출생. 후타고노라이온도(双子のライオン堂, '쌍둥이 사자당'이라는 뜻_옮긴이) 점장. 고등학생 시절에 인터넷 헌책방 '후타고노라이온도'를 개업했다. 현재는 아카사카에 실제 매장을 두고 영업 중이다. 저서로 『귀찮은 책방: 100년 뒤까지 이어갈 수 있는 비결(めんどくさい本屋－100年先まで)』(本の種出版), 문예지 『시시시시(しししし)』 발행인 겸 편집장. 『가로등으로서의 책방(街灯りとしての本屋)』(雷鳥社) 구성을 담당. 공저로 『앞으로의 책방(これからの本屋)』(書誌汽水域), 『아직도 모르겠는 꿈의 책방 가이드(だまだ知らない夢の本屋ガイド)』(朝日出版社) 등이 있다.

한국의 마음을 만나다

나는 도쿄에서 작은 서점을 운영하고 있는데, 십 년 전 서점을 연 것과 같은 시기에 한국문학에 대한 이야기가 조금씩 들려오기 시작했다. 우리 서점에서는 정기적으로 독자들과 함께 책을 읽고 감상을 나누는 모임(독서회)을 열고 있다. 책을 좋아하고 독서를 좋아하는 사람들이 모여 책과 문화에 관한 이야기로 꽃을 피운다. 그 자리에서 최근 한국문학이 재미있다, 앞으로 좋은 작품이 번역될 예정이니 주목해야 한다는 이야기가 나날이 늘고 있다. 문학에 대한 촉이 예민한 참가자들이 그렇게 말하니 나도 읽어보기로 했다. 그러다 보니 번역된 소설 특유의 어딘가 다가갈 수 없는 벽이 없거나 얇다는 것을 알게 되었다. 등장인물이나 등장하는 풍경 등이 친근하게 느껴져 매우 읽기 쉬웠다. 주제는 같지만 일본 소설에는 없는 접근 방식도 있어서 나도 금방 매료되었다. 비슷한 시기에 일본의 서점에도 한국문학을 소개하는 코너가 설치되기 시작했다. 우리 서점도 예외 없이 한국문학 코너를 만들게 되었다.

처음 접한 것은 박민규 작가의 『핑퐁』으로 기억한다. 독서 모임에 참여한 서평가의 추천으로 읽게 되었다. 따돌림을 당하는 중학생 주인공이 똑같이 따돌림을 당하는 친구와 들판에서 발견한 탁구대에서 탁구를 친다. 탁구공은 거대해지고, 두 사람은 어느새 인류의 미래를 결정하게 된다. 글을 쓰다 보면 도대체 무슨 이야기인지 의문이 들지만, 애초에 그런 이야기이니 어쩔 수 없다. 주제는 무겁지만, 스토리 전개가 기발하고, 템포가 가벼워서 가볍게 읽을 수 있었다. 그리고 번역된 소설임에도 주인공들을 친근하게 느낄 수 있었다. 나도 학창 시절에 따돌림당한 적이 있어서 학교 분위기나 아는 분위기, 어디선가 경험하거나 본 적이 있는 것들이 거기에 있는 듯했다. 미국이나 유럽을 배경으로 한 소설에서도 정신적으로 가깝게 느껴지기도 하지만, 풍경이나 등장하는 아이템이 가끔 상상하기 어려워서 거리감이 느껴져 냉담할 때가 있다. 한국문학은 어딘지 모르게 아는 것들이 나오기 때문에 독서 자체에 몰입할 수 있고, 내용을 더 꼼꼼히 살필 수 있다.

그다음은 독자와의 독서 대결이었다. 쿠온(CUON)이 출판하는 '새로운 한국문학 시리즈'는 나올 때마다 매장에 구비해두었다. 다른 출판사에서도 점점 더 많은 책이 출간되어 더이상 따라잡을 수 없을 것 같다는 생각이 들 정도였다. 특히 독자들과 함께 열광한 작품으로는 천명관의 『고래』, 정세랑의 『피프티 피플』, 김애란의 『바깥은 여름』, 김연수의 『원더보이』 등이었다. 물론 여기에 다 적을 수 없을 만큼 많은 작품이 있다. 모두 등장인물들의 심리가 절절하게 그려져 있다.

그중에서도 김연수의 『원더보이』가 가장 마음에 와닿았다. 이 작품은 사람의 마음을 읽을 수 있는 김정훈이라는 초능력 소년 '원더보이'의 눈을 통해 언론 탄압 등 정치적 압력에 휘말리는 시민들의 모습을 그린 소설이다. 역사적 사실에 판타지적 요소를 가미해 오락성도 높다. 가족 소설로도 읽을 수 있다. 한국문학을 읽다 보면 일본과 한국은 거리상으로 가까운 나라인데도 내가 모르는 것이 많다는 사실을 새삼스럽게 깨닫게 된다. 역사 교과서에서는 어느 정도 알고 있는 내용도 당시 서민들이 어떤 생각을 가지고 생활했는지는 잘 알 수 없다. 문학작품을 읽으면 역사나 정치 등 큰 주제에서는 사라져버리는 사람들의 마음의 움직임을 상상할 수 있는 것이다.

한편 논픽션 분야지만 『동네책방 생존 탐구』도 읽어보길 권한다. 출판평론가인 저자가 서점을 운영하는 사람들의 생각, 나아가 한국 출판계의 이익 구조까지 꼼꼼하게 정리한 책이다. 여기에 등장하는 서점 관계자들의 이야기는 일본과 마찬가지로 종이책 판매의 어려움을 느끼면서도, 자신이 하고 싶은 일이기 때문에 생동감 있게 앞으로 나아가고, 자신이 원하는 이상적인 서점을 향해 새로운 것에 도전한다. 그 자세에 큰 용기를 얻었다. 또한 한국 사람들의 언론의 자유에 대한 강한 의지를 느낄 수 있었다.

이번에 소개한 책들은 모두 등장인물들이 어려움을 겪으면서도 꿋꿋하게 살아가는 모습이 그려져 있다. 일본에서 한국문학이 유행하는 것은 이국적이면서도 어딘지 모르게 친근한 존재인 사람들이 보여주는 정직하고 긍정적인 모습에 용기를 얻었기 때문이 아닐까?

다케우치 에미코 竹内栄美子 일문학자

『현해탄(玄海灘)』

김달수(金達寿) | 筑摩書房 | 1954

　(『김달수 소설 전집(金達寿小説全集)』 6 | 筑摩書房 | 1980)

『화산도(火山島)』(전7권)

김석범(金石範) | 文藝春秋 | 1983~1997

『집성시집: 들판의 시(集成詩集 原野の詩)』

김시종(金時鐘) | 立風書房 | 1991

1960년 일본 오이타현에서 태어나 에히메현에서 자랐다. 오차노미즈여자대학교를 졸업하고, 동대학원 박사과정을 이수했다. 오차노미즈여자대학교 조교, 지바공업대학 교원을 거쳐 현재 메이지대학교 교수로 재직 중. 전공은 일본근대문학이다. 박사(인문과학). 주요 저서로는 『나카노 시게하루 사람과 문학(中野重治 人と文学)』(勉誠出版, 2004), 『비평정신의 형태 나카노 시게하루 · 다케다 다이준(批評精神のかたち 中野重治 · 武田泰淳)』(EDI, 2005), 편저 『컬렉션: 도시 모더니즘 시지 제2권 아나키즘(コレクション · 都市モダニズム詩誌 第2巻 アナーキズム)』(ゆまに書房, 2009), 『전후 일본, 나카노 시게하루라는 양심(戦後日本、中野重治という良心)』(平凡社, 2009), 공동 편저 『나카노 시게하루 서간집(中野重治書簡集)』(平凡社, 2012), 『여성작가가 쓴다(女性作家が書く)』(日本古書通信社, 2013), 『나카노 시게하루와 전후 문화운동(中野重治と戦後文化運動)』(論創社, 2015), 편저 『컬렉션－전후시지 제9권 대중과 서클지』(ゆまに書房, 2017), 공동 편저 『나카노 시게하루 · 홋타 요시에가 주고받은 왕복서신 1953~1979(中野重治 · 堀田善衞往復書簡 1953~1979)』(影書房, 2018), 편저 『신편 일본여성문학전집(新編日本女性文学全集)』 제9권(六花出版, 2019) 등이 있다.

2003년 9월 2일, 조후센가와(調布せんがわ) 극장에서 〈현해탄〉을 관람했다. 그토록 복잡하게 얽힌 장편소설의 세계를 능숙하게 연출한 훌륭한 무대였다. '현해탄을 상연하는 모임'이 주최하고 오문자 씨가 대표로 있는 '이문화를 즐기는 모임'이 손을 잡은 결실로 상연된 공연이다. 원작은 김달수, 각색은 아리요시 아사코(有吉朝子, 극단 극작가), 연출은 시가 사와코(志賀澤子, 도쿄 연극 앙상블)가 맡았으며, 8월 30일부터 9월 3일까지 상연되었다. 표는 매진되었다고 한다. 배경에 한글이 투영된 무대에서 한국의 마음을 본 듯했다.

나는 이 연극에 대해 『김달수와 그 시대 문학·고대사·국가(金達寿とその時代 文学·古代史·国家)』(クレイン, 2016), 『김달수전 일본 속의 조선(金達寿伝 日本のなかの朝鮮)』(クレイン, 2019), 『나카노 시게하루와 조선 문제(中野重治と朝鮮問題)』(青弓社, 2011)의 저자인 히로세 요이치(広瀬陽一) 씨의 도움을 받았고, 세미나에는 재일조선인문학을 연구하는 대학원생도 있기에 대학원생들을 초대하여 총 아홉 명이 9월 2일에 연극을 관람했다. 대학원생들도 다양한 소감을 말했는데, 이들에게도 인상 깊은 무대였다. 또한 공연장에서는 무대 발음 지도를 담당한 최순애 씨도 만날 수 있었다.

원작에서는 두 주인공 서경태와 백성오가 각자의 고통과 갈등을 드러내며 식민지 조선을 살아가는 청년으로 그려졌다. 그 외에도 많은 인물이 등장한다. 1943년 경성을 배경으로 서경태는 고학으로 일본 대학을 졸업하고 현지 'K신문사'에 근무하지만, 오이 기미코(大井公子)와의 연애가 파탄나면서 갑자기 고국 조선을 떠올리고 〈경성일보〉에 근무하게 된다. 백성오는 도쿄 유학 시절 학생운동으로 체포되어 경성으로 돌아온 후 요시찰인으로 잠자리에 누워 아무것도 하지 않는 무기력한 생활을 하고 있다. 백성오는 유력자 아버지 밑에서 남부럽지 않은 생활을 하고, 성오를 진심으로 섬기는 식모 연숙도 있다.(무대에서는 선술집 딸이자 가수다.) 소설에서는 1장이 서경태, 2장이 백성오, 3장이 서경태, 이렇게 장마다 주인공이 바뀌면서 조국광복회를 알게 되고 양정 중학 사건 등을 거치면서 두 사람은 점차 민족의식에 눈을 뜨게 되는데, 마지막에는 백성오의 검거 소식을 듣고 놀란 서경태가 친일적인 〈경성일보〉는 그만둬야 한다, 백성오를 면회해야 한다고 생각하며 면회실에서 백성오를 기다리는 것으로 끝난다.

그런데 무대에는 이 두 사람 외에 조선인 특고 이승원이 중요한 세 번째 청년으로 등장한다. 두 청년이 주인공인 줄 알았던 소설 『현해탄』이 무대에서는 세 청년의 이야기가 된 것은 의외이기도 했지만, 그 설정은 백성오의 감시자인 이승원이 경찰 조직 안에서 일본인 상사에게 낮은 자세로 복무하는 고뇌와 망설임이 드라마 속에서 오히려 큰 효과를 가져왔다. 일본인 상사는 교활하고 악랄한 인물로, 이승원에게 승진을 빌미로 일을 시키지만 실제로는 승진을 시키지 않는다. 이 세 번째 주인공을 설정한 무대에서는 이승원이 일본의 지배를 받는 경찰 조직 안에서 일하는 조선인이기 때문에, 그 사이에 낀 갈등을 잘 표현한다. 그리고 한 가지 더 무대의 특징을 꼽자면, 선술집에서 모두가 부르는 〈아리랑〉, 〈뱃노래〉는 '황국신

민의 맹세'를 반복적으로 읊조리게 하는 일본의 폭력적인 장면을 능가하는 힘을 보여주었다.

소설에서 백성오가 몸을 던지는 조국광복회의 지도자 김일성은 존경할 만한 인물로 그려진다. 이는 작품 집필 당시인 1950년대 초반의 한국전쟁 당시 정세가 짙게 반영된 부분일 것이다. 그러나 그러한 냉전 시대의 한계가 있더라도 이 작품은 식민지 조선의 고통을 그린 뛰어난 작품임은 틀림없다. 김달수는 초판 머리말에서 "민족의 독립을 잃은 제국주의 치하의 식민지인이라는 것이 어떤 것인지" 일본인에게 보여주고 싶었다고 밝혔고, 문고판 서문에서 식민지는 "인간의 몰락"이라고 말했다. 소설 『현해탄』은 일본이 한반도를 식민지로 지배한 시대의 왜곡, 곧 일본이 어떻게 '인간의 붕괴'를 가져왔는지 극명하게 그려낸 작품이다. 일본의 가해 사실을 없었던 일로 치부하는 역사 수정주의가 확산하는 지금, 『현해탄』을 다시 읽는 의미는 크다.

참고로 소설 『현해탄』에는 나카노 시게하루의 시 「비가 내리는 시나가와 역(雨の降る品川駅)」의 한 구절이 인용되어 있다. 김달수와 나카노 시게하루는 신일본문인협회에서 인연이 깊어, 함께 신일본문인협회에서 파견되어 강연 여행을 다녀온 적도 있다. 나카노 시게하루는 조선 문제에 진지하게 임한 문학가인데, 자세한 내용은 앞서 언급한 히로세 요이치의 『나카노 시게하루와 조선 문제』를 참고하기 바란다.

소설 『현해탄』은 서경태와 백성오가 주인공이다. 김석범의 대하 소설 『화산도』도 남승지와 이방근, 두 주인공의 이야기다. 백성오가 양반 가문으로 유력한 아버지 덕분에 경제적으로 부유하고 연숙에게 돌봄을 받으며 살아가는 설정은 이방근의 상황과 비슷하다. 이방근 역시 제주도 굴지의 사업가인 아버지의 비호 아래 백성오와 마찬가지로 일본 유학 경험이 있고, 항일 활동 후 전향해 지금은 무위도식하는 삶을 살고 있다. 이방근의 집에도 식모인 부옥이 있어 이방근을 보살핀다. 무위도식하면서도 친일파에 비판적이고 '서북'에 적대적인 반항아적 인물이다.

이처럼 좌절 경험으로 무위도식하던 부잣집 아들이 훗날 운동을 위해 일어서는 구도는 『현해탄』과 『화산도』에서 모두 공통적으로 나타나는 구도다. 서양식으로는 노블레스 오블리주라고 할 수 있는 동아시아의 지식인, 곧 사대부의 책임을 다하는 존재로 백성오와 이방근이 설정된 듯하다. 반면 서경태와 남승지는 모두 일본에서 자란 서민 출신으로 '민주주의'의 구현자다. 다만 남승지는 서경태처럼 뒤틀린 데가 별로 없고 곧고 맑은 성품의 소유자다.

『현해탄』은 1943년 서울을 배경으로 했다. 반면 『화산도』는 1948년 봄의 제주도가 배경이다. 불과 5년의 차이지만 두 작품의 양상은 크게 다르다. 『현해탄』이 식민지 치하 청년이 점차 민족의식에 눈을 뜨는 과정을 그린 작품이라면, 『화산도』는 제주도 4·3 항쟁을 그린 작품이다. 1945년 8월 일본의 패전 후 해방된 한반도가 미국과 소련에 의해 분할 점령되고, 미국이 군사 점령하고 있는 남한에서는 친일파가 실권을 장악하고 남한만의 단독 선거로 남북 분단이 고착화되려 했다. 4·3항쟁은 이 단독 선거에 반대하는 제주도의 무장봉기를 진압하는 과정에서 3만 명에 달하는 도민이 학살당한 사건이다. 이때 도민을 학살한 것은 조선의 경찰과 군대, 우익단체인데, 이들은 일본의 식민지 시대 체제를 그대로 이어받은 것이다. 일본은 4·3항쟁과 무관하지 않다.

내가 『화산도』를 읽은 것은 2001년 여름이었다. 당시 일본근대문학회의 운영위원이었던 나는 워킹그룹에서 검토한 끝에 '식민지와 일본문학'이라는 주제로 김석범 씨에게 장문의 편지를 써서 강연을 부탁하고 승낙을 받았을 때의 기쁨을 잊을 수 없다. 2001년 12월 1일 오오츠마여자대학교에서 '왜 일본문학인가'라는 제목으로 강연해주셨다. 강연을 의뢰하기 전에 대표작을 읽어야겠다는 생각으로 여름방학에 단숨에 읽은 것이 『화산도』(전7권)다. 단행본 권마다 읽은 날짜를 메모해두었는데, 1권은 8월 17일, 2권은 8월 20일, 3권은 8월 22일, 4권은 8월 23일, 5권은 8월 26일, 6권은 9월 6일, 마지막 7권은 9월 8일이었다. 이 마지막 권은 강연 때 가져와 사인을 받은 소중한 책이다. 그 대하소설을 한 달도 안 되는 기간에 집중해서 읽은 것은 그 작품세계에 빠져들었기 때문이기도 하지만, 무엇보다도 1948년 제주도 4·3항쟁이 극명하게 그려져 해방 이후 한반도의 역사가 눈앞에 다가온 것 같았기 때문이다. 마지막에 광장에 드러난 인간의 살아 있는 머리(生首)를 본 이방근은 죽음과 함께 모든 것이 끝날 것을 느끼며 남승지가 살아 있기를 바라며 일본으로 도망치려 한다. 그리고 악랄한 정세용을 살해한 뒤 이내 스스로 목숨을 끊는다.

마침 강연 직전에 김석범, 김시종의 『왜 글을 써왔는가 왜 침묵해왔는가: 제주도 4·3항쟁의 기억과 문학(なぜ書きつづけてきたか なぜ沈黙してきたか―済州島四·三事件の記憶と文学)』(문경수 엮음, 平凡社, 2001)이 출간되었고, 김시종이 이 책에서 말하는 우체국 사건이 『화산도』 제3권 제11장에 그려져 있다는 것을 알게 되었다. 그리고 이 정례회 강연을 계기로 인연을 맺어, 김석범 씨는 2004년 6월 일본 사회문학회에서도 '문학에서의 역사'라는 주제로 강연을 해주셨다. 그 후의 저작은 다양하지만, 『화산도』의 속편이라 할 수 있는 『바다 속에서(海の底から)』(岩波書店, 2020) 등을 보더라도 4·3항쟁을 계속 써 내려가는 김석범이라는 대작가의 경이로운 지속력과 정신력에 압도당하는 느낌이다. 2022년 쿠온(CUON)에서 출간된 『보름달 아래 붉은 바다(満月の下の赤い海)』와 『신편 까마귀의 죽음(新編 鴉の死)』, 그리고 『세카이(世界)』 2022년 11월호에 실린 「꿈이 가라앉은 바닥의 『화산도』」 등을 읽으면서 2025년 100세인 김석범의 건필을 기원한다.

♦

나카노 시게하루와 함께 홋타 요시에(堀田善衞)의 문학도 연구해왔는데, 홋타가 깊이 관여한 아시아·아프리카 작가회의는 1968년부터 『LOTUS』라는 잡지를 간행해왔다. 영어판, 프랑스어판, 아랍어판 등 세 종류가 있으며, 제55호에는 전후 일본문학 특집으로 대표적인 작가들의 작품이 실려 있다.

　김석범의 「유방 없는 여인(乳房のない女)」이 오오카 쇼헤이(大岡昇平)의 「포로기(俘虜記)」, 후카자와 시치로(深沢七郎)의 「도호쿠의 무사들(東北の神武たち)」, 홋타 요시에(堀田善衞)의 「방장기사기(方丈記私記)」, 노마 히로시(野間宏)의 「청년의 환(青年の環)」, 오에 겐자부로(大江健三郎)의 「기묘한 일(奇妙な仕事)」, 이노우에 미쓰하루(井上光晴)의 「전후 35년(戦後三十伍年目)」, 이회성(李恢成)의 「중간에 깬 꿈(見果てぬ夢)」, 하니야 유타카(埴谷雄高)의 「신의 흰 얼굴(神の白い顔)」 등과 함께 게재되었다.(장편은 발췌 번역) 김석범 씨는 일본 아시아·아프리카 작가회의에도 관여하고 있으며, 일본 아시아·아프리카 작가회의와 신일본문학회가 주최한 강좌 '조선과 일본'에서 '제주도 4·3항쟁에 대하여'라는 주제로 강의하여 『일본 아시아·아프리카 작가회의 월보』 제3호(1975년 1월)에 그 내용을 요약해 게재했다.

　『LOTUS』는 제3세계의 문학적 연대를 지향하는 잡지로, 많은 아시아·아프리카·라틴아메리카 문학작품이 번역 소개되었다. 이 잡지에는 김석범뿐만 아니라 김시종도 실려 있는데, 1973년 4월에 발간된 제16호에는 김시종의 시 「재일조선인」이 종추월(宗秋月)의 시 「채옥이 아줌마(チェオギおばさん)」, 「김치(キムチ)」와 함께 'Japan'이 아닌 'Korea'의 카테고리로 소개되어 있다. 이번 호의 'Japan'에는 이노우에 토시오(井上俊夫)의 「유방(乳房)」, 오노 도자부로(小野十三郎)의 「타오르는 바구니(燃える籠)」, 「투르키노의 기슭(トゥルキノのふも

と)」, 후쿠나카 도모코(福中都生子)의 「어린 시절 바란 말(娘のころにね
がった言葉)」, 「내 마음이 떨릴 때(わたしのこころがふるえるとき)」가 히노
노리유키(日野範之)의 「재일조선인을 따라가라(在日朝鮮人についていけ)」
라는 에세이와 함께 게재되었다.

　김시종의 『'재일'의 틈바구니에서(「在日」のはざまで)』(立風書房, 1986)
의 말미에는 저자 소개로 "시인, 평론가, 수필가. 1929년 조선 원산
시 출생, 아시아·아프리카 작가회의 회원, 사단법인 오사카문학협
회(오사카문예학교) 부이사장, 오랫동안 고등학교 등의 교직에 종사
하고 있다"고 적혀 있다. 오사카 문학학교와 함께 아시아·아프리
카 작가회의 회원이라고 명시된 것은 김시종 시인이 제3세계와의
연계를 중시하는 사상의 소유자, 곧 프롤레타리아 시인 나카노 시
게하루나 오구마 히데오(小熊秀雄)의 계보에 속하는 시인임을 알 수
있다.

　오구마 히데오상 특별상을 수상한 『집성시집: 들판의 시』의 상자
형 한정 특장본에 대해 알게 된 것은 언제였을까. 내가 소장하고 있
는 것은 69번으로, 권두에 "한 돌멩이의 갈증에 천 개의 파도가 부
서지고 있다(ひとつの石の 渇きの うえに 千もの波が くずれて いるのだ)"라는
시 구절이 묵으로 쓰여 있다. 서명 날인이 되어 소중히 간직하고 있
는 책이다. 초록색 바탕에 표지는 천 재질이며 제목은 박 처리가 되
어 있다. 1991년 11월 20일 발행된 책이다. 신청했더니 수작업으로
포장된 종이 상자에 저자 김시종 씨의 글씨로 직접 주소를 써서 보
내와서 깜짝 놀랐다. 이 주소 적힌 상자도 기념으로 보관했는데 연

구실을 이사하면서 어디론가 사라져버렸다. 소중한 특장본과는 별도로 일반 제본본도 소장하고 있는데, 이것은 1994년 4월 30일에 발행된 제3판본이다. 시를 읽을 때는 항상 이 일반본을 먼저 읽는다. 스이타 사건(吹田事件, 일본 노동자와 학생, 그리고 재일조선인이 오사카부 스이타시에서 한국전쟁에 협력하는 것에 반대해서 일으킨 사건_옮긴이)에 얽힌 배경을 모르고 「톱날의 노래(雁木のうた)」의 서두를 읽고 있을 때, 루쉰의 『고향』의 마지막 구절 "원래 지상에 길은 없다. 걷는 사람이 많아지면 그것이 길이 되는 것이다"를 극복하는 힘을 느꼈는데, 스이타 사건에 대해 알면 더욱 이 시의 풍요로움(꼬리에 꼬리를 무는 이야기까지 포함해서)이 지켜지는 것 같았다. 시집 말미에는 노구치 도요코(野口豊子)의 상세한 연보가 있는데, 국내외 정치, 특히 한국 민주화운동의 움직임도 기록되어 있어 유익하다.

　김시종이라는 시인은 나에게 재일한국인 문제를 공부하는 데 길잡이 역할을 했다. 나카노 시게하루를 오랫동안 연구해온 나는 나카노가 다루어온 조선 문제(식민지 문제, 재일 문제 등을 포함)를 추적하느라 조선 관련 책을 계속 읽던 시기가 있었는데, 그중 한 사람이 바로 김시종이다. 『'재일'의 틈바구니에서』에 수록된 「클레멘타인의 노래」와 「내가 만난 사람들(私の出会った人々)」은 일본어와 한국어 사이에서 살아온 저자가 어떻게 사상을 형성해왔는지 알 수 있는 글들로 기억에 남는다. '드러내는 것과 드러나는 것'에서 한국어 교사로서의 경험도 무언가 와닿는 느낌이 들었다. 그리고 김시종이 자주 언급하는 오노 도자부로의 단가적 서정의 부정은 나카노 시게하루의 시 「노래」나 청춘소설 『노래의 이별(歌のわかれ)』
을 떠올리게 하며, 화조풍월로서의 서정적 시가를 극복하고 더욱
격렬하고 인간적인 것으로 나아가는 견고한 논리와 경직된 서정을
떠올리게 했다. 김시종의 시 역시 마찬가지인데, 날카로운 말투에
는 능숙하지 않은 유머가 있고, 무엇보다도 달변이다. 그 시풍의 일
면은 『LOTUS』에 함께 실린 종추월(宗秋月)를 떠올리게 한다. 네 번
째 책으로 『종추월 전집(宗秋月全集)』(土曜美術社出版販売, 2016)도 추
천한다.

　동아시아의 근대나 한국 민주화운동을 생각할 때 재일한국인
작가들이 남긴 글은 중요하며, 나 자신도 그들에게서 많은 것을 배
웠다. 김달수, 김석범, 김시종 모두 재일 작가로 포스트식민지적 관
점에서 보면 디아스포라적 존재이며 일본어로 글을 썼지만, 그 저
술에서 한국·조선의 마음을 느낄 수 있다.

다테노 아키라舘野晳 번역가

『조선어를 생각하다(朝鮮語を考える)』

가지이 노보루(梶井陟) | 龍渓書舍 | 1980

『조선어를 생각하다(朝鮮語を考える)』

쓰카모토 이사오(塚本勳) | 白帝社 | 2001

『일본 조선연구소의 초기 자료(日本朝鮮研究所初期資料)』「1961~1969」①②③

히구치 유이치(樋口雄一), 이노우에 마나부(井上學) 엮음 | 緑蔭書房 | 2017

『오무라 마스오 저작집(大村益夫著作集)』(전6권)

편집부 엮음 | 소명출판 | 2016~2019

번역가, 사단법인 K-BOOK진흥회 이사.

『조선어를 생각하다』, 가지이 노보루, 龍渓書舎, 1980
『조선어를 생각하다』, 쓰카모토 이사오, 白帝社, 2001

첫 책은 『조선어를 생각하다』이다. 제목이 똑같은 책 두 권을 소개하는 데는 딱히 의도는 없다. 지금 몇 번째인지 모를 '한국 붐'으로 주변이 어딘지 모르게 소란스럽기에, 일본에서 한국·조선어(번역을 포함한)의 내력에 관해 생각해보고 싶었다.

한국어를 처음 배우면서 고생한 사람 입장에서 보면 지금처럼 학습 환경이 잘 갖춰진 시기는 없다. 발음 견본이 포함된 입문서가 셀 수 없이 많고, 사전도 많이 나와 있다. 배울 곳도 여러 곳이라 무엇을 골라야 할지 고민이 될 정도다. 한국어 학습자가 늘면서 NHK 한글 강좌 텍스트 판매량은 압도적으로 상위를 차지한다고 한다. 어느 정도의 시간과 비용 부담을 각오한다면 '어학연수'도 가능해졌다. 이러한 상황은 환영해야 할 일이므로 가능한 사람은 이 조건을 충분히 활용해야 한다.

우리가 한국·조선에 가까워지려면, 우선 그 땅에서 사는 사람들이 사용하는 언어를 생각해야 한다. 한국·조선어를 둘러싼 상황과 배경, 나아가 일본이 과거에 이 언어에 관계한 역사에 대해서도 돌아보아야 한다. 이 두 책에는 그러기 위해서 '생각할 거리'가 잔뜩 담겨 있다. 이것이 추천하는 이유다.

최근 한국의 라이트노벨이나 에세이가 화제가 되고, 독자도 늘었다고 한다. 그런 책 읽기를 비판할 생각은 없다. 하지만 제대로 된

'한국문학통'이 되고 싶다면 이 두 권도 읽어보기 바란다.

가지이와 쓰카모토 이 두 사람은 모두 고생 끝에 한국어를 습득했고, 그러고 나서는 일본에서 한국어 보급에 힘썼으며 언어학과 한국문학의 선구적 연구자가 되었다. 한국어 입문서·사전 편찬, 그리고 번역서도 다수다. 풍부한 경험과 지식으로 무장했기에 이 두 권의 책에 도전하여 더욱 시야를 넓히려고 애써보는 것은 어떨까.

또 하나, 같은 의도로 쓰인 사에구사 도시카쓰(三枝寿勝)의 논고 「한국문학(朝鮮文学)」을 추가하고 싶다. 이 글은 하라 다쿠야(原卓也)·니시나가 요시나리(西永良成)가 엮은 『번역 백 년: 외국 문학과 일본의 근대(翻訳百年―外国文学と日本の近代)』(大修館書店, 2000)에 수록되어 있다. 일본에서 외국문학 번역 중 하나로 한국·조선 문학이 선택되어 그 '역사와 수용의 과제와 문제점'이 지적되어 있다. 얻을 것이 많은 논문이다.

『일본 조선연구소의 초기 자료』(1961~1969)

다음으로 다룰 책은 『일본 조선연구소의 초기자료』(1961~1969)다. A5판으로 총 세 권, 1,270쪽에 달하는 두꺼운 자료집인데, 돈 주고 살 필요는 없다.(도쿄도립중앙도서관 소장) 최근 한국·조선에 관해서는 잘 안다고 자부하면서 이 연구소의 존재에 대해서는 모르는 사람이 많은 듯하다. 그것도 무리는 아니다. 여기에서 이번에 다룰 키워드인 '마음'에 관련지어서 60여 년 전에 맑고 새로운 '마음'과 왕성한 도전 정신을 가져와서, 올바른 조선 연구와 상호 이해를 위해 노력한 사람들이 있다는 사실을 재확인하려 시도했다.

연구소 설립은 1961년 11월 11일. 창립회장에는 발기인·지원자·연구자 등 수십 명이 모였다. 이 자료집에는 설립 취지서, 매회의 정기총회와 운영위원회 자료, 주요 사업 내용과 문제점 등이 풍부하게 수록되어 있다. 읽어나가다 보면 초기 연구소의 활기찬 분위기, 나아가 수년 경과한 후 문제가 발생하여 어려움에 처한 모습까지 잘 알 수 있다. 연구소는 그때까지의 조선 연구를 돌아보면서, 온갖 권력에서 자립을 선택했다. 연구나 사업 내용, 자금 문제에 대해서도 외부 간섭·지원을 거부하고 독립을 목표로 했다. 그것은 과거의 조선 연구가 식민지 지배권력의 앞잡이가 된 역사에 대한 통절한 반성에 뿌리를 둔 것이었다. 연구소 맨 앞에 '일본'이라고 붙인 것도 그러한 의사를 상징했다. '일본인의 손에 의한, 일본인의 입장에서의, 일본인을 위한 연구'를 주창하며 시작한 것이다.

모인 사람은, 이사장인 후루야 사다오(古屋貞雄), 부이사장인 시카타 히로시(四方博), 스즈키 가즈오(鈴木一雄), 하타다 다카시(旗田魏), 전무이사인 데라오 고로(寺尾伍郎), 이사나 구성원으로는 후지시마 우다이(藤島宇內), 안도 히코타로(安藤彦太郎), 우부카타 나오키치(幼方直吉), 와타나베 마나부(渡部学), 하타다 시게오(畑田重夫), 가와고에 게이조(川越敬三), 요시오카 요시노리(吉岡吉典), 야스에 료스케(安江良介), 사쿠라이 히로시(桜井浩), 오자와 유사쿠(小沢有作), 오무라 마스오(大村益夫), 가지이 와타루(梶井渉), 노구치 하지메(野口

400

肇), 기모토 겐스케(木元賢輔), 가지무라 히데키(梶村秀樹), 미야타 세쓰코(宮田節子), 무라마쓰 다케시(村松武司), 히구치 유이치(樋口雄一), 이노우에 마나부(井上學) 등으로 뒤늦게 사토 가쓰미(佐藤勝巳), 우쓰미 아이코(内海愛子)도 참여했다.

당시 일본을 둘러싼 한국·조선 문제로는, 고마쓰가와 고교생 살인사건(1958), 재일조선인의 귀국 개시(1959), 한일회담 반대운동(1959~1960), 김희로 사건(1968) 등이 있으며 한국에서는 4·19혁명(1960)과 박정희 군사정권의 출범(1961)이 있었다. 이렇게 한국·조선 문제가 미일 안보 투쟁 이후의 일본 사회에서 새로운 쟁점으로서 부상한 것이다. 그리고 한국·조선 사정과 역사를 알고 싶고, 한국어를 배우고자 하는 사회적 수요가 커졌다. 그에 따라 연구소는 공개강좌·한국어 강좌 개설, 연구생 모집, 외부 학습회에 강사 파견, 기관지 『조선연구월보(朝鮮研究月報)』(훗날 『조선연구(朝鮮研究)』로 개칭)를 간행하고 계몽 도서(『한·중·일 3국 인민 연대의 역사와 이론(日·朝·中三国人民連帯の歴史と理論)』, 『당면한 조선에 관한 자료(当面の朝鮮に関する資料)』 등)의 제작 및 보급, 전문서(『조선문화사(朝鮮文化史)』(상, 하), 『김옥균 연구(金玉均の研究)』)의 번역 간행 등 가지고 있는 역량을 최대한 발휘하여 연구소의 존재를 일반사회에 호소하는 다면적인 활동을 펼쳤다.

연구 활동 중 연속 심포지엄 '일본에서의 조선 연구의 축적을 어떻게 계승할 것인가'는 연구소 이외의 연구자가 참가하여 총 13회에 걸쳐 개최했는데 첫 시도였음에도 호평을 받아 연구소의 이름을 널리 알리는 데 효과가 있었다. 훗날 이 심포지엄의 기록은 외부 출판사에서 출간되었다.

초기 대외 활동에서 주목받는 것은 1963년, 조선민주주의인민공화국(이하, '공화국')의 초청으로 후루야 이사장 이하 다섯 명의 구성원이 북한을 방문해 김일성 주석을 만난 일이다. 당시에는 한국과의 사이에서는, 재일 단체를 포함하더라도 연구 교류의 기회는 거의 없었고 상대로서는 공화국 측이 대부분을 차지했다. 따라서 초청도 자료 제공 면에서도 대부분 공화국 측이 담당했다. 당시의 『조선연구월보』 기사를 살펴봐도 공화국 관련 자료·논평·뉴스가 대부분을 차지했다.

애초에 연구소 창설 이야기는 데라오 고로를 중심으로 하는 요요기계 인사와 하타다 다카시, 가지무라 히데키, 미야타 세쓰코 등 신구 연구자, 후지시마 우다이 등 언론 관계자, 나아가 혁신계 정치가, 실업계 인사 등의 합의에 기반한 것이며, 그 구상을 신중하게 발전시킨 후 실현한 것이었다.

그러므로 창립 초기의 수년간은 결집된 사람들의 에너지가 강력하기도 해서, 연구 활동도 대외적인 보급 계몽 활동도 순조로웠다. 한일 교섭 반대 운동은 때때로 연구소 구성원이 주최했고, 계발 소책자는 예상 밖의 매출을 보였다. 연구소는 실천 활동 면에서도 훌륭한 작용을 한 것이다.

그러나 한일 회담 반대 투쟁이 끝나면서 데라오 전무이사를 포함한 구성원 및 연구자의 움직임이 소극적으로 변했고 이윽고 연구소 활동에서 멀어지게 된다. 마침 중국의 문화대혁명(1966~)이 일어나고 일본의 민간학술단체나 우호친선단체는 그 영향을 정면으로 받았다. 나중에 안 사실이지만 일본 조선연구소의 기능 저하·활동 부진의 면에서도 밑바닥에는 중국문화대혁명, 그리고 일본공산당 내부 대립의 영향이 있었던 듯하다.

또한 연구소에서 차별 사건 발생, 만성적인 활동 자금 부족, 잦은 기획 출판물의 적자 누적, 연구소 이외의 일이 바빠진 구성원의 기력 상실 등이 보이게 된다.

그래서 사토 가쓰미 사무국장이 등장한다. 그는 고군분투하며 연구소를 유지하기 위해 노력하지만 세월이 흐름에 따라 연구·사업 활동은 점차 퇴색되고, 초기에 세운 '뜻'을 유지하기 어려워진다. 구성원 대부분이 연구소와 거리를 두기 시작하자 사무국장의 독단 전행이 시작된다. 개인 잡지화된 『현대 코리아(現代コリア)』는 공화국을 비판하는 전문지로 변신한다. 이러한 과정을 거치면서 일본 조선연구소와 『조선연구』는 사라진다. 그러나 그 부분에 대해서는 『초기 자료(初期資料)』가 다루는 대상이 아니다.

비슷한 책으로 『현대 코리아 연도판, 조선연구월보 1962년(現代コリア年度版, 朝鮮研究月報 1962年)』(晩聲社, 2021)이 있다. 일본 조선연구소의 기관지인 『조선연구소월보(朝鮮研究所月報)』의 창간호부터 제12호까지를 디지털 데이터화한 것으로, B5판 595쪽의 대형 책이다. 연구소 초기의 활동 상황을 전하며 시기적으로는 『초기 자료』와 겹친다. 공개 강좌, 연구 보고, 구성원·연구자의 동향, 대외관

계, 자료소개, 기증받은 도서 목록, 잡록 등도 있어서 연구소의 움직임을 자세히 알기에는 앞서 소개한 『초기 자료』보다는 유익할 수도 있다.

이 복간판, 간행까지의 경위는 알 수 없지만 책 제목이 이상하다. '현대 코리아 연도판'이라고 이름 지었으니 일본 조선연구소가 『현대 코리아』라는 잡지를 간행했다고 착각할지도 모르니 말이다. 하지만 일본 조선연구소의 기관지는 『조선연구소월보』와 『조선연구』뿐이다. 일본 조선연구소의 이름이 어느샌가 지워지고 『조선연구』가 『현대 코리아』로 지명이 바뀐 경위에 관해서는 따로 설명이 필요하다.(여기에서는 생략)

『오무라 마스오 저작집』(전6권)

2023년 1월 15일, 조선문학연구 권위자인 오무라 마스오(大村益夫, 와세다대학교 명예교수) 선생이 세상을 떠났다. 오무라 선생은 와세다대학교에서 오래 교편을 잡았지만 그 외에도 '일본 조선연구소(日本朝鮮研究所)'와 '조선문학회(朝鮮文学の会)'의 주요 구성원이기도 하며, 조선 연구의 '전후 제1기'를 대표하는 분으로, 여러 귀중한 연구 업적을 남겼다. 그러나 안타까운 것은 생전의 일본에서는 이 석학의 반세기를 넘는 연구 성과를 집대성한 저작집이 출간되지 못한 것이다. 그러나 한국에서는 이미 별권을 포함해 전6권에 달하는 저작집이 출간되었다.

각 권의 제목을 열거하면 ①『윤동주와 한국 근대문학』, ②『사랑하는 대륙이여』, ③『식민주의와 문학』, ④『한국문학의 동아시아적 지평』, ⑤『한일 상호 이해의 길』, 여기에 별권인『오무라 마스오 문학앨범』이 있다.

한편 일본에서는 그다지 눈에 띄지 않지만 오무라 교수의 논문집은『조선근대문학과 일본(朝鮮近代文学と日本)』과『중국조선족문학의 역사와 전개(中国朝鮮族文学の歴史と展開)』(모두 緑蔭書房, 2003)가 출간되었다. 여기에 짧은 저서인『사랑하는 대륙이여－시인 김용제 연구(愛する大陸よ－詩人金竜済研究)』(大和書房, 1992) 등을 더해 일한 쌍방의 논문집 수록 내용을 비교해보면 피아의 차는 명백하다.

고인은 꾸준히 학술지나 평범한 언론 등에도 기고했으며 동아시아 각지에서 개최되는 학술 심포지엄, 각종 연구회 등에 참가하여 스스로 보고자가 될 기회도 많았다. 한국판에는 이러한 모임에서의 보고 예정 원고도 다수 수록되어 있다. 그만큼 오무라 교수의 문학 연구의 족적을 거슬러 올라가면, 특히 선구자이기도 한 윤동주 연구에서는 한국판 저작집 수록 논문의 충실함에 승리를 인정할 수밖에 없다.

문학사에서 빠지기 쉬운 작가나 작품 소개, 번역에 대해서도 오무라 선생은 선견지명이 있었다. 제주도와 관련 있는 시인, 소설가, 나아가 중국 조선족 문학자, 특히 기록작가 김학철에 누구보다 빨리 주목하여 만년에는『김학철 문학선집(金学鉄文学選集)』(新幹社, 2020) 출간에 온 힘을 쏟았다. 이 선집의 최초 배본에는 스스로

『담배 수프(たばこスープ)』를 번역했다.

저작집 별권인 앨범 페이지를 넘기면 김학철을 비롯한 수많은 문학자 및 연구자 동료와 깊고 즐거운 교류를 나누는 모습, 귀중한 문학 유적의 기념·기록 사진 등이 풍부해서 나도 모르게 빠져들게 된다. 그리고 다시금 오무라 선생님의 올곧고 따뜻한 인품이 그리워진다. 고인의 명복을 빈다.

로버트 파우저Robert J. Fouser

언어학자

『소설가 구보 씨의 일일(短編小説集 「小説家仇甫氏の一日」)』(조선근대
문학선집 3)

박태원 | 세리카와 데쓰요(芹川哲世), 야마다 요시코(山田佳子) 옮김 | 오무라 마스오(大村
益夫), 호테이 도시히로(布袋敏博) 엮음 | 平凡社 | 2006

『서울 1964년 겨울(ソウル1964年冬 金承鈺短編集)』

김승옥 | 아오야기 유코(青柳優子) 옮김 | 三一書房 | 2015

『도시는 무엇으로 이루어지는가(都市は何によってできているのか)』

박성원 | 요시카와 나기(吉川凪) 옮김 | CUON | 2012

『나의 부산(わたしの釜山)』

가와무라 미나토(川村湊) | 風媒社 | 1986

1961년 미국 미시간에서 태어났으며, 미시간대학교에서 일본어·일본 문학을 전공하고
서울대학교에서 한국어를 공부했다. 미시간대학교에서 언어학 석사, 아일랜드 트리니티
칼리지 더블린에서 응용언어학 박사과정을 밟았다. 고려대학교, 일본 리쓰메이칸대학
교, 교토대학교에서 영어와 영어교육을 가르친 후에 한국어 교육으로 전향했다. 가고시
마대학교에서 교양한국어 수업을 개설하고 담당한 후 서울대학교 국어교육학과의 첫 외
국어 교수가 되었다. 또한 2014년 미국으로 귀국한 후 한국어로 책 집필 활동을 시작한
다. 저서로 『외국어 전파담』, 『로버트 파우저의 도시 탐구기』, 『외국어 학습담』 등이 있
다. 『한국 문학의 이해』(김흥규 지음)를 영어로 옮겼다. 취미는 어학, 사진, 오래된 거리 산
책 등이다.

인류의 오랜 역사에서 도시에 사는 인구는 적고, 농촌에서 생활하는 것이 일반적이었다. 물론 로마나 장안처럼 고대 제국의 수도는 한때 백만 명을 넘었지만 이것은 전체 인구 중에서는 적은 비율이었다. 조선도 예외는 아니었다. 다른 왕국처럼 수도는 나름 인구가 많았지만, 그 외의 거의 모든 인구가 농촌에서 살았다. 따라서 조선의 전통문화와 가치관은 대부분 농촌 생활과 깊이 관계가 있다. 오늘날 '한국의 마음'의 본질이라고 곧잘 회자되는 '정'과 '한'도 이러한 전통문화와 가치관을 반영한다.

하지만 오늘날 한국 인구의 80퍼센트 이상이 도시에 살고 있다. 도시화는 거의 백 년 전에 시작되었기에 이미 여러 세대가 도시에서 자랐고, 역사적으로 이러한 새로운 환경에 맞는 새로운 가치관이 형성되었다. 그것은 무엇일까. 전 세계에서 도시에 사는 사람 대부분이 느끼는 '고독'이다. 그리고 한국은 도시화가 진행됨에 따라 '고독'이 더욱 일반화되었다. 사실 오늘날에는 '정'과 '한'보다도 고독이 한국인의 마음 밑바닥에 들어와 있는 것처럼 보인다.

여기에서 고른 세 권의 소설과 회고록 한 권을 통해 도시화의 다양한 단계에서 일어나는 고독의 형성과 변화를 잘 엿볼 수 있다. 우선 1934년에 〈조선중앙일보〉에 연재된 박태원의 「소설가 구보 씨의 일일」이라는 중편소설을 살펴보자. 당시 급속도로 성장하는 경성에서 소설가를 지망하던 주인공 남성은 대인관계가 서툴러서 고독하게 살고 있었다. 어느 날 갑자기 사람들을 만나고 싶어 집을 나서서 화려한 경성 거리를 걷다가 찻집과 술집에서 친구를 만났다. 하지만 대화가 지루해 즐겁게 데이트하는 커플을 보고 질투를 느끼며 자신을 포함한 모든 사람이 정신병을 앓고 있다고 판단했다. 더욱 고독을 느껴 여전히 슬픈 마음을 안고 새벽 두 시에 집으로 돌아간다. 박태원은 1950년 한국전쟁 초기에 북한으로 망명하여 북한에서 작가 활동을 이어갔기 때문에 모든 작품은 1980년 말까지 한국에서 금서였다. 그 후 해금되어 당시 경성의 모습과 '모던 보이'를 지향하는 젊은 세대의 감성을 보여주는 소설로 유명해졌다. 소설의 이야기는 2020년에 현재의 서울을 무대로 한 〈소설가 구보의 하루〉라는 영화로 개봉되었다.

1940년대와 1950년대는 분단, 전쟁과 혼란이 이어지는 세대지만 1960년대에 한국은 새로운 군사 독재정권하에서 공업화와 수출 중심의 경제발전 정책이 강하게 추진되었다. 그에 따라 서울을 포함한 지방의 주요 도시 인구가 다시 급증하기 시작했다. 이때 김승옥은 독특한 도시적 감성을 지닌 「서울, 1964년 겨울」이라는 단편소설을 발표했다. 이 소설은 「소설가 구보 씨의 일일」과 비슷한 감성으로, 추운 겨울밤 고독 속에 살아가는 남성 셋이 포장마차에서 우연히 말을 섞게 된다. 그중에서 아내가 죽은 한 사람이 아내의 시신을 병원에 팔아 그 비용을 전부 쓰고 싶다며 다 함께 중국집으로 간다. 그 후 화재 현장을 보고 숙소로 돌아가 다른 방에서 잤다. 아침에 일어나 그중 아내가 죽은 사람이 자살했다는 것을 알고 두 사람은 아무런 감정 없이 숙소를 나선다. 도시인의 깊은 고립과 고립감으로 인한 슬픔을 느끼지 못했다는 메시지가 강하다.

그 후 1970년과 1980년대에 경제 급성장과 급속한 도시화가 진행되었다. 1987년에 민주화운동이 성공하고 1988년에 서울올림픽을 개최했고, 1990년대에 한국은 오늘날의 모습이 되었다. 바로, 아파트에 살며 자녀가 한두 명 있는 중산층 핵가족이다. 중산층이 늘었기에 사회적·경제적 안정을 요구하는 경쟁도 극심해져서 1997년 아시아 금융위기에 따른 IMF 구제 금융하에서 사회 분위기가 악화했다. 이어서 2000년대에 인터넷의 빠른 보급으로 젊은 세대의 대인관계가 변화하고 윗세대는 급격한 사회 변화와 깊어진 고독에 대한 반감이 드러났으며 농촌과 이민에 대한 로망이 생겨났다.

이때 일본의 문학평론가인 가와무라 미나토(川村湊)가 1986년에 출간한 당시 부산 생활을 그린『나의 부산(わたしの釜山)』은 흥미롭다. 1980년대 전반의 한국은 아직 독재 체제가 이어졌지만 생활수준이 높아지고 1988년 서울올림픽 준비를 위해 미래에 대한 기대가 컸다. 어려움 속에서도 꾸준했던 민주화운동에 대한 기대도 점점 커졌다. 1980년대 전반, 부산에 있는 동아대학교에서 일본어와 일본문학을 가르치면서 가와무라는 수많은 사람을 만나고 서울에 자주 갔다. 이 책에 등장하는 도시의 모습은 대체로 활기가 있지만 자세히 보면 시장, 굿, 그리고 다양한 행사는 농촌 생활에서 이식해 온 듯한 느낌이다. 그리고 가와무라는 도시에 사는 다양한 소외된 계층도 다루면서 한국의 도시 번영기라 할 수 있는 이 시대에 겉으로 잘 보이지 않는 고독을 세심하게 꼬집었다.

2009년에 출간된 박성원의『도시는 무엇으로 이루어지는가』는 관련과 연속성이 있는 열 편의 단편으로 구성되어 있으며 도시 생활을 묻기 시작한 2000년대부터 생겨났다. 「소설가 구보 씨의 일일」, 「서울, 1964년 겨울」과 마찬가지로 도시인에게 깊게 내면화된 고독을 다루면서, 앞선 두 작품이 암시한 난해한 감성은 더욱 강하다. 「소설가 구보 씨의 일일」에서는 주인공이 사람들과의 교류에 실패했고 「서울, 1964년 겨울」에서는 세 남자가 만남을 표면적으로 즐겼다. 하지만 『도시는 무엇으로 이루어지는가』를 시작하는 단편 「캠핑카를 타고 울란바토르까지」에서는 사람들과의 교류에 대한 기대조차 없으며 그저 난센스뿐이다. 주인공 남성은 세상을 떠난 아버지가 운영하던 '울란바토르'라는 북카페의 책 3만 권을 유산으로 받고, 그의 여동생은 카페를 물려받았다. 도시에서 깊은 고독에 빠져 있던 아버지는 도시와 정반대인 드넓은 사막을 동경하며 몽골의 수도명을 북카페 이름에 붙였다. 그러나 아버지와 그 아이들은 도시를 떠나도 고독은 오히려 깊어지고 고독으로부터 절대 도망치지 못한다. 결국 책 제목의 질문에 대답은 '아무것도 없다'.

　도시화로 고독이 일상이 된 것은 한국만의 문제는 아니지만 그 속도와 고독의 깊이는 눈에 띈다. 그러나 90년 전 「소설가 구보 씨의 일일」의 주인공이 경성을 걸으면서 느낀 고독에서 생각하면 고독은 '정'과 '한'과 함께 오랫동안 '한국의 마음' 중 일부를 차지했다는 것을 알 수 있다. 앞으로 일상생활이 물리적인 도시공간에서 벗어나 버추얼 도시공간으로 점차 이동하겠지만 그것이 '한국의 마음'에 어떤 영향을 미칠지는 흥미로운 대목이다.

마쓰나가 미호 松永美穂 독문학자

『채식주의자(菜食主義者)』

한강 | 김훈아 옮김 | CUON | 2011

『82년생 김지영(82年生まれ、キム・ジヨン)』

조남주 | 사이토 마리코(斎藤真理子) 옮김 | 筑摩書房 | 2018

와세다대학교 문학학술원 교수이며, 전공은 독일 현대문학과 번역론이다. 저서로는 『오해입니다(誤解でございます)』(清流出版), 공저로 『처음 배우는 독일 문학사(はじめて学ぶドイツ文学史)』(ミネルヴァ書房), 역서로는 베른하르트 슐링크의 『더 리더: 책 읽어주는 남자(朗読者)』(新潮社, 마이니치출판문화상 수상), 볼커 울리히의 『나치 독일 마지막 8일(ナチ・ドイツ最後の8日間)』(すばる舎), 잉게보르크 바흐만의 『삼십세(三十歳)』(岩波文庫), 라픽 샤미의 『나는 그저 이야기를 하고 싶었다(ぼくはただ、物語を語りたかった)』(西村書店) 등이 있다.

문학을 통한 대화

생각해보니 한국 출신 친구나 지인이 꽤 많다. 예전에 근무했던 대학에는 한국어와 조선사 선생님이 계셨고, 현재 대학에는 한국에서 온 유학생이 많다. 저마다 성실하고 열성적이다. 언어라는 핸디캡이 있다고는 생각되지 않을 정도로 일본어를 잘 읽고 쓸 줄 아는 뛰어난 사람을 많이 만났다.

나 자신을 돌아보면 한반도의 역사나 문화에 대해 너무 무지하다. 독일어권 문학을 전공했기에 나의 시선은 늘 아시아를 넘어 서쪽으로 향했다. 독일에 다녀온 횟수는 서른 번 이상, 그에 비해 한국에는 딱 한 번 갔을 뿐이다.

독일 문학 인연으로 한국 연구자들과 함께 학회나 워크숍을 한 적이 있다. 일본에서도 최근에는 외국에서 박사학위를 받는 사람이 많아졌지만 예전에는 적었다. 우여곡절 끝에 독일에서 학위를 취득한 한국 연구자들이 눈부시게 보였다. 남북으로 분단된 한반도의 연구자들은 동서로 분단된 독일의 역사에 애착이 있다는 이야기를 듣고 고개를 끄덕이기도 했다.

그 후 한국문화가 일본 내에서 점점 더 많이 소개되면서 존재감을 키워나갔다. 한국 드라마가 대히트를 쳤다. 영화도 평판이 좋았고, K-POP도 인기를 끌었다. 문학은 어떨지 궁금했는데 2010년대에 들어서면서 한국문학이 속속 소개되었다. 그 효시가 된 것이 쿠온(CUON)의 '새로운 한국문학' 시리즈다. 그 첫 번째 책인 한강의 『채식주의자』를 읽고 충격을 받았다.

지극히 평범한 부부로 지내던 한 부부에게 이변이 일어난다. 아내가 집 안의 고기와 달걀을 모두 버리고 '나는 이제 고기를 먹지 않겠다'고 선언한 것이다. 이유를 물어도 '꿈을 꾸었다'고만 말한다. 회식 자리에서도, 친정에 돌아가서도 고기에 손을 대지 않는다. 남편과 부모, 형제들은 그녀의 고집에 놀라며 어떻게든 고기를 먹이려고 애를 쓰지만, 둘 사이의 골은 깊어만 간다. 고기는 물론이고, 아내는 브래지어도 거부한다. 그렇게 그녀는 오로지 자신의 세계로 침잠해 들어간다. 지금이야 세계적으로 비건 채식주의자가 늘고 있지만, 아내가 고기를 먹지 않는 이유는 건강도, 환경도, 종교도 아니다. 마치 다른 세계로 간 듯한 아내의 강인함과 결코 이해하지 못하는 주변 사람들과의 단절이 독자들을 당혹스럽게 만들지만, 이 이야기는 전 세계에 놀라움으로 받아들여졌고, 한강에게 맨부커상을 안겨주었다.

전통 사회에 대한 여성의 무언의 저항으로 해석하기 쉽지만, 후일담이기도 한 「나무 불꽃」을 읽으면 더 큰 '인간이란 무엇인가'라는 질문을 던지고 있음을 깨닫게 된다. 생명을 유지하기 위해 다른 생명체를 희생할 수밖에 없는, 지구 먹이사슬의 정점에 서 있는 인간이란 어떤 존재인가.

쿠온 출판사는 그 후로도 양질의 현대소설을 소개하면서 일본에 한국문학을 대중화시켰다. 그러던 중 박민규의 『카스테라』(현재훈, 사이토 마리코 옮김, 크레인)가 제1회 일본번역대상을 수상하면서 한국문학 붐이 단숨에 일어난 느낌이었다. 일본번역대상은 매번 독자 투표로 1차 선정 후보작이 결정되는데, 열렬한 댓글과 함께 추천되는 한국문학 작품의 수는 헤아릴 수 없을 정도로 많았다.

2018년 말에는 조남주의 『82년생 김지영』이 출간되어 큰 호평을 받았다. 한국에서 밀리언셀러가 되었다고 하는데, 일본에서도 '김지영이 바로 나'라고 공감하는 사람이 속출했다. 이 소설도 어느 날 평범한 주부가 이상해지는 것에서 시작한다. 누군가 빙의한 듯 말과 행동이 평범하지 않다. 거기서부터 김지영의 수많은 억울함이 드러난다. 얼마 후 하쿠스이샤(白水社)에서 '한국 페미니즘 소설집'이라는 타이틀을 단 『현남 오빠에게』가 나왔다. 여기에도 조남주의 작품이 수록되어 있고, 번역자는 사이토 마리코다. 2010년대 후반 이후 한국문학 번역에서 사이토의 활약은 대단하다. 그 외에도 뛰어난 여성 번역가들이 속속 좋은 작품을 내놓고 있다. 일본번역대상은 총 9회 중 3회나 한국문학이 수상했다. 일본에서는 조금씩 활기가 사라지던 페미니즘이 이런 한국문학 덕분에 다시금 활활 타오르게 되었다. 2019년 가을, 『문예(文藝)』(河出書房新社)는 '한국·페미니즘·일본'이라는 특집을 통해 일본 페미니즘이 다시 활기를 되찾았다고 말했다.

현재는 다양한 출판사에서 한국문학 작품이 출판되고 있으며, 그때마다 주목받고 있다. 한국의 젊은 작가들이 속속 소개된다. 『피프티 피플』, 『목소리를 드릴게요』(이상 亜紀書房)의 저자 정세랑, 『그럼 무얼 부르지(もう死んでいる十二人の女たちと)』(白水社)의 저자 박솔뫼, 『옆집의 영희 씨』(集英社), 『세계의 악당으로부터 나를 구하는 법(#発言する女性として生きるということ)』(CUON)의 저자 정소연. 모두 아직 30대라는 사실에 놀라움을 금치 못한다. 한편 정화신의 『억울함을 딛고서(くやしさをバネに)』(書肆侃々房) 같은 여성 일대기가 출간되고, 박경리의 대하소설 『토지』가 완역본으로 쿠온에서 잇달아 번역 출간되고 있다. 쿠온에서는 '셀렉션 한·시(セレクション韓·詩)' 시리즈도 출간한다. 일본에서 읽을 수 있는 한국문학은 다양성을 더해가며 풍요로운 세계를 펼쳐가고 있다. 이를 위해 애쓰시는 분들께 진심으로 경의를 표한다.

한국문학 작품에서는 솔직하고 직설적인 목소리가 들려온다. 가식적이지 않고, 하고 싶은 말을 솔직하고 직설적으로 한다. 이웃의 목소리에 귀를 기울이고 격려를 받는 우리는 어떤 목소리로 답하고 있을까. 역사상 최악이라고도 불리는 한일 관계가 지금 회복의 길에 있지만, 정치에 휘둘리지 않고 문학, 문화, 그리고 일상의 세계에서 활발한 교류와 대화가 이어지길 바란다. 특히 문학은 느린 매체지만 그만큼 오래 남고 그 시대의 귀중한 증언이 된다. 격동의 세상을 살아가는 사람들끼리 주고받는 진솔한 말들이 삶의 자양분이 되기를 바란다.

마쓰모토 타쿠오 まつもとたくお　　음악 저술가

『URBAN K-POP(アーバン・Kポップ)』
마쓰모토 타쿠오(まつもとたくお) 감수 | ミュージック・マガジン社 | 2023

『달링은 넷우익(ダーリンはネトウヨ―韓国人留学生の私が日本人とつきあったら)』
구자인 | 김민정 옮김 | Moment Joon 해설 | 2023

음악 저술가. 닉네임은 'K-POP반장(K-POP番長)'이다. 2000년에 데뷔했고, 이후 『뮤직 매거진(ミュージック・マガジン)』, 『리얼사운드(リアルサウンド)』 등 종이 매체와 인터넷을 중심으로 기고하고 있다. 현재는 『한류피아(韓流ぴあ)』, 『재즈비평(ジャズ批評)』, 『한글! 내비(ハングル!ナビ)』에 연재하고 있으며, 라디오, TV, 이벤트 등 다방면에서 활약하고 있다. 1993년 야후 뉴스 공식 해설위원으로 취임했다. K-POP 전문 레이블 '반초레코드(バンチョーレコード)'를 운영하고 있다.

민족성이나 문화의 차이는 단지 차이일 뿐 우열이 아니다. 따라서 그 차이를 냉정하게 파악하고 순수하게 즐겨야 한다. 이런 생각을 잊지 않고 한국음악을 접한 지 사반세기가 지났다. 그중에서도 현지에서 가요라고 부르는 사운드는 해가 갈수록 세련미를 더해 지금은 'K-POP'으로 전 세계인의 사랑을 받게 되었다는 사실은 이 책을 손에 쥔 사람이라면 알 것이다. 내가 감수한 책『URBAN K-POP(アーバン·Kポップ)』은 K-POP 명작과 숨은 명반을 선별한 디스크 가이드로, 동시에 내가 앞서 말한 이웃나라 음악에 대한 관점을 전달할 수 있는 내용과 구성으로 만들었다.

현지에서도 잘 알려지지 않은 작품을 다수 수록한 이 책을 일본 출판사에서 낼 수 있었던 것은 K-POP이 서양음악이나 J-POP과 함께 하나의 큰 장르로 자리 잡은 것이 가장 큰 이유지만, 한국음악에 대한 일본인의 편견이 지난 10여 년 동안 급속도로 옅어진 것도 배경이 되었다고 생각한다. 오랫동안 일본 리스너들에게 무시당한 이 장르는 2002년 한일 정상급 가수들이 함께 부른 FIFA 월드컵 주제곡과 드라마 〈겨울연가〉의 삽입곡 등 덕분에 많은 사람이 '한국에도 들어야 할 사운드가 있다'는 것을 깨닫게 되었다. 또한 동방신기나 보아 같은 아티스트들의 활약으로 한국발 댄스 음악과 발라드가 급속도로 확산되었다. 현재는 그 흥행을 어렸을 때부터 경험한 세대가 중심이 되어 K-POP을 지탱하고 있다. 구체적으로 말하면, 지금의 핵심 지지층은 초등학생부터 고등학생까지다. 이들의 몰입도는 매우 높아 춤, 메이크업, 패션 등 음악 이외의 요소도 동경의 대상이 되었다. 『URBAN K-POP』은 그런 신세대의 '더 많은 것을 알고 싶다'는 욕구에 부응하기 위한 책이기도 하다.

그렇다고 해서 한국음악에 대한 일본인의 편견이 완전히 사라졌다고 보기는 어렵다. 여전히 "그거 국가 정책 아니야?"라는 시각을 보이기도 한다. (이에 대해서는 서울대학교 언론정보학과 홍석경 교수가 PHP 신간 『동아시아가 바꾸는 미래(東アジアが変える未来)』에서 정확한 의견을 제시하고 있으니 꼭 읽어보길 바란다.) 제대로 들어보지도 않고 '수준이 낮다'고 말하는 등 부정적인 리스너는 언제나 일정 수 이상 존재한다. K-POP처럼 세계적인 인기를 누리는 장르에서도 편견이 사라지지 않았으니, 한국의 다른 문화, 나아가 민족이나 정치·경제 등에 대한 편견은 말할 필요도 없을 것이다. 최근 그것을 다시금 인식하게 하는 책을 읽었다. 2013년 10월 일본에서 출간된 코믹 에세이 『달링은 넷우익』이다.

이 책의 저자는 한국 여성이다. 꿈과 기대를 안고 일본에 유학 온 한국 여성이 다니는 대학 동아리에서 알게 된 일본인 남성과 사랑에 빠지지만, 남자친구의 말투와 표정에서 느껴지는 한국에 대한 편견과 우월감에 괴로워하다가 결국 헤어지게 된다. 저자의 실화를 바탕으로 한 이 이야기에서 주목해야 할 점은 넷우익적인 사상을 가진 사람이 지극히 평범한, 아니 오히려 잘 자라고 성격도 착하고 모든 면에서 우수해 보이는 대학생이라는 점이다. 그는 인터넷의 정보를 쉽게 믿는 타입으로, "그럼 나는 어떻게 생각하는가?"라고 스스로에게 물어보는 수준까지 이르지 못했다. 한국인인 그녀에게게조차 일본인에게만 통용되는 상식(같은 것)을 요구하려고 한다. 주위를 둘러보면 이런 일본인은 비단 젊은이들뿐만 아니라 의외로 많이 있다.

『달링은 넷우익』에서 가장 높이 평가해야 할 점은 '일본인이란 이런 사람이야'라는 거부감을 이야기하는 데서 끝나지 않았다는 점이다. 훗날 주인공은 새로운 유학지인 미국에서의 생활을 통해 자신의 마음속 깊은 곳에도 차별의식이 있다는 것을 깨닫고, 그래서 '악의가 없어도 무지는 차별을 낳는다', '누군가에게 친절하게 대하고 싶다면 모르는 만큼 알려고 노력해야 한다'고 반성한다. 아마도 이것이 저자가 전하고 싶은 메시지이자 이 책을 쓰게 된 동기가 되었을 것이다.

상호 이해에는 상대를 알려고 하는 마음이 필수적이다. 그런 자세를 비교적 쉽게 익힐 수 있는 것이 외국여행, 유학이라고 생각한다. 최근 2~3년 동안 코로나19 감염 확대에 따른 여행 자제와 엔저의 영향으로 일본인의 여권 보유율이 떨어지고 있다고 들었다. 이 부분을 정부에서 어떻게 해줄 수 없을까. K-POP을 '국가 정책 아니냐'고 비아냥거리는 사람들은 대체 어떤 생각을 하는지 묻고 싶다.

마쓰오 아키코 松尾亜紀子 편집자

『체공녀 강주룡(滯空女)』

박서련 | 오기하라 에미(荻原恵美) 옮김 | 三一書房 | 2020

『다른 사람(別の人)』

강화길 | 오사나이 소노코(小山内園子) 옮김 | エトセトラブックス | 2021

etc.books 대표, 편집자. 15년간 출판사에서 일하다 2018년 페미니스트 출판사 'etc. books'를 설립하고, 2019년 페미 매거진 『エトセトラ(etc.)』를 창간했다. 간행물은 마키노 마사코(牧野雅子)의 『성추행이란 무엇인가(痴漢とはなにか)』, 『소녀와 소년, 멋진 사람이 되는 법(女の子だから、男の子だからをなくす本)』(윤은주 글, 이해정 그림, 승미 옮김) 등이 있다. 2021년부터는 페미니즘 서적을 모아놓은 서점을 시작했다. 성폭력 근절을 호소하는 플라워 데모(Flower Demo)의 주창자 중 한 명이기도 하다.

『체공녀 강주룡』

올해 6월, 팬데믹으로 몇 년 만에 서울을 방문했다. 그때 친구와 함께 간 식민지 역사기념관에서 한 여성이 지붕 위에 무릎 꿇고 앉아 있는 사진 한 장을 보았다. 설명에 따르면 강주룡이라는 그 여성은 조선 최초의 고공 시위를 벌인 노동운동가로, 사진으로는 가늠할 수 없지만 그 높이가 무려 12미터(!)에 달한다고 한다.

역사에 밝고 나처럼 한국 드라마를 좋아하는 친구가 "〈퀸 메이커〉에서도 초반에 문소리(주인공 변호사)가 건물 옥상에 올라가서 시위하는 장면이 나오는데, 바로 그 운동의 원조야"라고 알려준다. 한국의 저항사를 알 때마다 뜨거워지던 몸에 또다시 피가 끓어올랐다.

그래서 그로부터 석 달 후, 이번에는 광주에 갈 수 있게 되어 강주룡의 반평생을 그린 박서련의 소설 『체공녀 강주룡』을 배낭에 넣었다. 그녀의 이야기를 저항운동의 현장에서 읽고 싶었기 때문이다.

강주룡의 독백으로 진행되는 이 소설은 당시 신문에 실린 사진과 그녀의 인터뷰 등 현존하는 자료의 빈틈을 꼼꼼하게 채워나간다. 소녀 시절부터 가족을 돌보고, 시댁에서 학대 당하고, 사랑하는 남편을 따라 독립운동에 뛰어들지만 그 세계에서도 남자들의 밥 짓기와 빨래를 강요당한다. 남편이 병으로 죽자 그것을 자기 탓으로 돌린다. 도시의 공장에서 일하면서 겨우 자유를 조금 얻지만,

끔찍한 노동환경, 비도덕적인 상사, 폭력에 직면한다. 지금을 사는 우리에게도 너무도 현실적인 모의 체험 같다. 작품으로 현대 여성의 현실을 그려온 페미니스트 작가 박서련의 의도일 것이다.

박서련은 강주룡을 결코 '투쟁의 히로인'으로 만들지 않는다. 무식한 여성이 '지식인 남성'들에 의해 이상에 눈뜨고 투쟁을 위해 주제넘는 이야기는 절대 하지 않는다. 이 소설은 이만큼만 일하면, 사는 것만으로도 이렇게 힘들면, 그리고 서로를 격려하는 자매 같은 동료들을 얻으면, 그래서 그녀는 '내 친구, 나 자신을 위해 죽을 각오로 싸울 것'이라고 투쟁에 이르게 되었다는 피와 살이 있는 그녀를 전하며 우리와 연결해준다.

『다른 사람』

자신들에게 일어난 일을 어떻게 전달할 것인가, 어떻게 이야기할 것인가. 역사의 기록, 문학, 드라마, 예술 등 한국이 만들어내는 것들을 접할 때마다 마주하게 되는 명제다. 강화길의 소설 『다른 사람』은 현대 여성들을 둘러싼 성폭력을 그린다. 참을 수 없는 폭력에 노출된 피해자는 왜 자신이 이런 일을 당했는지 괴로워하며 '다른 사람'이 되고 싶어 한다. 동시에 다른 누군가와 피해를 공유할 수 있을 때, 한 걸음 더 나아갈 수 있다.

나는 일본에서 몇 년 동안 성폭력에 항의하는 운동에 참여해왔다. 많은 피해자의 목소리를 들었고, 동시에 편집자로서 성폭력과 이야기를 연결하기 어렵다는 느낌을 받아왔다. 성 피해는 어디서든, 누구에게나 일어날 수 있다. 그렇기 때문에 그 기억을 특별한 것으로 이야기화할 수 없는, 해서는 안 되는 일이 있는 것이 아닐까. 『다른 사람』은 신뢰하는 번역가이자 사회복지사로서 폭력 피해 상담을 해온 오사나이 소노코(小山內園子) 씨가 "이 소설이라면 피해를 당한 사람들도 읽을 수 있지 않을까"라며 소개해주었다. 그 말을 듣고 나는 바로 출간을 결심했다.

기록과 기억을 누가 어떻게 쓰고, 때론 번역하고, 소개할 것인가. 페미니스트 출판사로서 앞으로도 고민하고 싶다.

마지막으로 꼭 적어두고 싶은 것이 있다. 내가 얼마 전 광주에 간 것은 아시아문학포럼이라는 행사에 일본 출판사로 참가했기 때문인데, 그곳에 『체공녀 강주룡』의 작가 박서련 씨가 포럼 실행위원으로 계셨다. 설레는 마음으로 말을 걸고, 들고 다니던 나의 『체공녀 강주룡』에 사인을 부탁하는 나에게 박서련 씨는 친근한 모습으로 다가와주셨고, 책에는 "투쟁! 이웃나라의 페미니스트 친구로부터"라는 뜨거운 메시지를 담아주었다. 나는 앞으로도 몇 번이고 책을 펼쳐 강주룡과 작가의 말을 읽을 것이다.

마에다 엠마前田エマ　　　　모델, 아티스트, 작가

『소년이 온다(少年が来る)』

한강 | 이데 슌사쿠(井出俊作) 옮김 | CUON | 2016

『쇼코의 미소(ショウコの微笑)』

최은영 | 요시카와 나기(吉川凪) 감수 | 마키노 미카(牧野美加), 요코모토 마야(橫本麻矢),
고바야시 유키(小林由紀) 옮김 | CUON | 2018

1992년 일본 가나가와현에서 태어났으며, 도쿄조형대학을 졸업했다. 모델, 사진, 페인
팅, 라디오 퍼스널리티, 큐레이션과 스터디 모임 기획 등 다양한 활동을 하고 있으며,
에세이와 칼럼 집필도 하고 있다. 연재 중인 작품으로는 오즈매거진 『끝나지 않는, 일
상』, 민나노미시마 매거진 『과거의 학생』, ARToVILLA 『마에다 엠마의 '안녕' 한국 아트』,
HanakoWEB 『마에다 엠마의 비밀의 한국』이 있다. 목소리 블로그 'Voicy'에서 '엠마 라
디오'를 진행 중이다. 저서로는 소설집 『동물이 되는 날(動物になる日)』(ちいさいミシマ社)이
있다.

『소년이 온다』

2020년 봄, 전 세계인이 공통으로 경험하게 된 코로나 대유행의 시작. 벚꽃이 흩날리는 바깥세상을 집 안에서 멍하니 바라볼 수밖에 없었던 그 시절, 누군가를 만나는 것이 나쁜 일로 여겨지는 세상에서 마치 분홍빛 눈이 덧없이 흩날리는 스노 돔에 갇혀 있는 것 같다고 느끼던 내가 만난 것은 BTS의 음악이었다.

코로나 대유행의 시작과 함께 일본에서는 한국 드라마 붐이 다시 일어나면서 BTS의 음악을 듣게 되었다. 그러다 그들이 쓰는 가사에 매우 놀랐다.

누군가에게 사랑받기를 바라기보다는, 아주 어려운 일이지만 먼저 자신을 사랑하려고 노래하는 것. 꿈이 없어도 괜찮다고 노래하는 것. 정신 건강에 대해 적극적으로 노래하는 것. 그 외에도 아이돌인 그들이 경쟁과 격차 등 사회적 문제에 대해 자신의 실물 크기의 언어로 쓴 것도 놀라웠지만, 가장 충격적인 것은 역사적 사건을 다룬 노래가 몇 곡 있다는 점이었다. 특히 BTS 멤버들이 자신의 고향을 꿈과 자부심과 함께 노래한 〈Ma City〉(2016)라는 곡에서 1980년 광주민주화항쟁에 대해 쓴 것은 이후 내 인생에 큰 영향을 미쳤다.

광주민주화항쟁이라는 말을 처음 들어본 것도 아니고, 한국 역사에 대해 전혀 지식이 없던 나는 광주민주화항쟁과 관련된 한국 영화를 몇 편 보기 시작했다. 그런 나에게 친구가 알려준 것이 한

강의 『소년이 온다』였다.

이 소설은 다양한 입장에서 광주민주화항쟁에 맞선 여섯 명의 화자가 풀어나가는 이야기가 총 6장으로 구성되어 있다. 광주민주화항쟁이 끝나고 나서 시작되었다고 해도 좋을 고통과 절망, 누구도 공감할 수 없는 마음이 실존했던 일화를 남다른 온도감으로 그려낸다.

인간이라면 누구나 가지고 있는 추악한 잔인함. 상상하는 것을 포기하고 싶을 정도로 육체와 마음의 고통이 빈틈없는 필치로 다가온다. 그럼에도 나열된 단어들 자체는 깨끗하고 한없이 아름다우며 하나하나 정성스럽게 펼쳐 있기에 안아주고 싶을 정도로 아름다웠다.

이 한 권의 책을 만남으로써 한국문학의 깊은 세계로 빠져들게 된다.

『쇼코의 미소』

BTS의 〈봄날〉(2017)은 2014년 4월 16일에 일어난 '세월호 참사'를 노래한 것으로 보인다. 이 사고로 희생된 약 300명 대부분이 BTS와 같은 세대로, 수학여행을 떠난 고등학생이었다. 뮤직비디오에도 사고 희생자에 대한 애도를 의미하는 듯한 장면이 많이 등장한다. 사고 후 정부의 대응 등이 맞물려 큰 문제가 된 이 사고가 한국 작가들에게 미친 영향도 커서 '세월호 이후 문학'이라는 장르까지 생겨났다고 한다. 그중 하나인 최은영 작가의 「미카엘라」를 읽으려고 이 작품이 수록된 소설집 『쇼코의 미소』를 집어 들었다. 수록된 모든 단편이 어딘지 모르게 사회나 역사 문제와 연결되어 있어서 매우 훌륭했지만, 그중에서도 베트남 전쟁의 가해와 피해에 대한 복잡성을 그린 「씬짜오, 씬짜오」가 마음에 들었다.

한국 소설을 비롯한 창작물에는 피해자의 입장뿐만 아니라 가해자의 오래 지속되는 고통과 끝을 알 수 없는 아픔도 제대로 그려낸 작품이 많다. 내가 지금까지 접한 일본 창작물들은 피해자의 입장을 그린 것이 대부분이다. 내가 아직 미숙하기는 하지만, 한반도의 역사를 알아가면서 일본의 학교 교육에서 배운 역사를 되돌아보는 지금, 매우 중요하다고 느끼는 것은 피해와 가해, 이 두 가지를 모두 배우는 것이라고 생각한다. 한국의 국어 교과서에는 이 「씬짜오, 씬짜오」가 실려 있다고 한다.

코로나 사태로 세계와 단절된 느낌을 받았지만, 어떤 의미에서 폐쇄적이었기 때문에 우리 한 사람 한 사람 안에 반드시 숨어 있는 '모르겠다'는 두려움에서 나오는 타인을 차별하는 마음과 스트레스에서 오는 폭력성을 누구나 느끼게 되었다.

그런 와중에도 세계가 조금씩 코로나 이전으로 돌아간다고 느낄 즈음, 미얀마의 쿠데타, 블랙 라이브즈 매터(Black Lives Matter), 아시아인에 대한 혐오 등이 문제시되었다. 그것들은 마치 한국문학을 통해 알게 된 인간의 역사를 실시간으로 보는 듯한 경험이었다.

나는 BTS를 통해 한국문학을 만났고, 그 과정을 통해 한국 사람들이 어떻게 사회를 좋은 방향으로 이끌기 위해 노력해왔는지, 어떻게 연대하고 행동해왔는지, 그 과정을 조금씩 알게 되었다. 그것은 표현이 적절하지 않을 수도 있지만, 매우 흥분되는 경험이었다. 이 감동을 더 많은 사람에게 알리고 싶다는 생각에, 뜻있는 선생님들을 모시고 '나를 위해, 세상을 배우기 시작하는 공부 모임 ─ 책, 영화, 음악을 출발점으로'를 시작했다. 지금까지 두 차례 진행했는데, 첫 번째인 'BTS의 음악에서 한국을 알고 싶다 ─ 왜 한국인은 목소리를 내는가'에는 200여 명이 넘게 참여했다.

내가 생각하는 한국문학의 매력은 이웃의 작은 목소리, 누구에게도 들을 수 없었던 작은 이야기에 계속 귀를 기울이다 보면 어느새 큰 사회 문제나 분노와 아픔으로 이어진다는 점이다. 2022년, 나는 처음으로 소설을 출간했다. 글을 쓰기 시작한 2019년에는 우동집에서 일하는 여성이 다양한 손님을 만나면서 마음이 따뜻해지는 이야기를 쓰고 싶었는데, 한국문학을 만나면서 다양한 입장에서 살아가는 손님들을 통해 세상에 대한 의문과 분노를 던지는 이야기로 바뀌었다.

외국에 자유롭게 갈 수 있게 된 2023년 봄, 나는 연세대학교 어학당에서 공부를 시작했다. 설마 여기까지 오게 될 줄은 몰랐다. 웃음이 절로 터진다. 그리고 이곳에 와서 쓰고 싶은 것들이 다시 마음속에 계속 쌓여가고 있다.

몬마 다카시|門間貴志   영화연구자

『나의 사랑 백남준(私の愛、ナムジュン・パイク)』

구보타 시게코(久保田成子), 남정호 | 고성준 옮김 | 平凡社 | 2013

★ 백남준에 관해 일본에서 출간된 책

『Time collage(タイム・コラージュ)』 백남준 | ISSHI PRESS | 1984

『Paik Bye Bye Kipling(バイ・バイ・キップリング)』 백남준 | リクルート出版部 |
1986

『모레 라이트 ICARUS=PHOENIX(あさってライトICARUS=PHOENIX)』

백남준 | 이토 준지(伊東順二) 구성 | PARCO出版 | 1988

『백남준 2000년 웃고 있는 것은 누구?+?=??(ナムジュン・パイク
2000年 笑っているのは誰?+?=??)』

와타리움미술관(ワタリウム美術館) 엮음 | 平凡社 | 2016

메이지가쿠인대학교 문학부 교수다. 일본 아키타현에서 태어났으며, 다마미술대학교를
졸업했으며, 시드홀 기획 운영 스태프, 야마가타 국제 다큐멘터리 영화제 필름 코디네
이터 등으로 활동했다. 동아시아권 영화사 연구를 중심으로 한다. 저서로 『아시아 영화
로 본 일본 I: 중국·홍콩·대만 편(アジア映画にみる日本 I —中国·香港·台湾編)』, 『아시
아 영화로 본 일본 II: 한국·북한·동남아시아 외 편(アジア映画にみる日本 II —韓国·北朝
鮮·東南アジアほか編)』, 『서양 영화로 본 일본(欧米映画にみる日本)』, 『조선민주주의인민공
화국 영화사 건국부터 현재까지의 모든 기록(朝鮮民主主義人民共和国映画史 建国から現在
までの全記録)』, 편저로 『아시아 영화의 숲: 신세기 영화지도(アジア映画の森—新世紀の映
画地図)』 등이 있다.

『나의 사랑 백남준』

미대 시절 영상 작품을 만들던 나에게 '비디오 아트의 아버지'인 백남준은 영웅 같은 존재였다. 1984년 도쿄도립미술관에서 열린 대규모 전시회에 압도당한 기억이 생생하다. 졸업 논문에서 백남준을 주제로 삼으려고 생각한 적도 있지만 당시에는 문헌 자료가 생각만큼 모이지 않아 단념했다. 영어나 독일어로 쓰인 책 몇 권과 카탈로그를 서양서를 취급하는 서점에서 사 모으기는 했지만 정작 읽는 것은 내게는 버거운 일이었다. 미술잡지나 전시회 카탈로그에는 그의 말이 인용되어 있는데 백남준 자신이 예술에 대한 생각을 정리한 책은 없었고, 자서전도 없었다. 최근에는 그의 메모나 편지, 문장을 소개한 『We Are in Open Circuits』(2019)가 출간되어 그가 지닌 예술 사상의 단면을 엿볼 수 있다.

백남준이 세상을 떠난 지 얼마 지나지 않아 그의 예술 궤적을 좇은 다큐멘터리 영상을 볼 기회가 있었다. 초기에 만든, 로봇이 길에서 차에 치이는 사진은 본 적이 있지만 영상으로는 처음이었다. 이 기록영상의 마지막에는 백남준의 유해가 모셔진 관에 매달리며 "남준, 남준…" 하고 우는 구보타 시게코(久保田成子)의 모습이 있었다.

연구년을 한국에서 보내던 2010년 백남준의 아내, 구보타 시게코가 쓴 『나의 사랑 백남준』을 서점에서 발견했다. 저널리스트 남정호가 한 인터뷰를 바탕으로 한 구보타의 자서전으로, 한국어로 출간된 책이었다. 2013년에는 일본어로도 번역 출간되었다. 그 책에 적힌 것은 백남준 자신의 문장이 아니다. 구보타 시게코의 눈으로 본, 알려지지 않은 그의 모습이다. 두 사람이 서로 주고받은 예술적 영향은 물론이고 두 사람의 만남, 부부생활까지 상세하게 담겨 있다. 내가 품은 백남준의 인상은 젊은 시절 재능을 꽃피우고 화려하게 활약해온 것이지만, 실제로는 경제적인 어려움 등 다양한 일이 있었다는 사실을 알 수 있다. 나는 작품(과 그 사진)밖에 보지 않았으므로 다시금 그 배경에 대해 여러 가지로 생각하게 해주었다. 백남준의 자서전이 없는 이상, 이 책은 실질적으로 '백남준전'이다. 애초에 한국전쟁 때 일본으로 건너간 후 도쿄대학교에서 쇤베르크를 연구한 졸업논문을 쓰고 독일로 유학하기까지, 그러니까 클래식 음악에 몰두했을 무렵에 관해서는 그다지 자세히 쓰여 있지 않다.(개인적으로는 그 부분이 더 알고 싶은 대목인데.)

본가가 한국 유수의 자산가였던 백남준은 집에서 보내주는 돈으로 유학 생활을 했지만 부친이 돌아가신 후 백남준의 형들이 이어받은 사업은 잘 풀리지 않았고 넘치던 재산은 순식간에 사라져갔다. 뉴욕에서 곤궁한 생활을 한 백남준과 시게코. 도쿄에 사는 형에게 지원을 요청한 백남준에게 남겨진 유산은 1만 달러. 하지만 웬일인지 백남준은 그 거금으로 골동품점에서 불상을 사는 바람에 시게코의 노여움을 산다. 백남준은 자유분방한 아티스트인데, 유복한 태생 때문인지 씀씀이가 무척 헤펐다. 그런데 2년 후 1974년에 뉴욕의 갤러리에서 열린 개인전에서 백남준은 그 불상을 이용

432

한 작품을 전시한다. 불상은 TV의 브라운관과 마주보듯 놓였고, 그 화면에는 불상이 비쳤다. 그의 대표작 중 하나인 〈TV 부처〉다. 부처가 자신을 바라보며 사색에 잠긴 듯 보이는 이 작품은 매우 단순하면서도 동양의 선(禪)과 서양의 기술이 융합된 작품으로 주목받았다. 훗날 유사한 콘셉트의 〈TV 로댕〉도 발표했지만 나는 이 〈TV 부처〉에서 더욱 백남준다움을 느낄뿐더러 개인적으로 매우 좋아하는 작품이다. 하지만 그것을 만들게 된 계기가 본가에서 보낸 자기 몫의 재산으로 변덕을 부려 산 불상이라는 것도 재미있다.

그의 작품 〈원 캔들〉은 양초 영상을 흰 스크린에 투영한 작품으로, 유럽에서 호평을 받았다. "반짝이는 태양이 좋다"는 시게코에게 백남준은 "달의 따스한 빛이 좋은 거야. 한국인이 태양보다 달을 좋아하는 것도 그 때문이야"라고 반론한다. 백남준이 전인류적인 커뮤니케이션과 이문화 사이에 존재하는 상호 이해에 대한 희망을 작품에 투영한 것은 역시 정치 상황이 불행했던 조국에서 겪은 일과 외국에서 강하게 의식하게 되는 아시아인으로서의 자기 인식이 그 밑바닥에 있는 것이리라.

백남준은 한국전쟁 때 출국한 후 32년이나 한국 땅을 밟지 않았지만 쭉 한국 여권을 가지고 있었다. 독일 유학 이후 가족과 연락이 거의 끊기고 외국을 돌아다니는 생활을 하느라 양친의 임종도 지키지 못했다. 독일이나 미국의 여권을 발급받을 수 있었지만 백남준은 그렇게 하지 않았다. 한국에 입국하기 어려워질지도 모른다는 우려에서 공산권 국가들의 초청도 거절했다. 역시 한국을 사랑한 것이다.

　사족이지만 이 책을 바탕으로 백남준과 시게코를 주인공으로 한 영화가 제작되지 않을까 싶다. 등장인물은 칼하인츠 슈토크하우젠, 윤이상, 요제프 보이스, 구보타 시게코, 아베 슌야(阿部修也), 조지 마키우나스, 샬럿 무어만, 머스 커닝햄, 도노 요시아키(東野芳明), 오노 요코, 와타리 시즈코(和多利志津子), 김창열, 우나미 아키라(宇波彰), 야마구치 마사오(山口昌男), 이토 준지(伊東順二), 사카모토 류이치(坂本龍一) 등. 한 사람의 한국인 청년이 예술가를 끌어들이면서 새로운 시대를 열어젖힌 것은 기억에 담아두어야 한다.

미스미 미즈키 三角みづ紀 시인

『죽음의 자서전(死の自叙伝)』

김혜순 | 요시카와 나기(吉川凪) 옮김 | CUON | 2021

『흰(すべての、白いものたちの)』

한강 | 사이토 마리코(斎藤真理子) 옮김 | 河出書房新社 | 2018

1981년 가고시마현에서 태어났으며, 홋카이도 삿포로시에 거주하고 있다. 도쿄조형대학 재학 중 현대시 수첩상, 첫 번째 나카하라 츄야상을 수상했으며, 두 번째 시집으로 남일본문학상과 레키테이신예상(歴程新鋭賞)을 수상했다. 집필 외에 낭독 활동도 왕성하게 하고 있으며, 여러 국제 시 축제에 초청받고 있다. 한 달 동안 유럽을 여행하며 집필한 다섯 번째 시집 『이웃이 없는 방(隣人のいない部屋)』(思潮社)으로 당시 사상 최연소로 하기와라 사쿠타로상(萩原朔太郎賞)을 수상했다. 대표 시들은 번역되어 미국, 멕시코, 프랑스, 이탈리아를 비롯한 다른 나라에도 소개되었다. 시와 영상 프로젝트를 진행하는 등 다양한 활동을 하고 있다. 최근 저서로는 아홉 번째 시집 『주말의 아르페지오(週末のアルペジオ)』(春陽堂書店)와 에세이집 『걷잡을 수 없이 정원이(とりとめなく庭が)』(ナナロク社)가 있다.

폭풍이 오기 전 특유의 강한 바람이 불면서, 집 정면에 있는 숲이 수런거렸다. 나뭇잎들과 가지가 서로 비벼대는 소리가 파도 소리 같다고 생각하면서 잠들었다. 다음 날 아침 초록색이 지면에 흩뿌려져 있었다. 바닷물이 밀려왔다가 밀려간 것처럼. 생명을 아까워할 새도 없이 낙하한 나뭇잎들.

소란스러운 숲 소리에 어떤 인상을 품는지는 사람에 따라 다르다. 편하게 느끼는 사람도 있을 것이고 두려움을 느끼는 사람도 있을 것이다. 나는 후자다. 자연재해가 많은 나라에 살아서인지도 모른다. 여름의 태풍, 겨울의 폭설, 계절에 상관없이 일어나는 지진.

일본의 남쪽에서 태어나 자랐기에 태풍의 무서움은 잘 안다. 그리고 북쪽으로 이사했기에 눈의 무서움도 안다. 그래도 눈의 아름다움에 이끌리고 만다. 온통 뒤덮인 눈은 모든 것을 흡수한다.

두려워한다는 행위는 엿보는 행위와 닮았다. 그 대상에 관심이 없다면 두려워할 요소도 없다. 김혜순의 시집 『죽음의 자서전』을 생각한다. 제목처럼, 철저히 죽음을 노래하고 있다. 언젠가 맞이할 죽음을, 그리고 이미 맞이한 죽음을 바라본다. 시인의 말에서 이렇게 말한다.

"아직 죽지 않아서 부끄럽지 않냐고 매년 매달 저 무덤들에서 저 저잣거리에서 질문이 솟아오르는 나라에서, 이토록 억울한 죽음이 많은 나라에서 시를 쓴다는 것은 죽음을 선취한 자의 목소리일 수밖에 없지 않겠는가."

관심이라는 말을 썼는데, 물론 호기심이라는 뜻이 아니다. 집착에 가깝다. 두려워하고 있기에 마주할 수밖에 없었으리라.

여름 끝자락의 이른 아침을 걷는다. 바람과 비에 씻겨 말끔해진 마을. 다리를 건너자 까마귀들이 길 한가운데 모여 있다. 쓰러져 있는 그림자가 보인다. 차에 치인 다람쥐였다. 시체를 쪼아대는 새들에게서 시선을 거두었다. 직시할 수 없는 나 자신이 한심해졌다.

사자의 고통을 알기 위해서는 저자 자신이 죽음을 체험할 수밖에 없다. 눈을 돌리지 않고, 사고를 멈추지 말아야 한다.

오 분 만에 편의점에 도착한다. 필요한 물건을 골라 든다. 편의점은 언제든 거짓말처럼 밝은 건물.

인공적인 밝음은 피안을 연상시킨다. 규칙적으로 진열된 빵과 음료, 조미되어 흰 플라스틱 용기에 담겨 진열된 고기와 생선. 어젯밤의 폭풍과 상관없는 장소는 감정을 덮어 쓰고 있기에 지난날 살아 있던 것들의 아름다운 묘지다. 이 위화감을 넘겨보고 싶다. 정성스레 칠해진 벽과 천장의 색.

한강의 『흰』은 소설과 에세이의 경계에 있는 책이라고 생각한다. '나'와 '그녀'와 '모든 흰' 3장으로 구성되어 있다.

"흰 것에 대해 쓰겠다고 결심한 봄에 내가 처음 한 일은 목록을 만든 것이었다."

봄날에 흰 것에 대해 쓰려고 결심한 이유를 궁리하자 가장 먼저 떠오르는 것은 눈의 존재다. 녹아서, 풍경에서 사라지는 흰 존재. 실제로 눈과 얼음을 다룬 부분도 많다.

바르샤바에서의 생활과 태어나 두 시간 만에 죽은 언니. 작가가 언니가 되어, 그녀가 되어 낯선 도시를 갓 태어난 듯한 눈으로 바라보는 이야기는 흰 것에 투영되면서 반복된다.

"지난여름, 내가 도망치듯 찾아든 곳이 지구 반대편의 어떤 도시가 아니라, 결국 나의 내부 한가운데였다는 생각이 들 만큼."

'그곳'에서 도망친 줄 알았는데 '그곳'의 내부에 숨어든다. 두려워하면서 시선을 피하지 않는 작가의 모습이 있다. 이들 두 작품은 죽음이 새겨져 있어서 그렇게 된 배경을 생각해본다.

억울한 죽음을 목전에서 보게 된다면 시선을 피하는 동작을 취하고, 그러다 잊어가거나 잊을 수 있는 구조 속에서 살아가면서, 나는 차에 치어 죽은 동물에게서 시선을 피할 때와 마찬가지로 부끄러워졌다. 무척 밝고 청결하고 비명이 덧발린 안전한 묘지에 우두커니 서 있는 기분이었다.

그리고 돌아오는 길에는 직시하자고 결심했다. 차가운 바람이 부드럽게 떠돈다. 두려움을 엿보려는 나의 발에, 아직 푸른 이파리가 따라붙는다.

미즈시나 테츠야 水科哲哉 작가, 편집자

『한국에서 온 통신(韓国からの通信)』 시리즈(전4권)
T·K生 | 『세카이(世界)』 편집부 엮음 | 岩波書店 | 1974~1980

『축소 지향의 일본인(「縮み」志向の日本人)』
이어령 | 講談社 | 2007(초판 1982)

『선을 넘는 한국인 선을 긋는 일본인: 심리학의 눈으로 보는 두 나라
이야기(線を越える韓国人 線を引く日本人)』
한민 | Amphini Japan Project 옮김 | 飛鳥新社 | 2023

1972년 출생. 니혼대학 예술학부 영화학과를 졸업했고, 현재는 한·영·일 3개 국어를
쓰는 작가이자 편집자로서, 지난 20년간 60권 이상의 외국 서적을 일본어판으로 제작
하는 데 협력했다. 2023년에는 한국의 아동서 시리즈인 『위풍당당 여우 꼬리』 시리즈(손
원평 글, 만물상 그림), 『쉿! 안개초등학교(しーっ! 霧の中の小学校)』(보린 글, 센개 그림)(모두 와
타나베 마도카(渡辺麻土香) 옮김, 永岡書店) 등의 일본어 번역본을 냈다. 한국영화 〈취화선〉
(임권택 감독), 〈DMZ, 비무장지대〉(이규형 감독) 등 한국 영화 관련 홍보도 담당했다. 2008
년부터 2014년까지 '말해보자 한국어 도쿄·중고생 대회' 사무국장을 지냈다. 저서로
『데스메탈 코리아: 한국 메탈 대전(デスメタルコリアー韓国メタル大全)』(パブリブ) 등이 있다.
INFINI JAPAN PROJECT 대표 사원이다.

인생의 고비에서 한국 · 조선의 '마음'을 엿본 독서 체험

대학을 졸업한 지 1년 정도 지난 1996년 5월, 2002년 월드컵 한일 공동 개최가 결정되었다. 당시 필자는 영화 업계에서 먹고살기 위해 암중모색하고 있었는데, 우연한 계기로 이 시기부터 한국에 흥미를 품고 초보용 학습서를 들고 한국어 독학을 시작했다. 일본의 예능 프로덕션 관계자에게 이와나미 신서로 나온 『한국에서 온 통신(韓国からの通信)』 시리즈(전4권)를 읽으라고 권유받은 것도 이 무렵이다.

아시다시피 지명관은 'T·K生'이라는 필명으로 이와나미 신서의 잡지인 『세카이(世界)』 지면에서 한국의 민주화운동 탄압을 고발했다. 연재 기간은 1973년부터 1988년까지 15년에 이르는데 신서판은 그중 7년분(1973~1980년)을 바탕으로 출간되었다. 그렇지만 한국에서 이 7년 동안 일어난 사건을 보면 김대중 납치 사건부터 민청학련 사건, 문세광 사건, 박정희 암살 사건, 5·18광주민주화운동 등 중대 사건들이다. 그뿐 아니라 필자와 나이대가 그리 차이 나지 않는 한국의 젊은이가 민주화운동이나 노동쟁의에 몸을 던지고, 개중에는 목숨을 잃은 경우도 생생히 묘사되어 『한국에서 온 통신』을 처음 읽었을 때는 충격을 받았다. 훗날 지명관은 『세카이』에 연재하던 당시에는 한국이 아니라 일본에 있었으며, 현지 기독교 관계자들이 보내준 자료 등을 참고하여 『한국에서 온 통신』을 집필했다는 것이 밝혀진다. 그것을 감안하고 생각해도 『한국에서 온

통신』은 격동의 한국사를 생생하게 묘사한 혼신의 보고서이자, 군사정권하의 한국에서 민주화를 너무도 갈망하는 유명 무명의 한국인들의 마음이 응축된 책이다.

필자가 회사를 세운 것은 월드컵이 한일 공동 주최로 열린 2002년의 일이다. 대형 인쇄회사인 돗판인쇄(凸版印刷)의 그룹 회사와 접점이 생긴 것이 계기였다. 당연한 얘기지만 출판사와 인쇄소는 불가분의 관계다. 필자도 회사를 세운 것을 계기로 자연히 출판 업계로 중심축을 옮기게 되었다. 이 돗판인쇄의 그룹 회사 이사님이 이어령의 명저 『축소 지향의 일본인』을 읽어보라고 권했다. 크고 작은 부채가 그려진 일본판 표지가 나타내듯, 이어령은 작은 것의 미를 인정하고, 온갖 것을 '축소'하는 점에 일본문화의 특징이 있다고 지적한다. 가령 우리 일본인은 서양에서 들어온 장우산을 작은 접이식 우산으로 만들었고, 거치형 라디오나 스테레오를 트랜지스터라디오나 워크맨으로 축소했다. 화분에 자연의 큰 나무를 작은 비율로 재현하는 분재, 밥그릇에 담긴 쌀밥을 주물러서 작게 만든 주먹밥, 세계에서 가장 짧은 시의 형태인 5·7·5의 하이쿠 등, 일본인이 자기도 모르는 새에 '작게 만든 것'은 너무 많아서 셀 수가 없다. 당연히 대상을 바라보는 시각이나 마음으로 무언가를 느끼는 방식은 저마다 다르지만 『축소 지향의 일본인』을 처음 접했을 때는 한국인은 일본에 대해 이런 식으로 느끼고 있었구나 싶어서 신선하고 놀라웠다.

필자가 세운 회사는 부침을 거듭하면서 일본 출판 업계의 한 귀통이에서 활동을 이어갔다. 그런 가운데 2016년에 도쿄에서 열린 제5회 '일본어로 읽고 싶은 한국의 책 – 추천 30선' 설명회장에서 지명관 선생과 인사할 수 있었던 것은 좋은 추억이다. 생전의 지명관을 만난 것은 이때뿐이지만 『한국에서 온 통신』의 거친 필치와는 전혀 달랐다. 그는 시종일관 미소를 띤 인자한 할아버지 같았다. 그러나 한편으로 이어령의 『축소 지향의 일본인』처럼 일본이라는 필터를 통해 한국인의 대상을 바라보는 시각, 마음으로 무언가를 느끼는 방식을 소개한 책을 세상에 펴낼 수 없을까 싶었다. 자화자찬이 되는데, 그 뜻을 이룬 책이 바로 우리 회사에서 번역한 『선을 넘는 한국인 선을 긋는 일본인』이다.

『선을 넘는 한국인 선을 긋는 일본인』은 한일 양국의 말이나 옛날이야기, 드라마, 음악, 애니메이션, 스포츠, 시사 문제 등 40개가 넘는 키워드를 예로 들면서 각각의 배경에 있는 국민성과 문화적 차이를 고찰한 책이다. 여럿이서 온라인 PC 게임을 즐기는 한국인과 가정용 게임기로 혼자 노는 일본인, 사랑스러운 소녀가 사랑받는 일본의 아이돌 산업과 힘든 연습생 생활이 동반되는 한국의 아이돌 산업 등 사람에 따라서는 세속적인 이야기라고 느낄 만한 화제도 포함되어 있다. 하지만 원저자인 한민은 문화와 인간 심리의 상호작용을 연구하는 문화심리학자이며, 닮은 듯 다른 한일 양국의 문화도 각각의 나라에서 살아가는 사람들의 심리가 투영된 것이라고 지적한다. 한류 엔터테인먼트에 익숙해진 젊은 층도 여기에서 예로 든 세 권의 책을 통해 한국·조선의 '마음'을 느끼길 바란다.

박경미 ぱくきょんみ 시인

「내 마음은(こころ)」(『일기일회(一期一会)』 수록)

김동명 | 김소운 옮김 | 사와 도모에(沢知恵) 노래 | Cosmos Records | 2002

* 김소운은 1943년판 『조선시집(朝鮮詩集) 전기』(興風館)에 「마음」을 번역
해서 실었다.

「이상의 아해: 한국문학 보고서 5(李箱の児孩 – 韓国文学見てある記 5)」

(『조선 · 말 · 인간(朝鮮 · 言葉 · 人間)』 수록)

조 쇼키치(長璋吉) | 河出書房新社 | 1989

1956년 일본 도쿄 출생. 첫 번째 시집 『수프(すうぷ)』를 1980년에 출간한 이후 시와 에세
이를 다양한 매체에 게재하고 있다. 또한 한국의 전통음악과 무용을 배우고 가야금, 보
자기 등 민족예술을 널리 연구하고 있다. 저서로 시집 『혼자서 가라(ひとりで行け)』, 『어디
서 어떤 어째서 책(何処何樣如何草紙)』(書肆山田), 에세이집 『뜰의 주인(庭のぬし Words to
Remember 思い出す英語のことば)』(クインテッセンス出版), 『늘 새가 날고 있다(いつも鳥が飛ん
でいる)』(五柳書院), 그림책 『시작한다(はじまるよ)』, 『밥은 맛있어(ごはんはおいしい)』(福音館
書店), 시와 그림의 컬래버레이션으로 만든 『일상(にちじょう)』(이노우에 겐지(井上健司) 그림,
witchpoint) 등 다수가 있다.

마음의 번역

싱어송라이터인 사와 도모에(沢知恵)가 부르는 〈마음〉을 연이어 들은 적이 있다. 그야말로 마음에 물밀듯이 차오르는 무언가가 있었기에.

> 내 마음은 호수요
> 그대 노 저어 오오
> 나는 그대의 흰 그림자를 안고
> 옥같이 그대의 뱃전에 부서지리다

넓게 펼쳐진 파란 하늘에 편안한 목소리를 끝도 없이 실어 나르는 사와 도모에의 맑고 밝은 노래 속 '마음'에는 독특한 음영과 망설임이 서려 있다. 수채화의 농담처럼, 단정하고 아름다운 색채가 배어 나오는 엷은 망설임. 이 목소리가 펼쳐내는 경치에 나는 잠시 멈춰 섰다. 여기에서 노래하는 호수처럼, 목소리는 듣는 이를 깊은 물 속으로 유인한다.

> 내 마음은 촛불이요
> 그대 저 문을 닫아주오
> 나는 그대의 비단 옷자락에 떨며
> 고요히 최후의 한 방울도 남김없이 타오리다

나는 〈마음〉이 수록된 CD의 해설을 펼쳤다가 '김소운'[1]이라는 이름을 발견하고 눈이 휘둥그레졌다. 너무도 반가운 그 이름의 존재…. 시의 문이란 언제나 이런 식으로 열리는 법이다. 책장에 꽂혀 있는 『조선시집(朝鮮詩集)』, 『조선민요선(朝鮮民謠選)』, 『조선동요선(朝鮮童謠選)』이 떠오른다. 1970년대 후반에 한반도 예술 문화를 겨우 접했던 사람으로서 김소운의 저서가 이와나미 문고에 존재하는 것 자체가 강한 소구력이 있었다. 젊은 시절의 이바라기 노리코(茨木のり子)처럼, 김소운의 저서를 열심히 읽지는 않았지만 그 존재 앞에서는 변함없이 멈춰 서곤 했다. 머지않아 사와 도모에가 김소운의 손녀라는 것을 알고, 그녀도 분명 김소운의 글이나 번역에 멈춰 설 때가 있겠구나, 하고 상상했다.

내 마음은 나그네요

그대 피리를 불어주오

나는 달 아래 귀를 기울이며

호젓이 나의 밤을 새이오리다

20대에서 30대에 걸쳐 나의 책장에는 조선의 역사, 문학, 예술 문화에 관한 책이 여러 단을 차지하게 되었다. 『나의 조선어 소사전 서울 유학기(私の朝鮮語小辞典 ソウル遊学記)』, 『평상복을 입은 조선어 나의 조선어 소사전 2(普段着の朝鮮語 私の朝鮮語小辞典2)』, 『조선·말·인간(朝鮮·言葉·人間)』, 『아리랑 고개의 여행자들(アリラン峠の

旅人たち)』,『대가야연맹의 흥망과 '임나' 가야금만이 남았다(大伽耶連盟の興亡と「任那」伽耶琴だけが残った)』,『윤동주 시 전집 하늘과 바람과 별과 시(尹東柱全詩集 空と星と風と詩と)』,『한국현대시선(韓国現代詩選)』…. 1984년에 '떠돌이 예술가의 세계 공연(국제교류기금이 한국에서 남사당패를 초청했다)'에 관여한 후부터 한반도의 민속 예능에 매료되었는데, 조 쇼키치[2]가 언급한 이상의 시는 가슴속 깊이 자리 잡았다. 1960년대 말 계엄령하의 서울 거리를 걷다가 어느 골목에 섰을 때 조 쇼키치의 마음을 가로지른 시 「오감도」.

13인의아해가도로로질주하오.

(길은막다른골목이적당하오.)

제1의아해가무섭다고그리오.

제2의아해가무섭다고그리오.

제3의아해가무섭다고그리오.

제4의아해가무섭다고그리오.

제5의아해가무섭다고그리오.

제6의아해가무섭다고그리오.

제7의아해가무섭다고그리오.

제8의아해가무섭다고그리오.

제9의아해가무섭다고그리오.

제10의아해가무섭다고그리오.

제11의아해가무섭다고그리오.

제12의아해가무섭다고그리오.

제13의아해가무섭다고그리오.

13인의아해는무서운아해와무서워하는아해와그렇게뿐이모였소.

(다른사정은없는것이차라리나았소.)

그중에1인의아해가무서운아해라도좋소.

그중에2인의아해가무서운아해라도좋소.

그중에2인의아해가무서워하는아해라도좋소.

그중에1인의아해가무서워하는아해라도좋소.

(길은뚫린골목이라도적당하오.)

13인의아해가도로로질주하지아니하여도좋소.

　　1980년, 나는 스물네 살 때 첫 번째 시집 『수프(すうぷ)』를 자비 출판했는데, 머릿속은 20세기 영미 시로 가득했다. 거트루드 스타인[3]의 말을 번역하는 데 안간힘을 쓰고 있었다. 왜냐하면 대학 졸업 논문에서 스타인을 인용했는데 논문 심사에서 '논문이라 할 수 없다'며 신랄한 비판을 받았기 때문이다. 스타인의 문학세계를 무시해온 영미 문학계에 대해 스타인의 다성적인 문체의 매력을 논리적으로 전달할 수 없었던 것이 너무 분했다. 그래서 스타인의 문장을 일본어로 번역함으로써 나의 생각을 표현하고자 '나는 스타인이 쓴 문장의 기분을 잘 안다'고 생각하면서 스타인이 생애 가장 마지막에 쓴 『세상은 둥글다(地球はまあるい)』를 번역했다.

그 무렵 재일한국인으로서 본명을 사용한 지 10년은 지났지만 여전히 이데올로기의 언어로만 표현되는 일본사회의 '조선·한국'에 더욱 질려 있었다. 그것은 '자이니치 여기 있네!' 하며 다가오는 자유주의파와 사회파를 빈정거리면서도, 결국은 자기혐오에 빠지는 패턴에 넌덜머리가 나 있던 것과 상통한다.

장 선생님(한글을 처음으로 가르쳐준 선생님이므로 존칭을 쓰고 싶다)에게서 "거트루드 스타인에 관심이 있는 사람이 조선문학을 연구했으면 한다"는 말을 듣고 그 자리에서 "조선문학 중에 재미있는 게 있나요?"라고 되물은 적이 있다. 장 선생님은 나직이 웃으면서 먼 곳을 바라보았는데, 오히려 그 행동이 직구가 되어 가슴에 팍 꽂혔다.

그로부터 25년이 지났다. 장 선생님은 멀리 떠나셨고, 이상이라는 직구는 부메랑이 되어 나에게 돌아왔다. 이상은 조선시대 말기에 태어나 1910년 한일강제병합 이후의 서울에서 교육을 받았고 조선총독부 내무국 건설과에서 일했다. 앞서 인용한 「오감도」는 발표된 〈조선중앙일보〉에 불만과 비난이 쇄도할 정도로 반향을 일으켰다. 그야말로 모더니즘의 실험정신이 넘치는 전위적인 시다. '13인의 질주하는 아이들' '막다른 골목길'…. 지금 봐도 강렬한 시상이다.

20세기 모더니즘은 미술, 문학, 음악, 영상, 퍼포먼스의 영역을 쉽게 넘나들며 국가며 민족이며 언어마저 넘어서는 정신이라고 생각한다면, 역시 서양 중심으로 펼쳐진 것이 아니라 세계 다발적인 움직임이었다. 일본열도, 한반도, 랴오둥반도, 동아시아 각지에 제국주의의 싹이 벗겨진 시대에, 다른 언어를 인지함으로써 개척하고 경작해가는 모국어의 평지. 새로운 곳에서 새로운 표현을 모색한 젊은 시절의 김소월, 정지용, 이상, 그리고 김소운의 문체와 삶의 방식은 21세기의 암운 속에서 허덕이는 우리에게 세상을 비추는 빛줄기를 연이어 보내줄 것이다.

내 마음은 낙엽이오
잠깐 그대의 뜰에 머무르게 하오
이제 바람이 일면 나는 또 나그네같이
외로이 그대를 떠나오리다

김소운은 에세이집 『마음의 벽(こころの壁)』에서 젊은 시절부터 해온 시 번역에 대해 "마음의 번역이어야만 한다"고 힘주어 말한다. 이 얼마나 성실한 지적인가. 나도 모국어(일본어)의 지평에서 손에 기름진 흙을 쥐고 싶다.

....

1. 김소운(1908~1981). 한국의 시인, 문학자. 한국문학을 일본에 소개한 번역문학가이자 수필가로 유명하다. 사와 도모에는 김소운의 손녀다.

....

2. 조 쇼키치(1941~1988). 일본의 조선문학자.

3. 거트루드 스타인(1874~1946). 미국 시인, 소설가. 소설이나 시에서 대담한 언어상의 실험을 시도했을 뿐만 아니라 새로운 예술운동의 비호자가 되었다. 제1차 세계대전 전후에 모더니스트로서 활약한 한 사람으로 '로스트 제너레이션'이란 말을 처음 사용했다. 특히 제1차 세계대전 후 미국 문학에 미친 영향은 크다. 주요 저서로 『3인의 생애』, 『텐더 버튼스』 등이 있다.

사이토 마리코 斎藤真理子 　　　　　　　　　번역가

『그 많던 싱아는 누가 다 먹었을까(あの山は本当にそこにあったのか)』

박완서 | 마노 야스히사(真野保久), 박경은(朴暻恩), 이정복(李正福) 옮김 | 影書房 | 2023

『한 말씀만 하소서(慟哭—神よ、答えたまえ)』

박완서 | 가쿠 준코(加来順子) 옮김 | かんよう出版 | 2014

「부처님 근처」(『부끄러움을 가르칩니다』)

박완서 | 문학동네 | 2013

역서로는 조세희의 『난장이가 쏘아올린 작은 공』(河出文庫), 황정은의 『디디의 우산』(亜紀書房) 등이 있다. 저서로는 『한국문학의 중심에 있는 것(韓国文学の中心にあるもの)』(イースト・プレス), 『책갈피에 매달리다(本の栞にぶら下がる)』(岩波書店) 등이 있다.

박완서에게는 한국문학의 모든 것이 있다. 한국인이 지닌 희로애락의 구석구석을 이토록 생생하게, 강렬하게, 그리고 섬세하게 써 내려간 사람은 없으리라.

예를 들어 초기 단편 「부처님 근처」는 한국전쟁으로 서울이 북한군에 점령당했을 때 가족을 잃은 어머니와 딸의 이야기다. 한 가족의 아버지와 오빠가 죽었는데, 특히 오빠의 죽음이 비참했다. 오빠는 가족들이 보는 앞에서 총알을 여러 발 맞아 '누더기 같은' 시신이 된다. 어머니와 여동생은 말없이, 서둘러 그 시신을 처리한다. 가족이 '반역자'로 죽임당한 것을 어떻게든 숨겨야 하기 때문이다. 그 모습은 "마치 새끼를 낳은 후 태반을 먹고 체액까지 모두 핥아 흔적조차 남기지 않는 짐승과 같다"고 묘사된다.

생동감 있는 동물의 행위를 언급하는 것만으로도 두 여인의 심정을 짐작할 수 있다. 박완서의 책을 읽다 보면 이런 한 줄의 심리 묘사도 없이 마음을 드러내는 장면을 이따금 만난다.

1988년 박완서는 스물다섯 살의 아들을 교통사고로 잃었다. 그때의 고통과 회복 과정을 낱낱이 기록한 일기가 『한 말씀만 하소서』라는 책으로 출간되었다.

저자는 아들이 없는 세상에서 더는 살고 싶지 않았다. 열흘 정도 아무것도 먹지 않았다. 몸이 음식을 받아들이지 않는데, 그것은 죽음의 전조라고 생각하며 "나에게 지금 희망이 있다면 내가 죽어가는 것뿐이다"라고까지 썼다.

그토록 고통스러운 슬픔의 기록 속에 단 한 가지 밝은 회상 장면이 있다. 의사였던 아들이 너무 바빠서 용변을 보고 물 내리는 것을 깜빡 잊고 집을 뛰쳐나갔을 때의 기억이다. "건강한 청년이 용변을 본 변기 안은 어머니가 보기에도 경악할 정도였다"고 한다. 하지만 지금은 그마저도 저자에게는 따뜻한 기억이자 잠시나마 머무는 위안이다. 생각해보면 배설물은 그 주체가 살아 있다는 증거다. 이 역시 육체적 생리적 작용만 적혀 있지만, 가슴 아플 정도로 마음을 울리는 장면이다.

삶과 죽음이 아슬아슬하게 맞붙을 때, 몸의 묘사는 그대로 마음의 묘사가 된다. 그때 인간과 동물의 경계는 자연스레 흐릿해진다. 박완서는 그런 길을 걸어온 작가다. 그것은 강렬한 개성인 동시에 강렬한 보편이기도 하다.

자전적 소설 『그 많던 싱아는 누가 다 먹었을까』의 일본어판 서문에서 저자는 "내 인생은 평범한 개인사일지 모르지만, 막상 펼쳐보면 거칠게 짜인 시대의 씨실 때문에 내가 원하는 대로 패턴을 엮어내지 못했다. 그것은 개인사의 문제이기도 하지만 동시대를 살았던 사람이라면 공감할 수 있고, 지금의 풍요로운 사회의 기초가 묻혀 있는 부분이기도 하기에 부끄러움을 무릅쓰고 펼쳐 보았다"고 말했다.

「부처님 근처」의 주인공인 여동생은 휴전 후 오빠와 아버지가 죽었다는 사실을 숨긴 채 주변에는 '실종됐다'고 거짓말을 하며 살아왔다. 그래야 번거로운 일들을 피할 수 있기 때문이다. 그러나 어느 순간 더이상 참을 수 없어 오빠의 죽음에 대해 격렬하게 말하고 글을 쓰기 시작한다.

많은 한국인은 '견딜 수 없음'을 몸과 마음 모두에 품고 살아왔다. 그런 시대가 있었다. 박완서의 소설에는 몸과 마음이 구분할 수 없는 하나의 층이 되어 드러나 있다.

사카이 히로미酒井裕美 조선근대사 연구자

『조선동요선(朝鮮童謠選)』

김소운 편역 | 岩波文庫 | 1933

『재일조선인작가 윤자원 미간행 작품선집(在日朝鮮人作家 尹紫遠未刊行作品選集)』

윤자원(尹紫遠) | 송혜원 엮음 | 琥珀書房 | 2022

1976년 요코하마 출생. 오사카대학교 인문학연구과 교원이며, 전공은 1880년대를 중심으로 한 조선외교사다. 저서로는 『개항기 조선의 전략적 외교 1882~1884(開港期朝鮮の戦略的外交 一八八二一一八八四)』(大阪大学出版会, 1996) 등이 있다.

나의 친할아버지는 경상남도 통영 출신으로, 존함은 이종민이다. 1916년 일본과의 '김' 무역으로 재산을 모은 부유한 가정에서 태어나 중학교 때부터 일본에서 유학 생활을 했는데, 일본 대학 재학 중 '학도병 출전'의 조짐을 감지하고 조선으로 귀향했다. '공무원'으로 일하다가 1944년 징용자의 인솔자로 다시 일본으로 건너가 귀국하지 않았다고 한다. 일본이 전쟁에서 진 후에는 가난 속에서 주로 고철업을 생업으로 삼았고, 1977년 도쿄에서 돌아가셨다.

조선사 연구를 하면서 할아버지에 대해 숨기지는 않았지만 '역시 그렇구나'라는 말을 듣는 것이 귀찮아서 굳이 드러내지 않았다. 아니, '귀찮다'기보다는 조금 더 복잡하다. 여러 가지 사정으로 아버지는 출생신고 시점부터 일본 국적을 가지고 있었다. 아버지는 고등학교 입학 때까지 그 사실을 몰랐기 때문에, 아버지의 정체성은 '조선인 넝마주의 자식'이지만 한국 국적의 이복형제들과 달리 취업이나 사회보장 등의 측면에서 실질적인 피해를 입지는 않았다. 물론 나도 마찬가지다. 할머니는 할아버지가 돌아가신 뒤에도 오이마치에서 '미노야'라는 조선 건어물 가게를 오랫동안 운영하셨고, 내 주변에는 음식이든 생활양식이든 '조선'이 일상적으로 존재했지만, 친척들이 당연한 권리를 위해 일일이 다투거나 포기하는 모습을 옆에서 지켜보면서도 내 앞길에 불합리한 장애는 딱히 보이지 않았다. 이로써 나는 '조선'에 동화되기에는 자격 미달이라는 생각을 하게 되었다. 그 생각은 굴절되어 진정으로 누릴 수 없어 보이는 것에 대한 동경을 증폭시켰다. 그 실체야말로 내가 지닌 '한국·조선의 마음'이 아닐까.

『조선동요선』은 김소운이 수집한 2,400여 편의 민요를 조선어로 수록한 『조선구전민요집』(第一書房, 1933)에서 발췌한 동요를 일본어로 번역한 책이다. 이 탁월한 성과가 지니는 의의에 대해서는 이미 많은 평이 있으므로 생략한다. 대신 여기서는 이 책의 서두에 첨부된 김소운의 「조선의 어린이들에게 서문을 대신하여」라는 글을 소개한다.

"고향의 아이들아, 이 조그마한 선물에 대해 이 마음을 담아 너희들에게 친애하는 마음을 전한다"는 문장으로 시작되는 이 글에서는 일본어를 '국어'로 배우는 환경에 처한 조선의 어린이들에게 김소운이 전하고 싶은 '단 하나의 자랑'(이것을 '한국·조선의 마음'이라고 말하고 싶다)이 몇 수로 표현되어 있다. 그는 몇 편의 동요를 예로 들면서 "그때의 마음이다"라는 말로 윤곽을 잡아나간다. 나도 실감할 수 있을 것 같아 가슴이 뜨거워지지만, 역시 약간은 망설여진다.

"조용하고 우아한 이 전통을 계승하는 너희들이 살벌한 무용(武勇)의 정신을 알 리가 없다. '모모타로'의 승리가 너희들에게 그 무엇보다 지루하듯, 너희에게는 너희만이 아는 심정의 세계가 있고, 그 세계에서만 너희는 마음껏 날개를 펴고 너희 정신의 높이를 날아오를 수 있는 것이다. 일본 동요에서는 '달팽이'를 보고 '뿔을 내라, 창을 내라'며 '안 내면 가위로 잘라버리겠다'고 윽박지르지만, 너희는 무뚝뚝한 명령 대신 '장구를 치고 춤을 추어라'라고 소망한다."

이 구절에는 한 방 얻어맞은 듯한 기분마저 든다.

한편 김소운의 『조선시집』(초판, 1940)의 이와나미 문고판(1954)에 '문우'로서 해설을 기고한 동시대 문인 윤자원이 있다. 윤자원은 1911년 경남 울산에서 태어나 1964년 타계할 때까지 울산 → 동경 → 북한 → 38도선 넘어 → 동경으로 혼란 속에서 이동을 반복한 '월경 재일조선인 작가'다. 거의 잊힌 윤자원의 작품을 오늘날 쉽게 접할 수 있게 된 것은 송혜원의 연구 덕분이다. 송혜원의 말을 빌리면, 윤자원은 자신과 주변 조선인들의 경험을 가감 없이 소박하게 써 내려갔다. 역사에 휘둘린 목소리 없는 사람들의 집단적 경험은 때로 '비참하고 무력해' 보이지만, '한국·조선의 마음'을 형성해온 것은 틀림없이 이런 시련과 고뇌의 축적일 것이다. 나의 망설임도, 그리고 김소운이 말하는 '조용한 우아'가 단순한 우아함에 그치지 않고 끝을 알 수 없는 강인함을 수반하는 듯 느껴지는 것도 그 때문일 것이다.

『재일조선인작가 윤자원 미간행 작품선집』에 수록된 「인공영양」의 주인공 이준길은 신주쿠에서 매춘부에게 중고 스타킹을 팔아 번 아기 우윳값을 꼬치구이 가게에서 술값으로 탕진하면서 이렇게 자문한다.

"나는 일본을 원망하고, 일본을 저주하고, 분개하면서 일본인을 아내로 맞아 일본에 살고 있다. 나라는 놈은 모순의 덩어리다. 순수한 조선인은 내 피뿐이다. 내 나름의 지식, 교양, 취미는 일본에서 받은 것이다. 생활 정서도 일본에 가깝다. 살아온 시간도 일본이 더 길다. 그런데도 나는 끊임없이 일본을 원망하고 저주하고 있다. 그러나 제국 일본을 원망하고 저주하는 것보다 조선을 팔아먹은 조선의 지배계급을 원망하고 저주해야 한다. 결국 나는 일본을 원망하는 만큼 조선을 사랑하지 않는 것이다. 정말 조국애가 있다면 나는 조선으로 돌아가 민족해방을 위해 과감히 싸웠을 것이다. 그런데도 나는 겁에 질려서 나만의 안전한 길을 걷고 있는 것이다. 그런 놈에게 '내일'이 있을 리가 없지….”

돌아가신 할아버지에게 김소운과 윤자원 중 누구에게 더 공감하는지 묻고 싶다.

사쿠라이 이즈미桜井泉　　　저널리스트

『축소 지향의 일본인(「縮み」志向の日本人)』 이어령 | 講談社 | 2007(초판 1982)

『흙 속에 저 바람 속에[韓国人の心(増補 恨の文化)]』
이어령 | 배강환 옮김 | 学生社 | 1982

『한의 탄생 이어령, 내셔널 아이덴티티, 식민지주의(恨の誕生 李御寧、
ナショナルアイデンティティー植民地主義)』
후루타 도미다테(古田富建) | 駿河台出版社 | 2023

『조국이 버린 사람들: 재일동포 유학생 간첩 사건의 기록(祖国が棄
てた人びと 在日韓国人留学生スパイ事件の記録)』
김효순 | 이시자카 고이치(石坂浩一) 감수 및 옮김 | 明石書店 | 2018

『장동일지: 재일한국인 정치범 이철의 옥중일기(長東日誌 在日韓国
人政治犯・李哲の獄中記)』 이철(李哲) | 東方出版 | 2021

1949년 도쿄에서 태어났다. 1959년 중학교 2학년 때 김대중 납치 사건, 이듬해 문세광
사건으로 한국의 민주화에 깊은 관심을 갖게 되었다. 대학교 3학년 때 광주민주화항쟁,
김대중 사형선고, 한국대사관 항의 시위에 참여했다. 1984년 아사히신문사에 입사했다.
노태우 정권 시절인 1991년부터 3년간 서울 이화여자대학교 후문 근처에서 하숙을 하며
연세대학교 어학당에서 한국어를 기초부터 배웠다. 취미는 한국어 학습, 한국 여행, 한
국 TV 프로그램(〈가요무대〉, 〈전국노래자랑〉, 〈열린음악회〉), 라디오 프로그램(〈재외동포를 위
한 한민족방송〉), 유튜브 시청, K-POP 이전의 한국 가요를 듣고 노래하는 것이다. 한국
거의 전역을 누볐다. 지금은 갈 수 없게 된 북한의 금강산으로 한국에서 육로로 여행한
것이 좋은 추억이다.

한(恨)을 모르고는 한국에 갈 수 없었다

평론가 이어령은 일본에도 잘 알려진 한국을 대표하는 지식인이다. 독특한 일본문화론인 『축소 지향의 일본인』이 1982년 일본에서 번역 출간되자마자 베스트셀러가 되었다. 이어령은 식민지 시대에 일본어를 배운 마지막 세대다. 서울올림픽을 앞두고 한국 붐이 일면서 이어령은 수많은 강연과 심포지엄에 초청받았다. 하지만 그가 2022년, 향년 88세로 세상을 떠나자 그의 죽음을 알리는 기사는 너무 적었다. 그를 직접 알던 기자들은 은퇴했고, 신문사에서도 세대교체가 진행 중이었다.

오랜만에 이어령 선생의 『한국인의 마음』을 다시 읽어보았다. 1991년에 서울에서 유학할 당시, 우선 일단 알아두고 간 것이 '한과 원한'은 다르다는 것. 의기양양한 얼굴로 그것을 알려준 선배도 이 책을 읽었을 것이다.

원한은 한국인 특유의 감정으로 이야기된다. 일본어에는 '怨(원)'이라는 말도 있는데 둘 모두 그냥 '원한'을 뜻한다. 이어령은 말한다.

"'원한'은 타인에 대한, 또는 자신의 외부에 있는 어떤 것에 대한 감정이다. 그러나 '한'은 내 안에 침전되어 쌓이는 정(情)의 덩어리이며, 타인에게 피해를 입지 않아도 생겨나는 심정이다."

그렇구나. 머리로는 어느 정도 이해는 되지만 실감이 나지 않는다. 이 대표적인 이론을 조금 더 인용해보자.

"소망이 있기에, 능력이 있기에 어떤 좌절감이 생기고, 그것이 비로소 '한'이 된다."
"그것은 이루지 못한 소망이며, 실현되지 못한 꿈이다."
"공허한 마음에 아직도 사라지지 않는 꿈의 잔재를 간직하지 않으면 '한'의 마음을 지속시킬 수 없다."

한편 원한은 "뜨겁다. 복수를 통해 지워지고 맑아진다"고 했다. 그러나 한은 "차갑다. 소원이 이루어지지 않으면 풀 수 없다"고 했다. "원한은 분노이고, '한'은 슬픔이다. 그래서 원한은 불처럼 활활 타오르지만 원한은 눈처럼 쌓인다"고 했다. 역시나, 알 것 같다는 생각이 든다.

여기서부터가 이어령의 진면목이 드러난다. 한일의 대표적인 이야기인 『주신구라(忠臣蔵)』와 『춘향전』을 비교한다. 복수하는 『주신구라』는 '원한', 『춘향전』은 '한'의 이야기다. 이미지가 잡혔다. 하지만 한국인과 친하게 지낸 지 30년이 지났다. 조용필의 〈한 오백 년〉을 들으면서도 아직까지도 이것이 한국인의 '한'이라고 느껴본 적이 없다. 내가 아직 한국에 대한 이해가 부족한 탓일까.

한국 정신문화에 정통한 후루타 도미타테(古田富建) 데즈카야마가쿠인대학교(帝塚山学院) 교수는 "일본 문화의 특징이 '와비'나 '사비'라지만, 일본인도 매일 그런 것을 느끼며 사는 것은 아닐 것이다"라고 농담 반 진담 반으로 말했다.

후루타 도미타테는 최근 '한' 담론을 연구한 대작 『한의 탄생(恨の誕生)』을 출간했다. '한'이 어떻게 한국인의 민족적 정체성이 되었다가 사라졌는지 논하고 있다.

해방 후 지식인 사회에 큰 영향을 끼친 이덕무의 '한'의 문화론은 "우리 문화는 슬픔으로 가득 차 있고 하찮은 것이라는 '울적한 자세'로 기록되어 있다"고 말하며, 이러한 자문화에 대한 부정적인 태도에서 식민주의를 떠올리게 된다고 말한다. 그리고 '한국인의 정서'로 그토록 열렬히 회자되던 '한'도 최근에는 한국사회에서 완전히 그늘을 드리우고 있다고 말한다. 경제발전과 한류 문화가 세계를 휩쓸고 있는 가운데, 자신감을 얻은 한국인들이 다음으로 찾는 국가 정체성은 무엇일까. 흥미롭다.

2019년 오사카에서 열린 G20 정상회담을 계기로 문재인 대통령(당시)이 일본을 방문했다. 문 대통령은 재일교포와 함께 한 만찬에서 "독재 권력에 의해 깊은 상처를 입은 재일교포 간첩조작사건 피해자와 가족 여러분께 국가를 대표해 진심으로 사죄와 위로의 말씀을 드립니다"라고 말했다. 대통령과 같은 테이블에 앉은 이철이 기다리던 말이었다. 재일교포 2세인 이철은 지난 1975년 고려대학교 대학원 유학 중 중앙정보부에 끌려가 고문을 당하고 허위 자백을 강요당했다. 북한 공작원이라는 누명을 쓰고 민주화 이후 석방될 때까지 13년 동안 감옥에서 지냈다.

이 씨와 같은 재일교포 유학생과 사업가들이 군사 독재정권하에서 북한의 간첩으로 체포되었다. 정확한 통계는 없지만, 적어도 70명에 이른다고 한다. 피해자들의 고통과 일본 시민들의 지원에 대해서는 김효순 전 〈한겨레신문〉 도쿄 특파원이 상세한 취재를 바탕으로 『조국이 버린 사람들』에 정리했다.

이철의 옥중기 『장동일지』는 꿈과 희망을 품고 한국으로 건너온 청년이 조국에 배신당한 기록이다.

2015년 대법원에서 재심 무죄 판결을 받은 이 씨는 이렇게 적었다.

"무엇보다 감사한 것은 많은 동료와 훌륭한 구명운동 친구들이 굳건하고 든든하게 지지해준 일이다. 이보다 더 감사한 인생이 또 어디 있겠는가."

이 씨는 역경 속에서도 희망을 잃지 않았다. 그토록 혹독한 경험을 한 이 씨의 마음속에 있는 것은 '원한'이 아니라 '한'이리라.

사토 유佐藤結

작가

『녹천에는 똥이 많다(鹿川は糞に塗れて)』

이창동 | 나카노 노리코(中野宣子) 옮김 | アストラハウス | 2023

『연년세세(年年歲歲)』

황정은 | 사이토 마리코(斎藤真理子) 옮김 | 河出書房新社 | 2022

『카메라를 끄고 씁니다(カメラを止めて書きます)』

양영희 | CUON | 2023

1990년대 교환학생으로 연세대학교에 유학, 2001년부터 한국영화와 다큐멘터리 영화, 한국 드라마를 중심으로 글을 쓰고 있다. 『기네마 준포(キネマ旬報)』, 『한류피아(韓流ぴあ)』, 『한국 TV 드라마 가이드(韓国TVドラマガイド)』, 『월간 TVnavi(月刊TVnavi)』 등의 잡지 및 극장용 팸플릿에 기고하고 있다. 공저로 『한국영화로 배우는 한국사회와 역사(韓国映画で学ぶ韓国の社会と歴史)』(キネマ旬報社), 『'텔레비전은 안 본다'고 하지만 엔터테인먼트 콘텐츠를 페미니즘으로 읽는다(テレビは見ないというけれどエンタメコンテンツをフェミニズム・ジェンダーから読む)』(青弓社), 『작가주의 한국영화(作家主義 韓国映画)』(A PEOPLE), 역서로 『사서함 110호의 우편물(私書箱110号の郵便物)』(이도우, アチーブメント出版) 등이 있다.

사람은 저마다 다른 마음을 가지고 있다. 일본에서 태어나고 자란 나와 대한민국, 조선민주주의인민공화국에서 태어나고 자란 사람, 혹은 한반도에 뿌리를 두고 일본에서 태어나고 자란 사람의 마음은 다르다. 같은 곳에서 태어나고 자란 사람일지라도 같은 마음을 가진 사람은 없다. 그래서 우리는 그런 누군가의 마음에 조금이라도 다가가기 위해 책으로 손을 뻗는다.

『녹천에는 똥이 많다』

한국을 대표하는 영화감독 이창동은 영화를 만들기 전에 소설을 썼다. 그러나 1987년 민주화투쟁 이후 예술가들이 작품 창작의 근간으로 삼았던 '이상', '인간다움', '순수'라는 단어가 한순간에 낡은 그림의 떡이 되어버린 데 허무함을 느끼고 붓을 내려놓고 영화계로 활동무대를 옮겼다. 한국에서 출간(1992)된 이후 약 30년의 세월이 흐른 후 일본에서 번역본이 나온 『녹천에는 똥이 많다』에는 1980~1990년대를 살아가는 사람들의 씁쓸한 심정이 담긴 다섯 편의 중·단편이 수록되어 있다.

배우들의 몸(=연기)을 통해 표현하는 영화와 달리, 소설에서는 사회 한구석에서 부조리에 맞서는 인물들의 '마음(=감정)'이 문장으로 직접 기록된다. 열심히 일해서 아파트를 장만한 남자와 그의 삶의 가치를 뒤흔드는 배다른 동생의 재회를 그린 표제작 「녹천에는 똥이 많다」에서는 어린 시절부터 어떤 상대에게든 입바른 말을 하던 동생을 보며 주인공은 '그러나 세상에 옳고 그름의 기준 같은 게 정말 존재하는 걸까?'라는 질문을 던진다. 그는 '설령 옳은 것이 있다고 해도, 옳은 것을 옳다고 말하는 것이 절대적으로 옳다고 말할 수 있을까?'라고 생각한다. 각자가 믿는 '옳음'이 충돌하는 사회에서 그저 조용히 어제와 같은 오늘을 살려는 것은 잘못된 일일까. 아내에게조차 멸시당하면서도 비루한 삶에 매달리는 남자를 응시하는 이창동의 시선은 이후 그가 만드는 영화로 곧장 이어진다.

『연년세세』

이창동은 영화 〈박하사탕〉(2000)에서 한 남자의 삶에 한국 현대사를 응축했지만, 황정은의 소설 『연년세세』에 등장하는 1946년생 여성 이순일의 발자취는 전혀 다른 이야기다. 어린 나이에 부모를 잃고 할아버지와 함께 살다가 친척 집에서 막노동에 시달리던 그녀는 그런 삶에서 벗어나기 위해 결혼을 한다. 두 딸과 한 아들을 키운 뒤에도 장녀인 그녀는 아이들을 돌보느라 지칠 대로 지쳐 있었다. 황정은은 주변에 순자라는 이름의 여성이 많은 것에 의문을 품고 이 소설을 쓰기 시작했다고 한다. 그 세대에서 가장 많은 이름을 주인공에게 붙인 『82년생 김지영』(조남주)과 출발점이 겹치지만, 『82년생 김지영』의 번역자이기도 한 사이토 마리코가 후기에 썼듯이 '순자'는 "가족이 가족에게 말하지 못한 것, 물밑의 언어로 엮어낸 이야기"라는 점이 독특하다. 어릴 적부터 주변 사람들에게 '순자'라고 불리던 주인공은 결혼을 앞두고 확인한 본적에서 자신의 이름이 '순일'이라는 것을 알게 되고, 동시에 돌아가신 가족들의 이름이 적혀 있는 것을 보게 된다. 그러나 그녀는 가족들이 목숨을 잃어가는 과정을 딸을 포함해 누구에게도 말하지 않는다. 독자인 우리만이 그녀와 딸들이 서로에게 말하지 못한 감정을 '읽을' 수 있다.

『카메라를 끄고 씁니다』

재일한국인 영화감독 양영희는 거부할 수 없이 한반도와 일본을 둘러싼 역사의 결절점이 되어버린 자신의 가족에 대한 영화를 계속 만들어왔다. 『카메라를 끄고 씁니다』는 그녀가 〈디어 평양〉(2005), 〈굿바이, 평양〉(2009), 〈수프와 이데올로기〉(2021)라는 세 편의 다큐멘터리에 담지 못한 '비하인드 스토리'를 중심으로 쓴 에세이다. 첫머리에 배치된 '이카이노 여자들'이라는 제목으로 자신이 자란 마을과 그곳에 살았던 여성들에 대한 기억을 풀어낸 것이 흥미롭다. 무거운 손수레를 끌며 김치를 팔던 '고양이 아줌마', 늘 한복을 입고 다니던 '비녀 할머니'. "부지런하고 호탕한 그녀들의 미소 뒤에 얼마나 가혹한 역사가 숨겨져 있었을까?"라고 필자 역시 그녀들의 이야기를 더 알고 싶어 한다. 그리고 이 책에서 가장 기억에 남는 것은 「마지막 가족여행」이라는 글의 마지막에 적힌 "나는 지금도 수영을 못한다. 그리고 바다가 무섭다. 가족여행의 바다를 떠올리는 것도 피하고, 오빠들을 배웅했던 니가타항도 기억하지 않으려고 노력해왔다"는 말이다. 1970년대 '귀순사업'으로 북한으로 건너간 세 오빠에 대해 작품 속에서 여러 번 언급한 양영희 감독이 가족의 일원으로서 품어온 마음은 이루 헤아릴 수 없을 정도다.

스즈키 지카코 鈴木千佳子 북디자이너

『**사이보그가 되다**(サイボーグになるテクノロジーと障害、わたしたちの不完全さについて)』
김초엽, 김원영 | 마키노 미카(牧野美加) 옮김 | 岩波書店 | 2022

『**날마다 고독한 날**(言の葉の森ー日本の恋の歌)』
정수윤 | 요시카와 나기(江宮隆之) 옮김 | 亜紀書房 | 2021

1983년생으로 무사시노미술대학교 디자인정보학과를 졸업했다. 분페이긴자(文平銀座)를 거쳐 2015년에 독립했으며, 책 표지 디자인을 시작으로 디자인 작업에 종사하고 있다. 최근 작품으로는 『신앙(信仰)』(文藝春秋), 『돈코츠 Q&A(とんこつQ&A)』(이마무라 나쓰코(今村夏子), 講談社), 『수상버스 아사쿠사행(水上バス浅草行き)』(오카모토 마호), 『정세랑의 책』 시리즈 등이 있다.

『사이보그가 되다』

"보청기를 끼는 사람도 사이보그라고 할 수 있어요."

추천해준 친구의 말 한마디에 이 책을 집어 들어야겠다고 생각했다.

갑작스럽지만 나는 척추 측만증을 앓고 있다. 척추가 S 자 모양으로 휘어 심하면 폐와 심장을 압박하는 병이다. 열두 살 때 수술을 받은 이후 척추의 일부분을 금속 나사와 봉으로 고정해 척추를 곧게 펴고 있다.

'그럼 나도 사이보그일지도 몰라!'라는 생각이 순간적으로 떠올랐지만 왜인지 그 자리에서 친구에게는 말하지 못했다.

등은 굳이 말하지 않으면 모를 정도로 자연스러운 데다 일상생활에 거의 지장을 느끼지 못하며 생업인 디자인 작업도 계속하고 있다. 하지만 완전히 건강한 몸인가 하면 그렇지도 않기에 어딘가 어중간한 상태인 듯한 느낌이 계속 든다.

예를 들어, 허리가 구부러지지 않아 물건을 집기 힘들기도 하고 장시간 의자에 앉아 있으면 허리가 아플 때도 있다. 그러니까 적극적인 도움이 필요하지는 않지만 문득문득 몸이 조금 불편하다고 느끼는 정도다.

저자 중 한 명인 소설가 김초엽 씨는 청각장애인으로, 양쪽 귀에 보청기를 착용하고 있다. ·

그녀는 대학에서 '포스트 휴머니즘'에 관한 수업을 들었을 때의 에피소드를 들려준다.

수업 시간에 새로운 인간 '포스트 휴먼'의 예시로 인공 귀와 제 3의 팔을 착용한 사례를 들었다고 한다. 보청기를 착용하는 그녀 자신도 '사이보그로 볼 수 있지 않을까?'라는 생각이 들었다고 한다. 하지만 그 자리에서 그런 말을 하지는 않았다고 한다. 동시에 '나는 여기에 있어서는 안 될 존재 같다'는 거부감을 느꼈다고.

눈에 띄는 것에 집중하다 보면 중간 부분이 보이지 않을 때가 있다. 하지만 실제로는 중간 영역에 대해 세밀하게 들여다보는 것 속에서 새로운 관점을 알게 되는 경우가 많은 듯하다.

나는 왜 친구에게 말하지 못했을까.

필요 이상으로 걱정을 끼치고 싶지 않은 마음도 있고, 기본적으로 아무 문제 없이 살고 있기에 '병을 앓고 있다'는 범주에 넣기에는 너무 과장된 것이 아닌가 하는 마음속 갈등이 있었으리라. 몸으로 시작된 갈등이 마음으로까지 전이된 것이다.

이 책에는 그런 마음도 몸도 아닌, 그 중간 영역의 갈등에 계속 눈을 돌린 사람들의 시선이 많이 모여 있다.

「날마다 고독한 날」

'와카(和歌, 일본의 대표적인 정형시_옮긴이)'나 '사랑'이라는 말을 들으면 왠지 모르게 움츠러든다.

특히 '와카'는 부끄럽지만 좋다 싫다는 판단을 내릴 수조차 없을 정도로 잘 모른다.

나는 언제부터인가 금목서 향기가 나면 일을 그만두고 싶다는 생각이 든다.

동시에 몇 가지 광경이 떠오르기도 한다.

예를 들어, 대학 교내 잔디밭에 누워 있던 시절이 떠오른다. 방과 후, 혹은 수업을 빼먹고 '와그작, 귤'이라는 아이스크림을 먹고 있었다.

또 한번은 집 마당에서 있었던 일이다. 싱글 침대 크기의 툇마루가 있었는데, 날씨가 좋은 날에는 이불을 말려두곤 했다. 초등학생이던 나는 신발을 벗고 그 위에 엎드려서 쌀쌀해질 때까지 하늘을 바라보았다. 오후 두 시에서 네 시 사이였을 것이다.

그 광경에 금목서는 없다. 연대와 시간대, 계절도 제각각이다.

하지만 '너무 아늑해서 아무것도 하고 싶지 않다'는 느낌은 통하는 것 같다.

이 책은 번역가인 정수윤 씨가 일본의 와카를 매개로 자신의 일상과 일, 주변을 그린 에세이다.

그녀와 와카에 대한 거리감은 왠지 그 느낌을 떠올리게 한다.

"너나 나나 생각 없이 꿈인지 잠꼬대인지 잠에서 깨어나는지"라는 노래가 있다.

그녀는 이 노래에 자신이 번역할 때의 상태를 겹쳐서 표현하고 있다.

꿈(책)과 현실의 경계가 허물어져 왔다 갔다 하는 느낌이다.

한편, 번역에서 가장 중요하게 생각하는 것 중 하나로 '시각적 이미지'를 꼽기도 했다. 책을 읽다가 그림이 떠오르는 순간이 좋다고 한다.

언뜻 보기에 별 상관없어 보이는 연결고리에서 '통하는 시각적 이미지'를 주는 경우도 적지 않다.

와카와 독자 자신 사이를 오갈 수 있도록 친근하게 만들어준다.

한 권을 다 읽을 즈음에는 그 다양한 그림(이미지)의 파편들이 모여 형언할 수 없는 한 폭의 그림이 완성된다.

그런 한 장의 심상 풍경에 편안함을 느낀다.

스즈키 타쿠마 鈴木琢磨 저널리스트

『조선의 마음(朝鮮のこころ)』

김사엽(金思燁) | 다나카 아키라(田中明) 옮김 | 講談社 | 1972

『식탁 위의 한국사: 메뉴로 본 20세기 한국 음식문화사(食卓の上の 韓国史ーおいしいメニューでたどる20世紀食文化史)』

주영하 | 마치다 다카시(丁田隆) 옮김 | 慶應義塾大学出版会 | 2021

〈마이니치신문〉 편집위원. 1959년 사가현 오쓰시에서 태어났고, 오사카외국어대학교(현, 오사카대학교 외국어학부) 조선어학과를 졸업했다. 1982년 마이니치신문사에 입사해 〈선데이 마이니치〉 시절부터 북한에 관해 보도했으며 연예인부터 정치가까지 폭넓게 인터뷰를 이어왔다. 학생 시절에 한국 트로트에 빠져서 〈전국노래자랑〉을 쫓아다닌다. 저서로 『대포동을 품은 김정일(テポドンを抱いた金正日)』(文春新書), 『오늘밤도 대폿집(今夜も赤ちょうちん)』(ちくま文庫), 『일본국 헌법의 초심(日本国憲法の初心)』(七ツ森書館) 등이 있으며, 『한국·조선의 미를 읽다(韓国·朝鮮の美を読む)』(CUON, 2021)에서 한국 가요에 대한 편애를 드러냈다.

『조선의 마음』

한국·조선의 마음이란? 그런 본질적인 물음에 곧바로 명답을 제시하는 책이 있을까? 있을 리가 없지, 생각하면서 우리 집 책장을 훑어보다가 예전에 읽었던 고단샤 현대신서를 발견했다. 제목은 바로 『조선의 마음(朝鮮のこころ)』. 저자는 오사카외국어대학교 시절의 은사님인 김사엽 선생님이다. 경성제국대학교를 졸업한 조선문학, 고대 조선어의 권위자로, 그 유명한 마쓰모토 세이초, 시바 료타로와도 교류한 분이다.

고대, 고구려·백제 시대부터 조선 시대까지 민족의 심정을 노래한 시가를 소개한다. 머리말이 열띠다.

"조선인의 희로애락, 비애, 사생관, 민족애 등을 적나라하게 토로한 이들 노래를 어떻게든 일본 분들이 읽었으면 했던 것은 필자의 오랜 염원이며, 노래를 통한 조선관, 조선인관은 역사서 등에 의한 것과는 다른, 직관적이고 명쾌하며 정확한 것이라고 믿는다."

시가는 유려한 일본어로 번역되어 있다. 협력한 이는 전 〈아사히 신문〉 기자이자 조선문학자인 다나카 아키라(田中明)다.

이 책은 1972년 출간되었다. 그렇게, 반세기도 전에, 심지어 가볍게(정가 260엔!) 한국·조선 마음의 핵심을 일본인이 그려냈다는 것은 약간 놀랍다. 김사엽 선생의 문체가 간결하면서도 요점이 분명한 덕도 있지만 아마도 능력 있는 편집자가 있었을 것이다. 다행히도 나는 선생을 직접 뵐 수 있었는데 너무도 너그러운 대학자다. 아, 양반이란 이런 사람이구나 싶었다. 손으로 쓴 조선문학사에 관한 글. 그 달필에 신음한다.

"아으, 동동다리…." 낭랑한 목소리로 고려 시가를 부르던 목소리도 잊지 않는다. 조선어 작문 과제는 가와바타 야스나리의『손바닥 소설(掌の小説)』이었다. 귀국 후에는 동국대학교에 일본학 연구소를 개설하고 만년에는『한역 만엽집(韓訳万葉集)』완성에 심혈을 기울였다.

하지만 아쉽게도 지금 이 명저는 구하기 어렵다. 도요쇼인(東洋書院)에서 하드커버로 복간되었지만 그것도 이제는 없다. 고단샤 학술문고 같은 데서 꼭 내주면 좋겠다. 또 김사엽 선생 책에서 현대시가를 다룬『한국·시와 에세이 여행(韓国·詩とエッセーの旅)』(六興出版)은 아카시쇼텐(明石書店)에서『한국·역사와 시의 여행(韓国·歴史と詩の旅)』으로 제목이 바뀌어 재출간되었지만 이것도 구하기 어려워졌다. 다만 한국에서 총 33권의『김사엽 전집』이 출간(일본에서는 고쿠쇼칸코카이(国書刊行会)가 발매)되어 도서관 등에서 읽을 수 있다. 참고로 제22권에『조선의 마음』과『한국·역사와 시의 여행』이 수록되어 있다.

『식탁 위의 한국사: 메뉴로 본 20세기 한국 음식문화사』

한편, 한국·조선의 마음을 들여다보는 안경에 시가는 도움이 되지만, 그것에 비친 마음은 대체로 격식을 차린 세탁된 마음이다. 마음은 위장에 있다고 했다. 인간의 원점, 먹고 마시는 모습에서 그야말로 생생한 마음이 느껴진다. 이른바 진흙투성이의 마음이다. 온갖 책을 닥치는 대로 읽는 것보다 나는 KBS의 장수 다큐멘터리 〈한국인의 식탁〉을 추천한다. 유명한 배우 최불암의 음식 기행이다. 전국 방방곡곡을 걸으며, 알려지지 않은 음식의 광경을 마음껏 보여준다. 냄새까지 전해질 정도다. 그 땅에 살아가는 사람들이 거대한 자연과 격렬히 싸우면서 혹은 공존하면서 어떻게 뱃속, 그리고 마음을 풍요롭게 해왔는가.

한류 붐이라 음식 관련 책이라면 넘쳐나지만 한국의 음식에 관해 기초 지식을 얻을 수 있고, 신뢰할 수 있는 가벼운 책은 있을 듯한데 없었다. 음식 인문학자인 주영하의 『식탁 위의 한국사』는 그 공복감을 채워준다. 색인이 충실하므로 한국의 식문화를 아는 사전 역할도 한다. 먹보에 술고래인 나는 몇 번을 읽어도 질리지 않는다. 지난 100년 동안 이웃집 사람들은 무엇을, 언제부터 어떻게 먹어왔는가, 당시의 신문 기사나 광고, 사진을 아낌없이 써서 정성껏 사실을 쫓는다. 더욱 기쁜 것은 음식이나 술에 관한 맛난 에세이까지 곁들여 있는 것이다. 이제 딱딱한 학술서의 이미지를 넘어섰다.

가령 제4부의 '대폿집' 페이지에는 소설가 손소희가 아직 대한민국이 건국된 지 얼마 되지 않은 1949년에 〈경향신문〉에 발표한 에세이 「잃어버린 녹음」이 소개되어 있다.

"거리에서, 길가에서, 골목길에서, 다방에서, 대폿집에서, 나무 그늘처럼 깊고, 그림자처럼 어두우며, 하늘처럼 높고, 햇살처럼 밝게, 사람들은 인생과 철학을 논하고 있다."

한 잔 술을 가볍게 걸칠 수 있는 '대폿집'이 해방 후에 널리 퍼졌다. 대폿집은 대한민국 정부 수립 직후에는 다방과 함께 서민의 목소리가 소용돌이치는 역할을 톡톡히 했다. 저자는 출간과 함께, 자신은 한국 남단의 항구 마을에서 태어났지만 북한의 식문화에도 친숙해진 것은 함경북도가 고향인 시아버지 덕분이라고 썼다. 여전히 분단의 비극은 이어지고 있지만 혀의 기억이란 그리 쉬이 사라지지 않는 법이다.

문자 그대로 노작이다. 하지만 성실한 음식 인문학자는 분노한다. '삼계탕의 기원은 언제인가?' '비빔밥의 원형은?' 방송작가에게 걸려 오는 이런 전화가 지긋지긋하다. "음식의 역사는 에피소드의 무덤이 아니다."

기자인 나에게는 귀가 따갑지만 '불합리한 사실'과 마주하는 그 용기에 몰래 박수를 보내고 싶다. 일본어 번역을 맡은 마치다 다카시(丁田隆)는 음식 번역이 어렵다고 썼다. '맛있다'와 'おいしい'는 같

은가. 코로나 위기가 한창인 가운데, 그렇게까지 끝끝내 고민하며 문화 번역에 도전하는 고독한 일에도 몰래, 아니 크게 박수를 보내고 싶다. 그야말로 한국·조선의 마음을 사로잡은 한 사람이니까.

시라사카 미키白坂美季 저널리스트

『리나(リナ)』

강영숙 | 요시카와 나기(吉川凪) 옮김 | 現代企画室 | 2011

『별 낚시(星をつるよる)』

김상근 글, 그림 | 승미(すんみ) 옮김 | パイ インターナショナル | 2023

『내가 가진 것을 세상이 원하게 하라(会社のためではなく, 自分のために働く, ということ)』

최인아 | 나카가와 리사(中川里沙) 옮김 | 日経BP | 2024

일본 가고시마현 출생으로, 1999년 교도통신사에 입사했다. 문화부에서 문예, 연극, 간호 관련, 논단 등을 담당했으며, 2015~2016년 미얀마 양곤에서 살았다.

어느 여름, 서울 시내에 있는 국립한글박물관을 방문할 기회가 있었다. 널리 백성들이 글을 읽고 쓸 수 있도록 창제된 훈민정음의 역사와 유래를 배우면서 글자 하나하나가 별처럼 보이는 순간이 있었다. 별을 이어 별자리가 되듯, 글자를 이어 말과 문장이 되는, 그런 이미지가 퍼져나갔다.

말과 문자에는 그 땅에 사는 사람들의 역사와 생각이 담겨 있다. 부디 그것을 잊지 말아달라는 소망을 받은 것 같다.

『리나』

이 소설을 처음 읽었을 때의 충격을 아직도 잊을 수가 없다.

시작부터 벗어날 수 없는 어둠이 작품세계를 뒤덮고 있다. 주인공 '리나'는 열여섯 살이다. 탄광지역에서 일하는 부모의 장녀로 태어나 가난을 벗어나기 위해 가족과 함께 국경을 넘은 그녀를 기다리던 세상은 어떤 곳이었을까? 이동에 이은 이동, 한 도시에서 다른 도시로, 또 다른 도시로. 리나는 국가와 가족이라는 기존 시스템을 밀어내고 자기 삶의 길을 개척해나간다.

이 작품은 탈북자를 떠올리게 하지만, 국가명은 언급되지 않는다. 일본어 번역판 출간 당시 저자는 "탈북자를 현대적 의미의 노마드라는 관점에서 바라보게 되었다"고 인터뷰에서 밝혔다.

그로부터 10년 이상이 지났지만, 그사이 전쟁과 쿠데타가 발발하는 등 세계의 혼란의 정도는 더욱 깊어졌고, 우리는 나라와 삶의 터전을 떠나 유랑하는 사람들, '리나' 같은 사람들을 매일같이 목격한다.

저자가 이 책을 통해 던진 질문은 픽션의 세계에 그치지 않고 현실의 문제로 전 세계에 파문처럼 퍼져나간다. 어떤 답을 찾을 수 있을지 우리 모두가 시험대에 오르는 것 같다.

『별 낚시』

누구나 경험하는 혼자만의 잠 못 이루는 밤. 하지만 외로움을 느끼는 것은 나만이 아니다. 달의 토끼도, 바다의 게도, 숲의 여우도, 잠 못 이루는 친구들이 달 위에 모였다. 모두 함께 하늘에서 낚싯줄을 드리우면 일어나는 신기한 사건.

잘 다듬어진 언어의 투명함과 페이지를 넘길 때마다 별빛이 쏟아져 나오는 듯한 그림의 반짝임에 경탄이 절로 나오는 아름다운 그림책이다.

진열대에 한국어판도 함께 놓여 있어 같은 페이지를 펼쳐 글자 배치의 차이 등을 비교하며 읽는 재미도 느낄 수 있다.

이 그림책에서 게와 여우, 토끼가 모여 서로의 외로움을 달래듯, 작가는 나라의 차이와 상관없이 서로가 서로를 보듬고 연결될 수 있다는 것을 암시하는 듯하다. 국경은 있지만, 그것은 인간이 뒤늦게 선을 그은 것이다. 이 그림책을 읽고 머리 위 밤하늘을 올려다보면 정말 마음이 넓어지는 것을 느낄 수 있다.

『내가 가진 것을 세상이 원하게 하라』

저자 최인아 씨는 한국의 대형 광고회사에서 부사장을 역임한 여성이다. 조기 퇴직 후 대학에서 공부했지만, 일을 하고 싶다는 생각에 서울 시내에 자신의 서점을 열었다.

초봉과 승진에서 노골적인 남녀 차별이 존재하던 시절에 사회인이 된 최인아 씨가 모색하며 걸어온 길을 되돌아보며, 자신만이 할 수 있는 일을 하는 것의 중요성을 전하는 것이 이 책의 내용이다. 꾸밈없고 솔직한 서술이 설득력 있게 다가온다.

책 출간 후, 최 대표를 만날 기회가 있어 이야기를 들어보니 스스로 계속 고민하는 것의 중요성에 대해 말씀해주셨다.

수많은 정보가 엄청난 속도로 쏟아져 나오는 요즘, 스스로 판단하는 것을 포기하거나 많은 정보에 휩쓸리기 쉽지만, 결국 한 번뿐인 인생을 어떻게 살 것인가에 대한 주도권은 그 누구에게도 맡길 수 없다.

한국의 중심에서 수십 년 동안 표현과 언어를 무기로 더 나은 사회를 만들기 위해 일해온 최 작가의 저서가 '나'라는 배를 저어 갈 수 있는 원동력이 되어줄 것이다.

시마다 사이시嶋田彩司 일문학자

『길을 가다 2: 한국 기행(街道をゆく2ー韓のくに紀行)』

시바 료타로(司馬遼太郎) | 朝日文庫 | 2008(초판 1972)

『유희: 나비타령(由熙 ナビ·タリョン)』

이양지(李良枝) | 講談社 | 1997

메이지가쿠인대학교 교수로, 전공은 일본 근세문학이다. 최근에는 메이지 시대 일본 기독교 자료의 번역 소개에도 힘쓰고 있다. 저서로는 『마쓰야마 다카요시 사료선집(松山高吉史料選集)』, 『이부카 카지노스케 일기(井深梶之助日記)』(かんよう出版)가 있다.

『길을 가다 2: 한국 기행』

1971년, 시바 료타로는 한국을 방문한다. 여행사 담당자가 여행 목적을 묻자 그는 "일본인의 조상의 나라에 간다고 말하려고 했지만, 그건 좀 어설픈 것 같기도 하고… 일본이니 조선이니 하는 나라 이름도 아무것도 없던 옛날, 조선 지역의 사람이나 일본 지역의 사람이 모두 다른 하나였던 옛날의 기분을 맛볼 수 있으면 좋겠다고 생각해서 갑니다"라고 대답했다. 그러자 담당자는 얼굴을 들어 살짝 미소를 지으며 "그러니까 합병을 하자는 말씀이신가요?"라고 깜짝 놀랄 만한 말을 했다. 합병이라니. 1971년이라고 하면 한일기본조약이 체결된 지 6년 후다. '합병'이라는 말을 내뱉은 담당자 심정은 '그늘진 미소를 살짝 띠고'라는 표현만으로는 가늠하기 어렵다.

시바사관(司馬史観)이라는 말이 있다. 쉽게 말해 러일전쟁을 기점으로 희망에 가득 찬 메이지의 청춘, 전쟁 전·중기 쇼와 중기의 암흑이라는 대조를 이루는 시바에 대한 역사 평가를 뜻한다. 물론 한일강제병합에 대해서도 비판적이다. 그는 말한다. "당당한 수천 년의 문화를 가진 나라를 아무렇지도 않게 병합해버렸어요. 합병이라는 형태로 상대 국가를 빼앗아버렸다고요. 이런 어리석은 일이 러일전쟁 이후에 벌어진 것입니다. 그런 걸 제국주의라고 합니다. 도둑놈주의라고 합니다. 도둑질주의라고도 할 수 있습니다. 탐욕스러운 백성이 옆집 밭을 약탈하듯, 그저 한반도를 빼앗았을 뿐입니다."(「쇼와(昭和)라는 국가」).

여행사 담당자와의 에피소드가 실제인지는 중요하지 않다. 중요한 것은 시바 료타로가 자신의 내면에서 담당자의 목소리를 듣는 것에서 한국으로 여행을 시작했다는 점이다. '합병'은 그의 자성의 말인 셈이다. '일선동조론' 등을 내세워 다른 나라를 '도둑질'한 어리석은 행동과 과거에는 '조선 지역의 인간도 일본 지역의 인간도 모두 하나였다'는 평화로운 꿈이 지속되었다는 것을 그는 여행사 담당자의 입을 빌려 자신에게 말하려 한다. 그렇게 자신에게 되뇌는 것에서 그는 '조선인도 일본인도 하나'라는 자신의 낭만주의로 가는 여정을 시작한다. 건전한 역사 소설가라고 할 수 있다.

『유희: 나비타령』

'한국인도 일본인도 아닌' 재일조선인의 현실을 소설로 그려내기 위해 고군분투한 작가가 바로 이양지다. 그는 『유희』로 제100회 아쿠타가와상을 수상했다.

『유희』는 서른 중반의 한국인 '나'가 이모가 사는 집에 하숙생으로 온 재일교포 유학생 이유희를 만나 그녀가 귀국하기까지의 6개월을 회상하는 이야기다. '나'는 유희로부터 전화로 그녀가 있던 방의 옷장에 '그 집에 살게 된 후 써두었던 것'을 두고 왔다는 말을 듣는다. 그것은 사무용 메모지에 쓰인 '일본어'였다. '나'는 일본어를 전혀 읽을 수 없다. 일본어를 읽지 못하는 '나'는 작품 속에서 '유희는 멀었다'고 몇 번이고 반복한다.

유희가 남긴 일본어 문장에 대해 평론가나 연구자들은 여러 가지로 언급하지만, 다시 받아들이면 자신의 작품 「나비타령」을 말한 것으로 해석할 수 있다. 유희는 작가 자신과 상당히 겹친다. 와세다대학교 중퇴, 스물일곱 살에 서울대학교에 유학한 것 등 유희의 프로필은 작가를 따라가듯 쓰여 있다. 그렇다면 '서울 하숙집에서 써내려간'(책의 부록에 실린 연보) 그 작품이야말로 448장에 달하는 일본어 문장의 정체일 것이다.

지면 관계상 「나비타령」에 대해서는 자세히 언급하지 않지만, 거기에는 일본에도 한국에도 안주할 수 없는 여성의 모습이 그려져 있다. 물론 그 번뇌는 이양지의 것이기도 하고, 이양지의 분신이라 할 수 있는 유희의 것이기도 하다. 그리고 그런 유희의 모습을 '나'의 눈을 통해 그려내고자 한다. 『유희』가 수상한 후 에세이에는 이 작품을 집필한 동기에 대해 "나 자신을 더욱 객관적으로, 더욱 철저하게 파악"함으로써 "내 안에 있던 '유희'를 묻어버리고 싶었다"고 적혀 있다.(『말의 지팡이』) 묻어버린다는 것은 어떤 의미일까? 또 다른 에세이에서 그것은 "현실을 직시"하고 "살아갈 용기"를 얻는 것이라고 쓰여 있다.(『나에게 모국과 일본(私にとっての母国と日本)』) 이를 위해 이양지는 '나'라는 관점을 설정했다. '유희는 멀었다'고 중얼거릴 수밖에 없는 '나'를 가설함으로써, 이양지는 유희라는 현실을 넘어 그 너머에 있는 것에 도달하고자 한 것이다.

신도 나미코進藤菜美子 서점인

『하마터면 열심히 살 뻔했다(あやうく一生懸命生きるところだった)』
하완 | 오카자키 노부코(岡崎暢子) 옮김 | ダイヤモンド社 | 2020

『방금 떠나온 세계(この世界からは出ていくけれど)』
김초엽 | 강방화, 윤지영 옮김 | 早川書房 | 2023

『시와 산책(詩と散策)』
한정원 | 하시모토 지호(橋本智保) 옮김 | 書肆侃侃房 | 2023

일본 도호쿠 지방의 서점에서 근무한다. 2018년경부터 문예 분야를 담당하고 있다. 담당이 된 시점에 『82년생 김지영』을 접하고, 이후 한국문학을 애독하고 있다. 좋아하는 작가는 김초엽과 장강명. 한국영화도 좋아한다.

한국영화나 드라마를 보면 패도(霸道)만이 왕도라는 패자독식주의, 한 발자국이라도 벗어나면 갑자기 인생의 패자로 전락하는 가혹한 인상을 받을 때가 많았다. 거기에는 인생에 주연과 조연이 명확하게 존재하는 듯한 분위기가 있었다. 이야기의 승자인 주인공에게 공감하고, 동경하고, 용기를 얻게 된다. 그리고 그것이 앞으로의 원동력이 되기도 한다.

반면 나는 항상 패배자, 소외된 자를 생각하지 않을 수 없었다. 주인공에게는 밝은 미래가 있는 반면, 그렇지 못한 이들에게도 마찬가지로 미래가 있고, 그 좌절과 절망을 어떻게 마주할 것인가. 다시 한번 맞서서 극복하는 길을 선택할 것인가, 아니면 다른 길을 선택할 것인가. 이루지 못한 꿈과 목표 뒤에 남는 것은 무엇인가. 꼼꼼하게 그려진 이야기와 등장인물들은 희망하지 않았던 인생과 그 앞날에 대해 생각해볼 수 있는 계기를 마련해주었다.

『하마터면 열심히 살 뻔했다』

『하마터면 열심히 살 뻔했다』의 저자 하완 작가는 어떤 순간에도 열심히 살아왔지만 무기력한 삶에 지쳐 무계획적으로 일을 그만두게 된다. 자신을 깎아내리며 일하는 사이클에서 벗어남으로써 떠올릴 수 있었던 삶의 보람. 자신을 되찾는다는 핑계로 방탕하게 놀고 방탕하게 자학하며 사는 달콤한 배덕감. 무직이 되고, 아무런 뒷배경도 없는 상황에서 조급함과 갈등이 없는 것은 아니다. 그런 불안을 보완하기에는 너무 안락한 삶이 현대사회라는 치열한 경쟁에서 벗어날 수 있는 하나의 해답일지도 모른다.

자신의 삶에 너무 많은 기대를 해서는 안 되지만, 그렇다고 희망을 버리면 안 된다. 다른 사람들과 똑같으니 안심해도 된다는 근거 없는 생각에서 벗어나보자. 좀 더 편안한 마음으로, 맥주 한잔 하면서. 하완 작가의 그림과 말에서 그런 메시지가 전해진다.

『방금 떠나온 세계』

다수가 되지 못한 사람이 사회 속에서 자신의 존재 방식과 자리를 찾아가는 과정을 그린 것이 『방금 떠나온 세계』다.

'당연한 일'을 못 하는 것은 실패인가. '정상'에 해당하지 않는 나는 비정상인가. 누구나 가지고 있는 위화감과 두려움을 가상의 세계로 끌어들여 아름답게 승화시킨다. 김초엽 작가의 이야기는 언제나 시사점과 영감으로 가득 차 있으며, 하지 못한 것을 후회하는 것보다 할 수 있었던 가능성을 깨닫게 해준다. 그리고 받아들일 필요가 없는 슬픔이 있다는 것도. 근본적인 것은 자비심일지도 모른다. 조금만 더 자신을 용서하고 사랑하자. 여유가 있다면 타인도 사랑하자. 그런 마음가짐이 편안하고, 흐린 마음을 가볍게 해준다.

『시와 산책』

한국에서는 초등학생 때부터 시를 제대로 배우는 수업이 있다고 들은 적이 있다.(어렴풋이 기억난다.) 또한 사회 정세가 불안정할 때도 시가 사람들에게 마음의 버팀목이 되었다고 한다.

『시와 산책』 한정원 시인도 시가 마음의 버팀목이 되어 등단하지 않더라도 항상 시인의 마음을 가지고 살자고 스스로에게 다짐했다고 한다.

산책을 하며 일상의 일렁임을 바라본다. 거기에는 시가 꼭꼭 숨어 있어 삶의 틈새를 채워준다고 한다. 아무것도 아니기를 바라는 작가가 걷고, 관찰하고, 관찰해서 뽑아내는 말의 아름다움과 고결함. 읊조리는 소리가 들리는 듯한 시인의 말들. 고요한 삶 속에 있는 작은 불꽃.

시와 산책(그리고 고양이와의 생활), 작지만 절대로 꺼지지 않는 몇 개의 불씨가 있다면 그것이 버팀목이 되어 목적지를 알려준다. 한정원 시인의 말에도 작은 불씨가 몇 개씩 켜져 우리의 발밑을 부드럽게 비추는 것 같다.

한국문학을 읽다 보면 한국사람들에게 문학과 시는 삶의 핵심 덕목이고, 독서를 넘어 치료 역할을 한다는 생각이 들 때가 있다. 말이 삶의 자양분이 되기도 하고, 치유와 구원이 되기도 한다. 마음의 안식처, 혹은 부적 같은 존재일지도 모른다.

나 자신에게도 여기 소개한 세 권의 책이 부적 같은 존재다. 이 기회가 누군가에게 좋은 만남의 계기가 된다면 이보다 더 기쁜 일은 없을 것이다!

쓰지노 유키辻野裕紀　　　　　　　　언어학자

『하늘과 바람과 별과 시: 윤동주 시 전집(尹東柱全詩集ー空と風と星と詩)』

윤동주 | 윤일주 엮음 | 이부키 고(伊吹郷) 옮김 | 影書房 | 1984

『한 글자 사전(詩人 キム・ソヨンー文字の辞典)』

김소연 | 강신자 감수 및 옮김 | 한 글자 사전 번역 위원회 옮김 | CUON | 2021

일본 아이치현 나고야시 출생. 언어학자. 규슈대학교 대학원 언어문화연구소 준교수, 동대학 대학원 지구사회통합학부 준교수, 규슈대학교 한국연구센터 부센터장이며, 도쿄대학교 대학원 인문사회계 대학원 박사과정을 수료(문학 박사)했다. 성신여자대학교 인문과학대학(한국) 전임강사를 거쳐 2012년 규슈대학교에 부임했으며, 전공은 언어학, 한국어, 언어사상론이다. 문학 관련 업무도 한다. 언어학·언어론을 중심으로 한 인문학적 관점에서 한국어와 일본어, 언어 전반을 폭넓게 바라보고 그 성과를 연구·교육에 반영하기 위해 노력하고 있다. 저서로는 『형태와 형태가 만날 때: 현대 한국어의 형태음운론적 연구(形と形が出合うときー現代韓国語の形態音韻論的研究)』, 공저로 『한일 교류와 공생: 다양성의 과거·현재·미래(日韓の交流と共生ー多様性の過去·現在·未来)』(모두 九州大学出版会)가 있다.

494

읽기의 이중성: '학제적' 접근과 시적 감흥의 감수성

『하늘과 바람과 별과 시: 윤동주 시 전집』

후쿠오카에서 조선어 연구와 교육에 종사하는 사람으로서, 필연적으로 접하게 되는 사람이 있다. 바로 한국의 '국민 시인'으로 불리는 윤동주다.

『하늘과 바람과 별과 시: 윤동주 시 전집』은 윤동주 시집『하늘과 바람과 별과 시』의 첫 일본어 완역본이다. 옮긴이는 이부키 고 씨.『하늘과 바람과 별과 시: 尹東柱全詩集』(윤일주 엮음, 정음사, 1983)를 원서로 삼았다. 윤동주 시집 번역의 선구자라는 점, 번역문 문체가 고르게 바르고 우아하다는 점, 시인의 친동생인 윤일주 씨에게서 높게 인정받은 점, 말미에 유익한 해설과 자료가 풍부하게 실려 있는 점 등 이 책의 장점은 매우 많다. 2012년 발간된 김시종 편역『윤동주 시집: 하늘과 바람과 별과 시』(岩波書店)를 비롯해 다른 번역본이나 조선어 원문과 비교하면서 이 책을 찬찬히 읽어보는 것도 흥미로울 것이다.

이부키 번역본은 한때「서시」의 '생사 문제' 등으로 논란을 불러일으킨 것으로도 유명하다. 그러나 시의 번역은 자유 영역에 속하는 것으로, 논쟁이 일었다고 해서 번역 자체에 결함이 있다는 말은 결코 아니다.

흔히 말하듯 윤동주는 '저항시인'이다. 이른바 '조선어 말살 정책'이 강화되는 가운데 몰래 조선어 시를 계속 썼다는 의미에서는 맞을 것이다. 그러나 그를 단순히 '저항시인'으로만 바라보는 것은 시인을 왜소화하는 일이다. 그의 작풍은 '저항'이라는 단어에서 연상되는 격정과는 정반대다.

한편 윤동주를 '기독교 시인'으로 보는 시각도 있다. 이 또한 아마도 맞을 것이다. 그러나 '저항시인인가, 기독교 시인인가'라는 이분법적 구분으로는 시인의 진면목을 제대로 파악할 수 없다. 프랑스의 철학자 롤랑 바르트가 일찍이 일갈했듯, 텍스트는 "말하자면 신학적인 의미만을 출현시키는 것이 아니다".[1] 윤동주의 텍스트도 마찬가지다. 윤동주의 텍스트 역시 그것을 이해하는 방식은 독자의 자유 의지에 맡겨야 하며, 고유한 해석을 강요하는 것은 일종의 폭력이다. 시의 풍요로움은 그 불확실성의 높이에 있다. 또한 역사적 맥락의 의미 부여가 어려운 동시도 있는 것에서 알 수 있듯이, 한마디로 윤동주의 시라고 해도 다양하다.

그렇다고 그의 시를 신비평(뉴크리티시즘)처럼 사회적, 역사적 맥락과 완전히 분리해서 읽는 것도 불가능하다. 시에는 사회가 덧칠되어 있고 역사가 녹아들어 있다. 윤동주의 시를 읽을 때는 그가 놓인 맥락에 대해 '종합적으로' 접근하면서도 그의 순수한 시적 취향을 자유롭게 감지하는 이중적 자세가 필요하다. 말할 필요도 없이, 역사를 고려하는 것과 열린 여러 해석을 허용하는 것은 모순되지 않는다.

한국은 시의 나라다. 따라서 한국·조선의 '마음'에 접근하려면

시를 통하는 것이 본질이리라. 그중에서도 윤동주의 시어는 평이하므로(물론 앞서 말했듯이 그 해석은 간단하지 않지만) 우선 그의 시심을 가지고 놀아보기를 권유한다. 더 나아가 식민지 시대의 시로 시야를 넓혀 김소운이 편역한 『조선시집(朝鮮詩集)』(岩波書店, 1954)의 유려한 일본어에 전율해보는 것도 좋다.[2] 혹은 음울한 현대시를 원문으로 섭렵하는 길도 있다. 시에서 파생해 소설의 세계에 빠져드는 것도 즐겁다. 이때는 탁월한 번역가 사이토 마리코가 쓴 『한국문학의 중심에 있는 것(韓国文学の中心にあるもの)』(イースト·プレス, 2022)이 든든한 길잡이가 되어줄 것이다. 이렇듯 윤동주를 계기로 풍부한 한국문학의 세계로 들어가는 것은 무한한 지적 자극으로 가득 찬 작업이다. '계기'라는 표현은 윤동주를 수단화하는 듯해 오해를 불러일으킬 수도 있지만, 적어도 나는 윤동주의 시를 문으로 삼아 한국문학의 세계로 '입문'했다. 윤동주 관련 활동으로 알게 된 사람도 적지 않다. 그런 의미에서 윤동주에게는 읽는 이의 관심의 폭을 넓히고 사람과 사람을 이어주는 묘한 힘이 있는 것이다.

....

1. 『이야기의 구조분석(物語の構造分析)』(롤랑 바르트, 하나와 히카루(花輪光) 옮김, みすず書房, 1979)
2. 참고로 나는 '마음' 하면 김소운의 손녀인 싱어송라이터 사와 도모에의 노래 〈마음〉이 곧바로 떠오른다. 이는 김동명의 시 「내 마음은」을 김소운이 일본어로 번역한 것으로, 사와 도모에가 곡을 붙였다.

조선어의 '마음'을 몸속에 담는 일

『한 글자 사전』

그런데 앞서 "한국·조선의 '마음'"이라는 표현을 썼지만, 사실 이 표현에는 약간 망설임이 있다. '마음'이란 개인의 내면 깊숙이 숨어 있는 것이지, 국가에는 '마음'이라는 것이 존재하지 않기 때문이다. 임상심리학자 도하타 가이토(東畑開人)의 말처럼 "마음이란 지극히 개인적이고, 내면적이고, 사적인 것"이다.[3] 개인을 초월한 집단적인 '마음'이 실재할 수 있는지 나는 알 수 없다. 애초에 '마음'은 보이지 않는 것이며, 그 정의도 '부정신학'적으로밖에 할 수 없다. 또한 '일본의 마음', '야마토다마시(大和魂, 외국과 비교하여 일본적이라고 생각되는 정신이나 지혜, 사상을 가리키는 관념_옮긴이)' 같은 단어에 대해 척수 반사적으로 위험성을 느끼는 사람도 적지 않을 것이다. 국가를 표방하는 '마음'은 종종 민족주의나 전체주의와 연결된다. '상상의 공동체'의 '창조된 전통'에서 발견되는 '공동의 환상' 같은 콜라주가 문득 머릿속을 스쳐 지나간다.

그래서 다음으로 소개하고자 하는 것은 『한 글자 사전』이다. 이것은 시인 김소연이 한 음절 단어(접사 등 포함) 310개에 대해 "언어학자들이 담지 못한 뉘앙스를 문학적으로 담아낸 것"으로, "때로는 농담하듯, 때로는 밀도 높은 시를 쓰듯" 시인만의 정의와 환기를 자유롭게 정리한 책이다. "우리의 마음은 어쩔 수 없이 문장에 의해 만들어진다"는 스가 게이지로(菅啓次郎)의 말처럼,[4] '마음'은 그 원자인 단어에 의해서도 구성된다.

언어란 개인사의 각인이다. 그리고 개인사가 모두 다르기에 의미는 항상 흔들리고, 같은 단어라도 거기서 솟아나는 심상은 저마다 다르다. 따라서 이 책은 필연적으로 유일무이한 '사전'이 될 수밖에 없고, 그로 인해 드러나는 것은 통분된 어떤 집합체가 아니라 개인으로서의 김소연 시인의 모습이다.

'의미의 흔들림'은 언어의 약점인 동시에 상상과 창조를 만들어내는 힘으로 작용한다. 이는 문학의 가능성이기도 하지만, 언어 학습에도 깊이 관련 있는 사실이다. 나는 언어의 숙련도는 개별 단어에 대한 기억의 많고 적음에 비례한다고 생각한다. '의미의 흔들림'을 온몸으로 받아들이면서 단어 하나하나에 대한 자신만의 기억을 쌓아가는 것. 언어를 배운다는 것은 바로 그러한 경험의 축적이며, 그것은 조선어의 '마음'을 온몸에 담는 것이다.

....

3. 『마음은 어디로 사라졌나?(心はどこへ消えた?)』(도하타 가이토, 文藝春秋, 2021)

4. 『책은 못 읽는 거니까 걱정 마(本は読めないものだから心配するな)』(스가 게이지로, 左右社, 2011)

쓰지카와 준코 辻川純子

소매점 경영인,
편집·출판업자

『소년이 온다(少年が来る)』

한강 | 이데 슌사쿠(井出俊作) 옮김 | CUON | 2016

『떠도는 땅(さすらう地)』

김숨 | 오카 히로미(岡裕美) 옮김 | 강신자 해설 | 新泉社 | 2022

『거기, 내가 가면 안 돼요?(そこに私が行ってもいいですか?)』

이금이 | 가미야 니지(神谷丹路) 옮김 | 里山社 | 2022

1967년생으로 와세다대학교 상학부를 졸업한 후 출판사 아르바이트, 일본 우주소년
단 정보지 제작 등을 거쳐 그래픽 디자이너인 남편과 함께 작가 겸 편집자로 독립했다.
2012년 야마구치현 이와쿠니시에 'himaar(히마르)'를 오픈해 공예품이나 책 등을 판매하
고, 독서회나 음악 이벤트 등을 연다. 2000년부터는 출판도 시작하여 앤디 어바인의
『NEVER TIRE OF THE ROAD』(시바타 모토유키(柴田元幸) 옮김), 마쓰이 유미코(松井ゆみ子)
의 『아이리스니스로 가는 문(アイリッシュネスへの扉)』, 리쿠오(リクオ)의 『흘려보내지 않는 말
(流さない言葉 ① ピアノマンつぶやく)』을 출판했다. 고부나쇼텐(こぶな書店)과 공동 출판도 한
다. 한국 드라마와 K-BOOK 팬이다.

소설은 재미로 읽으면 된다. 그런데 왜 스스로 고통스러운 독서의 시간을 보내는지 의문이다. 그렇지 않아도 현실에는 힘들고 슬픈 일들이 많은데 말이다.

전쟁이나 사건 등 역사적 사실에 기반한 소설을 나는 왜 읽는 것일까.

과거에 있었던 일을 알고 싶은 마음, 알아야 한다는 의무감 같은 것도 있다. 날짜와 인원 등의 기록뿐만 아니라 한 사람 한 사람 이름이 있는 사람이 있고, 각자의 삶이 분명히 있었다는 것을 상상하고 싶고, 상상해야만 하는 마음이 있다.

모른 채로 끝날 일이라면 모른 채로 남고 싶고, 잊어버리고 싶은 이야기도 있다. 내 상상력으로는 도저히 닿을 수 없는 이야기들이다. 읽는 것만으로도 고통스럽다. 독자가 그러하니 쓴 작가는 얼마나 괴로웠을까. 그래도 쓰지 않고는 앞으로 나아갈 수 없었다고 말하는 작가가 있듯이, 나도 읽지 않고는 앞으로 나아갈 수 없다고 느끼며 읽는 것일까. 솔직히 모르겠다.

역사는 점으로 이루어진 것이 아니라 하나하나의 사건들이 이어져 이루어진 것이라고 누군가가 어디선가 쓴 적이 있다. 사람들의 하나하나의 삶이 크고 작은 접점을 이루며 이어져 지금의 나, 지금의 누군가의 삶이 있다는 것을 잊어버리게 된다. 조금 과장해서 말하면, 과거에도 미래에도 나와 상관없는 사건은 없다고 생각한다. 소설의 힘을 빌려 모든 것이 나와 연결되어 있고, 그 사건은 지금과 연결되어 있다는 것을 깨닫고 기억하고 싶다.

세월이 흘렀기 때문에 쓸 수 있었던 작품도 있고, 세월이 흐를수록 써야겠다는 생각이 강해져서 쓴 작품도 있다. 최근 발표된 작품 중 세 권을 선정했다. 마주한 아픔을 넘어 써내려간 작품을 전해주는 작가들이 지금 있다는 것에 진심으로 감사하고, 희망을 느낀다. 작가의 양심을 나는 믿는다.

『소년이 온다』

『소년이 온다』를 읽는다는 것은 1980년 광주항쟁으로 목숨을 잃은 소년의 모습을 가까이서 목격하고, 살해당한 영혼의 목소리를 듣는 것으로 시작된다. 숨이 막힐 정도로 고통스럽지만 일단 읽기 시작하면 책을 덮을 수 없다. 살아남아 끔찍한 고문을 당한 청년과 남겨진 어머니의 그 후의 고통, 분노, 후회, 마음의 상처, 억눌리고 버림받은 마음을 알게 된다. 민주화를 요구하는 시위에 참여했다는 이유만으로 (혹은 참여하지도 않았는데도) 자국 군대에 살해당한 사람들, 경찰에 고문당한 사람들.

소년 '동호'를 잊을 수 없다.

『떠도는 땅』

『떠도는 땅』을 읽던 나는 목적지도 이유도 모른 채 수많은 사람과 함께 창문을 막은 가축용 화물차에 갇혀서 끌려간다. 스탈린

체제하의 소련에 살던 한반도 출신들이 1937년 어느 날 갑자기 소량의 짐만 가지고 집도 가축도 없이 먼 황무지로 강제 이주당했다는 사실을 나는 이 책을 읽기 전까지는 몰랐다. 강신자 씨의 일본어판 해설에서도 많은 것을 배웠다.

"어디로 가는 거야?" "어떻게 되는 거야?" 대답해줄 사람이 없는 질문과 신변잡기가 반복되는 화물차 안에서, 나치 독일에 의한 유대인 강제수용소로의 이송도 상상할 수 있었다.

『거기, 내가 가면 안 돼요?』

『거기, 내가 가면 안 돼요?』는 두 소녀가 각자의 운명을 개척해나가는 이야기다. 일본의 식민지 지배, 대일 협력자, 일본군 위안소, 미국 일본계 미국인 수용소, 대한민국 임시정부, 해방과 분단…. 한 소녀의 항거라는 도저히 감당할 수 없는 거대한 시대적 흐름에서 그녀들의 삶의 행로가 궁금해져 페이지를 넘기는 것을 멈출 수 없었다. 역사적 사실을 바탕으로 하면서도 매우 드라마틱하게 전개되는 오락 소설이다.

한국에서는 청소년용으로 출판되었다는 것을 알고서는 잔혹한 묘사가 많아 놀랐지만, 생각해보니 실제로 십 대 소녀들에게 일어난 사건이었다. 청소년이든 어른이든, 한국에서든 일본에서든, 전 세계에서 읽으면 좋겠다.

아라야마 토오루荒山徹

『신증동국여지승람(新增東國輿地勝覽)』
노사신 외 편저 | 明文堂 | 1994(초판 1530)

『한국과학사(韓国科学史―技術的伝統の再照明)』
전상운 | 허동찬 옮김 | 日本評論社 | 2005

『유교의 책(儒教の本―知られざる孔子神話と呪的祭祀の深淵)』
가지 노부유키(加地伸行) 외 | 学習研究社 | 2001

1999년 명량해전에 임하는 이순신 장군을 주인공으로 한 장편 역사소설 『고려비첩(高麗秘帖)』(한국어 번역판 『이순신을 암살하라』)으로 작가로 데뷔했다. 임해군이 주인공인 『마풍해협(魔風海峡)』, 얼굴이 닮은 조선인 포로가 도쿠가와 이에야스의 그림자 역할을 강요당하는 『도쿠가와 이에야스(德川家康)』, 고려의 왕건과 조선의 이성계가 시공간을 초월해 싸우는 『괴이고려귀부(怪異高麗亀趺)』, 기억을 잃은 초능력자 청년이 대한민국을 음모와 괴사건으로부터 지키는 『캡틴 코리아(キャプテン·コリア)』 등 한국·조선을 주제로 한 작품이 다수다.

'한국·조선의 마음(心)을 읽다'라고? 오, 이 얼마나 원대하고 웅장한 주제인가! '지(知)를 읽다', '미(美)를 읽다'에 이어 이번이 바로 진검승부라 해도 과언이 아니다. 이런 생각에 크게 감격하여 용감하게 집필 의뢰를 수락했지만 막상 무엇을 써야 할지 고민에 빠졌다. 그래서 이렇게 발상을 전환한 것이다. '일본의 마음을 읽다'라는 원고 집필 의뢰를 받았다고 치자. 자, 무엇을 고를까. 음, 일본인이니까, 이 정도면 그다지 어려운 문제는 아니다. 그다음에 그에 부합하는 한국·조선판 책을 고르면 된다. 내가 생각하는 '일본의 마음을 읽는' 세 권의 책은 다음과 같다.

1. 『인국기(人国記)』
2. 『미우라 바이엔 자연철학론집(三浦梅園自然哲学論集)』
3. 『히구라시스즈리(日暮硯)』

모두 이와나미 문고로 나와 있다.

『신증동국여지승람』

첫 번째는 이른바 지리지다. 무로마치시대 말기에 쓰인 것으로 알려져 있다. 마음과 몸을 하나로 생각한다면, 국가와 국민의 마음에 대응하는 신체는 국토가 아닐까. 국토에 관한 이것저것. 지리, 지세, 자연, 환경, 역사, 풍토, 인심, 풍속, 기질 등을 통하면 총체적으로 일본의 마음을 알 수 있다.

일본의 『인국기』에 대응하는 한국·조선의 지리지라고 하면 『신증동국여지승람』을 들 수 있다. 조선시대에 국가에서 편찬한 책으로, 전국 8도의 각 주, 부, 군, 현을 연혁, 풍속, 경승, 산천, 성곽, 누정, 학교, 능묘, 고적 등 26개 항목으로 나누어 상세히 기술했다. 각 항목마다 약도가 첨부되어 시각적으로도 매력적이고 재미있다. 한자로 쓰여 있어 한글을 읽지 못하는 일본인도 충분히 읽을 수 있다. 천천히, 그리고 차분히 음미하며 읽다 보면, 이것이야말로 별세계가 따로 없다. 한국·조선의 마음이라는 무한한 우주에서 마음껏 놀아보는 기분이 든다.

『한국과학사』

두 번째는 에도시대 중기의 철학자 미우라 바이엔이 쓴 다이제스트다. 책 제목에도 철학이라는 단어가 있지만, 최근 매원이 재조명받고 있는 것은 자연과학자로서의 면모일 것이다. 마술과 요술이 난무하는 고대, 중세의 어둠을 뚫고 근세인들은 어떻게 과학하는 마음을 키워나갔을까. 그 과정의 재미가 두 배로 스릴 넘친다. 과학하는 마음, 과학을 지향하는 마음, 그것이야말로 일본, 한국, 조선 구분 없이 우리 현대인이 알아야 할 가장 중요한 '마음'이 아닐까.

미우라 바이엔에 대응하는 한국·조선의 과학자라고 하면 장영실, 홍대용 등의 이름이 떠오른다. 그들의 저서를 현대 일본어로 번역한 책은 이것저것 찾아보았지만 출판된 적이 없는 듯하다. 그러나 기적적으로 한 권을 찾을 수 있었는데 바로 전상운 선생의 『한국과학사』다. 제목에서 알 수 있듯이 한국·조선의 과학사를 총망라하고 있다. 각 장의 제목을 보면 '하늘의 과학', '흙과 불의 과학', '한국의 인쇄 기술', '땅의 과학', '고대 일본과 한국 과학', '조선시대 과학자와 그 업적'이라, 그 자체만으로도 흥미를 불러일으키기에 충분하다. 사진과 도판, 그림도 풍부해 보는 재미가 쏠쏠하다. 한 번 읽으면 과학을 향해 역동적으로 나아갔던 한국과 조선의 마음을 생생하게 알 수 있다.

『유교의 책』

세 번째는 에도시대 중기, 신슈 마쓰시로 번(信州松代藩)의 궁핍한 재정을 재건한 가로(家老, 일족의 장로 격인 인물_옮긴이) 온다 모쿠(恩田木工)의 업적을 기록한 것으로, 정직, 신뢰, 배려의 중요성 등을 호소하는 교계집이자 훈화집이다. 교화, 교훈, 지도의 책이자 자기계발서이기도 하다. 당시 사람들은 이를 미덕으로 여겼고, 다음 세대에 물려줄 가치가 있다고 여겼다. 혹은 '심학'을 내세운 이시다 바이간(石田梅岩)의 저서를 들 수 있다. 그런데 이에 호응하는 한국·조선의 것이 없을 리가 없겠지만 나의 지식이 일천하여 도무지 찾을 수가 없다.

그래서 한국·조선의 교훈이라고 하면 뭐니 뭐니해도 '유교'가 아닐까 하는 안이한 생각에서 유교에 관한 책을 한 권 골라보기로 했다. 언뜻 보면 유교 입문서 같지만, 제3장 '유교의 생활풍습'이 통째로 한국에 맞춰져 있어 사실상 한국 유교의 책이라고 해도 과언이 아니다. 가족, 주거, 예절, 연공서열, 식사, 결혼, 무덤, 제사, 사신, 양반, 수험, 직장, 남존여비, 강학과 결사 등의 항목으로 나뉘어 유교적 정신세계와 일상생활이 얼마나 일체화되어 있는지 알 수 있다. 함께 수록된 컬러 사진도 신비롭고 아름답다.

이와 같이, 지리지·과학·교훈이라는 경계를 달리하는 세 장르에서 골랐다. 한국·조선의 마음을 알 수 있는 작은 단서가 되기를 바란다. 서로 마음을 묻고, 나누고, 허락함으로써 마음과 마음이 교감할 수 있기를 바란다.

아베 겐이치 阿部賢一 체코 문학자

『이웃 나라의 말인걸요: 이바라기 노리코와 한국(隣の国のことばですもの一茨木のリ子と韓国)』

김지영 | 筑摩書房 | 2020

『무정(無情)』

이광수 | 하타노 세쓰코(波多野節子) 옮김 | 平凡社 | 2020

『바깥은 여름(外は夏)』

김애란 | 후루카와 아야코(古川綾子) 옮김 | 亜紀書房 | 2019

1972년 도쿄 출생. 현재 도쿄대학교 인문사회계 대학원 부교수이며, 전공은 중부유럽문학, 비교문학이다. 저서로는 『복수형 프라하(複数形のプラハ)』(人文書院), 『카렐 타이게 포에지의 탐구자(カレル・タイゲ ポエジーの探求者)』(水声社), 역서로는 바츨라프 하벨의 『힘없는 자들의 힘(力なき者たちの力)』(人文書院), 보후밀 흐라발의 『영국 왕을 모셨지(わたしは英国王に給仕した)』(河出文庫), 카렐 차페크의 『하얀 역병(白い病)』(岩波文庫), 파트리크 오우르제드니크의 『유러피언 20세기사 개론(エウロペアナ 二十世紀史概説)』(공역, 白水社, 제1회 일본 번역대상 수상) 외 다수가 있다.

『이웃 나라의 말인걸요: 이바라기 노리코와 한국』

　다시 한번 강조하지만, 한국은 일본의 이웃 나라다. 하지만 도서관이나 서점의 외국 문학 서가를 보면 가장 많은 면적을 차지하는 것은 영어권 문학이다. 그런데 최근 사이토 마리코 씨를 필두로 여러 번역가의 노력으로 서가에서 한국문학이 차지하는 면적이 늘어나고 있다. 돌이켜보면 내가 서점을 자주 찾던 1980년대에는 아직 그 수가 제한적이었다. 내 집은 후쿠토신선(副都心線) 히가시신주쿠(東新宿)역 근처, 그러니까 신오쿠보(新大久保)에 있다. 지금은 한국 가게가 넘쳐나는 동네로 유명하다. 물론 한국 음식점과 교회는 예전부터 있었고, 집에서 한국어를 사용하는 동급생도 있었다. 하지만 몇백 미터 거리인데도 어딘지 모르게 멀게 느껴졌다. 지금 돌이켜보면 그 이유를 잘 알 수 있다. 그들의 출신 배경이며 언어와 문화를 잘 몰랐기 때문이다.

　가깝지만 멀게만 느껴졌던 그 막막함을 조금이나마 해소해준 것이 시인 이바라기 노리코(1926~2006)의 시이고, 특히 그녀의 행적을 생생하게 살려준 김지영(1984~)의 『이웃 나라의 말인걸요: 이바라기 노리코와 한국』이었다. 시집 『자신의 감수성 정도(自分の感受性くら()』(1977), 『기대지 않고(倚りかからず)』(1999) 등으로 알려진 시인이 스스로 한글을 배워 『한국현대시선』을 편찬한 것은 알고 있었다. 그러나 그 활동의 이면에 있는 그녀의 생각에 대해서는 거의 알지 못했다. 저자는 이바라기의 시와 글을 꼼꼼히 읽고 시인의 말

을 풍부하게 되새긴다. 예를 들어 「이웃 나라 언어의 숲」이라는 시의 한 구절 "용서해주십시오/ (…)/ 그 아름다운 언어의 숲으로 들어가겠습니다"를 끌어들여 저자는 이렇게 해석한다.

"과거의 일본을 대변하여 조선에 사죄하는 듯 보인다. 하지만 실은 사죄함으로써 자신의 죄의식을 고백하고, 속죄의 방편으로서 한글을 배우려는 의지를 더욱 확고히 하는 자신을 확인하는 것이다."(『이웃 나라의 말인 걸요』, 150쪽)

국가나 민족이라는 큰 주체가 아니라 '나'라는 작지만 주체적인 관점에서 이바라기는 '이웃 나라의 말'을 배우려고 했음을 알려준다. 다양한 속성을 짊어지고 있으면서도 시인은 이웃 나라의 말을 그대로 '나'로서 받아들이고, 자신의 언어로 만들어나간다. 이바라기 노리코라는 시인의 자세를 훌륭하게 그려낸 이 책은 거듭 읽게 되는 책이기도 하다.

『무정』

하지만 이바라기처럼 한글 배우기는 아쉽게도 아직 시작하지 못하고 있다. 그런데 다행히 번역된 한국문학을 읽을 수는 있다. 최근에 읽고 감명을 받은 것은 이광수의 『무정』이다. 띠지에 '한국문학 최초의 근대 장편소설'이라고 적혀 있듯, 일제 치하 사람들이 조국 계몽에 눈을 뜨는 대작이다. 내 전공인 중부유럽에서는 독일과 체코가 복잡하게 얽혀 있는데, 일본과 한국·조선의 관계도 닮은 점이 있다. 하나는 여러 언어문화가 얽혀 있기에 발생하는 언어의 계층성이다. 어떤 장소에서 어떤 언어를 사용하는가. 그것 또한 당사자들에게는 큰 문제이며, 소설의 주제가 될 수 있다. 한글로 쓰인 『무정』에서도 외국어가 자주 사용될 뿐만 아니라, 주인공 이형식 역시 일본에서 유학한 영어 교사로 설정되어 있다. 남녀 관계와 계몽주의적 요소도 풍부하게 다룬 이 책은 1910년대 조선의 풍속을 섬세하게 전달할 뿐만 아니라 언어에 대한 예리한 묘사가 풍부한 소설이다.

『바깥은 여름』

『무정』이 일제 치하의 조선이라는 역사적 상황과 밀접하게 연결된 반면, 최근 한국문학에는 동시대 사회와의 관계가 (언뜻 보기에) 희박해 보이지만 또 다른 세계의 양상과 깊게 연결된 작품들이 있다. 김애란의 단편집 『바깥은 여름』도 그런 정취가 서려 있다. 물론 한국을 떠올리게 하는 지명이나 문화현상이 그려진 작품도 있지만, 이 단편집은 무엇보다도 근원적인 질문을 던진다. 예를 들어 「침묵의 미래」는 얼핏 보면 소수 언어의 소멸을 소재로 한 것처럼 읽힐 수도 있다. 그러나 "그들은 모두 이 세상에서 단 하나뿐인 언어를 구사하는 마지막 화자다"라는 한 문장을 읽으면 그 '그들'이

'나'임을 깨닫게 된다.

이렇게 생각하면 제도로서의 언어가 아니라 내가 '나'로서 내뱉는 말은 지금밖에 없는 것이며, 이바라기 노리코가 스스로 한글을 배운 것처럼 그 말 또한 끊임없이 변해간다. 그렇게 생각하면 상실은 무언가를 얻는 것이기도 한 듯하다.

좁은 '나'라는 껍데기를 버리고 '이웃'의 새로운 작가의 말을 읽는다. 이보다 더 밝은 미래가 또 있을까. 한국문학을 읽는 묘미는 바로 여기에 있다.

아사노 다카오 アサノタカオ

편집자

『돌의 목소리 완전판(石の聲 完全版)』

이양지(李良枝) | 講談社 | 2023

『이양지 선집(李良枝セレクション)』

이양지(李良枝) | 온유주(温又柔) 엮음, 해설 | 白水社 | 2022

『말의 지팡이: 이양지 에세이집(ことばの杖—李良枝エッセイ集)』

이양지(李良枝) | 新泉社 | 2022

1975년생. 나고야대학교 대학원 인간정보학연구과 박사과정 만기 퇴학. 2000년부터 3
년간 브라질에 체류하며 일본계 이민자의 언어생활에 관한 인류학적 조사를 한 뒤, 도쿄
와 가가와에서 출판사를 거쳐 독립했다. 현재는 사우다지북스(サウダージ・ブックス)의 편집
장을 맡는 한편, 문학과 인문 사회 등의 영역에서 일하고 있다. 저서로는 『읽는 것의 바
람(読むことの風)』(サウダージ・ブックス), 공저로 『한국문학 가이드북(韓国文学ガイドブック)』(구
로안즈(黒あんず) 감수, P바인) 등이 있다. 메이세이대학교(明星大学) 인문학부 비상근 강
사다.

이양지와 '말의 지팡이'

일본과 한국 사이에서 흔들리고 고뇌하며 민족에도 국가에도 안주할 수 없는 인간의 마음 아픔과 그로 인해 소망하는 것을 말 자체에 대한 예민한 감수성으로 그려낸 이양지. 서른일곱 살에 요절한 재일교포 작가의 소설을 중심으로 한 작품들이 사후 30년이 되는 2022년 이후 새로운 편집을 거쳐 세 권의 책으로 출간되었다.

나는 이양지가 세상을 떠난 이듬해에 대학에 입학했고, 얼마 지나지 않아 출간된 전집을 우연히 손에 쥐고 그의 문학을 처음 접하게 되었다. 그중에서도 아쿠타가와상을 수상한 『유희』를 반복해서 읽었다.

일본에서 '모국'인 한국의 대학에 유학한 재일교포 2세 여성 유희. 이 소설은 일본어가 '모국어'라는 이유로 '한국어=모국어'에 대한 결정적인 결핍을 안고 일본으로 돌아가야 했던 그녀의 실망을 하숙집 주인의 조카이자 한국인인 '나'의 시점으로 이야기하는 작품이다.

"말의 지팡이를, 깨어난 순간에 지팡이를 휘두를 수 있는지를 시험하는 것 같은 느낌이 든다. …아[ア]인가? 아라면 아[ア], 야[ヤ], 에[オ], 예[ㅋ]로 이어지는 지팡이를 휘두르는 거다. 하지만, 아, 그렇다면, 아, 이, 우, 에, 오, 로 이어지는 지팡이. 그러나 아, 인지, 아[ア], 인지, 명확하게 알 수 있는 날이 없다."

이야기의 말미에 '나'가 회상하는 유희의 고백.

언어와 한 인간과의 거리를 정밀하게 측정하듯 묘사하면서 '국어'에 자리를 잡지 못한 아픔의 목소리를 울리는 이양지 특유의 문장 호흡에 무엇보다도 압도당했다. 그동안 '일본', '일본인', '일본어'의 연관성을 깊이 의심해본 적도 없던 젊은 시절의 순진한 언어관이 이 소설을 읽으며 해체되었다.

총 10장의 장편소설로 기획되었다가 작가의 죽음으로 중단된 『돌의 목소리』라는 작품도 있다. 1장의 거의 완성된 원고(후에 단행본으로 출간)에 2장과 3장의 원고를 더한 완전판이 '편집자에게 보내는 편지' 등의 자료를 더하여 2023년 일본에서 문고판으로 출간되었다.

『돌의 목소리』의 화자인 '나'는 한국에서 유학 생활을 하며 일본어로('일본어'에 방점!) 장편시를 쓰는 사람이다. 시의 배경에는 한반도의 무당이 전승하는 무가 〈바리데기(捨て姫)〉가 있고, '나'와 같은 일본에서 태어나고 자란 한국인으로 고전무용을 배우는 여성 가나(그녀는 시에서 '바리데기'와 겹쳐진다)와의 관계를 이야기한다.

다시 읽으면서 또 놀란 것은 '말과 한 인간과의 거리를 정밀하게 측정하는' 듯한 '이양지 특유의 문장의 호흡'이 여기에서도 집요하게 변주되어 처음부터 표현된다는 점이다.

"─의리
나는 눈을 감고 눈꺼풀 뒤편에 내 글씨체로 그 세 글자를 쓴다. 천천히 입안에서 중얼거리며 눈꺼풀 뒷면에 한 글자씩 더 겹겹이 써 내려간다. (…) 그러나 이 불완전한 느낌은 어디서 오는 것일까."

시인인 '나'가 매일 아침 눈을 뜰 때 행하는 의식. 하나의 단어가 머릿속에 떠오르는 과정을 되짚어보면서 확인되는 문자와 목소리, 의식과 신체, 정치와 시 등의 이항대립이 필연적으로 일본(언어)과 한국(언어)이라는 이항 대립으로 넘어간다.

두 세계에 삶이 찢겨 '불완전한 느낌'을 안고 있는 '나'는 언어를 응시하며 '나 자신이 어떻게 존재할 것인가'를 묻는다. 작가 이양지는 그 질문 너머에 '누구나 그 사람다운 개체로 자기답게 존재하려는 마음의 모습'(『말의 지팡이』)을 어떤 것으로 상상하고 있었을까.

사후 30년에 출간된 『이양지 선집』에는 「유희」를 포함한 소설 네 편과 에세이 세 편이 수록되어 있다. 작가 온유주(溫又柔)가 편집과 해설을 맡았다.

언어는 민족이나 국가의 소유물이 아니라는 신념에 서서 '개인'의 목소리를 깊이 믿어야 한다. 이양지 문학이 남긴 가장 절실한 메시지를 받아들이려는 의지가 '대만에서 태어나 일본에서 자랐다'고 스스로 밝힌 온유주의 소설에서 엿보인다. 편집자로서 이보다 더 적합한 인물은 없으리라. 『이양지 선집』의 해설에 따르면, 「유희」라는 소설 한 편이 그녀에게 일본어로 글을 쓸 수 있는 '자신감'을 주었고, 『호거호래가(好去好来歌)』라는 데뷔작을 탄생시켰다고 한다.(개인적인 생각이지만, 이 책에 수록된 이양지의 소설 「각(刻)」은 온유주의 소설 「긍지」와 훌륭한 자매 관계라고 생각한다.)

이양지가 밝힌 문학의 불은 작가의 죽음으로 꺼진 것이 아니다. 그것은 다른 시간, 다른 장소, 다른 여정을 살아가는 사람들에 의해 쓰이고, 읽히고, 지금도 일본문학 속에서 조용히 타오른다는 것을 『이양지 선집』이 증명해준다.

같은 시기에 『말의 지팡이』도 간행되었다. 이 책은 이양지가 일본어로 쓴 에세이 등을 집대성한 책이다. 『돌의 목소리 완전판』과 『말의 지팡이』의 말미에는 여동생인 이령의 해설도 실려 있다. 작가가 지닌 한 인간으로서의 면모와 육성을 따뜻한 기억의 힘으로 되살려내는 훌륭한 내용이다.

다시 읽을 때마다 이 세 권의 책에서 질문을 던진다.

진정으로 자신이 자신이기 위한 자리, 그리고 '다름'을 유연하게 받아들일 수 있는 자리는 바로 자신의 말 속에, 마음속에 있는 것이 아닐까. 젊은 날 그 작품을 만난 이후 20년, 30년 동안 계속 읽어왔고, 살아 있는 동안은 앞으로도 그럴 것이다. 누구도 부정할 수 없는 자신의 말로서 '말의 지팡이'를 움켜쥐는 것. 이양지의 문학이 이 세상을 비추는 등불로서 이 세상에 계속 존재하는 행복을 누릴 수 있기를 나는 간절히 바란다.

아야메 요시노부綾女欣伸 편집자

『책의 미래를 찾는 여행, 서울(本の未来を探す旅 ソウル)』
우치누마 신타로(内沼晋太郎), 아야메 요시노부(綾女欣伸) 엮음 | 다나카 유키코(田中由起子) 사진 | 朝日出版社 | 2017

『일간 이슬아 수필집 / 심신 단련(日刊イスラ私たちのあいだの話)』
이슬아 | 하라다 사토미(原田里美), 미야자토 아야하(宮里綾羽) 옮김 | 朝日出版社 | 2021

『서울의 풍경: 기억과 변모(ソウルの風景 記憶と変貌)』
요모타 이누히코(四方田犬彦) | 岩波書店 | 2001

1977년 일본 돗토리현 출생. 대학 재학 중 인디음악 레이블에서 일했고, 아사히 출판사를 거쳐 현재는 프리랜서로 편집과 집필, 취재를 하면서 출판사 투버진즈(トゥーヴァージンズ)에서 일하고 있다. 『책의 미래를 찾는 여행』 시리즈는 지금까지 서울과 타이베이 두 편을 출간했다.(우치누마 신타로(内沼晋太郎)와 공저) 편집한 책으로는 우치누마 신타로의 『책의 역습(本の逆襲)』, 사쿠마 유미코(佐久間裕美子)의 『힙한 생활 혁명(ヒップな生活革命)』, 다케다 사테쓰(武田砂鉄)의 『판에 박힌 사회(紋切型社会)』, 구라 사사라(九螺ささら)의 『신의 주소(神様の住所)』, 『Chim↑Pom展: 해피스프링 카탈로그(Chim↑Pom展：ハッピースプリングカタログ)』 등이 있다. 오사카 기타카가야에서 개최하는 ASIA BOOK MARKET의 한국 출점자 코디네이터도 맡고 있다.

두 명의 이 씨

1990년대 말에 도쿄로 상경했을 때, '그 유명한 시부야'에 가보긴 했지만 남쪽 출구인 사쿠라오카 쪽으로 잘못 나와서 '생각보다 작은 동네네' 하며 돌아갔다. 마음속 지도가 필요 없어지기까지는 시간이 걸린다. 나에게 한국이라는 땅이 각별해지는 데는 책 두 권, 아니 두 사람이 계기가 되었다. 성은 둘 다 '이 씨'다. 두 책 모두 내가 편집에 참여해서 부끄럽지만, 그 두 이 씨와의 개인적인 에피소드를 떠올려보고자 한다.

2007년, 『책의 미래를 찾는 여행, 서울』이라는 책을 출간했다. 당시 서울을 중심으로 독립서점과 독립출판의 움직임이 끓어오르고 있었다. 이 책은 그 일 년 전에 우치누마 신타로 씨와 함께 그들을 추적하고 이 움직임을 이끄는 사람들 스무 명을 인터뷰한 책이다. 그 첫머리에 서점 '땡스북스'를 경영하는 이기섭 씨(1968년생)가 등장한다. 1980년 전후 출생자들이 그 물결을 일으키기 전, 일찌감치 2011년 커피도 마실 수 있는 '문화공간'으로 개인 서점을 연 이기섭 씨는 주변에서 '독립 선배'로 추앙받는 존재다. 말하자면 '에너지'가 넘치는 사람인 셈이다. 안경 너머로 빙긋이 웃으며 젊은이들보다 더 빠른 걸음으로 이곳저곳을 안내해준다. 섬세하고 깊은 온정이 느껴졌다. 한국과 일본에서 만날 때마다 친해져서 양쪽 가족들과 함께 잔디밭에 앉아 롯데월드타워에서 터지는 불꽃놀이를 구경한 적도 있다. 이메일에서는 항상 '해줄게~^^', '그랬네~!' 같은 귀여운 말투로 기운을 북돋아준다.

"한국에는 '인복(人福)'이라는 말이 있는데, 저는 인복이 많아요. 좋은 사
람들과 인연을 맺어 운이 좋았어요. 가게 이름에 'THANKS'가 들어간 것
도 인복, 그리고 책에 항상 감사하기 때문입니다." (『책의 미래를 찾는 여
행, 서울』)

늘 긍정적인 이기섭 씨. 한번은 강남의 북라이브러리 조성 작업
을 함께 한 뒤인 2009년 여름, 어두운 와인바에서 둘이서 밤늦게
까지 이야기를 나눈 적이 있다. 그때 처음으로 나는 그 미소 뒤에
숨겨진 개인적인 고민은 물론, 세대를 거치며 남성으로서 속에 감
춰져온 복잡한 내면을 엿볼 수 있었다.

또 한 명의 이 씨는 이슬아 작가(1992년생)다. 고향에 가는 횟수
보다 한국에 가는 횟수가 많아질 무렵, 어느 독립서점에서 친구인
편집자(그녀도 이 씨다)가 책을 한 권 추천해주었다. 그것이 『일간
이슬아 수필집』이다. 데뷔작인데 이런 두꺼운 책을 심지어 독립출
판으로 냈다고? 하는 놀라움과 함께, 표지에 실린 청바지에 흰 캐
미솔을 입고 나른하게 비친 저자 클로즈업 사진에 끌렸다. 2009년
가을, 에이전트를 통해 이슬아 씨를 만나게 되었다. 합정의 한 카페
에 가니 먼저 도착한 이슬아 씨가 혼자 기다리고 있었다. "오늘 마
감이 있는데, 잠시만 기다려주실 수 있나요?" 노트북으로 원고를
마무리하는 동안 미지의 세계로 초대하는 나뭇잎 소리가 들렸다.

그 후 감사하게도 계약이 성사되어 『심신 단련』과 두 권의 책에서 글을 엄선하여 일본판 『일간 이슬아』가 탄생했다. 매일 글을 써서 메일로 보낸 '문학 직거래'가 바탕이 되어 연인, 어머니와 아버지, 할아버지와 할머니, 친구와 아이들, 잘못 걸려온 전화의 주인, 길고 양이까지 사랑스럽고 다양한 사람들에게 말을 건넨다. 내가 가장 좋아하는 글은 조급하고 대담하고 자신감 넘치지만 미워할 수 없는 할아버지에 대한 글이다. 초등학교 1학년 때 할아버지와의 산행 중 서툴게 꺼내놓는 애정을 서로에게 쏟아내는 모습이 애틋하다.

> "이슬아는 이씨 가문의 딸! 유일한 여자아이! 이슬아는 다른 아이와 달리 산도 잘 타지. 왜냐고? 내 손녀니까." (「당신의 자랑·상」, 『일간 이슬아 수필집』)

일본판 출간 기념 행사에 온라인으로 출연한 이슬아 씨는 마지막에 〈화장실의 신〉을 일본어로 불렀다. 그 맑고 청아한 목소리가 아직도 머릿속에 울려 퍼진다.

'기억과 변모'라는 부제가 붙은 요모타 이누히코의 『서울의 풍경』이라는 이와나미 신서는 1979년 이후 21년 만에(2000년) 객원 교수로 다시 한국 땅을 밟은 저자가 그간의 변화를 기록한 책이다. "서울이 자신의 의지와 욕망을 거리낌 없이 표현하는 사회였다는 것을 떠올렸다. 여기서는 일본과 달리 세간이라는 모호한 억압 체계를 신경 쓰지 않고 살아도 괜찮았다"며 20세기의 마지막 몇 달을 기록한다. 이 책에는 한국에서 드물게 노년에도 글을 쓰는 두 작가에게 한 장이 할애되었다. 공교롭게도 그 두 사람 역시 이호철과 이청준이다. 정반대의 분위기를 가진 두 사람에 흥미를 갖고 인터넷으로 찾아보니 이미 두 사람 모두 저세상 사람이라, 다시금 20년이라는 세월을 느낄 수 있었다.

『책의 미래를 찾는 여행, 서울』에 관심을 갖고 2010년대 말 처음 한국에 간 서점 친구가 '오랫동안 생이별한 쌍둥이 형제를 만난' 느낌이라고 했는데, 그 말이 맞는다고 생각했다. 여기에 소개한 두 이 씨는 각각 한 살씩 나이 차이가 있고, 그 사이에도 여러 세대의 기억이 섞여 있지만, 20년이 지난 지금도 나는 그 강남의 여름밤 바람과 합정의 가을 오후 햇살을 잊지 못한다.

오구니 다카시 小国貴司　　서점 경영인

『뷰티풀 네임(ビューティフル·ネーム)』
사기사와 메구무(鷺沢萠) | 新潮社 | 2004

『핑퐁(ピンポン)』
박민규 | 사이토 마리코(斎藤真理子) 옮김 | 白水社 | 2017

1980년생. 전국 체인 신간 서점에서 근무한 후, 2017년 'BOOKS 푸른 하마(BOOKS青い
カバ)'를 열었다. '계속 GOODBOOKS'를 콘셉트로 10년 후에도 책장에 꽂아두고 싶은 한
권의 책을 모으고 있다. 고서 판매와 매입이 주를 이루지만 매장에서는 신간 서적도 취
급한다. 신간 도서 주문부터 장서 정리까지 책에 관한 모든 상담에 응한다. 입고 정보나
추천도서 정보, 때로는 별거 아닌 정보도 SNS에 올린다. 멋진 책 사진은 인스타그램에
올리고 있으니 꼭 한번 들러주시길.

『뷰티풀 네임』

사기사와 메구무(鷺沢萠)는 작가가 된 후 스무 살 넘어서 자신의 숨은 뿌리를 알았다. '한반도의 피가 흐르는 것'은 특히 그녀의 후반생 작품에 큰 영향을 끼쳤다. 그러나 일본 국적의 가족, 그리고 그것을 주제로 글을 쓰는 데 생각이 복잡했다는 사실은 사기사와의 에세이에서도 쓰여진 대로이리라. 자신은 의도하지 않았을 테지만, 그 갈등이 그녀의 문학을 더욱 '비약'시켰다는 측면도 있을 것이다.

『뷰티풀 네임』은 사기사와 메구무가 자살하기 직전까지 쓴 연작 단편집이다. 「안경 너머로 본 하늘」, 「고향의 봄」은 완성된 작품으로 모두 일본에서 쓰던 이름을 버리고 본명을 얻어가는 이야기다. 그렇다고 '민족의식에 급히 눈을 떴다'는 식의 스토리는 아니다. 두 작품에 나오는 주인공은 둘 다 날마다 사소한 사건을 계기로 자신의 뿌리를 자각하게 된다.

가령 「안경 너머로 본 하늘」의 주인공 내란은 초등학교 때는 본명을 사용했지만, 진학한 중고일관교에서는 '나오'라는 이름을 쓴다. 그런데 고등학교 테니스부에서 '추 선배'로 불린 백춘순을 만난다. 맨 처음에는 혐오감을 가졌지만 그의 완벽한 운동신경과 인격을 동경한다. 그리고 어느 날, 도서관에서 발견한 책의 대출 카드(!)에 단 한 사람, 백춘순의 이름을 발견하고 그 아래에 '자신의 본명을 쓰고 싶다'는 이유로 자신의 아이덴티티를 자각한다.

이렇게 정리해보면 무척 맥없는 이야기 같지만, 그것은 내가 정리를 잘하지 못한 탓이다. 하지만 굳이 말하자면 그러한 맥없는 이야기야말로, 우리 인생을 구성하는 것이라고 다시 말하고 싶다.

사기사와 메구무는 『뷰티풀 네임』을 통해 재일 2세, 3세들이 자신들의 뿌리를 재발견, 재구축하는 이야기를 썼지만, 그 시선은 '나라'나 '자신'을 넘어선 더욱 큰 것을 보고 있었다고 생각한다. 그것은 말하자면 단 한 사람의 눈 앞에 있는 '타자'를 생각하는 것이, 살아가는 일상의 사소한 연속이, 나라나 정체성을 뛰어넘은 커다란 힘이 될 수 있다는 것이다. 사기사와 메구무는 그 힘이야말로 새로운 세계를 개척한다고 바란 것이리라. 그렇기에 사기사와 메구무의 죽음에서는 그런 바람을 잃게 되는 듯한 커다란 상실감을 느낀다.

『핑퐁』

사기사와 메구무가 자살한 2004년, 그 전년에 한국에서는 『핑퐁』의 작가 박민규가 데뷔했다. 그 소설의 느낌은 사기사와 메구무와는 전혀 다르다. 어느 쪽이냐 하면 초기 무라카미 하루키나 다카하시 겐이치로(高橋源一郎) 같은 대중문학을 읽는 느낌에 가깝다. 하지만 그 주제성이랄까 박민규가 보는 세계는 사기사와 메구무와 무척 닮았다.

『핑퐁』의 주인공은 중학생인 '못'과 '모아이'. 그들은 둘 다 처참

한 괴롭힘을 당하고 있다. 그런 그들이 어느 날 발견한 공터의 탁구대에서 탁구를 한다. 서로가 치는 공은 언어가 되어 다가오고, 서로의 마음을 확인하는 듯하다. 탁구에 빠져가는 그들 앞에 스승과도 같은 세끄라탱이 나타나 그들을 이끌면서, 지구 대표로서, 우주인과 인류의 미래를 결정할 탁구 시합을 한다.

그 주인공에게 작가는 이런 말을 하게 한다.

"적응이 안 돼요/ 다들 결국엔 자기 할 말만 하는 거잖아요/ 얘길 들어보면 누구도 틀렸다고는 할 수 없어요/ 왜 그럴까요, 왜 아무도 틀리지 않았는데 틀린 곳으로 가는 걸까요/ 내가 이렇게 사는 건 누구의 책임일까요/ 무엇보다/ 그걸 용서할 수 없어요/ 60억이나 되는 인간들이/ 자신이 왜 사는지 아무도 모르는 채/ 살아가는 거잖아요/ 그걸 용서할 수가 없어요"

그것에 대해 스승인 세끄라탱은 말한다.

"얘야, 세계는 언제나 듀스포인트란다."

악의와 선의의 결과를 내지 못한 채 듀스포인트를 반복하며, 우주 속에서 인류만이 탁구를 계속하고 있다고.

사기사와 메구무가 왜 스스로 목숨을 끊어버렸는지, 물론 아무도 알 수 없다. 하지만 사기사와 메구무는 듀스포인트의 인류를 향해 틀리지 않았는데 틀린 방향으로 가려는 사람들을 향해, 그것을 어떻게든 되돌리려는 이야기를 썼다고 생각한다. 새로운 가족의 모습, 피와 이름을 뛰어넘은, 새로운 사람과 사람의 연대를 쓰려 했다. 그래서, 만약 사기사와 메구무가 이 『병풍』 이야기의 마지막을 읽으면 어떻게 생각할까 궁금해진다.

박민규는 세월호 침몰 후 나온 『눈먼 자들의 국가』에서 쓴 에세이에서 이런 이야기를 했다.

"기울어가는 그 배에서 심지어 아이들은 이런 말을 했다. 내 구명조끼 입어…… 누구도 기득권을 포기하지 않는, 누구도 기득권을 포기할 수 없는 기울어진 배에서…… 그랬다. 나는 그 말이 숨져간 아이들이 우리에게 건네준 마지막 기회라고 생각한다."

작가 두 사람이 발견한 그 기회는 아직 손 안에 있다. 아직, 지금이라면.

오바야시 에리코大林えり子　　북갤러리 운영자

『방울방울일지(つぶつぶ日記)』(일본어 · 한국어 병기)

오바야시 에리코(大林えり子) | 시미즈 히로유키(清水博之) 외 옮김 | 포포타무 | 2024

『88 Seoul』

최지웅 | 프로파간다 시네마 그래픽스 | 2017

『일과 도구』

권윤덕 글, 그림 | 길벗어린이 | 2008

2005년 도쿄 이케부쿠로에 '북갤러리 포포타무(ブックギャラリーポポタム)'을 열었고, 2015
년부터 Unlimited Edition(서울 아트북 페어)에 매년 참가한다. 매장에 한국의 독립출판물
을 많이 두고 있으며, 갤러리에서는 한국인 아티스트의 전시도 개최한다. 2020년 한국
지인과 함께 자비출판과 전시를 하는 팀 '포포타무'를 결성했다. 일본인 아티스트의 이
벤트를 한국에서 개최하는 등 비정기적으로 활동하고 있다.

Website: popotame.net
SNS: @popotame_shop

2013년에 처음 한국에 갈 때까지 나에게 한국은 다른 외국과 마찬가지로 먼 곳이었다. 처음에는 관광이었고, 그 후 조금씩 사람들과의 인연이 생겨서 지금은 일 년에 네다섯 번, 도쿄와 서울을 오가는 항공권을 끊고 있다. 코로나19 이전에는 도쿄에서 고향인 가가와현으로 가는 것보다 시간도 교통비도 적게 들었기에 겸사겸사 구실을 만들어 왔다 갔다 했다.

　　한국의 어디가 마음에 들었는지, 무엇에 빠졌는지 물어보면 곤란하다. 아이돌도 드라마도 아니다. 그저 '가끔 보고 싶은 사람들'이 생겼기 때문인지도 모른다. 한두 명이 아니라 스무 명 정도 되므로, 한 번 한국에 갔을 때 모두 만날 수도 없으니 자연스레 횟수가 늘어난다. 그중 한 명이 아이를 낳았기에 보고 싶은 사람이 또 한 명 늘었다.

　　2020년부터 삼 년 동안은 코로나로 자유롭게 오갈 수 없는 나날이 이어졌다. (나는 참을 수 없어서 중간에 학생 비자를 받아 한국에 갔는데, 이 이야기는 나중에 다른 곳에서 할 기회가 있을 것이다.) 이 시기에 한국 친구인 민짱과 나눈 메시지를 모아 『방울방울일지』라는 책을 만들었다.

　　민짱은 merry-mj라는 예명으로 활동하는 아티스트다. 일본 미대 대학원을 나와 지방대학에서 전임강사로 일했지만 코로나 2년째에 오랫동안 살던 일본을 떠나게 되었다. 민짱이 귀국하기 며칠 전, 신칸센 역의 카페에서 두 시간 못 되게 수다를 떤 것이 이 작은 책을 만든 계기다.

가족과의 일상, 고양이와 개 이야기, 꽃을 사거나 좋아하는 아이스크림을 먹거나, 그런 실없는 대화가 민짱의 디자인으로 사랑스러운 책이 되었다. 2021년 나는 한국에 가지 못했지만 책은 서울 아트북 페어(Unlimitede Edition: UE)에 출품할 수 있었다. 이러한 작은 출판 활동은 나에게 '못 만나도 만날 수 있다'는 신기하고 무엇과도 바꿀 수 없는 자신감을 주었다.

처음 한국에서 북페어에 참가한 것은 2015년 열린 UE로, 전시장은 서울시청 인근의 일민미술관이었다. 당시에는 세련된 아트북뿐 아니라 개인의 생각이 강한 '개인 잡지'나 '독립출판물'이 섞인 잡다한 축제 같았다. 2016년의 UE는 촛불집회 때문에 토요일 개최가 몇 시간 빨리 끝났다. 은근슬쩍 구경하고 있는데 사람들이 자꾸만 밀려들더니 순식간에 길도 시청 앞 광장도 '사람'으로 가득 찼다. 개인이 집단이 되어 사회를 움직이는 모습을 처음으로 본, 잊을 수 없는 해가 되었다. 이 경험도 한국에 빠진 계기 중 하나라고 생각한다.

우리 매장에서 스테디셀러를 자랑하는 『88 Seoul』도 북페어에서 발견한 책이다. 1988년 서울올림픽의 관광 사진이나 기념품 등을 모은 책으로, 표지의 호돌이가 귀여워서 눈길을 끈다. 이 책을 낸 프로파간다 시네마 그래픽스의 최지웅 대표에 따르면, 이곳의 책을 처음 구입한 외국 서점이 우리라고 한다. 그는 내가 사무실을 방문할 때마다 반겨주면서 숨은 맛집이나 한국의 유행어를 매번 하나씩 가르쳐준다.

북페어에서 책을 통해 만나고, 수입하기 위해 연락을 거듭하는 동안 친해진 사람도 많다. 내가 이 일을 그만두면 그 사람들과 소원해질까. 최근에는 그런 생각을 하게 되었다.

올 때마다 서울의 변화에 충격을 받는다. 외국인이고, 가끔 오는 내가 가슴이 아프다는 건 뻔뻔한 일이라고 생각한다. 하지만 파괴와 재구축의 너무 빠른 속도를 마음의 속도가 따라가지 못한다. 한국에 올 때마다 좋아하는 가게가 생기고, 그 거리가 좋아진다. 그래서 기억 속 풍경이 빈터가 되어 있는 것을 보면 한때의 여행자라 할지라도 조금은 상처를 받는다.

그런 거리 중 하나가 을지로인데, 재개발 반대 운동에 참여한 한국 친구도 많다. 뒷골목은 완전히 바뀌고 말았지만 대로변은 지금도 '도구' 전문점이 늘어서 있다. 공구, 문 손잡이, 라이트, 타일, 나사류… 그런 다양함은 바라보기만 해도 가슴이 뛴다.

다양한 일과 그것과 관련한 도구를 그린 그림책 『일과 도구』는 한국어를 약간 할 줄 알게 되면서 교보문고에서 산 그림책이다. 민화처럼 장식적이고 소박한 분위기와, 어린이들에게 전달하기 위한 정확한 묘사 기술에 눈을 뗄 수가 없었다. 2008년 출간된 책이므로 더는 쓰이지 않는 도구도 많으리라.

한국사회의 변화 속도는 일본과 비교할 때 무척 빠르다. 인간의 마음이나 사고방식은 그 속도를 따라갈 수 있을까. 나는 잘 모르지만 책의 형태로 보존된 '그 시절의 한국'을 앞으로도 수집하려 한다.

오바타 미치히로小幡倫裕

번역가,
근세 한일관계사 연구자

『백자의 사람(白磁の人)』

에미야 다카유키(江宮隆之) | 河出書房新社 | 1994

『조선의 흙이 된 일본인(朝鮮の土となった日本人)』

다카사키 소지(高崎宗司) | 草風館 | 1982

『한국의 선/조선도자명고(朝鮮の膳/朝鮮陶磁名考)』

아사카와 다쿠미(浅川巧) | ちくま学芸文庫 | 2023

『아사카와 다쿠미: 일기와 서간(浅川巧一日記と書簡)』

다카사키 소지(高崎宗司) 엮음 | 草風館 | 2003

1969년 일본 시즈오카 출생. 평택대학교 일본학과 조교수를 거쳐 현직에 이른다. 전공은 근세 한일관계사 · 한일비교문화다. 저서로는 『조선의 역사를 알기 위한 66장(朝鮮の歷史を知るための66章)』(공저, 明石書店), 역서로는 『조선시대 한국인의 일본인식(朝鮮王朝時代の世界観と日本認識)』(하우봉 지음, 김양기 감수 및 번역, 明石書店), 『조선시대 여성의 역사(朝鮮時代の女性の歷史)』(규장각한국학연구원 엮음, 明石書店), 번역 감수로는 『사임당의 모든 것: 조선시대에 빛난 여성 예술가(師任堂のすべて 朝鮮時代に輝いた女性芸術家)』(류정은 지음, 아오시마 마사코(青島昌子) 옮김, キネマ旬報社) 등이 있다.

아사카와 다쿠미의 '한국·조선의 마음'에 다가가는 모습

"한국의 산과 민예를 사랑하고 한국인의 마음속에 살다 간 일본인 여기
한국의 흙이 되다."

민예운동의 주창자인 야나기 무네요시의 조선 예술 연구에 가
장 영향을 주었다는 아사카와 다쿠미(1891~1931). 그가 잠든 한국
의 경기도 구리시 망우공동묘지에 있는 묘비에 새겨진 말이다. 아
사카와 다쿠미는 일본과 한반도의 관계가 '궁극의 비대칭성'(기미
야 다다시(木宮正史) 『한일관계사(日韓関係史)』, 岩波新書)을 제시한 식민
지 시대에 약 18년에 걸쳐 조선에 살면서, 조선에서 그 생애를 마
친 인물이다. 조선의 산림녹화에 공을 세우고, 조선의 공예 연구에
도 커다란 족적을 남겼다. 그러나 그 존재는 아직 그다지 널리 알
려지지 않은 듯하다.

'한국의 마음이란 무엇인가'라는 물음에, 나는 어떻게 답해야 할
지 솔직히 어렵다. 하지만 '지배−피지배', '차별−피차별'의 구조가
현저해진 식민지 시기에 조선 사람들의 마음속에 살았던 아사카
와 다쿠미에 관해 쓰면 '한국·조선의 마음'으로 가까이 다가가는
방법에 대해 독자와 함께 생각해나갈 수 있지 않을까.

아사카와 다쿠미는 조선어를 익혀서 조선의 문화양식에 맞춘
생활을 하며, 수많은 조선 서민과 마음을 나누는 가운데, 조선 임
업의 발전에 기여하고 조선 공예를 깊이 이해한 인물로 유명하다.

그 생애를 알기 위해서는 우선은 에미야 다카유키의 소설『백자의 사람』을 읽어보기 바란다. 이야기의 전개는 결코 큰 기복이 있는 것은 아니며, 평온하게 진행되는 느낌이 있다. 때로 아사카와 다쿠미는 일본의 군인에게서 힐난을 받으며 폭력을 당하지만, 그는 결코 강한 저항을 드러내지 않는다. 그것은 그러한 박해를 '조선 사람들의 고통을 구체적으로 아는 것, 그리고 받아들인' 모습이었다. 에미야가 그리는 아사카와 다쿠미는 '따뜻하고 다정하게, 그러면서 결연한 것을 숨긴 백자 같은 사람'이다. 그리고 "한복을 벗으려고도 하지 않고 조선어로 이야기하며 조선어로 웃는 다쿠미와, 누구나 친구가 되고 싶어 했다. 조선인들은 일본인을 증오했지만 다쿠미를 사랑했다." 2012년에는 이 소설을 원작으로 한 영화〈백자의 사람: 조선의 흙이 되다〉(다카하시 반메이 감독)가 상영되었다.

『백자의 사람』을 읽고 조선 사람들에게 사랑받은 아사카와 다쿠미의 이미지를 파악했다면, 더욱 역사적인 실상을 파악하기 위해 다카사키 소지의 『조선의 흙이 된 일본인』을 읽어보기 바란다. 이 책은 『백자의 사람』에서 에미야 다카유키가 아사카와 다쿠미와 만나는 계기가 된 책으로서 골랐다.

이 책에서는 아사카와 다쿠미의 생애를 기술하는 가운데 그와 나눈 수많은 일본인과 한국·조선인의 목소리가 등장한다. 여기서 주목할 만한 것은 아사카와 다쿠미가 조선어에 도전하는 자세다. 수많은 재한 일본인 중에서 아사카와 다쿠미처럼 적극적으로 조선어를 배운 사람은 드물다. 다카사키 소지는 아사카와 다쿠미가 조선 사람들의 육성을 조선어로 들음으로써, "식민지 조선에 대한 인식을 넓히고 자신의 것으로 만들어", "식민지 민중의 삶을 엿봄으로써, 피가 통하는 조선에 대한 인식을 얻었다고 할 수 있을 것이다"라고 지적했다. 언어만 된다면 다른 문화를 이해할 수 있다는 이야기가 아니다. 그러나 상대방의 말을 알려고 하고 말하려 하는 것은, 이문화 사람의 마음에 가까이 가고 이해하려는 소중한 스텝이라는 사실은 틀림없다. 식민지라는 시대에 그러한 자세를 실천했다는 점에 그의 존재의 중요성이 있는 것이다.

또한 이 책에서는 아사카와 다쿠미가 근무한 조선의 임업 시험장 동료의 의견이 소개되었다. 그가 말뿐 아니라 평상시에 한복을 입고, 식사도 완전히 한국식으로 했으며, 그가 사는 관사는 한국인 동료들이 모여드는 만남의 장 같았다는 것이다. 생활 그 자체도 조선 사람들에게 녹아 들어간 아사카와 다쿠미의 모습이, 조선인들에게 강한 친밀감이 섞인 정을 끓어오르게 했다. 다카사키는 이 책의 마지막 부록에 "아사카와 다쿠미가 중요한 것은, 그가 서양과 조선을 비교하여 서양이 앞서 있다, 조선이 뒤처져 있다는 문제를 제기하지 않은 사람이기 때문이다. 아사카와 다쿠미처럼 조선을 있는 그대로 받아들이고 심지어 사랑한 사람은 그리 많지 않다"고 말한다. '지배-피지배'라는 비대칭 관계인 일본과 한반도 안에서 조선의 편에 선 아사카와 다쿠미의 모습에 조선 사람들도 감명받았다.

다카사키의 저작을 읽고 나면 아사카와의 책을 접하기 바란다.

『한국의 선/조선도자명고』는 아사카와 다쿠미의 조선 공예 연구를 대표하는 저작이다. 『한국의 선』 첫 부분에서 그는 "올바른 공예품은 친절한 사용자의 손에서 점차 그 특질의 미가 발휘되는 것으로, 사용자는 어떤 의미에서의 마무리공이라고도 할 수 있다"고 말하며, 이른바 '쓰임의 미'의 중요성을 지적한다. 특히 조선의 선에 대해서는 "아름다우며 단정한 모습을 유지하면서 우리의 일상생활에 친숙하게 다가와 세월이 지날수록 품격을 더하기에 올바른 공예의 대표라고 할 수 있다"고 했다. 조선의 도구를 사용하고 친숙해진다는 이 말은 그가 일상에서부터 조선의 문화를 바탕으로 한 생활양식을 실천했다는 것과도 통한다. 또한 『조선도자명고』에서는 책에서 소개한 도자기의 한자명뿐 아니라 조선에서의 고유명을 한글로 쓰고 발음을 로마자로 표기했다. 아사카와는 「서문」에서 "태어났을 때부터 붙은 이름"으로 도자기를 부르는 것이 "그 주인이었던 조선 민족의 생활과 기분도 친밀하게 이해할 수 있는 길"로 이어진다고 보았다. 이 점도 그가 조선어 습득이 조선의 생활과 예술을 이해하는 데 필요하다고 생각했다며, 앞서 말한 『백자의 사람』이나 『조선의 흙이 된 일본인』에서 지적했다.

　『아사카와 다쿠미: 일기와 서간』에서는 관동대지진에 대한 그의 생각이 담긴 일기도 주목할 만하다. 1923년 9월 10일의 일기에서 지진 시에 발생한 방화에 관해 다음과 같이 썼다.

　"일본인 사회주의자들이 주동하여 아무것도 모르는 조선인 막노동꾼을 앞잡이로 써서 벌인 짓이라고 생각한다. 일본인은 조선인을 전혀 인간 취급하지 않는 나쁜 버릇이 있다. 조선인에 대한 이해가 너무도 빈약하다. 조선인이라고 하면 게든 고둥이든 모두 같은 생각을 하고 있다. 흰옷만 입고 있으면 모두 조선인이라고 생각해버린다."

사회주의자에 대한 인식이나 '막노동꾼'이라는 표현은 검토해봐야 하지만 부정적인 편견으로 조선을 인식하는 것을 신랄하게 비판한다.

"예외가 있다면 어쩔 수 없지만 적어도 내가 아는 범위에서 조선인은 그런 바보만 있는 것은 아니라는 사실을 명확히 말할 수 있다. 그것은 시간이 증명할 것이다."

이 말에서는 평소 조선어로 대화하고 흰 한복을 입은 것에 대한 그의 신념이 엿보인다.

아사카와 다쿠미가 식민지 시기의 조선 생활에서 보인 모습은 당시의 일본인으로서는 그야말로 이질적인 것이었다. 그러나 말을 배우고, 현지 생활에 녹아들려 한 그 이질적인 모습은 조선인들을 감동하게 했고 일부 일본인의 마음도 울렸다. 그러한 자세를 통해 '한국·조선의 마음을 읽는 방법' 중 하나를 제시한 아사카와 다쿠미의 생각에, 우리는 다시금 주목해도 되지 않을까.

오사와 분고 大澤文護　　作家

『판소리 춘향가·심청가 외(パンソリ春香歌·沈晴歌他)』(東洋文庫 409)

신재효 | 강한영, 다나카 아키라(田中明) 옮김, 주석 | 平凡社 | 1982

『아리랑의 노래: 한국 전통음악의 매력을 찾아서(アリランの歌－韓国
伝統音楽の魅力を探る)』

구사노 다에코(草野妙子) | 白水社 | 1984

1957년 도쿄에서 태어났고, 덴리대학교 객원교수이자 NPO법인 동아시아 상호이해촉
진포럼 이사장이다. 박사(위기 관리학). 1980년 마이니치신문사에 입사했으며, 2009년
~2011년 서울 지국장을 역임했다. 2013~2023년 지바과학대학 교수로 재직했으며,
2015~2016년 한국 세종연구소 객원 연구위원 등 한국에서 학습 및 학술 활동을 했다.
주요 저서로 『북한의 진짜 모습을 알 수 있는 책(北朝鮮の本当の姿がわかる本)』(こう書房,
1994), 『김정은 체제 형성과 국제 위기 관리: 북한 핵 미사일 문제로 일본인이 정말로 생
각해야 할 것(金正恩体制形成と国際危機管理－北朝鮮核·ミサイル問題で日本人が本当に考えるべ
きこと)』(唯学書房, 2017) 등이 있다.

나와 한국의 첫 만남을 이야기할 때 가장 먼저 뇌리에 떠오르는 것은 한국의 국문학자 강한영 선생(1913~2009)의 이름, 그리고 한국의 전통적인 서민 예술 '판소리'의 리듬과 멜로디다. 선생은 판소리에 본격적인 학문의 빛을 비추어, 판소리학회 회장으로서 판소리의 사회적 평가를 드높인 인물이며 내가 한국에서 유학할 때 신원 보증인이 되어준 은인이기도 하다.

직장이었던 신문사를 휴직하고 한국으로 유학을 떠난 나를, 선생은 판소리의 본고장인 전라북도 전주 등에 데리고 다녀주셨다. 그곳에서 한복을 입고 커다란 부채를 손에 든 사람들을 만났다. 북을 든 고수의 박자와 추임새에 맞추어 한복을 입은 사람이 낭랑한 곡조를 뽑아내기 시작한다. 목소리는 높았다가 낮아지고 빨랐다가 느려지며 자유자재로 변하는 리듬과 멜로디를 연주한다. 그러면서 한국에서 구전되어온 연애, 효, 전래동화 등을 이야기한다. 그들을 '명창' 혹은 '명수'라고 부른다. 그들이 한국을 대표하는 판소리의 명인들이라는 사실은 한국어를 깨우친 후 책이나 잡지에서 그 사람들의 모습을 보았을 때 처음 알았다.

강 선생님은 일본에서 출간된 『판소리 춘향가·심청가 외』의 해설에서 판소리의 본질을 다음과 같이 말했다.

"판소리 문학의 특색은 사설(대본)이 지니는 서민 정신의 재현 반영이며, 유머와 위트가 흘러넘친다는 것이다."

"비극의 주인공인 심청의 슬픔에 찬 장면 사이사이에서 엿보이는 애욕에 빠진 부친의 코믹한 모습은, 서민 문학의 진면목을 보여준다."

"서민이 양반을 신랄하게 조롱하고 매도하는 장면에서도 그 사설은 대단히 함축적이고 바보스러운 말로 위장하고 있기에 양반들은 그것을 보고 오히려 박장대소하고 마는 것이다. 서민 정신의 승리라 할 수 있으리라."

판소리의 묘미는 권력자의 횡포와 빈곤에 허덕이는 서민에게 결국에는 정의(천명)가 손을 내미는 지점에 있다. 창자는 주인공의 절망적인 상황을 목 안쪽에서 짜내는 비통한 목소리로 노래하는가 싶다가도, 돌연 에로틱한 장면이나 해학적인 장면을 경쾌한 리듬과 멜로디로 그려내어 청중의 마음을 녹인다. 그리고 마지막으로 순진한 주인공에게 축복이 찾아왔을 때, 창자의 목소리는 한민족 고유의 복잡한 리듬과 독특한 바이브레이션을 선보이는 멜로디로 기쁨을 폭발시킨다.

판소리가 엮어내는 커다란 에너지에 대해, 도호가쿠인대학교 음악학부 강사이자 민족음악학자인 구사노 다에코 씨는 『아리랑의 노래: 한국 전통음악의 매력을 찾아서』에서 이렇게 분석한다.

"판소리는 한국 민중의 마음 모든 것을 표현하는 문학적, 음악적, 연극적 제요소를 집대성한 고도의 기법을 지닌 예능의 하나로서 완성되었다."

"(판소리가 울려 퍼지는) 시장의 활력은 민중 모두의 에너지원이었다."

"오늘날 더욱 (시장의) 그 열기에는 활력 넘치는 서민의 자유와 활력이 있다."

과거 서울의 거리에는 다양한 리듬과 멜로디가 흘러넘쳤다. 골목에서 들려오는 아이들의 노랫소리, 시장에서 손님을 불러 모으는 아주머니들의 목소리, 연탄이나 엿을 팔며 돌아다니는 행상인이 손님을 모으기 위해 내는 가위 소리. 한민족이 만들어내는 소리에는, 일본의 어딘지 모르게 비애가 섞인 소리와는 다른 밝음과 경쾌함이 서려 있다.

현대에서 그 나라와 사회의 힘을 가늠하는 기준은 경제력과 군사력이다. 그러나 한국을 지켜온 힘의 원천은 다른 민족의 지배, 국토 전체를 초토화시킨 전쟁이라는 절망적인 상황에 놓였음에도 포기를 말하는 대신 밝고 힘찬 리듬과 멜로디를 노래할 수 있는 서민의 마음에 있었던 것이 아닐까.

1990년대부터 오랫동안 한국사회의 변화를 지켜보았다. 정치나 사회가 벽에 부딪히면 한국 민중은 거리로 나와 구제와 변혁을 호소한다. 그때 민중에게서 들려오는 목소리는 일본인에게는 없는 것이었다. 또한 그것은 바닥을 모르는 낙관적인 에너지로 넘치는, 바로 그 판소리의 목소리와 어딘지 모르게 닮았다. 동시에 자신들의 사회를, 그리고 운명을 제 힘으로 바꿀 수 있다고 믿는 한국 민중의 강한 마음이 나는 부럽기까지 했다.

오카모토 아쓰시|岡本厚 저널리스트

『하늘과 바람과 별과 시(空と風と星と詩)』

윤동주 | 김시종(金時鐘) 편역 | 岩波文庫 | 2012

『난장이가 쏘아올린 작은 공(こびとが打ち上げた小さなボール)』

조세희 | 사이토 마리코(斎藤真理子) 옮김 | 河出書房 | 2016

『촛불혁명: 2016 겨울 그리고 2017 봄, 빛으로 쓴 역사(写真集 キャンドル革命―政権交代を生んだ韓国の市民民主主義)』

김예슬 | 김재현 사진 | 박노해 감수 | 아오야기 유코(青柳優子) 외 옮김

시라이시 다카시(白石孝) 일본어판 감수, 해설 | コモンズ | 2020

1954년에 태어났으며, 1977년 와세다대학교 제일문학부를 졸업했다. 이와나미쇼텐(岩波書店)에 입사해 월간지 『세카이(世界)』 편집부에 배속되었고, 1996년~2012년 편집장으로 일했다. 1998년 김대중 대통령 단독 인터뷰를 진행했다. 2013년~2021년 이와나미쇼텐 대표이사로 재직했다. 2019년 아베 정권의 한국에 대한 경제 제재를 비판한 성명 '한국은 적인가'(韓国は敵なのか)에 참여했다.

『하늘과 바람과 별과 시』

윤동주 시집 『하늘과 바람과 별과 시』는 일본에서도 아는 사람이 많아졌다. 아니, 거의 유일하게 일본인에게 잘 알려진 한국인의 시집인지도 모른다.

죽는 날까지 하늘을 우러러 한 점 부끄럼이 없기를
– 「서시」 중에서

거 나를 부르는 것이 누구요. // 가랑잎 이파리 푸르러 나오는 그늘인데, / 나 아직 여기 호흡이 남아 있소.
– 「무서운 시간」 중에서

인생은 살기 어렵다는데 / 시가 이렇게 쉽게 씌어지는 것은 / 부끄러운 일이다.
– 「쉽게 씌어진 시」 중에서

여기에 가슴이 저리도록 순수하고 맑고 차가우며 고독한 영혼이 있다. 동시에 일본이 전쟁에서 지기 직전 그 광란의 시대, 더욱 엄혹한 식민지의 억압 속에서 어디까지나 자유롭고, 개인으로서 자립한 인간의 모습이다. 그러나 자신을 부끄럽게 바라보는 청년이 쓴 언뜻 서정으로 보이는 이 시집은 당시 금지되어 있던 한글로 쓰였으며 날짜는 서력으로 기록되어 있다. '나긋나긋한'(같은 책, 김시종의 「해설의 말」에서) 것이 아니라 격정과 긍지를 숨기고 있는 것이다. 그렇기에 해방 후 윤동주는 한국에서 '민족시인'이라고 불렸다.

순수함, 순진함에 대한 동경과 격정. '한국인의 마음'의 키워드가 아닐까.

한편 일본인으로서는, 이 시인을 '독립운동' 죄로 구속하여 버러지처럼 죽인 것, 그에게서 압수한 노트나 일기장(김시종은 '조선인의 유산'이라고 부른다)을 없애버린 것을 부끄러운 마음으로 계속 기억해야 한다.

거의 잡지에서만 활동했던 내가 이와나미쇼텐 현역 시절, 이와나미 문고의 편집을 담당한 드문 책이기도 하다.

『난장이가 쏘아올린 작은 공』

한국 현대문학은 지금 일본에서도 널리 읽히게 되었지만 그중에서도 고전이라 할 수 있는 조세희의 『난장이가 쏘아올린 작은 공』은 1970년대의 연작으로, 1978년에 출간되었다.

해방 후, 남북으로 분단되어 전쟁 후 한국에서는 오랫동안 군사정권이 이어졌다. 1970년대, 그 엄혹한 인권탄압과 급속한 도시 개발 속에서 사람들은 학대당하고 핍박받았으며 모욕당하고 속이고 쫓겼지만 목소리를 낼 수도 없었다. 그 모습이 바로 '난장이'다.

"아저씨는 평생 동안 아무 일도 안 하셨습니까?"
"일을 안 하다니? 일을 했지. 열심히 일했어. 우리 식구 모두가 열심히 일했네."

"그럼 무슨 나쁜 짓을 하신 적은 없으십니까? 법을 어긴 적 없으세요?"

"없어."

"그렇다면 기도를 드리지 않으셨습니다. 간절한 마음으로 기도를 드리지 않으셨어요."

"기도도 올렸지."

"그런데, 이게 뭡니까? 뭐가 잘못된 게 분명하죠?"

지식인, 저널리스트, 종교인을 중심으로 민주화운동이 확산하고 군정은 잔혹하게 탄압했다. 낮은 임금으로 착취당하며 열악한 환경에서 일하는 노동자의 운동도 시작되었다. 나는 물론 일본에 있었고 보도로 보고 들었을 뿐이지만 시골에서 올라온 젊은 여성 노동자가 억압을 못 이기고 목소리를 내면, 경찰과 깡패들이 그녀들을 직장에서 끌어내어 심한 폭력을 가하고 모욕을 준 것을 기억한다. 한 시인은 그녀들을 '민족의 딸들'이라고 불렀다.

이 작품의 바닥을 통주저음처럼 흐르는 것은 '분노'보다는 오히려 '슬픔'이다. 출구 없는 암흑 속에서 살아남으려고 발버둥 치고, 조금이라도 인간다운 삶을 살기 위해 고군분투하는 시민의 모습이 있으며, 그렇기에 군정 시대가 끝난 후에도 고전으로서 계속 읽히는 것이 아닐까. 억압당하는 자뿐 아니라, 억압하는 자에게 편입된 사람들의 '슬픔' 또한 그려져 있다.

『촛불혁명』

1987년 민주화운동은 승리했고 군사 정권은 물러났다. 민주화운동은 비폭력을 관철했으며 희생정신과 높은 윤리성을 유지했다. 악랄한 탄압에도 보복으로 대응하지 않았다. 사회에 널리 이 민주화운동의 정신이 깊이 배어들었기에 바로 지금의 한국사회가 있는 것이리라.

그러나 민주주의란 영원한 혁명이며 완성은 없다. 민주화 이후 30여 년간 한국사회의 곡절이 그것을 보여준다. 김대중, 노무현 2대의 민주화 정권 후에 보수 정권이 이어졌고 그런 가운데 과거의 독재로 돌아간 듯한 언론 탄압이나 권력의 자의적 행사 등이 행해졌다. 그 흐름을 바꾼 것은 수백만 명의 비폭력 시민이 거리를 메운 촛불혁명이었다.

이 기록이 김예슬의 사진집 『촛불혁명』이다.

고등학생 등의 젊은이, 고령자, 농민, 노동자, 유모차에 아기를 태운 가족 단위도 많다. 혹한 속 굳은 표정도 있지만 웃음 띤 얼굴도 있어서 저마다 유머와 위트가 넘치는 말을 내걸고 있다. 전국에서 최대 230만 명이나 되는 사람이 모였지만 한 명도 죽거나 체포되지 않았다. 이 기적에 감동한다.

"민주주의란 내 삶의 결정권을 가지는 것이다. 인생의 가장 많은 시간을 보내는 일터와 삶터에서 공정과 자율과 공평이 작동하지 않으면 민주주의가 아니다."(박노해의 「서」에서)

잘못된 현실을 인정하지 않고 이상과 정의를 향해 어디까지나 행동하는 것이 한국인이다. '기성사실에 대한 굴복'(마루야마 마사오 (丸山真男)을 으뜸으로 삼는 일본인과의 근본적인 차이다. 이 마음 이야말로 식민지 지배나 군정 지배에 대한 오랜 저항을 견디게 했고, 결국은 승리하게 만든 원동력일 것이다.

오카자키 노부코岡崎暢子　　　한일번역가, 편집자

『케이팝 시대를 항해하는 콘서트 연출기(K-POP時代を航海するコンサート演出記)』

김상욱 | 김윤주 그림 | 오카자키 노부코(岡崎暢子) 옮김 | 小学館 | 2021

『당신은 다른 사람의 성공에 기여한 적 있는가?(PARTNERSHIP マイクロソフトを復活させたマネジメントの4原則)』

이소영 | 오카자키 노부코(岡崎暢子) 옮김 | ダイヤモンド社 | 2022

『꿈은 없고요, 그냥 성공하고 싶습니다(夢はないけど、成功したいです)』

홍민지 | 도요타 요시코(豊田祥子) 옮김 | イースト・プレス | 2023

아르크, 기네마순포샤, 서울신문사 도쿄지사, NHK국제방송국 등에서 한국어 · 한국문화 관련 무크나 서적, 뉴스 등을 20년 넘게 편집해왔다. 조시미술대학교(女子美術大学) 예술학부 디자인과를 졸업했으며, 고려대학교 국제어학원(현 한국어센터) 등에서 한국어를 배웠다. 역서로 『하마터면 열심히 살 뻔했다(あやうく一生懸命生きるところだった)』(ダイヤモンド社), 『라틴어 수업(教養としてのラテン語の授業)』(ダイヤモンド社), 『애쓰지 않고 편안하게(頑張りすぎずに、気楽に)』(ワニブックス), 『괜찮아, 안 죽어(僕だって大丈夫じゃない)』(キネマ旬報社), 『세상에 나쁜 사람은 없다(世の中に悪い人はいない)』(KADOKAWA), 편집서로 『혼자서 천천히 한국어 입문(ひとりでゆっくり韓国語入門)』(CUON), 『초등학생이 알아야 할 몸 이야기(小学生が知っておきたい からだの話)』(アルク) 등이 있다.

내가 처음 일로 만난 한국인은 1990년대 말, 편집도 하는 광고 회사 사람들이었다. 야근 후 밤늦도록 이어지는 술자리, 이른 아침부터 헬스장이나 학원을 다니며 자기계발을 하는 그들의 에너지에 혀를 내둘렀다. 그로부터 25년이 지났다. 코로나 사태 직전 정도였을까, 그쪽 출판사의 편집자들 이야기를 듣고 다시금 놀랐다. "요새는 야근 안 해요"라고 입을 모아 말하는 거다. 엇? 자세히 들어보니 "워라밸이 지켜지지 않으면 좋은 성과를 낼 수 없고 회사에 좋은 인재도 모이지 않아요. 제작은 신중하게 접근하고 있어요"란다. 와, 지당하신 말씀…. 추천 도서에 내가 번역한 책을 두 권이나 넣어서 죄송스럽지만 이 에세이 세 권에서도 지난 25년간 한국인의 일과 인생에 대한 의식 변화를 엿볼 수 있을지도….

『케이팝 시대를 항해하는 콘서트 연출기』는 콘서트 연출 회사인 PLAN A를 이끄는 김상욱 PD가 쓴 에세이다. 현재 40대 중반인 그의 소년 시절부터 밑바닥 시절, 그리고 방탄소년단(BTS)의 콘서트 연출에 분주한 하루하루가 담겨 있다. BTS의 콘서트 무대 뒤에서 벌어지는 에피소드도 압권이지만 개인적으로는 힘겨운 수험 생활과 군대 생활, 치열한 취직 전선에서도 자신이 하고 싶은 일을 찾아 욕심껏 달려나가는 김 PD의 삶의 방식, BTS의 성장과 함께 규모가 커진 일을 대하는 방식에 전율이 일었다. 오직 한결같이, 진심으로. 2002년 가수 이승환이 이끄는 '드림 팩토리'의 양성 스쿨에 뛰어든 그는 콘서트 연출의 최전선에서 사생활을 뒤로하고 온 열정을 다해 배우고 일하면서도 더욱 큰 무대가 보고 싶다며, 예술의전당에서도 아르바이트를 하면서 온갖 공연을 감상한다. 독립하여 BTS를 만난 후로는 그들의 콘셉트를 다이내믹하게 구현하기 위해 스태프들과 분투한다. 여기에서 거듭 나오는 김 PD의 풍부한 재능에도 놀라지만, 독자는 전반에서 소개된 그의 10대, 20대 무렵 오로지 한 곳을 향해 전념하는 모습이 그 기초체력이 되었음을 깨닫는다. 여기에는 확실히 오늘날 유행하지 않는 '일에 대한 열정'이나 '노력', '근성'이 있다.

　　그러한 일념은 『당신은 다른 사람의 성공에 기여한 적 있는가?』의 저자 이소영에게도 느껴진다. 이 책은 제목이나 마이크로소프트의 아시아 총괄 리전 매니저로서 활약한 저자의 경력 때문에 경제·경영서로 분류되기 십상이지만, 에세이로서의 요소가 꽤 강하며, 업무 기술, 체험담과 함께 자아실현을 가능케 하기 위한 파트너십 구축에 관해 이야기하고 있다. 이 책에서 말하는 '파트너십'은 일본에서 말하는 '서로 돕기'나 '남에게 베풀기'다. 직장에서든 가정에서든 상대방의 이익을 생각하며 행동하는 것이 결국은 자신을 위한 일이 된다.

　　한때 어려움에 빠져 있던 마이크로소프트사는 인도 출신인 사티아 나델라가 회장으로 취임한 이후, 기존의 개인 성과주의에서 '당신은 다른 사람의 성공에 얼마나 기여했는가?'를 묻는 파트너십 주의, 팀 협력 노선으로 완전히 방향을 바꾼다. 스태프도 회사도 점차 다시 살아나는 모습을 직접 두 눈으로 본 그녀는 이것이 육아나 가사에도 적용된다는 사실을 깨닫고 다양한 도전을 한다. 그 자세한 노하우나 사례가 정리된 이 책을 읽다 보면 신기하게도 '내 인생의 중심은 나 자신'이라는 것도 깨닫게 된다. 나 자신이 기분 좋게 살아가기 위해서 타인을 배려하거나, 힘을 빌리는 것…

그러한 이소영보다 훨씬 이후 세대의 리더는 『꿈은 없고요, 그냥 성공하고 싶습니다』의 저자, 웹예능 프로그램 〈문명특급〉을 연출하는 1992년생 홍민지 PD다.

TV가 활개 치는 방송국에서 아래로 취급받던 웹방송을 맡게 된 홍 PD는, 한정된 예산 안에서 웹의 특성을 생각하면서 도전과 실패를 거듭한다. 영상 편집에서는 절묘한 폭소 타이밍을 찾아 초 단위 승부에 도전하고, 너무 몰두한 나머지 며칠 동안 PC 앞에서 지내기도 했다. 그렇게 잔뜩 긴장한 채로 일에 골몰하던 그녀는 어느 날 '내가 못 하는 건 그걸 잘하는 사람에게 맡기면 된다'는 걸 깨닫고서 완전히 탈바꿈한다. 앞서 소개한 이소영이 말하는 '파트너십' 마인드다. 또한 부하직원(이 책에서는 '멤버'라고 부른다)에게 의지하는 법도 배운다. 부하직원에게 부탁하는 것은 그들의 능력을 믿는 일이지만 당연히 지도하는 장면도 생긴다. 자신은 엄격한 지도로 성장할 수 있는 유형이라고 하지만, 그렇지 않은 부하직원도 있다. 그녀는 개인 면담을 하여 각 사람에게 '엄격한 피드백을 견딜 수 있는가'를 확인하고 대응법을 나눈다. 그 대목은 Z세대와 가까운 그녀만의 유연함이리라. 그녀는 부하직원의 행복과 연출자의 행복도 신경 쓴다. 〈문명특급〉이 젊은이들에게 사랑받는 이유는 이러한 배려가 있기 때문이리라. 이 책에서는 몇 번이고 감정이 흔들렸다. 숫자와 인간의 행복 두 마리 토끼를 쫓을 때의 고뇌에 공감하면서, 해결책에 무릎을 쳤다. Z세대를 대하는 법과 그녀가 깨달은 것들에서도 배울 점이 많다.

오쿠다 준페이 奧田順平

서점 경영인

『미래 산책 연습(未来散歩練習)』

박솔뫼 | 사이토 마리코(斎藤真理子) 옮김 | 白水社 | 2023

『소년이 온다(少年が来る)』

한강 | 이데 슌사쿠(井手俊作) 옮김 | CUON | 2016

『디디의 우산(ディディの傘)』

황정은 | 사이토 마리코(斎藤真理子) 옮김 | 亜紀書房 | 2020

1980년 일본 교토에서 나고 자랐다. 2009년 교토시에서 오쿠다 나오미(奥田直美)와 함께 '카라이모북스(カライモブックス)'를 열었다. 2009년 6월, 퇴거 조치로 첫 번째 카라이모북스는 문을 닫게 된다. 지금은 어느 부잣집이 들어서 있다. 2009년 9월, 첫 번째 매장 근처에 두 번째 카라이모북스를 열었다. 2003년 2월 『외로움은 저편에: 카라이모북스를 살다(さみしさは彼方 カライモブックスを生きる)』(岩波書店)를 오쿠다 나오미와 공저로 출간했다. 2013년 4월, 미나마타로 이전하기 위해 두 번째 카라이모북스의 문을 닫았다. 지금은 친구가 살고 있다. 정말 기쁘다. 2023년 8월, 작가 이시무레 미치코(石牟礼道子) 씨와 이시무레 히로시(石牟礼弘) 씨의 옛집에서 세 번째 카라이모북스를 열 준비를 하고 있다. 산책도 한다.

미나마타 미래 산책 연습

 석 달 전에 교토에서 미나마타로 이사했다. 거의 매일 산책을 한다. 집에서 천천히 5분 정도 걸으면 미나마타강 하구에 걸쳐진 미나마타대교가 나온다. 1932년부터 1934년까지 공사한 끝에 시라누이해로 이어지는 강은 이 미나마타강과 하나가 되었다. 수많은 조선인이 이 공사에 참여했다. 지금 미나마타강은 넘치려 하는가, 마르려 하는가. 지금 어떤 물고기가 헤엄치고 있을까. 하구 너머에는 아마쿠사섬이 있다. 맑은 날에는 푸르고, 흐리거나 비가 오면 희다. 하구 오른쪽에는 격리병원(미나마타병 초기 환자가 입원한다)이 있었다. 지금은 없다. 화장장이 있었다. 지금은 없다. 하구 왼쪽에는 짓소(현 JNC)의 산업폐기물 최종처리분장 하치만잔사 수영장이 있다. 이곳에서 미나마타강으로 수은을 흘려보낸 것이다. 수은은 시라누이해로 퍼져나간다. 수은은 보이지 않는다. 미나마타병은 보이지 않는다. 시라누이해는 보인다. 풍경은 바뀐다. 대단하신 분들을 위해서는 급격히 변한다. 그런데, 아예 없어지기는 하는 것일까. 보이지 않을 수는 있을까. 강이, 바다가, 강과 바다에 사는 생물이 그 생물을 먹는 고양이가 새가 인간이, 죽었다. 몸과 마음이 짓이겨졌다. 원인이 자사의 공장 폐수라는 걸 확인하고서도 9년 동안 시라누이해로 독을 흘려보낸 짓소는 지금도 미나마타역 앞에 있다. 지금은 없다, 라는 말을 할 수 없는 것이다. 없는 것은 미나마타병으로 고통을 겪은, 고통을 겪고 있는 생물에 대한 사모하는 마음이다.

1980년 5월, 광주민주화운동. 1982년 3월, 부산 미국문화원 방화 사건. 2023년 8월, 미나마타 미래 산책 연습. 1980년 5월의 광주를 산책하고 있다. 1982년 3월의 부산을 산책하고 있다. 연습을 하는 거다. 좋은 미래를 위해, 좋은 과거를 위해, 좋은 현재를 위해. 『미래 산책 연습』이라는 책을 나는 가지고 있다. 자랑이다. 수미와 정승과 윤미 언니와 최선생이 있다. 함께 산책하고 있다. 어제, 수미가 부산에서 손을 흔들며 헤어졌듯이, 나도 미나마타에서 손을 흔들고 헤어졌다. 손을 흔든 후 살짝 웃고 말았다. 지금, 수미 같았어. 수미는 광주를, 부산을 산책한다. 부산 미국문화원 방화 사건으로 투옥된 윤미 언니, 잘 자는 윤미 언니. 부산 미국문화원이 타는 것을 본 최선생, 정말로 심한 말을 들은 최선생. 광주민주화운동과 부산 미국문화원 방화 사건을 곁으로 끌어들이면서 수미는 부산에서 영화를 본다, 책을 읽는다, 밥을 먹는다, 산책을 한다.

"나는 줄곧 모든 것이 거의 다 끝난 뒤에 도착한 느낌이었다. 그런데 그게 무슨 문제라도 되나요?"

이렇게 말하는 수미의 목소리. 미나마타를 산책하면서 목소리를 내본다. 수미의 목소리는 미나마타에서도 들린다. 분명히 있었던 무시무시한 일을, 일어날지도 모르는 무시무시한 일을 미연에 막는 것을 끊임없이 생각한다. 지나간 시간과, 와야 할 시간과, 지금 이 산책을 하는 시간. 미래는 연습할 수 있는 것이다. 솔직하게 성실히 시간에 몰두한다면. 수미가 부산에서, 내가 미나마타에서 생각하고 그리는 미래는 미래에 다시 되살아나는 미래가 되는 것일까. 수미는 정승과 커피를 마신다, 이야기를 한다. 친구는 소중하다. 나도 오늘 누군가와 커피를 마시고 이야기를 나눠야지. 저자인 박솔뫼는 1985년생. 광주민주화운동도 부산 미국문화원 방화 사건도 경험하지 않았다. 윤미 언니나 최선생처럼 가열찬 경험을 한 생존자는 여전히 무척 많을 것이다. 생존자의 목소리는 중요하다. 하지만 말이다. 생존자의 목소리에만 의존한다면 생존자가 없어졌을 때 어떻게 될까? 분명 큰일이다. 대단하신 분들이 있던 일을 없었던 일로 만들지도 모른다. 이 염려는 대단한 분들이 생각하는 급소다. 이 급소는 하찮기 그지없다. 던지자. 쪼개자. 하지만, 그래도 너무 어렵다. 포기하고 싶을 때쯤 한국문학을 읽는다. 박솔뫼를, 한강을, 황정은을, 정세랑을, 김보영을. 용감하게 친절하게 한국의 작가는 학살되고 고문받고 짓밟힌 사람들의 이야기를 쓴다. 자신이 체험하지 않았어도, 쓴다. 치욕을 당한 사람들에게, 당신들은 부끄럽지 않다, 고 쓴다. 아직 태어나지 않은 우리보다 더 현명한 사람들을 위해서도, 쓴다. 책은, 가 닿는다. 광주에도 부산에도 서울에도 미나마타에도, 미래에도. 오늘도 『미래 산책 연습』을 읽었다. 저녁이 되면 산책을 하자. 미나마타대교에서 뭐가 보일까. 우리는 대단한 양반들에게 듣지 않아도, 만나본 적 없는 사람을, 목소리를 들어본 적이 없는 사람을 구할 수 있다. 보답을 받을 생각은 전혀 없이, 우리는 충동적으로 곤경에 빠진 사람을 도울 수 있다. 우리에게는 본래 그런 마음이 있다. 무척 단순한 것. 바로 친절한 마음이다. 그 마음이 정말로 있다는 것을 믿게 해준 것은 한국문학이다. 정말 감사합니다. 부디 건강하세요. 언젠가 어딘가에서 만나기를 바라요. 수미처럼 손을 흔드는 모습을 상상하고 있다.

오키 게이스케沖啓介 아티스트

『조선왕조의 회화와 일본(朝鮮王朝の絵画と日本—宗達、大雅、若冲も
学んだ隣国の美)』
〈요미우리신문〉 오사카 본사 문화사업부(読売新聞大阪本社文化事業部) 외 엮음 | 読売新
聞大阪本社 | 2008

일본 도쿄 출신으로, 카네기멜론대학교 STUDIO for Creative Inquiry 연구원을 거쳐 창
작, 연주, 연구, 강연 활동을 하고 있다. 전문 분야는 일렉트로닉 아트, 정보 디자인, 영
상이다. 주요 전시로는 캐논 아트 랩 〈사이코스케이프〉, 제1회 요코하마 트리엔날레,
〈SMAAK〉(보네판텐 미술관, 네덜란드), 〈신체의 꿈〉(교토 국립근대미술관, 도쿄도현대미술관),
〈Medi@terra〉(그리스), 〈Art Scope〉(인도네시아), 〈transmediale 2008〉(베를린) 등이 있다.
역서로는 『제너러티브 아트 프로세싱에 의한 실천 가이드(ジェネラティブ・アート Processing
による実践ガイド)』(매트 피어슨 지음, 비・エヌ・エヌ, 2012) 등이 있다.

마음의 닮은꼴

북극 방향을 위쪽으로 하는 메르카토르 도법에서 일본열도는 축 늘어진 넥타이 같은 모양을 하고 있다. 하지만 지도를 시계 방향으로 돌리다 서서히 일본열도가 좌우로 수평에 가까워질 무렵, 일본열도의 형태는 왠지 모르게 '心(심)'이라는 글자와 닮아간다.

이것을 누가 최초로 발견했는지는 모른다. 내가 이 기묘한 이야기를 알게 된 것은 꽤 오래 보수정당의 젊은 그룹이 말했기 때문이다. 그들의 주장에 따르면 대륙에서 보면 일본열도는 '心'의 형태이므로, 극동의 마음이라는 것이었다. 내 생각은 그들의 주장과는 다르지만 '心'이라는 글자와 일본열도 형상의 '닮은꼴'을, 마치 위상기하학에서 도형의 변용을 보듯이, 잘도 발견해냈다 싶어 은근히 감탄한 기억이 있다.

세계의 문물을 바라보고 있노라면 형상 외에도 닮은꼴이 신경 쓰이는 경우가 많다.

내 경험으로는 아프리카 말리에서 쌀이 주식이고 이따금 생선살을 갈아서 만드는 튀김이 나왔을 때였다. 아득히 멀고 문화도 다른 땅에서 일본의 음식과 닮은 점을 발견하니 나도 모르게 감동이 밀려왔다.

인간은 이러한 단순한 닮은꼴을 발견하는 것만으로도 기쁨을 느끼는 법이다.

조선과 일본은 닮은 면이 매우 많다. 세계적으로 보면 무척 가깝다. 하지만 그렇게 단언해버리면, 오히려 다른 점을 강조하고 싶어지는, 그런 문화가 아닐까.

처음 서울에 갔을 때 친구 아버지가 박물관을 안내해주었는데 그때 한문으로 적힌 비석 앞에서 유창한 일본어로 내용을 설명해주었다.

한문 훈독에는, 한자문화권이면서도 중국과는 다른 언어를 사용하여 문화를 흡수해나간 한일 양국의 역사를 느꼈다. 또한 당시에 나는 일본어와 한글의 어순이 비슷하다는 데 무척 감명을 받았기에 유독 감동했다.

다만 아버님의 일본어 해설은 아마도 식민지 시대의 일본어 교육의 결과이며, 한국에서 한문을 읽는 방법은 일본과는 다르다는 사실을 나중에 알게 되었다. 어쨌든 한일 양국의 지식인이 고대 최고의 교양인 다수의 한문 서적을 읽고 문화뿐 아니라 사회 제도까지 구축해온 공통된 역사를 느낀 것이다.

일본의 미술도 조선의 미술도 중국 미술에서 큰 영향을 받았다. 여기에서도 비슷한 관계를 볼 수 있다. 한편으로는 이 닮음 속에서 차이를 발견해가는 것이 동양미술사 연구의 묘미이기도 한 모양이다.

가령 교토 쇼덴지(正伝寺)에 있는 〈호도(虎圖)〉는 이토 자쿠추(伊藤若沖, 1716~1800)가 〈맹호도〉를 제작했을 때 모방한 것이다. 당시에는 북송의 문인화가 이공린(李公麟, 1049~1106)의 작품이라고 추정되었다. 자쿠추는 "물상(物像)을 그릴 때 진정이 아니면 그림이 아니고 나라에 맹호가 없으면 모익을 흉내낸다."라며, 남송의 화가 모익(毛益, 생몰연도 미상)을 모방한 것이라고 주장했다. 하지만 현재의 조사에서는 명대 절파(浙派)의 영향을 받은 조선 중기 화가의 작품으로 추정된다고 한다.[1] 향후 연구의 추이는 미술사가들에게 맡긴다고 해도, 하나의 작품을 둘러싼 거리와 시간의 간극을 넘어선 특이함에 전승된 문화가 보인다.

생물학에서 '상사'는 '상동'이라는 개념과 함께 다룬다고 한다. 상사기관이란 원래는 다른 기관이지만 형태나 작용이 같은 기관이며, 한편 상동기관은 진화하여 형태나 작용은 다르지만 원래 같은 기관이었으리라 추정되는 것이다. 이 생물학적인 개념에서는 시간적인 천이가 더해짐으로써 형상이나 기능의 변화가 주목된다. 문화도 인간의 생물적인 활동이므로 이러한 시점을 적용할 수 있는지도 모른다.

그렇다면 현재 문화의 상사와 상동은 어떨까? 한국과 일본의 유행 음악에는 친근한 심정의 닮은꼴이 나타나는 듯하다. 고연령층은 엔카(한국의 트로트_옮긴이)가 양국의 마음의 닮은꼴이었는지도 모른다. 젊은 층에서는 K-POP이 그것이다.

일본의 엔카는 고가 마사오(古賀政男)의 공헌이 크다. 해협을 넘어 불리는 엔카가 그려내는 세계는 과거 일본열도와 한반도에 사는 사람들이 지닌 '마음'의 닮은꼴이라 해도 좋지 않을까.

세계에서, 일본에서 대히트를 치고 있는 K-POP은 한국 음악 문화의 '상동'이 아닐까. K-POP에는 엔카와 같은 심정은 약하다. 하지만 모두 한국문화다.

일본에서 활약하는 한국인 DJ가 K-POP이 히트 치는 요소 중하나로 한글의 '받침'을 들었다. 이는 재미있는 생각이다. 영어의 가사와 묘하게 이어짐으로써, 지금 K-POP은 전 세계를 사로잡고 있다.

현대문화의 심상 대부분은 원래는 같아도 과거의 것과는 다르게 보이는 '상동'이다. 미래의 문화도 그렇겠지만, 또 수많은 '상사'를 동시에 만들어낼 것이다.

....

1. 「조선회화와 근대의 일본회화」, 『조선왕조의 회화와 일본: 소타쓰, 다이가, 자쿠추도 배운 이웃 나라의 미(朝鮮王朝の絵画と日本—宗達, 大雅, 若冲も学んだ隣国の美)』, 후쿠시 유야(福士雄也), 読売新聞大阪本社, 2008

오타 신이치太田慎一 영상작가

『**장동건의 백 투 더 북스(BACK TO THE BOOKS)**』
장동건의 백 투 더 북스 제작팀 | 인디컴 | 2021

『**장동건의 백 투 더 북스(BACK TO THE BOOKS) SEASON 2**』
장동건의 백 투 더 북스 제작팀 | 인디컴 | 2023

〈한국에 갔다(韓国へ行った)〉로 1992년 도쿄 비디오 페스티벌 대상을 수상했다. 하니 스스무(羽仁進), 오바야시 노부히코(大林宣彦) 등에게서 극찬을 받았다. 후에 기무라 에이분(木村栄文)이 〈오타 신이치의 세계〉라는 방송으로 제작했다.

1998년 프로그램 제작사 IAW를 설립했으며, 2002년 한일 월드컵 공동 개최 기념 프로그램(외무성-한국 해외홍보처, NHK·KBS)의 일본 측 총책임자가 되었다. 또한 일본인 최초로 한국 KBS의 특별 프로그램을 제작했으며, NHK와 민영방송에서 여러 프로그램을 제작, 특히 한국 관련 영상 전문가로 높이 평가받고 있다.

홈페이지 http://iaw.co.jp

연애의 절절함에 몸을 태울 때… 눈물이 떨어진다, 종이에. 사람이 싫어져서 혼자 있고 싶을 때… 손때 묻어 더러워지는, 페이지가. 그래, 어느 시대나 자기만의 세계에 빠져들고 싶을 때는 책을 읽는다. 아주 긴 시대… 라고 해도 불과 백 년? 이백 년? 아니면 그보다 더 오래? 종이책을 읽으며 마음의 평화를 지킨 사람은 많으리라.

그런데 현대에 전자책을 읽어도 그런 마음이 들까? 그것은 단순히 '정보'를 얻는 것일 뿐이고, 줄거리만 보고 있는 것이 아닐까?

어쨌든 현대에 서점은 문을 닫고 활자가 디지털화하는 흐름은 막을 수 없다. 그런데 말이다. 내 착각일 수도 있지만, 디지털의 반동 때문인지 '종이책'을 읽는 사람이 많아진 듯하다. 그리고 특별한 책을 갖춰 놓은 서점을 찾는 사람이 늘어난 것 같다.

『장동건의 백 투 더 북스』에서는 그렇듯 세계의 특별한 서점들을 소개한다.

책에 나온 서점 몇 곳을 소개한다. 세계에서 가장 아름다운 서점으로 꼽히는 네덜란드의 '도미니카넨 서점'은 중세 고딕 양식의 교회를 서점으로 개조한 문화재로, 한눈에 봐도 놀랄 만큼 아름답다. 20세기 예술가의 교차로라 할 수 있는 프랑스 파리에 자리한 문학가들의 아지트이자 문학의 향기를 찾는 사람들의 성지 '셰익스피어 앤 컴퍼니 서점'은 대를 이어온 옛 낭만을 엿볼 수 있는 유산이다. 헌책을 교환하는 영국의 '바터 북스'는 헌책이 담긴 골판지에서 우연히 발견된 나치 반대 포스터를 계기로 세계적으로 유명한 서점이 되었다고 한다. 이 책에서 소개하는 것은 역사를 품은 서점만이 아니다. '책 애호가'라는 점주가 만든 중국 난징의 '선봉서점(先鋒書店)'은 매우 궁핍했던 시절을 지나 지점 열네 개가 생길 정도로 크게 성장했다. '지금도 잘 있을까' 싶은 걱정이 절로 들게 하는 인간 드라마가 그곳에 있다. 물론 한국 서점도 있다. 이 모든 것이 한 편의 TV 프로그램이 될 법한 흥미로운 이야기의 연속이다.

그렇다. 사실 종이책의 위기에 맞서는 개성 넘치는 서점들의 이이야기는 원래 동명의 영상 작품 〈장동건의 백 투 더 북스〉의 부산물이다. 저자 김태영은 자비로 세계 서점 다큐멘터리를 열두 편이나 만든 감독이다. 나는 이 시리즈 작품 중 일곱 편을 〈한류스타 장동건과 함께 떠나는 세계 '꿈의 서점' 기행〉으로 제작 방송했다. 조금은 가벼운 제목이지만 내용은 최근 일본 방송에서 보기 힘든 고품질이다. 2023년 여름, 폭염이 이어지는 일본에 장동건을 초청해 일본 서점 일주도 감행했다.

그리고 이 책 역시 볼 만한 가치가 있는 책으로 완성되었다. 책에는 김태영 감독의 사라져가는 서점 문화에 대한 생각이 '한'에 가까운 느낌으로 담겨 있다. 행간에서 한국의 분위기가 전해지는 덕에 '한국·조선의 마음을 읽는' 느낌이다.

예전에 나는 책을 좋아해서 방 안에 책이 넘쳐났다. 하지만 언제부턴가 단절의 시대를 맞아 가장 먼저 버리는 물건이 책이 되어버렸다. 그러니까, 오랜 친구였던 책을 버리게 된 것이다. 하지만 지금도 방 정리를 하다 몇 권 남지 않은 책들 중 한 권을 집어 들고 읽다 보면 종이책의 존재가 주는 무게감이 느껴진다. 잃고 나서야 비로소 소중함을 안다는 말은 노래에도 자주 나오는 유치한 표현이지만, 종이책이나 서점이야말로 그런 대상이 아닐까.

이 책의 첫 페이지에는 '이 책은 언젠가 어딘가에서 만나게 될 알 수 없는 연인에게 보내는 편지'라고 적혀 있다. 그 연인이란 인간뿐만 아니라 눈에 보이지 않는 인생의 목표 같은 것일 수도 있다.

또한 책에는 한국의 톱스타 장동건이 여러 서점을 방문하는 예쁜 사진도 실려 있어서, 한류스타 책처럼 보이기도 한다. 하지만 내용은 세계의 개성 넘치는 서점을 소개하는 논픽션이다. 그 어정쩡함 때문인지 이제껏 일본의 어느 출판사도 일본어판을 출간하지 않았다. 이 에세이를 읽은 누군가가 관심을 가져주면 좋겠다.

와다 토모미 和田とも美　　　조선문학 연구자

『우리 옛 노래 1 : 고대가요 · 향가』
서유석 엮음 | 강향영 그림 | 한국톨스토이 | 2016

『한국 시집 초간본 100주년 기념판 하늘 세트』
김소월 외 | 열린책들 | 2022

「아버지의 다이어리」(『국경을 넘는 그림자: 북한 인권을 말하는 남북한
작가의 공동 소설집(越えてくる者、迎えいれる者－脱北作家 · 韓国作家共同小
説集)』)
이은철 외 | 와다 토모미(和田とも美) 옮김 | アジアプレス·インターナショナル 出版部 | 2017

『이광수 장편소설 연구: 일본의 여성학자가 밝혀낸 한국소설 진화론의 플롯!(李光洙長篇
小説研究―植民地における民族の再生と文学)』(2012년)을 펴냈다. 이 책의 한국어판은 대한
민국 학술원 우수학술도서(2015)로 선정되었다. 번역서로 『국경을 넘는 그림자: 북한 인
권을 말하는 남북한 작가의 공동 소설집(越えてくる者、迎えいれる者－脱北作家 · 韓国作家共
同小説集)』(2017), 『벗(友)』(2023) 등이 있다.

붙잡는 마음

붙잡아도 떠나가는 사람을 부르는 마음을 노래한 두 편의 시가 있다. 둘 다 가요로 현대를 살아가는 노래이기도 하다.

「공무도하가」(그대여, 물을 건너지 마오)

중국 문헌『고금주(古今注)』,『악부시집(樂府詩集)』에 한문으로 기록된 조선의 노래로, 그 선율과 조선어 가사는 전해지지 않는다. 그래서 원래 조선어였는지는 확실하지 않다는 설도 있다. 그러나 조선의 노래로 오랫동안 전승되었고, 다른 지역의 노래로 간주할 만한 확실한 근거가 없다는 점에서 조선의 노래로 여겨진다. 한문으로 기록된 노래는 다음과 같다.

公無渡河/公竟渡河/墮河而死/當奈公何

'공'(그대)이 스스로 강에 들어가 익사하는 광경을 눈앞에 두고 그저 부르짖을 수밖에 없는 절망을 노래한다. 현대가요로는 가수 이상은이 전통악기를 곁들여 재즈풍으로 노래했다. 조선어 번역문과 한문을 소리 내어 읽은 가사를 번갈아가며 부르는 것만으로도 노래는 가슴을 울린다. '그대'가 왜 스스로 강에 들어가게 되었는지는 설명하지 않는다. 배경이 한정적이지 않기 때문에 시대와 장

569

소를 초월해 여전히 공유되는 감정을 전달할 수 있다. 가지 말라고 외칠 때의 애타는 마음은 시대와 장소가 바뀌고 각자의 사정이 바뀌어도 변하지 않을 것이다.

한국 국문학사에서는 현대어 번역본과 함께 고전문학으로 학습된다. 『우리 옛 노래 1 : 고대가요·향가』에는 고대가요로 〈공무도하가〉를 포함한 네 곡, 향가로 〈서동요〉를 포함한 열여섯 곡이 소개되어 있다. 이 그림책은 대학 입시 대책 시리즈로 출간되었다. 한 곡 한 곡에 아름다운 디자인과 친절한 해설이 곁들여 있어서 입시 공부를 계기로 고전문학을 계승하길 바라는 문인들의 바람이 전해진다.

〈공무도하가〉 노래에 붙은 해설에 따르면, 한국고전에서 '물'은 '죽음', '이별'을 의미하는 기호로 기능하는 사례를 자주 볼 수 있다고 한다.

「개여울」

당신은 무슨 일로
그리 합니까?
홀로이 개여울에 주저앉아서

강물을 바라보던 사람은 다음 장면에서는 떠나서 그곳에 없다. 대신 남겨진 사람이 같은 자리에 앉아 남겨진 말의 의미를 계속 고민한다.

　　가도 아주 가지 않노라심은
　　굳이 잊지 말라는 부탁인지요

　　이 시에서 강을 뜻하는 '개여울'이라는 단어는 얕지만 가파르게 흐르는 '급류'를 나타내는 어휘다. 그 강에 들어가면 〈공무도하가〉와 마찬가지로 물살에 발이 묶일 수 있다. 여기서도 '물'은 저승과 이승의 경계, 떠나는 자와 남겨진 자의 단절을 의미하는 기호로 존재한다.

　　원시는 1922년에 발표되었지만, 그 시가 전하는 마음은 시대와 장소가 바뀌어도 공유될 수 있다. 〈개여울〉은 1960년대부터 명가수들이 불러왔고, 최근에는 젊은 세대에게 인기가 많은 아이유가 불러 화제가 되었다. 아이유는 인터뷰에서 이 노래를 부르는 것에 대해 "꼭 연기해보고 싶은 배역이었다"고 밝혔다. 역대 명가수들의 노래를 듣고 있노라면 떠나가는 사람을 어쩔 수 없이 배웅하는 마음이 되살아난다.

　　김소월의 시 중에는 「진달래꽃」, 「엄마야 누나야」 등 노래로 불리는 작품이 또 있다. 명가수들의 노래가 KBS 공식 채널 등을 통해 인터넷에 공개되고 있다. 노래로 들으면 김소월의 시는 소리의 배열이 무엇보다 중요하다는 것을 알 수 있다. 그의 시는 읽기보다는 노래해야 하는 것이며, 번역으로는 재현할 수 없는, 원어의 소리를 통해서만 전달되는 감정이 있다는 것을 뼈저리게 느낀다.

한국에서는 근대 창작 시집이 처음 발간된 지 100년이 되는 해를 기념하여 초간본 시집 시리즈가 출간되었다. 김소월의 시집은 『한국 시집 초간본 100주년 기념판 하늘 세트』에 수록되어 있다.

「아버지의 다이어리」(『국경을 넘는 그림자: 북한 인권을 말하는 남북한 작가의 공동 소설집』)

현대소설에서 '물'이 죽음과 이별, 단절을 표상하는 사례로 이은철의 「아버지의 다이어리」라는 작품이 있다. '나'는 일가족 넷이 북한을 탈출한 후 남한에 정착해 지금은 남한의 대학에 다니고 있다. 어느 날 병으로 죽음이 다가오고 있음을 알게 된 아버지가 수첩을 맡긴다. 아버지가 돌아가신 아버지(자신에게는 할아버지)에게 그동안의 경위를 호소하는 편지가 적혀 있다.

옥수수 껍질처럼 말라버린 막내를 묻고, 네 사람은 아무 미련 없이 두만강을 건넜다. 대륙에서 아내와 딸이 남자들에게 끌려갈 때도 지켜주지 못했다. 아들을 데리고 아내와 딸을 찾아다녔지만 불법 체류 신분과 언어의 한계에 부딪혀 찾지 못했다. 아들의 몸이 커가는 것이 자랑스러웠지만 마음 한구석에 한 살 차이인 딸이 떠올라 아들에게 말 못 할 미움을 느낀다.

탈북 과정에서 아버지와 아들은 한국에 도착했지만, 일가족 네 명 중 여성들은 인신매매의 어둠 속으로 빨려 들어갔다. 아버지는 아들에게 "네 엄마와 여동생을 찾는 일을 소홀히 해서는 안 된다"
고 유언을 남긴다. 그런데도 '자신'이 어머니와 여동생을 언급하는
대목은 한 군데도 없다. 하지 않는 것이 아니라 할 수 없는 것이다.
20대의 탈북자가 광활한 대륙에서 일어난 인신매매의 암흑을 상
대로 도대체 무엇을 할 수 있을까. 강 이편과 저편에서 죽음과 단
절이 반복되는 '아버지의 일기'는 '물'로 죽음과 이별, 단절을 표상
한다는 점에서 분단 이전부터의 한반도 문학사를 정통적으로 계
승하고 있음이 분명하다. 작가가 문학사를 배운 것이 아니라 스스
로 경험을 통해 체득한 표상이다. 탈북자 문학은 한국문학을 구성
하는 필수적인 장르로 성장할 가능성이 있다. 「아버지의 다이어리」
의 한국어판은 『국경을 넘는 그림자: 북한 인권을 말하는 남북한
작가의 공동 소설집』(예옥, 2015년)에 수록되어 있다.

요시카와 나기吉川凪

번역가

『토지(土地)』(전20권)

박경리 | 김정출(金正出) 감수 | 요시카와 나기(吉川凪), 시미즈 지사코(淸水知佐子) 옮김 |
CUON | 2016~2024

인하대학교 문과대학원에서 한국근대문학을 전공했다. 문학박사. 저서로 『조선 최초의
모더니스트 정지용(朝鮮最初のモダニスト鄭芝溶)』, 『경성의 다다, 동경의 다다: 고한용과 친
구들(京城のダダ、東京のダダ─高漢容と仲間たち)』, 역서로 정세랑 『이만큼 가까이』, 정소연
『이웃집 영희 씨』, 최인훈 『광장』, 이청준 『소문의 벽』, 김원일 『마당 깊은 집』 등의 소설
과, 정지용, 오규원, 신경림, 김혜순, 오은의 시집 등이 있다. 박경리 『토지』 일본어 완역
판 전 20권 중 11권을 번역했다. 김영하 『살인자의 기억법』으로 제4회 일본번역대상을
수상했다.

74

『토지』가 그린 것

'죽기 전에 한 번은 읽고 싶은 소설', '완독 도전'.

박경리(1926~2008)의 대하소설 『토지』에 대해 한국 사이트에서 검색하면 이런 단어들이 나온다. 지금도 이 작품은 한국 사람들에게 특별한 존재인 듯하다. 『토지』가 미완성일 때 한국 독자들은 지금 일본에서 무라카미 하루키의 신작이 발표될 때마다 화제가 되는 것처럼, 『토지』의 다음 권이 출간되기를 기다렸다고 한다. 2004년부터 SBS에서 드라마 〈토지〉가 방영되어 높은 시청률을 기록하면서 원작은 비로소 존재감을 드러냈다.

1969년부터 1994년까지 간헐적으로 쓰인 『토지』는 5부로 나뉘어 조선왕조 말기인 1897년부터 일본의 식민지 지배에서 해방된 1945년 8월 15일까지를 시대적 배경으로 삼는다. 한반도, 일본, 중국 동북부, 연해주 등을 무대로, 대부호 양반부터 길거리를 떠도는 사람까지 600여 명의 인물이 등장하는 이 장대한 이야기의 운명은 잡지나 신문을 전전하며 연재되고 단행본도 출판사가 여러 번 바뀌는 등 마치 작가 자신의 인생처럼 파란만장하다. 쿠온(CUON)에서 출간한 일본어 번역본 『완전판 토지』(전20권)는 여섯 번째 출판사 마로니에북스에서 나온 판본을 원작으로 하는데, 한국에서는 이후 다산북스에서 새롭게 『토지』(전20권)를 출간했다.

『토지』의 주인공은 대지주의 외동딸 최서희지만, 그 외에도 중요한 역할을 하는 인물이 다수 등장한다. 1부에서 활약하던 젊은이들은 늙거나 죽고, 성장한 자녀나 손자가 후반부에서 중요한 역할을 맡는다. 인물의 성격은 고정적이지 않고 상황에 영향을 받으면서 복잡하게 성장하거나 변화한다. 부주인공이라 할 수 있는 사람들과 그들의 가정사를 지켜보면서 이야기는 중층적으로 전개된다.

박경리는 자신의 성격이 자존심이 강한 최치수(서희의 아버지)에 가깝다고 말했지만, 작가의 모습은 『토지』에 등장하는 다양한 인물들 속에서 어렴풋이 드러난다. 본인이 거의 말하지 않았기에 작가의 젊은 시절은 베일에 싸인 부분이 많다. 추측건대 첫 남편은 일본 유학 중 독립운동을 하다가 체포되었고, 한국전쟁 중에도 좌익이라는 누명을 쓰고 투옥된 것으로 보인다.(이 무렵 사망했다는 설과 북한으로 건너가 오래 살았다는 설이 있다.) 남편을 잃은 박경리는 그전까지 살던 인천에서 고향인 통영으로 돌아와 아이들과 함께 소박하게 살았다고 하는데, 반공을 표방하는 정권하에서 살기 어려웠을 것이다. 그 심정은 『토지』 일부에서 남편이 살인범으로 검거되어 어린아이를 안고 방황하는 '임씨의 어머니'의 심정과도 통할 것이다.

통영에서 박경리는 한 번도 결혼한 적 없는 초등학교 음악 교사와 재혼했는데 주변의 차가운 시선 때문에 결국 헤어졌다고, 어린 시절의 지인이 신문 인터뷰에서 증언했다. 등장인물 중 한 명인 길여옥이 이혼 후 만나는 최상길이 전직 음악 교사였던 것도 이와 무관하지 않아 보인다. 또한 박경리의 아들은 같은 시기에 사고로 세상을 떠난다. 서희가 고향을 떠나 만주로 갔다가 귀국 후 고향이 아니라 진주에 정착한 것처럼, 작가는 슬픈 추억이 가득한 고향을 떠나 오랫동안 돌아오지 않았다.

박경리는 교단에 선 적도 있지만 『토지』의 중요한 인물 중 하나인 내성적인 명희처럼 교직에 적합하지 않음을 자각한 듯하다. 인기 작가가 된 후에도 사위가 된 시인 김지하가 독재정권을 비판하여 사형선고를 받거나 암에 걸리는 등 고난은 끊이지 않았다.

등장인물 중 실제 작가와 가장 가까운 인물은 상의다. 18권에서 상의는 박경리와 마찬가지로 1940년대 초반 진주에서 고등여학교를 다닌다. 상의의 아버지 홍이 한동안 트럭을 운전했듯이 박경리의 아버지도 운전대를 잡았다. 말수가 적고 교실에서 눈에 띄지 않지만 천황주의적인 교사에게 반발하는가 하면 규칙이 엄격한 학교와 기숙사 생활에 적응하지 못하고 독서에 열중하며 몰래 노트에 글을 써 내려가는 모습은 소녀 시절 박경리의 모습일 것이다.

학우와 교사에 대한 묘사는 정말 세밀하고 구체적이다. 합동방공훈련이라는 살벌한 행사 중에도 남중생과 여고생은 서로를 훔쳐보며 은근히 가슴 설레게 한다. 여고생들 사이에서는 여학생들끼리 짝사랑이 유행하고, 학생들은 주말이면 기숙사 방에 모여 몰래 화장을 하거나 금지된 조선말로 말하다가 선생님에게 혼나기도 하고 싫어하는 선생님을 골탕 먹이려고 친구들과 작전을 짜기도 한다. 여기에는 겪어본 자만이 말할 수 있는 어두운 시대의 생생한 청춘이 그려져 있다. 『토지』는 무엇보다 작가 자신의 경험과 감정이 살아 숨 쉬는 이야기다.

우쓰미 노부히코 内海信彦 미술가

『희생자의식 민족주의: 고통을 경쟁하는 지구적 기억 전쟁(Victimhood Nationalism 犠牲者意識ナショナリズム国境を超える「記憶」の戦争)』
임지현 | 사와다 기쓰미(澤田克己) 옮김 | 東洋経済新報社 | 2022

1953년 도쿄도에서 태어났으며, 게이오대학교 법학부 정치학과를 중퇴하고, 다마미술대학교 미술학부 회화과를 졸업했다. 계간 『크라이시스(クライシス)』 편집자를 거쳐 미국, 페루, 한국, 폴란드 등의 해외 초청으로 현지 체류 제작을 하고 일본 국내외에서 177차례 개인전을 열었다. 슌다이예비학교(駿台予備学校), 가와이주쿠(河合塾)COSMO 강사, 지바상과대학(千葉商科大学) 비상근 강사로 활동했다. 슌다이예비학교에서는 논술과 강사로 28년간 인문계 논술, 예술계 논술을 지도했으며, 현재는 인문 사회 종합 논술 강사로 영상도 곁들여 강의를 진행하고 있다. 가와이주쿠COSMO에서는 2000년부터 예술의 가능성 세미나를, 비갓코(美学校)에서는 2000년부터 2004년까지 현대회화의 가능성 회화표현연구실을 담당했다. 2012년부터 와세다대학교에서 '우쓰미 선생님의 드롭아웃 학원'을 운영하고 있다.

지금 우리는 폴란드 토룬에 있다. 토룬은 코페르니쿠스가 태어난 곳이다. 코페르니쿠스 탄생 550년 축제에 초대받아 코페르니쿠스 대학에서 라이브 페인팅을 진행했다. 폴란드 재즈계의 거장 보이텍 코니키비치 씨와 일본 재즈계의 귀재 가토 다카유키(加藤貴之) 씨가 컬래버레이션으로 작품에 맞춰 즉흥 연주를 해주었다. 코니키비치 씨는 몇 차례 한국 공연을 한 적이 있다. 나도 1997년에 38선 바로 근처에서 라이브 페인팅을 한 적이 있다. 나는 폴란드를 십여 차례 방문했고, 아우슈비츠 및 마이다네크 강제수용소 유적지에서 희생자들을 위한 레퀴엠으로 라이브 페인팅을 하는 등 폴란드에 다녀왔다. 폴란드에 있으면 한국이 보인다. 폴란드와 한국·조선의 근현대사는 겹치는 부분이 많다.

여기에서는 서강대학교 교수인 임지현의 저서 『희생자의식 민족주의』를 폴란드로 향하는 비행기 안에서 읽고 폴란드 및 한국과 관련된 역사 인식에 대한 뼈아픈 자기 절개를 받아들이는 기회로 삼고자 한다. 이 책에 대한 다양한 비판과 이견이 잇따르면서 한국 내에서 새로운 역사 오용과 남용을 넘어서는 계기가 되는 것도 분명한 듯하다. 물론 나 자신은 일본 제국주의의 식민지 지배와 남북 분단 고착화에서 일본국가의 범죄성을 옹호하는 일본사회를 좀먹는 잘못된 논의에 단호히 반대하며, 역사 수정주의를 용납하는 것은 아니다. 한국인의 마음이라는 주어진 과제에 부응할 수 없는 나지만, 개인적인 시도를 감히 소개하고자 한다.

1480년경까지 키예프 루스 이후의 러시아는 '타타르의 멍에'라고 불리는 타타르, 몽골 등 튀르크계의 지배를 받았고, 오늘날에도 러시아어를 비롯한 슬라브 문화의 상당 부분은 튀르크계의 강한 영향이 남아 있다. 러시아어의 경제 및 법 제도에 관한 튀르크계 언어의 영향은 매우 짙다. 그러나 '타타르의 멍에'라는 기존의 유럽 우위 사상과는 달리, 러시아는 타타르, 몽골 등 튀르크계 민족과 공생함으로써 러시아만의 고유성이 생겨났다. 제국 러시아의 가혹한 지배를 받았던 폴란드는 러시아어를 사용하도록 강요당했다. 또한 문화제국주의로서 러시아 민족우월주의 사상에 굴복할 것을 강요당했다. 이는 오늘날 푸틴 독재정권의 우크라이나 침략전쟁 근저에 있는 유사 이데올로기로 이어지는데, 그것은 단일 슬라브 민족 환상에 의한 강제합병 야망이다.

폴란드는 러시아 붕괴 후 독립을 쟁취하면서도 독소 불가침 조약으로 두 개의 전체주의 독일과 소련의 동시 침공으로 독소전쟁과 함께 독일의 대량 학살과 잔혹한 점령, 바르샤바 봉기를 눈감아준 소련 공산당에 다시 지배당했다. 전후 장기간 소련과 폴란드의 공산당 독재로 고통을 겪은 폴란드 사람들이 독립자주관노동조합 '연대'와 가톨릭교회를 기반으로 민주화 투쟁을 벌여 공산당 지배를 무너뜨리고 자유와 해방을 자신들의 손으로 쟁취했다. 그러나 문제는 폴란드에 뿌리내린 폴란드 '단일민족' 의식에 내재된 양면성이 폴란드의 '희생자의식 민족주의'(임지현)의 형성에 이르는 복잡한 역사 인식 문제를 불러일으켰다는 점이다. 구체적으로는 근대 폴란드에서 여러 번 발생한 포그롬(러시아 제국에서 일어난 반유대주의 폭동과 학살_옮긴이) 등 폴란드에 내재한 반유대주의, 그리고 공산당 지배하의 폴란드에서 유대계 시민에 대한 배타주의와 홀로코스트에 대한 가해와 피해의 관계를 넘어선 방관이라는 공범 관계의 역사다. 이는 한국의 '피해의식 민족주의'에 의한 '집단적 과잉 역사화'와 가해자-피해자 이분법적 세계관에 의한 '기억의 전쟁'으로서 폴란드의 '피해의식 민족주의'와 궤를 같이한다.

중국의 역대 왕조 중 한나라와 명나라를 제외한 나머지 왕조는 모두 튀르크계, 몽골계에 기원을 두고 있으며, 이민족 지배라는 관념은 부정되고 있다. 청나라 때 튀르크계와 함께 알타이계 퉁구스 어족인 여진족의 지배를 받던 중국이 서양 근대의 식민주의적 침략을 받으면서 중화민족의식을 높이고, 침략을 추진하는 일본 제국주의에 대한 항일전쟁과 국공내전의 승리와 함께 중국공산당에 의해 중화민족의식, 곧 한족이라는 공동의 환상이 정치적으로 조직화되었다. 중국에서의 '희생자의식 민족주의'는 일본의 전쟁범죄로 인한 2,000만 명에 이르는 전쟁 희생자의 존재를 근거로 중국 내부 소수민족과 티베트 군사 침략, 그리고 대약진 정책의 강행과 반우파 투쟁, 친문혁명에 이르는 정당화 원리가 민주화 투쟁을 무력으로 진압하고 민중 학살을 자행한 톈안먼 사태와 권위주의적 전체주의 체제를 지탱하고 있다.

한국의 '희생자의식 민족주의'는 일본 제국주의의 식민지 지배와 가혹하고 잔인한 착취와 수탈, 강제 연행, 종군위안부 등에 대한 강렬한 반발로 고양되었고, '만보산사건'의 화교 학살, 포로수용소 전범 문제, 박정희 군사 쿠데타와 유신체제, 베트남 전쟁의 전쟁 범죄, 광주항쟁 당시 국군의 시민 학살과 전두환 옹호론, 북한 음모론에 의한 자기 정당화 등의 '기억 구성체'를 형성하여 일부 한국 지배층의 탐욕 자본주의 자기 긍정을 뒷받침하고, 희생의 기억을 반복함으로써 사고가 고착화되는 것이 한국사회의 고질병이 되었다는 지적이 가슴 아팠다.

나는 1990년대부터 일본의 반유대주의가 세계에서 보기 드물게 만연해 유대 금, 일루미나티 딥스테이트의 세계 지배, 유대인·프리메이슨이 지배하는 세계 경제라는 제국주의 러시아 비밀경찰 오프라나의 음모론을 계승한 나치 유래의 음모론이 히로세 다카시(広瀬隆) 등에 의해 자유주의자를 자처하는 사람들과 이른바 자연식, 무농약 채소 등에 관여하는 일부 사람들에게 급속히 확산하는 것을 비판해왔다. 그러나 이스라엘의 시오니스트가 팔레스타인인을 날이 갈수록 더욱 심하게 대량 학살하면서, 유대인은 홀로코스트를 겪었으면서도 팔레스타인인에게 같은 짓을 벌이고 있는 것이 아니냐는 담론이 불거지면서 홀로코스트 등을 이 시기에 이야기하는 것 자체가 이스라엘 국가를 옹호하는 것이라고 단정 짓는 경우가 적지 않다.

일본 제국주의가 한국·조선에 행한 식민지 지배로 끔찍한 희생과 재앙이 반복되었다면, 한국도 경제 성장으로 저개발과 종속된 주변부를 수탈하고 착취의 극치를 행하고 있지 않느냐는 담론은 논리의 비약이 있으며, 과거에 면죄부를 줄 수도, 어느 한쪽의 주장에 동조할 수는 없는 일이라고 생각한다. 한국인의 마음이라고 말해도 5,174만 가지가 있다고 할 때, 그중 적지 않은 사람들, 특히 젊은 사람들 속에는 '희생자의식 민족주의'의 굴레를 넘어서려는 글로벌 히스토리의 대안이 싹텄다고 할 수 있지 않을까. 나는 지난 이십 년 이상 한국의 십 대 청소년들이 일본 대학에 입학하는 것을 도왔다. 그들에게서 배운 것이 많다. 일본의 고령화된 자유주의자 일부가 남긴 민족 책임론과 속죄의식론은 일본 국가와 일본 사회에 뿌리내린 '희생자의식 민족주의'를 극복하기에는 한계가 있어 사상적 전개가 필요한데, 한국의 젊은이가 무심코 던진 한마디에 임지현 씨의 과감하고 대담한 비약이 떠오른다. 이는 홀로코스트를 상대화하려는 태도를 보이며, 자유주의자들까지 침투하는 반유대주의의 급속한 전개에 어떻게 비판적으로 맞설 것인가라는 나의 과제에 자극적인 시사점을 주었다.

우에무라 유키오植村幸生   음악 연구가

『만신 김금화(万神 金錦花)』
김금화 | 궁리 | 2014

1963년 일본 요코하마시에서 태어났으며, 도쿄예술대학교 음악학부 음악과학과에서 고이즈미 후미오(小泉文夫)의 강의를 접하고 한국 음악에 눈을 뜨게 된다. 1989~1991년, 서울대학교에 유학해 이후 18~20세기 조선사회의 음악과 음악가를 연구하는 한편, 식민주의와 음악에도 관심을 갖고 연구하고 있다. 동양음악학회 회장을 역임했으며, 현재 도쿄예술대학교 음악학부 교수다. 저서로는 『아시아 음악사(アジア音楽史)』(공편저, 音楽之友社), 『한국음악탐험(韓国音楽探検)』(音楽之友社), 『동양음악사(東洋音楽史)』(다나베 히사오(田邊尚雄) 지음, 우에무라 교정 및 주석, 平凡社), 『민족음악학 12가지 관점(民族音楽学12の視点)』(공저, 音楽之友社), 공역서로 『조선의 음악』(가네쓰네 기요스케(兼常清佐) 지음, 民俗苑) 외 다수가 있다.

한국에는 무속(샤머니즘)의 뿌리 깊은 전통이 있다. 무당이 굿이라는 무속 의식을 치르면서 신과 영혼의 목소리를 인간에게 전달하고, 사람의 소원을 신들의 세계에 전달한다. 마을의 번영, 일의 안전, 죽은 자를 위한 제사, 사업 번창, 병 고침, 심지어는 합격 기원까지 모든 소원에 따라 굿을 한다. 무녀는 대부분 여성이며, 신도 역시 대부분 여성이다. 신도들에게 무녀는 종교적 카리스마이자 친근한 상담자이자 엔터테이너이기도 하다. 굿은 목적과 규모, 무녀의 유형, 지역마다 차이가 있지만 대부분 예술적 요소가 풍부하기 때문이다. 말, 소리, 춤, 몸짓, 도상, 의상, 무구, 제물 등 모든 것이 정교하게 짜여 있어서 신자가 아니더라도 그 아름다움에 매료된다. 실제로 판소리, 시나위, 산조, 농악, 가면극 등 민간 예능은 모두 굿의 요소를 직·간접적으로 계승했다는 점에서 굿은 한국 예능의 모체라 해도 과언이 아니다.

한국 전통음악을 연구하는 필자는 기회가 있을 때마다 굿의 현장을 찾아 기록으로 남기고, 무당들의 이야기를 들어왔다. 그중에서도 '국무(國巫)'라 부를 정도로 한국에서 가장 유명한 무당인 김금화(1931~2019) 씨가 맡은 굿은 무대 위를 포함하면 일고여덟 번은 접한 것 같다. 굿 사이사이에 김금화 씨와 이야기를 나눌 기회도 있었다. 불쑥 나타난 외국인인 필자를 따뜻하게 맞이해주신 것이 지금도 인상 깊게 남아 있다. 동시에 선생은 의례를 집행하는 기술이 뛰어났을 뿐 아니라, 인품이 고결하여 신도들은 물론 신딸이라 부르는 제자들에게서도 진심으로 사랑받고 존경받는다는 사실을 현장의 분위기에서 여실히 느낄 수 있었다.

『만신 김금화』는 그 김금화 씨의 자서전이다. 무당의 자서전은 매우 드문 일이다. 이 책을 바탕으로 2014년에는 동명의 영화가 제작되었고, 그 자신도 출연했다. 제목의 '만신(萬神)'은 서울 이북의 강신무(降神巫, 갑작스러운 신내림을 경험하고 무당이 되는 유형)를 말하는데, 김금화 씨 자신도 황해도 연백 출신의 강신무다. 이 책은 원래 『비단꽃 넘세』로 2007년에 출간되었다. '비단꽃'은 '금화(錦花)'를 뜻하며, '넘세'는 13세까지 그녀의 어릴 적 이름이라고 한다. 선생의 말에 따르면 그 이름은 '동생이 어깨너머로 보고 있다'는 뜻이라고 한다. 남자아이의 탄생을 바라고 여자아이가 태어나면 노골적으로 기대에 못 미친다고 한탄하던 시대를 반영하는 이 어릴 적 이름은 필자에게 한반도 전역에 전해지는 무속신화 '바리공주'(바리데기라고도 함)를 떠올리게 한다.

'바리공주'라는 이름은 '버림받은 공주'에서 유래한다. 그 줄거리는 다음과 같다. 한 나라의 왕에게 딸만 여섯 명이 태어났다. 일곱 번째도 역시 딸이었다. 그래서 왕은 그 딸을 버리게 된다. 그 후 왕과 왕비는 중병에 걸리는데, 저승에 있는 봉래산의 약수를 마시지 않으면 죽는다고 한다. 죽음을 두려워해 아무도 약수를 구하러 가지 않는 가운데, 일곱째 딸인 바리공주가 그 역할을 맡아 여행을 떠난다. 고생 끝에 약수를 구해 부모님께 돌아가니 장례식 중이었지만, 그 약수를 입에 넣어 부모님을 살려냈다고 한다. 이 바리공주가 바로 무녀의 조상이라는 것이다.

버려진 자식이라는 불합리한 대우를 받으면서도 그 부모를 위해 황천에 들어가 마침내 이 세상에서 사람들을 구제하는 힘을 얻는다는 이 이야기는 김금화 씨 자신을 포함한 강신무가 실제로 경험하는 것과 겹친다. 아니, 무당은 신화를 재현하고 신화 속에서 살아가는 사람일지도 모른다. 왜냐하면 강신무는 한결같이 신병(神病) 또는 무병(巫病)이라는 신내림 체험을 통해 무녀로 '환생'하기 때문이다.

신병의 증상은 다양하지만, 김금화 씨는 15~17세 무렵에 정신적, 육체적 질병을 심하게 앓았다. 이미 결혼한 그녀는 시어머니의 괴롭힘으로 심하게 고생했다. 병상에서 이상한 꿈을 꾸거나 부엌에서 솥뚜껑을 고치다가 갑자기 춤을 추는 등 기이한 경험을 했다. 그리고 한 독경사에게 "이건 안 된다, 머리에 수건을 감아야 한다"는 선고를 받는다. 이는 '무당이 되지 않으면 이 병은 낫지 않는다'는 뜻이다. 신병은 그 사람을 무당으로 선택했다는 신의 메시지이며, 이를 거부할 수 없다는 뜻이다. 이렇게 그녀는 유력한 무당이었던 외할머니의 신딸로 수련을 받고, 이후 신을 내려보내는 의식인 내림굿을 치르며 정식으로 무당이 된다. 내림굿을 할 때 그녀는 무심코 "나라만신(국무)보다 높은 자리에 오르고 싶다"고 말해 외할머니를 화나게 했다고 하는데, 무의식중에 나온 그 '야망'은 훗날 실현된다.

무녀가 된 후에도 김금화 씨의 시련은 계속된다. 한국전쟁이 발발해 인천으로 피난을 가야 했고(그 결과 무업을 계속할 수 있었던 것은 아이러니이기도 하다), 1970년대부터 전개된 새마을운동으로 무속은 미신이자 배척 대상이 되었다. 기독교 선교사들과의 갈등도 있었다. 사생활에서도 슬픔과 불행이 끊이지 않았다. 그런 그녀에게 전환점이 찾아온 것은 민속문화 재발견의 기운이 고조된 1980년대부터다. 일본을 비롯한 외국에서 수차례 굿 공연을 거쳐 1985년 무속인으로서는 처음으로 인간문화재로 인정받았다. 이후 한국 정신문화의 아이콘으로서 역할을 맡아 자신을 드러내며 국가와 국민의 요구에 성실히 임했다. 언론 노출과 학술조사에 대한 협조도 아끼지 않았다. 그 결과 김금화 씨와 그의 굿은 한국에서 가장 많은 기록으로 남게 되었다. 물론 이 책도 그 일환이다.

오랫동안 사회적으로 천시받던 무당은 자신의 출신을 기꺼이 남에게 말하거나 기록으로 남기지 않았다. 굿에서 방대한 말을 쏟아내면서도 자신을 말하지 않는 무당의 관습을 처음으로 깨뜨린 김금화 씨의 마음속에는 돌아갈 수 없는 고향 황해도에 대한 그리움, 풍요로운 무속문화와 그것을 전해온 선조들에 대한 경애, 전통의 등불을 꺼뜨리지 않으려는 사명감, 그리고 더 나아가 무언가를 위한 마음이 있었다. 누군가를 위해 사는 것을 천직으로 삼는 무사로서의 헌신과 자기희생이 있었을 것이다.

"만신이 된다는 것은 사람이 견딜 수 없는 고통을 여러 번 견뎌내는 것이다." 김금화 씨는 내림굿 당시 외할머니에게서 이런 말을 들었다고 한다. 세상의 온갖 고난을 겪으며 신의 선택을 받아 그 말대로 살아온 그녀는 인간문화재가 되어 '국무'가 되었지만, 늘 서민의 아픔을 함께하는 '들의 여신'이었다고 한다.

이나가와 유우키稲川右樹　　　　　한국어 교육자

『원주 통신(原州通信)』

이기호 | 시미즈 지사코(清水知佐子) 옮김 | CUON | 2018

『고마네치를 위하여』

조남주 | 은행나무 | 2016

데즈카야마가쿠인대학 리버럴아츠학과장(한국어전공코스 준교수). 서울대학교 언어교육원
에서 어학연수를 마친 후 시사일본어학원 등에서 일본어를 가르쳤다. 서울대학교 한국
어교육과에서 박사과정을 취득 후 2018년에 일본 귀국. 현재 대학에서 교편을 잡으면서
일본어 세미나를 여는 등 열정적으로 활동하고 있다. 저서로 『일주일 만에 놀라우리만치
잘하게 되는! 일본에서 제일 재미있는 한국어 공부 50가지 방법(一週間で驚くほど上達す
る! 日本一楽しい韓国語学習50のコツ)』(KADOKAWA), 『유우키의 '한국어 표현력 향상 위원
회'가 제안하는! 네이티브 같은 한국어 표현 200(ゆうきの「韓国語表現力向上委員会」発! ネイ
ティブっぽい韓国語の表現200)』, 『네이티브 같은 한국어 발음(ネイティブっぽい韓国語の発音)』(모
두 HANA) 등이 있다.

한국어에는 '허세를 부리다'라는 말이 있다. '허세'를 한자로 쓰면 '虛勢'다. 일본어로는 '見栄'라고 번역할 수 있다. '허세를 부리다' 전체가 '虛勢を張る' 혹은 '見栄を張る'라는 표현이 되는 것인데, '虛勢を張る'라고 말하면 '으스대다, 오기로 버티다, 센 척하다'라는 의미가 강한 반면, '見栄を張る'에는 '자신의 가치를 높이기 위해 겉꾸미다'라는 뉘앙스가 많이 포함되어 있다. 이번에 내가 여기에서 다루려고 생각하는 것은 후자의 '허세'다. 여기에는 현대 한국사회를 살아가는 사람들의 모습이 진하게 반영되었다고 생각하기 때문이다.

봉준호 감독의 〈기생충〉이 2020년 아카데미 작품상을 수상한 것은, 한국영화의 뛰어남을 널리 세계에 알리는 일이었다. 동시에 이 영화의 히트에 따라 수많은 사람의 인식에 깊이 새겨진 것이 있다. 그것은 한국이 잔혹할 정도로 격차 사회라는 것이다. 이후 '격차'는 현대 한국사회를 이야기할 때 빼놓을 수 없는 키워드로 정착했다.

'금수저·흙수저'라는 말로 상징되듯, 현재의 한국은 태어난 순간부터 가진 자와 못 가진 자가 명확히 나뉘며, 양자가 결코 섞일 수 없는 인생을 살아가면서 공존하는 사회다. 일본에도 '부모 뽑기(親ガチャ)'라는 말이 있듯이, 이러한 양극화는 자본주의사회라면 많든 적든 존재하는 것이지만, 한국의 그것은 일본과는 비교할 수 없을 정도로 냉혹하며, 그 정도는 매년 더 심해진다. 교육의 기회조차 부모의 경제력에 크게 좌우되기 때문에, 예전처럼 시골에서 일류대학에 입학하여 단숨에 인생 역전하는 성공스토리도 꿈같은 이

야기가 되었다. 못 가진 자는 못 가진 자 나름대로 분수에 맞는 인생을 살 수밖에 없다고 포기하는 분위기가 사회를 뒤덮고 있다. 그리고 나보다 못 가진 자를 찾아내고는 '저 사람보다는 낫다'고 자위함으로써 억지로 소소한 자존심을 지킨다.

그런 사회에서 가지지 못한 자가 자신의 처지에서 조금이라도 도피하기 위한 무기가 '허세'다. 자신을 실제 이상으로 크고, 강하고, 멋지게 보임으로써 조금이라도 주변 사람보다 우위에 서려는 것이다. 그러기 위해서는 거짓된 모습을 만들어내야 하기에 다소 찜찜함과 불안도 동반되지만, 그런 것에 신경 쓸 여유는 없다. 무엇보다 격차 사회의 정글에서는 주변 사람에게 얕보이면 끝이기 때문이다.

앞서 소개한 〈기생충〉에서도 주인공 가족은 다양한 사기를 치지만, 그것은 모두 자신을 위장하여 크게 보이려는 '허세'다. 그 결과 감쪽같이 상류계급 가족에 기생하는 데 성공한다. 그런 그들의 모습은 통쾌하기도 하면서 어딘지 모르게 쓸쓸하다. 이 글에서 소개하는 한국문학에 등장하는 '허세'도 마찬가지로 쓸쓸함을 동반하며 독자의 마음을 콕콕 쑤신다.

이기호의 단편소설 「원주 통신」의 무대는 제목 그대로 강원도 원주시다. 이기호 자신의 고향이기도 하다. 대단히 특별한 것 없는, 한국 어디에든 있는 전형적인 지방도시인데 여기에 『토지』로 유명한 소설가 박경리가 이사 오는 작은 '사건'이 일어난다. 처음에는 작가의 존재 따위는 크게 신경도 쓰지 않던 주민들이 얼마 후 『토지』가 드라마화되며 큰 인기를 끌자, '박경리 선생과 얼마나 친한가'를 둘러싸고 절절한 고지전이 펼쳐진다. 주인공인 '나'도 박경리의 이웃에 사는 것을 기회 삼아 반 친구들 앞에서 대작가와 친한 사이라는 '허세'를 부리면서 물거품과도 같은 우월감에 젖는다.

조남주의 장편소설 『고마네치를 위하여』는 S동이라고 부르는 서울 남부의 빈민가가 무대다. 몇 년 전부터 재개발한다는 소문이 돌고 사라지고를 반복하지만 전혀 진전을 보이지 않자, 마을 전체가 자포자기한 듯 무기력감에 둘러싸여 있다. 주민들은 자신들의 신세를 한탄하면서도 서로 돕기보다는 다른 사람보다 조금이라도 빨리 이 처지에서 벗어나려고 기회를 엿보거나, 혹은 자신보다 '아래'라고 생각하는 존재를 찾고는 안심한다. 여기에서도 뼈아픈 현실에서 눈을 돌리기 위한 수단으로 다양한 '허세'가 등장하며, 그 분위기는 아이들에게도 적지 않은 영향을 미친다. 마침 서울올림픽의 열광에 온 한국이 휩싸여 있던 때, S동의 소녀들 사이에서 소소하게 체조 붐이 인다. 자신 안의 작은 가능성을 깨달은 주인공 고마니는 친구들의 체조 열기가 식은 후에도 체조에 대한 열정을 고수한다. 이렇게 쓰면 마니가 가난한 처지에도 굴하지 않고 일류 체조선수가 되기까지의 성공스토리라고 생각하기 쉽지만, 이 작품은 한 소녀의 좌절 이야기다. 체조 교실이라고 생각하며 다닌 곳이 실은 에어로빅 교실이라는 사실도 몰랐을 정도로 마니는 슬프리만치 무지하지만, 그 현실을 깨닫고 나서도 같은 반 친구들에게 자신은 본격적으로 체조를 배운다고 '허세'를 부린다. 마니에게 체조야말로 타인보다 우위에 설 수 있는(것으로 생각되는) 유일한 것인지도 모른다. 그 후 마니는 체조를 전문적으로 배울 수 있는 학교로 진학하지만 그곳에서 노력으로는 도저히 뛰어넘을 수 없는 잔혹한 현실의 벽에 부딪히게 된다.

'허세'의 힘으로 아무리 자신을 크고 강하게 보였다 해도 어차피 그것은 자신이 만들어낸 허상이며 언젠가는 반드시 탄로 나기 마련이다. 「원주 통신」의 '나'는 결국 몇 년 후에 학생 시절의 '허세'가 원인이 되어 큰 대가를 치르게 된다. 이 묘사는 '한심한 남자를 묘사하면 한국 제일'이라는 이기호의 필력이 유감없이 발휘되며, 쩔쩔매는 '나'의 무용함은 동정을 넘어 실소를 불러일으킬 정도다. 『고마네치를 위하여』의 마니도 잔혹한 현실의 벽에 가로막혀 맥없이 S동으로 돌아오지만, 이때도 슬픈 '허세'를 부린다. 그리고 결국 아무것도 되지 못한 채 어른이 되고, 아무것도 아닌 인생을 계속 살아간다. 그런 마니의 무기력한 모습 또한 독특한 유머로 감싸고 있어서, 슬퍼야 하는데 어딘지 모르게 우스꽝스럽다. 그렇다. 한국의 작품에 등장하는 '허세'는 그 말로를 포함해 슬플 정도로 가슴 아프며 동시에 어딘지 모르게 해학적이다. 그래서 독자는 도저히 그들을 미워할 수 없다. 그것은 '허세'야말로 못 가진 자가 치열한 격차 사회에서 살아가기 위해 붙드는 것이 허용된 유일한 지푸라기이며, 그 필사적인 모습에 답 없는 인간미와 사랑스러움, 그리고 삶에 대한 강렬한 집착을 느끼기 때문이 아닐까.

이소가미 다쓰야磯上竜也

『디디의 우산(ディディの傘)』

황정은 | 사이토 마리코(斎藤真理子) 옮김 | 亜紀書房 | 2020

『언제나 새가 난다(いつも鳥が飛んでいる)』

박경미(ぱくきょんみ) | 五柳書院 | 2004

『미래 산책 연습(未来散歩練習)』

박솔뫼 | 사이토 마리코(斎藤真理子) 옮김 | 白水社 | 2023

1987년에 태어났으며, 오사카 혼마치의 책방 toi books에서 책을 사거나 팔면서 살고 있다. 글에서 예로 든 작품 외에도 『소년이 온다』(한강), 『광장』(최인훈), 『카메라를 끄고 씁니다』(양영희), 『해녀들』(허영선), 『시와 산책』(한정원), 『대체 뭐하자는 인간이지 싶었다』(이랑), 『오늘 뭐 먹지?』(권여선)를, 한국의 마음을 느낄 수 있는 작품으로 추천한다.

『디디의 우산』

그날 들어온 책을 정리하다가 『아무도 아닌』이라는 제목의 책에 시선이 멈췄다. '한국문학의 선물' 시리즈 중 하나로, 깔끔한 선으로 우산이 그려진, 사랑스러운 책이다.(일본어 번역판 표지 디자인 참조_옮긴이) 페이지를 넘기고 목차 뒤에 나온 "아무도 아닌, 을 사람들은 자꾸 아무것도 아닌, 으로 읽는다"라는 한 문장이 왠지 마음에 걸려서 잠시 일하던 손을 놓고, 그 자리에서 한동안 책을 읽고 말았다. 그 열정은 일하는 몸에 계속 남아서, 돌아갈 때 계산대를 거친 후 밤에는 다 읽었다. 그곳에는 (때로는 적극적으로) 놓치면서, 우리가 살아가는 이 세계에서 흘러넘칠 것 같은 한 사람 한 사람의 삶이, 결코 아무것도 아닌 것이 아닌 무언가를 정성스럽게 건져 올려서 선명하게 그려내고 있었다. 그 예리함이 두드린 여운 속에서 이 작가를 계속 쫓아가자고 결심했다.

그렇게 알게 된 황정은의 소설 중에서 특히 좋아하는 것이 『디디의 우산』이다. 세월호 사건, 그리고 촛불집회라는 한국에서 일어난 역사적 사건을 배경으로, 사랑하는 사람을 가슴 아픈 사고로 잃고 만 이야기 「d」와, 소설가인 '나'의 혁명의 역사를 둘러싼 사색을 그린 「아무것도 말할 필요가 없다」 등 중편소설 두 작품이 담긴 소설집이다. 가혹한 현실에 환멸하고 낙담하는 두 주인공을 통해 그려지는 이야기는, 개인과 사회의 양방향에서 한국의 현재를 비춘다. 그리고 이야기 속에 울려 퍼지는 작지만 올바름을, 미래를 희망하는 목소리는, 사회와 그 일원인 우리 자신에게 인간이 인간으로서 살아가는 것의 의미를 정면에서 거듭 질문한다. 그 목소리를 들었을 때, 여기에 마음이 있다고 느꼈다.

『언제나 새가 난다』

시인 박경미의 에세이집 『언제나 새가 난다』를 읽은 것은 업무차 제주도에 가게 되면서다. 상사에게 일본의 오키나와 같은 곳이라는 설명을 듣고 리조트 같은 곳이라고 생각했는데, 그 무렵 나는 메도로마 슌(目取真俊)의 소설을 읽고 있던지라 오키나와의 역사를 생각하고 있었다. 기왕 가는 거라면 제주도에 관해 알아보자 싶었는데, 그곳에도 역시 쉽게 이야기할 수 없는 역사가 있다는 사실을 알았다.

「제주도로」라는 여행 이야기로 시작하는 이 책은 시와 서평, 영화와 함께, 보자기와 가야금 등 한국의 전통문화를 경험한 이야기가 쓰여 있다. 재일조선인 2세인 그녀는 어린 시절에는 피한 적도 있었던 자신의 뿌리 중 하나인 한국 전통문화의 세계에 갈등을 넘고 밟아나간다. 그러다가 발견한 역사와 기억을 기쁨과 함께 인정한 문장은 모두 사려 깊고 투명하다. 그중에서도 후기는 여러 번 읽었다. 서양의 미술관이 소장하고 있는 보자기 중에 참새 문양의 천이 배열된 조각보를 발견한다. 그것은 오래된 일본 기모노 천으로, 한반도의 천과 함께 정성스럽게 이어진 멋진 보자기를 앞에 두

596

고 저자는 두 나라를 떼어낼 수 없다고 생각하면서 애처로운 마음으로 하늘을 나는 새처럼 바라본다. 그 상상력을 접했을 때, 마음이 여기에 있구나 싶었다.

『미래 산책 연습』

생각하는 미래를 떠올리면서 지금을 살고, 과거에 생각한 미래를 그리면서 지금을 사는 것. 그것은 역사나 정치를 그저 말뿐이아니라, 자신의 것으로 삼기 위한 연습이다. 박솔뫼의 『미래 산책연습』은 그 유연한 실천의 이야기다. 부산 미국문화원 방화 사건을 기점으로 작가인 '나'와 수미라는 두 여성의 시점에서 두 개의 이야기가 진행된다. 사건에 관련된 사람들을 '와야 할 미래를 연습한 사람'이라고 하며 '나'는 현지 주변을 걸으며, 사람들과 만나면서 당시 무엇을 생각하고, 기억하며, 와야 할 미래의 연습을 했는지, 자신의 몸으로 상상해간다. 답을 서두르지 않고 생활 속을 걸음으로써, 과거나 미래의 거리를 재는 부드러운 실천은 땅에 발이 닿아있다. 그렇게 도착한 장소에서 우리는 미래를 그려나간다. 과거, 현재, 미래가 모두 겹치는 장소에 마음은 있는지도 모른다.

마음을 만지는 일은 가능할까. 그것은 잘 모르지만 책을 읽을 때 그렇게 느낀 적은 있다. 소설을 쓴 작가의, 쓰인 인물의 마음을 만졌다고 분명히 느낀 적이 있다. 여기에 든 책도 그러한 하나하나다.

597

오늘도 나는 책을 읽는다. 마음을 만질 기회는 의외로 바로 옆에 있다. 이 문장이 그러한 계기가 된다면 무척 기쁠 것이다.

이시바시 다케후미 石橋毅史 작가

『또 하나의 역도산(もう一人の力道山)』

이순일(李淳馹) │ 小学館 │ 1996

『코리안 세계의 여행(コリアン世界の旅)』

노무라 스스무(野村進) │ 講談社 │ 1997

『푸른 투구부: 도쿄조선고교 럭비부가 목표로 하는 노사이드(青き闘球部 – 東京朝鮮高校ラグビー部の目指すノーサイド)』

이순일(李淳馹) │ ポット出版 │ 2007

『금지된 향수: 고바야시 마사루의 전후 문학과 조선(禁じられた郷愁 – 小林勝の戦後文学と朝鮮)』

하라 유스케(原祐介) │ 新幹社 │ 2019

1970년 도쿄도에서 태어났으며, 출판업계 전문지 『신문화(新文化)』 편집장을 거쳐 2000년부터 프리랜서로 활동하고 있다. 저서로는 『'서점'은 죽지 않는다(「本屋」は死なない)』(新潮社), 『휘파람을 불며 책을 팔다(口笛を吹きながら本を売る)』(晶文社), 『서점 같은 나날들: 청춘편(本屋な日々 – 青春篇)』(トランスビュー), 한국, 대만 등 동아시아 서점을 방문한 『서점이 아시아를 잇다(本屋がアジアをつなぐ)』(ころから) 등이 있다. 한미화의 『동네책방 생존 탐구(韓国の「街の本屋」の生存探究)』(CUON)에 '안내자(해설)'로 참여했다.

일본에서 출간된 논픽션 중에서 네 권을 골랐다. 아직 한국을 방문한 적이 없고 지금처럼 관심도 없던 20대로 거슬러 올라가면, 그래도 몇 편의 논픽션 작품이 나와 한국·조선을 연결해준 것을 떠올렸다.

가장 먼저 꼽고 싶은 것은 『또 하나의 역도산』이다.

2012년 10월 1일, 전 프로레슬러이자 국회의원이었던 안토니오 이노키(アントニオ猪木)가 세상을 떠났다. 일본인이라면 모르는 사람이 없을 정도로 유명인인 데다 발언도 영향력이 있었다.

이노키를 계기로 한국·조선에 대해 생각해본 사람은 의외로 많다. 그가 역도산의 제자이기 때문이다. 1995년 평양 프로레슬링 행사 등 화려한 퍼포먼스를 기억하는 사람이 많지만, 스승이 전후 부흥을 상징하는 슈퍼스타이면서도 일본에서는 출신을 숨겨야 했던 점, 고향에 대한 강한 그리움을 품고 있었다는 점을 인터뷰 등에서 자주 언급했다. 그 이야기를 전해야 한다고 생각한 것 같다.

그리고 『또 하나의 역도산』은 바로 프로레슬러 역도산의 출생 당시 이름인 '김신락'을 조명한 작품이다.

역도산은 10대 중반이던 1940년 일본으로 건너가 스모 명문 니쇼노세키 방에 입문하여 스모 선수가 되었다. 세키와키까지 올라가며 승승장구하다가 갑자기 상투를 자르고 그만둔 후 프로레슬러가 되었다. 스모를 그만둔 이유는 출신 때문에 출세를 기대할 수 없었다, 폐디스토마를 앓았다, 성격 문제였다 등 여러 가지 설이 있지만, 저자는 그가 올림머리를 자른 것이 1950년 8월, 곧 한국전쟁 발발 두 달 후라는 점에 주목한다. 조국의 분단이 일본에 사는 그와 많은 조선인의 마음에 어떤 영향을 미쳤을까. 이듬해 2월, 역도산은 본명을 '모모타 미쓰히로(百田光浩)'로 개명하고 호적상으로도 일본인이 되었다.

프로레슬러로서 전성기에도 신뢰하는 사람에게는 고향에 대한 강한 집착을 보였던 점, 남북 화해의 기수로서 정치적 움직임도 보였다는 점 등이 마치 스캔들 같은 뒷모습과 함께 회자된다. 차례로 소개되는 귀중한 증언, 현장감 넘치는 대화문을 비롯한 문장들은 지금 다시 읽어도 흥미진진하다.

문고판은 사망 직전 역도산과 결혼을 약속한 조선인 여성을 인터뷰한 긴 글도 추가되는 등 더욱 풍성해졌다. 또한 『또 하나의 역도산』과 같은 시기에 출간되어 많은 일본인에게 보이지 않았던 한국·조선을 그린 논픽션의 걸작으로 『코리안 세계의 여행』이 있다. 두 작품 모두 중고책이나 전자책으로 구할 수 있다.

또한 『또 하나의 역도산』이 데뷔작인 저자 이순일은 이후에도 한국·조선과 관련된 논픽션을 발표하고 있다. 도쿄조선고교 럭비부의 궤적을 그린 『푸른 투구부: 도쿄조선고교 럭비부가 목표로 하는 노사이드』도 출간된 지 10여 년이 지났지만, 읽고 있으면 마치 현장에 있는 듯한 느낌을 주는 필력은 여전하다. 럭비 입문서이기도 하다.

최근 출간된 논픽션 중 역시 저자의 문장을 통해 한국·조선으로 이끈 것은 『금지된 향수: 고바야시 마사루의 전후 문학과 조선』

이다. 일제강점기인 1927년 경상남도 진주에서 태어나 10대 후반까지 식민지 생활을 한 작가 고바야시 마사루의 평전이다.

조선으로 이주를 결정한 것은 부모님이고, 정작 자신은 태어나고 자랐을 뿐이지만 고바야시는 피식민지인들이 자신을 바라보는 시선을 잊지 않았다. 또한 자신의 이력에 당황하고 망설이면서 이 주제를 소설 형태로 줄곧 다뤘다고 한다.

"고바야시 마사루의 포스트식민지 문학은 일본인은 조선인이나 중국인에게 영원히 무릎 꿇고 엎드려야 한다는 식의 안이하고 교조주의적인 결론을 내릴 수 있는 단순한 대용품이 전혀 아니다. 그런 것이 답이라고 생각했다면 그의 생각은 거기서 바로 멈췄을 것이고, 그토록 고민하지도 않았을 것이다. 차라리 악랄한 '일제 침략자'의 악행이나 '양심적인' 일본인의 사죄 여행기를 썼더라면 더 좋았을 것이다. 관념적인 참회록이었다면 그의 작품은 지금과 같은 생명력을 가질 수 없었으리라."

이 책의 매력은 이미 이 세상에 없는 고바야시 마사루에 대해 저자가 열심히, 그러나 냉철하게 물고 늘어진다는 점이다. 그 궤적을 꼼꼼하게 추적하고, 때로는 문학가로서 고바야시의 한계를 발견하면서, 태어난 땅이기도 한 조선을 '그리워해서는 안 된다'고 결심한 고바야시의 마음속 깊은 곳을 다양한 각도에서 검증해나간다. 고바야시를 알고 싶고, 전하고 싶다는 저자의 뜨거운 마음이 시종일관 전달되어 긴장감이 끊이지 않는다. 이야기가 깊어지는 장면일수록 문장이 평이하고, 의미를 파악하지 못해 끊기는 일이 없다. 문체에 상당히 신경 쓴 흔적이 엿보인다.

이시이 미키石井未来　　　　　　한국문화 애호가

『엄마를 부탁해(母をお願い)』

신경숙 | 안우식(案宇植) 옮김 | 集英社 | 2021

『한국현대시선(韓国現代詩選)』

이바라기 노리코(茨木のり子) 편역 | 花神社 | 1990

도자기, 그림, 자연을 가까이 느낄 수 있는 문화를 좋아한다. 전통을 소중히 여기면서 이 시대이기에 할 수 있는 일을 하고 싶어 한다.

『엄마를 부탁해』

한국에서는 베스트셀러, 일본에서는 NHK의 레벨업 한글 강좌에 소개된 적 있는 유명한 작품이다.

서울에 있는 아이들과 함께 가족끼리 생일 축하를 하려고 남편과 둘이 시골에서 서울로 올라갔다가 지하철 서울역에서 남편과 떨어지면서 행방불명된 엄마, 박소녀가 주인공이다. 이야기는 주인공과 가족 각자의 시각에서 그려진다.

박소녀는 1938년(실제로는 1936년) 생. 해방과 6·25를 겪은 세대이며, 열일곱에 얼굴도 모르는 남자와 결혼하여 가족과 익숙한 사회 속에서 산 인물이다. 행방불명된 것이 2008년이라고 하면 만 69세. 그렇게까지 고령은 아니나 심한 두통과 기억장애가 있다.

가정에 대한 애정을 축으로 오로지 자신의 소임을 다하려 애쓰며 살아온 여성. 그녀의 생활에서 옛 한국의 가치관과 생활습관을 알 수 있다. 한편 자녀 세대는 도시에서 살아가는 현대인이다. 시대의 변화에 따라 생활습관이나 올바르다고 여기는 가치관이 신세대와는 다르고, 애정의 기반은 있지만 아무래도 어긋나고 마는 것은 어느 나라든 엿볼 수 있는 모습이 아닐까.

이 이야기를 읽을 때 떠오르는 사람이 있다. 시집을 왔을 때는 개울이나 밭이었던 곳이, 도로가 뚫리고 신축 주택이 들어서고 정비된 공원이 생기면서 주민층도 바뀌어, 그 전까지의 생활습관으로 살고 있는 그녀는 완전히 '별난 사람' 취급을 받고 있었다. 그녀는 마을 사람을 '도시 것들'이라 부르면서 불편함을 감추지 않았다. 그 정도로 옛날에는 도시와 전원 지역의 문화는 달랐으리라. 하지만 집과 가족을 위해 정성껏 일해온 것은 그녀의 손을 보면 금세 알 수 있다. 80대 중반이 되자 그녀는 밭과 과수나무 손질하는 법을 고집스런 아들 부부에게 조금씩 전수하기 시작했다. 그리고 당연하지만 그녀도 박소녀와 마찬가지로 태어날 때부터 엄마는 아니었다. 당연히 할머니도 아니었으며, 어린 아기였던 시절이 있었고 반질반질하고 촉촉한 볼을 지닌 소녀 시절도 있었다.

『한국현대시선』

이바라기 노리코는 저명한 시인이다. 1926년 태어났고, 일본의 패전을 19세에 경험했다. 그녀를 만난 것은 중학교인가 고등학교 국어 교과서에 실려 있던 「내 감수성 정도」. 무척 공감이 가서 곧잘 마음속으로 떠올리곤 했다. 이바라기 노리코가 한국에 관심이 컸고 책까지 쓴 걸 알게 된 것은 우연이지만 든든하다는 생각이 들었다.

「별책 태양 이바라기 노리코」에도 한국과 관련한 장이 있으며 한 페이지를 할애하여 「사람을 찾습니다. 홍윤숙」이 소개되어 있었다.

『한국현대시선』에 따르면 홍윤숙은 1925년 평안북도 정주군 출생으로, 서울대학교에 진학한 것으로도 박소녀(가공의 인물이지만)와는 다른 세상에서 살아온 여성이라고 생각해도 좋다. 하지만 자신의 일은 아닐지 몰라도 잃어버린 것과 되돌릴 수 없는 것을 끌어안고 살아온 사실은 시를 읽으면 마음을 콕콕 찌른다. 경중의 차는 있지만 자신의 몸으로 치환해버리는 사람도 있지 않을까.

『한국현대시선』에서 또 한 편 「은수저 황명걸」. 황명걸은 이 책에 따르면 1935년 평양 출생인데, 이 시는 한 살을 축하하는 시다. 순진무구한 사랑스러운 미소를 짓게 한다. 주변에도 축하하러 달려온 친척의 미소 띤 얼굴이 떠오른다.

아아 너는 웃어야 해
웃으면서 살아가야 해
당당히 기죽지 말고 은수저를 이용해서
오래오래 살아야 해

조부모와 부모가 고생한 만큼 행복해지길 바란다. 그리고 그 행복이 계속 이어지라고 바라는 희망과 기대에 찬 시다.

시를 읽으면 그 나라 사람의 마음을 엿볼 수 있다. 시대나 문화 등의 사회 배경을 조사하면서 천천히 시의 세계를 맛보는 것은 이웃 나라를 아는 단서가 되고, 공부도 되는 법이다. 이 책은 와카마쓰 에이스케(若松英輔)와 사이토 마리코(斎藤真理子)의 해설이 게재된 신판이 2022년에 출간되어 구하기 쉬울 것이다.

한국에는 오래된 것부터 신선한 것까지 풍부한 시의 세계가 있다. 꼭 발을 들여보기 바란다.

이토 준코伊東順子 　　　작가, 번역가, 편집자

『클레멘타인의 노래(クレメンタインの歌)』
김시종(金時鐘) | 文和書房 | 1980

『해협: 어느 재일 역사학자의 반생(海峡ーある在日史学者の半生)』
이진희(李進熙) | 青丘文化社 | 2000

『중간 정도의 친구: 한국수첩 Vol. 1(中くらいの友だちー韓くに手帖 Vol. 1)』
『중간 정도의 친구(中くらいの友だち)』 편집부 엮음 | 皓星社 | 2017

일본 아이치현 출생. 1990년 한국으로 건너와 서울에서 기획 및 잡지 사무실을 운영했다. 저서로 『한국 문화: 이웃의 맨얼굴과 현재(韓国カルチャー隣人の素顔と現在)』(集英社), 『비빔밥의 나라의 여성들(ビビンバの国の女性たち)』(講談社), 『한국 현지에서 보내는 보고: 세월호 사건부터 문재인 정권까지(韓国現地からの報告ーセウォル号事件から文在寅政権まで)』(ちくま新書) 등이 있다. 역서로 『착취도시, 서울: 한국의 쪽방촌 사람들(搾取都市ソウルー韓国最低住宅街の人びと)』(이혜미 저, 筑摩書房) 등이 있다. 2017년 동인지인 『중간 정도의 친구: 한국수첩(中くらいの友だちー韓くに手帖)』(皓星社)을 창간했다.

『클레멘타인의 노래』

2020년 대히트를 기록한 한국 드라마 〈사이코지만 괜찮아〉(tvN)에서 〈클레멘타인〉이 흘러나오는 장면이 있다. 일본 시청자들은 '어, 왜 설산찬가(雪山讃歌, 일본의 창가_옮긴이)가 나오지?'라고 생각할 것이다. 하지만 한국인에게는 이 노래가 드라마의 중요한 복선임을 알 수 있다. 한국어 가사는 원곡인 미국 민요에 가깝고, 바닷가에 사는 늙은 아버지와 딸의 이야기이기 때문이다.

한국에서 〈클레멘타인〉이 처음 유행한 것은 1920년대, 한국어 작사가가 박태원이라는 설도 있지만 확실하지는 않다. 다만 일제강점기 한반도에서는 외국의 가요나 동요 등이 일본어로 중역되는 경우가 많았는데, 이 가사는 일본어의 영향을 받지 않아 해방 후 한국에서 대중화되는 동기가 되었다고 한다.

"처음부터 조선 노래인 줄 알았어요."

1929년생인 김시종은 어렸을 때 아버지가 부르는 이 노래를 들었다고 한다. 『클레멘타인의 노래』는 스무 살에 제주도에서 일본으로 건너간 저자가 아버지와 고향을 그리워하는 마음을 담은 책이다. 이사를 할 때마다 책을 처분해온 내가 늘 곁에 두고 있는 소중한 책이기도 하다.

고등학교 시절, 동경하던 선배가 재일한국인이라는 이야기를 들었다. 그 사람에 대해 간절히 알고 싶던 나는 도서관에 틀어박혀 책을 읽었다. 김시종을 비롯해 김달수, 김석범, 고사명, 이회성, 김학영… 한국문화가 전성기인 지금과 달리 40년 전 일본에서 친숙한 것은 재일한국인 작가들의 작품이었다.

『해협: 어느 재일 역사학자의 반생』

대학에 들어가서 스스로 책을 사게 된 후, 계간지 『삼천리(三千里)』를 구독했다. 한국의 독재정권 비판 등 정치적인 주제도 있었지만, 문화적으로 큰 울림이 있었다. 그것은 편집장인 이진희 선생의 힘이 아니었을까. 최근 『해협: 어느 재일 역사학자의 반생』(이하 『해협』)을 읽으며 생각했다. 민족의 마음을 찾고 남북통일을 염원하는 한편, 학자로서의 보편적 지식에 대한 존경심은 늘 생생하다.

김시종과 마찬가지로 1929년생인 이진희가 '고고학'과 만난 것은 1949년 여름, 신문에 실린 등로 유적 발굴 기사를 읽었을 때다. 전쟁 전 학교에서 배운 역사에 대한 회의는 고고학이라는 학문을 하면 과학적으로 넘어설 수 있을지도 모른다는 생각이 들었다. 당시 간다의 헌책방에서 구매한 고고학 관련 책 몇 권을 전혀 이해하지 못했지만, "그것이 오히려 '어려운 고고학'에 도전하고 싶다는 마음을 강하게 만들었다"고 한다. 이듬해 메이지대학에 입학해 대학 1학년 여름에는 토로 유적 발굴 작업에 참여했다.

그러나 그때 조국은 전쟁이 시작되고 있었다. 재일한국인 사회에서도 남북 대립이 심화되고 미군 점령하의 좌익 탄압도 심해진다.

이진희의 자서전 『해협』에는 이 무렵의 체포 경험과 정치 활동, 일본에서의 가난한 생활, 김지하 등의 구호 운동, 조국을 방문할 수 없는 고뇌 등과 함께 고고학자로서 축적된 경험이 기록되어 있다. '다카마쓰 고분', '광개토대왕비', 그리고 '조선통신사'에 대한 글을 써서 아무도 찾지 않던 쓰시마의 아메노모리 호슈(雨森芳洲)의 무덤을 세상에 알린 것도 이진희의 공로다.

한국에서 사반세기 넘게 살면서 '한국·조선의 마음을 읽다'라는 제목을 듣고 떠오른 것은 재일교포 작가의 책이었다. 한국 사람들에게는 별것 아닌 일이라도 고국을 떠난 사람들은 '그 마음'을 잊지 않으려 했고, 일본에서 태어난 재일한국인 2세 작가들은 그들 자신도 '한국·조선의 마음'을 찾고 있었다. 그것들은 '재일조선인문학'이라는 장르로 주목받기도 했다.

『중간 정도의 친구: 한국수첩 Vol. 1』

마지막으로 소개하고자 하는 것은 2세가 아닌 15세가 발견한 '한국·조선의 마음'이다. 내가 창간한 동인지 『중간 정도의 친구』 창간호에는 15대 심수관(沈壽官) 씨의 「1990년 말의 일(1990年暮れのこと)」이라는 에세이가 실려 있다. 당시 갓 서른 살이 된 그는 한국으로 유학을 가게 되는데, 그곳에서 대학 총장이 이렇게 말했다고 한다.

"네가 여기서 공부하는 2년 동안 400년 동안 쌓인 일본의 때를 씻어내고, 한국의 혼을 몸에 담아갔으면 좋겠다."

"400년의 때?" 이제 막 서른 살이 된 심수관은 그 말에 격분하여 그 자리에서 입학을 취소하고 말았다. '우리 집안 400년 세월을 더럽혔다고 느꼈다'는 그는 그 말의 진의를 한참 후에야 알게 된다.

"수관 씨, 그분을 원망하지 마세요."

이야기를 들은 '김 노인'은 이어서 이렇게 말했다고 한다.

"400년 묵은 때를 씻어내라는 말은 긴 여행의 때를 벗으라는 뜻으로, 우리 집에 잘 왔습니다. 천천히 쉬었다 가라고, 한국사람들이 쓰는 말입니다."

심수관에게 '한국의 혼'을 가르친 '김 노인'은 열두 살 때 식민지 조선에서 일본으로 건너간 김태구 씨다. 한센병 소송의 원고가 되어 전 환자들의 인권 회복을 위해 노력하신 분이다.

전월선田月仙　　　　　　　　　　　　오페라 가수

『김성태 가곡집』
김성태 | 도서출판 예음 | 1991

일본 도쿄에서 태어났으며, 세계 각국에서 오페라와 콘서트에 출연했다. 대표작으로 오페라 〈카르멘〉, 〈토스카〉, 〈춘향전〉에서 타이틀 롤(주인공)을 맡았다. 한일 양국 정상 앞에서 독창한 유일한 성악가로도 유명하며, NHK 〈해협을 넘나드는 가희(海峽を越えた歌姬)〉, KBS스페셜 〈해협의 아리아, 전월선 30년의 기록〉이 전국에 방영되었다.

1995년 일본 황족 출신으로 조선 왕조에 시집온 이방자 왕비를 소재로 한 오페라 〈더 라스트 퀸: 조선왕조 마지막 황태자비〉를 발표(극본과 주연, 신국립극장), 열다섯 살부터 여든일곱 살까지 여주인공을 연기하며 오랫동안 현역으로 활동하고 있다. 동서남북의 평화를 염원하는 노래 〈고려 산천 내 사랑〉은 그녀의 오리지널 곡으로 꾸준한 인기를 누리고 있다. 저서로는 『해협의 아리아(海峽のアリア)』(쇼가쿠칸 논픽션 대상 수상), 『금지된 노래: 조선반도 음악 백년사(禁じられた歌-朝鮮半島音楽百年史)』(文藝春秋ラクレ), 『K-POP 아득한 기억(K-POP遙かなる記憶)』(小学館) 등이 있다. 일본 외무대신 표창, 한일문화교류기금상을 수상했으며, 도쿄 니키회 회원이다.

홈페이지 http://wolson.com

* 전월선이 부른 〈동심초〉는 『전월선 CD 명곡집(田月仙CD名曲集)』 Part 2에 수록되어 있다.

『김성태 가곡집』

꽃잎은 하염없이 바람에 지고

만날 날은 아득타 기약이 없네

무어라 맘과 맘은 맺지 못하고

한갓되이 풀잎만 맺으려는고

한갓되이 풀잎만 맺으려는고

— 〈동심초〉, 설도(시), 김안서(옮김), 김성태(작곡)

이 노래를 부를 때면 내 머릿속에는 다시는 만날 수 없는 사랑하는 사람들의 얼굴이 떠올랐다가 사라지곤 한다.

데뷔 당시부터 수차례 프로그램에 삽입하여 애창해온 가곡 〈동심초〉.

이 시는 중국 당나라 시대의 기녀이자 시인인 설도(薛濤, 768~831)가 지은 것으로, 한국의 시인 김안서(金岸曙)가 1943년에 번역한 작품이다.

이 노래를 들은 사람들은 "한국에는 이렇게 슬픈 노래가 있군요"라고 한숨을 섞어 속삭인다.

사람들의 가슴을 울리는 가곡 〈동심초〉. 그 곡조는 특히 인상적이다. 노래가 시작되고 불과 네 마디 만에 그때까지의 가장 낮은 음에서 한 옥타브 이상 뛰어올라 고음으로 이어진다. 클래식 음악을 노래하는 사람의 감각으로 말하자면, 그 소리를 향해 복근과

횡격막이 강하게 움직이고, 이후 하강음으로 중간부에 도달하지만 곧바로 제2, 제3의 높은 곳으로 향하는 에너지가 필요한 어려운 곡이다. 그 선율은 진하면서도 슬프도록 아름답다.

한국 음악사에 남을 이 명곡을 만든 사람은 한국 가곡의 아버지라 불리는 작곡가 김성태다. 조선 병합의 해인 1910년에 태어났다. 독학으로 음악을 배웠다. 이후 일본으로 건너가 도쿄고등음악학원(현 국립음악대학)에서 서양음악 작곡법을 배웠다. 일제강점기 조선으로 귀국 후 경성후생실내악단 등에서 활동하며 서양음악을 도입하며 조선의 음악 발전에 공헌했다. 일제강점기가 끝난 이듬해인 1946년 가곡 〈동심초〉를 발표했다. 이후 수많은 작품을 발표하며 한국 음악계를 대표하는 대가가 되었다.

〈동심초〉의 멜로디와 화성에 강하게 이끌린 나는 『금지된 노래: 조선반도 음악 백년사(禁じられた歌−朝鮮半島音楽百年史)』 집필을 위해 2007년 서울에 살고 있던 작곡가 김성태를 찾아갔다.

역사의 산증인이자 한국 음악계를 짊어진 원로 작곡가는 당시 아흔일곱이셨지만 엄숙하면서도 온화한 미소로 나를 반갑게 맞아 주었다.

나는 예전부터 계속 불러왔던 〈동심초〉를 작곡가 김성태 선생 앞이라 긴장이 되었지만, 그래도 온 마음을 다해 노래를 불렀다. 일본 공연에서 기회가 있을 때마다 그 작품을 부른다는 말을 전하자 노작곡가는 눈을 반짝이며 몇 번이고 고개를 끄덕였다.

그리고 보답이라도 하듯, 그 자리에서 한반도 민요 〈새야 새야 파랑새야)의 노랫말을 쓱쓱 써주었다. 김성태는 예로부터 민중들 사이에서 불리던 〈새야 새야 파랑새야〉를 1930년대에 채보하여 최초의 동요집에 수록한 것으로 알려졌다.

이 노래는 최근 들어서는 8분의 6박자로 부르는 경우가 많은데, 원래는 8분의 5박자로 불렀어요, 라고 가르쳐주었다.

내가 방문했을 당시 한국에서는 '친일파 추궁'의 폭풍이 몰아쳐 이미 고인이 된 유명 작가와 화가, 그리고 음악가까지 혹독한 비판을 받고 있었다. 아니나 다를까 작곡가 김성태도 그 대상에 이름이 올랐다.

나는 음악가로서 그 진상을 파헤치고 싶었지만, 당사자를 코앞에 두고는 도저히 말을 꺼낼 수 없었다. 그러나 놀랍게도 옛이야기를 하는 도중 당사자가 말을 꺼냈다.

"친일파. 그때는 총칼이 앞에 있으니 어쩔 수 없었어. 많이 했죠. 물론 먹고살기 위해 한 사람도 있지만, 그렇지 않은 사람들은 억지로 한 사람들이에요."

아득한 세월을 넘어 노작곡가의 기억이 선명하게 되살아나는 것을 느낄 수 있었다.

"1943년경에는 모든 공연에 일본 경찰이 참석했어요. 어느 날 함께 공연에 참가한 소프라노 가수 김천애가 〈봉선화〉를 부르다가 눈앞에서 경찰에 연행된 적이 있어요."

그러나 일본에도 널리 알려진 이 명곡 〈봉선화〉를 작곡한 전설적인 작곡가 홍난파도 사후 수십 년이 지난 현재 한국에서 '친일파'라는 오명을 뒤집어쓰고 심한 비판을 받고 있다.

수많은 귀중한 증언을 들으면서 나는 복잡한 심경으로 한국을 떠났다.

그로부터 3년 후, 나는 다시 서울에 있는 원로 작곡가의 자택을 방문했다. 김성태의 표정은 첫 방문 때보다 더 밝고 평온해 보였다.

그의 손에는 한글 신문이 들려 있었다. 백 살이 된 작곡가는 그해 친일파 명단에서 제외되어 마침내 누명을 벗을 수 있었다.

그 기쁜 소식이 적힌 신문을 펼치며 감격에 겨워하는 나에게 김성태는 두툼한 책 한 권을 건네주었다. '전월선 여사에게'라는 친필 사인이 적힌 그 책에는 노작곡가가 남긴 약 50여 곡의 작품 악보가 수록되어 있었다.

『김성태 가곡집』은 음악에 종사하는 사람이 아니라면 수많은 전문 서적 중 하나일지도 모른다. 하지만 이 책은 한 작곡가의 작품집일 뿐만 아니라 일본과 한반도의 격동기를 살았던 희귀한 음악가의 알려지지 않은 백 년의 역사가 악보의 음표 구석구석에 담겨 있는 귀중한 책이다.

2012년 4월 11일. 아름다운 꽃의 계절, 봄비가 조용히 내리던 날, 꽃잎을 고요히 흩뿌리듯 한국 가곡의 아버지 김성태는 생을 마감했다. 향년 102세였다.

지금도 한국의 교과서, 음악 서적, 수많은 책에 그의 작품이 소개되고 있으며 아름다운 그의 노래들은 곳곳에서 불리고 있다.

정현정鄭玹汀　　　　　　　　　　　사상사 학자

「일본인은 조선의 마음을 가지고: 재야의 사상가 기노시타 나오에와
조선(日本人は朝鮮の心をもって―在野の思想家木下尚江と朝鮮)」,
『기노시타 나오에 전집(木下尚江全集)』(전20권)

기노시타 나오에(木下尚江) | 야마기와 게이지(山極圭司) 엮음 | 教文館 | 1993～2003

서울에서 태어났으며, 이화여자대학교 독어독문학과를 졸업했다. 도쿄대학교 대학원 종
합문화대학원 초지역문화과학전공 박사과정을 수료했다.(학술 박사) 독립행정법인 일본
학술진흥회 특별연구원, 독일 알렉산더 폰 훔볼트 재단 장학생, 베를린자유대학교 동아
시아 연구소 객원 연구원, 교토대학교 연구원, 리츠메이칸대학교 · 지바대학교 비상근
강사를 거쳐, 현재 중국 동북사범대학교 부교수, 주오대학교 · 리츠메이칸대학교 연구원
이다. 저서로 『천황제 국가와 여성: 일본 기독교사의 기노시타 나오에(天皇制国家と女性―
日本キリスト教史における木下尚江)』(教文館, 2013)가 있다.

러일 전쟁 중에 일본에서 가장 진보적인 사회주의자들은 조선에 대해 그다지 관심을 보이지 않았다. 그들은 제국주의는 비판했지만 일본 제국주의의 조선 침략과 식민지 지배에는 그다지 관심을 두지 않았다. 그런 상황에서 기노시타 나오에(木下尚江, 1869~1937)가 일본의 조선 식민지화를 줄곧 신랄하게 비판한 것은 주목할 만하다.

러일 전쟁이 시작된 지 얼마 되지 않았을 무렵, 나오에는 「경애하는 조선」을 주간 『헤이민신문(平民新聞)』(1904년 6월 19일)에 발표했다. 조선은 과거 '학예·기술·도덕·종교'를 일본에 전한 '오랜 대은인'임에도 일본은 오히려 '침략'으로 보답했다는 것이다.

또한 「의전론자에게 묻는다」(『직언(直言)』 1905년 3월 19일)에서 나오에는 한일 의정서 폐기를 주장한 행동을 소개하며 '의협심 있는 일본인은 조선인의 마음으로 조선 독립 문제를 바라보아야 한다'고 주장했다. 또한 청일·러일 전쟁에서 일본은 청나라나 러시아로부터 조선을 구하기 위해서라는 대의명분을 들었지만 실제로는 '두 번의 전쟁을 거쳐 스스로[조선]를 획득'한 것이라며, 일본의 기만을 지적하면서 "조선은 이미 독립국이 아니며, 그 이름은 그저 지리지상에만 영원하리라"(「지리지상의 조선(地理誌上の朝鮮)」, 『신기원(新紀元)』 1905년 11월 10일)며, 조선의 마음에 서서 한탄의 목소리를 낸 것이다.

일본 정부는 러일 전쟁 후인 1908년 12월 18일에 동양척식주식회사를 설립했다. 나오에는 '조선 척식'의 문제에 주목하며 '군비를

뒷배로 삼지 않고 조선을'(「이 국가의 목적(是れ国家の目的)」『신생활(新生活)』(1908년 3월 5일), '조선 경영'이라는 명목하에 일본의 식민지 지배를 정당화하는 일본의 기만성을 폭로했다. 총과 검으로 무장한 군대를 선두에 세워서 조선 인민의 토지를 빼앗고 재산을 몰수하여 그곳에 일본 빈민을 이주시킨 후 그 이익을 일본의 자본가에게 배당하는 것이야말로 '조선 척식'의 목적이었다고 설명한다.

나오에는 일본의 조선에 대한 경제적 침탈뿐 아니라, 역사적 주체성 말살이라는 문제에도 주목했다. "이토 히로부미, 올여름 조선 역사조사회를 일으켜, 궁정의 고사(古史)를 빼앗으리. 조선은 무역사의 나라가 되리라. 그는 칼 대신 붓으로 조선을 근본부터 도려내리라." 이는 1909년 10월 26일에 이토가 조선인에 의해 살해된 후 얼마 되지 않은 11월 14일의 일기에 적힌 내용이다. 나오에는 역사적 기록을 제멋대로 조작하려는 일본의 위정자에 대해 울분을 드러냈다.

또한 나오에는 만년에 시라야나기 슈코(白柳秀湖)에게 보낸 편지(1935년 10월 8일)에서, 이토가 조선 왕실 도서를 가져갔다고, 인편으로 들은 이야기를 전하며 그것은 결코 간과해서는 안 되는 중대한 문제라고 강조했다. "이토 히로부미가 조선 통감일 때 조선의 역사를 가지고 나왔다고 어떤 사람에게서 들었다(사실은 모르지만). 나는 이 말을 들었을 때 이토는 하겠구나 하고 직감했다"고. 나오에는 일본에 의한 조선의 '역사 말소' 문제에 대해 강한 우려와 울분을 품었던 듯하다. 궁정의 사료를 강탈하고 일국의 역사를 말소하려 한 것은 조선의 민족적 자립성을 근본부터 말살하려는 행위라고.

　나오에는 이러한 민족과 국가의 역사 말소를 시도하는 것은 도저히 용서받지 못할 것으로 생각했지만, 당시 그 진위를 확인할 방법은 없었다. 오랜 세월이 흐른 후 이토가 조선의 고사에 관한 왕실 도서를 탈취했다는 소문은 사실로 판명되었다. 조선 통감부의 초대 통감인 이토 히로부미가 1906년부터 1909년 6월 14일, 통감을 사임하기까지 도서 77종 1,028권을 대출 형식으로 일본으로 가져간 것이다. 1965년 6월 22일에 한일기본조약이 체결되고 규장각에 남겨진 조선총독부의 문서를 점검하는 과정에서 궁내청으로 규장각에서 빌려 간 도서가 있다는 것이 알려졌다. 그 자세한 내용은 2002년 서울대학교 교수이자 규장각 관장인 정옥자의 연구를 통해 겨우 밝혀졌다.(「이토 히로부미가 강탈한 고서에 관한 조사」, 『한국사론(韓國史論)』 2002년 12월). 이들 도서는 궁내청이 소장하고 있다. 거의 100년 후인 2010년 이토가 대출 형식으로 강탈한 도서는 거의 한국에 반환되었다. 그러나 조선의 의학이나 관습, 군의 역사 등에 관한 귀중한 문화재인 '제실도서(帝室図書)' 및 '도서(図書)'는 아직 반환되지 않고, 일본 궁내청 서릉부에 소장되어 있다.

　1909년 이토가 죽었을 때 나오에는 〈도쿄니로쿠신문(東京二六新聞)〉 기자에게 이렇게 말했다. "이토는 행운의 사나이다. 죽을 때와 죽을 장소를 얻었기에 세계적으로 유명해졌을 뿐 아니라 불후의 인물이 되었다. 그뿐 아니라 죽음에 의해 그의 다른 결점은 모두 잊히고 말았다."(《도쿄니로쿠신문》 1909년 10월 29일). 그는 이토가 암살당함으로써 지금껏 이토가 저지른 죄가 묻히는 것을 분하게 여긴 듯하다.

하라다 미카 原田美佳　　　　　문화교류 연구가

『조선민요집(朝鮮民謠集)』

김소운 편역 ｜ 岩波書店 ｜ 1933

『이야기 한국인(物語 韓国人)』

다나카 아키라(田中明) ｜ 文芸春秋 ｜ 2001

『흙 속에 저 바람 속에[韓国人の心(増補 恨の文化論)]』

이어령 ｜ 배강환 옮김 ｜ 学生社 ｜ 1982

「한일문화론: 동질성과 이질성(『한국문화』 수록)」

한국문화원 엮음 ｜ 学生社 ｜ 1994

일본 도쿄도 출신으로, 오오츠마여자대학을 졸업했다. 한국정신문화연구원(현 한국학중
앙연구원)에서 연수했으며, 학생 시절부터 오랫동안 몸담았던 주일한국대사관 한국문화
원을 2015년 말에 퇴직했다. 현재는 일본가르텐협회(日本ガルテン協会) 홍보부장으로 일
하면서 국제예술문화진흥회 이사, 아시아 도서관 네트워크, 십장생회(十長生の会) 등 교
류를 중심으로 활동 중이다. 공저로는 『컴팩트 코리아(コンパクト韓国)』(이어령 감수), 『조선
인물사전(朝鮮人物事典)』(기무라 마코토(木村誠), 조경달(趙景達) 외 감수), 『조선왕조의 의상과
장신구(朝鮮王朝の衣装と装身具)』(장숙환(張淑煥) 감수) 등이 있다. 문화체육관광부 장관상,
왕인박사 보은 '신선·태극정원'으로 전라남도 영암시에서 표창비를 받았다.

일본인의 마음이라고 하면 와비, 사비, 무사도 등을 떠올리는 사람도 많겠지만, "와카는 사람의 마음을 씨앗으로 하여, 수많은 말의 잎과 같은 존재가 될 수 있다"라고 『고금 와카집(古今 仮名序)』에도 쓰여 있듯이, 일본인의 마음과 문화의 핵심에 『만엽집(万葉集)』, 『고금집(古今集)』, 『신고금 와카집(新古今和歌集)』 등과 같은 노래로 전해진 와카(和歌, 일본의 대표적인 정형시_옮긴이)가 있다고 할 수 있으리라. 와카의 전통은 고금 전승의 맥을 끊지 않기 위해 전쟁을 멈출 만큼의 힘을 발휘할 정도로 일본과 떼려야 뗄 수 없는 문화다. 지금 내가 소속된 일본가르텐협회에서는 매달 '사람과 정원 이야기회'를 개최하는데, 정원은 시대적 배경과 사상, 재료 수집 등 많은 사람의 생각과 협력 없이는 완성되지 않는다. 와카를 주제로 한 리쿠기엔(六義園) 등은 오랜 세월 동안 많은 사람의 마음 덕분에 유지되고 있다.

한국의 마음, 하면 역시 시가 떠오른다.

일본어가 모국어이다 보니 한국의 시문학사를 거슬러 올라가려 해도 쉽지 않다.

옛날에는 『삼국사기』(1145년), 『삼국유사』(1280년경)에 향가(鄕歌) 〈처용가〉 등이 있고, 조선시대 국교는 고려시대 불교를 대신해 퇴계 이황과 율곡 이이로 대표되는 유학이 성행하면서 한시가 중심이었다. 한글이 창제된 후에는 『춘향전』, 『심청전』 등 한문으로 된 것들도 한글로 더 잘 표현할 수 있게 되었다. 한시는 남성 중심이지만 여성 시인으로는 황진이, 한글 최초의 소설 『홍길동전』의 저자 허균의 누이인 허난설헌, 이옥봉, 이율곡의 어머니인 신사임당 등이 있어서 반갑다.

일찍이 인쇄 문화가 발달했고 지금도 출판 강국이지만, 전 국토가 초토화되어 고문헌이 적고 재일한국인이나 일부 연구자를 중심으로 세밀하게 번역된 것이 대부분이라 일본어로 읽을 수 있는 책이 생각보다 적었다. 현대에는 영화 등으로 윤동주 시인을 아는 사람은 있지만, 일본에서는 시인의 이름은 잘 거론되지 않는다. 근현대 시인들도 한국에서는 정지용, 이육사, 이광수, 서정주, 신경림, 김지하, 고은 등 일일이 열거하기 힘들 정도다. 한용운의 「님의 침묵」, 김소월의 「진달래꽃」 등 예전에는 한국어 공부를 하면 이런 근현대 시인들의 시들도 수업 시간에 자주 다뤘다.

이와는 별개로 김소운 선생의 『조선민요집』, 『조선동요집』, 『조선시집』 등의 작품군이 있다. 전쟁 전부터 일본에서도 발표되어 이와나미쇼텐에서 문고로 출간되는 등 일제강점기 고난의 시절을 살았던 시인을 다룬 『조선시집』을 비롯해 『조선민요집』과 『조선동요집』은 오랜 역사 속에서 한국 민중이 엮어낸 정서가 담긴 다양한 한국의 정신문화를 일본에 소개한 공로는 크다.

다나카 아키라 선생은 『이야기 한국인』의 서두에서 시바 료타로의 말을 인용하여 "삼국시대의 한국인과 조선시대의 한국인이 같은 민족이라고는 생각되지 않는다"고 썼다.

일본은 해협을 사이에 두고 대륙과 땅이 이어져 있지는 않지만,

아이누를 비롯해 대륙에서 건너온 사람들도 있기에 같은 민족이라고 보기는 어렵다. 나라는 시대에 따라 환경도 사람도 다른데, 일관된 한국인의 마음이라는 것이 있을까.

일본에서 한국 붐이 일어난 때가 있는데, 그중 하나가 1988년 서울올림픽 개최를 앞둔 시기였다.

일본인들이 잘 이해하지 못하는 한(恨)을 제목으로 한 이어령 선생의 『한의 문화론: 한국인의 마음 밑바닥에 있는 것(恨の文化論-韓国人の心の底にあるもの)』(『흙 속에 저 바람 속에』의 일본어 번역본 제목이다._옮긴이)은 그 후 『한국인의 마음(韓国人の心)』으로 출간되었다. 김양기 선생의 『김치와 오신코(キムチとお新香)』, 김용운 선생의 『한국인과 일본인(韓国人と日本人)』, 이규태 선생의 『한국인의 마음의 구조: 생활과 민속으로 탐구하다(韓国人の心の構造-暮らしと民俗に探る)』 등 일본과 한국의 문화 비교에 관해 쓰인 책이 널리 읽혔다.

일본이 제2차 세계대전에서 패한 후, 아시아의 역사에서 다소 배제된 한국의 역사와 문화를 알고자 하는 욕구에 따라 한국을 방문하는 일본인이 늘었다.

'1992년 조선통신사 인 재팬'의 일환으로 열린 한일문화포럼 '한국문화와 일본문화'는 '생활문화: 그 색과 형태', '선비사회와 무사사회' 등 5개 세션과 공개 강연회(방하철, 지명관, 우메하라 다케시(梅原猛), 이어령)가 기억에 남는 행사였다. 한국문화원 감수 『월간 한국문화』에 수록되어 「한일문화론: 동질성과 이질성」으로 정리되었다.

또한 전통예술, 한국어, 가요, 스포츠 등에 대한 관심도 조금씩

확대되어 세키카와 나쓰오(関川夏央)의 『해협을 넘은 홈런(海峡を越えたホームラン)』, 오구라 기조(小倉紀蔵)의 『한국은 하나의 철학인 '이'와 '기'의 사회 시스템(韓国は一個の哲学である〈理〉と〈気〉の社会システム)』 등 현대 한국인에 대한 일본인의 서적이 꽤 많이 출간된 것도 이 무렵이었다.

김대중 대통령의 일본문화 개방 정책 이후 2002년 FIFA 월드컵 한일 공동개최를 전후로 한류 붐이 일어나기 전까지는 문헌이나 약간의 영상은 있어도 실제 한국인과 한국인의 문화와 생활이 어떤지 아는 일본인은 많지 않았다. 현재와 같은 정보량의 급증은 상상도 할 수 없었다. 앞으로 더 많은 한국 관련 정보와 자료가 넘쳐날 것은 반가운 일이다.

하정웅 河正雄   미술가

『오얏꽃은 지더라도(李の花は散っても)』

후카자와 우시오(深沢潮) | 朝日新聞出版 | 2023

『평전 아사카와 노리타카와 다쿠미: 14권의 일기장(評伝·浅川伯教
と巧ー14冊の日記帳)』

사와야 시게코(澤谷滋子) | 아스카 아루토(飛鳥あると) 그림 | 山梨県北杜市発行 | 2021

1939년 일본 히가시오사카시에서 태어났으며, 주식회사 가와모토 대표이사다. 1991년
광주시립미술관 종신 명예관장이 되었고, 2012~2018년 재단법인 수림문화재단 이사장
을 역임했으며, 현재 광주광역시 시각장애인연합회 명예회장이다. 1994년 대한민국 국
민훈장 동백장, 2012년 대한민국 보국훈장 문화훈장을 수훈했으며, 한국문화예술위원회
올해의 예술후원자 메세나 대상을 수상했다. 2020년 야마나시현 호쿠토시 시민영예상
을 수상, 2003년 일본국 훈장 홍조근정훈장을 수훈했다.

『오얏꽃은 지더라도』

후카자와 우시오(深沢潮) 씨는 재일한국인 3세로 1966년 도쿄에서 태어났다. 서른 살 때 일본 국적을 얻었고 2021년『가나에 아줌마(金江のおばさん)』로 제31회 '여성에 의한 여성을 위한 R-18문학상(女による女のためのR-18文学賞)' 대상을 수상하며 일본의 소설가로 등장했다.

지금껏 재일한국인 작가가 쓴 소설은 민족이나 이데올로기 사이에서 일어나는 갈등이나 정체성을 주제로 한 것이 많았다. 이 책은 역사적 사실을 주제로 하여 재일한국인의 위치를 다양하게 바라보기에 시대의 흐름에 맞는다. 그 흐름은 자연스럽고 새롭다.

저자는 한국 여행 중에 이방자에 대해 알게 되었다. 또한 그녀의 남편이 이씨 왕조의 방계 자손이라는 것을 알게 된 후 친밀감을 느끼고 취재를 이어나갔다. 그러던 와중 '다이쇼, 쇼와를 살며 한일 간의 불행한 역사의 틈바구니에서 농락당한 이방자를 그리고 싶다', '나의 컬렉션 자료에서 배우고 싶다'며, 우리 집을 방문 취재한 것이 첫 만남이었다.

나시모토노미야(梨本宮) 가문에서 태어난 왕족 이방자는 열네 살 여름, 조선 이씨 왕조의 황태자인 이은과 자신의 혼인을 알게 된 후 한일 역사의 소용돌이에 휘말려 기구한 운명에 사로잡힌다.

조일 융화의 정략결혼이라는 불합리한 시대를 살며, 일본인과 조선인에게서 협박과 중상모략을 받으며, 양국에 걸친 깊은 골과 그늘에 직면해가는 이방자를 그리고 싶다고 말했다.

인간의 아름다움과 존엄은 진정한 사랑이다. 이은 전하와 혼인이 결정되었을 때의 심경 변화를 적은 이방자의 일기는 사랑으로 이은 전하를 떠받치는 것이 사명이라는 다짐을, 고결한 순수함으로 그리고 있다. 그것은 일기 문학의 꽃이라고 나는 이야기했다.

생전 적지 않게 이방자와 교제가 있었던 나는 저자의 의욕과 열정에 마음이 움직였고, 창작에 기대와 꿈을 품었다. 결실을 맺은 것은 행운이었다.

이 책은 전쟁 전, 전쟁 중, 전쟁 후의 한반도를 무대로 하여 일본에서 만난 조선 독립운동가와 사랑에 빠진 가공의 인물 '마사'와 같은 나이인 방자를 주인공으로 하여 13장에 걸쳐 전개되는 장편소설이다.

그 시대 인간을 휩싸던 광기와 잔혹성의 비극, 지금의 우크라이나 침공과 전쟁의 불합리함, 이를 통해 '역사는 반복된다'는 사실을 여실히 느낀다.

두 여성의 사랑과 역사가 응축된 흐름은 사랑의 궁극적인 진실을 전해준다. 이 책은 저자 자신의 정체성의 절규이자, 재일한국인 2세인 나에게 전해오는 마음이기도 하다.

『평전 아사카와 노리타카와 다쿠미: 14권의 일기장』

메이지시대, 야쓰가타케산 남쪽 기슭에 있는 야마나시현 호쿠토시(北杜市)에서 태어나 조선백자의 아름다움을 일본에 널리 알린 아사카와 노리타카(浅川伯教, 1884~1964). 겨우 마흔에 병으로 짧은 생을 마친 동생 다쿠미가 한 일은 무엇일까. 아사카와 다쿠미를 말할 때 형 노리타카의 존재는 크다.

민둥산이 된 조선 산들의 녹화사업에 매진했고 '한국인의 산과 민예를 사랑하여 한국인의 마음속에 살아 있는 일본인 여기 한국의 흙이 된' 아사카와 다쿠미(1891~1931)는 경기도 구리시 망우동 공동묘지에 조선인의 사랑을 받으며 잠들어 있다.

형제의 삶을 그린 만화 『평전 아사카와 노리타카와 다쿠미: 14권의 일기장』을 야마나시현 호쿠토시에서 펴냈다.

이 만화에는 소설 『백자의 사람(白磁の人)』의 저자인 에미야 다카유키(江宮隆之)가 맺음말에서, 형제의 업적과 인품에 대해 시바 료타로가 "자신을 하나의 인류로 키워낸 '보통 사람'"이라고 말한 것을 소개했다. 소설은 훗날 영화화(2012)되었다.

『평전 아사카와 노리타카와 다쿠미: 14권의 일기장』의 저자 사와야 시게코는 식민지 시대에 조선에서 산 형제를 초등학생, 중학생도 알 수 있도록 역사적인 문제를 만화라는 방법으로 이해하기 쉽게 표현했다.

만화 형태를 취했기에, 지역이 낳은 형제가 전하는 '자부심'과

'인권'이란 무엇인가, '다문화 공생'이란 무엇인가, 외국과의 '우호'란 무엇인가 등을 생각하는 데 유효한 작품이 되었다.

이 책을 읽은 초등학생, 중고등학생의 독서감상문에서는 젊은이들의 생생한 감성과 희망을 찾아볼 수 있다.

"아사카와 다쿠미가 왜 한국 사람들에게 그토록 신뢰받았는지 무척 궁금했다."

"왜 일본인은 조선인을 차별하는지 전혀 이해되지 않았다."

"책을 읽음으로써 그 역사적 이유를 알고 수많은 일본인이 조선인을 차별하는 가운데, 주변 사람들에게 휩쓸리지 않고 차별하지 않는 형제의 모습을 배웠다."

"노리타카의 '일본인과 조선인이 사이좋게 지내려면 정치가 아니라 예술이 필요하다'는 말."

"'서로 다른 점을 인정하고 서로 존중하는 것'이 시대를 넘어서 이어져 내려오는 것이라는 걸 깨달았습니다."

"이 책의 주요 등장인물은 '세 명'입니다. 형제의 평전이니까 두 명이라고 생각하는 게 보통이겠지만 세 명이라고 할 수 있습니다. 노리타카, 다쿠미, 그리고 조선인. 삼자를 동등하게 대하고, 삼자가 서로를 수용한다고 생각합니다."

"다쿠미의 '성의'를 받아들인 한국인들의 존재를 잊어서는 안 된다고 생각했다. 다쿠미의 성의를 성의로 받아들인 한국인들의 존재를 깨달았다. 다쿠미가 베푼 일방적인 성의가 아니라, 상호 관계가 있어야만 비로소

인권, 이문화 공생, 우정 문제가 성립한다는 생각에 이르렀다. 아사카와 형제의 삶에는 시대를 뛰어넘어 이어져 내려오는 것이 흐르고 있다."

"이 책에서 나에게 '전해진' 소중한 것은, 하나는 '실행'이라는 것. 노리타카와 다쿠미의 행동력을 나와 비교하며 감명받았다. 두 번째는 '조선에 대한 사랑'. 자기 나라도 아닌데 사랑하는 모습을 존경한다. 세 번째는 '지속'. 노리타카와 다쿠미의 생각과 행동을 알고, 이 세 가지를 발견했다."

"『평전 아사카와 노리타카와 다쿠미: 14권의 일기장』을 읽고 '평화라는 것', 다른 나라와 지역을 이해하거나, 대등하고 깊게 교류하는 것을 평화라고 간주하고, 그것에 이르기까지의 형제의 마음속 갈등. 가령 '예술에 진심으로 전념하지 않으면 조선인을 희생시키며 계속 만들어지는 이 목숨에 의미는 없다'라든가, 다쿠미의 '도대체 내가 무엇을 할 수 있을까' 하는 갈등을 읽어내면서, 그 갈등이 있기에 현재의 일본과 조선을 잇는 사다리가 되었다고 나는 생각했다. 노리타카의 단가(短歌)를 읽고 현재 우크라이나의 전쟁을 어떻게 바라보아야 하는지 알게 되었고 평화에 대해 생각했다."

"다쿠미에게서 배운 것이 있습니다. 그것은, 어떤 사람이라도 일생에 한 번뿐인 인연을 소중히 한다는 점입니다."

하타노 이즈미 幡野泉

어학원 경영인

『우리들의 일그러진 영웅(われらの歪んだ英雄)』

이문열 | 후지모토 도시카즈(藤本敏和) 옮김 | 情報センター出版局 | 1992

『서편제: 바람의 언덕을 넘어(風の丘を越えて一西便制)』(『남도 사람』 시리즈)

이청준 | 네모토 리에(根本理恵) 옮김 | 早川書房 | 1994

일본 야마나시현 출생. 와세다대학교 제1문학부 러시아문학 전공 졸업 후, 1998년 연세대학교 한국어학당 6급을 수료했다. 같은 해 〈코리아헤럴드〉 신문사 주최 '제33회 외국인 한국어 웅변대회' 최우수상－문화관광부 장관상 수상, 2002년 유한회사 아이케이브릿지 설립, 2004년 '업무 한국어 강좌(현 아이케이브릿지 외국어학원)'를 개설하여 비즈니스 한국어를 중심으로 한 강좌 운영을 시작했다. 같은 해 연세대학교 한국어교원 연수원 제20기 연수 과정을 수료했다. 저서로는 『업무 한국어 기초편/응용편(シゴトの韓国語基礎編/応用編)』(三修社), 『리얼한 일상 표현이 통한다! 한국어 표현집(リアルな日常表現が話せる! 韓国語フレーズブック)』(新星出版社), 번역서로 『무례한 사람에게 웃으며 대처하는 법(無礼な人にNOという44のレッスン)』(白水社) 등이 있다.

『우리들의 일그러진 영웅』
『서편제: 바람의 언덕을 넘어』(『남도 사람』 시리즈)

'한국의 마음은 읽는다'는 말을 듣고 가장 먼저 떠오른 것이 이 두 작품이다. 우선 한국의 민족 작가라 할 수 있는 이문열의 『우리들의 일그러진 영웅』이다. 1987년에 한국에서 출간되어 이상문학상을 수상하며 엄청난 화제작이 되었다. 1992년에 영화화되었고 같은 해 일본에서 번역 출간되었다.

서울의 고급 공무원이었던 아버지가 좌천되어 온 가족이 지방으로 이사하게 된 주인공 병태. 전학 간 초등학교의 반에는 엄석대라는 절대적인 급장이 있었다. 저항을 시도해보지만, 그 권력에 짓눌려 결국 복종하는데 복종하는 동안 얻은 감정은 다음과 같다.

> "그 굴종의 열매는 달았다. (중략) 내가 그의 질서 안으로 편입된 게 확인되면서 석대의 은혜는 폭포처럼 쏟아졌다."
> "석대가 맛보인 그 특이한 단맛에 흠뻑 취했다. (중략) 나는 그의 질서와 왕국이 영원히 지속되기를 믿었고 바랐으며 그 안에서 획득된 나의 남다른 누림도 그러하기를 또한 믿었고 바랐다."

석대가 자신의 권력을 유지하기 위해 쓴 폭력과 부정, 회유 등 모든 것에 등골이 오싹하지만, 권력 쪽에 속하고자 하는 인간의 본능은 그것을 허용하고 함께하며 도와주고 끌어당긴다. 그러나 서울에서 온 신임 교사가 더욱 큰 힘으로 석대의 부정을 폭로하고 그 힘을 빼앗자 지금껏 석대를 추앙하던 반 아이들이 손바닥 뒤집듯 석대를 매도한다. 그러한 등골이 서늘한 인간의 어리석음이 초등학교의 한 반에서 일어나는 일로 표현된다.

이는 어른 사회의 축소판이기도 하다며 화제가 되었는데 이 석대가 한국의 정치적 권력자를 가리킨다는 측면도 있는 듯하다. 그러나 악인은 실추한다는 단순한 사실을 시사하는 것이 아니라는 점이 이 작품이 사람들의 마음에 새겨진 이유라고도 생각한다. 그것은 그런 절대적 권력자의 등장, 존재를 어딘가에서 바라고, 추앙하며, 지나친 후 회고한다. 그것이 부정의 덩어리라 할지라도 그 저항할 수 없는 힘에 사람들이 빨려들어간다는 사실을 목도하며 독자는 고통을 동반하면서도 그것을 인정할 수밖에 없는 것이다.

또 한 작품으로 영화 〈서편제〉를 들고 싶다. 한국 영화계의 거장 임권택 감독 작품으로 1993년에 한국에서 개봉되면서 공전의 히트를 쳤고, 일본에서도 1994년 개봉되었다. 원작은 임권택 감독과 마찬가지로 전라도 출신 소설가 이청준의 연작소설 『남도 사람』 시리즈 중 제1편인 「서편제」와 제2편인 「소리의 빛」. 이 『남도 사람』은 하야카와쇼보에서 『서편제: 바람의 언덕을 넘어』로 번역 출간되어 제5편까지 전편을 읽을 수 있다. 남도는 전라도를 가리킨다. 전라도의 자연 묘사가 아름다운 연작 소설이다.

영화 〈서편제〉는 판소리 명인인 아버지와 그 가르침을 몸소 받는 딸의 장대하고 절절한 이야기다. 개봉 당시 일본에서도 화제가 되어 이 무렵 대학의 음악 동아리에 속했던 나는 이 작품을 극장에서 보았다. 중학생 시절부터 악기를 갖게 되어 한때는 음악으로 성공하고 싶다는 꿈을 꾸던 시절도 있었지만 도중에 취미의 영역을 넘지 못한다는 사실을 깨닫고 단념했다. 그런 경위가 있어서인지 「서편제」의 예술을 극치로 끌어올리기까지 범상치 않은 행동까지 저지르는 것, 피로 이어지지 않은 아버지와 딸의 모습과 노래는 충격적이며, 어떤 의미에서 선망의 대상이기도 했다.

당시 한국어 지식은 전혀 없었지만 훗날 한국어 지식을 얻고 나서 영화를 본 뒤 판소리에서는 '노래'가 아니라 '소리'라고 부른다는 것을 알고 무릎을 쳤다. 한국어 지식 덕분에 작품에 깊이 들어갈 수 있었는데, 그때나 지금이나 완전히 이해했다고 자신 있게 말할 수 없는 것이 이 영화의 핵심인 '한'이라는 개념이 불가사의하기 때문이다. 영화에서는 '한'의 자막이 그대로 '恨'으로 번역된 곳도 있는가 하면 후반으로 갈수록 다른 일본어 번역어가 등장하기도 했다. 번역자의 노력과 고뇌가 엿보인다.

아버지가 영화에서 이렇게 말하는 장면이 있다.

"사람의 '한'이라는 것은 한평생 살아가며 응어리지는 것이다. 살아가는 일이 한을 쌓는 일이고 한을 쌓는 일이 살아가는 일이 된단 말이다."

또한 원작에는 이러한 대목이 있다.

"사람들 중엔 때로 자기 한 덩어리를 지니고 그것을 소중스럽게 아끼면서 그 한 덩어리를 조금씩 갈아 마시면서 살아가는 의인들이 있는 듯 싶데그랴. (…) 그런 사람들한테는 그 한이라는 것이 되레 한세상 살아가는 힘이 되고 양식이 되는 폭 아니겠는가."

영화, 원작, 각각의 등장인물이 말하는 '한'은 모두 다른 것처럼 보이기도 하지만 이 '한'을 들여다보려 하는 것이 한국의 마음에 다가가는 일이 아닐까. 이렇듯 딱 꼬집어 말할 수 없는 개념이 있기에, 이웃 나라가 언제까지고 가깝고 먼, 우리의 호기심을 자극하는 이유일 것이다.

핫타 야스시 八田靖史   한국음식 칼럼니스트

『한식 아는 즐거움』

한식진흥원 기획 | 한림출판사 | 2020

『한국인이 사랑하는 오래된 한식당』

한식재단 엮음 | 한식재단 | 2012

『식탁 위의 한국사: 메뉴로 본 20세기 한국 음식문화사(食卓の上の
韓国史ーおいしいメニューでたどる20世紀食文化史)』

주영하 | 마치다 다카시(丁田隆) 옮김 | 慶應義塾大学出版会 | 2021

경상북도 및 경상북도 영주시 홍보대사, 한글능력검정협회 이사다. 1999년 한국에서 유
학했으며, 2001년부터 잡지, 신문, 웹사이트에서 집필 활동을 시작했다. 토크 이벤트와
강연, 기업 자문, 한국 미식 투어 프로듀싱 등 다양한 활동을 하고 있다. 저서로는 『한국
에 가면 이걸 먹자(韓国行ったらこれ食べよう!)』, 『한국 어머니의 맛과 레시피(韓国かあさ
んの味とレシピ)』(誠文堂新光社), 『그 명장면을 먹는다! 한국 드라마 식당(あの名シーンを食
べる! 韓国ドラマ食堂)』(イースト·プレス), 『한식 유학 1999 코리안 푸드 칼럼니스트가 되기까
지(韓食留学 1999 コリアン·フード·コラムニストのできるまで)』(クリエイティブパル) 외 다수가 있다.
한식이 생활의 일부가 된 사람들을 위한 웹사이트 '한식생활'(https://www.kansyoku-life.
com/), 유튜브 '핫타 야스시의 한식 영상'을 운영하고 있다.

한국·조선 요리의 맛을 나타내는 표현 중 하나로 '손맛'이라는 말이 있다. 사전적으로는 '요리를 만들 때 손의 솜씨에서 우러나오는 맛'이라고 설명되어 있지만, 이 해석에는 여러 가지 의미가 포함되어 있는 듯하다. 주로 손재주, 손의 감각만으로 딱 맞는 양념, 손으로 반죽하고 섞는 기술, 그리고 그것들을 종합한 숙련된 솜씨를 가리키는 경우가 많다.

또는 단순히 기술적인 이야기가 아니라 하나하나의 수작업에 담긴 먹는 사람에 대한 생각, 정성, 애정을 나타내는 말로 쓰이기도 한다. 맛있는 요리란, 곧 만드는 사람의 마음이 담긴 요리라고 할 수 있다. 그렇다면 요리를 먹고 맛본다는 것은 그 자체로 마음에 닿는 것과 동의어라 할 수 있을 것이다.

여기에 더해 가능하다면 요리와 식문화에 대한 지식이 있다면 그 마음을 더 선명하게 볼 수 있지 않을까 싶다. 그 요리는 손이 많이 가고 시간이 오래 걸리는 요리일 수도 있고, 특별한 재료가 쓰였을 수도 있다. 생일에 먹는 미역국이나 여름을 이겨내기 위한 삼계탕, 인삼과 닭을 넣어 끓인 삼계탕 등 관습에 뿌리를 둔 의미를 담을 수도 있다.

그런 지식을 얻을 수 있는 책으로 한식진흥원이 편찬한 『한식 아는 즐거움』을 추천한다. 일본어 번역본은 나오지 않았지만 『Hansik, Korean Food and Drinks』라는 영문 번역본이 있다. 이 책의 프롤로그에는 "이 책은 한식을 더 깊이 알고, 또한 외국인들에게 한식을 널리 알리고자 하는 외국에 파견된 사람들을 대상으로 썼다"고 적혀 있는데, 이문화로 한국·조선 음식을 접하는 사람들도 쉽게 이해할 수 있도록 기초부터 포괄적이고 간결하게 특징을 정리해놓았다. 마치 교과서처럼 읽을 수 있는 책이며, 외국인이 독학하기에도 이상적인 책이다.

이 책의 주제인 '마음'을 접하는 데도 적합하며, 1부 첫 장은 '한식의 역사와 철학'으로 이야기가 시작된다. 중국에서 전해진 음양오행 사상을 배경으로 요리에 오미오색(五味五色)을 가미하고 그것이 심신의 건강으로 이어진다고 생각하는 것은 한국·조선 요리의 기본이 되는 중요한 철학이다. 매일 먹는 음식은 약과 동의어이며, 이를 약식동원(藥食同源)이라고 한다. 이러한 식문화의 근간을 알면 요리의 장식으로 쓰이는 고명이 맛과 색의 부족함을 보완하는 역할도 하고, 양념장을 이용한 양념이 논리적 구성이라는 것을 알 수 있다.

이러한 지식을 바탕으로 실천의 장인 음식점으로 향할 때 도움이 되는 책이 한식진흥원의 전신인 한식재단 시절에 정리된 『한국인이 사랑하는 오래된 한식당』(일본어 번역본 없음)이다. 현존하는 음식점 중 가장 역사가 오래된 서울의 '이문설렁탕'(1904년 창업)을 필두로 전국의 유명 한식당이 역사가 오래된 순서대로 160곳이 수록되어 있다.

주소와 대표 메뉴 등 맛집 가이드 정보도 놓치지 않았지만, 각 가게마다 두 쪽에 걸쳐 가게의 유래와 창업자의 계보, 대표 메뉴가 탄생하게 된 경위 등을 꼼꼼하게 풀어내 읽는 재미가 쏠쏠하다.

음식점이 오래 지속되는 이유로는 가게 측의 노력도 필수적이지만, 손님과의 공동 작업인 부분도 있을 것이다. 대를 이어 오는 단골손님들의 에피소드 등도 있어 그 지역에서 얼마나 사랑받아왔는지 알 수 있다.

가장 오래된 '이문설렁탕'은 이름 그대로 설렁탕이 대표 음식이며, 그 뒤를 잇는 전남 나주시의 '하얀집'(1910년 창업)은 나주식 소고기국밥 전문점이고, 부산시의 '내호냉면'(1919년)은 냉면 전문점이다. 함경남도 흥남에서 냉면 전문점을 창업한 후 한국전쟁 때 남쪽으로 피난을 와서 밀면(밀가루로 대체한 냉면)을 개발했다.

설렁탕, 곰탕, 냉면 등은 모두 당시 외식의 꽃이라 할 수 있는 음식으로, 현대까지 이어지는 외식 문화의 원조라 할 수 있다. 이들이 당시 어떻게 정착하고 진화해왔는지 알고 싶다면 『식탁 위의 한국사: 메뉴로 본 20세기 한국 음식문화사』가 제격이다. 19세기 후반 개항기부터 프랜차이즈가 난립하는 현대에 이르기까지 현대에도 친숙한 음식들을 하나하나 짚어보며 상세히 설명한다.

설렁탕의 유래, 원래 겨울의 미각이었던 냉면이 여름의 미각으로 변화하는 과정, 육개장과 비빔밥 탄생의 비밀, 갈비구이의 원조, 일식에서 탄생한 김밥 등 제목을 보는 것만으로도 가슴이 설렌다. 김밥뿐만 아니라 명란젓, 오뎅 등 일본의 식문화와 관련된 주제도 많아, 친근한 음식 이야기를 통해 식민지 시대의 역사를 배우는 계기가 되기도 한다.

마지막으로 여담으로 필자의 저서 『한국 어머니의 맛과 레시피

(韓国かあさんの味とレシピ)』를 간단히 소개한다. 전통가옥에 사는 할머니부터 육아 중인 가족까지, 한국에 사는 여섯 명의 할머니에게 평소 만드는 요리를 전수받아 각자의 생활 모습과 함께 소개했다. 가족을 위해 매일 만드는 음식에는 정성이 가득 담긴 '손맛'이 가득하다.

호리야마 아키코堀山明子　　　　저널리스트

『광주항쟁으로 읽는 현대한국(光州事件で読む現代韓国)』(증보판)

마나베 유코(真鍋祐子) | 平凡社 | 2010

『이산가족, 반공전사도 빨갱이도 아닌…이산가족 문제를 보는 새로운 시각(朝鮮半島の分断と離散家族)』

김귀옥 | 후지타 유키(藤田ゆき) 감수 | 나가야 유키코(永谷ゆき子) 옮김 | 明石書店 | 2008

『520번의 금요일: 세월호참사가족협의회 2014~2023년의 기록』

416세월호참사 작가기록단 | 온다프레스 | 2024

〈마이니치신문〉 외신부 기자. 서울대학교 일본연구소 객원연구원을 겸하며, 서울에서 살면서 한반도를 관찰하고 있다. 쓰다주쿠대학(津田塾大学) 재학 중이던 1989년 이화여대로 유학 와서 한국가족법개정운동사를 연구했다. 〈마이니치신문〉에서는 두 번의 서울 특파원(총 8년)과 세 번의 평양 취재를 경험했다.

칼럼 사이트 https://mainichi.jp/reporter/horiyamaakiko/

한국 근대사는 민중의 시점에서 보면 형언할 수 없는 부조리의 연속이었다. 여러 사건이 교차하여 중층적으로 서로 영향을 주면서 집단 트라우마가 되어 잠들어 있다.

한국 사람이 안고 있는 일본에 대한 복잡한 마음, 어떤 계기만 있으면 폭발적으로 확산하는 반발과 분노는 한일 관계나 역사 인식만 논한다고 해서 이해할 수 있는 문제가 아니지 않을까?

이 질문은 신문기자로서 한반도와 30년 넘게 연을 맺는 동안 풀리지 않는 의문이다. 미군정하에서 일어난 제주 4·3항쟁이나 한국군이 시민을 향해 총구를 겨눈 광주항쟁 등 '군'이 얽힌 폭력에 관해 말할 때 일본군의 기억이 떠오른다. 젊은 세대에서도 성폭력을 고발하는 미투운동 속에서 '일본군 위안부라고 자처하고 나선 할머니는 맨 처음 고발한 사람'이라고 하자, 단숨에 공감의 목소리가 퍼져나갔다. 현재의 상처를 말할 때, 과거의 트라우마가 반응하는 듯 보인다. 그렇다면 한국 사람들이 근현대사를 살아내면서 떠안은 아픔을, 모두가 이해하는 것이 중요하지 않을까, 하는 마음으로 읽은 책 세 권을 소개한다.

『광주항쟁으로 읽는 현대한국』(증보판)

한국의 샤머니즘에서 '한'이나, 민주화운동에서 볼 수 있는 생사관을 연구해온 도쿄대 교수인 저자가 1980년 5월의 '광주항쟁'에 관해 역사적, 종교적, 정치적 의미를 해설한 책이다. 한국사회에서 보수파와 혁신파의 대립은 뿌리 깊다. 혁신 세력의 '성지'는 줄곧 광주였다. 그 힘의 원천은 1980년에 갑자기 생겨난 것이 아니다. 이 책은 군사 쿠데타에 항의하던 시민이 다수 사상한 사건을 민주화 운동사의 맥락에서 해설할 뿐 아니라, 지역 차별과 갈등이 생겨난 역사적 경위와 광주항쟁을 둘러싼 시민들의 속죄의식이 어떻게 변화했는지까지 파헤치고 있다.

광주가 지니는 의미는 현재, 항쟁을 예술의 모티브로 삼은 '5월 문화'의 형태로 승화되었다. 필자는 이 문화는 '광주권'의 사회적 책임과 민주화의 '운동권' 사람들이 품는 죄의식과 수치라는 독특한 두 감정이 '자동차의 양 바퀴'로서 형성되었다고 지적한다. '광주는 아직 끝나지 않았다'고 말할 때, 의미는 입장에 따라 달라지지만 공통되는 것은 인간이란 무엇인가, 사회란 무엇인가 하는 물음이 근본에 있다는 것이라고 말한다.

초판이 나온 지 10년 만에 출간된 증보판에는 광주항쟁에 연대한 일본 사회의 분석도 추가되었다. 필자는 영화 〈화려한 휴가〉의 마지막 장면에서 주인공이 "이 사람들을 잊지 말라"고 호소하는 장면을 언급하며 "90년대의 연구 활동을 통해 광주항쟁과 줄곧 마주했던 나 자신의 마음"이라고 말했다. 필자가 광주 사람들의 질문에 생애를 걸고 함께해왔다는 것이 전해진다. 1989년에 한국 유학을 한 나도 한국 내의 국민 화해를 생각할 때 광주라는 앵글의 카메라를 한 대는 반드시 마음속에 설치하고 있다.

『이산가족, 반공전사도 빨갱이도 아닌…이산가족 문제를 보는 새로운 시각』

광주항쟁을 빼놓고 민주화 세대를 말할 수 없듯, 한국전쟁의 상처를 모른 척하고 그 윗세대를 이해할 수는 없으리라. 이 책을 읽으며 한국전쟁이 끝난 후에도 분단의 모순을 품고 있기에 남으로 건너온 이유나 북으로 건너간 사정 등, 이산가족이 본심을 말하는 것이 여전히 어렵다는 것을 알 수 있다. 원서 제목인 '이산가족, 반공전사도 빨갱이도 아닌…이산가족 문제를 보는 새로운 시각'이 보여주듯, 이 책은 '월남한 자=반공, 월북한 자=빨갱이'라는 이데올로기적 편견을 뒤집으려 한 실증 연구다. 전쟁과 국정에 농락당한 사람들의 복잡한 생각을 듣고, 동북아시아 냉전의 희생자로서 마음의 상처 치유와 진혼을 제안한다.

이산가족 연구는 탈냉전과 남북대화를 거쳐, 대상이 납치 피해자와 국군 포로, 북으로 돌아온 (북파) 비밀 공작원까지 확대되었다. 책 후반에서는 남북 경계선 인근 마을까지 증언이 이어진다. 전시에 북파 공작원으로 발탁되어 민간인 납치와 잔혹행위에 가담한 것을 후회하는 남성. 남편의 월북으로 한국에서 차별을 받아야 했던 아내의 갈등. 잔혹한 경험을 한 사람일수록 정부가 주도하는 이산가족 재회 사업에 신청하지 않는다. 감동적인 '재회의 포옹' 기사는 표면에 지나지 않는다는 생각을 지울 수 없다.

나는 2002년에 평양에서 일본인 납치 피해자인 요코타 메구미 씨의 딸, 김은경 씨를 인터뷰한 적이 있다. 그로부터 3년 후, 그녀가 한국인 납치 피해자인 아버지와 함께 남북 이산가족 재회에 등장했다. 서울 특파원으로서 취재했는데, 일가족의 잔뜩 긴장한 표정이 기억에 선하다. 동북아 냉전 상황이 해소되지 않는다면 그들의 본심은 들을 수 없으리라. 지금은 어렵겠지만 숙제로 남아 있다.

『520번의 금요일: 세월호참사가족협의회 2014~2023년의 기록』

2014년, 300명 이상의 희생자를 낸 세월호참사 유족과 생존자 100명 이상의 목소리를 담은 책이다. '금요일엔 돌아오렴' 하며 수학여행을 보낸 아이들을 지금도 기다리는 유족의 마음이 제목에 담겨 있다. 참사는 당시 박근혜 대통령 탄핵으로 이어졌고, 그 후에는 진상규명을 요구하는 유족에게 '적당히 하라'는 공격이 거세지고 있다. 다른 재난이나 사건에 비해 보상을 많이 받았다는 비난이 눈에 띈다. 한국사회가 갚을 수 없는 트라우마를 지금도 떠안고 있는 사람이 많다는 반증이리라.

작가기록단에 의지하며 유족과 피해당사자 자신이 마음의 변화를 직접 이야기하는 방식은 '세월호가 낳은 새로운 문화'라고 민주화 활동가도 말한다. 광주항쟁이나 제주 4·3항쟁 등 국가 폭력에 의한 피해자의 기록 활동에도 영향을 주고 있다.

마음은 생물이다. 명예 회복 과정에서 치유되는 일도 있지만 새로운 유사 사건으로 다시금 상처받기도 한다. 현재와 과거의 상처

가 이어져 있다면 현재의 아픔은 시간을 뛰어넘어 과거의 상처를
치유할 입구라는 것을 깨닫게 해준 책이다.

후루야 마사유키古家正亨　한국 대중문화 저널리스트

『아빠의 이상한 퇴근길(パパのかえりがおそいわけ)』
김영진 글, 그림 | 후루야 마사유키(古家正亨) 옮김 | 岩崎書店 | 2022

조치대학교(上智大学) 대학원 문학연구과 신문학전공 박사 전기과정을 수료했다. 라디오 DJ, 한류, K-POP 이벤트 MC · 사회, 한국 대중문화 저널리스트로 활동하고 있다. 최근 저서로 자신의 역사와 한류 · K-POP의 깊은 인기를 크로스오버하여 한류 상륙 20주년의 족적을 써내려간 『K-POP 백 스테이지(K-POPバックステージパス)』 등이 있다.

『아빠의 이상한 퇴근길』

한국어 표현 중에 '파김치가 되다'라는 말이 있다. 곧 푹 익어서 흐물흐물해진 파김치처럼 지칠 대로 지친 사람 모습도 그것과 같다는 데서 온 표현이며, 그 대표 격인 대명사는 '아빠'라고 해도 좋다.

2021년 코로나19가 한창 기승을 부리던 때, 필자에게 메일이 한 통 도착했다. 한 출판사에서 한국 그림책 한 권을 번역해달라는 의뢰였다. '어린아이가 있는 아빠라는 입장과 시선에서 꼭 번역해달라'고 한 작품은 한국을 대표하는 그림책 작가 김영진의 대표작 『아빠의 이상한 퇴근길』이었다.

애초에 나는 김영진 작가의 애독자다. 특히 감명받은 것은 『아빠는 회사에서 내 생각해?』라는 작품이다. 매일 회사에서 스트레스를 받으면서 가족을 위해 일하는 '아빠'와 유치원이라는 '사회'에서 어리지만 열심히 살아가는 아이의 모습을 한 페이지에 대비하여 보여줌으로써, 서로에게 가장 필요한 것이 '사랑'임을 떠올리게 만드는 구성은 실로 대단해서, 어른이 읽으면 분명 자기도 모르게 눈물을 훔치게 될 것이다.

김영진 작가가 그리는 '한국의 가족상'은 그야말로 드라마나 영화에 나오는 한국 가족의 모습 그 자체로, 일본인 이상으로 부모와 자식의 관계를 중시하는 한국 특유의 아버지와 아이, 어머니와 아이, 그리고 아버지와 어머니의 관계성을, 때로는 유머를 섞어 그려가는 모습은 작가 고유의 특성이라 어떤 책을 읽어도 가족을 더욱 사랑하자는 마음이 들게 한다. 그리고 '아쉽게도' 그곳에 그려진 '아빠'는 그야말로 '파김치' 그 자체다. 『아빠의 이상한 퇴근길』은 그런 '아빠'가 돌아오기를 기다리는 아이들을 위해 회사 및 사회의 혹독한 세례를 받으면서도 무엇보다도 아이와의 약속을 지키기 위해 고군분투하는 모습을 그린 수작이다.

그런 멋진 그림책을 번역하게 되었는데, 그림책 번역이라고 하면 쓰인 단어와 문장은 그다지 어려운 것이 아니므로 언뜻 쉬워 보이지만 실제 작업은 꽤 어려웠다. 그래서 한국어 네이티브인 아내와 함께 번역 작업을 하기로 했다. 그 이유는 직역에서는 보이지 않는 그 말의 배경에 있는 것, 곧 한일의 문화·습관 차이를 말로 어떻게 엮어나갈지 하나하나 확인하면서 번역하지 않으면 세련되게 만들기는 어렵다고 판단했기 때문이다.

작가는 이 책을 그릴 때 '어린이에게 어떤 아버지로 그 기억에 남아야 하는가?'라는 물음에 자문자답하면서 그것을 얻는 과정에서 만들어진 이야기를 하나하나 에피소드로 담아갔다고 한다. 아이와의 약속이 중요하다는 것을 이해한 후에 해야 할 일은 마지막까지 확실히 해내는 책임감, 후배의 마음을 지탱해주는 선배로서의 입장, 나아가 곤란한 사람이 있을 때의 정의감에 이르기까지, 아이들에게 반드시 보여주고 싶은, 하지만 좀처럼 직접 볼 기회는 없는 '파김치가 되어 돌아온 아빠'의 모습을, 아빠 이외의 사회 구성원을 동원하여 빗댐으로써 이해하기 쉽고 동시에 재미있게 소개한다. 그런 과정도 직역으로는 아쉬운 부분이 많아서 그것을 어떻게 거부감 없이, 일본어 표현으로 바꿔야 하는지 끝없이 고민한 부분도 적지 않다.

제목도 꽤 애를 먹었다. '아빠의 이상한 퇴근길'을 그대로 번역하면 과연 어떤 이야기를 떠올릴까. 이 책이 전하고 싶어 한 것은 '왜 아빠는 늦게 들어오는가'라는 쉬운 물음에 대한 대답이며, 표지를 가득 채운 커다란 공룡에게 쫓기는 아빠의 모습과 직역한 제목은 호러 요소가 있는 그림책으로 보일 가능성도 크다. 그래서 제목을 직접적인 물음인 '아빠가 늦게 들어오는 이유'로 했다. 이러면 표지에서 얻는 인상, 그 이미지는 크게 바뀌고, 귀가가 늦어지는 이유 중 하나로 그 공룡이 떠오르기에 재미있다.

일을 마치고, 회사 사람들과의 교류가 끝나고, 아이와 약속한 아이스크림을 사러 가는 아빠. 과연 가게 문은 아직 열려 있을까. 그리고 아이가 잠들기 전에 집에 돌아갈 수 있을까…. 그런 아빠의 고군분투하는 모습은 일본의 수많은 어린이에게도 사랑받을 것이다.

후즈키 유미 文月悠光 시인

『한국현대시선(韓国現代詩選)』(개정판)

이바라기 노리코(茨木のり子) 편역 | 亜紀書房 | 2022

『해녀들(海女たちー愛を抱かずしてどうして海に入られようか)』

허영선 | 강신자, 조륜자 옮김 | 新泉社 | 2020

1991년 일본 홋카이도에서 태어났으며, 열 살 때부터 시를 쓰기 시작하여 열여섯 살 때
현대시수첩상(現代詩手帖賞)을 수상했다. 고등학교 3학년 때 발표한 제1시집 『적절한 세
계의 적절하지 않은 나(適切な世界の適切ならざる私)』(思潮社/ちくま文庫)로 나카하라 주야상
(中原中也賞), 마루야마 유타카(丸山豊) 기념 현대시상을 최연소인 18세에 수상했다. 시집
으로 『지붕보다 깊게(屋根よりも深々と)』(思潮社), 『우리들의 고양이(わたしたちの猫)』(ナナロ
ク社)가 있다. 2012년 6년 만에 새 시집 『평행세계 같은 것(パラレルワールドのようなもの)』(思
潮社)을 출간해 제31회 하기하라 사쿠타로상(萩原朔太郎賞) 후보에 올랐고, 제34회 도미
타 사이카상(富田砕花賞)을 수상했다. 2003년도부터 무사시노대학교(武蔵野大学) 객원 준
교수다.

전후 일본 여성 시인을 대표하는 이바라기 노리코는 50세부터 한글을 배우기 시작했다. 남편을 잃은 상실감에서 벗어나려고 언어를 습득하기 위해 애썼다고 한다. 그 열정에 놀라움을 금치 못한다.

번역업의 집대성이라 할 수 있는 『한국현대시선』은 오랫동안 절판되었다가 작년에 아키쇼보(亜紀書房)에서 개정판이 출간되어 처음으로 읽을 수 있었다. 이 책은 한국 시인 12명의 시 62편을 번역하고 각 시인에 대한 해설을 담은 선집이다. 1970~1980년대 한국 현대시의 매력이 평이한 일본어와 함께 살아난다.

누군가 내 안에서

기침을 하고 있다

겨울나무처럼 쓸쓸하고

정직한 한 사람이 서 있다

   – 이해인, 「누군가 내 안에서」 중에서

초판 출간 당시인 1990년에 쓴 '후기'에서는 한국의 서점을 보고 "시집 코너의 크기에 놀란다. 더욱 놀라운 것은 시집 코너에 몰려드는 젊은이들의 열기다. 고등학생에서 대학생 정도의 청년 남녀가 시집을 집어삼키듯 읽고 있다. 남의 시선 따위는 전혀 신경 쓰지 않는다. 이웃 나라 사람들이 시를 좋아하는 모습이 예사롭지 않다"고 썼다.

그 본질은 크게 달라지지 않았을지도 모른다. 생각해보면 내가 본 한국 드라마나 영화에는 시를 좋아하는 사람, 시를 쓰는 사람, 시 낭송을 즐기는 사람이 자연스럽게 등장했고, 넷플릭스에서 한국의 연애 리얼리티 쇼를 무심코 보다가 미남, 미녀가 '시를 좋아한다'는 공통점으로 서로에게 끌리는 모습을 보고 일본과의 차이에 어안이 벙벙해진 적도 있다.

올해 한국의 도심 서점을 몇 군데 들렀을 때, 시집 코너의 종류와 사람들의 관심에 압도당할 정도로 시집 코너가 많았다. 그곳에는 주위 시선을 아랑곳하지 않고 시집 페이지를 넘기는 젊은 여성들이 있었다. 서점 계단이나 바닥에 앉아 책을 읽는 부모와 자녀, 테이블 앞에 앉아 열심히 책을 베껴 쓰는 사람들의 모습도 눈에 띄었다. 일본에서 언제 이런 광경을 본 적이 있을까. 그곳에서는 책이 단순한 도구나 놀이 도구가 아니라 마치 믿음의 대상 같았다. 말을 믿고 살아간다니. 일본에서 시를 쓰는 사람(특히 현대시)은 소수이고 고독하기 때문에 그 광경에 감동한 이바라기 노리코의 심정에 격하게 공감한다.

같은 '시'라고 해도 시의 역할은 그 나라의 문화, 시대에 따라 크게 다르다. 일본에 비해 한국의 시와 현대문학은 사회문제나 운동과 연계된 작품이 많아 보인다. 언어가 가진 체계성이 달라지면 시를 성립시키기 위한 언어의 조절도 달라진다. 그런 미묘한 차이를 이바라기 노리코가 어떻게 받아들여 일본에 소개했는지는 사이토 마리코 씨의 해설에 자세히 나온다.

"그리고 좋은 시는 그 언어를 사용하여 살아가는 민족의 감정과 이성의 가장 좋은 것의 결정체이자 핵이라는 것을 다시 한번 생각하게 된다."
(182쪽)

읽는 사람의 핵이 될 수 있는 시를 나도 만들어보고 싶다는 생각을 하게 되었다.

허영선 시인의 『해녀들』도 역시 말에 자극을 받는 시집이다.

1부에서는 제주도 해녀들의 이름을 시 제목으로 삼아 그들의 목소리를 깊이 있게 담아냈다. 일본어로 옮긴이 중 한 명인 강신자 씨의 말을 빌리면, 바로 "물의 생명"을 '나의 생명'으로 노래하기 시작한" 것이다.

'소리 없는 목소리의 기도의 노래'(한국어판은 '제주 해녀들 – 사랑을 품지 않고 어찌 바다에 들겠는가_옮긴이)라는 제목의 2부에서 나오는 "죽은 줄 알았던 희망이 걸어가면 뒤따라온다"는 구절에서 뜻밖의 감동을 받았다. 나는 제주도에 가본 적도 없고, 당시 정권에 의해 '없었던 일'이 될 뻔한 역사(제주 4·3항쟁)를 잘 모르는데도 말이다.

이 책을 펼치기 전에 예상했듯이, 놓쳐버릴 것 같은 미묘한 기도의 목소리는 결코 아니었다. 굉장함이 있다. 박력이 있다. 비통하기도 하다. 다만 비통한 현실조차도 자기 삶의 양식으로 삼을 수밖에 없다. 독자의 마음을 파고들어 때리는 듯한 삶의 무게가 있다. 시를 통해 여자들의 삶을 보는 것 같다.

보드라운 물은 이제 어디 가서 만나나

얼마나 깊이 내려가야 만날 수 있지

    답은 찾을 수 없다. 희망은 우리가 잊고 있을 때 따라오는 것일까. 지금 밀물이 차오르며 내 귀에 바다의 노래가 흘러 들어온다.

후지모토 다쿠미藤本巧 　　　　　　　 사진가

『심게(心偈)』 야나기 무네요시(柳宗悦) | 무나카타 시코(棟方志功) 판화 | 日本民藝館 | 1959

『곤와 지로 채집강의(今和次郎 採集講義)』 곤와 지로(今和次郎) | 青幻舎 | 2011

「야나기 무네요시의 '한국의 미': '비애'의 인식은 잘못 높이 평가할
수 있는 시대성(柳宗悦の『韓国の美』－「悲哀」の認識は誤り高く評価で゙
きる時代性)」 김양기(金両基) | 朝日新聞 | 1977

* 『김치와 오신코: 한일 비교문화고(キムチとお新香 日韓比較文化考)』에 수록
中公文庫 | 1987(초판 1978)

『야나기 무네요시의 마음과 눈: 일본민예관 소장 조선 관련 자료를
둘러싸고(柳宗悦の心と眼－日本民藝館所蔵 朝鮮関連資料をめぐって－)』
가타야마 마비(片山まび) 외 | 도쿄예술대학출판회 | 2023

1949년 일본 시마네현에 태어났으며, 독학으로 사진을 공부했다. 스무 살 때부터 한국
의 풍토와 사람들을 줄곧 찍어왔다. 사진전으로 일본 긴자 니콘살롱에서 열린 〈한국의
바람과 사람(韓くに風と人)〉(1978·1979), 한국 국립민속박물관에서 열린 〈한국을 사랑하
는 다쿠미: 7080 지나간 우리의 일상〉(2012) 등이 있다. 사진집으로 『한국 바람 여행(韓
くに風の旅)』(筑摩書房, 1987), 『한국, 바람과 사람의 기록(韓くに、風と人の記録)』(フィルムアート
社, 2006), 『내 마음속의 한국』(눈빛, 2016), 『과묵한 공간: 한국으로 이주한 일본인 어민과
하나이 젠키치 원장(寡黙な空間－韓国に移住した日本人漁民と花井善吉院長)』(工房草土社,
2019) 외 다수가 있다. 1987년 '피는구나 이 꽃' 상(咲くやこの花賞), 2011년 한국문화체육관
광부 장관상, 2020년 제39회 도몬켄상(土門拳賞)을 수상했다.

야나기 무네요시는 병상에서 『심게(心偈)』를 남겼다.

보고 알아라(見テ 知リソ)

알고 보지 마라(知リテ ナ見ソ)

여기에서 '보라'는 것은 직관을 뜻한다. '지(知)'라는 것은 개념을 가리킨다. 우선 직관을 발휘해서 얻은 것을 나중에 개념으로 정리하라는 말이다. '아는 것보다 앞을 보라'는 말을 직관은 모든 것을 해방하지만 지식은 모든 것을 한정한다.

나는 젊은 시절부터 야나기 무네요시가 주창하는 '마음과 눈'을 통해 한국의 원풍경을 봐왔다. '지식에서 믿음은 나오지 않는다. 알기 전에 믿지 않고 무엇을 알 수 있으며, 얼마나 알 수 있을까.'

이 말은 사진가로서 나의 시작점이었다.

한국미술 평론가인 나의 은사 석도륜(昔度輪, 1919~2011) 선생과 떠난 여행에서 옛날 방식인 흰옷을 입고 치르는 장례식을 보았을 때, 현대식 한복을 입은 남자 앞에서 셔터를 누르는 것을 주저하고 있는데 "이것도 한국이라네"라는 말을 들었다. "자네는 야나기 무네요시의 눈을 통해 한국을 보고 있어. 커피잔의 생김새를 살펴보게. 상하좌우로 각도를 바꾸면 형상이 달라지지 않나. 야나기 무네요시가 아닌 자신의 시선을 배워야 하네"라는 말도 들었다.

1973년, 석도륜 선생이 보낸 편지에 "근대화라는 법령이 발령됨으로써 상복의 풍습도 끝난 것 같네. 자네가 마지막 촬영자였어.

감개무량하기 그지없군"이라는 내용이 있었다. 2011년부터 나는 새로운 주제로 한국에 남은 일본 식민지 시대의 건축물을 취재하기 시작했다. 이 취재는 사전작업을 하지 않고는 불가능했다.

곤와 지로(今和次郎, 1888~1973)는 1945년 전쟁이 끝나기까지 몇 번이고 한반도에 가서 주로 한국 남부의 주택을 조사했다.

조사 내용은 1924년 『조선부락조사 특별보고 제1권(朝鮮部落調査特別報告第一冊)』으로 정리되었다. 각지의 '상, 중, 하급 혹은 빈민굴' 취락이나 주택을 스케치와 사진으로 채집하고, 건축의 실측과 생활용품 조사, 취락 조사를 실시하여 주거의 구조와 평면을 분석했으며 생활습관과 일본 주택과의 관계를 논하고 있다. 주목할 부분은 다른 연구자 대부분이 식민지였던 조선의 건축을 토착 건축화한 데 반해, 이 책은 일본에 미친 역사적 영향을 논하며 스케치로 그 조형미를 표현한 점이다.

지금껏 한국 땅에서 현장 경험이 없는 나는 수많은 연구자의 논문을 모아 그 조사 기록을 토대로 촬영했다.

취재 간 곳에서 눈부신 건축물을 찍고 있는데 누군가 말을 걸어왔다.

"뭘 찍으십니까?"

"저는 일본 주택에 흥미가 있습니다."

"우리 집이 다다미입니다."

이렇게 귀국 전에 자료에 없던 건물을 촬영할 수 있었다. 또한 일본식 주택에 사는 사람들도 소개받았다. 한국에서는 '적산가옥'

이라 부르는 뼈아픈 유산이지만 그 여행에서는 한국 사람들의 마음을 직접 느꼈다. 약 10년의 세월을 거쳐 사진집이 완성되었다.

김양기(1933~2018)는 1977년 1월 〈아사히신문〉에 「야나기 무네요시의 '한국의 미': '비애'의 인식은 잘못 높이 평가할 수 있는 시대성」을 기고했다. 흰색이 어울리는 풍토, 그것이 한국이다. 그곳에는 흰색을 각별히 사랑해온 민족이 살고 있다. 흰색을 많이 썼기에 백의민족이라고 불렸고 그것을 자랑스러워했다.

"일본인 야나기 무네요시의 눈에는 그 흰색이 상복의 흰색이기에 비애의 색으로 비쳤다."

김양기의 문장은 이어진다.

"너무 빛나서 민중은 야나기 무네요시와 흉금을 터놓고 이야기하지 못했다. 그래서 민중의 낙천성과 활기를 꿰뚫어보지 못했다. 그것은 언어를 완전히 이해하지 못하는 이방인(외국인)의 한계이기도 했다. 이방인이라는 점에서는 일본에서 나고 자란 나도 야나기 무네요시와 완전히 똑같은 입장이다. (…) 야나기 무네요시는 폭압적인 정치 권력에 시달리는 민중의 모습을 너무 깊게 받아들인 나머지 그 36년을 척도로 수천 년 한국의 역사를 보게 되었다."

'이방인'인 내가 과연 한국 사람들의 일상에서 얼마나 그들의 심정을 드러낼 수 있었을까. 그저 생각건대 '이방'인이 아니라면 보이지 않는 세계가 그곳에 숨어 있는 것이 아닐까 싶다.

후지모토 신스케藤本信介 영화제작자

『브로커 각본집 & 스토리보드북 세트』
고레에다 히로카즈(是枝裕和) | 플레인아카이브 | 2022

『헤어질 결심 스토리보드북』
박찬욱 | 이윤호 그림 | 을유문화사 | 2022

1979년 일본 가나자와에서 태어났다. 도야마대학교 재학 중 한국의 국민대학교에서 교환학생으로 유학했으며, 2003년부터 한국을 거점으로 한국 영화, 한일 합작 영화의 조감독 및 통역 스태프로서 영화제작에 참여했다. 참여한 주요 작품으로 〈브로커〉(감독: 고레에다 히로카즈), 〈유랑의 달〉(감독: 이상일), 〈아시아의 천사〉(감독: 이시이 유야), 〈나비잠〉(감독: 정재은), 〈아가씨〉(감독: 박찬욱), 〈아이 엠 어 히어로〉(감독: 사토 신스케), 〈무명인〉(감독: 김성수), 〈백자의 사람: 조선의 흙이 되다〉(감독: 다카하시 반메이), 〈맨발의 꿈〉(감독: 김태균), 〈마이 웨이〉(감독: 강제규), 〈보트〉(감독: 김영남), 〈비몽〉(감독: 김기덕) 등이 있다.

2022년 제75회 칸 국제 영화제 경쟁 부문에서 두 개의 '한국의 마음'이 세계인의 마음을 사로잡았다. '한국의 마음'이라고 표현했지만, 영화 이야기다. 영화 〈헤어질 결심〉으로 박찬욱 감독은 감독상을, 영화 〈브로커〉로 송강호 배우가 남우주연상을 수상했다. 영화는 '인간의 마음을 움직이는' 종합 예술이며 동시에 '인간의 마음을 그려내는' 종합 예술이라고도 할 수 있다. 이 두 마음을 문자로 느껴보면 어떨까.

『브로커 각본집 & 스토리보드북 세트』

영화 〈브로커〉는 2022년 한국과 일본에서 개봉된 고레에다 히로카즈 감독이 연출한 한국 영화다. 일본인 감독이 그려낸 '인간의 마음'에 한국인 배우들이 '한국인의 마음'을 불어넣었다.

줄거리는 다음과 같다. 베이비 박스를 통해 만난 브로커(송강호, 강동원)와 아기의 엄마(이지은)가 아기를 파는 여행을 떠난다. 아기를 비싸게 파는 것이 목적이었던 여행이, 그들을 쫓는 경찰(배두나, 이주영)마저 휘말리면서 마음을 뒤흔드는 특별한 결말로 향해간다.

여기에서 소개하는 『브로커 각본집 & 스토리보드북 세트』는 각본집과 그림 콘티 북이 세트다. 각본이라는 것은 등장인물의 마음이 기록된 문장이며, 또한 그것은 셀 수 없을 정도로 많은 수정을 거쳐 완성된다. 게재된 각본은 크랭크인 직전 버전이지만 완성된 영화와 비교하면 다소 바뀐 부분도 있다. 감독이 쓴 설정과 대사가 한국인 스태프, 배우와의 커뮤니케이션과 촬영 상황을 거쳐, 어떻게 수정, 변화, 진화하는지 비교해보는 것도 작품을 즐기는 새로운 방법이리라.

최근 영상 콘텐츠를 볼 때는 한국어 대사에 한국어 자막을 켜서 감상할 수 있으므로 대사를 놓치지 않고 더욱 잘 이해할 수 있다. 그러나 영상 없이 각본집을 읽는 것도 추천하고 싶다. 정경이나 카메라의 움직임, 색이나 소리, 표정이나 목소리 톤 등 다양한 정보에서 해방되어, 등장인물의 마음, 말이 지니는 마음을 더욱 깊이 느낄 수 있을 테니까. 또한 문자를 읽는 작업은 자신의 속도로 천천히 진행할 수 있으므로 감정을 이해하는 데 더욱 도움이 된다.

한국 영화를 만들 때 반드시 필요한 요소 중 하나가 그림 콘티다. 일본에서는 액션 신이나 CG가 많은 신만 그림 콘티를 준비하는 것이 일반적이지만, 한국 영화는 모든 신의 그림 콘티를 준비하는 것이 일반적이다.

보통은 감독이 요구하는 컷을 그림 콘티 작가가 그리는데 〈브로커〉에서는 감독이 직접 그림 콘티를 그렸다. 심지어 때로는 컬러로!

『헤어질 결심 스토리보드북』

다음으로 소개할 것은 박찬욱 감독의 영화 〈헤어질 결심〉의 그림 콘티 북이다. 이 영화는 한국에서는 2022년, 일본에서는 2023년에 개봉한 작품이다.

줄거리는 다음과 같다. 남자가 산 정상에서 추락사한 사건을 쫓는 형사 해준(박해일)은 수사 중에 피해자의 중국인 아내 서래(탕웨이)를 만난다. 서래에 대한 신문과 잠복수사가 이어지는 가운데 해준은 점차 그녀에게 말로 설명할 수 없는 감정을 느낀다. 어느새 두 사람은 서로에게 이끌리기 시작하고, 수사는 해결을 향해 나아가지만 상대방에 대한 마음과 의혹이 얽히고설켜서 예상치 못한 결말로 두 사람을 이끈다.

이 작품도 각본집이 판매되고 있지만 여기에서는 스토리보드북(그림 콘티)을 소개하고자 한다. 영화 〈헤어질 결심〉을 본 사람이라면 알겠지만, 장면과 장면이 절묘한 구도로 서로 녹아드는 듯 이어지는 부분이 많다. 이는 그림 콘티 작업에 정성을 들였기에 가능한 표현이다. 나는 그것에 펄쩍 뛸 정도로 매료되었다.

일반적으로 그림 콘티에 적힌 정보를 소개하면 이렇다. 장면 번호, 그 장면의 커트 수, 장면의 내용, 장면의 시간대(아침, 낮, 저녁, 밤 등)와 설정 시각, 촬영하는 장소의 형태(세트장: S, 로케이션: L, 오픈세트장: O)와 설정 장소, 이것이 기본 정보로 적혀 있다. 그리고 커트별 그림이 있고, 그림 위에 커트 넘버, 그림 옆에 커트 설명이 자세히 적혀 있다. 반드시 한 커트당 그림이 하나인 것은 아니고, 인물의 움직임이나 카메라의 움직임에 따라 그림 여러 개로 커트를 설명하는 경우도 있다. 커트 설명에는 각본에 쓰여 있는 지시문에 더해 상황 설명과 인물의 움직임, 카메라의 움직임, 그리고 인물의 대사가 쓰여 있다. 각본이 스토리와 대사라면, 그림 콘티는 그것에 더해 인물의 움직임과 카메라의 움직임, 카메라가 찍는 범위 등의 정보가 있다. 따라서 촬영 현장에서 스태프들은 누구나 각본이 아니라 그림 콘티를 보면서 촬영을 진행한다.

박찬욱 감독은 각본에도 그림 콘티에도 꽤 많은 시간을 들여서 준비하는 것으로 유명하므로 이 그림 콘티도 대사도 꽤 질이 높은 것은 분명하다.

최근에는 세상에 영상 콘텐츠가 넘쳐난다. 주변 이야기를 따라가기 위해 '2배속 시청'이나 '10초 넘기기'로 감상하며, 더욱 많은 콘텐츠를 보는 것이 중요해졌다. 작품을 즐기는 방법은 사람마다 다르고, 또한 시대에 맞추어 변화하는 것이기에 그것이 나쁘다고는 생각지 않는다. 하지만 그렇게 영상을 보면 스토리는 파악할 수 있어도 인물의 마음을 이해할 시간적 여유는 없지 않을까. 때로는 영상 콘텐츠를 각본집이나 그림 콘티집을 통해 문자로 쓰인 대사와 그림으로 여유롭게 즐겨보는 것도 좋으리라.

후지모토 유키오 藤本幸夫　　　　　　　언어학자

『고선책보(古鮮册譜)』(전3권)

마에마 교사쿠(前間恭作) | 東洋文庫 | 1944 · 1956 · 1957

『조선의학사 및 질병사(朝鮮医学史及疾病史)』

미키 사카에(三木栄) | 三木栄 | 1963

『조선의서지(朝鮮医書誌)』(개정증보판)

미키 사카에(三木栄) | 学術図書刊行会 | 1973

1941년 일본 교토에서 태어났다. 교토대학교 문학부 문학연구과 박사과정 단위 취득 후 만기 퇴학했고, 도야마대학교와 레이타쿠대학교 명예교수이며, 일본학사원 회원이다. 저서로 『일본 현존 조선책 연구 집부(日本現存朝鮮本研究 集部)』(京都大学学術出版会, 2006), 『일본 현존 조선책 연구 사부(日本現存朝鮮本研究 史部)』(한국 동국대학교 출판부, 2018) 등이 있으며, 편저로는 『한일 한문 훈독 연구(日韓漢文訓読研究)』(勉誠出版, 2014), 『용감수경(감) 연구(龍龕手鏡(鑑)研究)』(麗澤大学出版会, 2015), 『책 · 인쇄 · 책방: 한중일을 둘러싼 책의 문화사(書物 · 印刷 · 本屋－日中韓を巡る本の文化史)』(勉誠出版, 2021), 역서로 『한국어의 역사(韓国語の歴史)』(이기문(李基文) 지음, 大修館, 1975, 교정 복간판은 1987), 『한국 회화사(韓国絵画史)』(안휘준(安輝濬) 지음, 요시다 히로시(吉田宏志) 도판 담당, 吉川弘文館, 1987) 등이 있다.

책은 지식의 집적, 전달의 수단이며 동시에 그 나라 문화의 모습을 전하는 것이기도 하다. 내가 조선의 서적에 관심을 가지고 일본 현존서를 조사, 연구한 지 벌써 반세기를 넘겼다. 처음 한국에 유학 갔을 때는 조선 고어 연구, 특히 고문헌을 이용하여 일본어에서의 훈독어 연구를 염두에 두었다. 하지만 한국에는 조선조 이전의 고문헌이 거의 없다시피 했기에 연구 대상을 잃었다. 당시 교토에 있던 나에게는 한국에 전해지는 조선어학 자료는 전혀 알 길이 없었기에 백지상태로 유학을 떠났다. 그중 일본에는 조선 고서, 특히 조선에서 이미 사라진 선본(善本)이 많이 남아 있다는 사실을 알게 되었다. 조선의 서적은 거의 한문으로 쓰여 있지만 필자는 원래 중국학에 뜻을 두었기에 학생 시절부터 한문에 친숙해서 딱히 큰 거부감은 없었다. 조사, 연구를 진행하자 조선 책에는 중국 책을 바탕으로 쓰인 것이 많으며, 그중에는 중국의 뛰어난 책이나 잃어버린 계통의 책이 조선판으로 전해지는 덕에 중국학에도 공헌한다는 사실을 알았다. 또한 일본에는 도요토미 히데요시의 조선 침략 당시의 장래본 등이 많이 전해지는데 조선에서는 이미 사라진 책도 많이 포함된다. 에도시대 초기에는 그것들을 바탕으로 유학, 불교, 역사, 문학, 의학 등 대부분의 책이 출간되어, 일본의 학문, 문예 등에 대단히 큰 영향을 미쳤다. 따라서 조선판 연구는 일본학 연구에도 깊게 관련된 중요한 분야다.

제2차 세계대전 전에는 조선판에 관심을 갖고 연구하는 학자도 많았다. 그중 전문서를 남긴 사람으로는 마에마 교사쿠(前間恭

作, 1867~1942), 구로다 료(黑田亮, 1890~1947), 에다 도시오(江田俊雄, 1898~1957), 미키 사카에(三木榮, 1903~1992) 등을 들 수 있으며, 여기에서는 마에마 교사쿠와 미키 사카에를 살펴보고자 한다.

마에마 교사쿠는 쓰시마번 무사 가문에서 태어났지만 어머니는 대통사(통역관_옮긴이) 나카무라 기이치로(中村喜一郎)의 딸이다. 어린 시절부터 조선어에 친숙했고 게이오대학교에서는 영어를 공부했으며 1891년에 외무성에 들어가 나중에 조선 통감부 조선어 통역관으로서 이토 히로부미의 통역을 맡은 적도 있다. 통역관으로 일하는 한편 조선 고어 연구도 한 모양이다. 1911년 45세에 퇴임, 귀국하여 은행에 근무했지만 집필을 시작하여 조선 고어 연구의 선구적 존재라 할 수 있는 두 권의 책, 1924년에 『용가고어전(龍歌故語箋)』, 1925년에 『계림유사여언고(鷄林類事麗言攷)』를 출간했다. 또한 조선판에 관해서는 1937년에 『조선의 사카모토(朝鮮の板本)』를 출간했지만 전쟁 후에 유고로 출간된 『고선책보(古鮮册譜)』 세 권 (東洋文庫 1944·1956·1957)은 조선 서지학의 금자탑이라고도 할 수 있다. 이 책은 직접 답사한 것이 아니라, 훗날 도요분코(東洋文庫)에 기증된 소장품을 중심으로, 각 책에서 서적에 관한 기록을 면밀히 추려내어, 조선학에 대한 깊은 조예를 더욱 드러냈다. 문장은 객관적이라 지금도 그 가치가 높다. 소장 도서 이외에는 각 목록에서 인용한 것이다. 이 책의 원서는 오늘날에는 구할 수 없지만 큰 도서관에는 구비되어 있으며 한국에서 촬영본이 출간되었다.

미키 사카에는 오사카 사카이시 내과의원의 3대째로, 1927년 규슈테이코쿠대학교 의학부를 졸업하고 이듬해 경성제국대학교 의학부 내과에 들어가 1933년 경성제국대학교 의학부 조교수, 1935년 미즈하라 의원장, 1944년 아버지의 뜻으로 귀국하여 이후 사카이의 병원을 물려받았다. 선생으로서는 의도치 않은 귀국이었을지 모르지만 의학과 선생에게는 하늘의 은총이었다. 왜냐하면 이듬해 1945년이 되자 일본 근해에는 미국의 잠수함이 출몰하여 가재도구의 운반은커녕 왕래도 어려운 상황이었다. 패전 후 조선에서 나올 때는 배낭 하나만 휴대가 허락되었다고 한다. 선생의 귀국이 일년이라도 늦었다면 연구자료나 서적은 가지고 돌아오지 못했을 것이고, 선생의 연구는 성공하지 못했을지도 모른다.

선생이 뽑은 책으로 ① 『조선의학사 및 질병사(朝鮮医学史及疾病史)』(三木栄, 1963), ② 『조선의서지(朝鮮医書誌)』(개정증보판)(学術図書刊行会, 1973), ③ 『의사의 서사·의학 본질론(医師の誓詞·医学本質論)』(사가판본, 1977), ④ 『조선의사연표(朝鮮医事年表)』(思文閣, 1985)를 포함한 여섯 권의 책을 들 수 있다. 이중 ①, ②는 기간등사판을 새로이 활자 인쇄한 것이다. ①은 조선의 의학 및 질병의 역사를, 의서, 본초서, 역사서, 유사도서에서 주변 도서에 이르는 광범위한 자료를 인용하면서 연대를 따라 쓰여진 것으로, 문장은 매우 정교하고 치밀하다. ②는 조선에서 사용된 모든 의서, 본초서에 관해 이야기하며, 그중에서는 일본에서 중복 간행된 것도 많다. ④는 ①, ②를 중심으로 한 의료 사건 연표가 선생의 품에서 사장되고 있다는 사실을 안 야부우치 기요시(藪內淸) 선생을 중심으로 한 학자들이 출판기금을 모금 간행한 것이다. 이들 세 권의 책은 조선, 중국, 일본의 의학, 의서, 본초 연구에 필수적인 것으로 이 학문의 금자탑으로서 현재, 그리고 앞으로도 밝게 빛날 역작이다. ③은 다른 책에 비하면 소형이며, 48쪽으로 된 소책자지만 선생의 '의술은 인술'이라는 생각이 담겼기에 주 저서로 인정받는 것이리라. 이 네 권의 책 외에 아치와 고로(阿知波伍郎) 선생과의 공저인 『체계세계의학사(体系世界医学史)』, 『인류의학연표(人類医学年表)』가 있다.

나는 선생의 만년에 배움의 인연이 닿아 사카이의 댁에 몇 번이고 간 적이 있으며, 또한 정성 어린 편지도 갖고 있다. 선생의 장서는 1978년 교우쇼오쿠(杏雨書屋)에 소장되었다. 나는 현재 장서를 조사하고 있지만 조선 의학 관련서 이외에도 널리 수집되어, 권말에 이따금 소견이 적혀 있다. 둥근 얼굴에 초승달처럼 가느다란 눈으로 웃으시는 얼굴을 떠올리며 책을 둘러싼 선생과의 대화는 최고로 행복한 한때였다.

후지타니 오사무藤谷治 　　　작가, 서점 경영인

『파를 심은 사람(ネギをうえた人)』

김소운 편역 | 岩波少年文庫 | 2001

1963년에 태어났으며, 니혼대학교 예술학부 영화학과를 졸업했다. 1998년 도쿄 시모키타자와에 책 셀렉트숍인 '픽셔니스(フィクショネス)'를 열었다. 서점을 경영하면서 창작을 이어갔고 2003년에 『안단테 모짜렐라 치즈』(小学館)로 작가로 데뷔했다. 저서로 『오가타Q, 라는 여자』, 『배를 타라!』(북폴리오), 『세상에서 가장 아름다워(世界でいちばん美しい)』 등이 있다.

『파를 심은 사람』

김소운이 엮은 『파를 심은 사람』은 추억을 건드리는 책이다. 한국·조선에 대한 나의 이미지는 오랫동안 이 민화집에 바탕을 두고 있었다. 그것은 오랫동안, 이것이 내가 읽은 한국에 관한 거의 유일한 책이라는 이야기이기도 하다.

소년 시절 나는 완전히 서양 중심 교육을 받았다. 조부도 조모도 숙부들도, 모두 클래식 음악 교사인 가정에서 자란 나는 선택의 여지 없이 서양음악 교육을 받았다. 조부모는 독서가이기도 해서 나에게 앙드레 지드, 헤르만 헤세, 몰리에르, 로맹 롤랑의 작품을 읽게 하셨다. 한국·조선은커녕 일본에 관한 지식도 소년기의 내게는 없었다. 지금도 일본사는 부끄러울 정도로 모른다.

애초에 아동서라는 것을 사주지 않았다. 초등학교 동급생이 읽는 책은 모두 도서관에서 빌려서 읽었다. 『소년탐정단』이라든가 『시튼 동물기』, 아스트리드 린드그렌(스웨덴의 동화 작가_옮긴이)의 소설 등이다. 그런데 이 또한 서양 중심의 독서다. 내 세대의 일본인으로서 결코 드문 일은 아니다. "이렇게 가까운 두 나라가 마음의 벽으로 치면 프랑스나 독일보다도 멀다는 것은 아쉬운 일입니다"라고, 1967년 김소운은 이 책의 후기에 썼다.

결국 중학교 때까지 일본 이외의 아시아에서 쓰인 문학을 읽은 것은 중국의 『서유기』 리라이트판과 『파를 심은 사람』뿐이었다. 모두 도서관에서 처음 봤는데, 나중에 부모님이 사 주셨다.

이 글을 쓰면서 점점 생각이 났는데, 둘 다 굳이 사 주신 이유가 다 읽기 전에 도서관 반납 기한이 다가왔기 때문이었다. 그래도 읽고 싶어서 돌려주지 않아도 되는 책이 갖고 싶었던 것이다.

하지만 두꺼운 『서유기』는 그렇다 치고, 그 얇은 『파를 심은 사람』을 다 읽지 못한 이유는 무엇일까. 이 책 한 권에는 조선의 민화가 33편 수록되어 있는데 어린아이였던 나는 이야기 하나를 읽을 때마다 뭐랄까, 멍해졌다.

천지는 어떻게 창조되었는가, 지진은 왜 일어나는가, 그런 짧은 이야기는 일본의 옛날이야기와도 닮은 부분이 있었다. 닮지는 않았지만 비슷한 느낌을 지닌 이야기 '토끼와 호랑이'에는 '원숭이와 게의 싸움(猿蟹合戰)'의 느낌이, '호랑이와 두레박 이야기'에는 '아기돼지 삼형제'의 느낌이 있어서, 그런 이야기도 단순히 받아들여졌다.

하지만 페이지를 넘기다 보면 지금껏 느낀 적 없는, 어떤 감정에도 해당하지 않는 듯한 인상을 남기는 이야기가 나타나서 멍해지는 것이다. 표제작인 「파를 심은 사람」이 바로 그런 작품으로, 어린 나는 그것을 읽고 잠시 책을 덮은 채 감상을 제대로 정리할 수 없어서 "음, 그러니까…" 하며 혼잣말을 했다.

인육을 먹는 것이 당연한 상황이 된 나라가 파를 먹게 되면서 구원받는다는 이 이야기는, 줄거리만 보면 공포영화 같지만, 읽고 무서워진다거나 불쾌감을 느끼지는 않는다. 김소운의 필력 때문이기도 하겠지만, 다 읽고서 남는 것은 감동이며, 그 감동은 깊다. 하지만 사람을 먹는 이야기로 깊은 감동이 남는 건 도대체 왜일까.

나는 감정을 정리할 수 없었다.

이 책을 읽기까지는 느껴본 적 없는 종류의 그러한 감동이 여기에는 있다. 표제작뿐만이 아니다. 「불덩어리 삽살개」의 영웅적이라고도 헛수고라고도 할 수 없는 충절, 「사슴과 나무꾼」의 운명적이라고밖에 할 수 없는 가족 관계, 「신호 깃발」의 악마적인 비극은 모두 재미있는 이야기이거나 은혜 갚는 이야기여서 단순하고 명쾌하게 납득이 가는, 쉬운 이야기가 아니다. 어린 시절의 나는 이 책을 통해 인간의 마음이 얼마나 깊은지 나도 모르는 사이에 배웠다.

이 원고를 쓰기 위해 거의 반세기 만에 『파를 심은 사람』을 다시 읽었다.

지금의 나는 좋든 나쁘든 그때처럼 유치하지 않다. 문학에 대해서도 민간 전승에 대해서도 조금은 알고 있다. 위태로울 정도로 얕아서 의지하기는 힘든 지식이기는 하지만. 딱 한 번 한국을 방문한 적이 있다. 그런 중년의 눈으로 다시 읽었다.

역시 놀라웠다. 소년 시절과 같은 놀라움이 아니라, 소설가로서의 경탄이었다. 민간 전승에 충격을 받은 것은 소설가로서는 당연한 일이기는 하지만.

은혜를 갚거나 자기를 희생하는 이야기가 일본의 옛날이야기와 비슷하다는 사실은 어린 시절부터 알고 있었다. 하지만 가령 노인이 길러준 양자에게 배신당하는 「푸른 이파리」 같은 이야기에는 일본의 셋쿄부시(説経節, 일본 중세기에 유행하던 이야기_옮긴이)와 어딘지 통하는 것이 있는 듯하고, '산처럼 큰' 호랑이를 물리치는 부모와 자식 2대가 나오는 「금강산 호랑이」는 이야기에 『수호지』 같은 규모의 크기가 있다. 반도라는 땅에는 섬나라와도 같은 정서와 대륙적인 장대함이, 정신적으로 동거하고 있는 것일까.

이야기로서 무척 뛰어난 것은 아닐지도 모르지만, 「이야기 주머니」는 생각할거리가 많았다.

"옛날, 어느 부잣집에 한 남자아이가 살았습니다. 이야기를 듣는 것을 무척 좋아해서, 이야기를 들을 때마다 '이야기를 담아두는 거야'라며, 허리에 찬 주머니의 입구를 열어서 그 속에 이야기를 넣곤 했습니다. 그리고 이야기가 도망가지 않도록 주머니의 입구를 꽉 묶어 두었습니다.

그리고 주머니에 든 이야기들은 어린아이에게 복수를 계획한다. 소설가라면 잘 새겨두어야 할 이야기다.

히라노 게이치로 平野啓一郎　　　　소설가

『나는 유령작가입니다(ぼくは幽霊作家です)』
김연수 | 하시모토 지호(橋本智保) 옮김 | 新泉社 | 2020

『소년이 온다(少年が来る)』
한강 | 이데 슌사쿠(井出俊作) 옮김 | CUON | 2016

『제국 일본의 문턱: 생과 사의 경계에서 보다(帝国日本の閾－生と死のはざまに見る)』
김항(金杭) | 岩波書店 | 2010

1975년 일본 아이치현 가마고리시에서 태어나 기타큐슈시에서 자랐다. 교토대학교 법학부를 졸업했다. 대학 재학 중이던 1999년 문예지 『신초』에 투고한 『일식』으로 제12회 아쿠타가와상을 수상했고, 이 작품은 40만 부가 팔려나가며 베스트셀러가 되었다. 2004년에는 문화청의 '문화교류사'로 일 년간 파리에 체류했다. 미술, 음악에도 조예가 깊어 〈니혼게이자이신문〉의 '아트 리뷰'란을 담당(2009~2016)하는 등 폭넓은 장르의 비평을 집필했다. 2004년에는 국립 서양미술관의 객원 큐레이터로 〈비일상으로부터의 부름: 히라노 게이치로가 선택한 서양미술의 명작〉전을 개최했다. 같은 해 프랑스 예술문화훈장인 슈발리에 훈장을 받았다. 저서로는 소설 『장송』, 『다카세가와』, 『결괴』, 『던』, 『마티네의 끝에서』, 『한 남자』 등이 있고, 에세이로 『책을 읽는 방법』, 『소설 읽는 방법』, 『나란 무엇인가』 등이 있다. 2013년, 구상한 지 20년 만에 『미시마 유키오론(三島由紀夫論)』을 출간하여 고바야시 히데오상을 수상했다.

많은 것을 배운 책

'한국의 마음을 읽다'라는 이 책의 제목은 내가 기고하기에는 너무 거창하고 부담스럽지만, 저서 출간을 계기로 20년 이상 한국 사람들과 교류를 이어오면서 나름대로 한국에 관심을 가져왔기 때문에 그 과정에서 많은 것을 배운 책 세 권을 소개하고자 한다.

특히 나와 비교적 나이가 비슷한 사람들이 쓴 책을 골랐다. 그들에게는 일정한 세대적 공감대가 있을 뿐 아니라 동시에 각기 다른 사회를 살아왔다는 것을 발견했기에 '한국·조선의 마음'을(당연히 결코 똑같지 않을) 이해하는 데 큰 도움이 되었다.

『나는 유령작가입니다』

먼저 김연수의 『나는 유령작가입니다』를 꼽고 싶다.

그와의 인연은 오래되었다. 자주 연락을 주고받지는 않지만 서울에서 만나면 '아, 서울에 왔구나'라고 실감하게 해주는 친구 중 한 명이다.

김연수는 현대 세계문학에서 특별한 작가라고 생각한다. 일본에서 번역 출간된 『세계의 끝 여자친구』, 『사월의 미 칠월의 솔』은 모두 훌륭한 단편집으로 개인적으로 아끼는 책이다. 하지만 여기서는 오랫동안 읽고 싶었던, 그리고 마침내 2006년에 일본에서 번역 출간된 그의 출세작 『사월의 미 칠월의 솔』를 이야기해보려 한다.

김연수는 교양이 풍부하고 깊은 사색의 힘이 있으며 투철한 역사 인식을 갖추고 있다. 작품의 무대 설정은 한국에 머무르지 않고 유럽에서 미국, 그리고 종종 일본에 이르기에 시공간적으로도 넓다. 그러나 동시에 그의 매력은 매우 섬세하면서도 따뜻한 시선으로 그려낸 등장인물들의 진한 심리 묘사에 있다. 그래서 독자들은 그의 작품을 국경과 언어를 넘어 자신과 같은 현대인이 쓴 작품으로 받아들이고 사랑하게 된다. 게다가 김연수의 단편은 스토리텔링이 능숙할 뿐만 아니라, 하나같이 실제 경험이 아닐까 싶을 정도로 디테일이 풍부하다. 그럴 리야 없겠지만.

나는 그의 단편을 좋아해서 읽지만, 중간중간에는 언젠가 나도 이런 단편을 쓸 수 있으면 좋겠다는 공부하는 마음으로 읽기도 한다.

『소년이 온다』

소개할 또 한 권의 소설은 한강의 『소년이 온다』다.

한강은 『채식주의자』, 『희랍어 시간』, 『흰』 등 한 번만 읽어도 그녀의 작품임을 단번에 알 수 있는 시적인 문체를 가졌다. 하지만 각 작품은 매우 다른 유형이다. 『소년이 온다』는 그녀의 정수를 보여주는 듯하면서도 전체적으로 보면 예외적인 작품이라고 할 수 있다.

한국인에게 5·18 광주항쟁은 민주화운동의 역사에서 결정적으로 중요한 사건이다. 최근 영화화 등을 통해 일본에도 조금씩 알려지고 있는데, 한강의 이 소설은 당사자들의 내적 고통을, 사건 이후의 삶까지 포함하여 몸부림치는 듯한 비통한 공감으로 그려내고 있다. 결코 잊을 수 없는 독서 경험이 될 것이다.

글을 이끌어가는 방식도 르포르타주 같은 것이 아니라, 다양한 관점에서 접근하고 있으며, 특히 이인칭인 '너'와 '당신'이라는 호칭이 관통하는 장치가 효과적이다.

한국 현대사를 넘어 '인간이란 무엇인가'라는 거대한 물음으로 독자를 이끄는 책이기에 작가로서도 매우 존경하는 책이다.

『제국 일본의 문턱: 생과 사의 경계에서 보다』

마지막으로 김항의 『제국 일본의 문턱: 생과 사의 경계에서 보다』는 소설이 아니라 연세대학교 교수의 일본 근대사상 연구서다.

1973년생으로 아버지의 직장 때문에 소년기를 일본에서 잠시 보낸 저자는 워크맨 같은 기계나 만화로 대표되는 일본의 서브컬처를 자연스럽게 접한, 당시로서는 신세대다. 일본어 또한 매우 유창하게 구사한다. 일본이 왜 근대 이후 제국주의로 길을 잃고 아시아 국가들을 침략하고 한반도를 식민지화하게 되었는가, 라는 질문을 사상적으로 철저하게 파헤치는 이 책은 나에게 큰 지적 충격을 주었다. 철저히 연구자로서의 태도를 견지하면서도 비난하는 듯한 어조와는 거리가 멀다. 그렇기에 식민지를 경험하지 않은 피해국의 저자가 던지는 "왜?"라는 질문에서 생각의 깊이가 느껴진다.

그 깊이는 일본인에게 책임을 강하게 호소한다.

이런 책이 쓰였다는 사실을 통해 우리는 한국 지식인들의 마음을 읽어야 한다.

나는 이 책에 대한 찬사를 아끼지 않는데, 김항은 젊은 저자로서 항상 겸손한 자세로 임한다. 그러나 그의 다음 저서를 독려하기 위해 다시 한번 여기에 소개해보았다.

히시다 유스케菱田雄介

정면: 사진가에 상당하는 위치

사진가

『떠도는 땅(さすらう地)』

김숨 | 오카 히로미(岡裕美) 옮김 | 강신자 해설 | 新泉社 | 2022

『추방당한 고려인: 천연의 미와 백년의 기억(追放の高麗人一天然の
美と百年の記憶)』

강신자 | 안 빅토르 사진 | 石風社 | 2002

『옛날 옛적에(ДАВНЫМ ДАВНО В КОРЕЕ)』

고려대학교 카란다쉬 팀 | 뿌쉬낀하우스 | 2018

1972년 일본 도쿄에서 태어났다. '지도상에 선 하나가 그려질 때 인간의 운명은 어떻게
바뀌는가'를 명제로, boder(경계선)를 주제로 작품을 발표해왔으며, 도쿄도사진미술관
'일본의 신진작가 vol.17(日本の新進作家vol.17)'에 선정(2020)되었다. 북한과 한국 사람들의
인물사진으로 구성된 'border | korea'(2017 Libro Arte刊)에서 제20회 사진의회상(写真の
会賞)을 수상했으며, 이 작품은 일본 국내뿐 아니라 대구 포토 비엔날레(2016)나 서울시
립미술관의 기획전 'BORDER 155'(2018)을 비롯해 여수시, 김포시 등에서도 전시되었고
〈한겨레신문〉에서 소개되는 등 화제를 모았다. 카자흐스탄의 '고려인' 촬영도 진행하고
있다.

홈페이지 https://www.yusukehishida.com

『떠도는 땅』

『추방당한 고려인: 천연의 미와 백년의 기억』

2019년 여름, 카자흐스탄의 중심도시 알바티에서 350킬로미터 떨어진 작은 마을 우슈토베를 방문했다. 오랜 여행의 피로를 풀 여유도 없이 안내받은 곳은 시골 역사였다.

"1937년 10월 9일에 첫 열차가 이곳에 도착했어요. 우편용 화물열차가 보이죠? 저렇게 창문도, 문도, 화장실도 없는 화물열차에 사람들이 욱여넣어진 채로 이곳으로 실려 온 거예요. 당시 이 마을에는 집이 고작 열 채 정도였어요. 이 마을을 안내할 때 가장 먼저 보셨으면 한 것이 모든 것이 시작된 이 장소랍니다."

정성스레 설명해준 사람은 리 블라디미르 씨. 한국계 성씨와 러시아계 이름을 지닌 그는 한반도에 뿌리를 둔 고려인이다. 1937년 초겨울, 그의 조부모는 아직 어린 그의 아버지와 함께 화물열차에 실려 이곳으로 왔다.

"들썩이는 바닥에서 올라오는 냉기는 건초와 거적, 겹겹이 껴입은 옷을 차례로 뚫고 들먹들먹하는 엉덩이를, 궁상스런 오장육부를 찌른다. 오한증이 나 서리 맞은 닭처럼 떨던 금실은 어깨에 두른 모직 숄을 머리 위까지 끌어올리고, 뱃속 아기의 심장이 뛰는 소리에 귀기울이려 애쓴다." (김숨, 『떠도는 땅』)

김숨의 『떠도는 땅』은 바로 그 화물열차에 실려서 극동 지방인 블라디보스토크에서 중앙아시아 카자흐스탄까지 향하는 여정을 무대로 한 소설이다. 소나 말을 운반하기 위한 화물열차에 실린 사람들. 창문이 없어서 낮과 밤도 구별되지 않는 상태로 썩기 일보직전인 소시지를 먹으며 요강에 배설을 하면서 서쪽을 향해 하염없이 나아간다. 돈을 벌러 간 남편과 생이별하고 시어머니와 함께 화물열차에 탄 임산부 금실, 젖먹이를 안고 있는 따냐, 청각을 잃고 노래를 부르는 허우재. 우연히 같은 화물열차에 탄 사람들은 이가 들끓는 몸을 서로 기대며 차별과 억압으로 고통받던 러시아에서의 나날을 회고한다.

19세기 말부터 20세기 초에 걸쳐 러시아 제국의 극동 진출과 일본의 한반도 진출로 대혼란에 빠진 한반도. 그 가운데서 자유를 갈구하며 국가의 권익이 미치지 않았던 연해주로 도망친 사람들이 있다. 이윽고 그 땅은 소련이 되지만, 한반도 출신은 블라디보스토크의 신한촌(新韓村, 일제강점기 러시아 연해주 블라디보스토크에 있던 한인 집단 거주지_옮긴이)을 비롯해 여러 한인촌을 건설함으로써 러시아인과 공존하게 되었다. 그러나 1937년 9월, 스탈린은 한반도 출신 17만 명을 한 명도 남김없이 배제하기로 결정한다. '일본의 첩자 활동'을 방지하기 위해, 일본인과 얼굴이 비슷한 이들이 배제 타깃이 된 것이다.

약 280쪽의 독서 체험은 등장인물과 같은 열차에 탄 것처럼 숨이 막혔다. 딱딱하게 굳은 피부, 메마른 목과 더러운 물, 분뇨 냄새가 피어오르는 가운데서 오고 가는 단편적이고 불쾌한 말들. 페이지를 넘길 때마다 반복되는 집요한 묘사는 '코리안 디아스포라'의 현실을 독자의 몸에 새겨넣는다. 저자인 김숨은 종군위안부를 그린 『한 명』이나 1987년 민주화운동을 주제로 한 『L의 운동화』 등 한국인이 체험해온 역사적 사건 깊숙이 들어가 그 감촉을 피부로 느낄 수 있도록 만들어준다.

1937년 10월에 강제 이주한 사람은 17만 2,000명. 이주한 카자흐스탄이나 우즈베키스탄(당시에는 모두 소비에트연방 국가에 포함)에서 그들은 '고려인'이라 불렸다. 집도 땅도 주지 않아서 첫 겨울은 손으로 땅에 구멍을 파고 갈대로 지붕을 엮어서 지냈다고 한다.

거친 땅을 일구고 산을 개척하여 그들은 살아남았다. 그것을 버티게 해준 것은 스탈린이 그들에게서 빼앗지 못한 것, 곧 '한국의 마음'이라는 사실은 자명하다. 소련사회를 살아가기 위해 언어와 종교 등 대부분을 버릴 수밖에 없었지만 그래도 2019년 고려인 가정의 식탁에는 배추김치가 있었다. 타향에서 세대를 거듭하면서도 이어져 내려온 것이다.

나를 안내해준 리 블라디미르 씨는 50대. 고려인으로서는 3대째로, 4대째인 딸 율리아 씨는 15세였다. 스마트폰으로 K-POP이나 한국 드라마 보기를 아주 좋아해서 한국어를 공부한다. 지금 한국의 음악이나 드라마에 흥미를 갖는 것은 사실 고려인이라는 아이덴티티와는 상관없겠지만 율리아 씨가 한복으로 갈아입으니 민족이 짊어져온 전통이 눈앞에 아름답게 나타나는 것이 느껴졌다.

1937년 스탈린의 명령으로 연해주에서 카자흐스탄의 작은 마을 우슈토베로 강제 이주한 고려인의 후손 율리아 씨. 스마트폰으로 K-POP을 듣고 한국 드라마를 즐겨 보는 것은 사실 고려인이라는 아이덴티티와는 상관없지만, 율리아 씨가 한복으로 갈아입으니 민족이 짊어져온 전통이 눈앞에 아름답게 나타나는 것이 느껴진다.

카자흐스탄의 고려인을 취재할 때 나는 자료가 너무 적어서 힘들었다. '고려인', '코리안 디아스포라'를 설명하는 웹사이트는 있지만 위키피디아 이상의 정보가 있는 것은 거의 없었다. 그런 와중에 도움이 된 것이 강신자 작가와 사진가인 안 빅토르의 책 『추방당한 고려인: 천연의 미와 백년의 기억』이다. 이 책은 일본에서 탄생한 〈천연의 미〉라는 노래가 중앙아시아에서 〈고국산천〉으로 불린다는 것을 안 저자가 카자흐스탄의 우슈토베에서 고려인의 뿌리인 '원동(연해주)'을 찾아가는 다큐멘터리다. 2002년 출간되었으므로 정보는 좀 오래되었지만 당시 고려인 1세의 목소리를 들을 수 있는 책이다. 2000년의 〈추방당한 고려인〉을 취재하는 여행은, 구마모토방송이 다큐멘터리로 촬영, 방송했으며 2023년에도 '레전드 다큐멘터리'로 재방송되었다. 바라건대 동영상 서비스를 제공하여 많은 사람이 볼 수 있으면 좋겠다.

『떠도는 땅』과 『추방당한 고려인』은 서로 짝을 이루는 책이다. 전자가 연해주에서 중앙아시아로 추방당하는 여로를 그린 반면, 후자는 중앙아시아에서 연해주를 향해 여행한다. 소설과 다큐멘터리라는 전혀 다른 색채지만 같이 읽으면 더욱 이해가 깊어질 것이다.

『옛날 옛적에』

마지막으로 소개하는 책은 『옛날 옛적에』라는 그림책이다. 한국 고려대학교에서 고려인용 어학 교재로 만들어 배포한 것으로, 한반도에 전해지는 네 편의 동화가 러시아어와 한국어로 수록되어 있다. 그중 「소금 나오는 맷돌」은 가난한 남자가 귀중한 소금을 만들어내는 맷돌을 손에 넣게 되면서 마을 사람들을 도와주었는데, 나쁜 남자가 이것을 빼앗아 혼자 차지한다. 배에 싣고 도망쳤지만 소금을 멈추는 말을 몰라서 소금의 무게 때문에 배가 가라앉았고, 그래도 소금은 계속 나와서 결과적으로 바닷물이 지금도 짠맛이라는 이야기다. 한국에서는 많은 아이가 알고 있는 동화라고 생각한다.

고려인이 강제 이주한 지 곧 90년이 되는 지금, 이러한 도덕적 가치관을 공유함으로써 '한국의 마음'이 앞으로도 중앙아시아에서 계속 살아남기를 바란다.

질문으로서의
'한국의 마음(心)을 읽다'

노마 히데키

마음의 형태

『한국의 마음(心)을 읽다』라는 책 제목에는 실제로 수사와 함정 모두 있다. 그리고 책 제목은 언어와 책을 둘러싼 원리론적 문제를 싹트게 하는 글이기도 하다.

우선 '마음'이다. 책을 추천하고 이야기하는 책인데, 실은 당연하게도 책 그 자체에 '마음' 따위는 존재하지 않는다. 비유적으로 '마음이 담겨 있다'고 말할 수는 있지만 그것은 어디까지나 책을, 그리고 그것에 쓰여 있는 말의 덩어리에 대한 우리의 행위를 지극히 완곡하게 표현하는 것에 지나지 않는다.

말이 늘 보편적인 '의미'를 지니는 것은 아니다. 말은 '의미'를 지니지 않는다. 그것은 '의미' 그 자체다. 그리고 때로는 '의미'가 되지 못한다. 말이 의미를 지니는 것이 아니라 우리가 말에 의미를 만들어 붙이는 것이다. 살아온 역사도, 살아가는 모습도 각기 다른 우리 한 사람 한 사람이.

같은 말에 인간은 각자의 의미를 갖다 붙인다. 그렇기에 같은 말을 두고도 인간은 모두 약간이나마 다른, 때에 따라서는 무척이나 다른 의미를 갖다 붙인다. 같은 말에 저마다 다른 의미를 갖다 붙일 수 있다는 것, 그것이 언어를 공유하는 것. 바로 언어공생성의 원리다. 이러한 원리는 책에도 적용된다.

책이, 가령 고전이 수많은 사람에게 공유되는 이유는 그 책과 책에 쓰인 말이 '불멸의 의미'와 '영원히 변하지 않는 의의'를 지니기 때문이 아니다. 반대로 같은 말의 '형태'에 인간이 저마다 다른 의미의 '형태'를 새로 갖다 붙일 수 있기에, 책은 때로 오래 함께함으로써 고전으로서 새로운 의미가 계속 생성된다. 고전이 고전일 수 있게 하는 것은, 훌륭한 책이 훌륭한 책일 수 있게 하는 것은, 언제나 나이며, 당신이다. 실은 같은 나라 해도 때와 장소가 바뀌면 의미가 달라지기도 한다. 요컨대 언어가 행해지는 장소(=언어장)에 따라 의미도 달라지는 것이다.

다원적인 마음의 형태

그러고 보면 책에서 '마음'도 마찬가지다. '한국의 마음'이라는 것은 말에 새겨져 있지는 않다. 우리가 그것에서 '마음'을 읽고 '마음'을 갖다 붙이는 것이다. 따라서 각양각색의, 다원적인 '마음'이 드러나는 것이리라. 이 책에도 여러 저자가 다양한 방식으로 '마음'을 직간접적으로 언급하고, 혹은 인용하는 형태로 '마음'을 조형한다. 인용에서 경청을 생략하는 점을 용서하시기 바란다.

- 『파친코』의 이민진이 말했듯이 '모든 사람을 한국인으로 만드는 것'에 있는지도 모른다. – 이은주
- 시간과 공간을 아득하게 감싸 안고 있는 것, '마음'은 넓고 깊은 무엇이다. – 이장욱
- 허기진 마음을 어떤 말로 달랠 수 있을까. 텅 빈 속을 채우는 것은 결국 말에 담긴 마음이다. – 인현진
- 한국의 마음이 무엇일까? 그것은 동양의 마음의 부분집합일까?
  – 오은
- 이 마음이야말로 식민지 지배나 군정 지배에 대한 오랜 저항을 견디게 했고, 결국은 승리하게 만든 원동력일 것이다.
  – 오카모토 아쓰시
- 지난 3년, 책 제목 가운데 유독 눈에 들어오는 단어가 있었으니, 바로 '마음'이다. – 강윤정
- 마음은 숨어 있다. 마음은 움직인다. 마음은 원래 그런 것이다.
  – 김경화
- 마음이라는 것이 꺼내 볼 수 있는 몸속 장기라면, 가끔 가슴에 손을 넣어 꺼내서 따뜻한 물로 씻어주고 싶었다.
  – 구로다 교코. 「밝은 밤」 인용
- 말은 마음의 꽃이다. – 권재일
- 마음은 생성의 결과가 아니라 언제나 창조의 현장이다.
  – 고시마 유스케. 「생성과 소멸의 정신사」 인용
- 이토록 '사무친' 보고서적 소설을 이민 짐 속에 챙겨간다는 것은,

한국을, 한국에서의 시간을 챙겨간다는 의미일 것이다. - 공선옥

- 박완서의 소설에는 몸과 마음이 구분할 수 없는 하나의 층이 되어 드러나 있다. - 사이토 마리코
- 같은 곳에서 태어나고 자란 사람들일지라도 같은 마음을 가진 사람은 없다. 그래서 우리는 그런 누군가의 마음에 조금이라도 다가가기 위해 책으로 손을 뻗는다. - 사토 유
- 사라진 말들 속에 숨어 있는 아름다움과 다시 마주치는 일은 어쩌면 우리가 잃어버린 마음과 마주치는 일이기도 하니까.

  - 신경숙
- 한국·조선의 마음을 들여다보는 안경에 시가는 도움이 되지만, 그것에 비친 마음은 대체로 격식을 차린 세탁된 마음이다. 마음은 위장에 있다고 했다. - 스즈키 타쿠마
- 한국·조선인의 '마음'을 찾아서. 그것은 세계를 도는 장대한 여행이자 또한 동시에 상상을 뛰어넘는 역사 여행이기도 하다.

  - 다카기 다케야
- 김달수, 김석범, 김시종 모두 재일 작가로 포스트식민지적 관점에서 보면 디아스포라적 존재이며 일본어로 글을 썼지만, 그 저술에서 한국·조선의 마음을 느낄 수 있다. - 다케우치 에미코
- 역사나 정치 등 큰 주제에서는 사라져버리는 사람들의 마음의 움직임을 상상할 수 있는 것이다. - 다케다 신야
- 한국인의 마음속엔 신라인의 마음도 있다. - 최인아
- 나에게 '한국의 마음'이라는 것은 바다 위를 떠다니는 플라스틱 부표처럼, 있기는 한 것 같은데 깊은 해저에 닻을 내리지 못하고 미끄러지듯 부유하듯 견고한 무게감 없이 존재하는 그런 감각에

가깝다. – 정신영

- 내가 아는 사실 하나는 적어도 마음은 스스로 존재할 수 없다는 것이다. 마음은 무언가를 향할 때 비로소 모습을 드러낸다.
  – 정영수
- 한국인의 마음은 더는 하나가 아니다. – 백민석
- 김소운은 에세이집 『마음의 벽(こころの壁)』에서 젊은 시절부터 해온 시 번역에 대해 "마음의 번역이어야만 한다"고 힘주어 말한다.
  – 박경미
- 그들에게는 일정한 세대적 공감대가 있을 뿐 아니라 동시에 각기 다른 사회를 살아왔다는 것을 발견했기에 '한국·조선의 마음'을 (당연히 결코 똑같지 않을) 이해하는 데 큰 도움이 되었다.
  – 히라노 게이치로
- 그러나 90년 전 「소설가 구보 씨의 일일」의 주인공이 경성을 걸으면서 느낀 고독에서 생각하면 고독은 '정'과 '한'과 함께 오랫동안 '한국의 마음' 중 일부를 차지했다는 것을 알 수 있다.
  – 로버트 파우저

그리고 또 이렇게 말했다.

- 아, 마음은 '읽는 것'이었구나. – 박주연 집필자 소개

이런 식으로 인용하여 늘어놓으면 집필해주신 분들께 혼날지도 모른다. 불과 이 정도 인용만으로도 '마음'을 말하는 조형은 그야말로 다양하다는 사실을 알 수 있다. 이러한 다양성이야말로 우리 한 사람

한 사람이 만들어내는 것이며, 우리 한 사람 한 사람이 존재한다는 증거이며, 또한 존재해도 좋다는 근거다. 책은 읽혀야 하고, 이야기되어야 한다. 공유되어야 하는 것이다.

한국의 마음의 형태

지금, 질문 하나를 던져본다. 그것은 '한국의 마음'이라는 말에 조형되는 것을 둘러싼 물음이다. 애초에 책 제목을 지을 때, 걸리는 부분이 있는데, '한국'이라는 '국가'의 마음이라는 것은 존재하지 않는다. 이 또한 저자는 날카롭게 지적한다.

• '마음'이란 개인의 내면 깊숙이 숨어 있는 것이지, 국가에는 '마음'이라는 것이 존재하지 않기 때문이다. — 쓰지노 유키

사람 대부분이 '국가의 마음' 따위는 생각하지 않을 거라고 해서, 그거야 당연하지, 같은 고귀한 말을 지나쳐서는 안 된다. 왜냐하면 '한국', 그리고 '일본' 같은 말 하나하나는 가령 나고 자란 '가향(家鄕)' 같은 온화한 이마주로만 이야기되는 것은 결코 아니기 때문이다. 그러한 말은 이따금 우리의 '마음'조차 찢어발긴다. 전형적인 예로 K-POP에 대해 이야기하는 것을 살펴보면 좋다. 일본어권에서 K-POP은 엄청나게 자주 회자되는데, 여기에 '일본은', '한국은' 같은 말이 따라온다는 사실을 금세 감지할 수 있을 것이다. 가령 음악에 한해서도 '일본'이니 '한국'이니 하는 말로 상표를 붙일 정도이고, 그렇게 작은 대상이 아님에도 'K-POP은 국가가 밀어주니까 성공한 것

이다' 같은 예술 현장과는 무관한, 질투가 역력한 국가주의 이데올로기 형태가 K-POP에 대한 이야기에 활보하고 있다. 이것에 대해서는 이 책에서도 마쓰모토 타쿠오의 주장이 그러한 이야기를 물리치는 문헌을 예로 들면서 날카롭게 지적한다.

이렇듯 우리가 '한국', 그리고 '일본'과 같은 말을 서로 꺼낼 때는 세심하게 배려해야 한다. 그렇지 않다면 올림픽처럼 국가주의 이데올로기에 젖은 황야가 되어버린다.

한국어와 한글의 위상: K-POP의 형태

K-POP을 예로 들었으니 부연 설명을 해보자. 머리말에서 말했듯 『한국의 지(知)를 읽다』를 세상에 내놓은 후 지난 10여 년 동안, 한국어나 한글의 위상은 전 세계에서 극적으로 변모했다. 이러한 변화의 가장 강력한 근거가 어디에 있느냐도 중요한 답 중 하나다.

'J-POP은 일본의 대중음악이며 K-POP은 한국의 대중음악이다'라고 지금껏 생각했다면 이 기회에 재고하는 것이 좋을 듯하다. 전반의 'J-POP은…'은 대체로 맞을지도 모르지만 후반의 'K-POP은 한국의 대중음악이다'는 그 작품의 내실을 본다면 '한국의'라는 형용은 전혀 실상에 맞지 않는다. 오늘날 최전방의 K-POP은 무엇보다도 멀티 에스닉, 다문화, 다민족의 세계다. 이때 가사도 한국어와 영어, 한국어와 일본어, 한국어와 중국어 등과 같은 복수언어주의(plurilingualism)가 중요한 특징이다. 랩의 음조차 두 언어를 오가며 융합된다. 대부분은 집단 간에 이야기되는 다언어주의(multilingualism)라는 술어보다, 개인에게 역점을 두어 이야기되는 복수언어주의라는 술어가 더욱 K-POP의 실체에 부합한다. 단적으로 말해 K-POP은 다원주의 (polycentrism)의 세계다. 다원주의는 그것이 공간이나 시간 속에 배치되는 것만으로 동적인 변화를 만들어낸다. 다원적이라는 것은 변화의 별명인 것이다. 따라서 작품들은 변화로 가득하다. 아티스트들도 크리에이터들도 국제적인 분야＝협동의 양상을 띤다. 어느 정도 '한국의'라고 할 수 있는 부분은 자본 정도인지도 모른다.

나아가 앞선 말의 술어 '대중음악이다'라는 부분도 너무 낡았다. K-POP은 확실히 극동의 일각에서 음악의 한 분야로 탄생했다. 그러나 그것이 오늘날 뮤직비디오라고 부르는 작품군을 선두로, '말과 음과 빛, 그리고 신체성이 엮어내는 21세기의 종합예술'로 성장하고 있다. 예술이라고 불렀지만, 실제로 아직 K-POP 같은 모습의 예술을 명명하는 명칭조차 세상에는 없다. 이것을 일단 'K-아트'라고 부르겠다. K-아트는 완전히 새로운 코리아네스크의 세계다.

K-아트는 랭기지(Language), 오디오(Audio), 비주얼(Visual)이 인터넷(INTERnet)상을 활보하는, LAVnet이라는 21세기적인 시공간 위에 나타나는 예술이다. LAVnet의 전형으로 K-POP의 뮤직비디오가 가장 먼저 공개되는 곳이 유튜브다. 그리고 틱톡, 인스타그램이다. LAVnet상에 새로운 작품이 발표되자마자 전 세계가 춤추고, 댄스 영상을 올리면 LAVnet상에 영상이 연이어 공개되고 공유된다.

가령 싸이의 〈강남스타일(GANGNAM STYLE)〉이라는 K-아트 초기 작품 등 유튜브 영상 뮤직비디오의 재생 횟수는 50억 회를 훨씬 웃돈다. 블랙핑크의 〈뚜두뚜두(DDU-DU DDU-DU)〉 뮤직비디오도 6년 간 22억 회를 기록했다. 제목부터 두 언어, 두 종류의 글자 형태로 나타내는 것을 알 수 있다. 'DDU DU'라는 다섯 글자만으로 히트를 쳤으니, 아직 보지 않은 분은 보기 바란다. K-아트라는 이름에 부끄럽지 않은 그 작품은 '젊은 사람들이 노래하고 춤추는' 수준이 아니라는 것을 바로 알 수 있다. 그리고 언어와 문자의 관점에서는 놀랍게도 모두 '강남'이라는 고유명사, '뚜두 뚜두'라는 의성어가, 한국어가, 한글로 쓰여 있다. 여기에서 강남은 중국 양쯔강의 남쪽이 아니다. 양쯔강에 비한다면 훨씬 폭이 좁은, 무려 극동의 작은 지역을 흐르는 강, '한강'의 남쪽을 가리키는 말이다. 이러한 한국어가, 한글이, 세계적으로 공유되고 있다.

작품이 탄생하자마자 사람들은 노래하고, 춤추고, 때로는 비평하고, 그림으로 그리기도 하고, 영상을 편집하여 2차 영상을 만들어낸다. 그렇게 작품을 LAVnet상에서 공유한다. 아트의 이러한 공유 방식은 20세기에는 존재하지 않았던 모습이다. 곧 K-POP, K-아트는 르네상스 이후의, 아니 그 이전부터였을지도 모를 아트의 '사적 소유'의 모습을 근본부터 바꿔버렸다. 그 존재 모습(존재 양식)도, 표현 방법(표현 양식)도 우리가 20세기에는 본 적도 없는 것이 지구상의 LAVnet을 활보한다. 사람들은 아직 그러한 사태를 어떤 위치에 놓아야 할지조차 알지 못한다. '한국의 대중음악'이라는 위치에서 벗어나지 못하기 때문이다. 현실은 '한국'은커녕 때때로 당신 손바닥 안의 스마트폰까지 극장으로 변한다. 그리고 중요한 것은 이것이다. 그것에는 언제나 한국어가, 그리고 한글이라는 글자가 항상 숨쉬고 있다는 점이다. LAVnet상뿐 아니라 어느 나라의 콘서트장에서든 한국어를 흔히 볼 수 있다. K-아트에서 한글은 그야말로 21세기 새로운 코리아넥스의 엠블럼이다. 그 엠블럼은 20세기를 뒤덮은 제국의 문자, 라틴문자(로마자)나 일본의 가나 등과는 전혀 다른 형태에서 만들어진 조형이다.

참고로 20세기의 엔카(트로트)의 가사에는 '마음'이나 '가슴'이라는 말이 중요한 위치를 점유했다. 오늘날 K-POP 가사에는 '마음'보다는 '심장'이라는 말이 훨씬 많이 등장한다. 그 신체성이라는 특징이 가사에서 숨 쉬고 있다. K-POP은 마음의 가사라는 것을 뛰어넘어 심장의 가사인 것이다.

그렇다고 K-아트에 문제가 없는 것은 아니다. 작품 그 자체에 한해서도 이따금 국가주의적인 사상이나 전체주의적인 감성과의 투쟁이 고스란히 섞여 있다. K-아트의 패션이나 코레오그래피 등에는 자칫 잘못하면 전체주의적인 감성이 스며 나오기 때문이다. 여기에서 다루는 주제가 아니므로 그것에 관해서는 생략한다.

『한국의 마음(心)을 읽다』: 각자의 사적인 형태

앞에서 나는 "나고 자란 '가향(家鄕)' 같은 온화한 이마주"이라고 썼다. 물론 모든 가향이 온화하다고 할 수는 없다. 사람에 따라서는 두 번 다시 떠올리고 싶지 않은 대상일 수도 있다. 어느 쪽이든 그것들은 과거의 체험 같은 방향을 향하고 있다. 그러나 '한국'이라는 말은 가령 '가향' 등으로 상징되는 과거의 체험이라는 방향으로 드러나는 의미를 실현하는 것만은 아니다. 반대로 '아직 보지 못한 것' 혹은 '있었을지도 모르는 것'이라는 방향의 의미를 실현하기도 한다. 재일한국인, 재일조선인 등의 입장에서는 '한국'이나 '조선'은 '나고 자라지 않은 땅'으로서 드러나기 때문이다. 그것도 '본래라면 나고 자랐을지도 모를 땅'으로서. 재일한국인, 재일조선인뿐만이 아니다. 이 문장을 쓰는 나처럼 일본에서 태어나고 일본어권에서 자란, '한국'이나 '조선'

의 피도 이어받은 사람에게는 '한국'이나 '조선'은 '아직 보지 않고 희구해 마지않는 땅'으로 다가온다. 곧 이따금 내 안의 '보이지 않는 고향'을 찾아가려는 셈이 된다. 사적인 과거를 쓰는 자리가 아니므로 썩 내키지는 않지만 편린만 토로한다면 '한국적인 것', '조선적인 것'은 언어를 비롯해 미친 듯이 희구하는 대상이었다. 언어는 그 밑바닥에 항상 깔려 있는 것이었다.

그리고 이 책에서도 나와 교차하는 마음이 쓰인 문장을 만났다.

• 이로써 나는 '조선'에 동화되기에는 자격 미달이라는 생각을 하게 되었다. 그 생각은 굴절되어 진정으로 누릴 수 없어 보이는 것에 대한 동경을 증폭시켰다. 그 실체야말로 내가 지닌 '한국·조선의 마음'이 아닐까. ─ 사카이 히로미

이런 글 몇 줄조차 내 가슴을 쿡쿡 찌른다.

아이덴티티와 언어

이렇듯 이른바 '아이덴티티' 등으로 부르는 것과 관련하여 '마음'의 어느 한쪽에 있는 '언어'를 말로 꺼내보면, 디뎌야 할 곳에 발을 내디뎌야만 한다. 몇 번이고 강조해도 지나치지 않지만 언어는, 심지어 국가 등 인간의 아이덴티티와 직결해서는 안 된다. 근본적인 오류일 뿐 아니라 이따금 매우 위험하기 때문이다. 'OO인인데 OO어를 못해?'라는 말이 20세기에 종종, 아직도 여기저기에서 들린다.

언어는 그 근간이 개별에 속한다. 따라서 'OO인인 것'과 'OOO어

를 말하는 것' 사이에 절대적인 관계는 원리적으로 없다. 부모자식이든 형제든 언어가 다른 것은 지극히 자연스러운 일이다. 가족 사이에서도 이른바 방언이 이따금 다르다는 것을 상기한다면 그 리얼리티는 간단히 파악할 수 있을 것이다. 요컨대 '언어≠민족≠국가'가 언어와 집단을 둘러싸고 가장 깊은 곳에 깔린 원리다. 그리고 단언하는데, 아무리 언어라도 절대 빼앗겨서는 안 된다. 타자에게 아무리 '부자연스럽고' '불완전하게' 들리는 언어라 해도 마찬가지다. 그것은 민족이 언어이기 때문이 아니라 당신의 언어이기 때문이다.

나아가 '비모국어란 어쩌면 모국어가 되었을지도 모른 언어'라는 명제 또한 한 번쯤 다시 생각해보자. '아직 보지 않은 것' 혹은 '잃은 것'이라는 방향에서 본다면, 가령 한국어라는 언어가 본래라면 (전쟁 따위가 없었다면, 가족이 흩어지지 않았더라면, 그리고 차별 따위가 없었더라면) 그 사람의 모국어가 되었을지도 모른다. 그러한 사태는 인간이 '스스로 모국어가 아닌 언어'를 배우는 것의, 가장 소중한 곳에 존재하는 근거다. 이러한 것을 더욱 깊이 생각한다면 누구든 인간이 '자신의 모국어가 아닌 언어'를 배우는 근거는 언어라는 것의 원리적인 모습이 떠받치고 있는 모습으로 가 닿는다. 우리는 언어를 배워도 좋은 것이다. 그리고 책을 읽어도 된다.

『한국의 마음(心)을 읽다』에서 이 '한국' 같은 말은 이렇듯 계속 질문을 유발한다. 그리고 언어와 마주하게 한다. 마음을 읽는 대상이 되는 언어, 그것을 읽는 나의 언어, 그리고 '한국' 같은 말들.

훈민정음과 한글: '적힌 말'의 창조

마음을 둘러싸고 언어와 문자, 그리고 책을 잘 생각해보면 훈민정음의 탄생을 돌아보게 된다. 고전 중국어인 한문으로 쓰인 『훈민정음』 해례본이라는 책이 있는데, 그것을 15세기 조선어로 번역한 『훈민정음』 언해본이라는 텍스트가 있다. 이것이야말로 15세기 조선어권에서 '적힌 말'의 창조였다. 문자는 오늘날 한글이라 불린다.

해례본, 정인지의 후문에서 높이 칭찬하는 부분을 들어보자.

有天地自然之聲 則必天地自然之文(유천지자연지성 즉필천지자연지문)
천지자연의 소리가 있으면 반드시 천지자연의 글이 있다.

'입으로 나오는 말'이 있다면 '적히는 말'이 있다는 고전의 한 구절이다. 조선어라는 '입으로 나오는 말'이 있는데 '적히는 말'은 고전 중국어인 한문밖에 없는, 비틀어진 이중언어 상태를 완전히 부정했다. '입으로 나오는 말'이 있으므로 '적히는 말'도 있어야 한다고. 누구도 본 적 없는 문자 체계 '훈민정음'을 제기하는 근거야말로 천지자연의 원리였다. 곧 우리가 '마음' 또한 아마도 천지자연의 한가운데 있으리라는 것은 논할 여지도 없다.

문자가 탄생했다. 하지만 문자 체계의 탄생은 '적힌 말'의 완전한 성장을 의미하지 않는다. 이 점은 착각하기 쉬운데, 문자가 생겼다고 해서 누구나, 무엇이든, 쓸 수 있는 것은 결코 아니다. 그 자세한 내용도 지금 쓰는 글의 주제가 아니므로 생략하지만, 단적으로 말해 그 이후

702

약 600년 동안 '적힌 말'이 고군분투하는 시기가 있었다. 글자는 적혀야만 한다. 그리고 읽혀야 한다. 둘 다 이루어져야 한다. 각기 서로 다른 사람들에 의해, 우리에 의해. '적힌 말'은 그때 비로소 우리의 삶에서 '적힌 말'로서 숨쉬는 것이다.

이 책에 등장하는 수많은 책 중 한국어든, 일본어든, '적힌 말'이 고군분투하는 현대적인 형태를 찾아볼 수 있을 것이다. 그러한 '적힌 말', 언어는 아마도 '마음'이라고 이름 붙인 그것에 내재한다. 이 책은 말을 뛰어넘어 '마음'을 만질 수 있을까.

이 책 『한국의 마음(心)을 읽다』를 집필해주신 많은 분들, 한국어와 일본어 동시 출간이라는 야심 찬 책을 만들고, 모두와 함께 나누는 과정에 참여해주신 모든 분들, 그리고 지금 이렇게 읽어주시는 분들께 진심으로 깊이 감사드린다.

추천도서 목록(작품명 가나다순)

일본어판이 출간된 한국 도서는 한국어판의 서지정보를 함께 수록했습니다.

추천도서 목록(저자명 가나다순)

일본어판이 출간된 한국 도서는 한국어판의 서지정보를 함께 수록했습니다.

가와무라 미나토(川村湊), 『나의 부산(わたしの釜山)』 風媒社, 1986 — 407

가와카미 미에코(川上未映子)・무라카미 하루키(村上春樹), 『수리부엉이는 황혼에 날아오른다(みみずくは黃昏に飛びたつ)』 홍은주 옮김, 문학동네, 2018 — 260

가지 노부유키(加地伸行) 외, 『유교의 책(儒教の本ー知られざる孔子神話と呪的祭祀の深淵)』 学習研究社, 2001 — 504

가지이 노보루(梶井陟), 『조선어를 생각하다(朝鮮語を考える)』 龍渓書舎, 1980 — 397

가타야마 마비(片山まび) 외, 『야나기 무네요시의 마음과 눈: 일본민예관 소장 조선 관련 자료를 둘러싸고(柳宗悦の心と眼ー日本民藝館所蔵 朝鮮関連資料をめぐって一)』 도쿄예술대학출판회, 2023 — 659

강미강, 『옷소매 붉은 끝동』(전2권) 청어람, 2022 — 312, 376

강미강, 『옷소매 붉은 끝동』(전3권) 혼마 히로미(本間裕美)・마루야 사치코(丸谷幸子)・김미정(金美廷) 옮김, 双葉社, 2023 — 312, 376

강석경, 『능으로 가는 길』 창비, 2000 — 268

강신자, 『추방당한 고려인: 천연의 미와 백년의 기억(追放の高麗人ー「天然の美」と百年の記憶)』 안 빅토르 사진, 石風社, 2002 — 370, 684

강영숙, 『리나』 문학동네, 2006 — 356, 481

강영숙, 『리나(リナ)』 요시카와 나기(吉川凪) 옮김, 現代企画室, 2011 — 356, 481

강현식, 『심리학으로 보는 조선왕조실록』 살림출판사, 2008 — 31

강화길, 『다른 사람』 한겨레출판, 2017 — 421

강화길, 『다른 사람(別の人)』 오사나이 소노코(小山内園子) 옮김, 에트세트라북스, 2021 — 421

강희안, 『양화소록(養花小錄)』 이종묵 역해, 아카넷, 2012 — 68

고레에다 히로카즈(是枝裕和), 『브로커 각본집 & 스토리보드북 세트』 플레인아 — 664

白水社, 2022

이어령, 『축소 지향의 일본인』 21세기북스, 2023(초판 1982)   439, 460

이어령, 『축소 지향의 일본인(「縮み」志向の日本人)』 講談社, 2007(초판 1982)   439, 460

이어령, 『흙 속에 저 바람 속에』 문학사상사, 2008(초판 1963)   41, 460, 623

이어령, 『흙 속에 저 바람 속에[韓国人の心(増補 恨の文化)]』 배강환 옮김,   460, 623
    学生社, 1982

이언진, 『골목길 나의 집』 박희병 옮김, 돌베개, 2009   138

이은철 외, 「아버지의 다이어리」(『국경을 넘는 그림자: 북한 인권을 말하는 남북한   568
    작가의 공동 소설집』) 예옥, 2015

이은철 외, 「아버지의 다이어리」(『국경을 넘는 그림자: 북한 인권을 말하는 남북한   568
    작가의 공동 소설집(越えてくる者,迎えいれる者―脱北作家・韓国作家共同小説集)』)
    와다 토모미(和田とも美) 옮김, アジアプレス・インターナショナル 出版部, 2017

이주란, 『별일은 없고요?』 한겨레출판사, 2023   232

이주란, 『수면 아래』 문학동네, 2022   228

이진송, 『차녀 힙합: 집밖의 세계를 일구는 둘째의 탄생』 문학동네, 2022   14

이진희(李進熙), 『해협: 어느 재일 역사학자의 반생(海峡―ある在日史学者の半生)』   608
    青丘文化社, 2000

이창동, 『녹천에는 똥이 많다』 문학과지성사, 1992   465

이창동, 『녹천에는 똥이 많다(鹿川は糞に塗れて)』 나카노 노리코(中野宣子) 옮김,   465
    アストラハウス, 2023

이철(李哲), 『장동일지: 재일한국인 정치범 이철의 옥중일기(長東日誌 在日韓国   460
    人政治犯・李哲の獄中記)』 東方出版, 2021

이철승, 『쌀, 재난, 국가』 문학과지성사, 2021   151

이청준, 『벌레 이야기』 문학과지성사, 2013   302

이청준, 「벌레 이야기(虫の話)」(『절망도서관(絕望図書館)』 수록)   302
    사이토 마리코(斎藤真理子) 옮김, ちくま文庫, 2017

이청준, 『서편제』(『남도 사람』) 문학과비평사, 1988   634

이청준, 『서편제: 바람의 언덕을 넘어(風の丘を越えて―西便制)』(『남도 사람』 시리즈)   634
    네모토 리에(根本理恵) 옮김, 早川書房, 1994

이타미 준(伊丹潤), 『손의 흔적(手の痕跡)』 TOTO出版, 2012   320

도요타 요시코(豊田祥子) 옮김, 이ー스トㆍ프레스, 2023

황정은, 『디디의 우산』 창비, 2019   554, 594

황정은, 『디디의 우산(ディディの傘)』 사이토 마리코(斎藤真理子) 옮김, 亜紀書房,   554, 594

  2020

황정은, 『연년세세』 창비, 2020   465

황정은, 『연년세세(年年歳歳)』 사이토 마리코(斎藤真理子) 옮김, 河出書房新社, 2022   465

황지우, 『새들도 세상을 뜨는구나』 문학과지성사, 1984   199

황풍년, 『풍년식탐』 르네상스, 2013   293

후루타 도미다테(古田富建), 『한의 탄생 이어령, 내셔널 아이덴티티, 식민지주의   460

  (恨の誕生 李御寧、ナショナルアイデンティティー、植民地主義)』 駿河台出版社, 2023

후카자와 우시오(深沢潮), 『오얏꽃은 지더라도(李の花は散っても)』 朝日新聞出版,   628

  2023

히구치 유이치(樋口雄一), 『일본 조선연구소의 초기 자료(日本朝鮮研究所初期資料)』   397

  「1961~1969」 ①②③ 이노우에 마나부(井上學) 엮음, 緑蔭書房, 2017

옮긴이 박제이(朴悌理)

출판 기획 · 번역자. 고려대학교 문예창작학과를 졸업하고 이화여자대학교 통역번역대학원에서
한일전공 석사 학위를 취득했다.

옮긴 책으로는 '그래서 시리즈'「그래서 비트겐슈타인, 나_라는 세계의 발견」,「그래서 붓다,
유쾌하게 산다는 것」,「그래서 철학, 생각의 깊이를 더한다는 것」, 소설「너의 이름은.」,
「포스트 자본주의」,「원전 프로파간다」,「악이란 무엇인가」,「목소리와 몸의 교양」,「일본의 내일」,
「공부의 철학」,「공부의 발견」,「책이나 읽을걸」,「싫지만 싫지만은 않은」,「첫사랑, 다시」,
「무지개다리 건너 또 만나자」,「고양이」,「고양이를 찍다」,「고양이 집사 매뉴얼」,
「히사이시 조의 음악 일기」,「11월 28일, 조력자살」 등 다수가 있다.

한국의 마음을 읽다

1판 1쇄 발행일	2025년 3월 25일
엮은이	노마 히데키, 백영서
옮긴이	박제이
편 집	이효선
표지디자인	강경신디자인
본문디자인	새와나무
펴낸곳	독개비출판사
펴낸이	박선정, 이은정
출판등록	제 2021-000006호
주 소	경기도 고양시 덕양구 능곡로13번길 16, 208-1805
팩 스	0504-400-6875
이메일	dkbook2021@gmail.com
ISBN	979-11-991863-0-9 03800

ⓒ 독개비